黄宾虹学术提名展·第二届

论文集

主　编　韩子勇
副主编　谭　平　田黎明

文化艺术出版社
Culture and Art Publishing House

图书在版编目（CIP）数据

黄宾虹学术提名展·第二届 论文集 /韩子勇主编. — 北京：文化艺术出版社，2020.6

ISBN 978-7-5039-6873-0

Ⅰ.①黄… Ⅱ.①韩… Ⅲ.①散文集—中国—当代②艺术评论—中国—现代—文集③画家—访问记—中国—现代 Ⅳ.①I267②J052-53③K825.72

中国版本图书馆CIP数据核字（2020）第099065号

黄宾虹学术提名展·第二届 论文集

主　　编	韩子勇
副 主 编	谭　平　田黎明
责任编辑	魏　硕
书籍设计	顾　紫　马夕雯
出版发行	文化藝術出版社
地　　址	北京市东城区东四八条52号　（100700）
网　　址	www.caaph.com
电子邮箱	s@caaph.com
电　　话	（010）84057666（总编室）　84057667（办公室）
	（010）84057696　84057699（发行部）
传　　真	（010）84057660（总编室）　84057670（办公室）
	（010）84057690（发行部）
经　　销	新华书店
印　　刷	国英印务有限公司
版　　次	2020年10月第1版
印　　次	2020年10月第1次印刷
印　　张	26.25
字　　数	426千字
开　　本	787毫米×1092毫米　1/16
书　　号	ISBN 978-7-5039-6873-0
定　　价	98.00元

版权所有，侵权必究。如有印装错误，随时调换。

前言

中国艺术研究院以理论研究与美术实践相结合的学术传统，可以追溯到1954年黄宾虹时任所长的美术研究所。黄宾虹与时任副所长的王朝闻共同提出了画史、理论和中国画创作技术并行研究的理念，并组织全国知名画家写生创作，形成了理论研究与绘画实践创作的互动与深化，成为中国艺术研究院十分重要的学术积淀与学术传统。

2004年，中国艺术研究院美术研究所曾举办过首届"黄宾虹学术提名奖"展览及相关活动，在社会和学界取得过很大的影响。当时，参展艺术家有100余人，这批入选画家现已成为当前中国国画界的中流砥柱。与首届不同，本次学术活动提名画家年龄在50岁至70岁，提名数为70位，意在推出一批新中国成立后成长起来，改革开放40周年中，在中国画审美体验与实践探索、创作研究与开拓创新方面做出卓越贡献的优秀画家；集中展示一批兼具中国画传承与创新，可以笔墨当随时代的好作品，向新中国70华诞献礼。

2019年9月24日，中国艺术研究院举办了"黄宾虹学术提名展·第二届"专家提名评选会议。与会专家根据评选要求，评选出70位画家入选本活动。通过本次评选，体现出中国艺术研究院保障黄宾虹学术提名展公正性、权威性和学术性的决心和审慎认真的态度。本次活动，将从实践与理论两方面来探讨新中国成立70周年以来中国画发展取得的成绩和存在的问题，并希望能够讨论出有益的解决方案。中国画发展中存在的问题解决好了，当代中国美术存在的诸多问题或许都会迎刃而解，对于通过美术提高人民美育水准和提升文化素质，增强文化自信，讲好中国故事，展现中国形象，都非常重要。德艺双馨，扎根传统，立足时代，集理论研究和实践创作于一体，是黄宾虹学术精神的实质所在，也是所有优秀画家需用一生时间所努力拓进的方向。所以，传承黄宾虹学术精神，让中国画发展与时代同步伐、深化中国画的学术研究与拓进即成为举办本次活动的宗旨。

中国艺术研究院院长、党委书记 韩子勇

目录

评审委员文章（按年龄排序）

有感于书法"美""丑"之辩　孙　克 \3

试谈黄宾虹的内美和现代意识　姜宝林 \9

赏梅与画梅　邓福星 \15

山水画的精神　龙　瑞 \18

中国画要有中国的艺术境界　霍春阳 \22

正大气象，庙堂风范
　　——赵建成先生访谈录 \25

再谈工笔画中的写意性　唐勇力 \28

禅灯照我独明　许钦松 \41

刘健教授访谈录 \43

让心性与生活相汇　田黎明 \57

山水画的创作应具时代精神　张志民 \60

画境　杨晓阳 \62

取精用宏　守正创新
　　——谈中国画山水画的笔墨程式与艺术家的个人风格　许　俊 \64

物与心化　陈　平 \68

从山水到"山水"　牛克诚 \72

视道如花　贾广健 \75

互通与融合
　　——刘万鸣谈素描对中国画的补益 \79

参展画家文章（按年龄排序）

意境漫议　朱道平 \91

目光、灵光及其他
　　——关于中华创世神话历史题材创作的若干思考　施大畏 \94

心路
　　——砚边絮语　张鸿飞 \102

东窗夜记　冯　远 \107

"线描"三说　马国强 \109

有关线的思考　孔　紫 \113

关于中国画重大历史题材创作的思考　苗再新 \115

关于中国画用笔
　　——读书随感（节选）　崔晓东 \118

笔墨当随时代　满维起 \123

放下笔墨　赵　奇 \127

再谈人物画艺术语言的转换　吴宪生 \132

我说中国画柳暗花明　范　扬 \135

我画仕女　杨春华 \138

有时也手痒　徐乐乐 \144

常把写生和速写混淆，其实它们是一回事，又不是一回事　史国良 \146

高云艺术访谈 \149

艺术感觉与艺术精神　张立柱 \153

学院中国画教育的得失　梁文博 \158

我画《大乐玄歌》及相关问题随想录　梁占岩 \164

墨相刍见　薛　亮 \171

漫谈工笔画之"透"　何家英 \173

关于工笔画技术问题的再思考　陈孟昕 \176

立冬　江宏伟 \182

中国画技法的内涵与运用　刘进安 \185

我读髡残　赵　卫 \189

谈风格，也谈风马牛　尉晓榕\193

《中国画画刊》2011年第5期卷首语　孙　永\196

中国画的笔墨精神与时代品格　丁　杰\198

画为心歌　陈钰铭\201

写生作品化　李　洋\204

山水画的自然情节和绘画情节　林容生\209

我"写"　周京新\212

关于西藏朝圣系列组画的感悟　袁　武\214

《日出东方——黄宾虹》创作谈　王　赞\216

悟法笔墨　相由心生　陈　辉\219

"宿墨"山水艺术空间的极致再造者——黄宾虹先生　姚鸣京\222

花鸟画教学中写生与创作的联系　于光华\224

心象的幻化　纪连彬\228

得意不能忘形
　　——谈写意人物画的创作与教学　王　珂\231

我想说的话　邢庆仁\236

技进乎道，艺游于心　刘金贵\239

艺术创作是灵魂的历练
　　——张江舟访谈　\241

绘画随感　张　望\244

一路欢愉　刘庆和\247

写生有感　刘　罡\253

笔墨与情感的对峙
　　——从山水画写生中"熟"与"生"谈起　何加林\255

"笔墨"浅析　张谷旻\261

神与物游　心手相畅
　　——浅谈中国画的"笔墨造型及淡彩"　李　翔\266

精神与自然的相互感发是山水画创作的基础　卢禹舜\272

写意是什么　毕建勋 \275

色彩随说　南海岩 \287

论传统的多样性　潘 缨 \292

《午门誓师》创作谈　王颖生 \296

进化与退化　林若熹 \300

写生，只为更好　王晓辉 \303

2019·土语　方 土 \306

行旅与卧游　张 捷 \310

内美静中参
　　——黄宾虹美学思想解读　岳黔山 \315

与时代对话　与世界对话　表现时代精神　姚大伍 \320

逼夺化工
　　——有感中国画的写生与写心　蔡 葵 \323

探讨当代中国水墨绘画的发展趋向　刘西洁 \326

观花看草杂忆　莫晓松 \332

严谨治学　由技入道　刘泉义 \344

有个性的画家才是好画家
　　——唐辉访谈 \347

精神的眼睛　崔 进 \359

林泉境界与社会关怀
　　——2018年广州美术学院大学城美术馆"林泉境界与社会关怀"
　　　研讨会发言　方 向 \361

散谈山水画的写生　林海钟 \366

中国山水画之"有体"与笔墨"本体"　石 峰 \369

中国艺术研究院"'守正创新'——与时代同步学术论坛" \372

评审委员文章

有感于书法"美""丑"之辩

孙 克

注意到近些时在报刊上有关于书法的议论中,有了"丑书"的提法,更有甚者,朋友从网上传来什么"书法界十大骗子"的文章,直指当今书界当道"名家""大家",除了介绍他们在书法界的赫赫名声之外,还附有其书作图例。其实,关于书法美丑的争论由来已久,然而大多数与风格探索、优劣标准评价有关,把书法作为文字表达工具而具有高度审美指征、从而归为艺术品类,那么,关于美丑之争就是正常的题中应有之义。至于网上列举的书法"名家",被冠以骗子之名,显然是不妥的,或许人们以为这些"名家"属于"盛名之下,其实难副",虽享盛名却对书法的健康发展起了负面作用云云。

盘点当代书法的美丑之争,应该回顾改革开放 40 年来中国书画界所经历的心路与实践的历程。我在这里把书画并提,不仅因为历来所谓的"书画同源"之论,更因为中国书法和中国画是民族文化传统之精华,尤其是中国书法在世界上独树一帜,是中华民族的独特创造且引以为傲的文化瑰宝。20 世纪 80 年代国门开放,西方现代文化的大举传入,主要是"反传统"的一股思潮,在当时的青年中颇具影响。在美术界称之为"85 新潮",表现为唱衰传统,主张与西方"接轨"从而达到"全盘西化"的理想。由于部分理论家的鼓吹,中国画界的确出现了把人画成鬼、美丑颠倒的作品,也有个别很有才华的画家进入此途后再难回头。但是,中国画毕竟是造型艺术,有悠久的历史传统,有广大的画家和人民的认知,艺术的真、善、美的标准一目了然,这个审美的评判标准最为重要,未被颠覆实为万幸,所以至今中国画还是以现实主义的"一手伸向传统,一手伸向生活"为主流导向,在健康发展中。

反观中国书法界，这些年来也是争议之声时有所闻。局外人隔岸观火，难辨是非。但有一种现象不容否认：多年来在主流书法专业刊物上、大型书法展会上，有一种书法作品，堂而皇之地占据重要位置，以一副叛逆的面目，颠覆古老传统的书法审美标准，可以说混淆了美丑，造成难以理解的混乱现象。我个人一直认为书法是一种独特的艺术，因为它自诞生之日起，就具有"使用（工具）"与"观赏（艺术）"两种文化属性。和中国画属于造型具象性和审美功能不同，书法则属于线条抽象性，而线条又是书法平面构成美感因素中最为重要的基本因素，中国画的基本造型元素的线条，又是源于书法，这是无可争辩的事实。更应注意的是，中国书法（或称书写），其产生与发展的首要条件是毛笔的发明使用，蔡邕在其《笔论》《九势》中说"惟笔软则奇怪生焉"，所谓"奇怪"就是毛笔书写的变化无穷，这与其他拼音文字据以书写的硬笔（如翎毛管、铅笔、钢笔、圆珠笔等）全然不同。中国书法从陶器上的符号，到篆书、隶书、楷书、行草，形态各异而操笔者各具性情，各具态势，就是由于软笔而起。书法发展几千年，最迷人之处就在于笔法意态的无比丰富的变化上，用现代人的说法，就是线条质量的高低决定着书法的高度。中国画讲究笔墨变化，"六法"里注重的"骨法用笔"，黄宾虹先生总结为"五笔""七墨"，五笔为"平、圆、留、重、变"，处处与书法相合。

　　我们讲书画同源，讲书法与绘画同样有真、善、美的追求。毋庸讳言，书法讲求的美是抽象的，和绘画有所不同。但是，书法美虽有抽象性，却绝非虚无缥缈可以任意为之，它的美是有标准更是有规律性的。书法的首要条件是它始终不能离开中国文字即方块字，要有内容、有意义，笔画不能缺失或改变而不能辨认，否则就是涂鸦。其次，书法的点画分布，形成均衡与变化的辩证关系，体现了中国哲学的中庸精神，即和谐共生、对称平衡、阴阳互补，天覆地载。孙过庭论分布，十分经典，"至如初学分布，但求平正，既知平正，务追险绝，既能险绝，复归平正，初谓未及，中则过之，后乃通会，通会之际，人书俱老"，其经验之谈充满辩证法。

　　不可否认的是，书法的审美自先民始创文字而出现，随着文字功能性的发展，以及书写材质的变化，书写的规范在形成，美感—审美的图式美，包括线条均衡、黑白分布，方圆错落种种，并被广泛接受传承。文字书写从甲骨至金石钟鼎（大篆、小篆），再而为隶书、楷书，同时发展出行书、章草、今草，数千年间书法规范趋于稳定完备。人们理应看到，远古时候的书写者，对书法美的追求似乎比之后来者毫不逊色，这方面从钟鼎到秦篆的方圆线条构成的精美图形，可见一斑。隶书的出现，文字由繁趋简，字形由圆而方，软笔书写的能量得以解放，到东汉之际，从流传石刻文字拓片可见，书迹风格迥不相同，似乎因地域时代等差别，具有明显个性特点，也为后人留下丰厚的财富。东汉晚期以至魏晋，楷书逐渐成形，隋唐时期楷书定型规范化成为普遍追求，所谓"唐人重法"即此意。当隶书向楷书过渡之际，草书出现。关于书法的理论也开始流传，最有名的是蔡邕的《笔论》《九势》，提出书法"肇于自然"的观念，把书写从使用工具升华至审美高度。他把运笔总结为气势、转笔、藏锋、藏头、护尾、疾势、掠笔、涩势、横鳞，称为"九势"，既是笔法的总结，又是审美的标准。其后书法著论者甚多，比较有影响者是晋代的卫铄（史称卫夫人），世传其《笔阵图》，对后世书法价值的设定很有影响，如提出"善笔力者多骨，不善笔力者多肉。多骨微肉者谓之筋书，多肉微骨者谓之墨猪。多力丰筋者圣，无力无筋者病"。她提到的筋、骨、肉的概念，源之于笔力，可以说笔力是书法的基础。而笔力的取得关乎笔法的正确和不懈的练习。后来王羲之论到前辈张芝，感慨地说"张（芝）精熟过人，临池学书，池水尽墨，若吾耽之若此，未必谢之"，可见古人苦心锤炼如此。

隋唐之际，楷书达到完全成熟，"永字八法"是一种用笔规范，是多少年书法家从隶书至楷书的审美经验总结出来的，如"侧不贵卧，勒常患平，努过直而力败，趯宜峻而势生"等，十分精辟。总之关乎笔力的运用，至今对于学习楷书仍有价值。楷书是学书者的基础平台，要打牢基础必须苦练楷书，楷书的训练可以成就学习者对字形线条的分布，对均衡感、黑白虚实感的形成，十分有益。更为重要的就是笔力的训练，从正确的持笔方法，到指、腕、臂力量的运用。

前人把书法喻人，举出筋、骨、肉、血、气等，赋予了书法以生命的价值，这是何等的珍爱与高度！孙过庭的《书谱》里写道："写《乐毅》则情多怫郁，书《画赞》则意涉瑰奇，《黄庭经》则怡怿虚无，《太师箴》又纵横争折。暨乎兰亭兴集，思逸神超，私门诫誓，情拘志惨。"他把人的情感与书写的结合表达得很深刻。书法这种特殊的抽象艺术，其艺术的情感特性，表露无遗。这也是历代书法珍品令后代喜爱的深刻原因。此外，我们应该理解的是，书法艺术的"品格"这一品评标准，又是中华民族注重道德伦理的文化性的外化，以艺术外在图形、笔墨线条、气质神采，透视书家人格、修养、性情的门户窗口，在外人看来似乎不可理解，但中国文人却视之为三昧至珍，不可或缺。由此，在书画品评标准上又增加了一道人性的门槛。黄宾虹论画，最忌"江湖"与"市井"习气，批评"邪、甜、俗、赖"为大病。但是，放眼当下，号称大师的书家，有几位没有被嘲讽、被议论？所谓"盛名之下，其实难副"，大师不好当啊。美术界有人自称"米开朗琪罗第二"，有人自夸为"中国的毕加索"，自鸣得意，其实时时被人笑骂，何苦来？

我以上所言，应该被理解为书法的传统及其抽象审美观的形成，丢弃它甚至颠覆它，也就毁掉了中国书法艺术的基础与灵魂。当然，书法自晋、唐、宋、元、明、清，迄至近代，由于文字趋于定型，楷书笔画构成变化不大，草书则因书家个性的发挥而呈现写法与风格的差异，一方面呈现变化多样状态，另一方面则有辨识的困难，所以近代于右任先生有意规范，提倡"标准草书"，其意虽好，但草书早已与实用性渐远，统一规范的必要性也就淡化了。我们从自古的经验看到，由于书法服从于文字的特殊性，其创新或称新变，基本是名家大家书风个性引领时趋，从而形成大体上的时代风貌。例如，以王羲之为代表的晋代唯美、平和、整饬（难免修饰）的书风，经过唐代从二王风格影响下嬗变出来，颜真卿的峻严、雄厚气象，一扫姿媚、婉雅的风范。为宋代苏、黄、米的富有个性的书风扫平道路。元代赵孟頫是卓越的书画家，倡导复古，绘画成就巨大。其书法远超二王，精熟遒丽，引领一代书风。明清两代，二王书法仍是学者心目中崇高而难以企及的经典。其间，有逆势而立的人物，如明代的徐渭（1521—1593），一反吴门祝允明（1460—1526）、文徵明（1470—1559）一派的明丽清雅、灵秀端严的面貌，全然是一副纵情恣肆、放笔横扫的叛逆样子，似乎可以称之为"丑书"的历史先行者，但徐渭在中国文化史上有其位置，他在文学戏剧、绘画上所具有的独特贡献和地位，非今日涂鸦者可同日语。

艺术史上常常有特立独行者语出惊人。例如清初的傅山（1607—1684），针对时风，提出"宁拙毋巧，宁丑毋媚，宁支离毋轻滑，宁直率毋安排，足以回临池既倒之狂澜矣"的主张。近年来是否有人将其拿来作为颠覆传统的依据，很不好说。不过我个人在几十年前醉心于写魏碑的时候，对此文很有兴趣。傅山人格崇高，气节伟岸，是大学者、大医学家，具有宁折不弯的个性。他的书论意有所指，对于赵孟頫、董其昌的书法，他是有所抵触的。董其昌的书法由于受康熙的喜爱，曾风靡一时。傅山可以说是一位逆流砥柱的人物。他强调的"四宁""四毋"，他所反对的

"巧""媚""轻滑""安排",从艺术格调的要求看,确实是要避免的,巧与拙,可以称为不同风格,似可共存,而"媚""轻滑"则是格调低下,应该批评,所谓"安排",就是我们常说的"做意",相对的概念无疑是"自然流露""朴素纯真"。尤其应该注意的是,傅山所讲的"宁丑毋媚"不能误解为"宁丑毋美",因为美与媚绝不是同一概念,奉劝搞"丑书"的人不要歪曲先贤。

关于美丑的议论中,还思考了一些问题,顺便写下来供商榷。

关于"创新"的思考。

"创新"是个好名词,先民早在《大学》中,引证《盘铭》:"苟日新,日日新,又日新""周虽旧邦,其命维新",画家傅抱石先生专门刻了"其命维新"的石章一方,可见"新"之必要,没有创新就没有进步、没有发展。艺术的创新同样必要,一部艺术史从某种意义上说就是不断创新的历史。不过,经验告诉我们,艺术的创新不是没有目标、前提和规范的,因为艺术的作用就是为人类的文明进步创造真、善、美的精神财富,是积累是贡献而不是相反。那么,在我们的角度看"创新"怎样才好?日前参加"长安画派"的研讨会,大家论证了石鲁"一手伸向传统,一手伸向生活"的思想,我更想到傅抱石的"其命维新"的创新命题,深深感到二者相合会更有意义。事实上,"创新"之为口号,在艺术方面任何人皆可使用,西方现代艺术就用得很方便。中国画要创新要发展,必须结合"一手伸向传统,一手伸向生活",才是对准了方向。当代书法的创新发展,难道不是也要考虑这个问题吗?对于书法这一种独特艺术,"反传统"是万万行不通的,至于"生活"二字怎样解释,则有待书法理论家的高明了。

关于"习气"问题的想法。

"习气"问题,古人不大讲,也许在那时不是问题。在黄宾虹时代就成了问题了,所以他谆谆教导"唯市井与江湖,万万不可学,稍能诗文而画无传授之者,又不肯多用功之人,学之则终身入于苦境,而无一日之自由矣",又说"庸史之画有二种,一江湖,一市井,此等恶陋笔墨,不可令其入眼,因江湖画近欺人诈吓之技而已。市井之画,求媚人涂泽之功而已"。黄宾虹又说"有一人之笔气,即有一人之习气,未得笔气先沾有习气,流荡往返,莫可救正"。我近来思考"习气"问题,读到黄老此言,豁然贯通。我想到的是,书写的本质就是一种"习惯",此习惯自幼年写字开始养成,大多受性格、教导、练习影响,进入书法练习阶段则受临习书体选择（临帖）、师承教导、技术训练（包括持笔、运笔、选笔）以及个人性格、修养种种，形成每个人的"笔气"（黄宾虹语），也形成个人的"习惯"，此习惯可分优、劣二类，努力临帖向古人学习，即不断纠正坏习惯，尤其是克服习惯性的运笔，使之不会形成"习气"。试观某一位书法大家，写一"大"字，第二笔的撇，本应趯出收笔，他却用重钩收笔，初看去很有特点，或因得到肯定，于是把这一习惯大大发挥，搞得过了头就成了"习气"，这就是把习惯变成习气的例子。人们说王铎写字，一日创作，一日临帖，不断交替进行。我做不到大师那样，但不时临临帖，纠正一下自己的习惯，似乎有些好处。无论是谁，临纸下笔之际，进入状态，运之以神，使之以臂腕，疾、徐、提、按，此时大多数书写者其实都是被习惯支配着，勤学古人养成好习惯，落笔有法，不落习气，就是好书家。我常想，如果有评者称我写字尚无习气，我会很高兴。

  书法是中华文化的宝贵财富，大家要珍爱。

2018 年 9 月 2 日

试谈黄宾虹的内美和现代意识

姜宝林

内美是黄宾虹美学思想的核心，黄宾虹一系列的绘画语言变革都是由它引发的。"江山本如画，内美静中参"，从这句诗中我们看到，黄宾虹提出的内美是与道一样，需要在寂静处参悟。那么，什么是内美？贯串黄宾虹的前后思想来看，内美与六朝宗炳提出的"澄怀观道"相近，是中国文化精神的人格化，正如他自己所说"古画宝贵，流传至今，以董源、巨然、二米为正宗，纯全内美，是作者品节学问、胸襟境遇，包涵甚广""面目常变，而精神不变"，而这个内美的精神是永恒的、寂静的、虚灵的。它是不变的性，千变万化的相都由它生发。从审美风格指向来看，黄宾虹把内美升华到"民族性"的高度，以"浑厚华滋"为指归。从表现语言指向上来看，以书法入画的书写性笔墨美为架构，追求"不齐之齐"。可以说，中国哲学文化孕育了黄宾虹的内美思想，由内美思想又自然而然产生了"浑厚华滋""不齐之齐"的风格。

这种由内在文化精神指引生长出来的，发自生活感受、源于时代精神的与众不同的审美风格，往往极具现代意识。

什么是现代意识？现代意识并没有一个固定的概念界定。它是随着社会政治、经济、文化的发展而变异的。但有一点是无疑的，即其作品所体现的审美观念、审美情趣和审美取向是紧贴那个时代甚至是跨越那个时代的。看看中国美术发展史就可明白：任何时代的开宗立派都是那个时代的现代派，只是古人没有用"现代"这个字眼罢了，黄宾虹主要活动时期是在19世纪下半叶，艺术高峰则是在20世纪50年代，他的"浑厚华滋""不齐之齐"不被当时人接受，他曾长叹他的作品要到三五十年后才能被世人理解，为什么？就是因为他作品的审美是跨越那个朝代的，与当时"四王"山水的流行时风大相径庭，因而招来社会的非议。当然黄宾虹并不是刻意追求现代意识，也没有用"现代"这个词，他是在与古人神会的过程中，参悟到了永恒不变的内美精神，不自觉地在不变上生发出变来。他的这种不变之变的变恰恰是我们今天所谈的可贵的现代意识。

多年来，我研究黄宾虹有一些体会，试说明如下。

一、具有雕塑感的团块结构

黄宾虹山水画的章法并没有什么新奇，他遵循传统山水画的布局，上有天，下有地。不同的是，它中间是一块团团黑的板块，在这块团团黑里他把山、水、树、石连成一片，黑沉沉的，与天、地的空白形成强烈反差和对比。从而呈现出强烈雕塑感的视觉冲击力。他这个章法布局我认为是得之于王原祁，当然可以追溯到宋元。王原祁在他的山水画里已经具备初步的团块意识，他强化了矾头皴的构成因素，以不同的几何形体堆砌成一组板块，他的整体效果远远区别于其他三王，这也就是我偏爱王原祁的原因之一。十几年前，我曾在上海博物馆看到一幅王原祁的水墨山水，这幅山水与他大多数的简体山水不同，是细勾密皴。使我吃惊的是，这幅山水与黄宾虹山水何其相似，从中可以看出他们的渊源关系。不同的是，黄宾虹在笔墨上大大跨进一步，比王原祁更随意，更自由，也更老辣，达到浑厚华滋的境界。

因此，完全可以这么说，黄宾虹艺术成功的首要因素，是他极其整体的团块结构所构筑的强烈形式感，像雕塑一样具有震撼力和冲击力。这是其作品区别于他人，首先夺目打眼的重要原因，这也正是当代不少人努力追求的现代审美取向。

二、斑斑驳驳的笔墨肌理

在现代艺术里，人们孜孜以求的肌理效果，实质上可与中国山水画的勾、皴、擦、点和染相参照。这些勾皴擦点染具有现代符号学意义上的符号性质。黄宾虹的山水初看是笔墨，再看却是斑驳陆离的大肌理。他的基本语言要素是短线条，以松散状态组成一个平面的团块整体。点是缩短了的线，线是拉长了的点。即使是树干或大山轮廓也由笔断意连的短线组成。这些短线不在于描写什么，而在于它们之间所形成的节奏韵律，以及由此而产生的肌理状态。在这个短线乐章里，干笔皴擦是不可缺少的重要音符。细读其画不难发现，在这些不同墨色的短线之间，常常以飞白的干笔皴擦加以连贯和补充，使肌理向更加精微的层面延伸，结实而气韵生动。另有一个重要音符就是宿墨重点，粗看似乎漫无目的，细察点点都像打击乐，锤锤定音，点点都在节奏韵律的节拍上，使整个乐章更为丰富。最后又以少许色块或多层次的淡墨反复积染，使整个画面和谐统一，肌理效果更加完善。正是在这个大格局里，黄宾虹笔墨演化成了他那特定的符号组合。反过来，这些符号组合的运动更强化了他这种肌理效果。黄宾虹笔墨体现了一个"活"字，就像做馒头和面一样，水多加面，面多加水，反复进行，直到最佳状态。

在黄宾虹光怪陆离、变化莫测的笔墨世界里，其精髓就是"骨法用笔"，也就是一个"写"字。这个"写"字是以高深的学养、深厚的功力、熟练的笔墨技法为依托的。那些以现代物理手段制作的肌理与黄宾虹是不能同日而语的，这就是中国画的民族性之所在。

三、单纯中求变化的平面效果

线型艺术本身决定了二维空间的视觉效果，即使有前后纵深之感，也是以线条的疏密对比产生的。隋唐时期的山水画不须说，就是五代北宋自荆浩创造皴法以后，也基本还是二维空间的延续。到了"五四"以后，西方素描手法的引进，才有了三维空间的出现，当然也是极少数中国画家的探索。李可染先生当年给我们讲课时曾谈到，他如果有时间还要继续再画素描，不仅要表现三维空间，还要表现六维空间。黄宾虹显然不是中西融合型的画家，他也没有构筑三维空间的强烈意识，他所注重的是几近平面效果的"笔墨"，并由笔墨所导致的浑厚华滋。

在黄宾虹的山水画里，艺术语言的高度统一和单纯是其艺术的一个重要特征。如前所述，其艺术语言的基本单位是短线条，这些单纯的呈松散状态的短线条组合成平面的笔墨团块。黄宾虹注重的是大对比，在单纯中求变化。在他经营的团块结构里，简单的远山与大面积浓墨密笔的近山，就是墨色浓淡、线条疏密的大对比，效果整体而强烈。在这大块的墨色中，是黄宾虹极尽笔墨变化之能事的自由王国，他的全部学养都尽情发挥于此。

（一）用笔

黄宾虹的用笔疏简、随意而又苍劲，富有感情，意笔草草却法度森严。他所总结的用笔五法"平、重、圆、留、变"之妙尽含其中。他的疏简、随意也是为层层叠加的积墨留有余地；苍劲是为画面的结实而强其骨；他的用笔笔断意连极富感情，内在气韵节奏也丰富多变，使我们感到多一笔不行，少一笔也不够。据看过他作画的老前辈讲，他作画感情很投入，在他晚年患白内障时，受笔势感情的驱使，竟不自觉地画到画面以外，在画案上还在不停地用笔，倾情如此，我们今天方可理解他每幅作品何以都是如此的情感浓烈、饱满。

（二）用墨

黄宾虹总结用墨之妙具有七法：浓、淡、焦、宿、破、泼、积墨法。在这里仅将积墨和宿墨试加以分析。积墨在其作品里是最常用的墨法且登峰造极。他反复叠加十数次，不死、不滞、黑沉沉一片却并无闷塞之感。我体会其秘诀在于：积墨并不是在原来笔迹上重复，而是笔笔错开，层次分明。"杂乱中求清楚，清楚中求杂乱。"最终呈现出"乱而不乱""模糊中求清醒，清醒中求模糊"，越积越厚，越积越丰富的效果。

宿墨，一般是指过夜墨，有沉淀，黑而无光，易见笔触。黄宾虹则是将上等好墨砸碎，加进水浸泡直至溶化成糊状。宿墨在传统山水画里本是忌讳之墨。黄宾虹却利用宿墨的特点，应用于积墨，这使黑中又多了个最黑的层次。黄宾虹的宿墨法有时不是纯用宿墨，而是与新研墨掺和着使用，再加上水的作用，可产生多种墨色的神奇效果。这是黄宾虹反其道而行之，化腐朽为神奇的聪明之举。

（三）小空白与亮墨

虚与实的对比在中国山水画里是一门重要学问。在黄宾虹山水画里，大虚大空白容易看到，他的小空白却经常被人忽视，而学问就在于他的小空白，即那些小亮点。我们细读他的丛树、黑山，尽管十数次积加，但黑而不死，重而不滞，关键就在于那些小空白。这些小空白是积墨叠加时，笔与笔之间的错落所留下的，使整个画面光亮灵透。越是最亮的小空白处，点上最黑最焦的墨，效果就越透亮，这大概就是黄宾虹所说的"亮墨"吧！当然，这些小空白不都是空白纸，随着积墨层次的增加，会呈现出不同的墨色层次。这些千变万化的笔墨，大大丰富了高度单纯的艺术语言。

以上诸法融合在一起，就形成黄宾虹艺术语言的单纯及单纯中求变化的特色。越单纯就越整体，越变化就越丰富、越神奇。重要的是这些千变万化是统一在单纯之中，从而形成一个主旋律，这也就是潘天寿所说的"平中求奇"吧！

四、整体具象局部抽象的意象处理

中国的传统山水画既不是具象，又不是抽象，而是意象。意象就是似与不似，绝似与绝不似。意象中包含着抽象因素，但不等于抽象。黄宾虹的作品，因为具有雕塑感的团块结构，因为斑驳陆离的笔墨肌理，因为单纯中求变化的平面效果，致使其作品趋向抽象化。如果不从整体看，如果不看其具象的外轮廓或房屋人物，舟车亭桥，仅看其局部，俨然是一幅幅极具抽象性格的现代作品。在那平面的黑块里，他又极经心地留出一些或弯或直或方或圆的大虚大空白，如龙似蛇地游离其中，更增加了抽象性格。这些虚与白并无实质内容，纯是主观处理，纯是形式因素。在近现代成功的画家群里，黄宾虹是第一个从笔墨的深度演变成具有现代感的当之无愧的大师。

黄宾虹的艺术果然是在三五十年后的今天被世人理解和接受，并在全国形成黄宾虹研究热的。但是，怎么学、学什么却是智者见智，仁者见仁。黄宾虹的画作在统一风格里有着不同的面目，看似一样，实际没有一幅雷同。他的这些千变万化的面目从何而来呢？我认为是从感受中来，是从造化中来。这不仅有他对大自然灵性的总体感受和体悟，也有他对大自然某一时、某一局部变化细致入微的观察和体验。这是他"外师造化，中得心源"的结果。不能误以为他练就了一套形式符号随处套用，这样理解未免有些肤浅了。任何门类的艺术都是来自自己的感觉能力，艺术感觉的高下，敏锐和迟钝，直接显现了艺术家是否有灵气，是否有才气。艺术家的成功离不开才气和学养，学养是后天的，而才气是天生的。事实证明，凡是大师都是独具慧眼，对生活有独特感受，能发现常人不能发现的美。有了这种感受，才能产生冲动，并能予以夸张、强化，而逐步形成自己的艺术面貌。没有这种感受的人，只能下苦功夫重复古人，重复前人，永远不会发现自我，永远没有艺术生命力。黄宾虹早年重复古人技法的画作只是前期积累，是为了继承前贤并筛选优秀的部分变成自己的机体，因此他能集百家之长而独善自己，这也是他的过人之处，天赋所在。因此，我认为学黄宾虹只能研究其内在规律，而不在于追求其貌似。

显然，黄宾虹艺术是传统演进型而非中西融合型，但他却具有极开阔的思维。在他那个年代，视西方现代艺术如洪水猛兽，黄宾虹却并不一概排斥。他认为："画无中西之分，有笔有墨，纯任自然，由形似进入神似，即西法之印象，抽象。"又说："欧风东渐，心里契合，不出二十年，画当无中西之分，其精神同也。"显而易见，黄宾虹并没有陷入什么是民族性、什么是世界性的争辩，而是从东西方艺术纷乱的表象下，努力找出契合点。这与当今一些画家的艺术追求何其一致。而黄宾虹具有"前卫"意识的观念，竟形成在半个世纪以前。

无疑，黄宾虹艺术既有强烈的民族性，又有鲜明的独特个性以及某种意义的现代性，是前无古人的山水艺术顶峰。这些年来，我视其艺术宛如一本中国画的大辞典，有任何疑难问题，都可以从中找到完满答案。对黄宾虹的作品每读一遍，都会有新一层的深入体会。完全可以这么说，黄宾虹艺术为中国山水画由古典形态向现代形态的转轨提供了有力的借鉴。

2004 年一稿
2019 年修订

赏梅与画梅

邓福星

在中国绘画与中国诗词所表现的花木中，几乎再没有哪一种花木具有像梅所占有的特殊地位。中华民族从何时又是怎样对梅发生了兴趣？是如何从最初食其果到观其花，再到赏梅、品梅、爱梅，并把梅作为一个重要的文艺题材加以表现的？这些，便是人同梅审美关系的形成与演变的漫长历程。

先秦时期有关梅的史料都是对于人们食用梅果的记载。西汉始植梅树，每当冬春之交，春寒乍暖，汉帝和后妃以及王公贵戚，漫步在上林苑内，观赏梅花，周围弥漫着梅花的清香。除去这些特权人物，在乡间野里，普通的平民百姓是否也在路旁溪畔目睹梅花的风姿神韵呢？流传至今的咏梅汉乐府诗表明，汉代赏梅该不是仅限于少数人的活动。可见人们对于梅的审美兴趣略迟于食用梅果的口腹需求。不过，当时的赏梅也仅仅是对自然界梅的直观欣赏。

虽然汉乐府诗中已有咏梅的内容，但为数太少。更有充分的理由把南北朝作为在文学中咏梅的开始。就在南北朝这个割据分裂，动乱频仍的社会，却出现了数量可观的咏梅诗赋。这是梅审美史上一个重要的节点。从此，梅由一般的审美对象转化为艺术表现题材——人们不再是单纯地欣赏植物的梅，还通过诗人对梅的艺术加工，开始欣赏诗中之梅，欣赏艺术化了的梅，其中含有诗人所赋予它的丰富的想象、情感和寄托。这个转折确乎非同小可！从某种意义上说，读者所欣赏的不再是植物梅本身，而是在欣赏以梅为题材的文学作品。但是，咏梅诗赋毕竟不同于其他题材的作品，其中蕴含的既有梅的优异特质，还有从中引发出的更多可能相联系的观念。同时，读者也欣赏了这些诗赋的文学之美。随着咏梅诗、赋、词、曲的相继出现和发展，文学作品中梅的内涵也不断增加、深化和丰富。

宋代梅画的兴起是中华民族梅审美发展的又一次递进。梅从诗人的笔下扩展到画家笔下。梅画的出现或许也借助了咏梅诗词的意象和在接受者中的影响，然而，梅画由于作为可视的形象而易于被接受的特点，它的普及与影响逐渐超过咏梅诗、词、曲、赋。梅画的接受群更大，传播范围更广。

梅画的兴起标志着宋代成为赏梅、咏梅的又一个高峰。赵佶率领皇家画院的画师所画的"宫梅"施色浓丽，精细典雅，扬无咎却只用水墨，折枝写意，而被贬斥为"村梅"。然而，后者终究得势，导引了墨梅的出现，遂使梅画进入中国绘画发展的前沿，从此，梅获得了一个视觉艺术的新的天地和深广的境界。墨梅的出现和兴起与文人画的发生与发展同步，它们的诸多特征、生存条件、发展命运是完全同一的。在画史中，传统梅画是以墨梅为代表的，墨梅在梅画的画坛几乎独霸了500余年。在墨梅存活的文人士大夫阶层之外，以梅为题材的民间美术，则满足了墨梅所不能覆盖的更大范围的受众。

梅画的发展大致经历了三个阶段。从总体来看，宋、元时期为第一个阶段。这一阶段的梅画比较严谨，偏重于写实。在创作理念上，形似的追求占有较大比重。元代王冕是梅画史中的标志性画家，他在《墨梅图》中题写的诗句"不要人夸好颜色，只留清气满乾坤"被后人传诵至今，王冕也成为写梅画家的代名词。尽管吴镇、柯九思从绘画的理论和实践上堪称文人写意梅画的先导，但画梅写意派的勃兴还是在相继的明、清两代。明、清时期为第二个阶段。明代陈淳、徐渭，清代朱耷、石涛、金农、李方膺、汪士慎等可谓写意墨梅的代表性画家。写意墨梅已经不再把形似当作必须恪守的圭臬，他们更重视笔墨趣味和自我情感的抒发。他们的写意作品随文人画的成熟也达到后人不可重复的高度。进入20世纪后，是梅画发展的第三个阶段。此时期的画家不约而同地相继引色入画，结束了墨梅统治画梅画坛的漫长历史，而且，他们更加关注并强化画梅作品的艺术个性，有机地汲取他类艺术的营养，对作品形式构成颇为重视。虚谷、赵之谦、蒲华、吴昌硕、齐白石、徐悲鸿、潘天寿、关山月等画家的梅画作品不仅具有时代的特色，而且都显示出作者自己鲜明的个性。

画梅艺术，显然不是以状写梅花为目的的，那么，画梅的宗旨、意义又是什么呢？在这个千百年来屡画不衰的题材背后，是什么原因在支撑着使这个画题竟一直常画常新呢？

　　首先，梅的喻义已经深入人心。梅以傲雪、报春、色美、香清、格高、韵雅而被称为"花中极品"，成为高尚人格的象征，可贵精神的象征，乃至中华民族的象征。在漫长的历史中，梅的喻义已经深深地植根于中国传统文化之中，深入广大民众之中。画梅和咏梅都是对一种高尚人格、可贵精神乃至伟大中华民族的颂扬和向往，是美好吉祥的祈祝。

　　其次，画梅艺术已经发展到这样一个阶段，梅成为一种载体，画家有相当大的自由，尽可以在其中融入自己的理念、情感、意趣，尽可以按自己认为最佳的造型、样式、构成去经营。以往大师的画梅作品，只给我们以启示和参照，我们将以各自特有的表现技巧，不同于前人的学识、修养、品格、情感和境界，创造富有时代精神和鲜明个性的画梅艺术。在创造亦即表现个性的意义上，不可重复、不断发展的梅画艺术不会枯竭、衰败，也永远不会使真正的艺术家满足和止步，梅的题材是常画常新的。

　　此外，梅画艺术已经具有相对独立性。它于笔墨的利用和发挥，对梅干、枝、梢、花、蕾的造型，对其构成和与其景物的配置，都已形成一定的程式。程式是艺术成熟的标志。虽然程式有可能束缚创造性的发挥，但它已成为研习传统笔墨和花卉造型的有效的科目，几乎是登上花鸟画之途必先踏上的台阶。

　　这些，或许就是艺术家表现梅花的宗旨，也是梅作为艺术中永恒题材的主要原因和动力。

　　当今，已经很少再有人像古代"梅痴"那样爱梅达到"迷狂"的程度，但是，大众喜爱梅花的习俗与风尚有增无减。每逢梅开时节，大江南北各地的梅林、梅岭、梅岗、梅溪、梅坞、梅园里，游人如织，观赏寒中冷艳；美术馆里梅画展频呈，观者蜂拥，品味艺术家的咏梅佳构。这种场面比起古代少数文人雅士骑驴携酒踏雪寻梅，或三五好友聚而挥毫、吟咏唱和显然更普遍，更大众化，更有气势多了。

　　大自然中的梅花，花开花落，常开常新，生生不息；文学艺术中赞咏梅的作品亦多姿多彩，翻新花样，层出不穷。人们对二者的欣赏既有区别又有联系。

　　就这样，人们同梅的审美关系一直、正在并还将继续沿着这两条路线前行。

戊戌春分节旧文改竣

山水画的精神

龙 瑞

画山水画,包括其他中国画,怎样提高画的水准,提高创作能力,提高山水画方面的修养,我想,重要的是对这门艺术有一种通透的认识。民族是有精神的,人也是有精神的,同样,山水画也有它的精神。希腊哲人说"认识你自己",我想说,认识山水画。只有先认识它的精神,才有可能画好山水画。

我从事中国山水画创作多年,对它的认识也在逐渐加深。有的画家说我们画山水画,主要还是画,认识深也好、浅也好,不一定至关重要。现在很多学山水画的,包括在学院里接受正规训练的,甚至有的研究生、博士生,也未必把山水画的精神认识清楚。现在的山水画教学,其实是参照苏联"契斯恰科夫体系"的教学模式,强调基本功,强调造型能力的训练,在这个基础上进行山水画学习,实际上是把山水画的教学方式和西方美术教育方式等同起来,只是采用的工具和表现的手法不一样而已。

山水画的教学方式应该是怎样的?山水画应该纳入中国的文化体系上进行解读。在山水画的学术体系上或者说中国的文化体系上,它应该叫作画学,它与书学、诗学、经学、医学、武学等,都是构成中国学问的很主要的门类。而我们已经很自然地把我们中国传统的学问轻而易举地纳入西方教育体系、学科建构之中,脱离了山水画应有的教学方式。这对当前中国山水画产生了很大的影响,虽然现在山水画发展非常迅猛,从事山水画创作的人非常多,但我们会发现,当代山水画作品的艺术感召力,它的味道、趣味,已经大不如前了,特别是在一些展览中,山水画的艺术魅力已基本丧失了。

虽然很多画家的绘画能力很强，造型、写生都不错，但都没黄宾虹、李可染的作品有感召力、有味道——那些画家把我们中国山水画的审美精神、审美追求丢失了。山水画有一个很重要的核心是它的艺术功能，现在很少提艺术功能。山水画不仅是要画、创作，它是有功能的。传统画学对它也有解读："成教化、助人伦……与六籍同功、四时并运。"过去一言以蔽之，简单地把它认为是为封建帝王服务的，其实有偏颇。山水画对于中国人来说是格物致知的尺子，也是观照自我、认识自我、认识自然的一种方式，通过绘画审视心灵。

画什么样的画，存在什么问题，它的气息、味道正不正，都可以反过来观照自己。我一直提倡，山水画强调一种自我，这种自我是建立在传统基础上的，因为在传统中孕育着太多中国人的文化追求、文化理念。要创新，必须对传统有更深层次的认识，传统吃得越透，再加上创新精神，创作出的山水画才更有价值。中国的画学包含两方面的内容，一是实践创作，二是理论研究。在当代山水画领域中实践的人很多，但是对山水画理论的研究却每况愈下。山水画理论同样重要，因为认识上不去画也就上不去。中国山水画有独特的审美领域和审美方式，它是把人的品德、气息、味道、精神转化为山水精神，以人的精神作为审美对象。

山水画强调"境"，境界、意境；讲究气象、气韵。还有很多审美概念，比如"厚"，"厚"是什么？厚在山水画里可以看作一个审美理念。但展开来说，厚有多厚，说这张画气象很雄厚、浑厚、朴厚、苍厚。山水画中还说"清"，可以是很清幽、清纯。还有"沉"，沉郁、沉厚。这里的厚、清、沉都可看作人的种种精神加之于山川草木，最后上升到一种人生格调的追求。山水画的精神往往表现在境界上，是一种精神境界和人生境界。境界也是所有中国画的最高追求，山水画是最能表现这种境界的。境界包含很多方面，第一点是环境。无论是描绘的对象还是画家本身，首先都生活在一个环境中，会因它固有的地域而表现出不同的特质与状态。

第二点是情境，山川草木皆化为画家的情思，景为固化之情，情为具象之景，透过笔墨将我之情思内敛于山石、溪树之中，这就是情境。像李可染先生的画，很多理论家从他的用光、山石结构、中西结合方面认为他的艺术成就很高，其实李可染先生最大的艺术成就，我认为是在当下山水画中表现情境的第一高人。李可染先生有一方印——"给祖国山河立传"，他的画可以说是代表了当时中国大众、民族乃至文化精英眼中的中国的河山，李可染先生的山水传达的正是一种浓厚的、对祖国河山热爱的那种情思。

还有，传统山水画中有很多帆船，一直到李可染这一辈还是画帆船，因为帆船承载着太多的文化，承载着思念感怀等情感。包括渡口，李可染先生的《重庆码头》看了让人非常感动，那种浓郁的四川味道、当地人的生活状态都表现得非常好。一个好的画家要善于捕捉这种状态和气息，才能萦绕这种所谓的情境。

第三点是意境，意境就是加入了画家主观的一种诉求，"山川与予神遇而迹化"，加上了画家对山的一种思考、一种设计。这种思考是带有一种更高的精神追求和人生涵养的，这时的意境就会更加厚实、深邃。

从环境、情境到意境，三境合一，这就是山水画追求的境界。一幅画中的境界是大是小、是深是浅，最后都是传达我们人生的境界，也正是意境的高下才有了画格的高低。

山水画的境界是通过笔墨传达的，这种传达要做到丘壑内营。唐张璪说"外师造化，中得心源"，就是在"澄怀味象"的基础上将自然造化的山川重新在心中营造，画胸中沟壑，以达到"神遇迹化"的效果。要转化为胸中的山有几个要义，首先是观察。观察就是观察所谓的"理"，道理。比如山，几乎都是下边大上边小，流水从上往下流，山的形态也根据当地的地质环境，山势、山体、结构、起伏、皱褶等有所不同，这些东西就是"理"。

观察就是要掌握道理，有"理"才有法。山水画强调写生，就是要写自然之理，而不是单纯的再现，这个"生"是生命的生，首先是把"理"吃透而流露出的一种状态，一种格调。格调的高低就是境界的差别。其次是营造。营造从哪学？从《芥子园》里学，从古人画里学。古人的山有几点是值得关注的：一是他的山来源于自然，但又有一个重新塑造的过程。这个过程尤为重要，中国人有自己的传统的造型观念，比如山水画中的皴擦，皴法源于自然，是古人观察不同的山，根据不同山的特点和不同的笔墨追求营造出的语言符号，包含了古人的审美观甚至人生观。

擦法则是在皴法的基础上对山石不同纹理进行补充，营造出干湿浓淡的效果。山水画中石头、树、山的画法没有一样是写实的。画树，树叶都转化成了各种点法，胡椒点、梅花点、个字点、夹叶法；石头都变成了各种皴法。还有用笔，黄宾虹说过"五要"：平、圆、留、重、变。如屋漏痕、折钗股、印印泥、金刚杵、绕指柔等，线条是山水画最基本的形式语言，不同的线条所传达的内容也是不同的。

山水画要善于经营，它不讲求明暗、块面、体积。中国人的造型观念讲究的是方圆二字，方中见圆、圆中见方。

山水画还讲究阴阳，用线造型，没有明暗光影，但有凹凸。有的山凹进去的地方画重，凸出来的地方画亮，像王原祁、董其昌，都皴在凹的地方，凸的地方少皴；也有反过来的，高处落墨，像古代画人物，鼻头、脑门、颧骨多染，其他多为留白，这就是中国画讲求的经营。我们画山，除了有皴法还有结体，结体也讲究阴阳，一张画阴阳和谐才有韵味。

画画在落笔之前是没有阴阳的，何为阴何为阳全在自己设置，阴阳设置其实就是矛盾设置，山水画也是设置矛盾：黑白、凹凸、大小、多少、疏密、虚实等，好的画家就是先设置矛盾，然后把这些矛盾协调统一。画画其实是一个很自由的空间，没有一个定论，像黄宾虹的山，有时候偏右，右边画得很实、很满；有时候偏左，往右来就画得很松，就显得虚，这个习惯就成为他的一种样式。有时上边画是层层点染下边就是勾勒，但是他会掌握节奏，密不透风、疏可走马，在非常密的地方甩出一块，削减一下密的地方。所以阴阳运用得好，画就画得漂亮。

"山川草木，造化自然，此实境也。因心造境，以手运心，此虚境也。"山水画的精神正是在皴擦点染的用笔和阴阳、黑白、疏密的位置经营中，融入艺术家对自然对人生的诉求和中国文化的审美理念、审美方式及中国文化的修养。使"吾代山川而立言"的同时也为画家立言。所以山水画的精神，不是对自然的机械描摹，而是一种"技近乎道"的人生境界的追求和人生理想的表达。

（中国国家画院名誉院长、中国画学会名誉会长、中国美协中国画艺委会主任、中国画创作研究院院长）

中国画要有中国的艺术境界

霍春阳

关于"境界",我们谈得很久了,但是这个整天挂在嘴边的词又有多少人真正懂得它那博大的精神内涵呢?对它的理解可谓仁者见仁,智者见智。在这里我谈谈自己的一些认识。

境界,我认为它是人文精神的最高标准。所谓"境界",是指人的精神所达到的万物归一的无对之境。它是永恒的,老子所谓"得道"是也。得道,人之精神则可立于不败之地。纵观历史,中华民族虽然受到过其他民族文化的冲击,但是并没有改变自己的文化精神,而是外来文化被它吸收、改造和消化,归结其原因,应该和上述的境界有关。

境界最为关键的思想是天人合一。它深深地扎在中国这块土地上,达到了这个境界,人的精神就进入了自由王国,社会就会安宁。境界所蕴含的这一文化和精神价值在今天已经受到世界人文学者的普遍重视。现代物理理论也证明了中国人文精神的高明和伟大,人类精神文明的发展必然是归一的,早晚归东方的,而不是归西方的。就境界来说,西方思想是"有对"的,而中国是"无对"的。中国人以抱一为天下式,西方则没有这个"一"的思维方式。中国文化重以不变应万变,而这里的不变不是绝对的不变,而是"得一"大道上的变化。过去中国文人作过这样的对联,上联是"千山千水千才子",下联对道"一天一地一圣人",显然后者略胜一筹,这是一个境界问题。而这个境界就是现代人大都不认识的大化之境,它是靠天地万物孕育而成的,它应是与众生同体,合天地成形的大象之境。其大为无限大,上不封顶,下不保底,有才者任意驰骋,尚不能触其边角。这个境界可谓正大而光明。

境界形成是多维度的，单纯的线性或面状思维都是不可获取的。古人云："物有大而不普小而兼通者。"镜子再大所映必偏而不能遍，明珠虽小但可鉴包六合。中国人很早就知道圆的价值，大事大圆成，小事小圆转，好诗每句如珠圆，流美圆转如弹丸，心灵运行非直线而为圆形，圆像道体，圆者无极而太极也，形之混简完备者，无过于圆。先哲道体、道妙，亦以圆为像。云为龙，风为虎，圣人作而万物睹。这是人之大境界，非常人所能及，一天两天，一年两年，甚至为终生所能企及。达到这个境界靠的是天赋和后学，而在这种看似无终点的赛跑中，人和人的距离很快就会拉开。但是这种差距不是像一些浅薄之士所理解的那样，总是处心积虑地想翻出与前人不同的新鲜花样，你往前走，我往后退；你向上看，我朝下瞧；其实这都是比较容易做到的，所谓蔽则新是也。难的是找圆的中心点，不中不正，不正则不大，不正则不久。不能从理论上认识够、认识到的很少，这仍需要教育，而且是大境界的教育。中国的老子、庄子、孔子、孟子，印度的释迦牟尼都是具有这种大境界的伟大思想家，他们为世界人们所承认，为世界学者所倾慕。我们现在搞精神文明的画家却并不太了解这个情况，由此看到我们当今的境界仍需要充实，我们还不能搞超越，因为我们还没有达到超越的地步。古人云：盈科而后进，我们还缺乏深入的继承。

由于思想境界的浅薄，心境达不到中和平淡，心态得不到自在松弛，心态也自然不会再静下来，也就必然导致身心不健康，因而不能避免出现火、浮、动的心态，作品自然就会流露出这种境界。肤浅、躁动、刺激、有火气和纵横气的作品是病态的，是短命的，更达不到与众同体的永生。

现在我们看古人，只视表面不看精神，原因是没有识别精神的能力，我们看到的都是我们知道的，我们内心不知道的自然也看不出问题，就不可能达到中华民族的大境界。这个境界是不能为威武所屈、不能为富贵所淫、不能为贫贱所移的精神世界。

现在一些画家的思想处于对现实问题的相互反映和刺激之中，受逼于现实问题之下，现在的潮流是什么，什么容易入选，什么容易获奖，什么可以卖钱，于是就画什么。也有人看外国人的眼色，讨西方人喜欢，别人承认的才是对的，这就放弃了最根本的原则，就是自尊和自信。把自己的观念建立在别人的好恶上，变成了追名逐利和赶时髦的东西，从而成为后殖民时代的牺牲品。更有甚者，不以为耻，反倒认为这是进步，认为这才有世界意义。这是地地道道的洋奴文化和洋奴意识，这同样是无头脑、无意识、不成熟的表现。孔子讲仁者乐山，重要的是因为仁者的思想安于义理，厚重不迁，不会随便地改变主义。山主静，水深亦静；深则静，浅则流，不安静深不了，不深也静不下来。还有一种人很有自信心，但缺乏知识，结果表现为狂妄自大，看不上今人、看不上古人，盲目自我崇拜。又由于多年来都是接受的西方模式的美术教育，所以对自己的祖宗采取的只能是虚无主义态度。人类文明的进步，美术家的精神纯化，都需要教育在断裂的鸿沟上架起桥梁，让今人真正了解中国人的艺术境界。现在的中国看来不像一个文明古国的继承者，它看上去是那么幼稚。

不深入、表面化，或只见物不见人，只画物不画我，只画死不画生，以科学的思考代替艺术的思考。这些都是当今画坛的通病。只看到当今物质的发展，电脑、电器的革新，但是看不到人的精神在实质上是深还是浅、是进还是退。现代化不等于文明化，现代科学有许多不文明的，可以说是野蛮的，如原子弹。民用科技有许多也是害人的，是伤害生物、破坏生命的。人类大有毁灭地球之势，这是由于精神价值不受重视或是没有文明境界所致。人类在朝自毁的方向迅速发展，并且毫不觉悟，这是很可怕的。现在仍然把发展经济与发展精神摆错位置，叫作"艺术搭台，经济唱戏"。当然艺术也可为经济所用，但经济不能摆在主导地位，永远是在文化精神主导下的物质才能文明。孟子讲："天下有道，大德役小德；天下无道，小役大，弱役强。"

现代语言家认为用武力的优势统一不了这个世界，而只能毁灭这个世界。只有以和平的方式、以精神文明才能真正统一这个世界。而在这个世界上能够使人和人和平相处、人和物和平相处的文明精神，出自东方的中国和印度教。所以我们不能急于创作，不能急于出画集、出名。现在的作品大都太表面化了，食而不化的原因是不具备消化对方的能力，而是中国古人有之，胃口不好，身心也不健康，物理反应多；动外科手术、东搬西凑，但是气脉不通，所以作品表现的不是生命，而是死的。自我设计的思维方式盛行，因而社会上搞人体整容的多起来了。求表面好看，不再从内心修炼美了，外在再漂亮也会俗气满身。中国人不重表面功夫，讲内在，不外露，这是所有伟大精神的共性。让我们为人类精神世界的自由王国而开拓出我们的高深境界吧，也为我们达到无愁无怨、内在充实、宽大无边的精神状态而努力学习。

正大气象，庙堂风范

——赵建成先生访谈录

中国画苑：自19世纪末20世纪初以来，从技法到理念，中国画受到西方艺术持续不断的冲击，"中国画现代化"更成为中国艺术难以回避的问题。您怎样看待这个问题？

赵建成：这个问题似乎应该分成两个问题来谈，"中国画"与"现代化"之间既有关系，又无关系。艺术是人类精神物化的过程和结果，是人类表达思想、审美乃至生命状态的诸多方式的一种。实际上是人类对人与自然、人与社会、人与意义三个维度探求的高级精神思维活动。人类借助审美使其在精神层面得以对现实超越与升华，并用创造视觉图像的方式予以表达，因此可以判断，艺术是现实的投影和胎记，为其当下人的生命状态和生存现实（社会、政治、经济、文化、宗教）留下视觉的记忆。从这个意义上讲不存在所谓现代化、非现代化之虑，反之刻意的"现代化"或"传统化"会消解艺术的本真。

而所谓"现代性"就是当下的特定时空段，是历史长河的无数个截面，能够承载"当下"的艺术必然是"现代"的。

中国画苑：您如何在自己的创作实践中实现这种"现代性"？

赵建成：既然"现代性"是一个时空概念，是历史进程的截面，一切都在当下，那就不存在一个实现"现代性"的问题。中国画实现"现代性"和油画实现"民族化"属于同一类思维模式和价值判断。西方似乎更注重艺术本体的发展，而绝少有这种忧虑。从这一侧面折射出我们民族心理深层的自卑。

中国画苑：在现代性的背景下，诉求"传统文化价值"是否矛盾？您在作品中试图呈现的品格是什么？

赵建成：这可能是您对我的《先贤录》系列肖像画的解读。实质上20世纪上半叶中国这批学贯中西的先贤大德，以他们的思想的光芒，照亮了黑暗的中国，那是一个伟大的思想启蒙时代，他们是民族的灵魂，是民族的脊梁，是中国现代文明的基石。他们站在中国历史前所未有的哲学视角对中国传统文化价值体系进行了剖析、梳理、反思、颠覆，为中华民族的精神生存确定了灵魂高度和审美高度。他们引进西方先进思想的高度自觉，体现在从知识传统向精神传统的转换上，他们深邃博大的思想穿越时空的变迁，至今仍是我们的精神坐标。

我是怀着内疚、羞愧、渴望、敬畏的心理萌生了为先贤造像以启迪后人的创作欲望和计划的。他们是高山，令我们仰止；是历史，让我们敬畏。《先贤录》系列肖像画的美学品格定位在"正大气象，庙堂风范"。

中国画苑：用中国画固有的特点指导自己当下的创作，那么，如何将这种继承转变成发展？

赵建成：所谓中国画固有之特点，包含三个方面：1. 中国美学；2. 绘画形式语言；3. 绘画材质的物理特性。这三个方面在历史发展进程中，积淀成中国画完整的艺术体系，可谓博大精深。

以个体生命之有限，面对浩瀚的历史传统，如何学习和掌握，其难度是显而易见的。如何"打进去"、如何"打出来"。科学的研究方法成为不二法门。

您的问题中关于如何用中国画固有的特点指导自己当下的创作，我应该这样回答您：中国画创作必须具备中国画的诸多因素和特性，才能界定为"中国画"。这是文化遗存基因的问题，中国画丰厚的传统正是历代画家不断创造积淀的结果。在学习研究过程中，我们真正的目标是掌握中国画的学理和规律，而不是"师其迹"。停止在传统图式的表层。艺术创作完全是基于自我生命与时代现实激烈碰撞之后，对人的生命状态和生存现实以清醒严肃的审视和深刻的抚摸。这是一种散发着生命温度的判断，一切文学艺术创作无不如此。您所说的传承与发展亦在其中。

中国画苑：您的创作在延续中国画传统图式的同时，还有写实性很强的风格特征，将传统中国画的"意象性"与西方绘画的"写实性"两种风格在同一画面中再现不冲突吗？

赵建成：我认为当下对"写实性""意象性"的判断，尚存在片面。在观摩研究了西方绘画原作之后得出结论，"写实性""意象性"不属于哪个画种的专利，且不说法国印象派、后期印象派及之后的现代艺术，即使在欧洲古典绘画中"意象性"亦随处可见，他们用"意象性"甚至抽象性的笔法、结构塑造出极具写实性的人物形象，这给了我很大启示，《先贤录》系列肖像画的笔墨结构就是这种研究的结果。这并非简单的中西合璧，而是深切感悟到了人类绘画表达的共性——绘画性、表现性，莫奈晚年画的睡莲与齐白石的画有异曲同工之妙。大师层面的艺术在诸多方面是共通的。

"写实性"在中外人物画的创作中是最主要的形式元素之一。我所研究的是如何由包蕴着中国文化精神与传统因子的抽象笔墨，结构出一种迥然于西方美学、绘画的法则，但具有普世价值的人物画的新的表现体系。我相信开放的、多元的文化语境将给我提供一片茁壮成长的沃土和发展的可能性。

再谈工笔画中的写意性

唐勇力

引言

当代中国画从造型样式和表现手法来看,一般可分为工笔画和写意画两种形式。所谓的工笔画是以"工"为特征的中国画画体,它通常以细致的刻画、准确的造型和精微的色彩("白描"及细笔墨画除外)进行严谨的创作,其作品呈现工整、工细与工丽的画风。而写意画是与工笔画相对而言的一种画法,它要求用粗放、简练的笔墨,画出对象的形神,来表达作者的意境。实际上,从传统中国画的发展史来看"工"和"写"这两个词的定位,特别是作为一个专业绘画术语的形成,大约是在清代才出现。工笔在此前时期,特别是古典时期并无此称谓,在画史上,一般用"细画""工画"或其他描述性的词语指代。

元代以后,"写意"有了长足的发展,画坛出现了重写意而轻工笔的趋势,这之中,有很多以绘画本体无关的外在因素,致使这种现象的形成。然而,时过境迁,我们可以站在一个更高的文化高度上,把元代以后"写意"的长足发展及其与之相关的美学理论的建构,视为对"工笔画"表现手法及其与之相关的美学理论的"曲线式"的补充和完善。例如,元代以后,逸品的美学定位和逸趣思想的发展,实际上可以给予两宋院体那样的工笔绘画以形态学和理论意义上的补养。再比如,明清画家对绘画技法及其绘画美学的一些重要概念进行了推敲与研究,如关于"气韵""逸趣""性情""兴会"以及"形神"等方面的探索研究成果都是可以作为工笔绘画创作中的有益的精神营养的。

　　明代李日华说："凡状物者，得其形，不若得其势；得其势，不若得其韵；得其韵，不若得其性。形者方圆平扁之类，可以笔取者也。势者转折趋向之态，可以笔取，不可以笔尽取，参以意象，必有笔所不到者焉。韵者生动之趣，可以神游意会，陡然得之，不可以驻思而得也。性者物自然之天，技艺之熟，照极而自呈，不容措意者也。"（《六砚斋笔记》）李日华在此所说的"凡状物者，得其形，不若得其势；得其势，不若得其韵；得其韵，不若得其性"无疑来源于明清画家十分关注的"性情说"，而在明清中国画绘画美学中极为重要的这个"性情说"，显然是受到了宋明理学的深刻影响。于是，这也就从侧面说明深受宋代理学影响的两宋绘画中，因其早于明清画家关注的"性情"问题，所以，在当代，以明清写意精神、写意理念注入以两宋工笔绘画为载体的形式语言，是一件水到渠成、顺理成章的"事"——这个"事"，乃是"实事求是"的"事"。

　　从中国人物画发展的历史来看，人物造型最早出现在新石器时代的彩陶纹样中，虽然是剪影的形式，但在造型观念和线条表现上，都为之后的工笔人物画的发展奠定了基础。而从东汉末年开始，随着佛教传入，源自印度的美术传统又为中国工笔人物画的发展，带来了新鲜的观念与技法，特别是在色彩的表现上，更使中国工笔画发生了一次深刻变革。至唐、五代，工笔人物画的发展已渐趋成熟，形成了中国绘画史上一个至今难以逾越的高峰期。这一时期的工笔画以工笔重彩人物画为主，无论技法、立意、刻画深度还是艺术情趣等方面都具有独到的艺术风貌。如顾恺之的《洛神赋图》《列女传图》《女史箴图》、阎立本的《步辇图》、张萱的《虢国夫人游春图》《捣练图》、周昉的《簪花仕女图》《纨扇仕女图》、顾闳中的《韩熙载夜宴图》以及敦煌壁画、永乐宫壁画等，这些传统绘画中脍炙人口、泛着人类智慧之精华与灵性的艺术珍品至今令人赞叹不已。宋元以后，由于绘画材料的变革和诸多社会历史原因，文人士大夫逐渐加入绘画的行列，由于最初之时，他们只是限于朋友之间的交流及"赏玩"，因此在技法、抒发情感等方面较为自由灵活的写意画受到重视。到了明代董其昌的"南北二宗"论，在高唱"崇南贬北"的理论下，将工笔画列入了"北宗"并视之如同匠工，使得工笔人物画的创作渐呈衰落之势。但是，在此期间仍不乏名家高手产生，并创作了一些流传后世的经典作品，如李嵩的《货郎图》、唐寅的《嫦娥执桂图》、陈洪绶的《笙庵簪花图》、任伯年的《群仙祝寿图》等。在五四新文化运动的影响下，改革国画之声四起，当时艺术界大师如金北楼、周肇祥、陈师曾等先贤前辈纷纷开始着手筹组画学研究社团，"工笔画"再度兴盛起来。

一般而言，工笔画偏重理性，强调秩序感、条理性和规范性，讲究制作，设色又分分染、罩染、三矾九染（工笔重彩要精确表现物象形体结构，取得明朗、润丽、厚重的艺术效果，须从反复渲染、逐遍积旋中获得，古称"三矾九染"。纸绢在数遍分染之后，触动纸底，再染易浊腻不匀。以薄胶矾水轻涂一遍，固其底，干后再染，则仍能保持鲜润；每染数次矾一次，可反复染八九次，此法宜"运色以轻为妙，加深者受之以渐，浓厚者层叠以薄"），程序较为繁杂。造成了工笔画在抒情达意方面，即使有激情，也不能像决堤之水那样充分宣泄出来。以至于很多人认为工笔画重写形，轻写意，难以表达作者的主观情感；更有甚者认为工笔画制作性强好把握，只要肯投入时间谁都可以达到，较之写意画容易得多。据历史记载，唐玄宗时，曾命画家李思训和吴道子，一起在大同殿描绘嘉陵江的山水。李思训擅长工笔重彩，他用了几个月的工夫才完成这幅壁画，而吴道子则在一日之内就将三万余里的嘉陵山水景色画成。

这种观点，在我看来，都带有很大的片面性。首先，就其制作性而言，工笔画还带有很强的书写性。工笔画作为一种视觉艺术无疑有其肌理效果，并由此构成一种具有符号意义的视觉语言。肌理是视觉艺术必不可少的辅助性的手段，能够营造一种气氛，或者说烘托出了一种艺术语言的气氛，这其中必然会产生一种另样的书写性。也就是说，制作在本质上也能够具有一种以"艺"为鹄的书写性。中国传统的工笔画中，有很多作品落款时题上"某某制"，其实，这个"制"本身不能理解为一种工匠的制作，它还是写意性的制作。因此，"制作"有两方面的含义：一是工匠性制作，就是人们一般意义上所理解的没有思想内涵的，没有创作理念的工匠性的作品，这里面含有很多技术性因素；二是包含创作者思想情感和原创性理念的灵活性作品，这个制作本身就有"艺"的创造性因素内隐其中，含有写意性。这是在绘画过程当中，根据内容需要而不断地进行语言创造的产物，也是绘画创作中的一种必要的表达方式，具有一定的符号意指性。因此，我们不能否定工笔画中含有写意性的、可创性的"制作"。其次，工笔画可以借助于见物抒情和比兴等方式来抒发作者的情感，表达作者的情感寄托。只不过，工笔画是在作品不断深化的过程中慢慢地注入作者的情感、思想、理念和追求的，它不像写意画那样可以突发而制，瞬间即可宣泄，它需要作画之人有既敏感又冷静的头脑和精确的思考、缜密的经营及恰如其分的安排，通过"取神得形，以线立形，以形达意""尽其精微"等手段把画之物象情态、神色表现得俱若自然、笔韵高洁，画面条理清晰、丝丝入扣，进而获取神态与形体的完美统一，内容和形式的高度和谐。

一、中国画中的写意精神

"写意"在《辞源》上总称为"宣曳书写，描摹心思"。它有两种词条：一曰"表露心意"，如写心（抒发内心情感）、写志（抒发情志）、写怀（抒发情怀）、写念（抒发思念之情）、写思（抒发情思），即带有很强的抒发性。另一曰"写的方法"，如写物（描绘人或物）、写境（描写环境）、写状（描摹形状）、写貌（描绘形象），带有描述性、记叙性。

"写意"是一种语体的形式，更是中国艺术精神表现的美学传统。它不仅含有画家在从事艺术创作时所真正想要表达的精神、思想、审美情趣；也可以理解为以书写性的笔法来描绘胸中之意象。《周易·系辞上》中曾提到"立象以尽意"，庄子在《秋风》中同样郑重强调："书也，书不过悟；意也，意也所随，不可言传也。"而这个"意"，在中国美学中，其理论渊源却很深长，并各有论说，从一千多年前到现在也发生了很多变化，它经历了一个从"意在笔先"（心中有意）到"立象以尽意"（心中之意气）的转变，既有具象的内容，又有抽象的成分；既有再现的形物，又有表现的意识；既强调客观的真实性，又强调主观的意志性。包含了画家通过目视对所要描绘的形物摄取之后，经过心视，与自我的审美情趣、思想相融之后产生的意象，不但表现客观形物的形态特征和内在精神、内在美，还表现出画家借助笔墨表现出来的自我主观意识和心理世界，这也是中国画真正意义的写意精神，既是对工笔画也是对写意画而言。

在传统中国画中，"立象"是尽"意"的手段，"意"才是艺术家真正的主观创作意图，是美术创作中构思和表达所要达到的最终目的。东汉王充《论衡·超奇篇》："实诚在胸臆，文墨书竹帛，外内表理，自相副称，意奋而笔纵，故文见而实露也。"这里的"实诚"与"意奋"是指情感的思想意境；唐代张彦远第一次提出绘画表现不是单纯地表现客观，也不是单纯地表现主观，他主张主客观统一，明确命名为"意"，其论云："书画之艺，皆须意气而成，亦非懦夫所能为也""骨气形似，皆本于立意"，指的也是画家内在的审美情感。杜甫在《丹青引》中说"意匠惨淡经营中"，即指意与法，或审美意识的主导作用。"挥纤毫之笔，则万类由类""意在笔先""画尽意在"，则都指的是画家主观的情思。其实，意的本源是自然、现实，意的组成因素是生活、物象对情感的刺激和心对物象的感受，情景交融，情景相撞而生成"意"。后来，钟嵘、司空图、严羽在他们留给后代的《诗品》《沧浪诗话》大作中，也提出了"言有尽而意无穷""不着一字，尽得风流""羚羊挂角，无迹可求"的艺术论调，"写意"遂被揽入传统文学怀抱中。

在传统绘画美学中，画家十分强调审美创造之前的"兴"的酝酿和促成。这也就是王昱所说的"养兴"（未作画前全在养兴）。这种"兴"的酝酿和促成，并不是一种纯粹主观的自发状态，而是在审美主体与审美客体以及特定的境遇和氛围所构成的一种鲜活而敏感的关系基础上产生的。这就说明，画家有"兴"才会真正有所感触，才会在审美创造中保持一种蓬勃的心态，从而创造出充满生机和生命的艺术作品。于是，就传统绘画中的"兴"而言，它是同时作用于工笔、写意两种表现形态的。明代顾凝远的《画引》载：

> 当兴致未来，腕不能运时，径情独往，无所触则已，或枯槎顽石，勺水疏林，如造所弃置，与人装点绝殊，则深情冷眼，求其幽意之所在而画之，生意出矣。

很显然，画家能否在自然中发现"意之所在"，能否创造出富于"生意"的作品，"兴致"的酝酿和促成起着重要的作用。

厘清了这一点，我们便不难理解"写意画"至宋元之后，为何能后来直上，成为与工笔画并驾齐驱的两大艺术种类（尽管从其最初的起源来看，它并没有工笔画发展得完善）。一方面它适合于中国文化所强调的绘画者与描绘对象之间的那种"神遇而迹化""得意而忘形"的精神追求；另一方面又使东方文化从抒情表意的思维方式上，将艺术本质的探索和整体的思辨宇宙观相结合，达到"物我统一""天人合一"的境界。仔细研之，我们会发现宋代以来所开创的这种"水墨写意精神"，在本质上是与中国原始先民陶纹彩绘的那种直率粗放意识，秦汉时期的古朴单纯艺术追求，以及老庄哲学"清、静、虚、玄、远、韵"的思想品格一脉相承的。清代恽寿平说："宋人谓能到古人不用心处，又曰写意画。两语最微，而又最能误人，不知如何用心，方到古人不用心处；不知如何用意，乃为写意。"耐人寻味。

写意精神是中国绘画中很重要的支撑点，因此，目前有些中国画学人认为中国画的本质是它的写意性。在我看来，这种观点如果脱离中国画的文化属性而孤立地谈它的写意性难免会有以偏概全之嫌；譬如，莫奈的《干草堆》在一定程度上也有"写意性"。所以，脱离中国文化语境而言中国画的本质是其写意性，并不准确。但是，如果我们在中国画的本质语境，即其文化语境中论及中国画的本质是"写意性"却又不无道理；因为"意象"和"意指"合一形成的中国画艺术形象，毕竟是以"写意性"为表征的，这个表征不分工写。

在中国画审美范畴中，"意象"也如中国画的本质一样，是一个难以言说的概念，不同风格流派的画家对"意象"的解释会有不同的观点和看法，不过用"乾嘉学派"的方法可以作为理解"意象"这个审美概念的桥梁。在汉语语境中，"意象"的"意"有如下两个方面的内容：（1）心情、意志、感情；（2）心志、思想，意义，观念。同样，"意象"的"象"也有如下两个方面的内容：（1）象形。甲骨文字形，突出其长鼻。本义：大象，一种哺乳动物。（2）现象。如象纬（指日、月及金、木、水、火、土五大行星。亦泛指天体）。旱象，天象，险象，景象，假象，人的外貌。基于上述两字的本意，我们可以总结出：意象是指客观形象与主观心灵融合而成的带有某种意蕴与情调的一种符号。

"意指"的"意"，已如上述，与上述同义，"指"，则为：（1）意旨、意向，指定某具体物，譬如指定十八描法某一描法，指定皴法是斧劈还是披麻。（2）旨意、要旨、意向。前者意指为可见现象，如十八描法、皴法都是可见现象，后者意指为抽象显现，如骨法用笔的"骨"，不是可见物，而是指精神气骨。

总之"意象"和"意指"都有形而上与形而下两方面的含义，即此一物非彼一物。因此，对中国画的诸多审美概念要思辨清晰。中国画的工笔画中的写意性和写意画中的写意性在不同中又有相同点，同样需要思辨清晰。

二、工笔画与写意画是共同文化核心下的不同外在形式的表现

其实，就我个人的创作实践和教学经验而言，工笔与写意只是中国画外在形式不同而已，在表现手法、绘画技法上存有差异，但两者在绘画的终极目标上却有其一致性，即都是借助笔墨语言把作者的情感与思想融入画中，并借助于各种技法、材料，使画面营造出既有文化内涵又具形式美感和高艺术品位的审美价值。在这个终极追求的过程中，工具材料、笔墨技法都只是"达意""言志"的载体，不代表艺术水平的高下、艺术品位的高低。

纵观中国画史，不乏工笔、写意兼善之人，譬如唐寅、陈洪绶，都是在工笔、写意两方面集大成之人，我们无法分辨出其笔下的工笔与写意孰高孰低，但是在一定意义上，这两种不同表现形态却存有相融、相通之处，互为营养。写意画的笔墨功夫需多年积淀才能达到一定的境界，工笔画要营造出高境界、高品位也绝非易事，因为长时间的制作阻碍了情思的直接表现。写意画需要的是灵感，它能很快地把片刻的感受及所思所想通过笔墨传达出来，工笔画则需经过漫长的制作并把突来的灵感保持始终，这更是一个难度，需要创作者有极强的情感控制力、清醒的头脑及应变能力。

如若我们将工笔和写意两者回归到其最初的起源形态，不难发现两种绘画形态都具有写意性：前者可称为细笔写意，后者则可称为粗笔写意。所谓的细笔写意（工笔画）是以其细腻的笔致，匀净的设色，从物态传出人情，融情思于自然；而与其相对应的粗笔写意（写意画）则是以纵逸的笔势，淋漓的水墨，寄豪情于笔端，托胸志于物态，挥洒激情。两者可以互相渗透、互相融合。又譬如，水墨写意画，它的用笔技巧、抑扬顿挫、干湿浓淡异常丰富，可谓八面出锋，特别是宣纸这种材料的特殊性能，使笔和墨在宣纸上能产生丰富的变化。水墨写意画一般使用生宣纸，生宣纸是没有经过矾水加工的，特点是吸水性和渗水性强，遇水即化开，易产生丰富的墨韵变化，能收到水晕墨章、浑厚华滋的艺术效果。而工笔画却不同，其最早是画在帛、绢、丝绸上，后来延续到纸上，但无论是帛、绢、丝绸，还是纸质，都是用矾水加工过的，水墨不易渗透，遇水不易化开，和其他纸张的效果也不一样，可作细致的描绘，也可反复渲染上色。这样，工具材料选择的不同造成两者表现样式的迥异，并产生了同一个文化概念下两种不同形态的外在表现。

此外，这两个不同形态的外在表现，所产生的气韵也不一样：写意画是以水为媒介，故而气韵一般产生在水上，或水与笔的交融上；而工笔画的基本技法是勾线和添色，线是第一位的，添色是第二位的，绘画本身的视觉效果也产生在色上，用色来弥补画面的效果，使画面协调统一。用线造型是工笔人物画最基本的语言，是依据对象所呈现的轮廓和结构变化寻找出线的构成形式，舍弃那些不必要的杂线，巧妙地找到轮廓和边沿，并将线组织成有结构、有形式且和造型相吻合的形，这样造型才算基本上达到了要求。即工笔画的气韵产生在色与线上。工笔和写意借助自身不同的外在表现形式，把中国传统绘画中的文化精神、艺术精神完整地表达出来。中国哲学中讲"有无相生"，工笔是立足于哲学中的"有"，写意是立足于中国哲学中的"无"，无中生有，有中出生，从而达到生生不息的境界。

在中国画史中，工笔画因其形象刻画细腻、工整而被称为重形；写意画因其逸笔草草，不求形似，聊写胸中意气而称为重神。因此世人也常常断章取义，将形神分开，以写形者为工笔，以写神者为写意，将两者对立起来，以为工笔重形不重神，写意重神不重形，其实为谬论也。写神是在写形中体现，神不能撇开形而单独写之。形与神乃两面一体，不可分割。只以形似求其画，而无神似则画无气韵，"形"是"神"的载体，脱离了"写神"的"形"，便不能表达人的审美情趣。所以，后世之人才有"作画贵在似与不似间，太似为媚俗，不似为欺世"（齐白石语）之惊世骇语。

中国画中的写意性，自从它一千多年前形成起，就贯串整个中国画领域。一开始提出，并不是针对我们今天所说的写意画，而是针对当时的工笔画的工和写实性，强调工笔画中的写意性而提出的。但是，到了宋元文人士大夫加入绘画，并身体力行倡导写意，"追求逸笔草草，不求形似，聊写胸中意气"之后，写意画才渐渐成为一个独立的画种。工笔画却并没有把这种倡导延续下来，特别是自明清至近代以来受传统技法束缚，从"广袤的大地"钻进了"街头小巷"之中，逐渐出现了匠气与僵化的现象，这样写意画就同遵守传统、恪守法则的工笔画形成了风格迥异的两大派，长期地在画坛上争相辉映，代代相传下来。

其实，与其说工笔画重形，倒不如说"工笔画重写实"来得更确切些。只不过，工笔画中的写实，不是真实的实，而是物之理和形之理所呈现的真。工笔画中的工，有物之理和形之理两方面的内涵。物之理，是物的生长规律、物之内在精神、内在美；形之理是形所呈现出的规律，是一种偏向视觉的形律，及其形的外在精神和外在美。工笔画据此二理而写，即物之理和形之理，才是艺术的真。物之理与形之理之别，在于物之理强调物之生长规律，如植物叶的互生、对生，物之纹理，如叶脉是平行脉或者为羽状脉，物之内在精神、内在美；形之理受物之理的作用，但形之理强调的是物种个体形的差异之规律，是视觉感受的异与同，是形之外在的精神，外在的美感。

中国画本身是线造型——平面的线造型，讲究以形写神、"传神写照"，以线造型的写意性是使线条造型的风格侧重于表现而非再现，侧重于写意而非写实，因为线条本身是对自然物象的抽象。它表达的不是肖似对象的形，而是对象最本质的特征，同时也是艺术家个人情感、情绪的物化形式。线的长短、粗细、刚柔、徐疾、顺逆、虚实等都会不可避免地带上创作者的意志，传达出不同的感觉，这正是中国画中线的魅力之所在。只不过，这个"线"在工笔画与写意画中，其寓意却也不尽相同。工笔画中的线，作为主要的造型要素，构建、支撑着整个画面的结构，是高于生活的图案化、表现化的一种形式，是渗透了主观"意"韵的客观反映。中国画追求的目标或是写个体主观之情感，或是传客观对象之精神，都是通过追求"意象"而达到追求"意境"之目的。意象也好，意境也好，都是以"意"为主导，而不是以客观的"象"为主导。"意"是主观的，意象和意境都是经过主观意识加工、提炼、概括以后的客观的"象"。而在写意画中，线条不再占有画面的统治地位，仅用来传神达意；水墨则成为重要的表现手段。写意画用水与墨在宣纸上点、虬、泼、洒，墨色团块间相互渗透交融，以及线与墨纵横错杂来构成画面抽象而写意的外貌。不求形似，重神似，粗笔线描和意象的墨韵成为写意画主要的视觉风格特征。而工笔画主要的视觉风格特征则为严谨精细的线描和细腻逼真的色彩渲染。

工笔画中色的运用一直是遵循六朝谢赫在"六法"中提出的"随类赋彩"而展开的。"赋"通敷、授、布；赋彩即施色。随类，解作"随物"。《文心雕龙·物色》："写气图貌，既随物以宛转。"汉王延寿《鲁灵光殿赋》："随色象类，曲得其情。"它包含两层含义：一层含义是赋色要以客观现实为依据，随物象类别的不同而赋彩。"类"是抽象概念，而不是某个具体物象，也不是指某种特殊环境下的物象。它包括相同或相近似的不同物象，如不同白色的各种花称为白花一类。另一层含义是画家主观赋予的，它不是纯自然色的再现，它是画家意象思维的结果，如赭石梅花等，都不是物象本身的固有色，而是画家联想、虚构出来的。即中国画中的色彩并非客观色彩的如实描绘，它可以随着客观物象的变化而变化，随着画家主观精神的变化而变化，它是画家主观感受的理想表现。工笔画中的色彩观充分体现了中国绘画的"写意性"。《宣和画谱》讲到工笔重彩画时说："绘画之妙多寄兴于此，与诗人相表里焉。故花之于牡丹、芍药，禽之于鸾凤孔翠必使之高贵；而松、竹、梅、菊，鸥、鹭、燕、鸳，必见之于幽闲；至于鹤之轩昂，鹰隼之击搏，杨柳梧桐之扶疏风流，乔松古柏之岁寒磊落，展张于绘画，有以兴起人之意者，率能夺造化而移精神。""寄兴"、"富贵"、"幽闲"以及"风流"、"磊落"都是指兴起人之意的意，都是借此来抒发画家的精神。只是从表象题材上体现写意这一特性，在表现技法上，工笔重彩同样体现着"意向色彩"这一特点。它不同于西方绘画的写实性，不遵循西方绘画理论中的色彩学原理。它没有环境色和条件色的限制，它只能采用同一种颜色的平涂与渲染来表现物象。通过一色的深浅变化与色于色的配置、对比来达到色彩的和谐。

　　正是基于此层面，工笔画具有了既尊重客观现实，又具自身观念的"意象"特征。工笔画的"意象"造型特征追求的最高境界即"似与不似"，甚至是"得意忘形"。也许意象性造型本身看上去并不完美，但其艺术张力却是浑厚的。中国画艺术精神追求的并非面面俱到、完美无缺，而是给人一种启示、一种联想。"似与不似"是中国画千百年来追寻的一条艺术真理，它明确地概括了中国画的造型原则，给艺术家提供了一个可随"意"雕琢的空间。表现客观物象，只有注入创作者的情意、意趣，才能获得某种原有事物所不具备的生机和意味，才能真正使画面"活"起来且富于表现力，正所谓"寓意则灵"，这也是工笔画造型过程中所必需的。

三、创造性地对待工笔画的写意性

　　现在很多人认为，工笔画只要有刻画细腻、工整细致的一面就可以了，认为面面俱到才是工笔，其实这是错误的。工笔画尤其要讲究意境，讲究虚实，讲究诗意，讲究情趣，只有这样才称得上绘画艺术，否则与照片无异矣。自然的真实不是艺术，只有画家根据自己的感悟重新铸造出来的自然才是真正的艺术。

　　在现代文化时空中，就其词义本身，工笔画的写意性可有两个方面的阐释：一方面是中国传统绘画中对写意性的理解，最主要特征是赋予形象以象征性，简单地讲就是抒写胸中之意，用现代的词来讲就是写心中之所想，抒心中之所叹，借物以抒情。另一方面是新时代语境中，借鉴西方现代主义绘画中的表现因素，对写意性的创作性理解。

中国画表现手法往往脱离客观真实对象，比如水墨花鸟，画叶子的时候，徐渭、八大山人，所有的叶子都用黑色的墨画，其实这就是写意，因为叶子本来是绿色的，而所有的叶子的形状只是画了一个大概。以明徐渭的《墨葡萄图》为例，以水墨画葡萄一枝，串串果实倒挂枝头，鲜嫩欲滴，晶莹透彻，形象生动。茂盛的叶子以大块水墨点成，浓淡相间，水墨酣畅，风格疏放。浓淡畅涩的线条，简约而概括，意兴而变化多端。弱化的边缘轮廓，使形体失去了清晰具体的轮廓；大大小小的意象墨色团块与线一起飞动摇曳，相互支持与交融，画面整体上呈现出墨象的和谐运动。再比如，葫芦的叶子和葡萄的叶子到底有多大区别，在中国绘画中，这似乎也是不必追究的。即在本质上，自然物象在造型方面的差异性，在中国传统绘画里区别是很小的。中国传统绘画里不管是画竹子还是各种树的叶子，例如山水画中的叶子，有椭圆形的、三角形的等，各种各样的，是总结出来的一种程式，写意就是只管表达心中的意思，重神轻形，于是，就形成了程式化的一种符号。中国传统的工笔画中也存在很多这样的因素，我们完全可以从中去挖掘。

如若从绘画语言的角度来研究工笔画的写意性，又可分为以下三个方面：一是形式结构的写意。从立意到构图，是一幅作品的基础，图式的结构处理，是体现画面是否写意的关键。以《虢国夫人游春图》为例，画面以人马为主，背景是空白的，但仍然会给人以春风拂面、佳人游春的感觉，画家脑中之"意"尽在当中。作为当代工笔人物画画家，我们完全可以既继承传统，又借鉴西方艺术的构图因素，用现代人的审美观，探索更具新意的构图，营造当代中国工笔画的写意氛围。二是造型的写意性。中国画造型就是"意象"造型，那么为什么还要提出这个问题呢？这是针对现代人物的造型而言的，面对现代的人和生活，其"意象"造型应该是什么样式的，有无规律可循，我想肯定是有的。仁者见仁，智者见智，有待各位画家的创造。三是绘画语言的写意性，既要继承古人工笔画技法的精华，又要摆脱其束缚，在传统技法的基础上进行创新。水墨画为什么叫写意，其原因是纸张技法和工笔画不同，生宣纸是渗化的，毛笔落在纸上容不得你慢慢地一点点地去制作，有很大程度的不可预知性,即兴性很强,注入情感直截了当。工笔画则不能,它的技法语言是有程序步骤的,但可以吸收水墨技法的特点,从技法上进行改造,创造出能即兴发挥的技法语言,使工笔画创作进入一个自由的新天地。

进入 20 世纪以来,随着世界经济文化一体化的到来,中西方绘画之间的交流逐步加强,中西方绘画之间的碰撞与融合已是很自然的事情。中国传统绘画中的写意性和西方现代主义绘画中的表现性在很大程度上具有一致性。西方绘画中的印象派绘画强调的是一种"印象式"的梦幻感觉,这种感觉实际上与中国传统绘画中的很多东西是相通的。而表现主义就更加相通了,当代工笔人物画创作完全可以从中汲取营养。以美国抽象表现主义绘画的重要代表画家德·库宁所创作的"女人"系列为例,那充满姿态而随情涂抹的笔触与线条在视觉感受上具有强烈的表现力,其造型的具象形式,表现出线条的抽象手法,色彩的随情性和大胆对比都值得我们借鉴。又如,其作品《男人1939》中对人物的表现力也有三点值得我们讨论、学习、研究、借鉴。一是男子侧面中眼睛的处理,神情的状态与虚实手法刻画出的感受,使人久久难忘。二是在整体橙色调中,手部边的鲜绿色块的处理,用使人意想不到的手法,令画面产生了巨大的对比感。三是浅绿的游动实而虚、虚而实的手法,正是我们学习的要点。

不过,中西方绘画中两者的"表现"也存有差异。如果说西方现代主义绘画中的"表现",更多的是强调一种直观感觉,一种即时情绪,一种依据客观存在而产生的主观情感——喜怒哀乐;那么中国传统绘画中的"表现",则更多的是心中之意象,严格来说也是一种感情,只不过在这感情之外更多的是一种心性、志趣、志向,借物以言志,有一种人格精神之寄托。心性是建立在修身基础之上的,并且在逐渐地变化;而感情的喜怒哀乐是具有突变性的,因此,西方画家在绘画创作过程中会有很多突变性。但是中国绘画却在这"突变"之中化动为静,譬如,中国传统文化中的佛教文化不是突变的,它让人非常冷静、非常理性地去修行自己。中国人对待事物一直讲究"顺其自然""宠辱不惊"——得到了不能太张狂,失去了也不要太痛苦,这是非常经典的道家思想。

综上,我认为,从绘画的思想性上讲,工笔画的写意性应综合中国传统绘画中的写意精神和西方绘画中的主观情感。在绘画语言的手法上,不仅要吸收中国传统的绘画语言,也要吸收一些西方绘画语言手法,但这种绘画语言手法首先是平面的、线性的，以线为主，讲究线本身的品质、品格和意味的；另外还有一些调子在其中（调子的"肖像性"）。

　　今天的工笔人物画面对的是现实中活生生的人和生活，西方艺术的影响使人物画的造型方式发生了根本的变化，面对面的直接写生成为人物画最基本的训练方式，也是美术学院教学的重要组成部分。这种直接写生的方法为研究人、表现人提供了极大的可能性。如果加上"写意"这一传统造型观念，强调"尚意"的重要性，这就成为现代工笔人物画造型的切入点，我想这正是人物画发展的前途之一。

禅灯照我独明

许钦松

一盏灯子，几把刀子；北窗天光照下，几把刀子；沙沙遍地木屑，魄落魂断，也还是几把刀子。刀子啃着板子，板子咬着刀子，脖子撑着脑子，脑子想着点子。鼻梁托着眼镜，汗臭和着墨香，背上湿漉漉，腕底疼酸酸。日未落月已升，露重了又是天明……

笃笃门响，开门，微笑，握手，手里握着刀子。

抬脚落地，踩着板子，有脚印吗？脚印嵌进刀痕里。

灯孤明，彩蝶至，羽衣斑斓，扑灯登登响，奔光明而逝，衣体破损，风一吹了无踪迹，生命只此一瞬。

木纹年轮，丝丝纤痕，幽幽岁月，秒秒分分时时，年年月月日日。苦行林中静定，麻麦果腹充饥，尼连禅河沐浴，归凡常人心地。岁月匆迫而绵长，跌跌撞撞到了中年。

"春有百花秋有月，夏有凉风冬有雪，若无闲事挂心头，便是人间好时节。"宵宵是良宵，日日是好日。日看太阳夜看星，星光应在暗里明。闲庭芳草，危岭断云，云雾相见，萍藻相别。孤独里写文章，寂寞里解心结。

灯光洒满案面，余光落在地上，风吹灯摇，影子跳跃，案下黑箱如暗狱，画中人与蛀虫共眠，无人晓得，无人觉得。

思绪如流云，空寂听天音，五柳庄外柳，叶叶悠闲情，有几多默想几多妙谛在心，空花、阳焰、泡影？三角、圆口、平口、斜口，逻辑烹调，构思什锦，未得意时苦于言，得意时又忘言，意不在言，意也在言，一石击水，涟漪无边。如虫蚀木，如箭穿心，前念、今念、后念，念念相连。

虎口肌沟深凹，掌上茧峰高突，脸面鱼纹舒展，内中胆子皱折。刀子推进，板子发颤，木屑欢跃，如牛犁地，似渠引水；"沙沙沙沙"，倚石抚琴，断壁泉音，铮铮沉沉，美妙动听。木刀对应，木刀有心。风生大地，云起雷生。刻刻画画，牵枝引蔓，黑白分明；沟沟痕痕，透顶透底，得海印三味。正为反，反为正，左是右，右是左，印与应，世事万物因果奥秘尽在其中。

金乌昭显，万物明晰，肌纹理线，细细腻腻。晦而弥明，隐而愈显，隐去鹤梦烟寒，水含秋远，显来千缕万刻，历历有数。删繁就简，黑白颠倒，呼风唤雨；魔高道高，万物主宰，舍我其谁？丽日如轮，东风独步，百川赴海，千峰向岳。说法者，无法可说，不通处自通，不明处自明。小板里有大世界，木刀里可定乾坤。

夏虫不语冰，对牛不弹琴，小嘴说大话，细眼难睁明，说多错多，不说不过瘾。心中事自己明，端个深奥吓唬人。抬起头，深呼吸，伸伸腿，弯弯腰。头枕着枕，脚碰着脚，琐事小事终难了。

平常心是道，穿衣吃饭。下雨了带雨伞，日出了戴草帽。困了累了睡大觉，醒了吃了要干活。三餐物，菜市场，吃了一餐是一餐，大事小事一大箩，干了一件是一件。君子良贤，小人恶犬，此是彼非，热肠冷眼，地球在转，人脸在变，左搅右拌老例汤，喝了拉了化为烟。旧时月色，可惊可缅，今时钟点，答答在前。说做就做，别空了这画室三十方。

庄稼人，春播种，夏抽穗，秋收获，只怕当春不华，秋又不实，吃饭便成问题。木刀生涯，雕虫小技，难为生计，为何这般痴迷？抬望眼，云外一帆奔海去。

戊寅秋写于枕流居

刘健教授访谈录

时间：2018年12月29日
地点：广州画院大画室
采访与整理：张工、徐美玲
采访协助：广州正典

提问：您在绘画创作中，特别是在主题性美术创作方面取得了很大成就，其中是否有您最满意的作品？分享一下您从事主题性美术创作的体会。

刘健：这些年我先后创作完成的比如《二七风暴》(2009)、《黄巾起义》(2016)、《1925——省港大罢工》(2017)、《马克思晚年关注俄国及东方落后国家发展道路》(2018)这些作品，都属于国家美术创作工程"定件"，现都为国家博物馆或中国美术馆所收藏。从事大型主题创作，我在内容和形式方面尝试着创新，期待突破并有所收获。我心里知足，却不能自满。

《二七风暴》表现的是中国共产党人领导的反帝反封建压迫，争取生存权的宏大历史事件——京汉铁路工人大罢工。如何运用水墨语言塑造不屈不挠的历史人物形象，表现工人群体刚毅的表情、朴厚的气质、英勇无畏的精神？如何驾驭和表达好这一宏大主题，以艺术的方式再现历史事件的壮阔场面与恢宏气势？对此，我曾颇费思量。经过实践摸索，"远观其势，近取其质"成为指导我经营位置、表现画面形式感的不二方略，其作用延伸至我后来参与的中华文明历史题材美术创作工程，在《黄巾起义》(中国画)创作中得以接续。

基于《黄巾起义》尺幅较大（规定尺寸为5米×7米），陈列场地的空间、光线及作品涉及的历史题材、内容等因素的综合考虑，为了达到"取势求质"的视觉效果，我再次选用水墨重彩来表现。在创作过程中，我有些体会。一是改变了通常由草图、小稿描摹、放大成正稿的过程，而是在小稿上不断深化打磨、反复推敲，明确了画面的整体布势格局、结构形式与节奏关系后，胸有成竹了，就直接在正稿上画。为什么尽量不起稿？其实是想凸显中国绘画的书写性，表现中国绘画气韵生动的审美特质，在浓丽厚重的张力表现中尽量存留生动、松快，甚至酣畅淋漓、浑然一体的画面感、现场感。在整体把握的基础上，我对局部进行调整，比如增减画面元素，强调画面节奏。一发现新的可能性，我就适时调整，放胆追求艺术表现的效果，而不是一味地追求完整。因此，在正稿创作的进程中，虽繁复修改较大，但画面整体效果依然比较利索、畅快、少拘谨。当然，这仅为己见，创作方法因人而异。

　　二是表现题材的象征意义。这件作品面临容量尺幅大，创作难度亦非轻易，需要几年时间的投入。我不希望把它画成历史事件的简单叙事，而是希望在宏大叙事中让它具有言犹未尽之意。这就需要在创作的过程中，既在尊重史实的基础上舒张艺术想象与表达之功，通过整体氛围的谋篇布局，表现事件的历史背景和人物气质，展现一种豪放、厚重的气象，同时在画面效果上呈现它的时代特性和象征意义。

　　三是扩展了我对素材的整理和对历史资料的研读。中华文明题材的选择是经过很多历史学家、考古学家等权威人士反复论证之后，被确定的题材必须具有标志性、代表性历史意义，同时具有鲜明的时代特征。其风物景象、人物、服装、道具等都应符合它所处特定的历史情境。所以，投入创作之境必先以案头工作而入，需要收集和整理历史素材，研读大量文献并择要梳理归纳。在历史语境的限定前提下，我尽可能就表现语言和视觉造型方面有所追求力求出新。随创作深入阶段不同，我向历史学家讨教，继而相与交流互动甚好。我非常感谢他们为我的创作进行"把脉"，在人物造型、服装、道具等方面，都给过我一些建议，加深了我对历史事件的认识，协助使我努力呈现艺术再现历史真实的愿望，得到有力的倚靠。

　　我于此创作过程中体会到，大幅历史题材创作，技法的运用需视作者所长。就艺术表现力而言，可以不拘定式地发挥自由度，"因势利导""随心巧用"。要根据不同绘画题材内容，相应择取表现形式，"量身"适用，无论尚古或是侧重现代意识，作品画面里中国文化精神都要质地鲜明。所谓手法要出新，但本质要坚持。所以传统出新也好，中西融合也好，或者其他更大胆的技法尝试也好，只要形式能有效表现内容，大家就不要太拘谨，而是要有比较认真的学习态度，古为今用，洋为中用，在让自己的艺术道路更加宽广的同时，又不失中国文化的精神、立场与定位。有一点大家千万要记住的是：我们在学习传统的时候，目的不是因袭复古，而是要让"传统出新"，符合时代需求，要在学习中进行比较分析，让我们真正从优秀传统成果中获得启示，彰显中国传统的精神优长。重要的是能获得丰富营养，极大地发挥自己的个性和创造力。

提问：说到重彩，自然而然会让我们想起中国古代壁画。您曾到敦煌临摹壁画，谈谈您去敦煌临摹壁画的经历，以及敦煌壁画对您后期创作的影响。

刘健：1978年，我进入浙江美术学院国画系学习。在二、三年级的工笔人物画课程的临摹作业阶段，我们会接触到国画系自存的敦煌壁画临摹范品（皆为方增先、顾生岳、宋忠元等老一辈先生于20世纪50年代前在莫高窟，现场临摹完成的佳品）。这些临摹品成为中国画系长时期不可或缺的珍贵教材范本，师生受用多年，所以会有些损耗，我们系有意增补部分摹品。那时毕业班学生轮番赴西北敦煌考察实习是学校规定的必修科目，刚好轮到我们班去敦煌的时候（1981年9月下旬，毕业前一年），我们有幸受命于考察期间进入特级洞窟，每人临摹完成几件作品。大家都觉得这是天赐良机。

最初，大家身临其间，直面仰视敦煌壁画时，都异常兴奋，也十分震撼。大家在特级洞窟中临摹了40天，白天，每每目及壁画之妙不同，大家都惊叹不已。到了晚上，一屋子的人各述目遇新见、奇妙发现。能进入特级洞窟临摹的待遇来之不易，全仰仗敦煌文物研究所的段文杰所长与工作人员的鼎力支持。这种特殊待遇如今即出此奢求也只能成为妄想。我当时在特级洞窟重点临摹完成了两件作品，一件是敦煌莫高窟壁画中画面未严重风化剥蚀，图形、色彩保存相对完整的唐代作品《张骞出使西域图》（莫高窟第323窟）；另一件是北魏时期的作品，是在400多号洞里的《萨埵太子舍身饲虎图》（莫高窟第254窟），也是当时最能吸引客流的作品。该洞窟的壁画画幅甚巨，于残缺斑驳间，不尽完整，于线条奔放流畅和物象虚实相间中，色彩浓烈绚烂。构图精密独特，画面幻化奇妙，画风粗放豪壮，形态结构、线条穿插张弛有度，极富力量。由于长年累月的风化作用，洞中的绘画呈现出形似与不似、有象无形，独具丰富视觉效果和自然天成的审美韵味。回想数十年前于敦煌莫高窟的耳闻目遇、心之所向的情景，依然亲切、清晰可辨。这段美好经历与收获、昔日的幸福感动至今不忘。敦煌艺术一直是我与许多同道者欣然而往，寻路问径、出入其间的传统艺术的重要量存。

敦煌壁画主题鲜明，内容丰富，描绘佛教本生故事，示佛教文化思想，念人间天地万物共存。因创作历史年代跨度不一，于时当代的壁画即便主题内容相同，其表现形式与气韵效果也迥然有别。观看这些不同时期的壁画，我们发现不同朝代的笔墨与赋彩样式，风格与审美趣味其实各有取向，甚至根本差异不同，当你引首观瞻北魏洞窟壁画，继之隋唐、北宋、元代壁画时，你或许能游目骋怀古代佛教文化阡连陌接中隐见风铎佛灯曳响，艺术峰值的高低错落；与时俱进的创造精神发自民间高手且不乏其人。越看到后面，你会发现精妙美伦之篇多集中或散落在上溯宋之前的特级洞窟中。这在观赏反复比较中，不难见其高下。

所以我想到，对中国传统绘画历史的截面研究离不开承先续后，这种纵横开合的天然连接，唯此大局观才使得我们在回望遥想里不失客观规律，避免误判。古代文化瑰宝，其成果谷量山积确有不同的价值层级，优长、利弊、得失此消彼长，若非有客观的历史梳理与分析，易生盲目之求。即便是聚焦某朝代的优长研究，仍应有纵向的比较与包容。尤其以个别优长放大或贬抑其余的主观偏颇心态都不足取，势必局限和束缚我们对中国传统精神价值总体的考量。准确、客观地学习和研判传统优长，有利于识别何为精华或糟粕。所以我在学习传统文化优长，辨别其不足时，应有全局观念、整体意识。要善于在客观分析，适当吸收中外优秀传统营养的过程中，开拓眼界，提升鉴赏水平。

画水墨重彩，我确实主要吸收了古代壁画的一些元素，当然并不仅此单一类别的吸取。创作的作品收效、反响均好。比如1994年创作的《田横五百士》，于1997年获得了"全国首届中国画人物画展"的银奖，当时为最高奖。之后我也创作了一系列重彩作品如《景颇族》等多幅组画亦获好评荣誉。2007年，中国文联和中国美协组织了大型国际美术创作活动，主题为《同一个世界》(伍启中等好几位广东画家也参与了创作)，要求每个画家创作一幅以某一国家为题材的作品。我画的是非洲的毛里塔利亚。我曾经去过非洲，那里阳光强烈、炽热、干燥。如果单用水墨来画，画面效果会与它的实际情境不相符，所以我运用重彩来画，完成了

《阳光之域》作品。虽然大块色墨构成的形式显而易见，但也保留了水墨元素的写意性。这种重彩与写意的融合叠现，是古代壁画（包括敦煌壁画）中屡见不鲜的优长特征，是我们古代取之不尽，为我借鉴所用的精彩样范。继之，2016年完成的《黄巾起义》，2017年创作的《1925——省港大罢工》《火把节》，2018年先后创作的《真理的力量——马克思晚年关注东方落后国家发展道路》《大禹治三峡》等，也是我努力在近些年持续尝试水墨重彩表现形式，积极探索中国画创新意蕴的所想所为。

提问：新中国成立以来，美术创作成果丰硕。对比过去与当下美术生态，请谈谈中国当下的美术业态与存在的问题，您认为当今的主题性美术创作面临着怎样的发展局面？

刘健：中国美术业态在事业发展进程中虽存良莠不齐，但整体上是大繁荣、健康发展的必然趋势。政府对美术事业的重视程度都很高，支持力度大。中国美协服务国家美术发展全局，积极努力，与专业院校、画院团体在这个新时代皆有作为。但社会上美术创作生态零散出现了一些让人堪忧的现象，比如对某一类型、某一风格的组团复制、办班培训，使得在一些展览中，题材、内容、构图创意、表现手法几乎雷同的画作屡见不鲜，甚至出现了相同题材艺术创作的类型化、概念化，甚至浅表化，缺乏深刻思考和真实情感的表达。这些"弱化""轻薄""冷漠"等，都是脱离生活，轻视体验与观察，甚至忽视创作之源的采集提炼。一心想着寻觅捷径，急功近利，不是有志者之所为。

"扎根人民，深入生活"，并非一句口号，我们必须以身作则，忠实践行。历史上许多成功的艺术家正是拥抱人民，贴近生活，并使之成为一种坚持不懈的自觉自律，才能出好作品，取得成就。拿文学家群体来说，以文学陕军领先为例，其创作成果丰厚且屡获好评，重要的一点就是生活是他们创作赖以依存的本源，人民始终是文学表现的中心。早年柳青为了写《创业史》，不惜放弃高干的优越生活待遇，落户农村，以乡居为乐，以乡民为亲，在黄土高原上，一年四季的轮回中，得见社会主义农业发展真实现状，他亲力亲为地参与其中并深刻思考，充满深情地完成了不朽之作——《创业史》。写就《白鹿原》的陈忠实，从省里大院回到故乡小屋一住数年，以便收集创作所需的地方志史、民间语言等历史资料。宏阔的历史截面、社会变迁与人的命运的起落沉浮，非得有丰满的素材铺陈，鲜活的人物支撑，才能如此生动实在。路遥的文学成就于黄土高原"平凡的世界"中芸芸众生的梦想，他劳作苦耕，为信仰不惜身家性命。贾平凹亦属意如前，钟情于秦岭商洛、闾里乡野的芬芳，一有情怀，二有生活阅历，他的写作既洋溢着汉唐雄风遗韵，也显示着直面历史，立于时代风云气象中的思考与精神性的张扬。他们都比较能够沉下心来，接地气，坚守本色，更有创造性。所以他们的艺术创作成就峰值高且久远。就绘画大成者而言，八大山人的绘画创作是"情动辞发"的杰出代表。他有着很好的文化积淀和书法修养，加上他的艺术天赋，长于思考且心入骨法，得不凡笔墨、意境，开创出一片绘画新天地，其艺术成就为后人所追崇，其高古画风、格调为人们所膜拜敬仰。他的画不管是雄强奇谲也好，放浪简约也罢，其丰沛气韵只此一例，都若隐若现出画家不同寻常的人生苦修、砥砺前行才铸炼形成惊世骇俗的独特笔墨和深刻的思想内涵。历史上这样的艺术高峰是罕见且不朽的。

  我认为主题创作的前景应该是广阔的。希望大家不要简单地认为主题创作就是政治化、功利性和实用性的。关注现实，饱含真情歌颂祖国与人民的主题创作，仍然可以产生经典作品。传统的艺术形态经历社会转型进入的新时代，一定会有新气象，新风貌。由此应运而生的不同的艺术风格、新的艺术表现形式，并不是凭空而来的，它一定要有传统底蕴和支撑，同时还要有新的感悟和创造。虽然主题创作没有捷径，但它在未来的艺术创作中依然会有不一样的精彩。

  今天的中国，科技生产力、核心技术制造都大力推进自主研发，取得的成就鼓舞人心。艺术创作更应以现实生活为源，以人民为中心，倾情创作为业，努力创作出思想性、艺术性、创新性皆佳的作品。我们可以学习、借鉴他人之长，兼收并蓄，但我们的思维不能僵化。艺术作为一种职业，是一种个体劳动，实际上个体的作用微乎其微。所以我们不能太自鸣得意，而是要有平常心，要坚持。另外，高手在民间，梅花香自苦寒来，有志者事竟成。中国讲的文化自信不是狂傲的自满，而是一种正确的抉择。所以，在艺术创作路上，我们要沉静、坚定，要坚韧不拔地走中国特色发展道路。

提问：有人认为，人们生活变得优越，大多数年轻画家缺乏丰富的阅历和深刻的社会体验，很难创作出有深度的作品。对此，您怎么看？现在的年轻画家在从事主题性美术创作中呈现出哪些问题？年轻画家要想创作出具有分量的作品，可以从哪些方面下功夫？

刘健：我今天为什么要重提主题性美术创作话题，为什么要列举近现代以来特别是新中国美术主题创作经典作品？并不是为了赞扬那些画家的技巧有多么高，而是希望给年轻人一些引导，希望他们解读到作品中洋溢着的人文精神、强烈浓厚的时代生活气息与鲜明的人民性、艺术性、思想性。每一个时代都有不同印记，我们都应该深入了解，要有历史深层次的领悟，更要有艺术传统的追怀与文化敬畏。

生活在新时代，我们是非常幸运的。广东年轻画家们乐享其成，衣食无忧，有优越的创作条件和国家政策奖励扶持，只要勤奋用功，未来便不可限量。但优渥的文化生态和生活环境易生惰性、自满。我们应避免出现"春风得意马蹄疾，一日看尽长安花"的艺术浅尝与短视问题。瞬间的风景是美丽的，但一日看完回来之后再加思量时，无辨识、没细察，往往只是表象浅见，更无从判断与觉察出特别美丽之所在。枉费兴奋，这种得意要不得。

画者思想、精神的建构和才情学养决定了其作品思想性、精神性、艺术性内涵的深浅、多寡，长期铸炼、孜孜以求，不断充实补益，需要强固提升自身的人文修养，也要注重技与道的修为。何谓"道"的修为，眼前不能忽略的其实就是要熔铸拥抱时代、深入生活、贴近现实、扎根人民的大情怀。

对于年轻画家，我想说几个问题。其一，哪怕生活无忧，年轻人也要对时代、社会学会感恩。拿我自己的经历来说，如果没有改革开放，没有恢复高考，我就不可能去美术学院读书、施教，自由地画画，也不可能那么顺遂心愿，从事自己所爱的专业，以此安身立命，无忧无虑地安心专业创作。是国家和人民培养了我，有恩于我们这代人，我想许多人会有此同感。因此，面对新中国七十年历程，特别是改革开放以来中国社会的巨大发展和时代进步，我们发自内心都要感恩，要惜福。

其二，现在的年轻画家比之前任何时候都拥有更多的平台，更好的机遇，应该珍惜当下，不应躺在舒适里滋长惰性。有些美术学院的学生学习缺乏主动性，老师推一下，他才动一下。为追求艺术，乐于吃苦，甘于寂寞，在这方面年轻人要向古人和前辈们学习，希望年轻画家在从艺道路上要有点苦行僧的精神。可享受幸福生活,但思想情怀不能贫乏。

其三,在学习和探索中,切忌浮躁和太单一的方式方法。年轻画家往往太重技巧而轻内容,甚至有炫技的问题。任何炉火纯青的艺术作品,技巧都不是最重要的,重要的是真正能打动人、温暖人、鼓舞人的情感和精神。通常,一说到主题创作,就被误以为是冷冰冰的、没有情感的作品。其实不然。任何创作都需要精巧、绝妙的构思,需要融入深厚的学养和丰富的情感,才能打动人。太单一的创作方式方法会束缚表达,急功近利的浮躁会让作品趋于浅白。年轻人创作切忌无病呻吟。

其四,关键还在于多一些深刻解读,少一点浅见单薄。为什么现在的网络文学、快餐文化那么热?时代的发展确实在某种程度上改变了我们的生活,一些人甚至放弃了深层次的学习和研究。但唯有真正经过时代检验的经典作品才能让我们在回望、观赏或阅读的时候,仍然能动情会意、焕发精神,给人一种精气神的引导和向往。年轻人要志存高远,在拥有自信的同时开放胸襟,经住考验。在别人不理解甚至误解你的时候,还要坚守,要虚怀若谷。千里之行始于足下,年轻人既要看到别人的优长,也要扎实做好自己的专业,画好自己的画。有时,保持单纯也是必要的。

提问:在工笔画大行其道的当下,您对水墨画的前景怎么看?您认为画家特别是水墨画家应该如何应对?

刘健:这确实是中国画发展进程中,许多人长久关心的问题,就是在展览新作中,写意画越来越少,也罕见佳作,工笔画盛行天下。关于工笔与写意,我要谈两个方面。第一,在传统中国画领域,工笔和写意其实并没有断然分开,古代历史上彰显的写意画的简约、传神、意象性,其实也在工笔之中,写意性可以说是中国画的精髓。现在普遍的问题是工笔画慢慢变成了所谓的精微,其实已异化为繁复累赘的描摹,甚至成为某种程式化的流程制作,严重者还有植入电脑技术、印刷术的合成。如此这般,中国画的书写性的鲜活及原创性,尚存几何?非但许多工笔画的写意性不得见了,连基本画意尚存也成问题。表面上是简单问题复杂化,其实危害在于将中国画的本质要义抽离遮蔽了,甚至把中国文化的精髓丢掉了。

第二,写意画出现了大面积的"荒漠"。写意画难度大,要求画家具有一定的修养和实力才能驾驭它。由于在参加展览中屡挫屡败,越是急功近利,就越少画家会从事写意创作，中国画业界自然也就不再出现像黄胄、方增先这样有作为的写意画家。较之于一些老前辈与中年同道大写意画家们始终如一的那份坚定执着，现在有一些人更多专注细密精良，或乐于依赖照片。他们似乎对中国写意画没感觉、没兴趣，也无用心之意。其中一些刻意疏离写意中国画的人，着实因畏难而却步。但从文化长远发展的角度而言，我觉得大家还是要沉住气。在传播角度，也要多关注写意画，维护好它的历史生态链，让大家了解写意画的精髓和价值所在。

现在从事写意人物画的老一辈画家与中年画家中，依然有一批人坚持不懈。传统的底蕴与创新的内涵，在他们的作品中都有体现，其面貌亦有不同，这是个人功力修养及性情使然。比如今天在广州画院方土先生的画室里，见到他近期新作的几张巨幅大写意作品，还有陈一峰先生的写意人物画，很有想法也有张力，足见他们创作勤奋并有着彰显写意精神的那份用心与自觉。他们更加关注生活和中国画本体研究，不断深入思考，努力"传统出新"，改变自己的创作面貌，并且不断有新的想法注入。

高质量的写意画简约而精到，言之有物，筋骨入里，寥寥数笔即见水平高下，内涵几多均在于修养积累。关注写意画技术层面时，应多领会写意精神的实质。就人物画而言，古今皆有好例：从梁楷的大写意画到清代任伯年，再到新中国成立后的蒋兆和、方增先、黄胄、刘文西、周思聪等，他们为我们提供了很多精彩的写意画样范。这些样范既有恢宏之势，也有以少胜多，小中见大之功，不仅有着精妙技法、时代气息，而且也有其深层次的思考内涵。学习掌握写意画不能"急火攻心"，而是要不断充实补课，要有恒心、气度、格局、定力。虽然仍有写意画家们孜孜以求的坚守，但眼前一时见多了新人偏爱纤弱细粉、花拳绣腿之作，总料想会有英武之士、豪放壮举呼之欲出亮相登场。所以，优秀写意画新人作品的推出、人才培养的工作，更值得大家齐心协力共同来持续推进。

提问：您对美术史的了解和思考都非常深入，对比过去和现在地域性绘画的发展和影响，谈谈您对地域性画派形成的看法。如今，地域差异逐渐消解、文化交融互渗，中国绘画的发展是否出现了新的问题？

刘健：我认为历史上地域性画派的确立，并不是人为事先预设的，而是历史积淀后自然形成的。画派也不是当下确立的，更多的是后人对该地区画家整体呈现的精神文脉的认同和概括，况且这些群体的风格面貌十分鲜明，其影响力并非仅限于单一区域性，甚至辐射范围更广，才能有历史的深远作用。目的是传承这种精神文脉。很多画派比如岭南画派、金陵画派、海上画派及浙派的形成，可能只是在风云际会的历史机缘中才逐渐形成的。如海派文脉，其实是跟上海的开埠、西学东渐、中西文化的碰撞、交融相关，与那并不一味厚古薄今的人文环境相合。比如吴昌硕、虚谷等画家，他们生活的环境悄然生变，目之所及均与从前不一样了，接触到的东西也并不仅仅是中国传统书斋里的文房家什、书画、篆刻图章，传统案头清供之余或许还想些什么。俞晓夫先生的一幅表现吴昌硕客居沪上的油画《我轻轻地叩门》耐人寻味，仿佛隐含着那个时代的文人虚怀沉静之象。也能从虚谷的渲染着色中看出他对西方水彩画也许有所关注。以"中为体、西为学"的自我调合，非此一家。另外，我们亦不妨试想，20世纪初潘天寿先生在上海的经历，与当时海派文化有所交集，视野的拓展、传统的积淀，对其数十年揣摩传统精髓的感悟与思考，连同变法后所形成的独特的强悍风格，提出的中西绘画"拉开距离学说"，是否产生某些积极作用，我们不得而知。以上是客观存在还是属于"不妨一想"，我只一说，不必太在意。关注他们"静水深流"，为之悄然而惊，肃然起敬。总之，潘天寿先生对中国花鸟画的发展做出了卓越非凡的贡献。上溯之前的那些大师先贤们，皆有创新惊世之举，想必绝非偶然。

　　虽然现在交通便捷、开放融合，地域的边界越来越模糊了，但我还是在想，地理的概念虽然弱化了，人与人之间交流互通无障，但艺术作品特色的彰显，艺术个性的存留与激扬是否更重要可贵呢？拿黄公望的《富春山居图》作为样范来说，与范宽、郭熙他们的北方山水对比，黄公望一定没有亲临北方的高山，因为从他的经历上可以研判他不可能长年生活在北方。而范宽也一定没有画过南方的山水，因他生活在北方，常目接高山深壑，日积月累，师造化，他笔下的山水画风苍劲、雄强。黄公望久居浙江富春江一带，开户可见绿水青山，江流有声，一派江南风光。《富春山居图》将江南风光、山容水意揣摩提炼，写意再现，此幅画作意象高妙，洒脱飘逸，富有书卷之气。范宽、黄公望诸君皆因一方水土滋养，得之于情，获笔墨气韵真谛，各领豪壮或灵秀风尚。

　　自古以来华夏民族南北习俗不同，文化有别，互有优长。不同地域的画家可以互相借鉴，但不能失去自我特点。如果自己成熟的风格面貌不鲜明，则其艺术价值也将打了折扣。无论何时，艺术个性显于多样性、时代性、思想性中，都很重要。不可缺少，谈何容易！正因为许多时候我们容易疏忽或难以做到，才必须着力强调。

提问： 从广东美术百年大展、"大潮起珠江"等大型展览的成功举办，到2019年第十三届全国美展三大展区落户广东，谈谈您对广东美术发展生态的评价，广东在现当代美术发展中处于怎样的地位？

刘健： 大潮起珠江，涛声依旧是广东改革开放的标志，也是历史精神的象征。近代以来，革故鼎新文化思潮活跃，岭南画派应运而生。新中国美术发展进程中广东美术家的积极作为有目共睹，革故鼎新的勇气令人敬佩。广东画家弘扬其命维新的精神，展现了人文积淀的底气和锐意创新的聪慧和胆魄。岭南画派最大的特征就是古法今用、洋为中用。岭南画派的产生跟南国的自然地貌、风物情状等方面都有关系。在北方，我们很难看到色彩。比如我由首都机场起飞瞧见的是冬季的苍凉，但当飞临广东的上空鸟瞰时，芳草鲜美，江河湖海，一碧万顷如是。花团锦簇，四季葱郁，花木品种繁多、色彩丰富鲜丽。南国典型的花木与热带植物仅用水墨来画，是不足以确切表达的。所以岭南画派在注重笔墨气韵之时，也十分讲究随类赋彩，富有生活气息、时代精神，对传统有承载，笔墨技法大胆革新，使地域风貌特色得以贴切地表现。这在"岭南三杰"——"二高一陈"，赵少昂、关山月、黎雄才与其后的广东画家作品中均有体现。在这样的生态环境下孕育出岭南画派，并形成特色扬其所长，所蕴含的丰富多彩是天赐，是风调雨顺、水土丰沃所致，总之有利成因着实令人羡慕。

从近百年的发展沿革来看，广东美术既与岭南美术文脉相承，同时兼收并蓄不故步自封。新中国成立以来，尤其是20世纪六七十年代至改革开放相当长一段时期，广东美术大家、名师林立，皆有杰出贡献，他们艺术创作饱含深情，追求卓越，具有独特思想与才情学养。在主题性美术创作方面，油画以胡一川、汤小铭、陈衍宁为代表，版画以古元、黄新波等为代表，雕塑以潘鹤、唐大禧等为代表，中国画以关山月、杨之光等为代表，他们创作出了一批历史上留得住、人民忘不了的经典力作。曾几何时以广州农讲所历史主题创作契机所形成的创作骨干集体，他们的作品及引领作用一时名扬全国，我昨天讲座所提到的个案，诸如《国际歌》组画与伍启中《心潮逐浪高》时至今日，其艺术独具魅力犹在。当年广东许多具有"中西融合，传统出新"的美术佳作的影响力回味长久。中国画在表现主题性方面也一向引人注目。这些年还在不断延展，兼收并蓄，既有传统，也有创新。

回望新中国美术发展历程中关山月、黎雄才、杨之光、林墉、王玉珏、伍启中、张绍城、陈永锵等画家的曾为人们所津津乐道的作品，依然可以显见广东中国画除了岭南风格的固有特色外，还有体现时代精神的思维与拓展，作品题材宽、构思巧，面貌、风格新颖、独特，为人民所喜闻乐见、雅俗共赏。他们设色饱满鲜妍，笔墨流韵亦能澄净、清雅、酣畅。时见画面疏密穿插、留白布黑简约章法，不时有现代构成意味，点线面的围合转折也运用恰当。兼容并包，既发挥了南北传统绘画的独特优长，也巧用了外来艺术的某些优长，虽然形式多样、方法多元，但最终呈现的是中国文化精神，其中不乏鲜明的岭南特色。

新中国成立 70 年中，广东美术有很多建树，无论是国画、油画、版画、雕塑领域，均有名师大家、领军人物，其名作影响全国。改革开放这些年，也涌现了不少在全国有影响的高水平画家。广东绘画的过往优长特色尚存，美术生态多元健康，从容不迫持有几分自信，特别是作为文化大省，有各级政府的重视与扶持，广州美院、广东画院、广州画院均有各自的开拓方向与发展目标，拥有不少优厚的发展条件，都一如既往地开拓前行。有思路，有谋划，有作为，传统的梳理，设施、机制的建设，为培养人才，推介新人，提供了足够优越的条件。如今他们未雨绸缪，积极思考如何在新时代更加奋发进取有作为，继续为中国美术发展做出积极贡献。预祝广东美术、青苗新人在第十三届美展中再创佳绩。

提问：您从事教学多年，经常与美术学院学生接触，对年轻人也比较了解。谈谈您对"青苗计划"的看法，年轻画家在各种资讯浩如烟海的当下，如何学习，如何抉择？对此，您是否有什么建议？

刘健："青苗计划"实际上是一个青年美术人才成长的培养截面，是从美术学院毕业后，有志于艺术创作，且尚有潜力的青年人中，选拔出培养对象，引导他们从课堂学习、课堂作业中走出来，走上自我成长、独立创作的道路。"青苗计划"这个做法很棒，好比选材取样，从中发现好苗子，加以扶持、重点培养推介。请专家来做讲座，就是通过给年轻人讲授一些心得体会、创作经验与启发，有利于拓展同学们的艺术视野与创作思路，让他们在创作实践和理论认识方面能有所提高。特别是从"实战"上，结合大家的创作意图出发，示范、点评、辅导并进，收效显著。在已结业的几批画家中，有不少作品获得好的反响。我觉得这种公益资助、以优质资源培养的方式与平台建设，值得研究提倡。

"青苗计划"的发起者以青年美术人才培养为抓手，既是为国家画院、广州画院人才梯队打好基础的切实举措，也为广东省乃至全国美术事业未来发展，提供了人才储备。由方土院长牵头组织，与国家级专业机构联手打造美术新人培育的机制，以一流的学术资源指导学员，有思路有规划，选拔培养、展览、出书、晋京汇报循序渐进，持续有年，取得了今天的好成绩，获得了社会业界的广泛关注和称道，是十分不易的。

大部分学员有学院专业教育的背景，既有技能基础，也有潜力。让优秀青年画家加入"青苗计划"，"淬火铸炼"创作能力，走向全国非常关键，也是"青苗计划"成为国家项目的重要支撑，旨在培养高尖人才。这些青年人才不但要努力从广东脱颖而出，而且要逐步走向全国，在全国产生影响。推向全国要拿作品说话，寄予着这样高的希望，我想他们在今后的创作路上会有一些压力，组织者肩上的担子也是蛮重的，但这非常有价值和意义。这种人才培养举措既是文化战略长线思维的一部分，也是一种务实的人才培养路径，是用实际行动助推新时代美术的创作繁荣，大力弘扬民族精神，彰显时代特色。相信他们会不负众望，不断以更多更优秀的美术佳作奉献给人民群众。

关于如何学习、如何抉择的问题，我觉得年轻人在选择学习对象与方法时，要"追溯源头，取法乎上"，任何优秀的文化艺术经典，比如中外古今优秀经典，都应给予足够尊重，深入了解与掌握，择取则因人不同。要转益多师，触类旁通。

中国历来讲书画同源，因为中国书画在本质上都是以线为主。书法，过去不叫艺术，是人书写的工具。以前，古人游历时题写的到此一游的记录，那写得可真好，比现在书法家写得都要好。为什么会这样？古人从没想过要做书法家，但他们日常就用毛笔书写，加上他们对中国文化的尊崇和内心深处的文化自觉，诗词歌赋修养很深，当然出手不凡。我们现在讲的文化自信，并不是矫揉造作地非得怎样，而是要对中国文化有一种虔诚之心、感恩之心，要真正怀着诚恳的心去学习。现在有些人画得不错，但是一题字就毁了。天天嘴上大说笔墨如何，画作水准让人失望者不乏其例，中国画没好笔墨不行，光凭笔法也未见得能成就好画。笔墨修养除了天资颖悟，还需要日积月累。有多少笔墨功力，落笔即显涵养，好赖不由自己分说。高手略瞄几眼就能惦量出轻重。

年轻人面对过去、现在与未来，既要开放思想，开阔视野，也得少安勿躁，平心静气地踏实前行。对于艺术营养，切勿一知半解、不加分析地盲目崇拜、吸收。如今常见有一些画作过度迷信技法，却漠视生活中得来的真情与感受，技法的琐屑堆砌，甚至模式化、概念化、同质化严重，以至于作品缺失原创性，内在空乏、本末倒置，技法固然重要却并非艺术创作的根本。

我们要长期深入生活、投入热情，寻觅真实，积累感悟，对生命本体和生活本质入眼走心；要围绕艺术源自生活的本质，遵循艺术创作规律进行思考，提炼与打磨好自己的作品，此为其一。其二，应珍惜艺术个性，中国古人历来强调个性。解读苏东坡、欧阳修、范仲淹，"文如其人"，气质各有不凡。古人常以文会友，也时有互为倾慕，但每个人的文风特点各俱，面貌都不一样。李白斗酒诗百篇，有李白的个性。杜甫吟"安得广厦千万间，大庇天下寒士俱欢颜"，亦有杜甫的个性使然。古代画坛"曹衣出水""吴带当风"，风格各异。徐青藤、八大山人、扬州八怪、吴昌硕、黄宾虹、潘天寿，皆大不同前人。年轻画家要融会贯通之后，形成自己的个性，让自己的作品有辨识度。其三，在新时代开放包容的大环境里，青年美术家们要把握好机遇。现在适逢文化大发展良机，条件好、平台多，也面临各种诱惑，我们要坚守良知，能够清醒择取，明确适合自身发展的创作定位与取向。直面生活，关注当下，谦虚问道，安心专注于创作。因此，年轻美术家要学习先贤、前辈的宏阔格局，全面积蓄深厚学养。要有全局观念与重点意识，在向传统学习时辨别精华与糟粕，要追随先贤不慕荣利而推崇风骨气节的精神追求。当前重要的是要在艺术追求过程中，始终坚定自己的创作方向、文化立场、珍惜大好时光。既坚守文化自信，亦勇于艺术创新，忠实践行"深入生活，扎根人民"的道路，"培根铸魂，守正创新"，坚持不懈创作出更多无愧于这个时代的好作品。

让心性与生活相汇

田黎明

为贯彻落实习近平总书记在文艺工作座谈会讲话精神，坚持以人民为中心的创作导向，"深入生活、扎根人民"，要始终把人民的冷暖、人民的幸福放在心中，努力创作更多无愧于时代的优秀作品，这是我们艺术工作者的创作方向。作为一名文艺工作者，我和中国艺术研究院中国画院的画家们在近年来的写生创作中，深入生活，表现时代，逐步加深了自己对中国画的一些认识，尤其是在审美上对生活有了一些新的积累和感受。在写生中，渐渐体会到笔墨的朴素之美就在劳动者中，就在普通人身上贮存着。

从2013年至今，我们画院到基层采风，走访了许多乡镇乡村，一路感触很多。当我们看到一座城市、乡镇、村庄的美，它们的发展使我们切身感受到正心、明德、修身就贮存在无数个劳动者身上。温润、纯朴、敦厚之美在我们内心逐渐生长，此时笔墨的审美也是从这里开始的。我与画院的画家们深入生活，走街道、进农村、看厂矿、访军营，与农民谈心、交朋友。在深入生活、扎根人民的写生实践活动中，画家们每到一地都努力"身入"和"心入"，在生活中更多地了解群众，在劳动者身上感受着中国文化所具有的"朴素而天下莫能与之争美"的真善境界。在生活中感知着勤劳的美，生活的美，人与人之间心性的纯真之美。这正是我们从事艺术工作者的天然大课堂，让深呼吸不断地净化我们的内心。大家在净化心灵的同时，深深感受到我们的民族精神就体现在劳动者之中，他们的言行和情感若秋天的硕果，不求回报而无私忘我地付出，这种感受是沉甸甸的，我们的情感，我们的艺术方式在这样的真善美中被生发，被感知，被深化。把艺术的语言和笔墨与审美过程向着时代的精神，向着劳动者的境界，向着中国人更深层的美的心源贴近，这是每一个艺术工作者的自觉境界。

去年2月，我在海军某部深入生活，看到战士们吃住都在舰艇上，战士们四个人住一间八平方米舱室，极简单。每天操练、学习和定时出海训练，锻炼着战士们的意志和定力，这时突然有一种感觉，如果我在船上生活一年或几年，会是什么感受呢？我很敬佩士兵们吃苦耐劳的精神，画战士，每天请一位水兵到军营招待所，他们准时准点到，无论画站姿还是坐姿，他们都像在执行任务一样，俨如钉子精神一般让人感动。怎么画也是自己一直在体验中来思考的问题，面对战士，手上的笔墨往往跟不上内心的感觉，反反复复多次失败，画得不尽如人意，心底总想画出战士的纯朴之美，笔墨感受常常稍不留神就回到自己画法的常态之中，而缺少对对象的提升和审美经验，这是因为自己在生活中还缺少深切的体验，当慢慢地与战士熟悉了，从内心里感受着他们的身影与笑声，也感觉着他们生活中的形象，有时如端坐的磐石，有时若迎风的松柏。写生时和他们交谈，他们总是那样快乐单纯，又透着坚定的神情。记得魏巍20世纪50年代写过一篇《谁是最可爱的人》，今天面对这些士兵仍然有这样的体会。我随舰艇出海，体验他们的训练，风浪虽不大，但也让人时而眩晕，看到战士们在自己岗位上那样专注，尤其是在舰艇核心发动机舱位震耳的噪声，各岗位上的战士们仍守护着它、爱护着它。每次出海训练少则七八个小时，多则两天至十天，舰长们坚守在指挥台上，他们毕业于军校，有十年之久的军旅生涯。年轻舰长们果敢坚定的气质给我留下了深刻印象。如何把战士形象融入意境与气韵中、融入心象与意象中来思考、来表现，在自己笔墨中逐渐也时有新的生机和对朴素之美的一些认识。

在青岛，我与画院的画家们走进海边渔村、走进崂山。在渔村我看到一个渔民在一艘旧弃船下正在修补，他躺在泥沙坑里朝向船底，用锤敲打着铁錾，非常吃力，使不上劲，但仍然坚持着，这就是劳动者的常态。我拿着速写本站在沙坑上方，画了一会儿，这样的场景不管能否入画，都会打动每一个人，它所呈现的美让人深深向内思考，而艺术表现的过程也是从这里开始。今年我又到南方乡村写生，淳朴的乡音和劳动者的纯净让我时时感受到人与自然在和谐之中贮存着真善朴素之境，一切尽在体验中。可否去发现它、体悟它，是写生中必须经历的过程。写生是一种对生活的再发现，它的语言是鲜活的，它的语境是当下的，写生所呈现的生活意义是一个个朴素的劳动人、朴素的情感、朴素的自然在净化着自己。这些内在的美影响着我，也影响着自己的笔墨。

近年来，我与画院每位画家的心境是一样的：在生活中去践行文化的自觉，文化的自信，把学术研究融入真善美的生活里，融入劳动者的内心之美中，深入地感知时代的审美，把写生课题和创作融入时代的发展进程里，深入生活，扎根人民，认真地创作每一幅作品，力求用精品回报伟大的时代。

山水画的创作应具时代精神

张志民

　　山水画的发展进程与时代有着无法分割的关系。当代社会，如果我们还都是去画古人那种逃避现实、归于山野、风花雪月，我觉得是不符合这个时代感觉的。艺术创作应该是与时俱进的，有时代痕迹的。新中国成立以后，曾出现的一批优秀画家和好作品，像石鲁的《转战陕北》《南泥湾途中》、钱松嵒的《红岩》、李可染的《万山红遍》《娄山关》等，都代表了那个时代。这些作品体现了李可染先生提出的"为山河立传"的主张。20世纪上半叶的大部分时间里，祖国的山河被侵略战争破坏了，新中国成立以后，艺术家有义务为新的建设、为祖国的大好山河立传。不仅仅是画家，科学家、政治家都为新中国的建设努力过。

　　对当代艺术家来说，我们要发扬"为祖国山河立传"的传统，但我认为还要有新的责任。我总结当今时代的这个责任就是：不但为山河立传，还要为祖国的山河呐喊。随着经济建设的大发展，破坏祖国山河自然环境的问题也日益严峻，这不符合科学发展观。中国的自然资源人均来说是比较匮乏的，我们应该有强烈保护自然环境的意识，有些不能开发的必须禁止。所以说画家应该"为祖国的山河呐喊"，以艺术的形式，提高人民的环保意识，宣传资源浪费是可耻、犯罪的观念。我近几年来所画的一些具有环保意识的、渴望自由家园的作品，就是批评那些盲目开发的人，就是宣传大自然和人以及动物这种亲密一致的关系，美好的家园本是可以"诗意的栖居"的地方，不要滥无节制地开发。我曾经画了一批《北山后洼的轰鸣声》的作品，并在上面题字："机器的轰鸣意味着人类又开辟了一片新的领地，然而动物却再次失去了家园。"有些人说你的画法和从前不太一样了，是不是年龄的问题？我说："不是年龄上的问题，是思想上的问题。"在创作时，我是思想在前，技法在后。我不能把石涛、八大山人的画法搬到当代画面上来，如果是用石涛、八大山人的画法去画《北山后洼的轰鸣声》是绝对不行的，那么我就必须找到一种新的语言。新的语言是什么呢？我认为其来源于"生活"，其中"生"是指在当代的创作当中，要体现两个方面：第一是生疏的"生"，让我的画面出现一些生疏感，"画到生时是熟时"，是技法上的体现；另外一个"生"是生命的生、活生生的"生"，让它感觉到一种生机，有一种时代的生生不息的感觉，让自己的画有生活、有生机、有生命。当今时代，更需要画家勇于承担历史责任，关注自然，关注生活，提高作品的思想深度，体现时代精神，彰显一个艺术家对社会的责任感。

画境

杨晓阳

中国画有五种境界：一曰形，二曰神，三曰道，四曰教，五曰无。

一曰形：形是造型艺术的基础，没有形作为载体，造型艺术的一切都无从谈起，什么样的形即反映什么样的意。意、象、观念、形式、构思、方法、内容、精神、品位、格调，等等，无一不是从形开始，靠形体现，依赖于形，所谓"以形写神""形神兼备"。而形有自然之形，眼中之形，心中之形，画中之形，画外之形。画外之形为之象，象大于形，"大象无形"，大象之形并非无形，而是无常形也。

二曰神：神为形所表现的重要任务之一，所谓形俱神生，二百年来以至当下，国人利用西法之透视，解剖、光学等物理手段，以形写神颇为简单，具备基本方法在像的范畴内快速练就写实方法，更有甚者利用照相方法，写实自然，真正的是"形神兼备"，然而以自然之形的临摹所体现对象之神为初学者，眼目物理感受而已，以形写神，中西无异。而以敏感于对象之元神，直追摄魂之神，遗貌取神，得鱼忘筌，以神写形则更高一等，非一般能及也。但此又仅为我国画之初步，并无境界可谈——形神论者，小儿科也。

三曰道：道为一切事物之本源。国画之道重在舍其形似，舍其表象，而求其本质求其本源，天地有大道，人生亦有道。绘画之道有其规律，为之画道。道是一个范畴，作为名词可视为本质规律，亦可作为动词，即在道上，在途中，是途径，是门径，所谓众妙之门。道，玄之又玄，需要我们抛弃表象的形与神，向纵深探索，只有舍弃表象才有可能进入"众妙之门"，停留在"形神"的表象描绘是很不够的，超越"形神论"才有可能进入"玄之又玄"的"众妙之门"，道是中西画终极目标的初级分水岭。

四曰教：教是求道者在探索的过程中不同体验的不同总结，不同说法，不同学说耳。道，玄之又玄，不可说，不可说，一说即错，这是哲学的负责任的态度，而艺术家是感性的、即兴的，随时要表达主体的不同感受，个体对道的不同感受理解，诉诸艺术，即产生不同的说法，真诚的心理感受的抒发即产生不同的学说为之教，发挥表达出来以施教于世，亦为之教也。

五曰无：即艺无止境，艺海无涯，无法之法，大象无形，有无相生，无中生有……无是随时发生于发展中有生命的事物变化过程中的不可缺少的现象和环节，事物只有不断地进入无的境界才有可能无中生有，生生不息，否则就要窒息死亡而无法循环，无法进入无就无法进入有，有了无艺术的发展才能推陈出新，这就是中国的从无法到有法，从有法再进入无法的无法境界。无法即突破，又是自由，是选择的多种可能的空间地带。

综观画史、画家、画作，画史浩如烟海，莫衷一是，我所论者仅为一己之说，不成体统，正在形成耳，然以辩证为二之态度论及短长，想必比一味西法写生外表之"形神论"持者应高出万千，不知是否？

取精用宏　守正创新
——谈中国画山水画的笔墨程式与艺术家的个人风格

许　俊

中国画的笔墨程式与艺术家的个人风格是紧密相关的。

笔墨程式是中国画独具特色的表现方法，尤其在山水画中体现得更为突出。回望中国画发展的历程，先贤们的智慧充盈着高尚的审美，使对客观物象的表达凝聚着以线造形、皴擦点染、墨分五色、随类赋彩等既独特又丰富的表现方法，从而产生了独具个人风格的艺术家，正是这些有创造性的艺术作品彰显和标注着中国画前进的步伐。

在当前文化发展的大背景下，人们开始更加关注不同的文化走势和新生的文化现象以及它们对当代社会的影响，其中艺术的传承与艺术的发展成为人们关注的话题。毋庸置疑，中国画是中国传统文化的典型代表，中国画的传承与发展基于自身的文化背景和文化底蕴，并有着特色鲜明的艺术表现形式与艺术创作方法。这其中，山水画更是以其历史悠久、大家辈出、名作迭现、画论纷呈而成为中国画中最重要的部分，山水画所体现的人与自然的关系和深邃、静谧、玄远的境界是对中国传统文化中"天人合一"理念的一种释解。山水画的作画过程，更是着重强调绘者内心的体验、性灵的表达、感悟的呈现，而山水画笔墨程式的创造正是历代画家们对自然景物中山石、云水、草木之形象的图示再现，并将笔墨程式与形象符号关联起来，以此成为承传有序的节点并衔接成绵长的文脉。我们所知道的许多独具艺术风格的画家创造了各家各派的形象符号和艺术语言，体现了中国画笔墨程式的无穷魅力和持久动力。时代在前行，艺术在发展，我们在回望历史的同时还应具有全球视野,这样才能使我们当下创作的作品,不仅显现传统的笔墨程式,更应具有时代性。就艺术家的个人风格而言,在中国画家身上的表现是以独立的品格和作品的整体形象确立的,这也是中国绘画史上记载的大师们的一个共性,即以风格确立地位。如何在传统笔墨程式的基因上准确地把握中国画的创新精神,如何在中国画的图示中体现创造意识,如何在山水画创作上展现个人风格,则是见仁见智的,是值得深入研究和广泛探讨的课题。我认为可先从以下三个方面入手。

一是在纵观历史中厘清文脉。中国画有着悠久的历史,各个历史阶段都有优秀的画家和优秀的作品真实地体现着中国绘画史的进程。徐悲鸿先生曾说:"古法之佳者守之,垂绝者继之,不佳者改之,未足者增之,西方画之可采入者融之。""古法之佳者守之",即我们要把传统中最为精华的东西继承下来。首先有"守之"才能有"继之",这也是"改之""增之""融之"的基础。我认为中国画本身所体现的艺术应该是很纯粹的,它所体现的这种纯粹的精神是人类一种崇高的智慧和品格。伴随着历史车轮留下的印痕,我们可以清晰地梳理出山水画形成和发展的轨迹。自华夏先民在陶器上描绘出云、水等装饰图案开始,人与自然的关系便在图形中显现了。审视中华民族传统的美学观,在体现人亲近大自然并与之对话交流时,在主观意象与客观物象的交融中,需要借助一种媒介传达出特有的心境,这样就产生了在视觉领域内充分反映中国传统文化内在精神的表达形式——山水画。自山水画以独立完整的形式出现开始,它就成为中国艺术发展史上一个活跃的符号,承载和牵系着我们的心灵世界。随着历史的不断向前发展,山水画也愈加博大精深。我们在纵观主流文脉发展的同时,也要认清其历史发展的阶段性和局限性,这样才能知晓何为优秀的文化传统和精妙的笔墨程式。对后继者来说,在纵观历史中厘清文脉、分清优劣、取精用宏是为继承传统之前提。

二是在横向比较中认清特色。时至今日,真正体悟中国传统文化的精髓所在,已成为国人不断深入反思、解析和探讨的话题。中国画的学习方法,常常是从临摹入手,临摹的主要意义不仅仅是为了学习技法,更重要的是学习一种审美方法和中国画特有的表达方式。中国画本身有精妙的笔墨程式和写意的形象符号。符号的构成就是笔墨程式,但不是简单的程式化、概念化。中国画包含着深厚的文化底蕴,体现着中国人独特的审美观和艺术观。中国画有着别于其他画种的材质与工具——纸、墨、笔、砚,有讲究用笔用墨的勾、皴、擦、点、染所带来的造型方法和笔墨技法，亦有别于西方绘画色彩学的"类型化"用色规律。以类型化的用色规律来谈，其核心是"和"字。彩与色相和是为用色之协调统一，水与色相和是为用色之清逸润泽，墨与色相和是为墨不碍色、色不碍墨。清代画家石涛云："水不变不醒，墨不运不透。"我认为还应加上"色不清不润"。"和"则气韵生动，浑厚华滋。要注重中国画语言本身的表现力，要扬长避短，强调本身的特点，才能真正做到显其能、扬风采、曾特色。

  三是在当代发展中创造自我。我们要在宏观上把握文脉，微观上精研画理，路就在我们脚下。就中国画而言，有其自身的艺术特色，但作为艺术品来说，独创性仍然是第一位的。我们应该搞清塑造与创造的区别。对于中国画的创作而言，应该是在继承优秀传统的基础上求得新的拓展。但任何艺术表现形式又都有一个"度"的限制，中国画一直是在这个"度"的范围内，遵循自我建构的"道"所产生的原则而发展的。我们要始终保持清醒的认知，古人之法是圣贤的智慧，师者之说是前人的经验，众人之貌易落入俗套，时下之风趋同潮流，单纯地从古、从师、从众、从流，均不可取。制造与创造追求的取向不同，我们追求的是艺术创造。我们还要搞清意境与境界不同，意境体现在画中，境界存于创作者胸中。所以说创作时的心态与心境，也是非常重要的。当我们今天面对范宽的《雪景寒林图》时，面对王希孟的《千里江山图》时，都会发出由衷的感叹！创作山水画一定要有平和的心态，创作中拥有的冲动与激情也是复归于平和之中的，这样才能进入和达到一种特有的创作心境，此境存在于画意之中，亦体现于画意之外。人们常说，书画之妙，不在于学，而在于悟，然而心静才会有所悟，作画的过程也是自身修炼的过程。美术理论家薛永年先生在一部画册的序言中写道："中国画艺术，对个体而言，是生命的方式，对群体而言，是把握世界的方式。"我认为，要成为一名与时代同行的、真正的艺术家自身应具备三个条件：一是清醒地发现自我（人贵有自知之明）；二是努力地培养自我（不断学习与思考）；三是勇敢地创造自我（坚定文化自信与完善艺术品格）。我还认为，一件高品质的绘画作品应体现出三个特性：造型的独特性，技法的高妙性，语言的原创性。创新的思维在这里显得尤为重要，创新的切入点可从三个方面展开：绘画技法，工具材料，表现对象。绘画作品的个性化体现，也可从三个角度去探寻和审视：题材与体裁，形式与样式，风格与品格。艺术风格的个性化是孕育在时代发展的潮流中的，只有个体面貌的多样展现和丰富多彩，我们才能共同构建理想的精神家园。

  我们常说，一方水土养一方人。我们也知晓，一方人创造一方艺术，一方艺术造就一方天地。每个时代都会出现引领风尚的艺术大家和艺术风格，艺术的发展从来没有停下它前进的步伐，今天亦如此。取精用宏，守正创新正是我们前进时应把握的基本原则和践行方式。

物与心化

陈 平

老天发给每位画家，一笔一纸，让其调和世间的色彩，描绘了各形、各物、各情、各理的斑斓画图。这画图便是物在心头的形质，或心移物上的情动。在眼的事儿如此，世间的万象亦如此。《文心雕龙·物色》有记："物色之动，心亦摇焉。"山因流云而晦明，水因沉沙而深浅。花有荣枯，人有生死。这是心动，心动则是情动。这又属自然的规律，画家就是将规律在演进中给以定格，使之物与心交合一处，并成为作品，这作品便是永久的痕迹。

画有心有物，心到物边是情，物来心上是形。即心即物，即物即心，心物合一，便有了真实，其真实是内之幻。若无此真实，则不真切，画亦不可读，谓之死画。

画家的内心是最痛苦的，其痛苦也就是如何将心与物调和一处，而产生画意与画趣。意是人的思志，趣是形的直觉。意趣相投，便又生就出境界。其境界有三。

一曰：情境。情是画中最紧要的，是心与物的体验，是感受。若无此情，又何以谈画。古人曰："文生于情。"画亦如此。情是对大自然的欣赏，诗人、画家多能做到。其欣赏又不限于心旷神怡，兴高采烈，还要在悲哀愁苦中仍能欣赏大自然。大自然是美丽的，愁苦悲哀是痛苦的，二者是冲突的，又是调和的，能将二者调和的是诗人、是画家。文徵明《风入松》云："酒散，风里棋局。诗成，月在梧桐。"这是美丽的情致，是心物的真实，又似真切的画意。龚半千有一画页，半疏半密，写山皴而萧瑟，染水面而无波，一树衰柳，半段残桥，满眼荒凉。这是记清人入关之后，明朝灭亡之时，金陵正是如此一番残景。有孔尚任《桃花扇·续四十出·余韵》【沽美酒】为证："你记得跨清溪半里桥，旧红板没一条。秋水长天人过少，冷清清的落照，剩一树柳弯腰。"此情、此景是国恨与悲哀，犹似画家心底的愁苦与无奈。所言其情必是真实的，以切身的感受去表现，方能打动人心。这是第一境界，"情境"。

二曰：悟境。悟是心与物化的结果，是领悟、是体验。陆桴亭《思辨录辑要》云："凡体验有得，皆是悟。"这好似僧人坐禅，以心去看物的本来面目，以微妙的法门超越一切，不是用逻辑去思考，而是用领悟去体验，悟亦非在虚无缥缈之中，恰在平常的心物里。以物传心，古人画竹，多借其形喻为君子，或喻为自己来表胸中底事。皴山染水，意在卧游，托寄情志。说是画竹画山水，不如说是画自己，画中的自己便是心性，见性明心。以心感物，即物化心。倪云林隐于太湖山水之间，荡一叶扁舟，漂流无定所，眼中的萧瑟与心底的愁苦融为一景，是谓有我之境，濡墨间皆是"【越调·小桃红】一江秋水澹寒烟，水影明如练，眼底离愁数行雁。雪晴天，绿萍红蓼参差见。吴歌荡桨，一声哀怨，惊起白鸥眠"。这是自家的心性，又是自我的写照。执自己的本来面目，领悟一切。渔樵问答："樵问渔：江湖风浪恶，宁似采薪人，无忧茹藜藿？渔答樵：山中何所有，未若棹扁舟，得渔即沽酒。"是语亦复悟，见其性情，一任快活。谓真实而真切。这是物在心中的表现，是心的体验。这是第二种境界，"悟境"。

三曰：灵境。灵是精神的所在，是幻想，这幻想是超越心我与物我之上，而又无蹊径可寻。亦如陶潜的《桃花源》，是世间不存在的，但深信是真实的。王渔洋在诗中提倡神韵，神韵是诗中最高境界，也是画中最高境界。是心与物融，物与心化的再造。是自内而发，而无力索。董其昌以自己的心物营造了无我之境，从中获得了直觉的幻象，所表现的一笔一墨都是从心中过滤而来。八大山人的悲哀与愁苦，在心中凝结成精魂，其心物则是血与泪交融的形质，这形质是常人无法用肉眼去认识的，而只能用心去解读。李逵是《水浒传》中最为光彩的人物，多在戏曲中出现。真实的李逵是英雄豪侠，而戏曲中的李逵是取其人物的精神，并再造出来的一个可敬、可爱的人物。如康进之《梁山泊李逵负荆》中李逵吃醉酒下山一折中云："见杨柳半藏沽酒市，桃花深映钓鱼舟……这里雾锁着青山秀，烟罩定绿扬州。"是谓李逵下山对生活另一面的真实感受。宛如孩儿一般，学着学究哥哥的腔调，诵出半句桃花诗来，手抄着桃花瓣儿云："试看咱，好红红的桃花瓣儿！你看我这好黑的指头也！（唱）恰便是墨守的胭脂透。（云）可惜了你这瓣儿，俺放你趁那一般的瓣儿去（放至溪水中）。我与你赶，与你赶，贪赶桃花瓣儿。（唱）早来到这草桥店垂杨的渡口。"如此粗人，又如此细腻，而一改固有的形质。这是作者赋予人物本身的灵魂，令人看后更觉真实。这是精神上的体验，又是真实的感悟。这是第三境界，"灵境"。

画家在这三种不同的境界中，表现自己。自文人盛行，使物与心的融合越来越妙，游入自我之境，这种境地就是艺术。

艺术是通过技巧来表现的，中国画的技巧亦属笔墨，笔墨又是衡量画准的法度。《桐荫画决》有记："意在笔先之妙，是从笔墨处求法度，从有笔有墨处参神理。"这法度可审视画家的心物如何，使心物逐为画家的本来面目。论其面目，画家应是千人千面，而非千人一面。历史上画家多是师承，并代代相传。犹如佛祖的衣钵，传之为弟子，时而也会出现六祖那样，以自己的思想去体验佛境，但仍是传授与弟子。所以见到的中国画又如一串珠子，粒粒相连，不免相似。从中细察，时有那么几粒，发出耀眼的光芒，这光芒就是画家自身的光彩，使人看了难以忘怀。米芾与米友仁父子就是以自家山水，区别于当时盛行的李成、董源、范宽等以及后来的刘、李、马、夏。看这众名家在笔墨上都有着相互关联的地方，而米氏殊不然，在技巧上，创造了点法，谓"米点"与"米点皴"。这点法并成就了远山近树，始自得一章，世称"米氏云山"。其米家山水，是以文心入画，使画更为精神化。李可染在近代画史中最为光彩照人，他创立了"李家山水"。李可染的成功是在线条上区别于古今，"屋漏痕"是最具象征的线条，并用此营造了山水、人物以及书法。他更多是以情入画，使心物达情。米家与李家的共同特点都是完善了自家面目，用笔墨技巧来言文达情。文、情则是才艺有得，论艺必得于才。画中又最忌逞才使气，摆空架式，没真功底。如《水浒传》中，景阳冈之吊睛白额老虎，只会三扑一剪，再无别技可施。才是天成，艺是自修。老虎天生有猛劲，而无后天技能的训练，不像武松天生英雄气概，后天又练得一身武艺，所以能战胜老虎。画家是才艺并重的表现，是在自修中体验而完善。物与心化，心与物融，自家面目的成立，便是笔墨技巧形成。这笔墨逐为传统，被后学视为衣钵，就是过千百年后再看，或运用仍会有生气。这是传统的不朽，也是画家的永存。

老天给每位画家不同的机遇，成就为各家各派的人物。作为画家是苦行，画是在感情中酝酿出来的。感情好比种子，待萌发出来，方可表现。作品是物与心化的真实，而不是物在心中的重现。画可以说理，可以解读，这是画的可贵之处，画是使作者与读者之间的心物共同相生，或是心物相化。

从山水到"山水"

牛克诚

在中国文化意识中，自然的山、石、树、溪、云、亭、桥等所构成的各种场景，不是作为"风景"来呈现的，而是作为"山水"来呈现的。风景是具体的、实地的，它可以清晰地展现出景物的地理特征及植被的物种特征；因此，对于风景的认识，是以景物自身的真实及人类视觉的真实为前提的。而"山水"则不然，它是从认识自然景物的本质特征出发的："山"是土石质的、刚性的、阳性的，"水"是流动的、柔性的、阴性的。于是，通过"山""水"，就使人们建立起与物质基本属性的阴、阳，进而与那个宇宙根本规律"道"的联系。这样的山水认识，也就决定了中国山水画的表达方式是概括的、写意的，是主观再造的，是表现自然的精神意态的。山水上升为"山水"，山水就不再是外在于人们的客体，而是被人们体认与感受的第二自然；"山水"可能不会穷尽自然山水一切细致而复杂的形质面貌，但它一定会传达出那一片山水的风神与意韵；因此，"山水"就不是对于景物的自然描摹，而是带有鲜明的图式特征的。

在将山水转述为"山水"的过程中，我们所用的工具是毛笔、墨、颜料及纸、绢等，而不是照相机；这种转述所生成的作品是绘画，而不是照片。如果说照片是再现了自然景物中的每一个细节的现实风景，那么，绘画所呈现的则是一个表达了自然本质并具有结构特征的"山水"。画家的审美观念、他所用的工具材质及技法表现等，都会渗透到这个"山水"之中，所谓作品的时代性及个性也便都因此而产生。

作为创作主体的我们，与古代山水画家生活于不同的文化环境中，所面对的自然环境也有较大差异。重要的是，在与自然的关系上，我们与古人已很不相同。古代人们在山水中体认到一种具有哲学意味的精神性，所谓的"圣人含道映物，山水以形媚道"即意味着：山水是作为"道"的载体而出现的，"山水"是用来"卧游"或"遣兴"的。而山水之于我们，则呈现为都市人群与自然山水亲近合一的人文情怀。当代山水有很多作品就是从身边的一些寻常角落画起，表现出那一小小的景物带给作者的微妙心理体验，这一体验定格为画面上的"山水"，那寻常的角落也便被人性的光辉照亮，景物因此有了亲近感；我们沐浴在自然的和煦之中，自然山水就是一片可以触摸的草叶，一捧可以掬起的清泉，我们畅快地走进了自然。

然而，走进了自然，并不意味着我们就一定能够把自然画得深刻。因为，"山水"的认识与把握，并不是以形似、逼肖为目的，而是以"真"为指归的，这也即荆浩《笔法记》所说的"度物象而取其真"。它要求创作主体"仰观宇宙之大，俯察品类之盛""凝神遐想，妙悟自然"，从而拥自然山水于怀抱，以实现"造物在我"。

自然山水形貌是多姿多彩的，这也就决定了山水题材的多样性表现。烽烟故垒、边塞异景以及城市街角，等等，都成为"山水"中的景物。这固然拓宽了我们的山水视野，也固然丰富了山水的创作题材，但，如果不能够把握这些景物的精神意态，用切合的图式来表现这些景物，这些多样的山水题材也只能表明：我们的足迹曾经到过这些古人未曾踏足的地方；我们比古人可以炫耀的地方也就仅在于此。因为我们的图式是苍白的，而题材的多样就反而越显其图式的苍白。我们只是"看"到了山水，而并没有"体味"、"感悟"或"理解"到它，既没有形成观念精神上的"山水"，也没有形成具有意味的图式"山水"，山水就仍是山水。

当代山水的图式建构并不能离开对传统图式的传承，因为，我们将山水转换为"山水"的能力，在很大的程度上是从我们接受的画谱或前贤的山水画作品开始建立起来的。这些作品带给我们认知山水的眼光，我们就是用这种眼光去"读"山水的；或者说，我们总是要在自然山水中读出古代山水某一家、某一派的笔踪、墨迹。用这种眼光来看待山水，其实是让我们保持了一种营造山水的能力，这种能力是与那个伟大的山水画传统联系在一起的。从对于山水形象的摄取，到一石一木的质感表现，以及山、石、云、树的结构关系，等等，无不因这个传统的存在，而让我们的"山水"更接近自然之"真"，让我们的"山水"更具韵味，让我们在这种山水中获得一种文化认同感。值得注意的是，我们仿佛只顾一味拓展山水题材的宽度，而忽略了表现这些题材的那个山水图式的深度，而这一深度就是指向传统山水图式的观念与表现的。照片式的转摹、对于细节的琐碎刻画以及逼真的光影空间等，固然表现了瞬间的视觉真实，但它们意境的苍白及图式的了无意味则表明，我们是把"山水"还原为"风景"了。

作为图式的"山水"，是将自然山水中的山、石、云、树等理解为基本造型，并通过各具情致的线条、色彩、质感等呈现为一种绘画的美性结构。这种结构一方面描述着自然的山水形貌，另一方面也在完成作为"山水"的语言述说。在保持自然生动性的同时，充实起"山水"图式的可读性；在自然写生的同时，重温着传统山水图式的精神价值，这也许应该成为我们创造山水新图式的基本出发点。

让山水"如画"。

视道如花

贾广健

学习中国画也有几十年了。细细地品味起来实难概括中国画是什么？中国画又讲究什么？那么自己又是如何来认识和实践的呢？对诸多问题也有一些思考。

中国画是慢的学问

我学习中国画是从写意花鸟画开始的。喜欢八大山人、徐渭、吴昌硕。那时候一个晚上就可以画上十几张、几十张，大大小小地贴得满墙都是。怎么也慢不下来。敢下笔，敢画大画，粗笔大墨地倒也表现出一些率性，情绪和精神的朴素也是可贵的。但是，进入一个创作的状态是从一种渴望和一种慢慢的寻找开始的，那就是越过前人的笔墨开始慢慢关注自然，关注那些普普通通的自然万物，常常为朴素的自然所感动。我终于开始用笔墨尝试着去表现内在的那种感动，东寻西找，不知不觉地竟然慢了下来。从放荡不羁的笔墨挥洒，转而以春蚕吐丝般的线条幻化出如梦如幻般静谧、幽远的意境。此时，《秋籁无声》诞生了，悠然旷远的意境、细画慢染、层层晕染、自然的大美和感动随着色与墨的交融，慢慢地浸入，慢慢地显现，慢慢地凝聚和幻化出自己也不曾遇见的惊奇，寂静之极而似闻天籁之声。节奏的改变而使之进入一种思考的状态、沉静的状态、感悟的状态。这种由快到慢、由动到静的变化或许是从表面到内质、从浅薄粗陋到深刻精微的转变。也许从此时开始略知中国画应该是慢慢修行的学问，理性的思考和感性的知觉二者皆不可少。思想的沉淀和积累，对于自然和生命的感动才是作为一个艺术家必要的条件。因此，中国画也最忌浮躁、粗陋和肤浅。因此，中国画是慢功。

视道如花

中国画又是法、理、道的统一。很多年前我曾请朋友刻过一方图章，印文是"大法通道"。我想，"法""理""道"是由形而下至形而上的三个层次。也就是由"法"至"理"，由"理"至"道"。最后达到"法""理""道"的统一。这也是我多年的创作实践与教学实践始终遵循的准则。

中国的花鸟画是以自然的"花"和"鸟"为表现对象的，动静相宜、活色生香，表现了微观世界的花鸟情趣。古人讲"一花一世界，一叶一如来"。一花一叶无不映现出大千世界的千姿百态、精微和广大。齐白石的一方图章"视道如花"，其内涵颇耐人寻味，把"道"和"花"联系起来，说明白石翁把花鸟与天地大美等同视之。庄子说："天地有大美而不言。"故花鸟画同样可以寄予天地之大美，而并非小技。不仅近于道，而与"道"等同视之，这是白石老人的一种胸怀，也是俯仰天地宇宙，集大美于豪端的雄浑气度。"视道如花"实乃从中国传统哲学的角度解释人与自然，微观与宏观的天人合一的思想。古人讲："圣人含道映物，贤者澄怀味象。"主观与客观、圣人与贤者之境界有别。或许可以看作"道"和"理"两个不同的境界和层次。"山水以形媚道"，花卉又岂不如此？"视道如花"的精神也正是与中国传统的"文以载道"的思想在中国花鸟画中审美理想的体现。中国花鸟画中的花与鸟，两者都具有自然的属性与人文主体双重价值，花即人，人即花，以花喻人，以花释道。

"恒与变"

"不变的中国绘画"是我近年提出来的一个学术命题。经过对中国画问题的长期思考和实践，困扰最多、至今也绕不过的一个问题，也即传统与创新的问题。从新文化运动以后近百年来，"变革中国画的主张"讨论至今。因为"西学东渐"，人们看到了西方文明先进的一面，同时也看到20世纪初期中国科技文化落后于西方的现实，变革一时间成为那个时代的声音。然而，变革无非以西方的标准去变。事实上，这种倒向西方的变革主张在当代应该值得我们深刻反思。世界民族文化传统各异，并存、互融则是和而不同，也并非可以相互取代。"不变的中国绘画"的主张并不是"保守"和"僵化"，只不过是站在中国文化立场上的一种反思。以不变的角度去审视中国绘画的传统。中国绘画的本体思想与审美理想必然有其恒定的内核，找到什么是中国画不可以变的，也就接近了中国画最本质的精神内核。总之，中国画只能变体，而不能变种。我们常说中国文化博大精深，然而我说，中国文化是大而无外，小而无内，精微和广大都是无限的。我们无意于改变西方，西方却不断改变着我们。中国文化精神恒定的价值是永远不变的，改变的是我们离它渐行渐远，越是如此，也就离本质和内核越远，回归立足于中国文化本体上的认知，来探讨中国画变革和发展才是一条正道。

以极似之形写极似之意

工笔和写意是中国画两种不同的表现语言与风格。传统文人画代表了中国花鸟画一脉，古有"水墨为上"的说法，元代以后的传统文人画确实代表了中国画传统与美学思想的最高成就，其对于绘画的品评标准也一脉相承。我认为，中国绘画的风骨还是在晋、唐、宋、元。回望历史，那个时期的绘画对于绘画本体的研究和对于绘画语言表达的探求是那样的严谨精致，很多经典之作让我们叹为观止。晋人绘画的风骨、唐人绘画的气度、宋人绘画的精谨，元人绘画的逸韵，怎么可以以工笔或写意而概言？元代以后的文人画更像是现代的观念绘画，形成了表现的程式和审美的定式。崇尚一种诗品、书品和画品的合一。因此，倡导工笔画的所谓"写意精神"，不仅仅是从表现语言的"工"或"写"来判断，写形？写意？写神？绘画的形、意、神，同等重要。境界之高低不关乎工或写。白石老人讲："不似为欺世，太似为媚俗。""太似"或"不似"关乎雅俗吗？因此，绘画之繁简、工写、造型的"似"与"不似"，用墨或用色无关乎高下，更不关乎雅俗。

"以极似之形、写极似之意，而得众妙之神"是我对工笔画表现语言的一个概括。我这里用了四个关键字：似、形、写、意。"似"即造型的尺度和感觉，既可以似是而非，也可以似非而是。是极似之形而非极真之形，写极似之意是表现而非描摹，表现的手段是"写"，其"写"的意义不仅仅如徐渭、八大之笔墨方可谓之

"写"，工笔画之笔若春蚕吐丝，笔笔生发，用色层层积染，温润清雅莫不是"写"，是因描绘而写意、而表现。这是一种境界，是一种沉静的文雅。得众妙之神，也就是得自然之神，得"神妙"或"神韵"犹如韶乐之绕梁，品味无穷。

境界之美是心香

中国画向来有"境界"之说。境界与品位决定着作品的高下，对于中国画境界的品评标准也同样是画家所追求的目标。中国画不仅仅是讲究画家个性的体现，从历史看，时代的共性恰恰是一个时代的艺术家所向往与秉持的审美共性。石涛讲"笔墨当随时代"，他又说"笔非生活不神，墨非蒙养不灵"。其涉及了当今我们面对的时代性问题，自然与生活问题，表现的语言与修养问题。中国画是大学问，中国画的传统不仅仅是古人给我们留下来的那些经典的作品，同时还有那些绘画理论思想的成就。古人的画论更可以说是画家实践的智慧总结，蕴含着中国画的美学思想。"外师造化，中得心源"是中国画创作的法则。中国画的表现是万象源出于心。对于心灵的养育与净化应该是一个中国画家的最高修为。师造化、师古人，最后达到我师我心的境界，一个艺术家具有一颗怎样的心灵也就会有一种怎样的画境。修善、修静、求朴、求真。皆是使内心平静，心存善念，洞达万物之本质，朴素存真。因此，中国画是至善之术，由至善而至美，至净至纯而自有心香。蒙养出一种静气，静极而生香，画之最高境界是为"香"，是"心香诗境"。我的绘画题材有很多表现荷塘意境的作品，从"秋籁无声"到"藕花秋雨"，从"寒河晴晚"到"溪塘过雪"，从"碧水金荷"再到"寒塘清韵"，不断演绎着荷塘意象的诗意境界。从凄婉潇然的诗意之美，到绚烂富丽，而复归水墨之平淡。都是在追寻一种心香之韵、诗意之美。从工笔、没骨、水墨写意三种表现语言共同构成我绘画风格的整体面貌。其在意境与美学追求上确是一以贯之，一脉相承的。

互通与融合

——刘万鸣谈素描对中国画的补益

素描作为造型艺术的基础，是每个绘画门类学习的必修课，在当今学院教学中广泛施行，其中包含中国画画科的教学。长期以来，从徐悲鸿、蒋兆和建立写实人物画体系开始，素描在中国画的发展中一直处于非常重要的地位。但是近些年关于素描教学的争论层出不穷，有些人提出异议，认为"素描对中国画的发展产生了不利影响"，甚至说"素描毁了中国画"。学中国画的到底要不要画素描？应该怎样画素描？这是基本的问题，但这又不只是简单的观点与立场，更不是喊口号，这涉及艺术观念与本体语言的融汇互补。宏观认识之中需要更多的艺术实践来支撑。本文通过对刘万鸣老师的采访，不仅厘清了素描与中国画的关系，而且以具体作品范例为基础，对中国画如何实现素描语言的转化与融合做出了深入解析。

阴澍雨（《美术观察》栏目主持人、中国艺术研究院副研究员）：刘老师您好！素描一直被认为是造型艺术的基础，也包括中国画。但是近期很多人提出"素描对中国画产生了误导"，甚至认为"素描毁了中国画"。在您的创作实践当中我们很清晰地看到，素描与中国画之间有着高度的一致性。您的国画既体现出宋元绘画的高古气息格调又具当代精神，您近期的素描写生也同样具有中国画的气息。所以今天想谈一谈您是怎样看待素描与中国画的关系？素描在今天中国画的学习当中，应该起到一个什么样的作用？

刘万鸣（中国艺术研究院博士生导师）：每个人对艺术的认知不同，发表自己的看法也无可厚非。但作为著名艺术家对艺术的评判，更应慎重、严肃、三思而行。因为他关乎的不是自身，他的观点会影响着一个群体，尤其是青年群体。如有误导，杀伤力是极强的。关于"素描"一词，20世纪50年代已有过这方面的探究，由于"素描"一词在东西方有着不同的认定，在各自绘画领域的应用也就具有了差异性。

关于素描与中国画的关系，我们应在尊重客观事实的基础上去研究，去分析。就近当代中国画坛，无论人物、山水、花鸟，它们始终都在默默地接受着素描的改造。徐悲鸿先生当年赴欧洲学习油画，他的理想和目的也不只是为了学油画，真正的目的是用西洋画改造中国画，使中国画走出当时颓废的境况，这其中素描所起的作用是不可低估的。它确实完成了中国人物画包括花鸟、山水新格局的形成。素描是一切造型艺术的基础得以验证，在过去乃至现在都已践行于各美术院校中。可以说徐氏体系的形成是中国画坛开天辟地的大事。

这有如医道，从国人最初对西医的排斥、怀疑，到采用，证实了中国近现代医学的发展。中西医结合已是医道的新纪元。极高明的中医大师，无一例外承认并采用中西医相合而成硕果。徐悲鸿等艺术大师所采用同样的态度，以中庸之见完成了艺道新纪元。徐悲鸿"素描是一切造型艺术的基础"之论点，也普遍为艺林所认同，这也能从他的作品中得以见证。

然而当我们一代、二代、三代在遵循徐氏体系绘画思想践行的同时，中国画尤其是人物画在不知不觉产生着式微，进而归结"素描"之害。这种简单的妄自菲薄的判断、推理，既暴露了当代某些人文化的不自信，又暴露出他们的盲目、无知的武断。

现代的交通、信息为我们的生活带来便利，但就艺术家而言，对艺术走马观花式的考察蒙蔽了我们的思考。我们看不懂别人的前提也忘掉了自己的存在。

前不久我和田黎明、赵建成先生在四川博物馆看了几幅徐悲鸿的作品，其严谨的造型得益于他的素描。但其笔墨内质的呈现却完全得益于他高超的书法，浑厚苍润的魏碑笔气，大气豪迈，严谨的造型以书法笔意完成。以稳（书法）、准（造型）、狠（再书法）尽写物象之理、物象之魂。一变明清萎靡轻浮之风，前无古人，力开新象。所以，中国绘画之式微不在素描造型之累，先在书法式微之过失。书法的式微间接或直接地影响了中国绘画。另外，画家缺乏综合素质能力，亦是其艺式微的关键所在。徐悲鸿先生曾有言："古法之佳者守之，垂绝者继之，不佳者改之，未足者增之，西方画之可采入者融之。"吾辈当思之，不可为区区沽名钓誉者所偏引。

阴澍雨：应该学什么？如何选择？这是核心的问题，有利于中国画学习的因素才是可取的。

刘万鸣：徐悲鸿选择的是欧洲古典素描，气质典雅而朴素。他的素描轮廓善于用曲线表达结构，很有东方韵味。他画的马、狮子、猫等动物，有着扎实的素描写生能力和高超的书法功力，不然很难达到惟妙惟肖的艺术效果。他的中国画变革中除具严谨的造型之外，更重要的是借书法之意体现了中国精神。他用素描解决了古人没有解决的形的问题，用素描完成了中国绘画的当代性。把西方绘画的优秀元素巧妙地合于我们的笔墨中，进一步借融而达至化。

阴澍雨：化成自己的。

刘万鸣：文能化己，文能化人，"化"字固然重要。文化自信是中国人固有的基因，包容是我们的胸怀，更是我们民族的大智慧。厘清这些，探究素描与中国画的关系也就会变得轻松自然了。所以为艺者手里拿的无论是铅笔还是毛笔，无论画的是素描还是中国画，都应具备文化上的自信，也就是我们固有的文化基因。基于此才能再现中国精神，才能理解素描与中国画的关系。所以，真正的从艺者从来不怨天尤人，也从不偏见狭私。

阴澍雨：我们小的时候拿铅笔画线、画形象也是一种素描。后来的应试素描变成涂调子了，画光影的全因素描，学苏联的那种，现在的教学体系依然以此为主。

刘万鸣：说句实在的，苏式的素描我们学到位了吗？反思历史才能思考未来。欧式的素描我们学得是最好的吗？是教的问题，还是我们自身的眼力？像丢勒、荷尔拜因、安格尔等大师的素描，他们都注重线性表达，跟中国画有不谋而合之处。我们教了多少？学了多少？为艺者应知行合一。

阴澍雨：所以刚才您说的这个两个方面：一个方面就是人本身。徐悲鸿那代人之所以能吸收融合得好，是因为他们对本民族文化理解比较深，是因为人比较强大。另一个方面就是我们学什么，吸收哪些东西很重要。您刚才提到了丢勒，提到了荷尔拜因，应该学习借鉴这些优秀的、适合的。所以素描跟中国画之间的关联应该是相互补益的，不应该是敌对的。

刘万鸣：我记得一位学者这样说过，中国人懂中国画的太少了，那么外国人能看懂中国画的也就更微乎其微了。评判素描和中国画的关系，其基本前提应该是一位中国画家，严格地说应该是一位有成就的中国画家，并且还应对西方素描有过亲身的体验或深入的思考。"知而不言，言而不知"我们做不到，"知而言，不知不言"小孩子都能做到。素描成就了徐悲鸿、蒋兆和等这样的大师，我们有目共睹。而潘天寿、黄宾虹等大师，他们虽然没有画过素描，但不画不等于不理解。潘先生当年谈到素描，他是以中国的审美去探究理解的；黄宾虹先生的"知白守黑"，我想也可以说是对"素描"的理解。

阴澍雨：听老先生说过，潘天寿对浙派人物画影响很大。他强调说画人物画，脸要洗干净一些，就说调子少涂一些，这也是他对素描的理解。

刘万鸣：这是对素描的净化，追求纯净的韵味，这里探究的还是品质与格调。

阴澍雨：您最近画了一批素描，接下来的问题就涉及您是怎么画素描的。刚才您提到不管是拿铅笔还是拿毛笔，都必然具备中国绘画的内在品质，就是说铅笔与毛笔之间是存在关联的，是由您这个人把它统一在一起的。您在画素描的时候具体勾线方式是不是和用毛笔时候一样？这种转折与线性的变化是怎样的？

刘万鸣：画这批素描实际上是巧合。今年7月份，我随全国政协书画室组织的画家到内蒙古写生，因为我是花鸟画家，刚开始关注更多的还是花花草草。

阴澍雨：草原花卉题材也很丰富。

刘万鸣：所以在草原上一直寻找花花草草中微观的东西。出于兴趣，拿起铅笔和几位人物画家画了起来。由于多年对中国画的理解，写生的状态似乎一直在违背常态下的素描画法，我更多的是强调画面曲线的变化，把线条韵律放在首位，忽略了直线的表达。

阴澍雨：用直线慢慢修，很难产生有韵律的线条。

刘万鸣：所以我在画的时候特别强调曲线。人物的鼻梁、鼻翼、上下嘴唇、耳朵，包括脸形都是在曲线中找变化，曲线在中国画中非常关键，这就是刚才谈到的韵律，曲线不易僵化，有利于表达节奏、内涵。

阴澍雨：体现线质本身的美。

刘万鸣：如果线质出问题了，那我们表达的对象就有了问题。所以我在观察的时候始终以中国画家的眼光去审视对象。

阴澍雨：您带有长期中国画的实践经验去看对象？

刘万鸣：是，比如说素描中的调子，我在看对象的时候注重模特脸部调子的提炼。我记得小时候画素描，老师总说素描最后只有一处不着笔——高光，现在想想可能是误导。

阴澍雨：都是这样教的，涂调子只有高光点是白色。

刘万鸣：有些调子我们作画时眼睛是不应该看到的，这是西方大师素描的一个精华之处，也是我们中国画家审美的一种表达，东西方在这一点上有一致性。高明的画家都是具有极强的概括和取舍的，满脸只有高光处无笔痕，到处都是铅笔道子，这或许是低级素描吧？

阴澍雨：当代的艺术创作强调观念，包括材料工具的运用也是有观念渗入。您用绢本画的素描，我们已有的经验当中没有用这画素描的。西方是没有的，这是中国画的常用材料。您选择绢本画素描是有意为之吗？是有意识在绢上面体现有中国画的特点吗？

刘万鸣：最初订这批绢是想画水墨的。

阴澍雨：是不是画的时候还想着水墨的效果？

刘万鸣：是，拿铅笔也是在述说中国画语言，刚才谈到的调子，我是极力提炼取舍。在绢上作画可能有种情结，在中国特有的材质上表述西方的艺术语言——素描。作为一个中国画家此种感受还是蛮愉悦的。这种愉悦是发自内心的，有时还带有一种莫名其妙的崇高感。

阴澍雨：我们学画素描一开始老师就讲要从大关系着眼，不能从局部入手。但是看您的素描，是不是从局部开始画的？

刘万鸣：每幅素描都是从局部开始，首先画眼睛，因为中国人物画讲究传神，眼睛为第一。眼睛画不好就不要再画了。所以，我首先关注的是眼睛等五官的处理。先从右眼开始，再画左眼，画鼻子、嘴，以此类推。放射性地去找关系，这是中国画家的观察方式，也是中国绘画的一种表述形式。

阴澍雨：我们看对象的时候也是先看眼，再去扩散开。

刘万鸣：是扩散式的。现在素描教学都是先整体后局部，我没有这种概念，脑子里也没有什么几何体，我看到更多的是曲线，是线条的一种韵律。

阴澍雨：刚才您提到传神，这个很关键。传神是一个更内在的神韵。但是我的理解素描是表现某一时、某一地特定的外在形象，强调色调与光影。您强调传神，外在的光影已经不重要，而更关注本质的神韵。

刘万鸣：科学与艺术，我们必须一起把握，但关注度应有主次。不应简单地把西方的东西照搬过来，我们应有选择地借鉴。

阴澍雨：我看您的素描里面，造型上还有一些略微的强调和夸张，并不是完全的客观真实。比如这张人物肖像，他脸形被拉长了，是您有意识地这样处理吧？

刘万鸣：这个孩子是混血儿，母亲是印度人，父亲是美国人，他的脸很长，我画的时候没刻意拉长，他长的就是这样。二十多个学生，他的形象被我关注。

阴澍雨：那是您在课堂上画的？

刘万鸣：是在课堂上，他的脸型特征非常典型化。其实我们中国画更讲究这点，是让典型特征更典型化。但是这个不是有意强加的。眼睛看的时候铅笔在动，自自然然。情随心动，传移模写，迁想妙得。

阴澍雨：好像基本上看不到修改痕迹。

刘万鸣：不修改，几乎不修改。

阴澍雨：橡皮用不上。

刘万鸣：橡皮没办法用，一用就脏了，绢上需要洁净，这是"中国素描"的特征。

阴澍雨：所以您的素描特别干净。

刘万鸣：另外下笔要准。中国画讲意在笔先，铅笔同样意在笔先。作为中国画家，必须在下笔之前就有充分的准备和把握，模特已经在你心中。在内蒙古写生的时候，其他老师画十几张，我只能画一张，大多数时间用在观察上。

阴澍雨：您的素描很完整，是非常严谨的作品，大部分人物画家画速写主要为了收集素材。这里面还涉及一个问题，我们以前画素描经常是从一开始就塑造体积，我觉得您对于体感的塑造是一个中国画家的技法方式。比如说画头发，每个形象头发的发质、发型、长短都不一样。您画头发不是去塑造体积，我感觉和花鸟画丝毛技法是一样的。

刘万鸣：我画对象的时候完全是用中国画丝毛的办法，目的是在画面中发挥中国画笔法的艺术特质。

阴澍雨：根本就没有按体积来塑造。

刘万鸣：有体积。以单线的长期堆积慢慢地关系就出来了。从局部入手，头发在我看来有体积感，但我是用线性表达它们的特质。比如女性卷曲的发型，我是借用中国画中的高古游丝线条画出的；男人的胡须，我想到了传统山水画中的乱皴法,很有意思!

阴澍雨:这是用单笔丝毛。

刘万鸣:单笔来完成一种整体。刚才说画男人的胡须,是以单笔完成,胡须也是曲线,我在无数曲线当中塑造出一个整体,先局部后整体,这是素描的反向思维。

阴澍雨:它也有体感。

刘万鸣:这是中国画写真的理念,和西方观察法正好相反。但是毕竟表述的还是素描,最后既要体现体感,又要传神,体感应具有神韵。

阴澍雨:最后您来讲一讲具体作品的绘画过程吧。

刘万鸣:这幅《内蒙古摔跤手》,他就坐在草原上,草原碧空无际,我们几个人一起画,光线很强,画了一上午,当时唐勇力老师看到了,他说万鸣你画得太像了。这幅作品几乎都是用线性表达,摔跤手的皱纹、眼睛、鼻翼、头发完全都是线,我比较满意。

阴澍雨:它是一个复杂的结构关系,用笔法表现质感。

刘万鸣:所以说这幅头像中每根线条都是讲究快慢,有紧有松的,同中国画的毛笔处理一样,求屋漏痕,力透纸背,蜻蜓点水,春燕啄泥。有的地方我又轻轻带过。这是一种素描关系,同中国画家在宣纸上的笔法处理有相通之处。

另一幅画的是内蒙古的一位老奶奶,老奶奶的两只眼睛吸引了我,她七十多岁了,双目有神。当时尼玛泽仁老先生开玩笑地说,她要是在古代肯定是王爷的妻子。她是我想画的第二位老人,第一位是我的母亲。我母亲今年90岁了,眼睛和她一样有神韵会说话,似乎都在表达一种母爱的情感。

阴澍雨:这个眼神您是故意画她侧视的角度吗?

刘万鸣:她就是这样的眼神,一刹那被我抓住了。

阴澍雨：一刹那？

刘万鸣：后来她再变我就不管了。

阴澍雨：您还是在捕捉最难忘的那个点。

刘万鸣：是一刹那，这个角度也是一刹那记在心里的。作品中的每一处都是一气呵成，不要九朽，只求一罢。

阴澍雨：一笔下来，没重复？

刘万鸣：一笔都没重复，一笔下来，就不再改了。在观察她侧面轮廓线的时候足足有十多分钟才动笔。而画头巾的时候用笔就轻松多了，就像中国画中求经意不经意之间的感觉，求笔不周而意周的感受。该准的线必须准，比如说嘴唇，尤其是中间线，也是看了很长时间，因为每个人的这条结构线是有区别的。它是人气质和内心的体现。性格刚毅的人、优柔寡断的人，线性区别很大。所以我在刻画她的时候，我用的是涩笔，特别慢，有的地方加重，有的地方弹起来，有的地方一带而过，这也是中国绘画的笔法特征。

阴澍雨：是您取舍概括了，脸上肯定内容很多，您只是选择一部分。

刘万鸣："惜墨如金""惜铅如金"不要浪费它。我计划过一段时间再画二十多张，组成一个系列。这个系列的名称不叫素描集，而叫写真集。我认为这个"真"字一方面强调了"形"，另一方面更强调了神。把中国画的神韵渗化到素描中，把素描的感知运用到中国画中。此创作过程让我身心愉悦！

阴澍雨：非常高兴能听您谈艺论道，收获很大。我想我们的读者，特别是学习中国画的人，都会从您的讲解中受益！谢谢您！

记者：阴澍雨　原载《美术观察》2019 年第 1 期

参展画家文章

意境漫议

朱道平

山水意境是山水画灵魂的核心,也可以说正是因为对于意境的追求,使得山水画脱离了一般意义上的风景,成为人文的山水,从而超越纯自然的写照,具有了更高的意趣和格调。

"意境"一词是随着山水诗的发展而逐渐被引入山水画领域的。魏晋南北朝时期,山水画创作已开始注重对意境的描绘,提出了"澄怀味象""得意忘象"等理论和"畅神""怡情"的思想,至唐张彦远提出"外师造化,中得心源"则已直指意与境的结合。五代荆浩在《笔法记》中主张"画者,画也,度物象而取其真",认为"似者得其形,遗其气,真者气质俱盛",这无疑已涉及山水画创作的命门问题。到了宋代苏东坡提出"诗中有画,画中有诗"的诗画一体论,以及元代倪瓒、钱选等的画中"逸气""士气"的提出,传统绘画从注重客观描摹转而关注精神情境的刻画,以情构境,托物言志,借物抒情的创作观,促进了意境说的丰富和发展,使意境成为山水画创作所共同关注和追求探索的目标。

李可染先生曾说:"山水画,最重要的问题是意境,意境是山水画的灵魂。"并指出:"意境是客观事物的精神部分的集中,加上人的思想感情的陶铸,经过高度艺术加工达到情景交融,表现出来的艺术境界,也是诗的境界。"李可染先生提到的"高度艺术加工"其核心就是意境与笔墨的完美结合问题:中国画以笔墨写心中意气,以笔墨书人生体会,以笔墨融自然入胸襟。如果说意境是中国画的灵魂,则笔墨即这灵魂的载体。故清代布颜图在《画学心法问题》中提出:"山水画不出笔墨,情景,情景者境界也,古云境能夺人,又云笔能夺境,终不如笔境兼夺为工,盖笔既精工，墨既焕彩，而境界无情，何以畅观者之怀。境界入情，而笔墨庸弱，何以供高雅之鉴赏。故吾谓笔墨情景缺一不可，何分先后。"深入具体地分析了笔墨与境界两者密不可分的缘由，正所谓：画无笔墨则味同嚼蜡，画失意境则魂魄俱失。其实深一步来说，笔墨的高端取向就是一种精神层面的诉求："笔精墨妙"自身产生的有意味的形式美也是一种意境的追求和表达。当然，意境和笔墨在大多数方面还是各有其不同特质的，就意境的营造而言，也许在以下四点上值得我们关注和探讨。

其一，意境说的产生是与传统文脉的生发息息相关的，也是随着传统文脉的发展而逐渐丰厚起来的。因此意境的营造需要有丰厚的传统文化的涵养，"腹有诗书气自华"，实质上就是指后天的文化修养可以使人目光不俗，气质出众，出手不凡。可以使人不仅欣赏到画面所绘的内容而且能读到画面背后所传递的丰富内涵。

其二，意境也是需要反复推敲和磨炼的，多思多想，多动手，磨炼越多，想象力也就越丰富，对境界的培育和获得也就越得心应手。前人提倡迁想妙得其实也就是提倡关注思想的瞬间生发和联想，用独特的情思和感染力来丰富创作的意境。

其三，意境还来自鲜活的生活涵养，意由情生，境缘行得，行万里路，在深入生活中获取丰富的创作素材，在写生、访问中要多记，多画，多思多问，不能光是拍点照片就完事，要用心去感悟和探索灵感的触发点，去寻求意境，笔墨与生活的完美契合点。

其四，意境同样贵于创造，要有强烈的创造意念，要不断去探索和研究意境与笔墨的新内容，新形式，新技法，笔墨当随时代，意境更要当随时代。使自己的意境能别开生面地完美展现，不重复自己也不人云亦云。综观当代名家如李可染的《漓江》《万山红遍》，钱松喦的《常熟田》《红岩》，傅抱石的《潇湘暮雨》《镜泊飞泉》等名作，无不如此。

山水画讲意境、讲灵性、讲笔墨，尤以意境为上。写山水意境，也即写胸中丘壑，故看似写山写水，实是写自己的胸怀，心境与阅历所透露出来的气息，绝不仅仅是单纯的写山写水。是以画人讲修为，讲品格，讲笔墨的精妙，修为高，笔下所绘意境品格自高。总之，意境的营造是多方面的，也是可以借助多种方式来获得的，重要的还是要有不断提升和创造的欲望。王国维先生在《人间词话》中有一段论说："古今成大业者，大学问者，必经过三种境界，'昨夜西风凋碧树，独上高楼望断天涯路',此第一境界也。'衣带渐宽终不悔,为伊消得人憔悴',此第二境界也。'众里寻他千百度,暮然回首,那人却在灯火阑珊处',此第三境界也。"明白地道出了学问境界也是有层次之分的,是需要我们终生无悔地去追寻的,这也可以作为我们探讨和追求意境一说的参考,正所谓"山无尽,水无尽,行无尽也"。

目光、灵光及其他

——关于中华创世神话历史题材创作的若干思考

施大畏

一

我对于历史题材美术创作的关注,发端于30多年以前。1986年,我创作了第一幅大型历史画——《天京之变》,以太平天国末年的故事为主题。若干年之后,著名作家王安忆与我做了一次深入的对谈。她是个语词犀利的人,盯住问,为什么要画历史题材,你究竟想做些什么?我的思想,在她的逼问下深化了。记得我是如此概括的:"我希望我的东西有容量,这就是我总是到历史里找题材的原因吧,我迷恋恢宏的画面,有崇高感的画面,历史有这个能量,历史是将人类活动积压浓缩之后的体现,我相信它可以支持我的画面,将如此跌宕起伏的戏剧简化为线条、块面的结构,克服困难,提高绘画能力。这就是我要做的。"

直到现在,回味当时急中生智的应答,我依旧洋溢着激情,那是我内心的真实表述,也展现了作为一个画家的"我"的个性。当我正视整面墙大小的宣纸,目光深沉地通向遥远的过去,我确实获得了创作的快感,迷恋于将恢宏的历史场景宣泄到我的笔端。有人不无挖苦地评论说,我的英雄主义情结太重。我不否认,我的创作有英雄主义的倾向。不过,我不是盲目歌颂无敌于天下的人物,我常常从苦难和悲剧中寻找推动历史发展的力量。人民群众喜欢把英雄人物口口相传再塑造,各种智者独步天下的聪慧和猛士义薄云天的忠勇,往往超越了历史上的原型,浓缩了各种各样传说人物的精彩。崇拜这样的英雄,其实是崇拜人民的期盼和愿望,我愿意用图像再现人们世代传颂的美好。

二

当一堵墙被我用白纸蒙上并企图画上些什么的时候，事情似乎就这样开始了。但是，绘画形势却相当茫然，从何落笔，起首落下什么，事先并不知道，常常是呆坐半天，目光在虚无的空间延伸，努力地与想象中的古人对话，等待"灵光"奇妙地闪现。比如画《南京·1937》时，当宣纸拼接成四米乘以四米的体量展开时，正中的地方，纸有点皱，于是便落笔勾出一个骷髅。创作的开始看似有些偶然，实则却是必然，就像原始人涂抹眼前的世界，是本能，也是蓄谋已久的自然而然。但是我所要强调的并非画家对确定性的掌握，恰恰相反，更多时候，历史给人一种"天似穹庐，笼盖四野"的苍茫感，而画家所做的，更像是一个犹疑不安的"拾荒者"，试图在历史的荒野中寻找一些失却的现实以及散落的碎片，以此来建构对历史的一种理解和看法。

历史是什么？历史画应表现什么？

这是一个令人困扰的问题。当你觉得对历史有所把握时，一些晦暗不明的东西就会越发困扰你。为此，我想起瓦尔特·本雅明笔下"牧人们"似乎单纯的工作："在某处若是发生了值得纪念的事，牧人就会将诗句留在一块岩石、一个石子或者一棵树上以将其铭记。"

在某种意义上，我们现在从事的依旧是"牧人们"的工作。画作便是"一块岩石、一个石子"或者是"一棵树"。我们描摹，但是不仅仅满足于描摹，表达成为我们更迫切的工作。绘画在本质上是情感表达的需要。就像石器时代的壁画，是原始人为了得到神灵的注目；希腊人需要为英雄树名，使雕塑得到发展；欧洲人需要为真人"照相"，于是发展了肖像画。我们描摹历史，不是为了表达对历史逝去的哀悼，我们哀悼的是生命，并试图寻找历史起落浮沉中的哲学意味。

历史以沉重的叹息予人反思的力量。所以，赫尔岑说，充分理解过去，我们可以弄清现状；深刻地认识过去的意义，我们可以揭示未来的意义；向后看，就是向前进。

三

在我看来，画家是用手思想的人。绘画的过程，比较像一项具体的技术性含量较高的劳动，再多的想法，到了画布面前都得让步于落笔的一起一收。毕加索曾经说过这样一句话："艺术本身不变，而是人的思想在变。"因此，艺术之所以变，正表明思想在变。假如一个艺术家改变了他的表现风格，也恰恰说明他们观察现实的方式发生了变化。当下，人们都在用一种新的视角看待世界，模仿眼睛的"真实"的照相式重复已满足不了人们的需求，他们更需要在这个网络时代充分宣泄自己的情感，感受这个时代对他的影响。从单纯地讲清一个故事，发展到在故事中袒露自己的心胸和情感，同时观者也不满足于在一个艺术作品中仅仅看到自己熟悉的历史故事，他们更需要共鸣、互动。正如克罗齐对历史的判断，"一切历史都是当代史"，这是当代人情感的需要，也是生存的需要。

我从很早以前就开始不断思考中国画创作的长处与短处，并探求创作的变化和创新之路。在前后十几年的创作过程中，我的一些认识逐渐明显清晰起来。

我曾经问我的好友著名音乐指挥家谭利华什么叫作"和声"，音乐家想了一会儿，随手拿起桌上的玻璃杯，然后用一把金属的汤匙轻轻敲击了一下玻璃杯壁，发出了"叮"的一声清脆又绵延的声响。他说你刚才听到的清脆的声音波长和绵延的层次就是"和声"的概念，然后又向我详尽地讲述乐曲中和声充分的重要性。欧洲早在9世纪奥加农时期就形成了音乐程式的和声概念，到了17世纪随着主调音乐的逐步发展，和声作用也越发重要。而中国到20世纪初期才使用和声手段，虽然传统音乐优秀者不少，但是，以丰富、饱满、广阔这些词来衡量，是不尽满足的。好比拿普通乐曲（哪怕是有优美旋律的乐曲）与和声充沛的乐曲进行比较，这种差距可想而知。这个差距导致以往的中国音乐创作少有大作品。艺术问题相通。中国的美术创作源远流长，墨色宣纸融合运用，抽象语言发达完美，很多方面走在世界美术创作的前沿。但是，中国的绘画，特别是明清时期主流的文人画，大体以小桥流水、孤高自许为基调，少见宏大作品，没有长江大河奔腾的气势。这个问题，是当代中国美术绕不过去的难题。

我曾经讲过一句话："有生活就大，没生活就小。"表达的是创作与生活之间的关系。我进一步认识到"有历史感就厚重，没历史感就单薄"。这是从艺术与文化积淀之间的关系思考。在全国政协会议上,我有过一次发言,说了"抓住人性最本质的东西,用国际性语言讲故事,把中国的神话、中国人的故事、中国人的生活讲给世界听"。这个体验,是和不少画家交流出来的。我们不需要过分仰视西方的艺术,我们可以平等交流。他们好的风格(比如厚重大气)我们可以学习,我们的长处(比如抽象灵动)继续发扬光大,中国的美术创作,天地广阔,山高水长。

四

世界一直在变化之中,艺术创作同样如此。不进步,就是落后的开始。

20世纪初,随着爱因斯坦划世纪的论文发表以及毕加索《亚威农少女》的面世,相对论与立体主义分别在空间和时间的意义上再次革新了人们观察世界的视角。英国学者阿瑟·米勒的专著《爱因斯坦·毕加索——空间、时间和动人心魄之美》以一个巧妙的角度论述了爱因斯坦和毕加索两个伟大的灵魂在时空的相遇,他说:"我们日常所见的物体都是经过眼睛的透视变形,传统的绘画是对眼睛感官的重现,所以绘画的最低水平是'像不像'。到了毕加索那里,他已经不满足用传统的单一视角来观察世界。他想,既然透视会扭曲形象,那么艺术家如何能够完全同时地从不同的视点来表现一个物体,并且使每个视点都具有同等的有效性呢?如果说传统的绘画是把三维世界表达到二维的平面上,那么立体主义则是试图在二维平面上表达四维空间。这一思维是革命性的,绘画上立体主义和爱因斯坦相对论同时出现不是偶然的,都是一种思想革命。毕加索在1907年可能对爱因斯坦于1905年提出的'狭义相对论'一无所知,但是艺术家们却一直在思考着如何表现空间和时间的问题。在创造性开始出现的时刻,学科间的障碍就消失了。这是一个关键的时刻,科学家和艺术家都在寻找新的审美形式。对爱因斯坦而言,它是一种将空间和时间统一在单一框架里面的极简主义的审美形式,毕加索将所有的形式简化为几何形状。如果说爱因斯坦在推导伟大的相对论的过程中坚信了美学的基本法则,那么毕加索立体主义的出现不能不部分地归结于对非欧几何学的启示和普通几何的抽象能力。"

在讨论中华创世神话和历史题材的创作时,我由此体验到爱因斯坦和毕加索之间的逻辑关系。从具象到抽象,与其说科技解放了绘画,不如说科技解放了心灵。

如果以比较的眼光来看中西方绘画史的话，大致上可以说，中国绘画的观察方式注重抽象写意，而西方则倾向于写实。这自然和中西方文化的差异是分不开的。中国的文化，从古至今，信奉的是春耕秋收，天人合一，感悟着人和自然的关系，抽象表达物象，形成我们中国视觉艺术的审美定式。而西方注重人在自然中自身的力量，他与"上帝"的直接对话，形成他们具象的表现手法。然而，当爱因斯坦和毕加索同时诠释了时空交错的定义，对时空的认知自然地进入了二维时代，东西方认识世界的视角不期而遇，终于有了某种意义上的重合。殊途同归，绘画艺术发展到今天，东方或西方，并不就是一个"非此即彼"的二元论选择，而是意味着一个更为开放的视野。文化的多样性和共通性，成为世界人类文明共同研究的课题。艺术是有生命的，它在艺术家的创造实践中不断生长。

　　文艺复兴已经把造型的震撼力推到极致、顶峰，造型的资源已耗尽，我们必得另辟道路，以线条、块面、色彩的分割和对比来占领视野，这就要建立比具体形象的自然逻辑性更强大的制度。事实上，脱离了具象的形式，视觉与对象之间的关系更为紧张，巨大的画面尤其是挑战。中国画发展源远流长，我们的祖先给了我们丰富的"家当"，是宝贵的财富，同时在一定意义上也是一种限制。有限制必有探索，有探索必有发展，这也是时代对中国画画家提出的新的考验。

　　宣纸是中国传统绘画的工具之一，而线条是中国画安身立命之本，是最重要的手段，它其实合乎绘画的二维本质，依赖其划分区域。"线"非常富有表现力，"线"的造型与"一线二面"的认识，无疑是中国画的精髓。而毕加索也是在研究东方艺术的过程中把自己的风格推向了顶峰。支撑其画面的正是中国人引以为豪的"线"。中国绘画的传统审美视角沉浸在散点透视构建的二维空间的无限想象之中，因此对于"线"的运用，则是主观的认识对于物体结构的完美表达。西方也有"线"，自从19世纪被誉为"现代绘画之父"的法国著名画家塞尚提出了多点透视的画理，西方绘画中的"线"从传统的明暗交界线的运用拓展为对绘画对象结构的描述，于是在今天的东西方艺术交流通过这根"线"完成了连接。此外，油画中对于"线"的运用却并不像我们这样依赖。油画更讲究光和影的关系，色块是其有力的表现手段。或许事物的本质就是这样此消彼长的。如果说"线"是我们引以为傲的资本，那么相比之下，"颜色"就不那么尽如人意了。中国画的颜色实在不怎么够用。生产力的进步是以工具革命来实现的，它也可以应用于艺术。科技的进步给予我们创作更大的可能性。朱乃正先生教我用水溶油画颜料，一试果然不错。归根结底，中国传统绘画的工具，尤其是宣纸（还有绢）才是我们最大的家当，由此生发，却又受限于此。因此世间一切有利于制作的手段我们都可以借用。

事实上，中国画和油画之间，有突破界限的可能，同时也有必须坚守的立场。"突破"与"坚守"便是我们需要正视的"矛盾"。

五

神话，似乎为绘画艺术提供了更大的自由，甚至是"重述"的可能。作为一个多重的故事，神话讲述的是人与自然以及人如何在与自然的抗争中实现自我价值的历史。所以在此意义上，作为一个多声部的系统，神话为人类的存在状态提供了不同层面的隐喻。美国神话学大师坎尔贝在《英雄的旅程》一书中强调指出，神话要展示的是，"我们是驰骋在一个奥秘之上的，而不管是人类世界还是自然世界，都是同一个奥秘的展现"。

神话展现的"奥秘"也给了我一个启示，如果说要在中国文化和世界文化之间找到一个"共振点"的话，"神话"特别是"创世神话"或许可以为我们打开对话的契机。西方有这么多气宇非凡的宗教画，我们也应该有自己的神话故事的绘画作品。与希腊神话严密的体系相比，中国古代神话记载相对零散，但也呈现了属于中华民族之魂的不一样的特质：如果说希腊神话对于世界的描述是好奇和激情的，那么中国神话则偏于冷静与沉思；中国神话尽管没有十分完整的情节，但它们却有鲜明的东方文化特色，尤为显著的是它的尚德精神；中国神话要表现的是对神的献身精神的崇尚和礼赞，这也注定了在中国神话人物形象的塑造上偏于"神"的高贵和抽象，而希腊神话则更偏于"人"的世俗和具象。

中国神话的碎片式的记录、遥远的诗意以及强烈的悲剧意识给予后人的是一种无限的想象和浪漫的情怀。正是在这样一种诗意的洪荒意识中，我们建立了自己的民族，所以，当我们以"重述"的意识进入古代神话的系统时，企图通过对古代神话历史图景的描绘，再现人对自然的抗争和在抗争中迸发的一种朴素的扎根于土地的力量，以此来建构与西方世界的平等对话。

无论是盘古开天辟地、大禹治水、后羿射日还是鲧和夸父的故事，我们都看到了人对不可能的命运的抗争和不屈不挠的勇气，就像加缪笔下"幸福"的西西弗斯，"他爬上山顶所要进行的斗争本身就足以使一个人心里感到充实"。

"充实"就是我们从中汲取的力量。我是一个英雄崇拜主义者。在他们身上，无论是豪迈还是悲情，都令人动容。尤其是后者，更给人一种恒久的遗憾和唏嘘。我画《大禹的传说》，看到了大禹治水的胜利，更看到了大禹治水所要付出的沉重代价以及这种代价的意义。甚至，这个代价的意义还要追溯到大禹的父亲鲧，所以我又画了《鲧的故事》。鲧，是有崇氏的部落首领，在尧帝时代被四岳公推为他的接班人。洪水泛滥时代，尧派鲧治水，鲧以"湮"和"障"的方法填塞洪水，结果洪水越涨越高，一败涂地，最后被尧帝杀于羽山。而在神话系统中，鲧的故事要更为丰富和完整。据《山海经·海内经》记载，鲧是一匹白马，是天帝黄帝的孙子，也就是说，鲧是上界的天神。天帝以洪水惩罚世人，鲧怜悯世间的苦痛，决心平息洪水，但是神力有限，只好偷取天帝的至宝"息壤"来治水。不幸的是，洪水快要平息时，天帝发现了息壤被窃之事，于是派人在羽山将鲧杀死，并夺回了剩余的息壤。

鲧的故事，很容易使人联想到希腊神话中的普罗米修斯，因为为人类偷取火种，而被天帝囚禁在高加索的山顶，遭受恶鹰啄肝和风霜雨雪的惩罚。

鲧和普罗米修斯都代表了神话中自我牺牲的英雄形象，不过有意思的是，如果说惩罚是一种无奈的被动，那么对抗惩罚则是对命运的抗争，鲧和普罗米修斯恰好展示了两种相似却又不同的方式：对普罗米修斯来说，忍受磨难是他对抗的方式；而鲧的方式则更为彻底，死亡也不能消灭他的意志，为了完成治水的强大愿望，鲧的精魂久久徘徊不去，经过三年之久，他的身体里竟然逐渐孕育了新的生命。这个新的生命就是将会代替鲧完成治水事业的大禹。

禹是鲧的生命的延续，是新生的鲧，治水就像西西弗斯反复搬动巨石的动作，它的要义不在于搬动石头本身，而是加缪所说的"他成为了自己生活的主人"。在此意义上，我们完全可以说，比起普罗米修斯，鲧是更具反抗意义的英雄。

实际上，加缪式的荒谬抗争在中国的神话中从来就不是单一的，精卫填海、夸父逐日等更是将这种追求推到极致，我们从中看到的，不仅是中华文明远古生命力的飞扬与激情，更是一种超越时空的个体对自身存在价值的确认和奋争。

这就是中国人精神的故乡，这也是我钟爱从英雄人物身上寻找力量的原因，因为在他们身上，我们看到了人作为人的全部刚性和柔性，也看到了人为对抗自身的柔性所做的一切努力。茨威格说："壮丽的毁灭，虽死犹生，失败中会产生攀登无限高峰的意志。因为只有雄心壮志才会点燃起火热的心，去做那些获得成就和轻易成功是极为偶然的事。一个人虽然在同不可战胜的占绝对优势的厄运的搏斗中毁灭了自己，但他的心灵却因此变得无比高尚。"

艺术品的价值在于作品的艺术感染力和思想冲击力，主题思想的丰富性与永恒性，就是持久的人性力量。如果说艺术有一种共通的世界语言的话，我相信这就是"人性的力量"。不管是何种意识形态的背景，把艺术放大就是体现人性的"真善美"。

六

历史学家兰克曾说："每一个时代都直接面对上帝。"我更愿意把这里的"上帝"理解为一个艺术家的信仰。人应该有信仰，艺术应该是艺术家的信仰。瓦尔特·本雅明有一本论艺术的书《迎向灵光消逝的年代》。在本雅明看来，艺术作品"一旦不再具有任何仪式的功能便只得失去它的灵光"，他担忧着机械复制时代艺术作品"灵光"的消逝，而这种消逝正在我们的时代发生。在这个常常"大众想要散心，艺术却要求专心；艺术需要沉思，而人民只愿消遣"的时代，我想，忠于艺术创作的基本规则，具备深邃的洞察历史的目光，是迎向"灵光"的唯一途径，也是让艺术重新焕发灵光，让大众喜欢优秀作品的正确道路。

心路
——砚边絮语

张鸿飞

我幼年生活在北方的一座小县城,早期学生时代没有美术老师,甚至连《芥子园画谱》都没有,只能看些在报纸上发表的作品,当时经常和几个小画友在一起画画儿,可以说是天性的一种直接体现。家里生活很清苦,学画画儿的条件非常艰苦,有时看完课本上的文章,就在旁边根据内容想象画上插图。后来到文化馆帮忙,才有点笔墨的概念,找到点纸就画。艰苦的条件不能泯灭一个人的爱好,反而会令其更加强烈,因为越是匮乏的东西对人的吸引力就越大,能促使人不断努力追求。人的一生中,青少年阶段很重要,就像刚刚发芽的种子,要不断吸收阳光、水分等,才能更好地生长发育。

修养、品位

审美取向因人而异,我作品中的很多素材都是在生活中发现、思考,再进行提炼,我比较追求完美,喜欢展现美的元素。比如说画小女孩,我会抓住其真、纯及朴实的特征进行创作。这种审美取向有时是天生的,也和人的性格有关,有的人喜欢英雄史诗般的作品,有的人喜欢委婉优雅的作品,有的人天生开朗活泼,有的人天生文静内向,不同的性格类型会养成不同的审美取向。

一幅作品格调的高低与人的修养有关,文化底蕴深厚的人一出手便表现不凡,不落俗套。我们在观察事物的时候,会潜移默化地受到此方面的影响。由于修养高低不同，每个人从现实生活中获取的元素也不同，修养高者会获取更纯粹、简练的绘画元素，反之亦然。对艺术家来说，要创作出好的作品，首先要青出于蓝而胜于蓝，在表现力上不但能反映事物本身，还要超越它原有的状态。对观赏者来讲，没有修养不等于不懂欣赏，凭直观印象也能感受到好的作品，如大家都赞赏齐白石画的虾，觉得栩栩如生，尽管很多人看不透其中的表现手法、笔墨手段、构成方式等，但会从画面中感受到一股生机和活力，好的作品大家都会接受。当然，品位是建立在文化修养的基础上，修养越高，品位也就会越高，二者是相辅相成的。我的作品以写实为主，我认为工笔画最难处理的是格调和品位的问题，这在艺术上有一个共性关系，不管是写意、工笔，还是油画、水彩，最后都是作品格调的高低决定画作的档次。不管是具象写实，还是抽象表现，其中都有一个重要因素，那就是作品是否具有感染力，是否能跟观赏者的心灵产生对话。在工笔画的语境表现上，我认为不能匠气，不能俗气，应该追求高雅和高格调，这样的作品会形成一种对自然形态提升的张力，使人感觉清新脱俗，能够充分享受作品带来的愉悦。

《律》这幅作品，我的灵感来源于道家太极图中的阴阳鱼，画两匹马，不论表现什么动作，人们都司空见惯，没有一点新意，但如果换一种视角审视，提升到哲学层次去思考，会让人有耳目一新的感觉。顺着这一思路，我不断探索，最终以道家阴阳交合、生生不息的形式展现黑白两匹马的形象，这幅作品也是我当时心路历程的一种体现。

在创作《竞骥图》时，我首先想到在竞技过程中最扣人心弦之处应该是在起点，大家处于同一起跑线等待裁判落旗发令出发的瞬间。我在画面中展现了这千钧一发的紧张场面，15位骑手、15匹骏马在奔突扬蹄之际各有态势，有箭在弦上不得不发之势。所以说，构思不是一种简单的图解，好的艺术作品总会引发人的联想，这样的作品才能体现出艺术家的内涵。但需要不断地思考与尝试，最后才能形成作品，其过程十分艰辛。

责任、使命

我们讲墨分五色，笔墨体现了中国画的本质，中国画把颜色转化为黑与白，有其哲学意义。还拿齐白石画的虾来说，西方绘画无法通过几笔水墨达到这么生动、有意味的境界，这当中就包含了造型的问题，齐白石把虾浓缩成了几笔水墨的关系，几个构成的变化。

现在画人物面临一个难题，就是笔墨的不确定性和瞬间性，不像素描那样可以调整，画错了就不能重来，这就要求绘画者对笔、墨、纸的运用要非常熟练，达到技近乎道的状态，这样才能画出好的作品。

欲在将造型转换成水墨时表现得恰到好处，非一日之功所能达到，需要不断探索，付出艰辛努力。在造型与笔墨的转换上，我认为一要多看经典画作，要学会站在巨人的肩膀上审视；二要多多实践，没有大量的实践，很难画好水墨，因为笔墨是一个瞬间完成的动作；三要加强修养，画的表现力跟人的修养有关，画实容易画虚难，如徐渭画的葡萄，虚实关系非常精彩，反映了作者扎实的基本功和深厚的文化修养。另外需要说明的是，"工笔"和"写意"是两个体系，能画工笔不一定能画写意，从工笔转到写意很难，我也是经过多年实践理解才对二者有所掌握，他们之间也有可资借鉴之处。推动中国画发展，我认为这是每一位有理想的艺术家的责任。也需要付出一生的努力去实践，关于创新我一直在探索。

在创作传统历史题材作品的时候，我用的还是传统的线描、渲染形式，但是在创作《白山黑水》《春雪》等作品的时候，我在原有的传统表现形式基础上进行了探索，这样既表现出工笔画的厚重，又在表现形式上把写意的韵味表现出来。我认为，作为一名艺术家，不能墨守成规，应该不断寻求艺术上的超越，在确定自己的艺术取向后，要尝试着探索、创新，不能用同一方法对待所有题材，这样人的思维就会受到局限。艺术家要根据不同题材去探寻。随着时代的发展，各种绘画语言也相应产生，这就要求画家跟时代同步，与时俱进，要具有前瞻性眼光。

思考、感悟、借鉴

作为一个艺术家，需要对生活有深层次的体会，不仅要善于观察生活，还需要感悟，不是说到自然中便是体验生活，关键在于是否具有发现美的眼光。一个艺术家同时还要是一个思想家，要深入思考，精研创造。绘画还要有深度，不能泛泛模仿。历史上无论哪个民族，能够流传下来的文物遗迹都是人类发展史上璀璨的明珠，能给人带来深深的触动。比如柬埔寨的吴哥窟，我参观了三天，那里的文化遗迹给我很大的感动和冲击；还有埃及的金字塔，巨大的石块衔接合缝甚至连纸张都插不进去。去欧洲时，我也多去美术馆、博物馆、古老的教堂与街巷，看后确实让人感到心灵的震撼。好的事物一定要借鉴，但不能盲目地全盘接收，要有选择地吸收，再与自己的实际情况结合起来，这样才能在不迷失自我的前提下继续前行。关于中西方文化的碰撞，我认为，我们现在艺术院校的教学体系基本上还是接受西方的教育模式，如写实造型、培养绘画基础等。然而，现在西方多是观念性的艺术，很少有人画具象写实的作品，但这只是一个阶段，任何艺术形式都有其存在的意义，从长远来看，比较严谨、经得起推敲、有生命力的艺术作品，无论什么时候都能流传下去。

  从绘画者的角度来讲，人的性格迥异，有的个性张扬，有的低调谦卑，性格使然，因人而异并不矛盾。如果将艺术水准依照纵向和横向比较，每个人大致都有一个定位。从纵向来看，与中国历代大家相比，自己的作品处在哪个层面；从横向看，与世界级别的大师相比，自己的作品又处在哪个层面。经过纵向、横向比较之后，就像经纬度一样，很清晰地确定自己的位置，从而能够更加明确努力的方向。传统与当代是传承关系，不能将二者割裂开来，无论历史如何发展，都是建立在前人成就的基础上，任何一个发展阶段都不可能是断裂的、突兀的，只不过随着时代发展，人们的观念更新，在审美和精神的追求上带有时代的印记。一个艺术家，尤其是当代艺术家，作品一定要符合当今时代的需求，反映时代变迁，否则很可能会被时代抛弃。"世易则时移，时移则备变。"艺术家还要善于求变，如今的艺术表现手法与从前相比肯定有所变化，尤其是人物画，在写实程度上，我们现在肯定要比以前更深入。当今时代发展的节奏很快，电视、手机、电脑等多媒体传播各种信息都很便捷，但作为艺术作品，我认为节奏要慢，因为无论何时，作品的内容和本质不会变化，就像音乐一样，不管哪个时代的音乐，好的旋律都会被人传唱。绘画作品也一样，能够经得住反复推敲，符合审美需求的都是站得住的，不管社会如何变化，人们对美的需求不会改变。例如东、西方的艺术大师，他们的作品已超越了所处的时代。现在观看他们的作品，仍能感觉到内容相当丰富。因此，艺术家创作的作品一定要有含金量，如大浪淘沙，流传下来的精品肯定是含金量高的作品。

生活、艺术

除了绘画，我对音乐、戏剧、舞蹈等，不管是视觉的还是听觉的，只要是经典的，我都喜欢，这是提升文化修养的途径。无论是中国的古曲，还是西方的大型交响乐，我都听不厌，好的旋律更能激发我的创作欲望，就像写意水墨画中的晕染，虽然有时候说不清美妙的韵味，但里面的精髓却真实存在，这是天生的感悟，与生俱来。我认为，艺术是相通的。不同的艺术形式可以相互影响，相互转化。

画出几幅自己满意的作品是我的人生追求。人生其实就是一个过程：一是生存，二是质量，三是价值。生存是前提，在保障最基本生存条件的基础上，人们才会有意识地逐渐提高生活品质。良好的物质生活条件是人们达到目标的保障，二者不能等同。人生的终极价值是灵魂的修炼和信仰的实现。艺术家的信仰就是他们的艺术追求、艺术准则，就是要"通过作品说话"，创作出几幅比较满意的作品，艺术家的价值才能体现出来。绘画作品作为思想的载体，真实地呈现了艺术家的情感、理想和诉求，认真创作每一幅作品，是我一生中孜孜以求的最有价值之事。总之，当今社会为艺术家的发展提供了诸多有利条件，作为艺术工作者，就更应该不遗余力地为社会、为艺术发展做贡献。我的原则是尽自己全部之所能，把艺术创作的构想付诸实践，即使最终达不到自己的目标也不遗憾，古人云："吾生也有涯，而知也无涯。"知识无穷尽，要获取更多的知识，就须不懈钻研、创新、超越。

东窗夜记

冯 远

  艺术之谓高贵端在独特的创造，艺术除了驾驭技艺并将之发挥至熟谙极则、精妙境界之外，更是一种无重复性的创造活动。衡量艺术家成功与否的尺度取决于其能否具有精深的思想，恰切的选材主题和独到的艺术语言。

  我崇尚伟岸，试图在一片红牙檀板、市场喧嚣的世界中，响起铁板铜琶的雄肆之声。我画历史和生民，意在为民族立碑；我作孽海沉浮，乃感喟人生苍凉和生命无常；我画天界，是因悟出了至微至大；我作文字，是觉出了书法抽象结构美与绘画源出同一律；我写罗汉作汉魂和诗意画，旨在掌控并强化传统绘画技艺的同时，探讨水墨向抽象和写意两端过渡的现代表现空间和变革潜力……

  艺术显现的是形式，其产生的视觉效应是沟通观者并与之形成共感，达到悟对神交的渠道。组成形式的多个局部经由技艺来完成。技若语言，赖以传达神采、气韵，形式、技艺背后便是精神在起着驱策作用。精神、形式、技艺三者，俱不可缺。均可为主，又皆可为辅，唯视读者择其不同角度品评是焉。但成功的作品必三者兼胜。

  数十年来，我坚持努力创作，笔耕不辍，我的所思所想，所冀所求，都渗透在我的作品中。大化流衍、沧海一粟，绘事无涯、术业堂奥之探求需倾一生心力。

  如果说是秦汉文化撼我以沉雄旷达，那么隋唐文化则沐我以正大辉煌；如果说宋元文化濡我以工致严谨，那么明清文化则润我以超拔清丽；如果说北方文化育我以淳朴坚实，那么荆楚、江浙文化则哺我以瑰奇灵动；如果说西方现代艺术拓展我以文化视野的宏阔，那么众多人类古文明之瑰宝则引指我努力实践去接近艺术的至高境界。

　　世事纷扰，要保持一种寻常、中正、平和的心境，于中国画家来说，何其重要又何其不易。读书以补气，学习而深究学问。体悟人生，修身为艺，体现人格精神，化解人境嘈杂、营造涵养独立之精神、维护理想中的一方净土。摒绝虚妄，冷对声名，殚精竭虑，以传世之心修传世之作，借助从容丰浑的笔墨、色彩、语言将我对中国艺术精神和文化意境的思考、形诸幻化于毫端绢素，捕捉那充盈于思想的、文化的、历史的、寓形体表象中的当代中国形象和精神气度。

　　观照自己的作品终非易事。然而人总要通过审视、反省来把握自身，以期获得超越。"夫书画也者，心之迹也"，成败得失，犹人照镜，纤毫毕现，无以掩藏，然则我却欣欣然其犹未悔。创作、创新、创造，多一分思想，多一分经意和形式技艺的锤炼必能多一分价值，也就更近乎"道"一分。我执此说，是耶非耶，作品孰优孰劣，自有同道后学评说。

"线描"三说

马国强

中国画是一门线的艺术

线作为面与面的交界或物象边缘的绘画线条，是人类观察世界、对话世界的直觉符号，是中国画最为基础的语言和构成形式；线作为物象特征的联结过程，又是点的运动在时间中留下的轨迹，具有极大的主观写意性和浓重的感情色彩及个人审美意识，因人而异，因地而别，因时而变。

中国画的线不仅是"形"的表现，还包含着表现事物"质"的本身。中国画中的线，除完成外形特征的勾画外，还要以线本身的艺术变化去体现物体形态与构成的力度，运用不同性质的线去适应事物的不同质感、气度、神态，并将画家对事物的不同情感有机地融于其中。因此，中国画的线，不仅是反映式的描绘，更是画家的造型能力、功力、情感与感悟的结合。

中国画之所以选择并最早运用线的语汇，是因为线条和体面相比，更具有语言上的简洁性、明确性，也就是对外界、对自然、对内表达人的主观感受意图的明确性和鲜明色彩。而明确、鲜明是一切形式的最根本的特性，并且更为重要的是，中国画的线，在最初的阶段就和我们的观念表达紧紧联系在一起。作为中国画的渊源基础，在远古时代的彩陶纹饰和商周钟鼎镜盘上所雕绘的纹饰，它的笔法是流动有律的线纹，而不是静止立体的形相。

汉以前的壁画、画像砖、帛画（如楚墓出土的《人物龙凤图》《人物御龙图》，长沙马王堆一号汉墓出土的 T 形帛画），线条十分生动。魏晋之后，线条的变化开始丰富起来，线条赋予了优雅飘逸的情致，线条感觉变得细腻。至唐代，又融入了一些阴影技法，出现了各种各样的人物"描"和各种各样的山水"皴"。元代侧重抒发个人情感，推崇水墨、讲求活脱，采取缘心立意，以情结境，化繁为简，变描为写，强调书法用笔。明末陈老莲的线条细劲清圆，高古奇特、勾勒精细、简洁洗练。再有清末的任熊、任伯年，其线条造型奇古夸张，但不失理法，形象真实生动。"描"和"皴"既是画家对自然物象感性的抽象概括，又是对自然物象体面的冲破和化解。

中国画中的线条（包括点），无论是"描"还是"皴"，都具有两种作用，一种是凭借线条自身的形态及组织结构，即可表现出具体的物象。每一种"描"的名称，每一种"皴"的名称都说明线条（包括点）在形态的构成时提供了特定意义的概念。另一种是用直观的感染，从线条的形态、构成中所显示的节奏韵律传达出某种气势、情感、意味。汉《毛诗序》中说："情动于中而形于言，言之不足故嗟叹之，嗟叹之不足故咏歌之，咏歌之不足，不知足手之舞之，足之蹈之也。"一定的行动状态必然有特定的心理依据和特定的内心状态，因此，一定的情感状态必然与一定的行动相适应。作为画家，强烈的情感动于中而必形于外。经过高度专业化训练的手所记录下来的线条，联系着两种情感活动：一种是支配手指动作的情感活动，另一种是内心深处决定行动意向的情感活动。两种情感紧紧交织在一起，最终落实于线条，成为画家情感的载体和符号。

"线描"是中国人物画的主要造型手段

在中国绘画史上，人物画是最先成熟起来的一个画科。人物画一贯把"形象""笔墨""神韵"的完美统一作为审美的理想来追求，强调"以形写神""神形兼备"。重视"意"的造型和表现，既师法自然，又不为自然所役；追求神形兼备，并把神的表现放在首位；讲究笔情墨趣，从而增强人物画的感染力。

人物画以线描为造型基础，这就使它在根据客观对象塑造形象时，要做到高度的集中、提炼和概括。它对客观形象的反映，是"得意"，而不是如实刻画。根据这个原则，画家创造了"写意"的手法。"线描"是人物画的根，以一画之线来状物写形。人物画创作，运用单色线条来表现画家的审美感受，重在形体本身的结构，重在这些结构所形成的精神实质。随着"线描"的技法、风格不断地丰富多样，"线描"的表现力也不断地得以完善。

由于"线描"的单纯性与抽象性，以及书法与绘画的相互渗透，而形成了中国画的特有的线描艺术表现形式。这种线描形式，既有摹写客体的功能，又有极为便利、自由发挥的抽象潜能，还有助于画家根据自己对生活的体验，提取所要表现人物的形体、气质、风韵，在神态、动态各方面画出自己的感悟和体验。

中国人物画非常注重线的功能，为突出线的造型，通常很少甚至根本不着色。吴山明先生将其分为三类：一是工笔型线描的粗笔化。其用笔的自由度、对比手法的强化与多样化都有所发展，线的构成规律与工笔相类似，但带有意笔的基本特点。二是打破了工笔画线的构成规律，只保留中国式线描的基本要求，而按"意笔"处理的需要去改变线描的类型，并追寻新的构成规律，从而丰富了线的类型、线的表现力、线的形式美，使之有利于作者感情的发挥，充分发挥意笔线描的长处，强化意笔线描的个性，并最终发展成为与工笔线描并行的一大体系。三是线的笔意延伸与扩大，成为线、点、块、面组成的大写意与泼墨画，这是意笔线描规律和个性的高度强化，在表现上带有强烈的主观自我意识，带有线的艺术特征的块、面、点便进入了意笔线描体系。因而，"工笔"和"意笔"在技法和审美领域上也有差异和不同。写意线描是在胸有成竹的基础上爆发式地即兴完成，工笔线描要求理性思考，周密地筹划和安排。工笔线描与写意线描是两种不同体系的线描，是两种不同审美意识所形成的不同的表现形式，但它们之间可以相互补充和借鉴。

"线描"是中国画重要的表现形式

中国画的"线描"是一种最能直写胸臆，抒发情感和体现个性特色的表现方法。"线描"运用单色线条来表现画家对物象的审美感受，重在形体本身的结构，重在研究由这些结构所造成的物象精神实质。在表现物象时，以笔墨放笔直取，形成了中国画以"线描"为造型基础的审美特色，并成为具有哲学理念和审美理想的独立的绘画形式。

远在上古时代古人就用"线条"符号记录社会的生活、生产，记录各个历史时期的人物故事和生存状态，后又在绢、纸、笔、墨、砚等工具的演进中，逐步完善了"线描"的表现形式。关于"线描"技法，我们的先贤总结出了"十八描"，是针对"用笔""用线"而总结出来的。"十八描"大致可分三类：一是"游丝描"类。其线型变化较少，均匀而含蓄。"铁线描""曹衣描""琴弦描"皆属此类，代表画家是顾恺之。这一类"线描"像古代的金属和陶器、石雕上的刻线，铜器上的镂刻，宜于表现佛、道人物的衣冠服饰。二是"柳叶描"类。此类线型舒展而奔放。"行云流水描""枣核描""橄榄描"可属此类，代表画家是吴道子。这类线描更像云飞水流、恣肆放纵，具有更多的感情色彩。三是"减笔描"类。其线型变化多端，高度概括。"竹叶描""柴笔描"均属此类，代表画家是梁楷。此类线描率意而带拙气，具有更多的不设不施的情态。

　　从顾恺之到任伯年，在中国画的历史长河里，各个朝代的社会发展虽有变化，基本上是沿着这一"线描"规律法则，主要体现在"线描"表现物象时的传神、简练。唐代及两宋的"线描"法度森严、形象逼真，使中国画的表现力达到了出神入化的程度，更主要的是体现出笔墨与主题、作者之间的融合致真，传达人与自然的和谐。北宋画家李公麟把唐宋以前的线描进行升华演变，在顾恺之、吴道子的传统基础上，把"铁线描"和"流水描"有机地融为一体，使"线描"的表现力向前推进了一大步，影响了以后的赵孟𫖯、陈洪绶、任渭长、任伯年等大师，尽管他们各有其独特的创造，但都是以李公麟开创的"线描"和"白描"形式为源头。李公麟丰富的用笔为后来的写意人物创作以及当代的"线描"带来了深远的影响。

有关线的思考

孔 紫

　　线，是人类观察世界，力图尝试表现世界的直觉符号，也是东西方绘画的最初表现形式。法国多尔多涅省的拉斯科洞窟壁画，属奥瑞纳文化的阿尔塔米拉洞窟壁画，我国江苏连云港将军崖崖画，内蒙古阴山岩画，新石器时代的彩陶纹饰等，都展示了人类绘画艺术的原始探索，是人类远古时代灿烂文化的重要标志，雅拙、粗犷和力度的线，是人类艺术才华所呈现的最初的美。

　　线一直是我国绘画的构成形式，也是最基础的语言和表现手法，对于线的运用，几千年来，经过历代画家的探索、完善、承前启后，把线描艺术发挥到了极致，出神入化，辉煌灿烂，洋人莫能望其项背。《女史箴图》《历代帝王图》《送子天王图》《八十七神仙图卷》，敦煌永乐宫壁画等艺术瑰宝，在中国绘画史上熠熠生辉，在世界绘画史上独树一帜。

　　线从来不是客观的真实存在，而是主观视觉对客观事物的抽象，因此带有极大的主观随意性和浓重的感情色彩及个人审美意识，因人而异、因地而异、因时而异。

　　正因为线是对客观事物的抽象，因此作为以线为主要造型手段的中国画，从本质上说从来不是写实的。也正因为线的主观随意性，决定了线的多功能色彩，因而导致了线描绘画的多元取向，多种面貌。从这个意义上说，中国画的可塑性是很大的，多种题材、多种手法的表现是可行的，发展前景是广阔的。但长期以来，中国画坛这种多元取向的趋势并不明显。1985年以后新文人画的兴起，为中国画的多元表现注入了活力。尽管新文人画是在对传统绘画本原的深刻感悟上，将其中的构成元素加以提取强化、夸张，仍未脱离传统绘画的范畴，但毕竟打破了中国画坛以传统线描、写实性作品一统的倾向。线是自由的，中国画的造型观念亦是以意趣的传达追求为最高境界，包括中国的山水画、花鸟画，从来就没有写实过。用线依附于物质，表现形式在空间中的位置和长度，只是线众多功能之一的写实功用，那么为什么我们后人一定要认准了写实而不接受线的其他功用呢？我想这是一个误区，走出误区，会使中国画的表现更为自由，使中国画的线描天地更为广阔。

由写实到抽象，由模拟自然、再现自然到主观体验，这是绘画在现代社会中的迈进，向绘画本体的迈进。现代美术越来越趋向主观和内省，为了表达主观印象和内心体验，画家不得不努力寻求一种表达方式，包括对形的重构和对线的语言的寻找。20世纪初，西方表现主义、抽象主义等从追求造型的完美与精确的古典主义绘画中走出来，返还线条与平面，对线条的纯粹语义进行了多方面的表现尝试，用个性化的线条来表达画家的主观情绪，使线在西方绘画中又占据了相当的位置。人是精神的，人区别于动物之处不仅仅在于劳动，还在于指挥劳动的思维。人的内心世界是丰富的，各种各样的体验与焦虑呼唤现代线描的出现是人的内心驱动的必然结果。康定斯基讲："内在因素决定艺术作品的形式。"这句话于现代绘画而言是再恰当不过的了。

线是最原始的，也是最现代的，它是人类最初艺术才华的流露，也是人类几千年来的智慧结晶。不同的艺术家，不同的思想方式，不同的文化积累，便会产生不同的绘画作品，这是一种潜意识的流露，渗透着民族精神与情绪。我们拥有很多，我们是线的王国。我们生长在其间，潜移默化地接受着它的熏陶。对线条的运用，前人留下了极其丰厚的经验成果，如线的疏密、刚柔、粗细等组合规律，以及线的装饰性、写实性，等等，使线具有了其独立的审美价值与程式，特别是自唐宋将书法用笔自觉运用于绘画之后，中国的线描更具有了东方绘画特有的审美情趣，恰如刘国辉先生评价它"蕴含着中国身后的为深厚的文化积累，依附着中国民族的哲学思维和审美评价"。胸臆的表达有赖于表达手段的得心应手，我希望我们不受技巧难度所累，驾驭它，改造它，勇敢地迈出自己的步伐，画出属于我们自己的现代素描，我也期望着自己能有这样的荣幸。

1995年发表于《中国现代人物白描精选》

关于中国画重大历史题材创作的思考

苗再新

以重大历史事件为题材的作品,是美术创作中极其重要的组成部分,同时也是各国文化典藏中的一笔宝贵财富。在世界美术史上,表现重大历史题材的作品比比皆是,诸如席里柯的《梅杜萨之筏》、戈雅的《1808年5月3日》、德拉克洛瓦的《自由引导人民》、大卫的《拿破仑加冕》、苏里科夫的《近卫军临刑的早晨》,等等,不胜枚举,蔚为大观。在中国美术史上,新中国成立之后,尤其是20世纪50年代和60年代,堪称重大历史题材创作的黄金时期,其间佳作迭出,成就斐然。董希文的《开国大典》、罗工柳的《地道战》、王式廓的《血衣》、何孔德的《古田会议》、詹建俊的《狼牙山五壮士》、潘鹤的《艰苦岁月》、王盛烈的《八女投江》、石鲁的《转战陕北》等许多名作,都堪称经典。然而,我们也应当承认,与油画相比较,中国画重大历史题材的创作尚存在着诸多缺憾。这主要表现在三个方面:一是题材的缺失,即许多重要历史事件并未得到应有的表现;二是数量的不足,真正意义上的重大历史题材作品在中国画创作中所占比重不高,优秀作品则更少;三是艺术的平庸,一些作品或意味索然,或制作粗糙,或近乎图解。因此,弥补这些缺憾,创作出一批高质量的重大历史题材作品,便成为摆在每一位有责任感的中国画画家面前的重要课题。表现重大历史题材的美术作品,既是国家和民族精神文化建设的需要,又是一个国家美术创作水平的集中体现。作为中华文化精粹之一的中国画,在重大历史题材创作中理应有所作为。

那么,怎样才能创作出高质量的重大历史题材作品呢?我认为主要应解决四个方面的问题。

一、历史的真实性

尊重史实，真实地再现历史，应是对历史画创作最基本的要求。认真研究和了解史实，尽可能多地收集相关历史资料，是画家必做的功课。大至事件的来龙去脉、时间、地点、人物、场景，小至服装、道具，都不能疏漏。基本的史实绝不能随意改动，更不能"戏说"。同时，艺术家还应深刻体味历史的感受，力求在创作过程中把自己融入历史之中，准确把握当时人们的思想、情感、状态，唯此才能使作品具有真实可信的历史感，而不是现代人穿上历史人物服装上演的戏剧。另外，历史画的创作，在最可能真实地再现历史的前提下，还必须发挥画家的想象力。许多历史事件我们并未亲身参与，我们对历史的认知大多是间接的。稍近些的尚有照片可鉴，较远的则只有文字可考了。这时画家便只能凭借合理想象进行创作。无疑，这也是历史画创作中必须认真解决的一个问题。

二、表现的准确性

一个重大历史事件，往往不是发生在某一固定的时间和空间里，且参与事件的人物众多，过程复杂，因此，善于从纷繁的头绪中选取一个最具代表性的情节来表现事件，是保证作品成功的重要前提，也是画家在创作中首先遇到的问题。如果不能截取事件中最典型的一瞬间，就不可能准确地表现历史，从而导致事倍功半或不知所云。

三、思想的深刻性

凡重大历史事件，包括重要的历史人物，都会对历史进程和社会思想产生重要的影响，因此，创作这类作品绝不能仅仅简单地再现历史的场景，更不能做图解式的描绘，而应站在历史的高度，充分表现事件所寓含的深刻意义。作为历史的回望者，画家还应以当代人和自身的独特视角重新审视和解读人们已熟知的历史，在真实表现历史的同时，揭示事件最本质的意义，力求带给人们新的感受和启迪。

四、艺术的创造性

内容与形式的高度统一和完美结合，永远是一件成功作品产生的必要条件。内容必须借助完美的形式才能得到最佳的表现，这正如一首广为传唱的歌曲，歌词固然重要，但更重要的是因其插上了一双由美妙旋律构成的音乐的翅膀。重大历史题材的作品并不是政治说教，归根结底，它仍是一件艺术品。因此，在创作中就不能不强调作品的艺术性，不能不始终把它作为一件艺术品来对待。至于采用何种形式、何种技法、何种风格则完全由画家根据所表现的内容而定。我认为到目前为止，现实主义写实手法仍是表现重大历史题材最主要、最合适的手段。很久以来就有舆论认为，写实手法已经过时，它只是再现，而非表现，缺乏学术价值。我认为此论失之偏颇。纯粹的、绝对的写实是不存在的。写实不等同于照相，也不等同于照搬对象，任何写实作品都是相对的，都必然带有画家主观表现的成分。现实主义写实绘画不仅没有过时，相反，它还大有用武之地，还有极其广阔的发展空间。当然，我们也不否认，在中国画写实人物画领域，确实存在很多技术问题需要解决，比如在大型主题性创作中如何解决好造型与笔墨的关系，便是一个很现实的问题。重大历史题材创作正好给画家提供了研究解决这些问题的平台，也给了画家展示自身能力的绝好机会。在历史画创作中，题材确定之后，在表现形式上能否跳出前人窠臼，独辟蹊径，大胆创新，是创作成败的关键所在。作品技法低劣固不足观，而作品给人以似曾相识之感亦当归于失败。时代呼唤力作，中国画的发展也需要力作的支撑。时下人们往往心境浮躁，乃至急功近利，对于主题性创作，似已无暇顾及，或原本就不屑一顾。有社会责任感的画家应对此有清醒的认识，在商品经济大潮的冲击下，"弄潮儿向涛头立，手把红旗旗不湿"，回归美术创作的本体，共同迎接又一个重大历史题材创作黄金时代的到来。

关于中国画用笔
——读书随感（节选）

崔晓东

雅与俗

关于绘画的雅与俗，古人有多种解释，通常以为腹有诗书可以免俗。如明人王绂讲："要得腹有百十卷书，俾落笔免尘俗耳。""胸中无几卷书，笔下有一点尘，便穷年累月，刻画镂研，终一匠作耳。"（清六亨咸语）不读书，穷年累月地画，也只能是一匠人。是不是读书多就不俗呢，清人张庚在《浦江论画》中讲："赵文敏大节不惜，故书画皆妩媚而带俗气。"赵孟頫是大学问家，无论书或画均可称泰斗、巨匠级，但他以宋宗室而仕元，大节不保，故被认为俗。他认为无气节、软弱即俗，不在读书多少。也有人认为过于精细即俗。董其昌曾扬扬自得地说："吾画无一点李成、范宽的俗气。"李成和范宽都是极杰出的画家，加上董源，被称为"三家鼎峙，百代标程"。"三家照耀古今"式的人物，李成被称为"思清格老，古无其人"。《宣和画谱》似和俗无嫌，董其昌见了范宽的画时也曾感叹"宋画第一"，但董其昌是以淡为宗、以柔为本，所以他认为画中有刚硬或精细的俱为俗。董其昌出于他的立场对李成和范宽的评价似有偏见。关于俗还有一些讲法，北宋韩拙的《山水纯全集》中讲："作画之病者众矣，惟俗病最大，出于浅陋循卑，昧乎格法之大，动作无规，乱推取逸，强务古淡而枯燥，苟从巧密而缠缚，诈为老笔，本非自然。"自身学浅，取法格调不高，用笔无规矩，追求所谓的古淡而枯燥，想达到所谓的巧密，而烦琐，自称苍老，而不自然，如此种种均为俗病。清人邹一桂的《小山画谱》讲画忌六气，"一曰俗气，如村女涂脂"，大概是修饰得过分；"二曰匠气，工而无韵；三曰火气，有笔仗而笔锋太露；四曰草气，粗草过甚，绝少文雅；五曰闺阁气，描条软弱，全无骨气；六曰蹴黑气，无知妄作，恶不可耐"。这些都属俗病一类，归纳以上种种，从文人画的角度讲，应该是文、雅、粗、俗。当然，有人从民间或其他方面、其他艺术形式中汲取营养，追求与文人画不同的艺术趣味，那就另当别论了。

虚与实

用笔需有虚有实，一般宋代或之前的画家用笔较实，元代之后的文人画家，虚多于实。对此，清人恽寿平指出："用笔时，笔笔实，却笔笔虚，虚则意灵，灵则无滞，迹不滞则神气浑然，神气浑然则天工在矣。"他认为，作品灵动、流畅、神气浑然、到天工，即神来之笔，画而意无穷，这些都是用笔虚而产生的，要笔笔虚，才能达到这种境界。恽寿平还提出，实处要虚，"古人用笔，极塞实处，愈见虚灵，今人布置一角，已见繁缛，虚处实则通体灵，愈多而愈不厌，玩此可想昔人惨淡经营之妙"。他在这段话中，还提出了虚处要实，这一点也至关重要，这种辩证关系运用得当，画才能通体皆灵。

笔与墨

用笔与用墨两者之间既有区别又有关系，有时又是一件事。清人龚贤讲："墨中见笔法始灵，笔法中有墨气，则笔法始活，笔墨非二事也。"笔里有墨，这一点容易理解，笔里有墨才能画出痕迹来，但是笔里墨的质量、轻重、干湿浓淡的变化以及它的丰富变化所产生的美和给人的感受，却是因人而异的，这里面有一个笔里有没有墨和墨的质量高低的问题。墨里有笔，却是一个比较复杂的问题，一般来讲，古人的画大多是墨中见笔的，皴擦点染都有用笔，而且运笔分明，现在的画家，很多是墨中不见笔的，有人采用泼、倒、印、拓等手段，也有人反反复复地画，把笔给画没了，大多数的人，墨是墨、笔是笔，将两者截然分开。人的性格、修养等各个方面都是通过用笔体现在画面上，在这一点上，东、西方也是一致的，西方油画也讲笔触，"墨之溅笔也灵，笔之运墨也以神"（石涛句）。因此，我觉得，不见用笔的墨不是好墨，没有笔法，墨无神采。

刚与柔

用笔有人偏刚，有人偏柔。古人认为应"刚而不脆，柔而不弱"。同时又应"刚柔相济"。清人王原祁的用笔，集古人之大成，极其讲究，并对此有深入的研究和体会，他认为作品中应"于清刚浩气中具有一种流丽斐亹之致"，并进一步说："用笔则刚健中含婀娜。""扛鼎力中有妩媚"，王原祁的用笔可以说是刚柔相济，黄宾虹以清人的话评价王原祁的画："熟而不甜，生而不涩，淡而弥厚，实而弥清，书卷之味盎然楮墨外。"这些都产生于他的用笔。同时古人追求的柔是经过千锤百炼而达到的，"所谓百炼刚化作绕指柔，其积功累力而至者，安能一旦而得之耶"（清人沈宗骞语）？这样的柔就不是简单的柔，不是一日之功，是柔里有刚，刚中有柔，同时又不见一点痕迹，这样才能达到比较高的境界。

轻与重

用笔应有力量。所谓力透纸背，这应是用笔的第一要素。元人王蒙用笔有力量，倪云林说他"笔力能扛鼎"，可见力量之大，黄宾虹讲"用笔须重，如高山坠石"。这些都是讲用笔要重。古人中，宋人用笔较重，元代的王蒙，明代的沈周、蓝瑛，清代的王原祁、石涛、石溪八大，近代的黄宾虹等都属用笔较重的一路，文人画兴起之后，文人画家追求平淡天真，萧散简远，要脱尽纵横习气，反对刚硬，力主柔淡，董其昌更将此作为划分南北宗的一个重要的标准，董其昌的朋友陈继儒对此解释得非常简单明确，"文则南，硬则北"。所以文人画家用笔大都较清淡，如董公望、倪云林、董其昌、恽寿平、渐江等都是典型的用笔较轻的一路。但是，好的用笔应该能轻能重。黄宾虹讲："笔力透入纸背，是用笔的第二妙处，第一妙处还在于笔到纸上能押得住纸，画山能重，画水能轻，画人能活，方是押得住纸。"好的画家都是能重能轻，如范宽、王蒙、王原祁、石涛等人都是重中有轻，黄公望、倪云林等是轻中有重。重中有轻、轻中有重、重而不板、轻而不浮、重而舒朗、轻而浑厚，这才是我们应努力追求的。

快与慢

用笔的快与慢本源于性情，但也与表现的内容有关。历史上画得最快的画家大约当属吴道子，据记载他在大同殿壁画嘉陵江三百余里山水，一日而毕，李思训图之，累月才成。大概是因用笔较快，所以称"吴带当风"。李可染先生主张用笔要慢，他讲："线的最基本原则是画得慢、留得住，每一笔要送到底，切忌飘，要控制得住。"他说他原来作画行笔很快，拜师齐白石后才发现齐白石作画根本不是什么"一挥"而是很慢，所以他改变了过去的画法。作画过快容易滑，难达到力透纸背；作画过慢容易滞不易流畅自然，所以应该快慢得当。元人中，黄公望用笔较快，故飘逸，王蒙用笔略慢，故浑厚。作画可有快有慢，但不应忽快忽慢，这样不易平稳。所以应注意掌握用笔的节奏和韵律。

藏与露

中国画讲含蓄，用笔当有藏有露，中国画又讲自然，如行云流水，最好的用笔应是无起止的痕迹，无人工造作气，自然流畅。黄宾虹讲："用笔时，腕中之力应藏于笔之中，切不可露于笔之外，锋要藏，不可露，更不能在画中露出气力。"如何能藏于笔中呢，龚贤有段话讲："中锋而藏，藏锋乃古……古乃疏、乃厚、乃圆活。""起住皆宜藏锋，将笔锋收折于笔中谓之藏锋，始用收折法，久而自然两端无颖。"龚贤认为做到藏，就要中锋用笔，他用笔平正、浑厚古朴，但他用笔行迹清楚。真正行笔无起止痕迹的当属倪云林，他用笔似松而紧，似紧而疏，看不出行笔的痕迹，他用侧锋，笔法秀峭，又用复笔，一笔之中无迹可寻，"云林无笔处有画也"。（古人句）他的画笔疏而法密，似不经意，但笔周法备，神完气足。真乃逸品之作。黄公望的用笔有藏有露，若隐若现，与倪云林略有不同。董其昌学倪云林，但才气外露，欲隐，似未可得，与做人一样。

中锋与侧锋

宋人作画多用中锋，元人稍有变化。董其昌讲："作云林画须用侧笔，有轻有重，不得用圆笔，其佳处在笔法秀峭耳。宋人院体皆用圆皴，北苑独稍纵，故为一小变。倪云林、董子久、王叔明，皆从北苑起祖，故皆有侧笔，云林尤着也。"（《画禅室随笔》）元人的用笔是中国画笔法的一次较大的变革，对后来明清绘画的发展产生了很大的影响，董氏的这段话是对这种用笔变化的一个总结。但对此也有不同的主张，清代龚贤认为："笔要中锋第一，惟中锋可以学大家，若偏锋且不能见重于当代，况传后乎？"把中锋提到至高无上的地位，在谈到中锋的特点时，他说："中锋而藏，藏锋乃古，与书法无异，笔法古乃疏、乃厚、乃圆活，自无板刻结之病。"古人作画有专用中锋的，如范宽和李唐、范氏用笔较方，而李唐用笔较圆，但都属于中锋一路。元四家中王蒙、吴镇基本上属中锋用笔。之后，如沈周、四王中的王石敏、王鉴和王原祁都用中锋，龚贤、髡残等也都属于中锋一路。中锋用笔平正圆厚，沉着而不轻浮，可以气势雄浑。但是中锋也有其弱点，纯用中锋容易单调，缺少变化，难有简远、峻峭之感。因此，用中锋应平正中求变化，要注意笔的轻重疾徐，偏正曲直等方面的变化。侧锋用笔秀峭多变，倪云林、渐江、陈老莲、任伯年等较多使用。古代画家中也有中锋、侧锋并用者，如黄公望、董其昌、石涛等。黄公望的《仙山图》《天池石壁图》是以侧锋为主，而《富春山居图》则是中侧锋兼用。董其昌画类黄公望，只是黄画飘逸，而董画内敛。石涛画无定法，随心所欲、纵横涂抹，笔锋变化较多。黄宾虹作画以中锋为主，刚劲浑厚，但他也用侧笔，他认为侧锋的特点是"在于一面光，一面成锯齿形"。他说："余画雁荡，武夷景色，多用此笔。"

用什么样的笔锋主要是根据自己的性情和喜好，再要根据描写对象的需要，比如画山水，有些部位可以有中锋，如画树、房子、石头等；有些部分可用侧锋，如画比较锋利的石壁；还有皴法需用侧锋，有时需要笔的变化，一笔中兼有中锋和侧锋。总之，笔锋应灵活掌握，学会各种笔锋的运用，才能使画面变化丰富。

笔墨当随时代

满维起

石涛（1640—1718），本姓朱，名若极，明皇室后裔。出家后，法号原济，又号石涛、清湘陈人、苦瓜和尚等。以其独到的画论和富有浪漫主义色彩的山水画艺术成为明末清初最具影响的大画家。石涛早期的山水画是深受新安画派影响的，此间的笔墨基本上是梅清一路，用笔恣肆放旷，用墨清新隽逸，凭借心情，或渴笔涩写，或润笔挥运，或清俊，或苍茫，各具风韵，显示出才情横溢的艺术资质。最能代表石涛山水画成就的是他后期的作品，后期作品最具"变"态，充分反映出这位桀骜不驯的天才画家的无限创造性。很多人认为他的艺术风格不鲜明、不稳定，而我认为，石涛的艺术风格恰恰就体现在这个"变"上。综观石涛山水画，主要有以下四种类型。

1. 纵横类：如《山水册十二开》《余杭看山图》等作品，满纸老笔纵横、恶墨纷披，野战疯狂，有点无法无天的反叛意味。显示出他摈弃陈法，大胆创新的精神。透过那些狂放不羁的笔墨，可以领略到他创作时的状态：情绪是激烈的，速度是急速的，一反古人那种"五日一石、十日一水"的恬然而理性的心境，完全进入即兴式的感性状态。

2. 密体类：如《搜尽奇峰打草稿》《通幽》《听泉》等作品，构图饱满，气势浑茫，点线交织，墨气淋漓，笔性豪放，皴法稠密。然而，繁而不乱、密而空灵，其层峦叠翠，峻崖幽谷，纵横曲折，岚气弥漫，满纸氤氲，极尽山川变幻之形势。

3. 疏体类：石涛的简笔山水非常精到，无论是用笔简化，还是画面简约，都给人一种气势开张的大境界之感。笔墨虽简约，但意境是深邃的、幽远的。从《唐人诗意图》《山水册七开》等作品可见一斑。

4.清雅类：代表作有《山水清音》《山窗研读图》等，笔墨清新健朗，章法平稳中正，设色淡雅秀润。这类作品数量最多，也最能体现石涛山水画艺术的总体水准。他那平朴萧然的禅境和超凡脱俗的蒙养在这类作品中得到了充分彰显。

综观石涛山水画艺术，我认为有以下四点启示，试作分述。

一、注重生活感受，以生活蒙养笔墨

当时的画坛主流，是以四王为代表的复古派，整个集体似乎都处在怀古念旧的潮流中，他们迷恋古法，耽于笔墨构成，在书斋中做空头文章，导致画学衰退、精神式微。在这种形势下，石涛走出南窗下，扑向大自然，借生活蒙养笔墨美性，以生活立定艺术精神，充分显示出一个艺术家敢于反叛主流、勇于与时俱进的时代风貌。

比如石涛最擅长的"截断式"构图，就是来自生活中的切身体会，从而打破了传统的程式化构图，给人一种焕然一新的感觉。这些独具特色的图式，充分体现了他对于自然山水的"重识与尊受"。

二、画道从心

石涛说："夫画者，从于心也。"道出了中国艺术精神的主旨。清初画坛，一片摹古，画家沉醉于古人的一招一式，至于"自我"早已丧失殆尽，"外师造化，中得心源"的古训已然不再奉为画学圭臬，致使画家无"心"、笔墨无"我"。对此，石涛深恶痛绝，他强调，"夫画者，从于心也"，心者，识也，即我之识见也。也就是说，画是精神产物，画应当是表述我的思想、我的精神，而不是别人的思想、别人的精神。如何使画从于我心呢？石涛认为，首先要在生活中得到识的蒙养，即尊受，"先受而后识也"，有自己独到的感受，才能建树自己的识见与思想。所谓"借其识而发其所受，知其受而发其所识"，这样，即使借鉴古人，也不会湮灭自己的真知灼见。总而言之，从于"心"，必起于"识"，而"识"存乎自然造化之中，尊"受"得"识"，有我之"识"，方有我之"心"，有我之"心"，方有我之"画"。正如石涛所说"画受墨,墨受笔,笔受腕,腕受心",心受万物,万物受天,天受道,道法自然,由此,"吾道一以贯之"。反观当下山水画,要么巨细形体,如风景画,唯物是从;要么笔墨游戏,标榜高逸,唯我独尊。石涛的"从心说",无疑是一剂专治两极端的良方,用现在的话来讲,心者,就是意境也。山水画要有意境,意境是山水画的精神,意境来自心物的融合,来自主客观的高度统一,偏执一隅,都是盲区。

三、富于变化,不断新我

石涛的画给我们的印象是变化多端,以至于我们很难把他的风格归为哪一种,史论家也是一筹莫展。石涛的画,一幅有一幅的面目,一幅有一幅的精神,极少雷同。显然,不断新我是石涛安身立命的根本。他从不满足于定式,更不陷入重复自己的泥沼,他游历大江南北,强调尊受储识,加上他与生俱来的反叛精神,致使他的创作也总处于不安的、激情的、生命的状态。从他一生的创作来看,"状态"似乎比风格的标举更为重要,他在乎这种状态,满足这种状态,惬意这种状态。这使他的画作常常给我们一种莫名的惊喜,恍如进入山阴道上,那奇景妙致令我们目不暇接。他的画虽无一般意义的风格可循,但气息却异常地一致。所以,尽管石涛善于变化,然而,我们仍可以一目了然。因此,我认为"变"恰是石涛的艺术风格之所在。

面对新的事物,须有新的思维方式,切不可被常识性、经验式的思维方式"先入为主",从而丧失创造的潜能。这也许是我们不断地重温石涛的艺术思想和作品所带来的重要启示吧。

石涛的画之所以常变常新,无非来自鲜活的生活气息。浓郁的山野风情激活他创作的本能,使他的画具有活泼泼的生命力。宗炳说:"山水以形媚道。"可见,形是媚道的载体。荆浩、关同画太行,郭熙画西北高原,董源、巨然画江南山水,米氏写雨中岚山,无不从造化中求得心源,化成心画。石涛长期浪迹山林,体验山水风物自有独到会心之处,所谓《搜尽奇峰打草稿》,故而,笔下的山水富有自然之灵气。而且,他精通佛、道义理,体察山水精神。从他的《画语录》中,可领略到他非凡的充满哲学思辨的美学底蕴,他明了画理,能融会贯通古今法则而不执迷、不拘泥，能化万法于一画之中，能揽万汇于一心之中。观他的作品，构思之奇谲多变，意境之深远迷离，笔墨之超拔豪迈，画法之变化无常，极尽山水之千情万态，无不令人叹为观止，难怪连复古派大师王原祁与王翚都自惭不如，不得不推石涛为"大江以南第一"。谢稚柳在《石涛画集》序言中说："石涛的画法极尽创造之能事，凡笔所能体现的形态，都毫无逃遁地淋漓尽致地描绘出来，同时他网罗了先进的技法，丰富了自己的艺术创造，形成了自己不平凡的、多样化的风格。"

当下画人，为了早举功名，往往为风格而风格。于是，或过早地结壳，作茧自缚，从而过早地结束了自己的艺术生命；或自足于已有程式，故步自封，不断地重复自己，甚至几十年来不过是在画一张画而已。

四、建树理论体系，丰富艺术素养

石涛带给我们的启示，不仅在于他不拘一格、勤于创造、不断新我的艺术实践，还在于他敢于思想，勇于构建自己的美学理论体系。这一点对于我们今天的画家来讲，恰恰是非常缺乏的。我认为，一个画家如果没有自己的一套艺术理论体系，其艺术创作必然是行之不远的。现在的画家多能画一笔不错的画，但往往缺乏完整的理论体系，久而久之，艺道越走越窄，精神越来越贫薄，境界也越来越式微。罗造化自然从于心画，缘哲思而成笔底波澜，石涛富于创新的思想理论和创作实践，对于今天的画坛仍具有启发后进的无穷魅力。

他的画论影响甚巨，三百余年来一直被奉为画学金箴，鲜有画家不受其影响。而对于我们今天的画家来讲，不读他的画论，是一个损失，无论是现在还是将来。

放下笔墨

赵 奇

在我的印象里，涉及中国画的讨论，说得最多的就是笔墨了。好像除此之外，什么都不重要。如果进一步去看文章的内容，就会发现，那些观点基本上是大同小异。——怎么都不新鲜？我经常是自己悄悄叹息……写文章的不会有我这样的看法，他们会觉得自己已经很深刻了。

把笔墨放到了这样高的一个位置，我没有说错的话，这种认识，不过就是几十年的事情。我们可以这样想，在绘画上，从前很少有人大谈民国——"民国范儿"说的是文人的样子吧——民国紧挨着明清，文人在那个时候还是有一些人气的。而笔墨的讲究，也先是在文人画家圈子里"玩"，然后才传出来。今天来看，笔墨俨然成了中国画的根本。这就使人费解了：一件作品，只要说它笔墨不好，肯定是被拿下的。谁都知道这样做不对，但是，有什么办法吗？一种绘画现象，如果没有完整的美术方面知识，是很难了解真相的。媒体、网络，还有专业、不专业的人士一起起哄，扩大偏好的宣传，其实，这种行为是在伤害绘画。

为什么离开了笔墨就是离开了传统？笔墨观——假定有这么一回事的话——它在形成以前的绘画算什么？它能独立于绘画而存在吗？我的发问，是源于我的实践。每一次绘画上有了困惑，都使我想起原始岩洞中留下的那些壁画，我对它情有独钟。这该说是人类的初始作品。尤其是阿尔塔米拉山洞里的野牛，那头野牛常常使我激动不已。它在告诉我们什么？为什么历经千年，它的形象仍然有着力量？我想，那些壁画的创作一定有着明确的目的，不过是随着岁月消失了。这里会有疑问：我们在谈中国画，你把话题怎么转向了西班牙？我本来可以聪明一点，绕开这个例子，但我没有。绘画体现了人的生活中的特殊追求，尤其是在懵懵懂懂的孩童时代，他们做的事情可能更本质。在这一点上，无谓西东。原始洞窟的壁画，有一些还是抽象的简单符号，不管画出的是什么，我想都在做一种证明，证明作为有灵魂的人的存在。人类懂得绘画，是从生活开始，绘画也是为了生活，而非其他。那些壁画告诉我们，除去现实之外还有更为广阔的世界。是的，是绘画在帮助我们，帮助我们认识自己。

有人把绘画的发展描绘为一条不断完善的线条，它有起始，也有终点。对此，我一点也不赞成。人的生存环境都是有限的，每个人想到的只是自己脚下的事情。我们欣赏过去的生活，可以把它视为凝固的一个阶段，一个阶段一个阶段去感受的时候，你就会知道，每一段的生活都是完整的。我们见到的绘画，都精美绝伦。所以有这种看法，是因为我们站在了今天，我们无法取代过去，更不能对从前指手画脚。比如唐诗，它就是唐诗的。后来人可以照着唐诗去写，写得好了，是属于你的作品，但是，还无法掺和到唐诗之中。每一个时期的生活和趣味生出了自己的作品，我们说对它的继承，就是认为它已经有了自己固定的模样，这是一种诱惑，自然也使我们陷入其中。绘画中的笔墨，现在看算不算盛装唐诗——那样一种内容的盒子呢？我们的研究和学习，做的是对艺术生活拆解的工作，像解剖一具尸体，目的是让隐藏在其中的结构暴露出来。这样，我们见到的就是一块墨色、一滴水渍、一段线条……不过谁都明白，这每一块都是局部。作为一种语言在绘画上的表达，笔墨是依附于它存在的那个背景，这是一种拥有。如同唐朝永远不是我们的一样。

现在我谈的事情好像是一种历史，忽然间又飘回来。你看，无论思路跑得多快多远，最终所落下的一定是在自己怀里。有时我们会为分析研究的问题所感动，可是瞬间，一切又烟消云散了。瞬间其实也是一种概念，我们因笔墨而生成的话题，已经追溯得很远了……绘画影响我们的不只是一时现象，人的感受既不与时代同步，也不是没有休止的遐想，到头来面对的还是自己的生存问题，对于画家，也可以说是自己的经验。这样解释真的十分费劲。我的理智告诉我，若这样下去，绘画会被弄得没有意思了。不可思议的是，我清楚了问题，却还沉溺其中，显然不是为了做出什么。——我是在记录吧？或者是在回忆？或者是在思考？我相信，许多事情都不会有结果，但是它重要。

对于中国画家，可以沾沾自喜的，一定是在绘画过程中的发现，这是非常个人的东西。而现在的情况之下，我所关心的是画家的感情需要什么器皿盛放呢？这是我首先想到的。假定把这种器皿称为笔墨，画家怎样得到它？你一定觉得这是很简单的问题，其实不然。笔墨意识的形成是在动笔之前还是动笔之后，这直接影响着绘画的品质。

我们知道，有些画家是反对写生的，他们认为绘画的时候如果注意了对象，笔墨的效果就不好发挥。这样说来，笔墨是存在于脑子里，就像寄放在家里的一件东西。因此画家总是显摆，他们是"成竹在胸"的。只要铺上纸，用笔一挥，什么就都出来了——这话有点狂妄，我觉得更不好的还在于对待绘画的态度。在我的实践和观察里，传统与我们的关系十分神奇。我们感受到的笔墨的魅力，多数情况下不在笔墨本身，知识上的认知起着绝对的作用。文人画讲究修养，那个修养是有内容的，它是针对当时社会普遍存在的积俗和弊端，是逆潮流的风气。所以，我们一定要分清古人和现在人的差别，否则理解的事情就不在位置上。古代的文化是一种生态，我不断地提出环境问题，是觉得一块土壤上生长着一种作物。那么，文人画是不是仅仅属于那一块土地上的风景？它既不是单纯的绘画，也不是单纯的书法，它的画面还有诗与图章，歌赋文采一应俱全，它当属复杂的思维活动的综合行为。问题是到了现在，我们只是在外观上找到容易辨认的笔墨，然后就大谈继承，接下来的事情会是什么？——把笔墨孤立了，绘画就成了娱乐和消遣。对，在晚会上，我们已经见到了这种表演。还有把笔墨整理成玄学一类的图解，摆在了各种学习班上。也许我的做法很不讨好，会招来是非吧？徘徊在习惯性的套路里，我想也是难受的。索性就翻篇，把问题说得具体一点，因为每种语言和风格的背后，都有一长串的故事。

理解艺术家是需要时间的，这也是常识。我们就看看吴昌硕，他是离我们近，并得到肯定的最著名的人物。大家推崇他，是因为他把篆籀金石的用笔运用到绘画之中，以此而开出一代风气。他自己讲："绘画不是我的长处。"这个说法放进绘画之中，就不好理解了。对于画家，一般人的看法是他得有能力，有把见到的东西画出来的能力。看来吴昌硕在这一点上并不很强，"但我知道画理，画是'写'，不是'画'"——这是吴昌硕接下来的话——我们知道，这种认识不是他的首创，只是被他抓住了，使他在没有才能的领域里发挥了才能。吴昌硕在绘画之中大行其道，得益于中国画的传统观念。一般的说法是，书法和绘画是不分家的——一家人还有什么可说的？绘画优劣不在于形似，如何判定完全取决于画外的功夫……看来，我的表述已经是简单了。

吴昌硕的绘画内容是有限的，他只画他熟悉的几种题材。他的绘画方式基本是来自古人的方法，所有的形象都有固定的模样和口诀。这多少有些像我们学习中的背诵课本，背诵的功夫以及熟练的程度决定了画面的效果——今天喜欢这种方式的人还不在少数吧。但是，对待绘画，我们还应该回到它的本质上，不能因为自己的习气就否认其他。在实际的生活之中，承载文人画家思想的大船已经腐朽沉没，我们怎么继续航行？当然，这是一种比喻。文人画的存在是以往的中国文化生出的花朵，我们承袭这种文明的时候，直接地就穿上它的衣服，你说不奇怪吗？我现在关心的还是绘画，关心这种行为对于生活的意义。假如我们从来也没有驶进那片海洋，一切还好说话。我们坐进船舱，可以同归于尽吗？为什么不能弃船逃生，这仍然是一种选择。

实际情况总是存在着多种路子，做起来其实非常简单。比如现在，我们还是像学生一样，静下心来坐在教室，不去考虑从前已经熟悉的笔墨技巧，多看看眼前的绘画对象，一切都是画出来的才算数。对此，我的理解是，自然的存在就是一种丰富，画家处于观察和表现的生疏中，反映在作品上，往往会有意想不到的发现——这是很难得到的收获。我的说法过于感性了，我确实总在依赖感觉，仿佛人的一切官能都是可以被利用的。

关于放下笔墨的想法，这是许多画家已经做了的事情。我之所以在这篇文章的开始，说了一句"民国范儿"，是想使问题具体一点。不是吗？眼前中国画的传统，大家谈的，只有文人画这一支，而且还是晚明至民国这一段时间里的几位画家，这多少有些狭隘了。不过有些人看到的不是这一点，而是把眼睛盯在绘画的表面。我认为，他们所考虑的是自己的面子和利益，思路不在绘画上。

我的一个学生，2018年2月在微信上发了一组她画的《姥姥》，同时还写了文字。她说："在我中学时期可以写生人物头像的时候，姥姥就是我的模特儿了。""在我的印象中姥姥年轻的时候是在她的80岁。""如今，姥姥已94岁高龄，路不会走了，话不会说了……"看来，她的姥姥现在是躺在床上的。她画了姥姥的头像，还有双手。"……由于年轻时候做太多活儿，从不保养，手部关节凸出，手指严重变形……"现在可以想象，这个学生画的是什么了。我在这里提起这个事情，是觉得绘画对于每个人的意义是不同的，像《姥姥》这样的画面，它可以是记录，可以是抒怀，无论还有什么，我们从画面上体会到的都是温暖，这就行了。还有，这些画不是中国画，与我所谈的话题看起来有点不符合。我们强调中国画，实际上是在强调传统，强调中国精神的，这本身没有错。但是，我们注意的是动机，如果是跟风呢，就有点趁火打劫的意思了。我们现在说的这个同学，她没有考虑别的，只是她能画，只是想到要把她的感情画出来。她是用铅笔画在小纸上，一张一张的小纸，每片小纸都有几个内容，是很随意的。我们也没有交流过，我不知道以后会不会把这些画面画成笔墨的，当然，我也没有这样的建议。这已经不要紧了。重要的是我们知道了她的这种行为，她以自己的心思在生活着。至于语言，我想在绘画的方式上，她自己一定会处理好的——这也是她个人的事情。

我们因绘画而自信，那么就守候着这份幸福。老老实实地守候着。放下了，对于从前一些经验的放下，并不等于就是失去。也要相信血脉，流淌着身体里的那部分内容终究是流淌着的。这是一种事实。别担心，田地里的生活没完没了。做了，你也就收获着。

2018 年 3 月

再谈人物画艺术语言的转换

吴宪生

1948年8月15日,黄宾虹在杭州美术学会上做了《国画之民学》的讲话,在讲话的最后他强调:"还希望我们自己的精神先要一致,将来的世界,一定无所谓中画、西画之别的,各人作品尽有不同,精神都是一致的。正如各人穿衣,虽有长短、大小、颜色、质料的不同,而其穿衣服的意义,都毫无一点差别。"

1957年《美术研究》第二期发表了董希文的文章《素描基本练习对于彩墨画教学的关系》,他在文章里说:"即使是有一种彩墨画今天被人斥为不中不西,但它还逐渐取得了本身的协调,虽不同于传统的国画,也不同于水彩,而有自己的特点,为什么我们就不能承认它又是一种新的国画或绘画的形式呢?"

一位是传统中国画的巨匠,另一位是西洋画的大家,两位先生的观点却惊人地一致,果然是英雄所见略同,半个多世纪过去了,再读两位先贤的文字,我们不禁为他们的远见卓识所折服,中国画发展的实践,正印证着两位先贤的预见。

自新式的美术教育体系于20世纪初传入我国之后,中国画便进入了一个后中国画时期,由传统的主观表达逐渐转向客观表现,这种转变在人物画上最为明显。夸张一点地说,建立在现代美术教育体系上的人物画,同传统意义上的人物画已经不是一回事了,是两条道上跑的车了。传统人物画的研习方法是先临摹,照着粉本画,先得人物之概念,以概念为以后作画的依据;现代人物画的研习则是先学素描,即先画写生,画眼睛所看到的客体,并以此为基础去掌握人物造型的方法,这种造型方法是以客观对象为依据的,这与传统的以概念为依据就有了一个很大的区别,依概念画出来的是这一类人,而依客观写生画出来的是这一个人,因此,在表现人物个性特征方面，现代人物画无疑较传统人物画迈出了一大步。

现代素描教学在中国人物画教学中的应用，总的来说是功大于过，很难想象如果没有素描，中国现代人物画会是个什么样。素描教学对于提高画家的造型能力，无疑是卓有成效的，一是素描可以帮助画家深入地研究对象，从而掌握深入刻画表现人物形象的能力，尤其是人物的面部形象。如果没有素描基础，基本上是画不进去的，人物的头部画不好，大多是因为素描没学好。二是素描速写有益于人物整体造型能力的把握，人物的结构、动态、组合都需要素描的功底，这是个为实践所证实了的常识，因为事实摆在那里，没有哪一个有成就的人物画家，是没有经过严格的素描训练的。当然，这里所说的是广义的素描。有些人拼命反对学素描，实质上是没有把素描的概念弄清楚。假如说得极端一点，如果没有现代的素描教学，就不可能有现代的人物画。因此，有志于人物画的人，首先要下功夫好好学素描。造型不过关，人物画也基本没戏。

正是因为造型能力的提升，现代中国人物画创作题材的面被大大地拓宽了，使画家们有能力去驾驭各种题材，进而极大地丰富了现代人物画的创作，如传统人物画中没有或鲜见的工业题材、战争题材、都市题材、少数民族题材，大场面多人物的构图也频频出现，这些新题材的出现，对于中国画的艺术语言表现提出了新的要求。当原有的艺术语言已不能满足新的题材的表现时，艺术家选择、尝试新的语言，便成了自然而然的事情。我们不能抱着老皇历不放，不能老拿所谓的"六法""六要"来说事，就人物画来说，许多是古人没遇到过的人或事，因此，也不可能创造出与此相适应的艺术语言。表现当代人物艺术语言的责任，理所当然应由当代艺术家来承担。这种艺术语言的转换与创造，是当今中国画发展的必然趋势。艺术语言的转换与创造，应该是多方面的，有构图上的突破，画面更富有张力，突出时代的特征，彰显现代的气息；有颜色的运用，打破原来文人画"唯水墨为上"的偏见，从传统的重彩、民间艺术的大胆设色及西洋画的色彩表现中去借鉴，以适应人物画创作表现的需要；有材料工具的选择，新材料、新技术的运用，也为艺术家的创造提供了有利的条件。各种不同质地的纸张，绢布，丙烯、水彩颜色的运用，以及中国画颜料的更加丰富；由单一的毛笔到各种笔的混用，喷枪的使用，等等，无不为艺术家提供了便利。研究这些新材料的功能，有效地运用到创作中去，已成为人物画创作之必不可少的手段，在各种大型的展览上，我们可以看到这一可喜的现象。

　　有人担心，这种艺术语言的转换，会不会使中国画丧失原有的特色？其实大可不必有此担心。艺术形式的选择源自人们的审美观念，审美观念的形成又来自整个民族文化的熏陶。我们常说，要有文化自信，这种自信是源自民族文化之强大的内在生命力。中华民族之传统文化的内在生命力，一方面是其特有的智慧，另一方面则是因为它的包容性。这种包容性使它在发展的过程中不断完善，不断汲取其他文化的长处，从不故步自封，因而延续几千年，始终保持着旺盛的生命力，在这样的文化背景下的审美观念的转变与艺术语言的转换，是其文化发展自身的内在需要，自魏晋时期专业的人物画家登上历史舞台，至今已经千余年了。如果我们把自魏晋至清末的人物画做一个展览，再把近百年的中国人物画做一个展览，对比一下，我们可以看出，艺术语言的转换在人物画创作中该有多么重要的作用。同时，我们似乎也看到了两位先贤的预见正在变成现实，一种介于传统中国画与西画之间的新的人物画正在成为主流，说它是中国画也好，说它不是中国画也好，但它就是画，是画就行了。

我说中国画柳暗花明

范 扬

中国画坛不平稳。

先是李小山说中国画穷途末路。

一石激起千层浪，老画家们也吃了一惊。细想想，大约拿不出什么有力的证据能说明中国画比以往茁壮强大，所以有点张口结舌。好不容易找到黄秋园的画作，力棒之，夸奖之，追封为中央美院教授头衔，老一辈人也是好心，不屑与小学辈争执是非，只是婉转地告诉青年人，不以规矩，不能成方圆，少年壮志不言愁，总不如天凉好个秋。年青一代少年气盛，不听老人言，不买这个账，他们自有说法。君不见楚骚汉赋唐诗宋词曾当如何？今日也进了故纸堆。京剧两百年，算离得近的，艺术之高明，自不待说，影响之广泛，上至帝后，下到黎民，宫中乡里，海内海外，辉煌绚烂之极矣。待到新式话剧一出而后再有电影电视，京剧便被冷落了，也成了要保护抢救之珍稀文化了。想想确实不服气，多少功夫下下去，多少精神提上来，行当作派，水袖台步，曾赢得满堂彩。到头来却不及歌星们摇头晃脑把着话筒伸胳膊踢腿，赚得痴男痴女神魂颠倒。时至今日，四大名旦不及四大天王，盖叫天不如成龙了。这有点像老画家，吮墨耕砚，舞弄一辈子，你说他这玩意儿过时了，岂不气煞。

后来，又有名家说，中国画笔墨等于零，捅了马蜂窝，讨论又开始了。

本来，中国画形式即内容，风格就是人，无须废话，就算笔墨等于零，一切还要从零开始。

再后来，又有人提出传统中国画不可取，无藏身之地，是废纸。于是又有一争。

不知为何，关于中国画讨论的命题，倒是有点像说书匠的惊堂木，拍案惊奇，然后开讲。不同的是，说书先生肚子里有故事，是一言堂，而今天的宣讲者，不知他有何主张，故只能是群言堂，七嘴八舌，吵吵闹闹，各执己见，大声嚷嚷，有点像起哄。文章也多，看得懂的，看不懂的，有玄虚的，有实在的，有高明的，有卑微。理论家们都挺忙的。

画家们不能空口清谈，只能往前走，也不管山重水复，也不管穷途末路，行到水穷处，坐看云起时。画家实际上也在思考，有时候直觉性的体验感悟或许更接近真理。

展览很多，画儿很多，画家画作层出不穷，中国画坛繁荣兴旺，多元化。

大致分分，画家的艺术取向还是可以归类的。类型大约有三种：

一是延续传统，作故纸堆里的整理发掘。

传统是宝藏。现在大家认为的传统已经是很宽泛的了，并不仅仅指宋元以来的主流水墨画，也不仅仅指"五四"以后的改良中国画，沿着传统走下去，也是一条很有意思的路子，纵深发掘，可汲取的东西很多，有巨人肩膀可攀，比自个儿在一旁蹦跳起点要高，可做的事也很多，我记得有大哲学贤人指出，倘取唐风宋韵，掺和敦煌灿烂色泽，或能创造出新的中国画，挺宽阔的一条路子。固然，古人悠闲，诗书画印都会，但是今人视野开阔，中外兼顾，眼光自有不同。举个例子，有位画家朋友说，坐飞机时，凌虚御风，俯瞰大地，看足下山脉，云烟遮掩，大地青绿，无边无垠，古人又不及我矣。眼界不同，笔下自然会有分别。我也认为，中国画有如围棋，是个高尚的智力游戏，其材质也简略，其变化也无穷。千载之下，聪明才智之士，沉浸其中，作精神锻炼，智慧陶冶，其乐也融融。所以，元四家以后有明四家、清初六家、扬州八怪、金陵八家，近现代有吴昌硕、齐白石、黄宾虹、潘天寿，气脉不散。自今而后，还会有人物涌现的，各领风骚，各在其时，这类画家，如佛家中之渐修者，各人本着根性，修不成菩萨，修得个小佛儿也行。

二是搞"洋务运动"的。

国家开放，新潮涌来，五光十色，令人眩目。现代、后现代、装置艺术，行为种种，万花筒。有如20世纪初，外国文字涌入，新青年觉得新鲜，说白话，写新诗，要"打倒孔家店"了。今日的中国画家，有点像早年人们译名著，林语堂谓之曰汉语欧化，有点生硬。新诗也有可看的，有感觉，但毛病是停留在感觉层面，浮光掠影，不得深入，不得深刻。搬弄现代水墨，画面给人的感觉总体上还是外国人的，有现代感是其好处，但拿来之后，本土化不够。文化这东西，不像桑塔纳技术容易移植，可以一蹴而就。我觉得，他们像是吃了德国猪蹄，又灌下去大扎啤酒，不大容易消化，脾胃不适。再就是名目的提出，如"实验"类的字样，等于在说，我这还不行，我试试看的。不大自信，少一点中国气派。话说回来，尝试总是可贵的，他们的画作，给大家提供了视觉上、形式上拓展的可能性，他们是先行者，是后来人的铺路石。反思之下，五四新文化运动热闹过后，真正留得住的，留在文学史上的，不是文学青年，而是那些吃透传统文化，有底蕴、继承发展的一路人物。他们并不急着要和外国接轨，反而能够自立于世界民族之林，作品到今日，都还站得住脚跟。

那么在今日之中国画坛，应该也有这类画家。

这三种类型的画家，简而言之，是继承创新的，这类画家人数最多，石涛上人说，笔墨当随时代。讲了两个内容，第一是要有笔墨；第二是笔墨是与时俱进的。我们的前辈有经验可以给我们借鉴，徐悲鸿"中学为体，西学为用"，说得就不错，影响了一代人。林风眠、傅抱石、李可染等人，做得也不错。在体、用上，各人把握不同，有的偏西洋，有的偏中式，有的偏造化，靠写生支撑，这里要看到他们的传统功夫不错，至少是有相当深入的了解和把握的。还要看到他们共同关注的是在自然中讨生活，重视写生。套一句老话"师古人"，以后是"师造化"，造化给人启发，逼着画家用自己的方式画，画着画着就画出来了。成功的"师我心"的画家还没有，就形式的特立独行上抑或师心境界的层次上，都还不曾看见青藤和八大式的人物和画作。岔开一句话，中国画真是魅力无穷，每当我打开徐渭、董其昌的画册，总是觉得受到刺激，前人智慧的光芒穿越时空，令我震颤。愿我们也能画得更好一些，让"后之视今，亦由今之视昔"，则吾心足矣。

我们这一代的画家开始走向成熟，人们开始重新审视中国本土文化的精髓，不少人有了主见，再穿唐装。这个倾向是在最近。

中国画生命力强大，画中国画的人真多，学院派、画院派、南派、北派、老画家，新文人，各自为营又互生互长，中国画坛热闹得很，中国画无疑有路，中国画柳暗花明。

我画仕女

杨春华

我的画中有许多仕女形象。我常选择仕女形象作为我绘画的主题。我喜欢画人物，在我看来，古代仕女和现代仕女都一样。画家生活在现代社会环境下，不管是画古人还是现代人，只是服装不同，其精神总归都有时代的特点。于是，尽管画的是古代仕女，但人物的状态和人物的感觉还是现代人的特点，我觉得古代仕女服饰上的飘逸感觉很容易出笔墨效果，容易入画，线拉得很长很有表现力。我从小就喜欢画一些美人图，如今画仕女也算是一种童年情结所致。

我也试过画现代的仕女，穿着牛仔裤或是紧身衣的，也可以出效果。但是从笔墨来讲是松散的。像我这种自由的不拘小节的性格，去画松散的、休闲的古代仕女的装饰似乎更适合笔墨的挥洒。其实画古人也是画现代人，我为什么选择古人作为我人物画的题材？我钟情于古人琴棋书画的修养和飘逸闲适的生活态度，并觉得现代人缺少了一点这种气质。琴棋书画是一种很休闲、很有教养的理想化的生活，现代人已经不太多有这种状态了。但这是现代人的一种追求和梦想，人们在繁忙疲惫的生活中，依旧向往和缅怀这种古典的情趣。我自己也比较向往这种生活，我通过绘画的题材来反映出她们的生活状态，也是寄托了自己在现代快节奏的生活中对闲散精致的古典生活状态的一种致敬和向往。

我原来从事的是版画创作，后来又从事国画的创作。但版画和中国画只是绘画工具不同而已，制作版画的过程比较长，需要通过画稿到制版，再印刷出来，这是一个比较艰辛的创作过程。而国画则可以更随意地把自己的想法直接表现出来。版画有一个等待的过程，比如做水印时，要等纸干，这个等待过程比较长。此时往往不想浪费时间，便有了另外的创作冲动。国画是比较简单的。同时我觉得水印版画是以水为媒介在纸张上滋润渗化的效果，这一点和水墨滋润效果相同。此外，所用的材料是宣纸、毛笔等，工具上并没有陌生感，拿起来就可以用。另外，中国版画很多方面与国画的审美观是一致的，它所表现的气息也都是传统文化里的书卷气。二者只是表达形式不同而已。事实上，我的审美观相对比较传统，是通过版画和水墨画这两种绘画媒介传达我对传统精神家园的向往。有了这样的技术和精神前提，不管是做版画还是水墨画对我来说都很简单。我曾写过一篇文章专门谈从做版画到画水墨画的转换过程，这种转换对我来说并没有什么困难。

我的仕女画往往颜色都很鲜艳灿烂，我的画不是以墨气为特点，而是以色为主，我对色彩比较自信，因为曾经学过西画，我对色彩的感觉其实主要来自西画的基础。但我又觉得中国画的色彩相当高级，中国画讲究墨分五色，墨的干、湿、浓、淡的不同产生出的墨韵和色彩感也不同。所以古人称之为墨分五色，我想我作为现代人要通过颜色来表现水墨墨色的韵味。所以我提出"色分五墨"，就是说我用颜色也能找出中国画干、湿、浓、淡的墨韵，我有一枚闲章就是"色分五墨"。我觉得我对中国画的理解，是将西画的色彩观很自然地代入中国画的色彩观念中。我自己觉得以西画的底子，再加上我对中国画颜色的偏爱，就能画出我自己对用色的理解。因此，在国画里无论颜色如何变化，我只需四种颜色——花青、赭石、藤黄、胭脂，这也是国画里好的颜色。我用颜色一向比较讲究，用得好不在于多，而在于协调。用得好就会好看，用得不好就会被认为俗了。用好颜色的关键在于协调好其间的关系。此外，还要以你表现的题材来综合考虑颜色的使用。

我自信于对颜色的把握还是比较准确的，曾经请朱新建帮我刻一枚闲章"好颜色"，这枚章我已用10年了，它比较能诠释我的画里所体现的对"好颜色"的偏爱。当然，我如今也逐步觉出墨色的重要了。灵魂是以墨为主的，颜色只为加强厚度和氛围所用，颜色会使画面显得灿烂丰富而富贵。外界对我的评价主要着眼于颜色的使用，其实我内心深处还是喜欢颜色亮一点，有时觉得不亮就会加一点白粉、金粉，再不亮则会加点银粉，颜色上的亮度是一种提炼，提炼到我觉得最高一级的程度。

外界评价我的仕女画，认为灵动和飘逸，李小山曾经为我写过一篇文章，他觉得我的画是灵动的，所以文章题为"灵动之美"。我觉得我所表现的"灵动"的最直观之处在于我的放松状态，由于放松，我从"无法到法"，我觉得我是学过"法"的，但我在具体画时，就会忘记这些"法"，但这些"法"又无时无刻不在影响着我的判断和创作。正因为这种"无法到法"的自由状态，我才能在创作仕女画时无所顾忌，用笔也会流畅自然而洒脱，想到什么就能画出来，画面是流动着贯气的，没有阻隔和障碍。这就如同水流一般，水流得很快，无声无息，自然松弛，遇到沙子就会透过去，遇到石头就会绕过来。我的绘画就像水流，阻碍比较小，没有阻隔于杂念的沙子，也没有被沉重的思想的石头绊住了脚。

我的画往往不受"法"的限制。往往手会跑在脑子前面。其实我想画什么的时候，往往不知道画什么，可能先画一张仕女画，后来找到感觉，加花、加草，不够再加山水。我就会不断地去完善它，完善着画面的效果。当然一切又要基于整个画面的把握。为什么要这样，有时倒又说不清楚了。

有些画家画画前是先打腹稿，再进行创作，可不可以理解这是一种从理性到感性的过程，而我是先有感性，然后有理性。画到后来我就觉得可以赋予它更多意境，或是色彩上更加亮，或者是形上更加饱和，周围的景物对人物的烘托更加丰富鲜明……我越画越不满，越不满便越发画进去了，兴奋点也会越发集中起来。这种放松状态很是难得，有些可遇不可求。这样画下去有时难免会过了，如何能在恰到好处的时候停下来便成了关键。可见，整张画的最终效果完全是要看自己对这张画的感觉，但对于这个最后效果我起初并没有太多要求和期待，因为要求和期待往往适得其反，抱着很放松的性情去做，反而会有很好的效果。

中国画的大型展览我一般不参加，因为我觉得这是一种体制下的展览。对国画的要求过于苛刻，要求笔墨赋予画面以外的东西，这对我来说会觉得比较累。我对国画的要求：一种探索性的东西，一种真正单纯的东西。我的版画就不是那种感觉，因为版画是我的专业，我要求完美，就会用很多"法"来把它用好，印好，讲究一种画面的稳定感。但我画国画时太放松了，无心插柳柳成荫，随便画画，有兴趣就能画进去。越画越多，越画越丰富，自己的兴趣和兴奋点也就会随之增加了。

如果要问我绘画的最终目的是什么？我是在创造"美"，恰当地说是一种"美感"。有人言必谈创新，其实创新谈何容易，你要想开创一个门派这是多难的一件事？

现代人在绘画中实际一直是在重复古人的题材。这些题材一直延续下来几乎一成不变。中国画题材上无非人物、花鸟、山水。从古至今一直这么画着，但是不同时代人的感觉是不同的。今人和古人进行交流，看他们的画从而找到新的感觉新的理解，这种新的感觉和理解会造成今人画出来的画是不一样的。如果你画出美感了，画得好看了，别人会说这是创新。就我自己而言，感觉画得美了是一件很令人愉快的事，自己觉得好看又能被大家欣赏是一件多么理想多么幸福的状态！

有人称我的画为"新簪花仕女图"，我觉得是人们可能看出我画里的"富贵气"。因为我的画面里确实是在追求这种气息，这气息是平和、安详、宁静的。画的东西是有美感的，画面效果是松弛的，表现的人物是雍容。这一系列因素如果画出来了，当然形也要有美感，那么它传达的颜色、气息、形、线条等综合因素都会有富贵气，这就可能是我们现代人所要追求的气息。正如要培养一个贵族不容易，培养一种富贵气，画出这个富贵气也不易。画出富贵气首先要有平和的心态，还要在对衣食住行没有后顾之忧的完全放松的状态中完成，才会有这种平和慵懒的心态来面对画面。

在中国画方面，我并没有只想把自己的表现题材局限在仕女画上，有时我是想把我们传统中的一些大作品，像个学生一样地全部过一遍。例如宋代的《百花图卷》，它在花鸟画上是一种经过提炼的经典，是院体画的精髓，我想把它过一遍。还有元代和宋代的山水都想要过一遍，动手去画当然很有必要，倘若不动手画，也要仔细全部看一遍。唐代的人物画，还有元代的《八十七神仙图》我都过了一遍。这是为体验一下古人的创作状态，几种题材都过一遍之后，将来人物、山水、花鸟在画面中就会融为一体。我觉得在人物的背景、环境上可以和山水、花卉进行结合。尽量让题材广泛一些。并不一定画了人物则其他的题材就不画了，其实画什么都一样，关键是丰富画面，于是我常认为绘画时不必有什么顾忌。我主要是画人物画仕女的，但却更喜欢画山水，这么一说，画画时题材并不那么重要了，主要有感觉便好。

我觉得现在自己越画越有兴趣了，而且似乎有很多的可能性。随着年龄的增长，对物体的看法可能是更本质且更单纯。还有对画面气氛的把握也可能会更纯粹了。

我画中的色彩目前看是灿烂的，再往后随着年龄的增长，也不会凝重，只会越来越单纯，颜色用得越来越少，但是调子会越来越好。注意颜色的色调，不会像油画一样是颜色的堆积，以后颜色上不会是堆积式的丰富。要达到这种境界比较难，所以我在原则上要避免过于凝重。漂亮点，桃红、阳红都敢用。以前我用桃红是要加点墨的，为的是让它沉着点。现在我觉得有点跳跃的颜色也挺好。

画如其人，人如其面。有时我想，大概自己的绘画面貌是和自己的生活状态直接相关的。

我出身于绘画世家，父亲是位版画家。我在上海上的小学、中学，然后下放做知青三年，1973年来到南京艺术学院成为第一届工农兵学员，而后工作了两年，考取了1978年第一届中央美术学院的研究生。在中央美术学院研究生的两年学习阶段，对我的人生有着较大的认识上的提升。就是我们现代人需要追求的气息，当时改革开放能够让我们20多岁的年轻人跨入研究生的行列，对我后来的艺术创作有很大的帮助。这就是受教育背景。研究生毕业以后，社会就能更好地接纳我了。我在无锡画院也比较顺利，我能和许多老画家在一起交流中国画，尽管我是搞版画的，但是我们周围有很多画国画的朋友。也由于我有受教育的背景，我有很多同学、朋友，都对我在各个方面很有帮助。大家经常在一起，特别是新文人画的展览活动，每次参加对我都是一种提高。这种提高是受了一种氛围的影响。大家在一起研究中国画的一种氛围，对我来说很受益。当然，我能从事版画艺术并走到今天，也能被人以国画艺术关注，我觉得自己运气很好。在南艺的机遇更好，那里有很多国画的高手，有很多国画的课程，还有南京的地域上的优势。我的今天是很多因素成就的，我想如果不在南京，而是在其他地方发展，是不会有现在这样的状态和感觉的，所以我是要感谢生活的。

平时我在生活中比较随意，在无意之间我似乎什么都得到了。对待家庭、事业、朋友我都顾及了，似乎都是不经意中做到的。这样一来使我的心态放松了，和我交流的人包括我周围的环境都对我是放松的，这样一来我心里便没有什么紧张感。一个人要求过高是不容易达到，如果不经意，反而容易达到。这种快感是一种更让人放松的体验。就像现在的生活，其实每个人都过得很好，但是你要追求很高的物质享受，这就很累了。一般的衣食住行的温饱程度，已很是舒服。人们还有一些闲钱，买自己感兴趣的东西。我们生活中有很多有意义的事情，比如看书、听音乐，这些都会为你的生活增添许多情趣，使你觉得很充实，如此你就不会去追求过高的要求。我觉得精神上是应该有追求的。物质上的东西越是想要得到越是得不到，你不想它反而很轻松地来了。当然我的运气也是相对很好的，我早期接受的教育和一些经历能够保证我现在很安逸地做教学工作，也很安逸地去完成创作，这与其他职业画家不一样。我有一份稳定的工作，这是能保证我心态平衡的一个重要因素。

有时也手痒

徐乐乐

很多年前，为出版社的一套文艺复兴小册子画插图，铅笔白描了几幅名画局部，波提切利、乔托、乌切利、里皮，等等，好玩！临摹天生是愉悦的，省去自己"想点子"的环节，一门心思专注于他人的技巧，脸型如何，手型如何，衣褶是怎样处理的。铅笔削削尖（连这个过程也是愉悦的），认真在原画中寻找线条，增增减减疏密组合，画成之后——嗯？蛮漂亮的嘛。复印之后交稿，将原件仔细地夹进书页中收好。

也有不如意的时候，临不出感觉来……或者说感觉平平。临画也和画画一样，时好时坏。

一直想临的是那幅相传为钱选所作的元人《宫女图》。经典的手势——因出乎意料的生活化而经典，因经典而不宜在画作中借用——和壮硕的身材。一五一十地打稿子，完成之后，还是画苗条了，画"漂亮"了，似乎本人天性就具有弱化与美化的倾向。

出于对八大山人用笔的强烈好奇，临了几只猫，临了也白临。

很容易就像，就是这个容易让人觉得不踏实，什么也抓不住。接下来临虚谷与潘天寿的猫，稍微落实一些。最后取剪贴本中一只竖尾猫，因嫌原作者画得不够凶，用刚刚学过来的用笔，现学现卖、咬牙切齿地涂抹了一回，这一只黑猫总算还有点意思。题上"阿毛画中猫姿，潘公笔法"。

咬牙切齿是夸张了些，不过忙了一大阵（甚至还试了"水墨"凡·高——丫丫乌），到了这一幅心里才觉得终于踏实。好像长吁一口气一般。不容易呀，诸位看官。

自娱自乐——摒弃一切外来因素，剩下的就是能不能自娱自乐了。这本来就是最难的事。正因为如此，对那些不声不响画画的同行们，有一点进步都由衷地惺惺相惜，大家都不容易。

前些时候被丁雄泉的画作吸引，看人家造型好，色彩那么过瘾，心痒痒地也想过把瘾。临了几张，又想着将自个儿的因素融进去，陆陆续续画了几十幅。喜忧参半。恐怕"半"还不到，失败居多。唉，大色块不是俺的强项。

因为曾画过几张较为满意的，心有不甘，兜兜转转，再试，仍不理想，郁闷，涣散。翻开一本伊朗买回来的画册，抄几个"大头宝宝"顺顺手，突然就抖起了精神。

用生宣，用自己擅长的线条，尝试鲜艳的波斯色系，重要的是，最好能画得恣意，"刷刮"一点，变成了一项挑战。

"刷刮"——南京话，好像是稳、准、狠、快的总和。问题是，要多少张才能有一张稍微"刷刮"点儿的啊。

想起海明威说过，每天完成若干千字是必需的，但行文的好坏，全看"运气"。不错，真是！铺开纸，勾完线，准备"泼墨"了，点一支烟，静静神。祈祷（向谁祈祷？）这回最好能一次成功，能"碰"得正好。

顺手了几幅，信心倍增。到底还是在自己的能力范围之内，失败也未受打击，画着画着，生出疑问：怎么会形成这样的造型？

翻书。一个国家的造型历史引出四面八方的线索，顺着线索一路画下去，从古埃及、古希腊、波斯、古印度……自然就引回到中国大地上，疏理了一回"中国造型发展史"。不得不在唐朝时收手，否则，各国宗教的造型对比，文艺复兴各个画家的造型特点，中国宋元以后造型的衰落，日本的乖张，东南亚的鬼促鬼促，一个个手过一遍……罢了罢了。

打住，留点念想吧。

常把写生和速写混淆，其实它们是一回事，又不是一回事

史国良

在写实人物画的创作中，速写是最重要的基本功，也是解决造型问题的主要手段，但随着时代的发展和变革，很多学生和画家对速写的认识产生了偏差，甚至忽略了速写的重要性，出现了笔墨与造型方面的各种问题，最终导致了写实人物画的停滞与衰退。若从现代写生画史上看，每一位著名的画家像蒋兆和、周思聪、刘文西等大家，都是速写的高手，正因为他们掌握了扎实的速写功夫，才促进了笔墨与造型的完美结合。因此在我看来，没有速写基础是难以画好写实人物画的。

速写是素描的浓缩

速写究竟是什么概念呢？我认为速写不只是单纯地快画，而是素描的浓缩，里面涵盖了素描的诸多因素。有些学生对速写怎么画、怎么操作，画速写的目的是什么等非常模糊。其实，速写主要是解决造型的问题，因物象本身有它的属性如结构、透视、解剖素描三要素，只有认清之后才能决定用什么方法去画。比如光影素描方法，主要源于俄罗斯素描，在新中国成立初期传入中国，是全因素的素描，包括光影、用光影塑造立体、反光投影、三面五调等。只不过这种素描实际上是照抄物体，可以画得很立体，但还不能体现素描的本质。学院里学生用的素描体系常常忽略了结构、透视、解剖素描三要素，使作品没有了骨架而变成一具无法支撑的空壳。

西方素描与徐、蒋体系的连接

在引进西方造型之前，徐悲鸿学习的是法国的安格尔体系，用的是三维立体用线方式、焦点透视，它可以和中国传统用线结合起来。传统绘画的线是一维的、散点的、平面的，程式化的，不是立体的，光影素描和传统用线无法连接，只能用速写的方法解决问题。只有徐悲鸿从安格尔体系所学的三维立体素描，才能和中国传统笔墨结合起来。同时，黄胄先生受安格尔体系中的一支——门采尔的影响，将线面适度地结合起来，激情中蕴含着一定的书写性。虽然黄胄先生没有学院背景，但他的速写与徐、蒋体系是一脉相承的，可以直接连接到徐、蒋体系当中。黄胄先生的速写与中国传统笔墨相结合，开辟了一个新的领域，为写实人物画的发展做出了巨大的贡献，并由此形成徐、蒋、黄三足鼎立的局面。

美院速写的现状和问题

现在美院的学生画速写画不到点上，主要是认识、教学、方法等方面都有问题。现在有些画家过度依赖于摄影、录像，不注意基本功的训练，以至于写实人物画不再像当年周思聪、卢沉那样既有笔墨又有造型，形成两者结合的新样式。现在就是照片加上现代水墨实验，想怎么画就怎么画，完全是表达自己的感受，和那时的手法、想法、规律完全是两回事。其实现在画速写仍然非常重要，只有先解决好造型的问题，才能产生整体的审美效果。还有的学生经常把写生和速写混淆起来，其实它们是一回事，又不是一回事。

它们的共同点都是用铅笔、毛笔记录生活和自己的感受，但写生是画生活、生命和生活现象，无论熟悉不熟悉，都要通过写生的形式记录下来。而速写是一种手段，用手段去表现所要达到的目的。我认为写生是要求，速写是手段，它们既矛盾又不矛盾，必须要认识清楚，理解透彻。而且写生不是单纯记录下来就行了，要在生活中寻找和感悟，这和自己的悟性有关，与灵性、知识积累、文化修养有关。因此不能盲目地去写生，要有感而发，随时播下生活的种子，让它孕育发芽、开花结果。我提倡画家要到一个地区长时间地了解、观察，收集的素材越丰富越好，越细致越好。我反对成群结队地集体去写生，那样没有什么效果。也不要照抄生活，那完全是作秀。现在有很多画家凭借喷绘等手段绘画，还有更多画家依赖手机照片画，这是令人担忧的一种现象。因为这样做不会使画家具有真正的造型能力，也不能理解把握内心的感受，并用恰当的方式表现出来，只是照抄老师或固定的样式。我不赞同这种做法，希望能够恢复老美院的传统，拿着速写本、写生夹到生活中，找到熟悉的生活中的那个点扎下去。而在校的学生更应该踏实地学习方法，把笔墨和造型很好地结合起来。

速写与写实人物画创作

一般来说，好的速写可以提高画家的造型能力，早些时候画一个人的速写，主要是解决形态、动态、结构、韵味等问题，而多人在同一画面时，就要进行组合练习和构图练习，这才是创作的开始。如果为这种带构图的速写命名，就成了艺术品。有些大师的速写本身具有艺术价值，有多种艺术功能和很强的书写性，包含了许多文化信息，记录了当时的感觉和感受，记录得很生动，瞬间的感受也很鲜活，完全可以作为单独的作品来欣赏。但速写本身不应该作为艺术品去画，因为它只是基本功的训练，与成熟的艺术品还有一定的距离。

在几十年的艺术生涯中，黄胄先生和周思聪老师对我的创作影响很大，在作品中留下了深刻的烙印。郎绍君先生说，我把黄胄学院化了，把学院黄胄化了。这样的评价很中肯，因为学院派的画风有些呆板，引进了黄胄以后，就会在融合中显得更加鲜活自如，而黄胄也因和徐、蒋体系的连接，趋向完善成熟的境界。无论怎样，速写是这一切的开始，同时还要有激情，还要学习借鉴，最终才能实现两者的高度统一。

同时，我认为写实人物本身就具有现实主义、批判现实主义的审美特征，所以它和作品的现代性是不矛盾的，反而更适合体现当代人的现实生活，具有强烈的时代感。况且写实人物在手法上是多元化的，有一定的包容性，既传承了传统笔墨的核心精神，也吸收了当代水墨的审美元素，整体上呈现出集大成的艺术特点。总的来说，写实人物是东方和西方的混血儿，有着强大的生命力，在中国画坛曾经辉煌了几十年，有效地推动了中国人物画的发展与演进。尽管在当今画坛写实人物的耀眼光环已经退去，也不再占有画坛主流地位，但是我相信未来或许还会出现一个新的高峰。

如今貌似萧条和沉寂都只是暂时的，现在的沉潜是为以后再度的崛起做准备。

高云艺术访谈

《收藏与投资》杂志（以下简称"杂志"）：您怎么看待或评价一位画家？

高云：画好才是硬道理。在我看来，作为画家，说一千道一万，最根本的就是要画好画。这是画家的现实职责，也是历史贡献。翻开中外美术史，其中熠熠生辉的名字哪一个不是靠着杰出的作品站住脚的。作品的高度决定着画家的高度，作品的品质决定着画家的品质。作品是让画家立身立艺的唯一支撑。同样地，画家要想赢得口碑或知名度，靠的还是好的作品。所以，我看画家，首先要看作品，有好作品，就是好画家。作品不好，一切画外的功夫都是浮云。

杂志：说到好作品，什么样的画作才算是好画呢？有标准吗？

高云：你这是"青菜萝卜"之问，以"各美其美，美美与共"的立场看，几乎没法回答。但我也可以给你一个抽象点的答案，这就是专家叫好，大众也叫好，后人依然叫好的画，才叫好画。专家叫好但大众看不懂的作品，是小众的，影响的广泛性不够；大众叫好但专家不认可的作品，是通俗的，艺术的高度不够；今人叫好，后人不叫好的，昙花一现，品质的恒久性不够。美是多元的，每个人的审美要求和水平不尽相同，很难给出一个一加一等于二的硬性标准。如果你一定要追问好画的标准，也还是有的，那些被世界各大博物馆、美术馆收藏的作品就是好画，那些在专业机构策划组织的国际和全国性美展上斩获大奖的作品就是好画，因为这些画不是一个人、几个人看中的，而是由专家团组按照一套相对严谨的程序选拔出来的，代表了一种审美共识。

如果再具体点，不同画种间还有个性化的差异。

杂志：作为中国画家，您能说说中国画的标准吗？

高云：这个问题太具体又太广泛，说来话长。我只能说，中国画是有底线的，我认为底线有三，首先是线，是符合书法用笔法则的线，这是中国画的核心，没有线，就没有中国画。所谓没骨画，其实是线的扩展，仍然要讲究笔意笔势，不是涂描出来的。其次是意境，画中有诗，这是中国画的又一特色，它以计白当黑之类的方式激发观者的联想，从而产生某种意境，所以中国画常常说只能意会不能言传就是这个原因。再次就是散点透视，这区别于西画的焦点透视，中国画的构图章法由此是自由灵动的。所以可以画长江万里图，可以将高远、深远、平远集于一画。因为西画画的是眼中的场景，中国画画的是胸中的场景。这三点在，中国画在，这三点丢了，中国画也就丢了。

你用这个观点审视一下当代的中国画，你会发现尽管很多作品用的还是毛笔宣纸，但本质上已与中国画渐行渐远了。所以我一直在呼吁要守住中国画的底线。

杂志：作为一般的观众，您能告诉读者，从观赏者角度如何欣赏和评判作品吗？

高云：说到底，美是一种感觉，作为普通观众，你觉得好看、觉得美、看了感觉愉悦就行，这是你的审美权利，别人无权干涉。但从审美水平角度看，多去博物馆、美术馆看看好画，审美水平就能提高。

基于欣赏水平，我把观众大致分为四个层次：一是完全没有基础的观众，他们多直观朴实地依据自己的偏好去看作品的美与不美；二是爱好美术、有美术基础的观众，他们会透过表面的美进而评析作品中美的法则；三是画家观众，他们更在意的是表现美的语言和技巧；四是有着丰厚修养的史论、文学和哲学方面的专家类观众，他们会基于视觉的表现去审读作品内涵的美——情感、情节、情境和观念、精神、品格等。真正经典的作品是能够同时满足这四个层次观众的审美要求的。

我认为，对于观众，艺术家不应该有什么要求，尤其是不能指责和抱怨，我们的职责只能是做好自己。

杂志：好画如何才能画好呢？

高云：你们这个问题仍然太大，又太具体，真不好回答，说太大，是因为学无定法，条条道路通罗马，真没有唯一的画好之路；说太具体，则是画好画必然涉及具体的表现技法等，那就太具体，更说不清楚了。不过要说共性，也是有的，这就是画家要有甘于寂寞、较真儿又执着的工匠精神。

杂志：具体地讲，艺术家的工匠精神指的是什么呢？

高云：一位艺术家带着宗教般的虔诚，能心无旁骛地全身心投入地去创作，他就具备了工匠精神。艺术的工匠精神核心是"静""净"二气。第一个"静"是"安静"，艺术家身心均要静得下来。静生慧，静会让作品有一种崇高肃穆的品质；第二个"净"是"纯净"，艺术家要纯粹些，做艺术学者，研究艺术创作，只有心智聚力于一点时，或许才能成就一点事情。特别是，这"静""净"二气是会直白地呈现在作品上的，是格调高雅的标配。你们看看历代名作，无一不是具备了"静""净"二气的。

杂志：那么，进入艺术市场的作品也要守住"静""净"二气吗？会有什么不同吗？

高云：那是当然，应该守住，因为越是高品质的作品才越有收藏价值，如果说有什么不同，或许就是进入市场的作品更需要观照多方的审美需求而已。

杂志：高老师怎么看待收藏？

高云：没有收藏家、没有收藏传统，也就没有传承。

所谓艺术市场，核心就是收藏。收藏有两种，一种是官方收藏，另一种是民间收藏。官方收藏在古代是皇家收藏、官廷收藏，在今天就是国家收藏，也就是博物馆、美术馆收藏；民间收藏则被定义为收藏家收藏。收藏从宏观上来讲对文化的发展、艺术的传承起到了很重要的作用，甚至可以这么说，对书画而言，没有收藏家、没有收藏传统也就没有艺术的传承，所以我们应当感谢收藏家、收藏机构，以及衍生出来的收藏传统。

很多收藏家节衣缩食收藏作品，其目的大都超越了自我的需求，而是出于对历史、对艺术、对前人的珍爱和尊崇，最终则是将这些文物捐献给国家，以发挥研究与传承的价值。从保护人类遗产的角度看，中西方无论是官方收藏还是民间收藏，都值得赞扬。真正的收藏家懂艺术，爱艺术，敬畏艺术，并不仅仅是为了钱。

但艺术市场恶性炒作的泡沫化现象十分有害，既破坏了市场规律，也扰乱了艺术家创作的心智。市场须回归正途。要做好收藏、做好市场，必须要有一颗真心、一双慧眼。看艺术家，一定不要看其"气场"有多大，也不要看其名头和名声有多唬人，而是要理性地看他的画，以画为据，以画说话。

杂志：那么，艺术家在艺术机构的"名头"不重要吗？

高云："名头"是工作安排，作品才是自我品质的体现。

所谓"名头"，是指艺术家在艺术机构担任了一些重要职务。客观上讲，"名头"对于一位艺术家来说其实是很重要的，既体现了组织对你的信任，你也能即刻引起艺术市场的追捧。结果由此派生出了两个现象，一是一些艺术机构的换届成为大热点；二是艺术家随着"名头"的升降，其作品在艺术市场也形成了冰火两重天。我认为，"名头"只是工作需要的一种安排，是综合因素考虑的结果，并不是对艺术水平的排序，仅仅因"名头"而红是一时的假象，只有作品才是艺术家的本真，才是自我品质的体现。如何家英、田黎明、吴为山等，我相信，即便他们失去了所谓的"名头"仍然会熠熠生辉。同样地，一些画家，由于画好，即便没有"名头"，也会成为艺术市场的"热点"，如徐乐乐、江宏伟、史国良等。所以，"名头"重要，画出好画更重要。

杂志：好作品，也得有好市场，高老师怎么看艺术市场？

高云：艺术市场与艺术展览一样，是托举艺术家及其作品进入更高更广平台的一种力量。正是有了艺术市场这个平台，艺术家才能从幕后走到台前，也正是有了艺术市场的托举与推广，好的作品才能进入千家万户，进入国际舞台，彰显它的价值，艺术家也才能随之引起社会的广泛关注，产生影响力。所以艺术家要与艺术市场从业者一道建设好、维护好艺术市场。

2019 年受访于中山陵 6 号画室

艺术感觉与艺术精神

张立柱

绘画是技术性很强的事情。为获得技术要下极大的功夫,但绘画作为艺术最重要的还是要有艺术感觉和艺术精神。

艺术感觉首先是吸引人的,艺术精神是拨动人心弦的;艺术感觉是天分悟得、不可教不可学的,艺术精神是修炼学习、可明晓和识得的。对艺术作品而言,其艺术感觉与艺术精神应是相融一体的。

一、艺术感觉

画画要有艺术感觉是必需的。不是掌握了造型、色彩、笔墨等规则且熟练运用之就能成为画家。有的人天生是画画的,有的人天生就不是却因诸多原因走上此道,有的还用其他之智能成了画画队伍的"著名"人,但缺艺术感觉的作品终让圈内难以承认。

艺术感觉,也就是悟性,是说不清道不明的。如果能说清道明想必艺术大师更会给自己子女授真经传真道,助其子女也成艺术大师。问题是很难有大师子女成为大师,说明艺术感觉是不可教不可学的。以技能取胜的工艺美术类子女可承接再成大师旁证了偏重感觉的艺术不可教不可学之理。

艺术感觉虽不可教不可学但却有来由。有父母给的天生艺术基因作为种子,自己的生活阅历与修养则是土壤。种子活力充盈,土壤肥沃深厚,再得一明师启悟缺一不可。天分悟性高人生阅历丰富修养全面,用余力之副业就成了艺术行业大家,如颜真卿、于右任、毛泽东的书法，苏轼的诗书画，常人毕生专攻也未必能到。

艺术感觉虽是瞬间感知但却不失其精准性，就犹如男女相遇的一见钟情其感知准确不是理性分析和久远了解可以获得的。艺术感觉能从生活中感知出艺术之美，也能感知已有作品感情的真假、画味的正邪、品位的高低。

在艺术上感觉可借助理性分析认知，但理性不可替代感觉也不可强于感觉。条理性极强到天衣无缝往往动笔画画感觉却弱，估摸常人大脑理性思维太强太发达感觉的空间就不足了。我们好多从美术院校毕业的同人最后画不出画除客观未得机遇外，最主要的还是主观方面艺术感觉不足所致。感受、感悟、感觉、感情、感化、感动……我们的画作目前极缺的就是这些感情，相当的所谓感动其实是伪感动，就犹如常规对被赞美者之言辞都超于对父母者不是感情扭曲就是灵魂屏蔽。伪感动的艺术必是伪艺术。

艺术依凭感觉，也表达讲不清楚的感觉。绘画这种视觉艺术，主旨绝不是要客观叙述"是什么"，而是要表达其独特的审美感觉。若是为了表达"是什么"，凡·高的自画像、麦草垛各画一幅就足够了。戏迷们听梅兰芳、任哲中的戏曲唱段，其内容早熟识于心却还一再喜听就是赏其独特的感觉。

开启感觉闸门是艺术家的首项工作。从凡·高到阿尔勒、从高更到塔西提，都激活了艺术感觉，成就了绘画事业。对于没有艺术感觉的人，即便是在某处待了很久，此情此景也只是如阳光雨露对石头了。

艺术因了感觉最能直接表达人的情绪和感受。美是触动感觉神经的，艺术感觉是审美的前提。艺术表达美，需要寻找提炼抽象语言以与客观物象拉开距离而给其充分表达创造的空间。优秀的艺术客观物象是一个引子，强力发挥作者独特的语言表达是必需的。获得这种独特语言，作者首先必须具备寻找语感的艺术感觉。大艺术家悟得的语感直达人之心灵，小艺术家悟得的语感亮人眼目。

有艺术感觉的人，不论是写实的学院风还是意象、抽象路径之作都是有感觉可赏读的。米勒写实，德库宁抽象，因都有感觉，其作都是佳品。没感觉者以什么形式弄来都不对劲——写实是干巴巴的照抄客观无休止的枝节描摹，抽象则是无意味地胡涂抹或机械地勾填色块；有艺术感觉时面对客观物象是"外师造化，中得心源"，无感觉者只能"外抄客观"，自然难有"中得心源"了。

有感觉的画家是把感受的复杂性用他的艺术语言提炼精简到让人情绪波动甚或

心灵颤动，叫你觉得画作语言简单得似乎你也能画，实际却画不了；无感觉的画家是把他无感受的物象用他成套的固化语言，复杂化、高难度化甚至杂技化让你知道并佩服他手上功夫多厉害。技术虽然非常重要，但技术和艺术有质的区别，绝非技术到一定程度量变就质变成艺术。

我们现今画坛上尚有不少缺少艺术感觉和悟性者——或将技术性向极致推进占一领地达于能者高位，或将儿童玩具图稿恣意放大，或将社会术语图解成庸俗视象讨巧等，就自视为艺术峰巅继而再被审美低商之权钱者妄抬成"著名画家"，正如唐张彦远《历代名画记·叙论》所言："非至人之赏玩，则未辨妍蚩，所以骏骨不来，死鼠为璞。"真乃中华文化之悲哀。

感觉不是要怪，感觉本自然；天分不是任性，天分本真诚。乏感觉有技能甚或超能者其可为能品之妙手、妙品之能手，但终不会得艺术之神逸之作。神逸之作不是凭技能可得到的，而是凭真正的画外功夫。良佳的艺术感觉与恒久的艺术精神共同升华而得。

二、艺术精神

绘画艺术是什么？世人习惯性地认为画画就是要好看美观让人悦目赏心，好看悦目就是美，不少"专家"都是如此认为与指点后学的（今日画坛大平台践行完善此观点者芸芸，试看当今不少大"名家"不就是这等层面的高能实施者）。八大的危石孤鸟、赵望云的苦难众生、石鲁的砾血河山、蒙克的云天呐喊、柯勒惠支的大爱情愫，都是在以自己独特的情感与艺术语言撞击人的心灵表现生命揭示人生，艺术原本有更大的意义与价值——一种艺术的精神。画画是作者作为生命的一种延续，是其在人世存在的一种证明。人有生命就是充盈着精气神，画有精神也就是要充盈精气神。精气神就是一种活力，一种内动力，一种本真的情绪状态。人的生命意义就是艺术的根本精神。

人一生在一个庞大的综合关系中求得生存，若想有独立之精神必是艰辛。要体面人世必有诸多伤体面的经历体验，这般体验感受并不适于倾情表露，人生的虚伪性会使人在诸多领域或笨拙或智慧地遮蔽着，但是艺术做不得假，怎样之虚假都会在艺术行内人眼里被"不好意思"地显露出来，只是人的虚伪性将多多"不好意思"不点破而已。

　　艺术之所以不能作假是因为艺术背后的精神是和情感捆绑一起的，谈艺术精神必然谈人之情感，人的生命意义就是一辈子与真诚情感的对话，说做人难实际是说一辈子能表露真情实感难。

　　艺术家是情感第一的。罗丹《遗嘱》言道："艺术就是感情。"毕加索、凡·高和米勒的绘画语言距离甚大，但我们能读出他们对底层民众的感情是一样的真挚和虔诚，不在语言的写实或表现，其心都是诚的、真的。

　　罗丹还言："艺术又是一门学会忠诚的学问。"我们的好多作品是语言写实感情不实，画面仿真感情不真。实际上是"心为绪使，性为物迁，汩于尘坌，扰于利役，徒为笔墨之所用，安得语天地之真哉"！（宋韩拙《山水纯全集》）情感是艺术的核，悲剧情感是艺术的终极精神之核。人哭着来世哭着离世，一辈子为了幸福，却在并不幸福的艰难路上挣扎努力。稍懈怠人生不如意就泛起，所以悲剧意识是伴随人生的也是最能拨动人心弦、启示心灵的。

　　艺术需要崇高，艺术需要大我。大我就是为众生不被悲剧尽精神之力。依此角度言吴冠中先生"一百个齐白石抵不过一个鲁迅"是有特定意义的，创造一个阿Q形象能够促民醒悟反思民族劣根性，齐白石之作可以感悟到中国哲学理念和乡村田池的泥土香味却甚难触及民族劣根性的大精神层面。

　　我们的美术史，从精神深度层面说，除却民间宗教和石窟艺术，传世的纸绢之作相对较弱，长久的专制观念下艺术很难进入直接大情感表达。我们的人物画因承袭着"成教化，助人伦，明劝诫，著升沉""功臣烈女""二十四孝"之类艺术附加值而难直抵人心，山水画也因之或客体描绘大于主体感悟，或冰冷的"芥子园语体"堆积，或人生不得志便寄情归隐而成为套路山水画，李唐、范宽的深厚稳重大山大水之作都成稀缺，反而是花鸟画在最易讨众喜乐的领域出了八大山人和徐渭的有明显自我大精神力度的用血泪情感抒写的艺术家。

　　情感也是艺术的"家"。艺术就是让作者情感出场使精神显身，带观者回归情感之家。我们场面上的画缺情感，多在技术手法层面忙活，因而基本都是在"路上"奔波回不了家。

　　缺乏精神性，尤其是缺乏大悲悯的苦难性精神，是纸绢中国画最需获补的重要缺项。（不是描绘如战争的苦难场面，我们的战争场面往往因大题材套路式框架成为一种概念演绎或血淋淋的视觉冲击，失却了人性的本真精神震撼力）就中国人物画而言，延安鲁艺时诸多小版画创作，赵望云、蒋兆和、周思聪、卢沉、郭全忠等先生已向前走了一大步，可我们仍缺柯勒惠支、蒙克式精神灵魂性的本真表达。

  这个有沉厚文化积淀的大国度大民族需要画出有感觉能吸引人的画，更需要画出能拨动人心弦直至让人灵魂震颤的画来。

2018 年 10 月

学院中国画教育的得失

梁文博

在反省20世纪的中国画教育的问题上,理论家郎绍君先生认为,学校出身的国画家比非学校出身的国画家多,但成就卓著者,却比后者少。他曾列出了一个大家熟悉的名单:吴昌硕、齐白石、黄宾虹、陈师曾、贺天健、吴湖帆、张大千、潘天寿、钱松嵒、叶浅予、郭味蕖、黄秋园、陈子庄、黄胄……上百名有成就的画家,都不是美术学校或中国画专业系培养出来的。非学校、非中国画系培养的中国画画家在总的力量对比(质量)上不亚于学校培养的中国画画家,学校的中国画教育至今没有培养出像吴昌硕、齐白石、黄宾虹、潘天寿、张大千这样的大师级画家,却是不争的事实。

但是,我们学校教育的其他艺术门类却不存在这个问题。新中国成立以来,我们自己院校培养出来的油画家、版画家、雕塑家的艺术成就,是非院校出来的人无法相比的。另外,我们最熟悉的苏联画家如列宾、苏里列夫、谢洛夫、费什、莫以谢延科,这些著名油画家几乎都是院校教育培养出来的。

这不得不使我们反省:中国画教育的问题出在哪里?

本文尝试从中国画学院教育的现状入手,分析我们中国画教学的得失。

一、中国画的"童子功"教育问题

艺术的入门教育,应该是艺术教育的前期准备,是艺术教育的重要环节。在培养专业人才方面,不论是体育还是艺术人才,都讲究"童子功",这是教育界的共识。可见"童子功"的入门教育是专业化教育的重要环节。据说乒乓球世界冠军邓亚萍从6岁开始即进行乒乓球的正规训练，这与她后来创造的辉煌成就有很大的关系。

我们的教育体系是从西方移植过来的，这种教育体系讲究学性，从简单到复杂，循序渐进，分而治之。像数学先学加减乘除，再学方程式、微积分。素描先画石膏几何体，再画石膏像，再画真人写生。而我们传统文化的教育所讲究的是整体性。过去的私塾中，小孩子一上来就读千字文、李白、杜甫的诗，学的都是最高的东西，它涵盖了伦理、道德、历史、文学等多方面的知识。小时候也许不理解，但日积月累留下了深刻的印象，一朝豁然开朗，便融会贯通。试想一下，齐白石、潘天寿这些大师，他们在七八岁就开始背唐诗宋词（最早的老师可能是父母），临摹碑帖书法，临摹经典传统绘画，这正是童子功传统教育的开始，也是中国画入门教育的基础。之后，随着年龄的增长，阅历的丰富，不断加深对中国画内核的理解，在20岁之前，他们已经基本打下了中国画最必需的基础，做好了深入学习中国画的前期准备。

然而，我们在新中国成立以后的中国画入门教育是上了大学本科以后才开始的，老师这时才给同学们讲如何用笔，如何临摹书法，临摹传统。在这之前，我们的学生对中国传统绘画是陌生的，几乎没有中国传统绘画的审美概念，他们在学习中国画之前的绘画基础及他们的童子功教育（20岁之前）是西画基础：以素描、色彩为主，几乎没有中国画的基础，我们在接受中国画的基础教育方面比潘天寿诸辈晚了整十年，甚至还长。也就是说，我们这门专业性很强的艺术门类，居然没有童子功教育。更可悲的是，我们前期西画基础教育为中国画教育带来了巨大的负面影响，对中国传统绘画的审美教育造成巨大误区。为什么各大艺术院校学生在自由选择专业方向的时候报中国画方向的最少（据说中央美术学院某一年级几百名学生报中国画专业的只有4人）？这其中大多数人对中国画存在着陌生感，甚至以西画的审美标准来看中国画，可以说，审美误区这个巨大的陷阱是使中国画专业陷入困境的主要原因。

对我们自己的文化陌生、冷漠，对人家的文化熟悉、热情，这不能不说是西方殖民主义文化侵略的胜利！像印度具有那么深厚的历史文化的国家，其官方语言居然是英语，越南还有非洲的官方语言是法语，这能说不可悲吗？甚至以西方世界的视角看，也是可悲的。西方人也不愿意看到这个世界只有一种统一的文化，否则，这个世界还有什么特点和个性。

不论哪个专业方向，音乐、戏剧、舞蹈、美术都有入门教育问题，同时也伴随着审美教育的问题，例如，京剧的一招一式，一个唱腔，老师在教给学生的同时也把其中对美的感受以及美的形式一起传授给学生，使学生能更深入地培养对此门艺术的理解和兴趣。新中国成立以来的中小学教育中对培养包括中国画人才方面的国学人才的基础教学几乎等于零。我们的年轻人在开始学画时，首先要学分面素描，时间久了，素描是逐步提高了，但同时对西画的兴趣也在逐步变得比中国画更浓厚了，并且由此对线描的形式感逐渐迟钝起来，国画的笔墨问题老是与它有矛盾，问题出在哪呢？无论哪一种艺术门类、艺术形式的学习过程，都有一个功能的导向问题，在艺术训练的过程中同时也伴随着审美教育的问题。对西方分面法的素描练习的过程也必然是对分面法的形式感的不断培养、研究和深化，并加强敏感力的过程。如果一个学中国画的人对所学专业的欣赏和辨别能力虽无时不断地提高，却被别一个专业的欣赏力吸引，这怎么能不产生矛盾呢？以西画的基础和审美意识考入中国画专业，4年下来的本科教育只能是初级的入门教育。我们的青年学子们在经过4年学习之后，才刚刚明白中国画的理法，甚至有些人还不明白，加之我们近几年的盲目扩招，更给中国画的精英教育蒙上阴影。要从根本上解决这个问题，我们小学就应该强调书法课，实际上书法不只是一个用笔的问题。学生可以通过对字的结构的了解来理解形体结构问题，而且对字形结构的理解也有助于其艺术审美能力的形成。如今，中央美术学院成立中国画学院，为其他院校办学方向带了个好头，有一个以点带面的作用。我认为办中国画学院，相应可以考虑附设中学、小学，从基础开始培养，这样，进入中国画学院的学生便会提前掌握中国画最基础性的东西，这样教学起来可以更多地倾向于大传统方面或者再进一步向艺术个性化发展，不至于像现在那样进入大学才开始学书法，学传统基础。

二、中国画教育的特点

学院教育，从教学上说，在一个历史时期要保持稳定。教育的根本功能是文化的传播，是文化血脉的传承，也就是说教育在某种意义上必须有一定的保守性，创作上可以任意创新，但教学上要保持稳定。

中国画的教学，如果讲基础教学，我们要研究怎么梳理出基础教育必需的核心课程和一些必须要学的东西，要列出中国画必须具备的基础菜单。这个菜单要保证学生具有综合的吸收能力，也就是说，中国画的 4 年大学教育对传统的透彻理解和深入学习是必需的。

曾经有人问石鲁先生："您认为中国画本质东西是什么？"石鲁先生毫不犹豫地说："是程式。"中国画是程式性很强的画种，没有程式就没有中国画的高度纯熟，就没有技术规范，就没有流派风格。

中国画的传统题材都有其成熟的程式画法，有了画法然后产生技法（在花鸟画中尤为突出）。牡丹有牡丹的画法，藤萝有藤萝的画法，梅兰竹菊都有成熟的技法，但用笔的技法没有一样的。修养有高低之分。他们在书法用笔、造型规律上虽具有共性，但是落实到具体的物象上则是各有各的技法，就像竹子的画法无法替代画牡丹一样，这正是中国画与油画以及其他绘画门类的区别所在，也是中国画的特点所在。我曾经用英语和汉语这两个语种的比较来分析油画和中国画的区别，英语以 26 个字母为最基本的音符，通过语法组成不同的词句，转换成文字语言，汉语却不是这样，每个字都有其固定的用法。"杯"就是喝水用具，"黄河"就是指我们的母亲河，没有其他用途。这就是要求汉语文字要多，几千字，随着历史的发展不断积累，据说《康熙字典》有 5 万字之多。回过头来看油画，一种技术可以画静物、风景、肖像、人体，可以表现任何东西，以不变应万变。传统中国画不是这样的，每种东西都有独立的技法，各种山的造型、结构、质感不一样，他要求通过用笔来解释不同的画法，不同的皴法和不同的树法，花鸟画里就自然产生了木本、藤本、草本的画法以及各种鸟兽画法，最后具体到鱼虫画法。经过几千年的文化积淀，中国画形成了一个非常严密的体系，从审美理念到技法都有自己的法则和规范。我们在教学中就应该根据中国画的教学特点，让学生从优秀技法中吸收，从现实生活中创造新的笔墨程式，给学生打开一条创造性的活路，而不是把中国画越教越定型，越教越死，越教越千篇一律。

中国画的造型问题，最终是中国画的"写意观"的问题。写生和写意的关系是与西画的关系非常不同的，首先是概念上的不同，对于"写意"能力的培养，对于"写生复写意，写意复写生"的辩证关系要让学生明白，让他们从生活和传统中理解中国画造型的体系，与西画造型体系的本质区别。

在中国画教学中强调临摹是与中国画特殊的艺术要求有关。中国画的艺术要求是跟笔墨结合一起的，笔墨的核心是书法趣味，这种书法趣味只有通过临摹才能体会到，才能提高这方面的修养，靠写生很难弄懂。比如我们练字时，总要找一些好的范本临摹，不能说自己喜欢怎么写就怎么写，总是要找古代最好的东西当范本。

当书法要求渗透到绘画里去，而且把书法趣味作为衡量一张画的艺术标准时，临摹的重要性便显而易见。

传统中国画里的程式跟书法和京剧好像不一样，因为绘画主要是反映现实生活，京剧有固定的套路。京剧中的传统剧目程式化是明显的，以前的高度很难超越，你要学京剧就是学传统的戏，你不可能自己创一套。书法也是一样的，有个样板，这个样板好像是非常神圣的，不强调临摹范本也是不行的，在书法里根本没有写生这一说。好像京剧、书法更强调童子功。为什么一些老干部退休之后练书法，怎么也写不到高水平？原因是缺乏童子功底子，其书法深浅，行家一眼就能看个明白。

但是绘画就不一样了，绘画要表现当代生活，就要强调自己的感受，对生活的感受或者对自然的感受，那么你就要对绘画的对象学习研究；因为绘画是一种造型艺术，无论山水、花鸟都有具体形象，讲究造型规律。现在有的人提出要加强临摹。郎绍君先生曾提出要把过去中国传统的"师傅带徒弟"的教育模式和美院强调写生的教学方法结合起来，这样更有利于绘画技法的发展。如果失去了这种传统，中国画的一些技法就会逐渐失传，那么也就谈不上继承和发展了。

我们学院当前的中国画教育一直迷信写生，认为写生是万能的，能够解决一切问题，好像写生就是造型基础，这是很不全面的。我们的目的是培养创造性人才，写生也好，临摹也好，最好的才能都是体现在创作上，其实能把创作才能的培养融到写生里去，是最理想不过的了。中国画一下笔就有个怎么画对象的问题，并不是如实地描绘对象，而是把自然的形态转化成艺术形态，就是说在写生的时候要把你的理想、你的艺术个性、你的艺术素质放进你的画面里，这样画出来的东西就不是纯自然的东西，是把自然的形态变成艺术的形态。真正好的写生，并不是一模一样地把对象画出来，它是一张可以欣赏的画，有构思、有想法、有个人的艺术追求和情趣。虽然这样的写生训练和创作没有什么区别，但是还不能代替创作，说到底，写生还只是一种基础训练。

其实中国画传统里的"中得心源"应该是"默写"能力的深化提炼过程。我曾见过包括周思聪在内的不少名家的笔会活动。如今,我也参加了不少笔会,我几乎没有看见哪一个画家在那里用西画的方法现起素描稿子画画的。画家伏案作画,从开始运笔挥洒自如到作品完成,一直是一种在造型上"胸有成竹",在笔墨上自由挥洒,控制有度的过程。画家在驾驭造型和笔墨的能力上可谓炉火纯青,在这里我们看到笔墨上的挥洒自如的前提是画家的默写能力,如果像西方那样的写生训练,被动地面对客观对象,看一眼画一笔是永远解决不了自由驾驭笔墨问题的。

对创作而言,纯素描式的写生,用科学的要求面对对象的时候,对中国画的笔墨发挥的束缚是很大的,无法发挥你的灵性,发挥你的主观能动性,"默写"或曰"记忆"则是解决这个问题的最好方法。"默写"可以锻炼对形象的记忆,不是自然规律的写,是艺术规律的写,使你形成艺术的意象。中国画从"外师造化"到"中得心源"的过程,是一个从客观对象到主观表现的过程。因此,把"默写"纳入教学的组成部分非常重要。

要解决中国画教育上的诸多问题,将是我们艺术教育学科的长期任务,应该从立体的、社会的、历史的、当代的各个方面入手,吸纳反映不同学派的不同主张,特别是在中国画教育岗位上那些有实践经验的人的学术见解,逐步完善我们的中国画教育教学体系。

我画《大乐玄歌》及相关问题随想录

梁占岩

画《大乐玄歌》，我有几个创作来源：一是原先在河北平原的生活经历；二是在陕北见到有画面感的生活体验；三是去敦煌后了解到的一些震撼心灵的使我对传统有了崭新理解的感受；四是在潜移默化中润养了我审美观的古物收藏；五是我的生活体验。这五点是我领悟艺术本质、进行图形想象的前提，从不同方面给予了我能量。

一

《大乐玄歌》，是我带学生去陕北写生后回来创作的，有特定的文化空间。陕北乃至整个西北地区有若干物质和非物质遗存，地域文化深厚而凝重。西北我曾经去看过很多地方，如兵马俑，乾陵、茂陵石刻，甘肃莫高窟、麦积山石窟、炳灵寺造像、宁夏西夏王陵、贺兰山岩画，这块土地对我的艺术乃至思想都产生了相当大的影响。

陕北很多地方，即便是在山里的村落，每个村的山顶上都会有一座庙，或者是土地庙，或者是老君庙，或者是其他神灵的庙。此外，几乎每一个乡都会有一座戏台，每逢节日或值得纪念的日子，都会唱一台大戏。在那里，戏台能够体现出"高台教化"的作用，作为村里的公共空间，戏台在村民的精神生活中扮演着重要作用。这会让人实实在在地感到除物质空间之外还有精神空间存在。这种空间近乎神性，这样的神性不会让人感到扑朔迷离、离奇古怪，而是切实地含有一种企盼、某种希冀在其中。在这种空间里，人会感到身上有一种生命的延展和精神的升华。

在《大乐玄歌》中，我画了一些戴着面具笙歌乐舞的人，还有近似汉画像石中羽人那样飞翔的人和物。这些形象的原型与西北的民间祭祀活动有关，但我又无意再现现实中的民间祭祀活动。在直觉体验当中，我觉得面具和唢呐是有神性的，物质实体上有精神灵性的附着。人一戴上面具，就似乎能通天地。我要表达的不仅仅是表面见到人的精神情态，这其中的生命意识和生命方向上的张扬和延展才是我尤其感兴趣的地方。

事实上，自从从事绘画以来，我一直在找这个东西——就是这种灵性。我觉得一个画家对生活、生命的体验，必须要由心灵感应进入一种精神化、诗意化的体悟状态，才能形成意象思维。有了意象思维的带动，才会自觉地去探索意象形式中的意味，从而逐渐形成与意象造型相关联的语言结构。如果将生活与精神拆开，孤立地讲造型、变形，那都只是技术层面，不能进入大境界。我觉得进入大境界的人，需要具备一种特殊的能量，才能够与一种大的气场相融合，譬如说你在小环境生活就无法体会大环境的气场，拘泥于一个国家的眼光就无法体会到国际的气场，而在地球上就无法体会宇宙的气场。尽量努力去体悟一种更大的气场，这是我最近要努力的方向。

二

我最近作品中的形象，以生活原型为依托，但绝不是叙事性的。在我的感觉里，画面中的人或物，是天造地设的，似乎是在画面呈现之前，它们原本就存在于虚空中，自有生命。它们是在一个想象空间，一个再造空间中被自己演绎出来的。换句话说，那画面图像中的人或物，似乎是在想象的世界、再造的世界之中自己生长出来的。作为画家，我常常觉得作画时自己融入其中，不知身在何处。

创作除了和身体记忆相关，更重要的还关乎情感记忆，就像只要闻一下就能带普鲁斯特回到似水年华尽头的那块玛德琳蛋糕。我老家在河北武强，那里的年画非常有名，家家户户到处都贴着门神、年画。年画中有一种特殊的造型观念和意识，对我有不少的影响。

河北地区自古以来是一个多民族交汇的地方，北方草原民族进来过，西北丝绸之路上的一些民族在这个地区聚集过，渤海、东海那边的一些人也来过，南方的楚文化乃至闽粤文化的人也到这里来过，都有过文化的交流。但我觉得河北文化，更多的是与西北文化交流、互动更多，自从"五胡乱华"以后，西北大量东迁，带来很多的文化和风俗习惯，与当地的文化融在一起，就长在了这片土地上。所以觉得在很早的时候，接触到陕北风俗文化就觉得非常亲切。以前没有找到这个源，一到陕北之后，因为心里的影子，就能瞬间碰撞出火花。

由于有这一层熏陶，在陕北我能体会到别人体会不到的东西。我一直觉得，人生活的空间外被一层神性空间包裹着，或者说护佑着，与天地间的万物一样。中国人在民间生活中，人为地设想了很多神灵，太阳上有三足乌，月亮上有蟾蜍、嫦娥，还有风神、雷神、雨神、灶神，连喂马都有槽神。信仰神灵使得在寻常的日子里，给自己带来富足，在灾难的时候，给自己带来康宁。此外，对自然、天地的敬畏，还能使人心向善、有所规范。从陕北到中原这一块，类似这样的文化遗存，让我更多地体会这种文化，也更能强烈激发我创作的欲望。

我的创作并不胶着于宗教祭祀方面，而是意在描绘这样的一个共同空间：每一个人都敬天、敬地；每一个人都认同自己是有着同样信仰社群中的一员；在这样一种规则的精神笼罩下，人的一切合理需求，在遵循天理的原则下，都能得到一种道义上的庇佑；人的生命存在充满希望，人的生命本源得到舒展。我不希望我的创作成为任何人的思想或是观念的奴仆，仅仅希望它有一种代入感，带着我再次进入曾经有过的情感记忆、曾有过的人生态度和曾目睹过的生命境界中去。

三

敦煌我去过多次，印象最深的一次是晚上没人的时候，我一个人在窟里坐着，透过电光看着墙壁上显现出来的别样天地。那时候闭上眼睛，会感觉到一些与普通游客看到的不一样的东西，会不期然地进入一种幻象的境地，辽阔而旷远，让人心驰神往。我在那里独坐，进入心灵体验的状态，有一种似乎可以融到我们生存的世界以外的大境界里去的感觉。在那个时刻，时空仿佛被锁住了，非常神奇的感受。

从那之后再去看树、看水，甚至是闻空气的味道，都换了一个角度，它们已经不是物质状态了。由于观看者情感的投射，环境已经成了情境的一部分。这时候身在其中的人，似乎会忘掉自己是一个生活在世俗世界里面的人。在满壁的佛雕前，作为一个渺小的人，置身于那样一个空间里头，能真切感到有神灵的飘浮——那实际上是一个意象空间。整个石窟中的作品，实际上就是"大天地"这一观念下的产物。

我还有一些画画之外的营养源，主要来自文物收藏。我的收藏里有几件良渚文化的东西，四五十件春秋战国的青铜器，一些古玉，一些画像砖还有一些陶俑。文物是承载前人若干文化讯息的物质载体，在触摸时，它们往往给我一种仿佛在和前人对话的感觉。比如玉器蕴含着一种高贵，玉的每个造型里都有一些动人的东西，再加上君子佩玉所传递给你的那种气息，能体会到一种精神性；而青铜器则有一种权贵意味，它的张力和气度可以给我能量；画像砖的画面是营造的空间，有各种神灵，把阳界的奢华、人间的味道都融进去，成了人生需求的另外一种境界，呈现了人对往生世界的美好愿景。另外，画像砖那种散点的、随意搁置的画面，天真烂漫的趣味，我觉得就是我所追求的、信马由缰的表现方式。至于陶俑，我一直都是当神灵看待的，认为它们是有生命的。塑造陶俑的民间艺人，带着制作者的愿望，这给了陶俑一种灵性。

马尔克斯的《百年孤独》，我前前后后看了好几遍。这本书的语言结构对我影响很大，它让我明白，魔幻因素都是取材于现实的观察和感悟，画面语言的碎片化呈现是需要靠情绪的弥漫来达成的，而也正因为情绪一以贯之，画面才会有浑然一体的意象。所以直到现在，我还在尝试如何用笔打开画中人物被包裹着的躯壳，让他们显现出最本真的样态——我有时也很焦灼，但这就是我目前的状态。

四

近期的创作，我觉得有几个思路逐渐清晰了。第一，人有了精神诉求，生命就会有了坐标；第二，中国在近百年里发生了变化，表现文化价值的作品应该拿到当代的文化时空里，找到可以度量的标准。我的一批画，最初的创作动机倒不是想对解决文明冲突有所补益，只是想借此表达我这几年生活中的一些心得和体会。

我想抹掉城市和农村的地界概念，把人都放置在天地之间，营造一个情境状态，让画面进入情绪，而不是叙事的语境。如果没有情绪，我画的一个动作，再生动,也只是一个动作。但若图像和感情有联系,任何一个动作都是我情绪的表达。情绪不仅要体现画家心境,还要和外界相感应,在内外相连的时候,就有了造型意识。比如天地四灵是有特指含义的,朱雀、玄武、青龙、白虎各有指代,但在我的画面中,我就想把叙述的空间解开,让画面中的所有物体都进入共同情绪的构建中。

五

这几年我在思考,必须首先让自己远离浮躁,只有静下来才能达到"归心"状态,不归心很多感觉就出不来,就触不到想要达到的那一层,总是会被别的东西隔膜、阻塞。《荀子》说"虚壹而静",还说:"心,卧则梦,偷则自行,使之则谋。故心未尝不动也,然而有所谓静,不以梦剧乱知谓之静。"就是说要找到一种归心状态,怎样归心?就要"择一而壹","一"是思想专一,《老子》说"守静笃、致虚极",思想专一,心就静了。

在最近的作品里我试图做一些解构,力求让画面处于一种混沌状态。《老子》里面讲:"有物混成,先天地生。寂兮寥兮,独立而不改,周行而不殆,可以为天地母。"讲的就是一种混沌状态,可是解构以后,混沌了,然后怎样整合呢?我觉得应该是在自己之外另立一个文化空间,就是现有的文化认知、现有的内心所感以外寻求一个不同的文化空间。如何才能形成自己的文化空间,首先自己要有清晰的价值判断,然后找到一个清晰的文化归属。这是一个火种,投进去以后,所有混沌的东西,都被这个火种点燃。我最想寻找的,就是在不确定性里找到可控性。老祖宗研究中国画笔墨的奥秘,实际上也是在寻找一种生发性,中国画材料的特性,使得在作品中的表现很难控制,但也正是因为有这样的不确定性才使中国画有了很多变数。所以我想要做的,就是在很多的不确定变数中找到一种语言结构,一种可以轻松驾驭的、属于自己的、稳定的语言形式。

六

传统实际上就是由一盏又一盏的灯,或者是一个又一个的航标,或者是一个又一个的光环形成的光环体。作为后来者,要有成为一盏灯、一个航标或者是一个光环的使命感。因为只有这样，从古到今的光链才能接续不会断，这是我理解的继承传统。中国古代禅家有"传灯录"，表明每一个有建树的思想者都有可能形成一个航标，发一点光。一个文化人，继承传统，首先要知道这个航标的路线，明白自己的来路。

假若把传统比作一个长长的链条，每一个历史时期的每一个人，想要接上这个长链，首先要使自己形成一个环。如果环的质量不行，靠着世俗、人为的炒作，勉强接续上了，在出现下一个环时，就会被取缔。环的质量好坏，要看文化内涵深浅以及创新性的有无，这是我对传统的一点感受和认知。

七

我感觉读书要在书的夹缝里读，之所以是"夹缝里"，是因为要尝试在字里行间、空白处读出东西来。明代张潮写过一本书叫作《幽梦影》，他写的本来就薄薄一点，但是后面收录了他的朋友、他朋友的朋友受他文章启发写的随笔，这样一来创作就变成了一个有来有往的事情，变得非常有意思了。看《水浒传》《三国演义》，喜欢看金圣叹批注的那些东西，往往是想常人不能想、发常人所未发。脂砚斋批注的《红楼梦》也是如此，他看到的往往不是字面，而是字面背后、字里行间的东西。过去说孔子所著的《春秋》是"微言大义"，所谓微言大义，是指把要表达而不好表达或不方便表达的一些东西隐藏在文字后面，让有心的读者去体会作者隐藏的深意；《史记》《汉书》等史书也经常会有这种"春秋笔法"，也叫作"曲笔"，就是用含蓄的方法写出想要说而不方便说的东西，让后人去体会。《老子》《论语》这些书原文都不是很长，但是后来的注解却是汗牛充栋，都是后来人从不同的角度去理解和体悟。我觉得这样读书的方式也给我的创作带来一些有益的启示。

我作品中的诸多形象，无疑是我在心动的状态中，不期然地被赋予了生命的。就现实生活与艺术表现而言，画面形象，应和"阴中有阳，阳中有阴"的太极一样，在画家的介入下，画面在笔笔生发中，自然而然就有了来自现实、超越现实的自己的生命。《大乐玄歌》，应该是得之于超越客观世界实有的有无相生中。

我现在画的这个系列类似信天游，我认为信天游不仅仅是陕北的东西，我有个想法，就是类似"逍遥游"那样，画"天地人"的概念。我觉得信天游，"信"就是让画面上这些形象，找到一个依据，跟陕北那里的情结、文化脉络都有关系；"天"就是天地神人，跟生活、生命意义密切相关；"游"就是游心，就是一种精神的放松甚至有些放纵，是一种潇洒的、放达的精神状态。

我把画画当成信仰，一定要使我归属的东西融入我的艺术当中。我觉得画家这个称谓，对我而言是一种理想。画画是一生的投入，投入状态是一种信仰的体现，有了信仰就能集中一念，才不会散了魂。

墨相刍见

薛 亮

凡色皆有相，其相可与心性共振。吾国绘画，以黑白为正色，乃因二仪之渐变无限，别于西方艺术之光怪陆离，而归乎朴矣。究人类之始、图像之初，均以黑白二色而记事连情。孔子曰：五色而令之目盲。盖因色之绚烂不必循循一皮之相，色赖光照不必拘一时之采，万物实赖本然存焉。光变，色变，晨昏朝暮而有异也。此乃东方艺术不迁之本，其顽不愚，其守则久，其末有象。象，质也；相，表也。皮相在形，骨象在心。噫！古往今来，明道者，误道者，皆大言炎炎曰墨分五色。两极之色，岂止乎五色耶？

虽然，君知乎墨非黑之谓也，白非无之相也。君又知否？墨实黑之谓也，白实无之相也。要之，计白当黑，守无乃有。太白乃墨之极也，太空乃实之具也。明乎此，方可谓通黑白，知虚实，达四维。而画技诚乃末技，纤毫显诸缣素。一画出，万画随；一相显，万象生。信笔飞毫，诡道存焉。写相显象，意象生也。此乃吾中华民族之正脉大道。先贤积五千年之文明，于墨道中明乎白，于无相中知其有，孜孜汲汲，是有大成。

墨墨有别，相象各异，故有宾翁之五墨之术、五笔之论。不雕不琢，不修不饰，乃大朴也。古来制墨有松、油、漆、煤、埃五烟，其相虽异，其象实一，施用各殊。吾生也晚，孜孜墨道40余年，虽略得于心，而未必应乎手，然知枯焦浓淡宿，其象各异，非彩之绚烂，而知寓于其中矣。通达者当知其中深意。

至于墨彩秩序，岂能以五彩而蔽之？水墨相生，五彩乃万彩。大道求素，至道求简。素中蕴华、简中求全，方不失素之真意、简之至性。见情达性，此乃东西方绘画臻于巅峰之由来。宾虹先生知其性，通以情，达于理，明乎道。噫唏乎！东西方绘画艺术双峰相峙，实无二致。彩为墨，墨为彩。其材质相异，而心性实一，洵非凡人，仅此而已。

漫谈工笔画之"透"

何家英

我初次在工笔临摹课上，在已勾好的《簪花仕女图》的线稿上进行分染和一遍遍的罩染颜色时，那种美妙的感觉是难以形容的。淡淡的色彩，每染一遍都显现出一种雅丽的气息，如同我们在画素描时，逐渐地显现出画面的空间结构一样，令人心旷神怡，这就是我学习工笔画的开始。

那是杨德树老师给我们上的工笔临摹课。他曾是中央美术学院刘凌沧先生的学生，学过地道的古代工笔画传统技法。杨老师的课程自然地传授给我们的也是一种正脉之学。

临摹时最忌讳的是急躁，往往因急于求成而使已经近半的作业毁于一旦。杨老师说："快就是慢，慢就是快。"这个辩证关系让我始终难忘。绢本上渲染不同于壁画，名曰重彩，实为反复薄色积染而成，举起绢来透着光看去仍是薄薄的透着亮儿。这很有意思，既薄又厚，形成了绢本（卷轴画）的特殊味道，它透着一种文雅的气息。记得白庚延老师曾告诉我，工笔画既要"坚"又要"透"。"坚"是指坚硬的色块。色块是支撑画面的形式因素。由此而感到画面的磊落大气、有力度。"透"是指灵透、空灵，这是灵性的体现，也是虚与实的对比。我们在画面上能有轻纱的表现时很容易做到这点，这当然是适于表现透的一种语言。比如我通过对《簪花仕女图》的临摹就学会了这种语言的表达。但有些透就不是这样体现的，如毛发之晕、血色之晕、烘染之晕，都会产生韵味，都促使画面灵透。最不好理解的是在我如前所讲的坚实的色块，也要保持灵透之感，不能是死硬的色块，所以色要薄，多遍罩染而成。不时还要用水洗洗，这使得坚硬的色块同时兼具透的品质而富有韵味。我在画《十九秋》柿子树的时候,正好孙琪峰老师看到,他告诉我:朱砂在正面染要薄、要透气,在背面可以用朱砂厚垫。确实这样既厚重又空灵,看起来薄薄的,很轻松,却具有内在的张力,这正是工笔画品质的魅力之一。我画《桑露》的树叶也是这样用的,表面很厚重,但不失其灵透。所以在绢本工笔画一脉上,薄非常重要!"透"的含义还表现在物象与背景的融合关系上。前面提到了坚硬的色块对画面的支撑作用,但在表达空间关系时也会偷偷地在小的前后衔接处虚过去,也会产生灵透感。物体有的地方要藏入背景之中。实际上这种灵透感不仅表现在用色的渲染上,它首先应源于线条对空间的表达。常人理解的工笔画线条,只以为勾勾就可以了。实际上,这里面的学问很多。我在这里不讲线的表现形式,只谈点儿线的意味。线虽需匀净,但也要有生机、有虚实、有空间感,丧失了这些,就丧失了神采和韵味。六法的第一法就是"气韵生动",它是在讲画中鲜活的生机。因此线必须要活,有实有虚。线要顿得住、留得住、扎得住,还要提得起、虚得出、行得活。除此之外,线还要有点干涩感,同时要注意空间的表达,在没有明暗的情况下,形的空间是靠结构、透视和虚实、争让来完成的。空间出来了,生机自然可实现。我们前面讲的灵透也就自然具备了,也给染色留下了伏笔。

在教学生临摹《捣练图》时,我特别有体会,过去我们学校有《捣练图》的白描稿,一般临摹课拿它做底稿,照勾线就行了。而我则要求学生按二玄社印的波士顿藏画中的《捣练图》重新整理画稿,每一条线的形都用铅笔对着修正了。这样等于是对作品的每一根线条都读了一遍,有利于勾线时做到胸有成竹。特别是对人家如何表达的线条有深入的理解,读懂了画才能勾好线。然而看到了,想到了,不一定做得到,同学们勾了不知多少遍才达到了我的要求。这时候的线如同站立起来,不是死塌塌的,这就是透的第一步。在染色时更是体会到了古人技法之妙处。比如:一般来讲,白颜色复勾时应用赭或土绿。然而这里却有用朱砂复勾的,也有用石绿复勾的,非常透亮,色彩感很强。画花纹时,学问更是大得很,既不能草率,也不能死板,关键在于"度"的把握,不能太实,太实则刻露,也不能太马虎,马虎了则草率。古代的画都是经过了岁月洗礼的,色彩脱落不少,也正因为如此,气息更加浑然、厚重而含蓄,少了几分浮躁,多了几分清雅,这恰恰值得我们汲取。因此,花纹不能仅仅是工整地画出来就行了,也要偷偷地有虚的地方,《捣练图》的花纹就是这么含蓄。通过对《捣练图》的临摹,学生们挖掘出那么多丰富的表现手段。最重要的是懂得了在表现矿物色的厚重的同时，如何掌握灵透的气息。我也正是对这个"透"字有所体会，才会把自己的创作画得含蓄、生动、耐看。其可品味之处正在于此。特别是人物的肤色，我更加注意薄和透。我所看到的古代工笔画和日本画的面部都是厚涂的大白脸，总是戏剧化的人物。而我对面部的皮肤则用色很薄，画得富有弹性。这也是受益于对"透"的体会。学古人的东西要善于变通。学习其"理"，举一反三，灵活应用，切忌只学一招一式。

由于我临摹的古代作品实在少得很，因此有很多优秀的道理和技法还认识不到。中国绘画不是很容易看到它的实质和优长的。它是个大宝藏，需要不断地对其开发、挖掘，才能淘出闪光的东西。这是我们共同肩负的责任。

关于工笔画技术问题的再思考

陈孟昕

对工笔画表现的技术问题的关注已是现代工笔画创作的重要的特点之一。新的形式语言和技法冲击着中国工笔画的旧有程式,现代工笔画家已不满足于用十八描法、三矾九染表达自己的感觉和情感,艺术趣味向更真实的生存体验拓展。技术因素在造型、用线和用色三个方面的实验大大丰富了艺术创作的空间,使中国工笔画具有了超越古代传统的现代形态。我认为造型、用线和用色是工笔画的主要形式要素,形成较多的经典程式,有很强的技术性。

一、造型

每个人在造型上的样式和选择与个人的审美趣味、知识结构及造型训练的经历有关。由于我原来出道于意笔水墨画,对物象"影射"式的表现习惯沉淀在自己的骨子里,虽然后来运用工笔手段入画,但在造型上仍喜欢随意走笔,夸大变异,尤其是在强调物象外轮廓的大趋势方面,更是"随心所欲",使之直的更直、曲的更曲。线的"骨法"和每个结构的用线都符合线的总体韵味,符合自己的审美意趣,在这样一个骨架结构的基础上追求形的内部关系,要求真实生动,不能凭空编造任何细节,包括每一个衣纹都能在生活的原型上找到根据,只是它的长短趋向已有所变化,细节不是按纯立体的方法塑造,而是用线的方法去理解和刻画,把理想和实际、审美观和物象结构紧密结合起来,形成一种虽不按原型的实际比例关系,但又有一定章法规则的表现方式,其样式反映出这样一个特征:形体具有膨胀感、人物头部扁平外延、人体宽厚丰实、肢体横长竖扁、手臂上粗下细，在总体上着力营造人物的厚重宽实，不求人物纤秀细隽。我的作画过程几乎是看一眼画一笔，画面中第一个形都来自对原型的具体感受，我的审美意愿非常自然地融进了自己的感受中。我在画形时有一些不自觉的处理，这也是一种感觉的需要，比如左眼高了右眼就要低，右眼低了右鼻翼就要抬高，右鼻翼高了右嘴角就要低，左边窄了右边就要宽，横的细了竖的就要宽，让形体达到均衡合理。我画画时常说感觉不对，恐怕就是指这种不自觉的安排。在造型中均衡的需要是一个指导，比如我画的人物脖子总是上边细下边粗，为什么要这样处理？一是因为头部相对身体来讲要小，脖子细长能和头衔接；二是这个细的地方和正常比例接近，造成一种合理性，下边粗的原因是宽厚造型观念的需要，只有粗才能和宽大的身体相衔接。下细是因为手是肢体上较灵巧的一部分，细才能表达更多的肢体语言，另外如果手和前臂画得宽大厚重一样，使两个笨重的体积叠在一起，就会显得死板无变化，不能达到结构的均衡安排。用线造型是工笔画最基本的语言，只有把线与造型的形态美结合好，才能达到"骨法用笔"的审美要求。通常认为线是语言，造型是创造，也就是用语言进行创造。其实线的技术问题也是可以被认为是创造的问题，在形的创造过程中必须处理好技术的创造性。

由此认为：感觉与创造都离不开具体技术处理，两者具有相互趋导的作用。

二、用线

线是传统工笔画的最基本形式，是主要的造型手段，它不是形的轮廓，它的丰富变化具有独立的审美品格和功能。线自身的表现功能和审美功能强化了它在工笔画中的作用，也是中国绘画的显著特点。在世界范畴，线意识是中国绘画的一个大特点，每一个画家的个性风格只是一个小特点。因此，继承用线概括物象传达性情的传统精义是工笔画家的历史责任。

我个人在工笔画中作线，在使用工具上不局限于毛笔画线，现代工笔画中线的独立性在减弱，尤其是重彩画和厚画法，线只是作为一种意识存在于画面，因此线的粗细刚柔的微弱变化的意义已不大，所以我多采取钢笔（直管水笔）画线，由于它挺劲、匀称、有力、变化自然，转折没有粗细变化，这样线的纯化结果增强了线的装饰趣味。我有时把墨迹稀释成几个深浅层次，根据需要灌进不同粗细的直管笔中，把管笔分成十几种深浅不同，粗细不一样的规格种类用于作线，以适合画面复杂而层次多变的大场面的需要，在画面用线设计上可以前面粗后面细，前面重后面轻，前面浓后面淡。我使用这种笔的体会是能够较容易安排整幅画面的粗细深浅，容易控制线的布局，另外这种笔用来铁线描和针头鼠尾描，很多效果别有一番审美趣味。我们知道自然界的物象虽然是通过光线的作用反映到我们视觉中的，但一切物体的客观存在都具有它固有的形体结构和外貌特征，线的方法就是要分析和提炼物象结构的组合，起伏和转折的变化，搜索每一个结构的制高点与消失点，抓住每一个结构凸凹的"脊梁"。由于透视的现象，物体在不同角度产生了可被我们视觉感知的形体边缘，立体的物象正是由这大大小小的形体轮廓边缘和凸凹"脊梁"组成的，它们是线要表现和存在的地方。传统用线是轮廓加笔法，我画线则要求准确把握住物象形体的组织结构，把握它在某一透视情况下可能发生的转折、倾向和强弱变化，以及每一个结构轮廓的起伏和消失点，这样才能使线正确地描绘出物象的长、宽、方、圆、深、浅、粗、细等变化关系，否则就难以真实地表现出其体积感而变成剪影或空洞的框架。在用线画形的过程中，更不要面面俱到，要抓住结构的要点与特征，在描绘中加以提炼和概括，要使人由此及彼地产生丰富的联想，要给渲染留出一定的表现空间；有时也可以弱化线的作用，使它具有色相或隐入整体结构中。

  我比较喜欢用线时一点也不脱离对象，每一根线都能从对象原型上找到根据，但在塑造时，也就是分染和用色时，比较主观，也就是说在画线稿时，离不开物象的参照或速写和照片材料，但在分染上色的制作过程中不要任何原型作为参考，完全凭主观意志和自己的审美理想来分染绘制。

  由此我认为：线具有意象与非理性因素，纯主观的线是空洞的，而纯客观的线在表现对象上也是难以找到的。工具的不同可以改变线的形式美感，新的组织方法也会使线产生新的样式。各种技术方法的综合运用，可以使线的表现力产生无限空间。

三、用色

传统工笔画的色彩基本上是一种依类相从的假定色,是依附补色对比的关系进行组合,通过线的阻隔而产生的纯度很高的带装饰意味的色彩。中国传统色彩色阶不多,其工笔画的制作方法也不能使这有限的色彩产生太多的变化,但正由于传统材质设色方法和基本精神使其有独特的审美效果。任何一种绘画材料,既有它的特色也有其局限,可以说由局限产生特色,也可以说要有特色就要受到局限。中国画颜色纯粹、沉着、典雅,虽不及西画色彩丰富,但它有自身的韵味和特点,传统国画讲墨分五彩,墨韵墨彩交相辉映,渗透在画面中,中国画中的墨不是纯粹的黑色,稀释的墨也不是纯粹的灰色,墨和色的关系中闪烁着某种东方文化哲思。传统色彩精神虽然要很好地体悟,但由于现代人对色彩的认识和能力提高了,工笔画家必须不断地追求材质的丰富性和色彩运用上的新的突破。创新永远是艺术的生命,当然最富有创新能力的天才都是受惠前人最多的人,只是借鉴的范围扩大了,不再仅仅是瞄准中国古代画家,也不光在工笔画这一画种中汲取营养,在绘画材料上丙烯、水彩、水粉、矿物色、结晶色和许多代用品也被广泛运用,使色彩的表现功能在工笔画中显示出了无穷的魅力。

我一直认为色彩在工笔画中尚有较大的发展空间,在色彩上固有程式不能成为束缚艺术家的框框。色彩产生什么样的感情和情趣是否有独创性和魅力,取决于是否贴切地表达了作品的主题和丰富多彩的现代生活。我尝试着用传统方法画出具有现代感觉的色彩,营造一种超乎现实而又合理的色彩意境。惯用的有两种色调和方法,一种是采取较强的冷暖色彩关系,用传统的罩染和分染方法,将植物色的暖色诸如胭脂、曙红和花青等,层层调配作底子;另一种是用一些水彩和进口颜色的暖色铺画底,再分染和皴出石色的冷色,诸如石青、二青、三青、头绿、二绿、三绿,再点缀一些朱砂色,这类画中蓝绿色被无遏制地运用,通过冷暖大对比和分染相对较单纯的蓝绿色造成一种强烈又单纯的视觉效果,给人以温暖惬意、生机勃发的特殊感受。在方法上一般在作底子时,通过单纯的花青、胭脂、曙红层层罩染,形成偏红或偏紫的底子,为了达到厚重效果还可以在纸的背面平涂几道颜色,背面的颜色不要和正面色彩太接近,也不要完全是对比色。比如要使底子呈红紫色,正面罩染时要偏洋红色,再由背面紫兰色相托来达到红紫效果。正面石色的分染也要控制遍数，尤其是大面积的分染不能一次完成，一次完成必然用色过浓，石色颗粒较粗，不能浸透到纸的纤维里，就显得薄，与底色不能融为一体，通过传统手法和现代色彩观念构建一种冷暖对比强烈、色调相对和谐的色彩关系来表现绘画的现代底蕴。我在另一种色彩样式的绘画中运用相对较弱的色彩关系，主要用色彩深浅的强弱来表现对象，运用微差效果寻求画面的细微变化，单纯之中求丰富，这种绘画语言的明确纯化，使作品张扬出自身的精神和内涵。《一方水土》是我这类作品的代表作，是以蓝绿色为主调的绘画，由于底子不做冷暖对比，亮色以石绿色为主，深色以蓝墨色为主。由于色彩较单纯，怎么使单纯之中不单纯呢？我在制作方法上采用了一套办法，这里略作介绍：首先是整幅画面罩染一遍浅蓝色，再使用一些颜料的代用品乳胶和沥粉，调合石青、石绿等颜色做底子。这里要强调一点就是画面色彩的设置和每一个形体的明暗要在做底子时就胸有成竹，沥粉、胶和色调配之后质地较厚，在形体亮的地方要涂得厚，比如芭蕉叶子边沿的地方就厚涂，又如白色衣服凸亮的地方也要厚涂，把要画的物体都制作完之后，再通过满画面运用钛青蓝、花青和墨的调和撞水（撞水就是先涂清水，然后点色，使其自然浸化），把原来做的粉胶底子罩浸在撞水之中（注意要把脸和手脚留出来，等干后再用细砂纸打磨，使原来的底子再显现出来）。由于形体结构亮的地方粉胶色厚，它着砂磨多，就最亮。在打磨时最好用手指来控制砂纸打磨强度，一边打磨一边用质地较软的干布掸擦打下来的粉末。不过在用沥粉调胶时要先做些实验，要把握一定的比例，胶太多质地就厚不起来，打磨也没有效果，比例合适的调配打磨后油光发亮，像亚光色一样效果极佳。另外还要注意在做底子时也要讲究用笔，这种用笔要达到的效果是厚薄多变，不要把纸底全部涂满，要适当留出大小不同，变化丰富的纸底子，使后来的撞水能渗透浸化，用笔的多变使浓厚的颜色产生高低不平的坑坑洼洼的涂面，这样的涂面会在撞水时存水存色，造成底色和撞水色的自然过渡。沥粉中，造成色彩的"你中有我，我中有你"的和谐效果。最后，再通过分染来整理和突出主体结构，分染时要注意撞水时造成的明暗肌理和色彩流动的情况，灵活掌握，使形时隐时现，变化自然。如果不考虑这些肌理效果，一味刻板地沿形体边沿分染就会使撞水失去意义。

由此我认为：通过在制作程序、材料方法上的技术性处理，可以形成不同的表现语言梯式。色彩的组成和制作是一门学问，既复杂又微妙，是一种感觉的技艺，必须在了解色彩规律与艺术法则的基础上发挥主观能动性,注意技术因素的作用。摆脱平庸追求新奇,才能形成自己的风格样式,不要排斥偏执,把偏爱的方法和技术发展到极致就会形成闪光点。

四、实验总结

在工笔画中技术因素的发展大大丰富和推进了现代工笔画的艺术表现。画面的质地、线条、笔触、施色厚薄、制作程序和肌理方法所形成的综合效果,虽闪现在画面的表层组织上,也渗透到造型的意象之中和工笔画的新观念里,不仅表现着画家的艺术个性,辅助状物抒情,同时也给中国工笔画拓展出广阔的发展空间,孕育出旺盛的生命力。

2018 年 11 月 6 日

立冬

江宏伟

柿子悬挂在光秃秃的枝头。

我平静地遵守多年来的习惯，整天伏案作画。

可能因为熟宣有些漏矾，上完底色纸面不能干净如洗，残留一些指印似的污迹。无法再以浅净的调子完成画面。仿佛烹饪，本想采用清蒸，无奈肉质不再鲜活，只能加上重料回锅。是的，我多年前的画作大部分底色浓重甚至在浓重的底色上泼彩般的积上带粉质的石青石绿，让画面在幽深中泛出光色，待色干后用清水洗刷，污迹沉入底色交织起斑驳的中间色层。当然，原先那些花叶禽鸟又得再提，再染。纸张会不停地困扰着我。困扰之间寻找补救的办法，在寻找中形成特殊的技法，由此也练就了一种应急与反应的能力。意外的沮丧也伴随着意外的惊喜，得失是缠绕在一起的。

累了，我会习惯在大院或湖畔闲逛一两圈。湖畔延伸出一块空地，有几棵栗子树与柿子树掺着，不远处还有两棵枣树，茂盛、横展、下垂。姿态自然，抒展舒适，尚未被好事者光顾修枝。

我一直在打量，也暗思画一幅硕果累累的柿子画面。此时的柿子青涩，柿子青涩的时候枝叶茂密，青青的果混迹于郁葱之间，不细辨是察觉不到柿子的存在的。

我会偶尔关注客厅外院中的一棵柿子树。一叶知秋，它们的盛衰相连。

西风刮起，寒意渐起，枝叶逐渐稀疏。叶由绿变褐，亦转铁锈色，柿子透出金黄的颜色。各类禽鸟陆续光顾。动静最大的是灰喜鹊，在枝叶间跳来转去舞动着翅膀，发出阵阵扑簌声，并且鸣叫不停。我经常被急促的叫声惊觉。出门打量成熟的柿子，变软的部位已被美餐过，留下尚为坚硬的残缺部位。

原来果子未成熟时坚硬酸涩，它是在保全种子的孕育。一旦果仁成熟，果肉便以它甘甜松软充满水分的肉质供鸟儿和人类来品尝，似乎可视为一种高尚的、无私的奉献。

难道大自然真的无私而慷慨地奉献吗？

美国自然文学作家约翰·巴勒斯在《触摸自然》一文中发出另一个声音："大自然是彻底自私的，她只盯着自己的目标。当她专注于一件事物，就是无尽地繁衍和分裂下去，生生不息。她制造苹果、李子、杏子、樱桃时考虑过我们的口感吗？不言而喻，她不过是借此来实现自己的目标而已，那些鲜美的果肉像贿赂一般吸引着所有的动物都来播下自己的种子，而大自然小心翼翼地不让种子被消化掉，这样即便果实被吃掉了，种子依然可以留存下来再去种植。"

恰巧中秋时，一位学生从外地寄来一箱坚果，有杏仁、核桃、腰果。人类可烤熟并借助工具，敲开坚硬的保护壳将其得以繁衍的种子一并吞食。然而正因为美食的需要人类为其大量繁衍。粮食种植的面积超过杂草，并且心甘情愿地侍候着、呵护着，为其创造适合的环境来生长。

按现在的说法叫作"食物链"。按佛语说称"因果"。从这个意义上庄子所谓"无用才能全身"的说法被达尔文"适者生存"的理论推翻。人类的目的论让那些不符合人类目的意志的部分逐渐清除，至少仅留下极少的份额。庄子那棵无用的怪树只有被标上"文化遗产"作为景区来吸引游客，转换成另一种大用才能全身。

不必如此深究，也不必如此透彻，透彻地吻合某个语境。以前的说法是站在哪个立场从哪个角度来看，按现在叫供需关系，刺激经济，扩大需求。

大自然被逐步吞食之余，供养起人造的自然，这个自然带有奢侈的意味。空空的小区，尽管多户移栽那些昂贵的大树，光秃秃地矗立着粗粗的主干，静悄悄地无人居住。然而于我而言，享受到一种宁静，刚邮购到一本书名为《宁静无价》，我在无价中享受着宁静。

我喜欢不被修剪的充满自然形态的枝叶。这同样带着我的目的，那是符合我作画的需要。我的修枝便是锯下一段放在案头，看看生动的枝叶，看看洁白的纸面，将自然印入纸面，由此延续着心中的自然。

虽然画面的主体为斑鸠与柿子，但真正费神的是环境，是与主体相适的铺垫。

我在观察中，在描绘间将我的观点、我的角度缓慢地融入我的描述语言间。画面一点点丰富起来，但也会给画面造成零乱，势必也需修枝与剪裁。当我抹去一些零乱的枝叶总有些不忍。是啊，植物从抽芽至发叶得积蓄多少时光，为了一幅完整的画面，我得不断地抹去，不断重现，从中将时光一点点地凝聚在画稿之间。

　　我的作画并不似城市规划似的先进入设计院，几稿后再开始按部实施。我可能被某一细节触动，便怦怦然开工。这必然发展到某个阶段陷入进退两难。"车到山前必有路""船到桥头自然直"。我在完成一幅画时还真能体会这两句老话的意思，但经历必然不平坦。到山前，到桥头，所费的周折颇需要一点耐心与毅力才能渡过。有时顺利，有时不得不留下些伤痕，也会伴随着遗憾。

　　柿子悬挂在光秃秃的枝头，这一景象并不是在我的院落中，是有一年深秋在温州永嘉的一个村落中，背景是烟岚般青蓝的山影，衬着几棵柿树，没有一片叶，却挂着灯笼般鲜红的柿子。鸟儿为什么不去光顾，我至今未明白。但这一印象深深地留在我的记忆里。

中国画技法的内涵与运用

刘进安

在中国画的范畴里，技法作为一项主要的品评指标被历代画家重视，他们关于技法的思考、研习和实践不仅完善中国画技法体系，更在推动技法作为主要审美因素方面起到了定位的作用。从某种程度上讲，中国画更倾向于以技法表达思想或是以技法表现事物的艺术。与其他视觉艺术形式比照来看，中国画把技法运用和技法品质作为审美主体，历经千年而不衰并沿革至今，其中的核心价值不外乎两点：一是技法包含的文化属性。画家为技法赋予文化内涵，使技法道德化与品格化，一笔一画，一皴一点首先代表的是人的性格、胸襟和气象，由一笔一画，一皴一点构成的画面，又寄托着画家品质、精神与境界。正因如此，古人"胸中意气"之说的"意"和所表达的物象本身之意就具有了不同的含义，它是指画家之意，技法之意，强调的是画家修为、学养与品质。另外，中国画独有的平面二维空间意识与俯看自然的方式和中距离视角又决定了画家在观察事物时所秉持的位置和身份，在中国画里表现自然比再现自然更具有意义。二是材质与技法行为关系。中国画的材质宣纸属水性（有水渍性质），它在接受笔墨时呈现的不可重复性与一次性结果的这种表达过程，不仅保留了儿时涂鸦那种纯粹的随性的书写方式，也符合画家视觉需求，使第一感受得到展现和保护，应该说，这一技法结果本身就是非常艺术化的。

当然，随着时间的推移，技法在走向规范并逐渐成熟为艺术体系时，其原有的优点虽未改变，但也面临着无法承受之轻——技法被赋予过多的意义，必然会失去原有的审美价值，比如图式的、形象的或情境的。现在的问题是，当技法在面对艺术转型的需求时，这种纠结的结果并不是延展了某一个方面的空间，而是在表达上技法越发被束缚或削弱，成为被动语言而不再具备独立语言价值。所以，传统技法价值如何在当代语境下转型，实则不在技法本身，而在技法运用。

技法是一种"感觉"

当真正成为一种表现画家感觉的方式时，技法才能起到语言的价值和意义，在这里可以把技法称作感觉，主要包含三层意思：一是技法在画家关系中是状态的、背景的和印象的，在某种情形下，它甚至是无形与无序的，通常我们把这种状态称作能力和画家应具备的感知度，这是画家针对技法应坚持的一种状态。二是画家在表达物象或感受时，技法有套用和运用之别——套用技法易于僵化和程式化，而运用就有选择的余地和空间。画家既可在各种技法之间做出选择，也可通过形象改变技法方式，技法对于画家有可用或不用的区别，也有用多用少之分，这个过程既是潜意识感知，又是建立在感知之上的理性选择。需要说明的是，当画家面对形象并以此营造一幅画面时，画家与被画者就构成了一种直接关系，画家需要选择符合形象性格的技法方式，从而提高技术语言的表现力，技法本身此时已退居次要，而技法运用也就是画家在意识与感觉上对技法的取舍成了关键。从这个角度上看技法在运用时体现的是一种意识或感觉能力，这和技术能力的高低无关。三是画家和技法应保持距离感和陌生感，技法需要审视，更需要反观，技法的递进过程是经过运用、理解和认识后达到的技法状态，这也是高端技法产生的基础，并非通过训练做到的技法能力。

技法是一种"性格"

这里所指的"性格"，是针对画家在运用技法时，如何区别公共基础技法语言与个性化技法语言。所谓"公共"基础，是指画家初始掌握的基础技法，如黑、白、灰关系，造型规律，结构比例，透视以及构图，等等。在中国画基础技法规律训练的同时，一些基本技术手段诸如笔法、墨法、勾法、点法、皴法等也相应形成的技术程式和体系，又如抑扬顿挫，起笔落笔，手腕动作等技巧也是如此，这些体系化和程式化的步骤实际上已经构成了双重（受众与画家）需求取向，使基础技法更多的是在能力体现上被衡量其优劣。技法是静态的和既定的，它不具有语言表现的倾向性和多意性，使技法产生价值并被赋予意义的是技法的运用过程，而技法运用的取舍优劣则显然是由画家决定的。从语言表现的性格角度来说，笔墨技法往往是通过粗细、浓淡、干湿或运笔的奔放与纤弱等表现形式来区别的，这些笔墨技法在使用中并没失去或改变基础技法所需要的功力——无论怎样的笔墨技巧，对线条的笔墨功力和用墨的层次把握这一核心审美是不可改变的，技法运用的空间与边界事实上是被这些要求限定的。

  技法与性格的关系还表现在技法运用中的保守倾向。受社会风尚与传统道德观的影响，保守倾向作为技法运用的潜意识与国人性格中内敛、低调等内向型性格特征相对应，在文化表现上决定着技法语言的运用方式和技法品质。我们从一条线的技术层面分析，如何起笔和落笔，如何使用腕力和笔力，这些技法在程式化过程中被赋予了道德层面上对技法礼仪与气质的规矩和约束。其他如"力透纸背""骨法用笔"之类技法运用要与"人品品品"之说结合起来，从中区别雅与俗的差异——技法的道德内涵在运用中表现得十分明显。线条的中锋、侧锋以及运笔质量如何等已经成为程式化的技法，其中流露出的拘谨和不自信使得笔墨被约束而产生意犹未尽的感觉，所以在作品的背后，往往可以看到画家潜意识中的保守倾向和回避评判的心理。从这个角度出发去体会画家在运用技法时的心态，就不难理解本来具有独特审美价值的笔墨技法体系往往被技法之外的因素干扰，导致画家的拘谨和不自信，可见笔墨技法的运用被约束的保守倾向是和性格因素有关的。

  一件作品涉及的因素极为广泛，把技法和性格因素联系起来是力求在如此广泛的范围内建立一个有意义的新视角来分析技法，从而使技法真正还原为它应有的审美价值。就目前来看，笔墨技法远远没有走到它的终点，但技法的发展空间显然不在技法本身，而是在于画家对技法的运用——画家潜意识里的保守倾向限制了技法的运用，画家只有将自己从保守倾向中解放出来，才能在技法运用中展现出个性化的技法语言图式。

技法是一种"自然"

  "外师造化，中得心源"，"师法自然"就是技法随顺自然，古人在传统技法程式中将这一点做到了极致,无论点法、皴法、勾法或描法皆如此。今人沿袭此法和古人创造此法在性质上大有不同——古人的创造法于自然,又运用自然,他们不仅为技法确立了精神指向,又制定了标准,规范了秩序。同是一皴一点,古法今法形同意不同,内涵也不同,这是因为古法来自创造,生发于物象,而今人技法得之于古人古法,沿袭的是点法、皴法、章法等既定法则。

  自然既包括外象也包含内象:外象由形象、形态、结构组成;内象由规律、节奏、均衡和秩序构成。外象体现的是形象,是自然实在;内象则包含自然法度中逆向、对立、错位等矛盾因素所蕴含的自然本身的生命意义。从技法角度看技法运用的行为轨迹,中国画的点线与皴法、墨法、勾法作为核心技法元素立足于表现对自然存在的认识与理解,比之其他绘画手段更具拆解自然和评述自然的能力,也就是说中国水墨的技术形态和现有程式是确认自然形态的技法方式,它有别于其他画种寻觅形象的过程。正因如此,中国画"一笔定乾坤"的技术语言的视觉定位是让自然存在转化为黑白理念,使自然的、色彩的或空间结构在被感受和认知时已经被认定为一种文化形态,这样的技法语言不仅具有了独特的审美意义,同时也具备了更宽泛的视角与表达的空间。

  技法是一种"自然"的更深一层含意,是指技法本身被运用时的表现力。如果技法运用用长度和宽度来衡量的话,目前中国画技法运用的深度和广度远远还没达到它应该触及的领域。中国画的技法除了拥有的传统程式之外,还存在着更多的可能性,这种源于自然的可能性需要画家以自然的心态去探索和尝试,并且以此为基础创造出个性化的技法语言来表现更为丰富的内涵。

我读髡残

赵 卫

髡残，字介丘，号石溪，又号白秃、残道者、电住道人、石道人等，湖广武陵（今湖南常德）人，俗姓刘。生于1612年，卒于1692年（约）。他年轻时便聪明好学，40岁时书画已经取得很高成就。髡残是个性格刚烈的人，甲申次年，清兵南下，他凭着一腔爱国之情，参加了抗清斗争。失败后躲避于山川林莽，"或在溪涧枕石漱水，或在峦巘猿卧蛇委；或以血代饮，或以溺暖足；或藉草豕栏，或避雨虎穴，受诸苦恼凡三月。"（程正揆《石溪小传》）可见生活极其艰苦。生活的艰苦尚可坚持，精神上的痛苦——亡国之恨却使他做出毅然的抉择，1651年髡残出家做了和尚。这一年，他40岁。

髡残出家后，曾云游南京，入云栖派系，得法名知杲。后回湖南，住在桃源余仙溪上的龙半庵潜心佛学，领悟佛理。1654年，他再次来到南京，先住在城南大报恩寺，来往于栖霞寺和天龙古院，后住牛首祖堂山幽栖寺十余年，至死。

髡残一生在禅学上有很深的修养，他品格高峻，个性坚强，得到当时高僧的器重。这一点我们暂不赘述，但是可以肯定的是，禅学上的修养对他的艺术创作有着深刻的影响。

髡残还有着严格的治学态度，在我们可见到的他的画题里，严格律己、教人勤奋的言论是很多的。"大凡天地生人，宜清勤自持，不可懒惰。""残衲时时住牛首山房，朝夕焚诵，稍余一刻，必登山选胜，一有所得，随笔作山水画数幅或字一两段，总之不放闲过。"（《溪山无尽图卷》）髡残不甘心命运的摆布，努力要干出一番事业。他要以致力于艺术创作的不屈不挠的精神，弥补不可愈合的精神创伤。

髡残的山水创作，40岁就形成了"奥境奇辟，缅邈幽深"（张庚《国朝画征录·髡残卷》）的面貌。他受元四家尤其是王蒙的影响最大。构图繁复紧凑，格制雄阔大胆；用笔乱而不乱，用墨似枯而润。他说："书家之折钗股、屋漏痕、锥画沙、印印泥、飞鸟出林、惊蛇入草、银钩虿尾，同是一笔，与画家皴法，同一关纽。"（《虚斋名画录》卷十）他的用笔从元四家脱出，坚持书法用笔。经常是秃笔中锋，老辣苍茫，笔道虽大多短促凝重，却又一波三折，从容而丰富；他的用墨以干墨积墨见长，茁壮浑厚，使苍茫中见华滋，凝重中显润泽。一般认为，他和石涛在艺术追求上有所相似，但面貌上却明显不同。一个沉着痛快，以严谨胜；一个睥睨古今，以奔放胜。在技巧上，更是一以笔胜，一以墨胜。

髡残不仅从古人留下的传统中吸收营养，更注意从身边的生活中汲取新的东西。他的画富有浓厚的生活气息，是师法造化的典型作品。读髡残的画，和读那些完全关在书房、靠拼凑古人稿本而成的形式主义作品，感觉是不同的。在髡残的许多作品中，平民百姓的屋舍村墟，宅门路径随处可见，无不散发着可居可住的气息，让人感到无比亲切，读来令人陶醉。

300年来，髡残的山水创作影响很大，从近现代许多山水大师——特别是黄宾虹的作品中都能看到他的艺术风格。

我更喜欢髡残的风格　从小我就被告知石涛的作品好，学山水画临摹石涛的作品早已成为必不可少的一门功课。《山水清音》等有限的几幅作品被翻来覆去地临摹。读石涛便躲不开四僧中其他三位画家。弘仁的天真疏淡，髡残的繁密雄浑，八大的简约冷逸，都曾使我激动不已。但不知怎的，髡残的浑浑沌沌、苍苍茫茫更令我向往。在髡残沉雄华滋的山水面前，不仅让你看到满目的茂密林木和嶙峋山川，更让你透过繁密而雍容的构图感受到苍浑凝重的意境。他那长线短出，笔断气连，**繁复重叠**，苍老生辣的笔墨真令人不知所措。我发现，我更喜欢髡残的风格。后来，香港大业公司的老板张应流先生送来他们出版的一本《四僧画集》，一本印刷精致到可供临摹的画集。这一年，是1990年。

我开始临摹髡残的山水、临摹髡残的作品，目的是学习他的笔墨，研究他的意境，领悟他的精神世界。最终是要掌握笔墨，把握自己，控制画面。大业提供的画册中，这套上博收藏的山水册页有多幅是原寸印刷，在当时对我真是不可多得。这里选用的几幅都是我当时最喜爱的,尤其是《山水册之一》[①]这幅,构图缜密繁杂,笔墨严谨朴素,是髡残小幅作品的代表作。有意思的是在我的大型创作中,至今都摆脱不开这幅小品的影响。

临摹不是复制　早期的临摹是锻炼笔墨能力,是做基本功。之后的临摹虽然仍然是做基本功,但更强调研究前人的精神境界。要捕捉画面传达给你的神采。大的方面要达到有中国传统绘画追求的渊源感,比如髡残的风格脱于王蒙,是他捕捉到了王蒙的气息,搞透了,升华了。小的方面要达到有前人优秀的笔墨,有发展的符号,你学髡残,不研究他的笔墨,不从他的符号中去悟出点什么新的东西是不能交代的。

踏实的中锋　髡残的中锋用笔令我着迷,无论是焦浓墨,还是淡干墨,无论是实实在在的长线,还是虚虚掩掩的渴笔皴擦,无论是屋舍人物的勾勒,还是收拾提醒的苔点,全部是踏踏实实的中锋用笔。中锋用笔的难度搞山水的人必然心中有数,绕过去或用其他制作方法代替必然吃亏。

髡残善用擦　写意山水画离不开擦,擦得好,画面便丰富,有层次,甚至意境也由此而生。擦不好,或浅薄,或甜俗,百病皆出。髡残的擦,使山峦浑厚华滋,林木苍茂繁杂,前后关系紧凑,整幅作品生辉。

学会控制　髡残长于积墨,不少元气淋漓的作品都是使用了积墨法。积墨使画面层层叠叠,明润发光。髡残的积墨继承了元四家的风格,用笔以干墨为主,辅以湿墨,小心控制,多次积染,努力保持画面的明净空透,制造出一种枯毛而湿润,浑厚又明秀的积墨效果。积墨使人懂得控制,控制用笔,控制用墨,控制水分和宣纸的特性。中国的宣纸似乎就是为传统笔墨技法而存在的,尤其为积墨、泼墨和破墨等技法所依赖。好的宣纸最能展现积墨法所营造的丰富层次,最能表达积墨法苍苍茫茫,烟润欲滴的效果,也最能记录一个画家的控制能力。

营造气势　髡残有营造气势的才华,从基本构图和间架结构开始就注意气氛。大幅作品基本上是高远透视,恢宏典雅,幽深雄壮,为后面必备的皴擦点染打下基础。小幅作品更多是潇洒自如,笔随意到。比较严谨一类的作品多为深远章法,山石树木密不可分,用笔笔笔衔接,肯定有力,使画面凸显张力。这类作品相对写实

[①] 《山水册之一》,上海博物馆藏品,载《四僧画集》,天津人民美术出版社1991年版,第36页。

一些，与当时横向比较显得很现代。另一种比较松散随意的作品则以平远章法为主，山石云水以线勾勒，再用碎点和积染营造一种漫不经心的神化境界，直接表达作者当时的情绪。这类作品让人百看不厌，对后人影响更大。

染出浑沌　一般来说，髡残山水多以浅绛着色，一些作品中也有用浓重的花青、赭石罩染，但这还是指设色。最令人欣赏的，还是他通过用淡墨或淡色点染、积染、罩染、渲染出的浑然效果。从髡残的许多作品里，我们都可发现他用一支羊毫秃笔饱蘸淡墨，随用笔戳戳点点，随结构指指按按，力求透明华滋，浑而不腻，厚而不脏，一副不可一世的心境，营造非我不是的图画，满纸顿生霸气。

髡残画山石　让我最佩服的是长短线披麻皴和短解索皴的结合，苍润苴壮丰富朴实的效果多从它们而来。尤其是那些勾勒、皴擦、点染一气呵成的作品，令后辈叹为观止。

髡残画树　髡残画树，让人感觉老实古朴，他不追求毛拉飞白，无论笔速快慢，线条都要送到，结结实实，在画面上立得住，在山石上也站得住。他注意虚实、穿插和顾盼，往往是几棵树就营造出一整片树林。他的树叶多以墨点积点而成，无论萧疏和荒淡都显现出变化和丰富。

髡残的云和水　髡残山水画中的云和水给我的影响很大，至今我在创作中还经常借鉴他的方法。无论是勾线还是留白，都让我们见识品位和格调。

学习髡残　作画先做人，髡残的人品甚为高尚，以当时比较，有人这样评价：并称"四大名僧"的四位清代绘画名家中，"八大和石涛是明代的王孙，国亡后恐遭杀戮，不得已而为僧。弘仁和髡残，在明代仅为普通人士，没有做官，但在入清以后，以出家表示不臣服于清朝，志行尤为可称。八大晚年，由和尚转而为道士，经营道院；石涛老年，朋友颇多达观贵人，晚节亦殊颓唐；而弘仁和髡残，则蛰居山野，道行高洁，就人品而论更为高尚"（郑锡珍《弘仁髡残》）。在今天商品社会的大潮中，不仅仅是古人的画品，其人品也值得我们学习和借鉴。

谈风格，也谈风马牛

尉晓榕

每个人都有他自己的性格，就像拥有姓名一样（不排除有重名和性格雷同的人），他的性格，看他为人处世就知道了，再不然听他说上几句话也能知道。但要是碰上一个训练有素的画者，就可能知其画而不知其人了，这不像为人处世有那么宽大而裸呈的观察幅面，他的成长，简直就是一个遮蔽的过程。不过，我们所说的性格，不仅是那些本色的东西，还是一个人的总和，是先天和后天以及一己在一群中的总和。性格是可以画在纸上的，一旦上了画纸，就叫风格。谁要想在多年消磨后仍活出自己的本色，最好别误了身体，力争活到齐黄二老的岁数。我想所谓"衰年变法"，无非老画师活回了孩子本色，重获了玩的自由。届时，手法松活了，童灵被唤醒了，"松灵"便成了他们的"风"，道德学养和种种世故又管束着"风"，这是"隔"，"隔"可上升为"格"，这般一"风"一"格"，大师的风格就是这么来的。那么，大师的风格为什么价值不凡，是因为其间含有至少两种本不相容的迥异气质，一是怎么做都在理的老到，二是一玩就出格的童心。这里面有个太极，大师的本事就是让它转，就是让猫虎同戏，就是让驴唇对上马嘴后唱起来，看得你瞠目，连连称妙。这是风格，也是高度。司空图的《二十四品》是二十四种风格类型，又是二十四个高度。就是说，有时风格就是高度，但更多得多的风格是没有高度的，想想司空氏总该是从至少一百个风格中淘出这二十四品的吧，那么，剩下的至少七十六种风格就没高度，入不了大人物的法眼。记得科学那边有"最优解"一说，"最优解"在艺术上只能是"无解"，它不过是哄自己上进的一个虚幻的引子，而课本中贩卖的所有标准答案也只会招人生厌。我想，艺术上的一切高度、一切范本，都只能作为"次优解"或"令人满意解"来开启后学，它们是些有风格的高度，正像断了臂膀的维纳斯。

那么，有没有没有风格的高度？我只能说，应该有。但只在理论上，在概念中。因为这在实证上有个难题：它必须真正完美。而真正的完美需要艺术家既高情商，又够冷血；就作品论，它既要充分发酵以彰显人性的温暖，又要按照神的尺度精确施工，这可能吗？不知集合人类最尖端的科学家、工程师和艺术家通力合作，能不能创造这样的辉煌。即使能够，对不起，到目前为止还没有谁有此眼福看到这样的好画。一双双审美接受的眼睛已为一幅幅稍次的名画所倾倒，他们大声叫好，而叫声中分贝最高的那个词，正是"风格"！虽然风格是人的尺度，但尊重它，就是尊重我们自己。

真高度既然虚无缥缈，我们倒要问问真风格存在的真确性，这像个伪问题，但看看那些搔首弄姿故作夸张的假风格的广泛存在，真风格的提出应该不算造魅，它甚至很形象，很具体，也很细节，它是人在忘情时喊出的那一声，更多的是你日常做事说话的样子。我有点厌烦"自然流露"这一组词，但在谈论真风格时，它很准确。我们完全可以建立这样一个共识，即真风格不是追求来的。你追了，把自己的艺术意志放大了，放进去了，但你得到的仍不会是你真想要的风格，而是你不得不要的风格，是你的根性在你的总和的整体呈现中的一种效果。这是说真风格的取得并不花力气，只需放松身心便可得。这有点难以理解，人要上进，怎么可以不使劲呢?！我意，真风格是一个综合问题，风格则可以只作形式问题，形式玩不尽，又好玩，可以追，应该追，我也在追。此番，不妨结合我自己的苦乐经验和一些猜想，谈谈一个画者一生追求风格的五种境地。

第一境，是你追它，它就逃，你不追它，它又来了。这一阶段，你可能以为追到手了，但那只是些生搬硬套的伪风格，干脆甩开不理了，在繁复技术的操练中倒不期然逼出了些本色风格。第二境，是怕它不来，又怕它乱来，这一阶段，因急于独立门户，所以怕它不来，又因该阶段多自我放大严重，且急于上手，终使"风格"演成了"疯格"，成了自身功力难以驾驭的洪水猛兽。第三境，是不怕它乱来，就怕它早来，前阵子该乱也乱过了，你玩酷的，我也会，谁怕谁，此时更懂得火候了，先前只晓得猛火爆牛肉，现在会温水煮青蛙了，知道学问要做得细慢，事理要看得通透，方方面面林林总总，单等它机缘凑齐了不请自来。第四境，是怕它来，来了也说没来。这时但求最好,生怕人在一旁对你分宗纳派,小看了你一统诸侯的高度。所以忙不迭地抖去所有殷勤上身的关乎风格流派的赞美。第五境,来则来之,去则去之。尽管你觉得风格只是你曾经换掉的一件件衣裳,好事者却硬要给你套回去,而你已老到无力回应他们对你个人风格愚顽而持久的兴趣,只好守住最后的元气任人搬弄。

　　既然有了猜想,自然不必较真儿。想知道风格这件事,还得另找教材。我的总见解是:不能孤立地看风格,但我们逼视风格的时候,眼睛后面还需有对眼睛,望向那许多与风格看起来不相关涉的风马牛的事,因为,能摆弄风格的事项,真的太多了。

2008 年 12 月 11 日于司雨堂

《中国画画刊》2011 年第 5 期卷首语

孙 永

随着国门的打开，西方的价值观以及文艺思潮奔涌而入，在它的不断冲击和裹挟之下，我们原有的主流价值观呈现出了根本的移位和扭曲。我们当下的创研理念已出现了"液化"的无序状态，许多业界人士似乎已彻底摈弃了自己的信念和守望，充当起了西方式的"弄潮儿"。西方思潮犹如一帖帖"兴奋剂"，让我们渐渐地产生颠狂而不能自已；又好似毒瘤附身，让我们无以自拔又难以自愈。

诸如西方的什么"主义"、什么"派"、什么"装置"或"行为"均冠以"艺术"而招摇过市，将我们某些国人迷得既晕头转向又无以抗拒——西方的许多垃圾被我们迷信成了"极品"；他们的"无厘头"被我们奉为"高人"；他们的多少无间道行被我们顶礼为圣道宗旨；等等。那副文化奴才、汉奸嘴脸早已昭然若揭。

不知大家留意与否，凡是被当下西方认同并不惜工本炒作的所谓中国"艺术家"，几乎都有以下几个共同特征：其一，本人肯定不具备官方背景；其二，本人政见必须和当局具有相悖的叛逆性；其三，作品所表现的一定是妖魔化、丑化或有辱于民族的；其四，要么你的所作所为是"无厘头"或"无间道"的恶作剧，并且越荒唐越幼稚越叫好（那些被西方人动辄花上千万元炒作的"国人"，又有几个铜板是落到他们口袋中的暂且不论）。因此，西方的其中用意之险恶和乏善便可一目了然。

所谓西方的"艺术新思潮"，无非一种司空见惯的偷换概念的方式，说白了也就是一种"移花接木"或"旧瓶装新酒"的拙劣伎俩。许多东西当你一旦搞清楚了，其实真的一文不值。

仅如：弄几件不伦不类的小玩意儿，厚颜地贴上了什么"装置艺术"的标签——那么，我们的园林景观、摩崖石窟，甚至我们的长城，岂不更显得艺术之永恒而伟大?！还有，几个人用荒诞不经、举止另类的行为恶作剧一番，便无耻地冠以"行为艺术"（且不论每天疯人院里有多少"行为艺术"在发生着）——那么我们前人早已玩过的"曲水流觞"、"煮酒探梅"或"镜花水月"，难道就不算人文笃厚的"行为艺术"吗?！

再者，就以平面视觉概念而言，西方流行的什么"主义"和"派"之类的，其实我们的祖先早已玩得尽善尽美了——敦煌的浪漫主义、梁楷的写意精神、米氏父子的程式化、青藤笔墨的表现力、老莲的图像装饰性和八大的构成喻意性，等等——哪怕以西方类别标准，我们几乎都可以在先辈的足迹中找到极致的典范。

换言之，当一个人对本民族的历史、人脉和文化底蕴没有进行过认真的梳理和判断，很容易在某个阶段或某个事件中被导入歧途——抗战期间，为什么会产生以汪精卫、陈公博、周佛海为代表的众多民族败类，他们最终成为汉奸，就是被当时的"大日本帝国"威逼利诱而堕落的，他们无一例外地对时局总体判断上犯了根本性的错误，在正义和反正义的价值观上出现了本末倒置的错判，而且大大低估了一个民族自身所潜在着的原动力和爆发力，最终被无情地钉在了民族的耻辱架上……

因此，面对当下我们的业界，其核心价值观的严重扭曲甚至有被颠覆的危险局面，我们应当有责任和道义，既要时刻保持高度的警醒，还要及时地予以有效的抵制和反击。

2011年11月于屏峰山下坐卧山房

中国画的笔墨精神与时代品格

丁 杰

中国有着悠久的传统，中华民族的智慧对世界历史、文化、科学、艺术的发展做出了巨大贡献。中国文化的象征也有很多，丝绸、瓷器、汉字、中医、京剧、茶道，等等，不胜枚举，而中国画更是具有独特艺术魅力的文化象征。面对时代和社会的快速发展，东西方文化交流融合，传统中国画如何在纷繁时代中掌握主流趋势，如何在多元文化中探寻笔墨境界，如何在图式变异中迎接革新挑战，如何在方寸天地中创造精神品格，都是我们需要思考的。因而，研究中国山水画的笔墨发展、精神境界，以及其在当下语境中的时代品格，尤为重要。

中国人历来有坚持传统的习惯，但传统不是守旧，传统在潜移默化中影响着人们，却又在新生时代中改变。唐画如曲，宋画如酒，鲜明的时代特征是历史留下的墨迹。例如，自唐五代以来，中国山水画受到南方与北方不同自然景象和地域特征的影响，渐渐发展为南、北两大宗派。北派呈现出阳刚之壮美，高远雄峻；南派呈现阴平之秀美，温润柔雅。此后画朝更迭，必建立在传承和创新两个文化基因上，所谓师名门者、师传统者，因袭则衰，超越则盛，就像细胞之分裂生长，体现出了中国画随时代发展变迁的特征。

传承和创新是文化发展既针锋相对又相辅相成的基本动力，这两点不可撇开而谈，更不可能撇开彼此独自发展，必须要将火候拿捏准确、到位，灵活把握，张弛有度。比如说我是南方人，自小受家学传统和南派山水的影响，后来在北京工作已近 20 年，在画中又融入了北派山水的雄健浑厚。始终坚持的一点就是不断地画，不断地写，不断地探索，不断地思考，在坚持中国画传统文脉的笔墨根底上，探索发展创新的无限生机与可能。勤能补拙，经过10年、20年的积累和提炼，融会贯通，相信每一个画家都会取得巨大的收获与进步。

中国画最基本的造型方法是笔墨，讲求笔情墨趣，以特有的笔墨技巧作为状物及传情达意的表现手段，以点、线、面的形式描绘物象的形貌、骨法、质地、光暗及情态神韵。这里的笔墨既是状物、传情的技巧，又是对象的载体，同时本身又是有意味的形式，具有独立的审美价值。因此，"笔墨"是中国画的精神内核，这不仅因为它是形式美的主要依赖所在，而且也是中国民族特色的标志。

为什么一种艺术语言可以成为一种精神气质，这与中国人寄情于物，借物抒情的民族特性有关，用水墨表达精神，先有顾恺之传神阿堵，后有陆探微草书入画。唐代王维以禅意入画，被誉为"诗中有画，画中有诗"，张璪更提出"外师造化，中得心源"，等等。1000多年来，历代中国画家创造了世界绘画中独一无二的形式美。清新的意境、雄远的气势、幽深的神韵，腕底烟云、胸中波涛，都借助中国特有的笔墨，把自然山川的意境抒写得淋漓尽致。例如我在画哈尼梯田的《大地旋律》系列作品时，一直希望通过笔墨情趣，虚实相生，点染间勾勒出山川图画的生活气息，追求一种乐感、一种律动、一种空灵的境界。

时代在发展，社会在变迁，然而历代画家都努力形成自己的不同于他人、不同于传统的新的面貌和品格，但唯一不变的是，在"技"与"艺"、"艺"与"道"之间追求精神上的品格。因而，中国画成为抒写心境的重要方式，追求人与自然的融合，追求物我合一、自由超脱的状态，追求气韵生动、天人合一的境界。

社会是在发展的，一个画家应努力与当下文化环境融合，有责任以自己的艺术推动时代进步，积极探索传统艺术和当代社会的关系，时而体悟，继而创新。中国传统的文化根脉广博，内涵丰富，然而做到勤奋探索并不简单，能够反映现实意义更加不易，物各有性，境由心生，外师造化方可中得心源，人文关怀也是当代语境的重要评判标准。得物象之真源于笔墨，得神韵之妙源于境界。

中国画的发展繁盛需要传统，更需要创新，然而创新不易，因为创新不是奇思妙想，创新的基础源于文化传统和社会现实，坚持原则和实事求是从来就不矛盾。创新并不是外在的变化，传统本身的变革才是真正意义的创新，并渐渐融合，当它进入我们的审美价值体系，也就成了传统。就像我在画《石魂》《凝聚》这些作品的时候，受到现实主义和创新精神的影响，追求阳刚强劲，飞动的震撼力和磅礴的激情，用创新赋予作品以灵魂。

当代中国画的审美价值已不再单一，多元化的意义阐释是在国际文化的开放交流上产生的新的时代气息，然而文化精神和现实意义却始终是中国画创作的精髓体现。秉承传统形成了民族特色，探索创新融会了时代精神，画作于人，画由于心，画中有心，画外有境，反映当代社会现实的作品才是难能可贵的好作品，这是当代中国画家的义不容辞的责任。

党的十八大以来，习近平总书记多次强调要传承和弘扬中华优秀传统文化。总书记指出："中华文明源远流长，孕育了中华民族的宝贵精神品格，培育了中国人民的崇高价值追求。自强不息、厚德载物的思想，支撑着中华民族生生不息、薪火相传。"中国画与中国传统文化关系至密，它伴随着中国文化的发生而发生，伴随着时代中国的发展而发展，包前孕后，文脉传承。我们应该传承中国画的笔墨精神，坚定中国文化的自信品格，抒写新时代祖国山川的新风貌，为国家和时代奉献最好的艺术！

画为心歌

陈钰铭

中国画有它的归属性，在漫长的发展过程中已演化成典型的民族文化符号。因此，我们说今天的中国画创作，既要讲究传承，又要力主创新，既要守护中国画艺术语言的独立性和纯粹性，又要视野开阔、兼容并蓄，吸收借鉴其他艺术门类中的有益成分。因为，我们今天的生存环境和文化背景都与古人有着天壤之别，只有立足现实、紧随时代，才有可能创作出富有社会意义的时代力作，也才是对中国传统绘画最好的继承与发扬。

就中国写意人物画而言，我个人认为所谓继承传统，更多的是继承传统绘画中的哲学思想和写意精神。传统中可资我们借鉴和摹学的文本资源非常有限，从南宋梁楷的《泼墨仙人图》到近代任伯年的写意人物，屈指寥寥且大多是远离现实的神仙佛图，直到徐悲鸿、蒋兆和等人所处的时代，西方的素描与光影关系才被引入中国写意人物画的表现之中，从而开启了中国写意人物画发展的新时期。

目前，尽管人们对写实性的中国人物画创作还存在各种非议，但我个人始终认为，现实主义本身没错，问题还是在画家进行写实性表达的时候所达到的深度和力度。艺术是相通的，几年前，我曾到俄罗斯访问，在观赏列宾的《伏尔加河纤夫》和苏里科夫的《近卫军临刑的早晨》时，我被深深震撼了。一幅画，甚至能引发你对一个民族的尊重与敬仰。

我们今天的时代是艺术创作最好的时代，同时也是一个充满诱惑、最容易让艺术家迷失的时代。一方面，信息发达、文化昌明，各艺术门类和各地域形态的艺术之间的交流繁荣，为画家的创新提供了前所未有的参照与发展空间；另一方面，物质的诱惑，各种艺术思潮的泛滥与冲击，却容易使我们迷失自我。有时候，可走的路多了，反而不知往哪儿走。因此，我认为，当下社会，有责任感的中国画家，必须背负一种历史使命感，既要融合社会，又要有自己的坚守，既要吸收借鉴西方绘画中有益的元素，使之为我所用，又不能丢弃本民族传统文化的精髓。

对于一个画家来说，"使命"的归结点是创作，是绘画语言的探索与突破。作为一个中国写意人物画家，首先要有社会责任，要秉持良知，以满怀悲悯的情怀去关注社会、关注现实。笔墨当随时代，艺术源于生活又超越生活。只有不断探索中国画笔墨形态的当下性和时代特征，建构具有当代人审美需求和现实意义的绘画语境，作品才有价值和意义。

说到创作，不能不说写生。写生的重要性人人都知道，却往往不舍得花费时间和精力去落实到行动上。写生的目的不是"照抄"对象，而是通过写生感受对象给你的启发，使人内在的人性"解剖"转换生成你的笔墨语言，并以此来表达你的情感。风景写生不是简单地用传统的方法来重复古人，而要用古人对自然的认识来"诉说"你要说的话。当前，中国画的创作有一个怪现象，那就是大篇幅、大制作泛滥。一个国家级展览，放眼看去，一大半都是花大时间、下死功夫，用各种技法制作出来的僵化而空洞、缺少真情实感、更缺失中国画写意精神的"大"画作。画家要保持审美的敏感度及笔墨的时代感和生动性，只有不断深入生活，加强写生训练，同时在写生实践中引发灵感，完善笔墨，寻找突破。

我曾随同各种写生团队赴各地写生，让我感到奇怪的是，有很多画家，面对真人真景时往往束手无策，不知从何下笔，有的勉强而为，画面上呈现出的却还是自己程式化的笔墨和概念化的形象，甚至用拍照代替了写生。

写生是创作的活水之源，它使我们深入生活，体验真实。只有写生出来的形象才有特点、有个性，所表达的情感也才真实可信，自然有趣。其实，中国传统绘画同样注重对现实物象和自然形态的感悟，中国绘画中的"十八描"及许多"效擦"方法，都源于一代又一代画家对现实的观察和提炼。写生的目的是更好、更有效地创作，而创作则是写生的升华与完善。我在创作《我的家在东北松花江上》时，曾多次到山东、河南、东北各省寻找形象，一遍又一遍地到现场写生。画面中的众多形象之所以能得到人们的普遍认可，正是因为这些形象是从现实生活中得来的，有个性，有特点，真实可信。

写生也好，创作也罢，往往是不可分割、交互进行的。而无论是写生还是创作，都要求画家心怀感动和真诚，倾注真情实感与真实感受。前几年，有一次我回河南老家，在经过离洛阳不远的一个乡镇时，我被眼前的景象震惊了——那是绵延几公里、堆积如山的废旧汽车，被挤压变形的轮胎和车体横七竖八地乱堆在那里，使人压抑、恐惧。我立刻联想到一场场的车祸惨剧、无数鲜活生命的消失及生命的孱弱与无奈。回来后，我久久不能释怀，几易其稿最后完成了《记忆碎片》的创作。作品展出后引起了很大反响，一对美国夫妇专程从纽约赶来见我，他们说：画中所揭示的正是他们多年来关心和思考的。

　　绘画的价值是多方面的，有审美价值，有历史价值，还有现实价值。真正的艺术家都是孤独的。他用头脑思考，用心灵感悟，甚至用生命创造。写生也好，创作也好，只有感动自己的作品才能感动观众。

　　因为，写为心境，画为心歌！

写生作品化

李 洋

"写生"这个概念源于西画，是西方学院体制中学习造型的主要手段。在20世纪二三十年代，中国画进入学院教育体制后才借用西画这一训练方法，移植其素描、速写、色彩等作为写生训练手段，引进人体解剖学、透视学、构图学来共同构造的一个造型体系。在新中国成立后的中国美术学院建制里，中国画专业的教学、人物画专业的造型训练都建立在这个体系上。把人物画的教学纳入造型训练规范中，写生课作为造型的基本功训练就成为重要的教学手段；把人物模特作为造型训练的主要方法也是中国式美术教育的特征之一。

提出"写生作品化"是我在水墨人物写生训练课上提出的概念，是建立在前辈大师们历经多年的教学经验之上，从写生到创作的实践总结出一个对于今天人物画教学现状有着重要指导意义的学术观念。

我们所熟悉的蒋兆和先生的《流民图》（1942—1943年作）的创作方法，就是以写生作为塑造手段完成的。《流民图》中近百个动态各异的人物有相当部分的形象和动态，是蒋先生按其构图要求请他周围的友人或演艺圈的朋友摆出来的，或以街上的难民作模特儿写生创作而成。《流民图》创作手法的高明之处是让人们感觉不到写生的罗列，画面的节奏和人物组合自然天成，以传统的中国画长卷形式跌宕而出，深刻地展现了作品的主题。这来源于蒋先生高超的塑造画面的能力和驾驭人物造型及笔墨深厚的修养功夫。

蒋先生在1938年创作的《阿Q像》也是以写生手法进行创作的。蒋先生为了能生动体现出鲁迅笔下的阿Q这个人物，几易其稿，忽然有一天在街上看到有个人颇似阿Q神韵，便将他请到画室里即刻写生而就。这种创作方法源于写生，即从生活感受中来，在写生之前已充分酝酿创作构思，带着创作中的要求去写生，通过人物外在形象去表达其性格和心理活动。这就要求画家先要对对象进行系统深入、由表及里、由此及彼的了解。正如蒋先生所言："作者首先对形象要有深刻的认识和具体的感受，然后才能进行形象思维，发挥出创造性的技巧。"将创造性的技巧建立在深刻认识的基础上，即"迁想妙得"之运用。蒋先生说："当画家对物象有了深刻感受，受到客观事物的激励而产生炽烈的感情，就会自然地流露于笔墨之间。"面对客观对象，无论你使用什么样的技法手段都要随心而动，要强化对对象的感受，紧紧抓住中国画意象造型、意象笔墨、意象色彩的规律，强调"神形兼备"。东晋时的顾恺之就已经提出"以形写神"学说，指出要达到传神就离不开形的刻画。唐代阎立本在《历代帝王图》中刻画的13个皇帝，已经在强调人物的神态和性格的把握上，通过人物的眼神、面部神情和形体动态的描绘，刻画出各不相同的帝王形象，透露出人物生前行为治世的特征。除了形态特征的差异，眼睛更可透露出人物内心世界。可见，初唐时期的画家就已经领会了"形"对于"神"的相互作用，洞悉"形具而神生"的真谛。蒋兆和先生穷极一生创作的大量人物画作品，其创作方法大多是以模特儿进行的，就是画面上出现的一头驴子（《流民图》中）也是他请人从街上牵到画室里对着对象写生完成的。蒋先生的这种对着对象进行创作的方法，给我们后学昭示了一条现实主义观念下的写实主义创作方法，即"写生作品化"的原始思考。

近读邵大箴先生撰文的《写生与李可染的山水画》，文中指出的李可染先生把对景写生发展为"对景创作"的艺术创作方法，已为"写生作品化"的理论提供了佐证。"中国画历来强调师法古人与师法自然相结合的原则，师法古人即学习传统，师造化一是用心看和用心体会，二是一面看和体悟，一面描绘，或者在体悟的基础上加以描写，即'写生'。"（邵大箴语）李可染先生在20世纪50年代把写生作为山水画创作的重要转折点，是他认识到中国文人画之所以逐渐走向衰落，除了社会发展的客观原因外，也有自身疏离现实的客观原因。李可染先生深感现代中国画只有面对现实、面向生活，恢复"外师造化，中得心源"的中国画传统，才有发展前途。在五六十年代，李先生多次长时间外出写生，去四川、游漓江、过三峡，创作了大量的山水画作品。李先生是在认真研究了中国画传统，研究了阻挠中国画发展的原因之后自觉身体力行提倡写生的。他说："中国的山水画，自明清以来，临摹成风，张口闭口拟某家笔意，使山水画从形成到内容都失去了生命力，虽也不乏像石涛这样敢于革新的山水大家，但有创意的高手毕竟不多，其中一个重要原因是缺乏生活，丢掉了师造化这个传统。"李先生认为"写生是对生活的再认识"，并提出"以一炼十"的主张，充分利用生活素材，进行艺术提炼，使作品达到应有的深度。他的思想实际上已从"对景写生"发展为"对景创作"，他的理想是在写生的基础上进行更深入、更概括的艺术创作。他又说："从写生进入创作需要突破，这是一个很大的难关。"李可染先生是抓住"写生"这一重要环节推动中国山水画的发展。在今天进入 21 世纪的人物画教学中，如何将写生和创作沟通，使其基本功训练顺畅地进入创作阶段，这是教学中的一个问题。我在教学中提倡"写生作品化"的目的：一是连接中国画教学传统文脉，将这些前辈大师一生的艺术实践总结出的艺术教学方法衔接今天的中国画教学。二是在今天的艺术教学平台呈现出丰富多元的现状，让各种艺术观念、艺术思想、个性化的教学等，充分体现出中国画教学生机勃勃的态势，并有广泛的可持续发展的空间。另外，在这个平台上的艺术教学却已暴露出轻视艺术规律、轻视基本功的教学端倪。源于 20 世纪 90 年代兴起的重个人风格、重个人语言化的追逐，对学院带来的直接效果就是学生忽视基本功的训练，忽视了艺术规律的学习，导致学生依兴趣模仿老师艺术风格，使学生艺术创造力枯竭、创作能力丧失，以致十几年来中国人物画专业培养不出优秀的人才。作为学院教育如果不出人才，那只能是教学方法出了故障。所以在今天我们推出"写生作品化"的要求，就是在日常的教学中加强基本功训练和艺术规律的研究。在作为基本功训练的写生中融入创作的因素，把写生和创作紧密联系起来，将写生和创作拉近距离，在写生中就已经开始研究创作的内容，反对描摹对象，主张在写生训练中探索艺术的表现语言，强化中国画的笔墨与表达人物对象的融合及笔墨的互动关系。这就是"写生作品化"提出的背景。

写生的功能大致有三：收集素材、训练基本功和直接创作。收集素材和训练基本功归根结底是为创作服务。

写生的功能既然是为创作服务，那么，我们在写生过程中就应该强调创作因素的贯彻和运用。在捕捉对象的激情和速度中，写生是最为直接传达画家感情的方式。在写生中舍弃对自然对象的模仿，追求心灵的真实，面对客观对象，反对"理性的""准确的"模仿对象结构、比例的形似,进而追求意象造型之美,是我们写生教学的原则。"艺术家一旦把握住一个自然对象,那么自然对象就不再属于自然了。艺术家在把握住对象那一顷刻中就是在创造对象,因为他从对象中取得了具有意蕴、显出特征、引人入胜的东西,使对象具有了更多的美的价值。"(歌德语)对对象加强主观感受,强调想象力和主观情绪的表达,会使写生更接近创作的层面。同样,创作因素的融入也使写生更具"作品化"的需要。

"写生作品化"的要求是给学生一个观念。以往的写生主要是以基本功训练作为主要内容,强调的是结构、比例等造型上的能力,水墨人物的写生训练还要加入笔墨的知识和技巧。要达到"写生作品化"的要求,首先要具备一定的造型能力和笔墨基础,在具体实施教学中主要对象是针对硕士研究生和高年级本科生,因为他们具有一定的创作经验,对创作有一定的认识和积累。其实,学生在进入硕士研究生的学习时才是真正进入专业化训练的阶段,这时候的基本功训练提出"作品化"的要求是非常必要的。顾名思义,"作品化"是指一幅完整的作品具备成为"作品"的各种要素,即创作。把写生冠名"作品化",是要求在写生的同时完成一幅完整的作品。中国画教学有个特点,就是用创作带动基本功训练,这是中国画系教学传统中一个很重要的教学手段。20世纪80年代初,我在美院读本科时,当时任教的卢沉先生就明确要求学生每天要画一小方尺的创作,一是练构图,二是练人物造型,三是练笔墨,实际上这就是创作练习。我那时有一方闲章,篆"日课"两字,每天画完一张小画就钤此印,日积月累,创作能力在不断提高,以至于在创作时,你会发现基本功训练有哪些地方不足和欠缺,就在基本功训练时有目的地加强和弥补这些方面的不足。以创作带动基本功训练,使基本功训练富有成效,从而使写生训练和创作产生密切的关联,使学生在以写生作为基本功训练为主要手段的过程中,逐渐深入创作的审美意识与各种要素之中。由此在写生训练中,创作与表现会不断壮大而成为主导,让学生在基本功训练的同时接触创作练习的内容,沟通了写生与创作的桥梁,培养了学生自觉地运用创作的因素和手段融入写生训练之中,加强了学生的创作意识,使其自觉地融入学生的日常生活中,抱着创作的观念去对待基本功训练的任何一门课程,创作无处不在。

"写生作品化"的要求丰富了以往写生训练中只是单纯的结构、比例、笔墨等技术问题的研究,"作品化"的要求就是丰富了语言表达和表现画面的手段,画面要完整，要丰富，要讲构图，人物之间要有联系，人物与背景、人物与道具要发生关系，画面里出现的客观物象要经过学生个人的构思、设计、安排，向着完整的一幅画去完善、丰富。"作品化"就是要学生依据个人才能去发挥想象力，构成画面里的各种表现语言，改变过去写生作品里单调的摆置的人物或坐或站或卧的现象，要让画面生动起来，随着学生对对象的激情与构想燃起对写生的热情与活力，借助画面找回表现的情感与冲动，让写生作业更加富于生气和灵性。

"写生作品化"的要求是改变中国人物画教学中几十年形成的写生与创作相脱节的弊病，其实在老一辈大师的教学实践中已经意识到了这一点。我们在徐悲鸿、蒋兆和先生的大量作品中，已经观照出他们对着模特儿进行创作的创作方法。在"作品化"的驱使下，学生面对模特儿会更主动地选择对象，选择他们所需要的内容，由此选择的能力、造型的提炼、笔墨的概括能力随之生发出来。在"作品化"的要求下，抛弃描摹对象的陋习，打开束缚造型的手脚，借助情感的表达，提升学生对"意象"造型的理解，逐步接近中国画的最高审美核心即"意象性"的表达。借物抒情，"以形写神"，"意象"造型具有提炼、概括、夸张的品格，它是表现理解了的形象，所以它必然会舍弃许多表面的、非本质的、次要的形象因素，给笔墨的表达以更多的时间和空间，让学生在写生中就已经开始探索中国画的美学理想，即"写意精神"。

"写生作品化"是建立在中国画传统美学基础之上的。郑板桥的"意在笔先"，是说画家在画之前要求有一个意念、有一个意想、有一个意图、有一个创意，所谓"意匠惨淡经营中"。古人又有"胸有成竹"之说，就是讲在画之前要有一个胸中之意，方可下笔，这样才能传神写意，笔精墨妙，有如神助。然后便是更高一步追求画面的"意境"之美，这是中国画的最高精神境界。

2009 年 3 月完稿，
2014 年 11 月二稿于东湖湾

山水画的自然情节和绘画情节

林容生

山水画的基本意义是指以自然山水为题材的绘画作品,所体现的是人与自然的审美关系。它一方面以绘画艺术来表现我们对自然山水审美的认识,另一方面也是我们以自然山水来表现精神与生命境界的绘画艺术。山水画以山水自然情节为依存,以绘画情节为表现。

山水画的自然情节与画面所表现的自然环境和由此生发的情境以及画家的心境相关。

荆浩在他的《笔法记》一开始有一段这样的描述:"太行山有洪谷,其间数亩之田,吾常耕而食之。有日登神钲山,四望回迹也。大岩扉,苔径露水,怪石祥烟,疾进其处,皆古松也。中独围大者,皮老苍藓,翔鳞乘空,蟠虬之势,欲附云汉。成林者,爽气重荣,不能者,抱节自屈。或回根出土,或偃截巨流,挂岸盘溪,披苔裂石。因惊其异,遍而赏之。明日携笔复就写之,凡数万本,方如其真。"在这里,苔径露水、怪石祥烟,还有奇异的古松,都是山间的自然环境。我们面对自然山水,每每"惊其异",所以就有了要表现它们的想法。这种表现通常具有写生的意味,有为山川"立此存照"的意味。这当然不是山水画高级的境界,却是我们观照自然山水时所获得的最原始的冲动和作为。

然而,这种冲动和作为不仅仅来自自然环境给我们带来的感官上的愉悦。清代画家恽南田题画说:"写此云山绵邈,代致相思,笔端丝纷,皆清泪也。""相思",是对山水、对自然的挚恋。苍浑的山峦、蜿蜒的溪流、蓝天上白云轻轻地飘、绿树丛中花儿淡淡地开……这一切都透出灵性,显露着生命,展现出大自然有情之境的生动与和谐。"相思",表达了人心与大自然最为真切的一份缠绵。

这一份缠绵,在《溪山行旅图》中是巍峨的山峰和山间的清泉,在《早春图》中是浮腾的水汽、薄雾轻纱和新叶初发的老树,是《万壑松风》的铁干虬枝,是《木叶丹黄》的雨后秋山……

这一份缠绵,还表现在画家对特定情景的一往情深,如明净的太湖于云林,神秘的黄山于梅清……

自然情景中的生动气韵和灿然的机趣呈示着我们内心的期望和依恋,默契和欢悦,最终成为山水画中的情境,它已不是简单的风景写生,而是人心与自然的一种灵犀相通的"有我之境"。

石涛在一首题画诗中写道:"吾写此纸时,心入春江水。江花随我开,江水随我起。"石涛把触景生情以情写景转换成更为自由更为自在的"因心造境"。此时此刻,春江秋水,山石树木以至阳光空气这些自然的景物成为可以诠释我们内心最真切最深沉感受的心灵之境。它们已不是自然中某山某水某处景色,却是随心漂泊而漂泊、宁静而宁静、苍凉而苍凉、寂寞而寂寞、绮丽而绮丽、清澈而清澈……

山水的自然情节由此被赋予了新的意义,它可以超越自然环境的客观存在状态被想象和创造重新构筑,被灵感和真情再度演绎,直接指向生命与心灵之美。

于是山水的自然情节成为山水画的自然情节并通过绘画情节的表现使自然的山水成为绘画的山水,成为画家心中的山水。

山水画中的自然情节有的依然来自我们对自然环境的认识和感受,如孤兀的山峰飞瀑高悬,山间曲径通幽长松挺立,山脚下树木葱郁溪流婉转;有的则超越现实带给我们许多的想象和激情,如满山遍野的飞花,铺天盖地的流云,人迹罕至处一缕柔情万种的青烟、宇宙洪荒一段豪情万丈的旋风……而这一切的造型、色彩以及空间关系则在画面上转换成绘画的情节并负担形式与风格的使命。

传统山水画中绘画情节最重要的命题来自笔墨。展开这一命题的具体内容是各种不同的山石法、皴法、树法、云水法、渲染法、设色法、点苔法,等等。它们在画面上的形态、节奏、浓淡、疏密关系是我们读取绘画情节最直接的语素。

当我们赋予某种形式以审美的心理要求的时候,绘画的情节常常表现得更为主观同时也更接近形式本身,也更加纯粹。孔子说"君子之道,暗然而日章"。老子说"五色令人目盲"。庄子说"朴素而天下莫能与之争美",萧散简远的水墨画法则成为古代文人画家主观情志和审美理想完美融合的表现方式。水墨的黑白是宋元以后传统山水画与色彩相关的最主要的绘画情节。

古人所谓"破笔宜分明，淡笔宜骨力，湿笔宜爽朗，燥笔宜润泽"，其中浓淡、繁简、湿燥是与用笔相关的绘画情节；沈宗骞以"大痴用墨浑融，山樵用墨洒脱，云林用墨缥缈，仲圭用墨淋漓，思翁用墨华润"来形容诸公作品中与用墨相关的绘画情节；我们今天所说的张力、肌理、节奏、韵律，也都是与笔墨相关的绘画情节。

除了笔墨之外，色彩、章法构成方式应用的拓展使现代山水画的绘画情节比传统山水画更为丰富、更为自由、更加个性化。

不同画家以不同的心性智慧和对笔墨感觉的微妙差异呈现绘画情节中不同的状态，它们很难像自然情节那样可以用语言来叙述，但在画面上可以直接被感觉。对它们的接受程度往往取决于我们以往对笔墨、色彩、构图方式的认识和经验。绘画情节事实上就是一些非常具体的形式表现和技法的操作。

以书法用笔入画，"写"表述是中国画绘画情节的主要方式之一。"写"包容了提按顿挫轻重缓急等不同的用笔方式，浓淡干湿粗细曲直等不同的线条形态，也包容了画家在落笔时的心态及其所呈现的情感状态。其中的差异体现了画家对"写"或者说是对这一中国画特定的绘画情节的不同理解和不同的驾驭能力，它在具体的过程中体现为勾皴染点的每一次用笔和积染堆罩洗擦等技法应用的变化和生动。

在山水画中构筑自然情节的山石树木云水等自然造型是通过其相关绘画情节来表现的，它在叙述环境故事的同时造形造境造意，并以点线墨块的组合形态、近中远景的构成方式叙述绘画自身的故事。

山水画的自然情节建立的是主题和意境，绘画情节建立的则是形式与风格。对于山水画来说两者都是十分重要的。

我"写"

周京新

作画的时候，我一贯追求干干净净地"写"。"写"是从书法的"书写性"里引来的一股有形无踪的高贵灵魂，画里的笔墨、造型、意趣等若与纯正的"写"接上了血气脉韵，就能出落得品格高洁，不同一般。

因此，我从来无心去搞那种因特殊技巧而得特殊效果的制作，我始终觉得堂堂正正、自由自在地"写"远比那些"不可告人"的"制作诀窍"要高明得多，快活得多。我喜爱青藤、八大那般法度超然、出神入化地"写"，我认为那是中国画最经典的、至高无上的境界。这样的境界将经典法度与经典个性完美合一，独特，洁净，自然，自由，所以永远不会过时。在这般经典的"写"里面蕴藏着无限的画理机缘，一旦悟到它的真谛，把握到它的真型，就能明白熟能生巧地勾线填色离中国画的至高境界还很远很远；就会发现笔墨写意里的"写"与潦潦草草的"速写"有太大太大的不同；就可体验高度约束与高度自由之间的完美对接在有好多好多麻烦的同时也有好多好多的机会。

"写"是可以千变万化的，但必须是自然完整的。画里的各项元素结构可以不同，或明或暗，或简或繁，或虚或实，或静或动……却要能够彼此交融，结成通透合一的画格意韵，这其中会有好多麻烦要去解决，也会有好多机会可以把握，总之不容易。"写"贵有个性，没有个性地"写"往往是在倒卖既有的艺术资源，没有意义；"写"贵有质量，没有质量地"写"往往是在糟蹋艺术语言的品格，不值一提。

我习惯用普普通通的水、普普通通的墨、普普通通的笔和普普通通的纸去

"写"普普通通的人物、普普通通的花草、普普通通的风景……我觉得这样普普通通的落脚点比较踏实，想要在画里搞出点名堂来全凭实实在在、堂堂正正、干干净净地"写"，最能激发自己的潜力。与此相反，在作画的过程中，我往往要用些自己喜欢的"生活原型"作参照，我画里那些"高于生活"的东西，往往都是"源于生活"的，这个道理虽然"老套"，却很经典、很受用。眼里先有了想要去射的"靶子"，心里就有目标去盘算"写"它的办法，出手就不至于无的放矢，所以我一直喜爱"写生"，在这样踏实的状态里，我能够享受到从消受"物象"到塑造"画象"的艰辛历练；享受到"眼里有活""心里有数""手上有戏"的过程快感；享受到在"经典法度"的约束下突破成规创建"自家法度"的无穷乐趣；享受到有根有据地将自己的笔墨造型理想在干干净净的"写"中加以实现的超然境界。

  我的所谓"水墨雕塑"，就是一具以"写"为本的弓箭，我极力造就它、提升它的"写"性，就是为了自己能既自由自在，又箭无虚发地去射自己想射的任何"靶子"，我相信，天底下的"靶子"都有着最致命的 10 环，而"写"最能够成就出箭箭命中 10 环的手段，画画的人只有竭力去休养这样的手段，才不枉此弓、此箭、此靶、此射。至于那些"观念""思想""精神""主义"等心境方面的东西，则一定是与手段长在一起分不开的，有了真正能够射得准"靶子"的好手段，好心境自然包含在其中。可以肯定，10 环的心境必然和 10 环的手段"门当户对"，3 环、5 环的手段里面绝无 10 环的心境可言，无论外表多么漂亮的"观念""思想""精神""主义"都填补不了这其中明摆着的差距。

关于西藏朝圣系列组画的感悟

袁 武

我创作的第一幅西藏题材的作品《没有风的春天》（1994）、第二幅作品《净地》（2003）、第三幅作品《走过沱沱河》（2009），这三幅作品都是应邀为全国美展而创作的，即"主题性绘画"。自2013年春天开始，我创作西藏朝拜系列组画《大昭寺的清晨》到2019年这个夏天，我共完成了《高天无声》《朝拜者的天空》《心灯》等几个系列共181幅作品，历时7年。当然，其中有一年多时间创作"大江东去"系列作品。但西藏朝圣系列，无疑是我所画作品中创作时间最长的一组画。这个系列画的最大意义是终止了我20多年的"主题性绘画"创作，终止了我20多年来的为全国美展画画的创作方式。这个系列组画的创作，实现了我艺术观念、创作方式、表现语言的转变。多年来，我的绘画在技术上坚持"写实表现"，在理念上坚守"现实主义"，画着画着却把现实给弄丢了，我开始觉得我的"现实主义"好像是个伪命题。我所表现的"现实"似乎只是个表象。真正的现实不只是眼睛看到的，更是内心感悟的。我的创作应该有批判和反思、有爱和憎、有永恒的信念和莫名的忧虑；我希望在创作的过程中完成内心的成长。我画西藏朝圣者系列，并不真正懂得他们的内心追求，也不知道藏传佛教的意义所在。我只是想表达成千上万朝圣者的虔诚行为给我带来的震惊和感动：他们的物质生活是贫瘠的，他们的生存环境是艰苦的，但他们却有高迈的精神世界，他们有敬畏之心，有精神寄托，有信仰坚守，有对来世的追求。有人说这是愚昧，愚昧的人都有精神世界，聪明的人难道不感到汗颜吗？这是我及我的同胞所没有的，这是我及我的同胞所忽略的。我们的物质生活非常丰富，但是我们中的很多人精神生活非常空虚，我们没有敬畏，没有信仰，面对西藏朝圣者，我知道了我们生活中的悲哀、空虚甚至恐怖——我知道了面对现实我应该记录什么、描述什么，我没有能力去批判丑恶，但要有热情去赞美善良。现实主义不应该说谎，不应该漠视病垢，应该有人性的高度，应该有深刻的思考和真挚的情感。其实人人都有自己的追寻，只是方向不同，我想在绘画中表达我独有的精神世界，我笔下的图卷应该永远是我内心真诚的倾诉……

2019 年 6 月于北京

《日出东方——黄宾虹》创作谈

王 赞

进入21世纪的中国美术事业在互联网技术发展的历史新阶段，面临全方位的新挑战和新机遇，数字技术已经全面统领人们生活的方方面面，人只要有一部手机在手一切问题就都能解决。这是今天人们的生活方式，也是科技引领时代的切身改变，不管是主动的还是被动的改变，都成为我们体悟社会和自然的存在。面对身边事物的迅速变化，许多观念也在不断呈现令人意想不到的思考，尽管这些多元的变化有时让人窒息，但是，我依然认为艺术家的饭碗必须端在自己手上，自主性的选择是唯一能吃到适合自己口味的饭菜。艺术的所有经验与创造是不可以像数据那样被复制和被左右的精神存在，实质上艺术创造永远走在艺术理论的前面，走在数据运算的前一步，这就是艺术作为人类精神诉求的基本原点之一。

近现代中国人物画的水墨写意画的表达在经历了文人与非文人取法传承和背叛的创作心路历程，笔墨的精神承载逐渐走向非文人画的评价中去，这是文艺多元发展的必然选择，尤其是人物画的现实性意义和批判性指向都从人的精神实质介入人的肉身外表，它不可能像中国画山水、花鸟、鱼虫、鸟兽等画科那样出入于笔墨遣兴和出世闲情，更不能不顾及今天数字化带给人们生活的改变和发生的新秩序。人物画仍然保有以人的情感和人的品格为特质，又以雅正美和悲怆美为精神诉求和期待。今天中国人物画的笔墨内涵仍然没有能做好自身本体思考的修炼。

2019年7月6日，中国"良渚古城遗址"申遗项目在联合国教科文组织第43届世界遗产委员大会上通过审议，被成功列入《世界遗产名录》。良渚遗产的确认表明中华文明从良渚距今5400—4800年的历史延续与发展，之后的文明接续以殷墟时代的甲骨文字为传承,这是中华5000年的文明史有历史依据和史实记载的实证。良渚遗产是以建构城市社会为依据的存在,它证明除了文字作为人类文明活动的方式之外,还有国家存在的形式同样具有人类文明的新形态、新标准。中国灿烂辉煌的良渚遗址为史前古文明遗址,其中高规格出土的国家礼器"良渚玉"、防洪水利设施的建造等城市特征是其核心产物。由此可见,文化历史遗迹的断代研究是人类文明记载的重要基础。这些中国传统文化遗产不断地被确认说明人类文明的精神诉求和评价标准更具开放性和包容性,中国艺术必须在世界的范围思考其未来发展的可能。

近十年来,我致力于中国传统壁画和造像艺术的研究,2019年3月开始了中国美术学院对山西省高平市开化寺和铁佛寺的数据保护与采集工作。高平铁佛寺彩塑造像数据扫描工作的探索,以中国美术学院东方学理论与实践建设为方向,从中国传统历史发展的新领域和新造型观上取得视觉认识的具体实践为出发点。中国2000多年绘画与雕塑造像法则的历史是中国艺术观点独有的东方学价值观的体现,其审美倾向与西方有着极为不同的认识路径和价值标准。中国近现代大学教育的机制建构和大学美学的基础性课程安排,大多以西方比较完整的教学体系予以实施,这在一定程度上偏离了对中国自身的文化认同的方向。诚然,中国文化教育的东方学价值体系尚未建立,尤其是对中国传统美学的认识和艺术本质规则的探索仍然没有得到广泛而深入的推进。因而,山西省高平市开化寺与铁佛寺的数字保护与修复工程,通过对现今仍然存活的古代遗迹的发现与研究,梳理出中国传统壁画与彩塑人物造型、比例、结构、色彩等基本规律,从而打通西方美学体系与东方学之间的隔阂,形成东西方文化互为依存、互为借鉴的人类文明发展的整体架构关系,这是从美术的基本原理上架构一座互通的桥梁,从一个侧面进入展现东方学体系的具体实践。铁佛寺彩塑人物造像即作为中国辽、金时代的一个极具典范的现实案例。

中国文化的自觉时代魏晋时期,对于文的评价令人崇尚。钟嵘的《诗品》这样评价曹植的诗:"骨气奇高,词彩华茂,情兼雅怨,体被文质。"这是钟嵘心目中的美学境界。这样的美学境界在中国的绘画中可以比拟的唯有朱耷和黄宾虹。雅正美与悲怆美是中国文人心性的精神向往,更是稳定自信的定力基础。

2019年10月第十三届全国美术作品展览的中国画展开幕,展览中写实性具象工笔类型的作品仍然占据大部分的数量,而大写意作品却沦为少数。可见,写意性的中国人物画继续面临突破的瓶颈。今天的写意性笔墨和文人品行境界的叙述在全国美术作品展览中已经不是传统意义上视觉的要求，这就让人们对于写意水墨人物画提出更高的诉求，其实质仍然在艺术技术语言的表现上需要思想的引领和建构。

"日出东方"的语义是中国画形意立命自主意识的时代要求，2018年我创作《日出东方——黄宾虹》采用单纯的水墨语言，不在意于形象的精微表达，而在意于笔墨语言的简约和深邃，透过墨韵的恣意蕴积和铺陈，天然般地将中国水墨诗境的温润华滋得以呈现。画面中的黄宾虹肖像眼镜背后的迷离神色冲虚而淡然，黄宾虹肖像头像整整占据一整幅画面，力图以悲怆的人性孤独和雅正的文质沉静创造出畅神之美感。

无论我们采取怎样的学术理想与技术表达，中国人的文化艺术都应保有宽阔的时代视野和充满深厚文化底蕴历史观的超越情怀。文人画与非文人画之间的不同道路选择不是对立的笔墨矛盾，更不是必须你死我活的客观存在，而是新历史时代赋予全面发展的新机遇，水墨人物画的复兴之路必将走出创新发展的新境界。

2019年10月15日于成都

悟法笔墨　相由心生

陈　辉

笔墨在国画的写生中被视为界定作品标准的重要因素。好的笔墨是对艺术作品赏心悦目、回味无穷的解读，好的笔墨是造型与形式浑然一体的气韵表达，好的笔墨更是形神兼备、意境幽远的和谐之音。笔墨的好坏依表现物象生动的造型来构成它的存在意义，依塑造形态结构的生动灵性来显现它的价值。造型决定笔墨的走势，笔墨是造型的重要技术支撑，离开了表现具体物象的笔墨造型，笔墨便失去了价值。

一、笔墨得法与造型生动

笔墨的运用和选择是动态多变的，但笔墨又是特定画面里的独立存在形式。没有一成不变的笔墨，也没有离开造型而孤立存在的笔墨。笔墨是造型的载体，笔墨当随造型。

笔墨是艺术与技术的综合体，笔墨是长期的积累养育和激发出来的。艺术家的格调与境界决定着画品，画品的高低是笔墨所表现物象营造的意境，意境的绝妙在于心灵的感应对笔墨的驾驭。艺离不开技，技则为艺服务，艺术家技术素质的高低直接关系到艺术作品的经典程度，从构图到用笔、从造型到设色、从结构到虚实、从对比到统一，无不凝聚着艺术与技术完美结合的光芒。笔墨与形态、笔墨与整体、笔墨与意境是不可分割的魔方，任其怎样变幻，图形格局仍旧统一完整。

观察生活，到大自然中去，我们会获得无穷的灵感与笔墨源泉，"搜尽奇峰打草稿，师古人不如师造化"，是说要到大自然中去体验生活。笔依形而设，墨因势而施，从生活和自然中找到笔墨的不同用途和法则。此外必须熟悉传统，在传统的夹缝中找到笔墨与造型可结合的新视点，绝处逢生。比如中国画的散点透视，非常具有现代感，它摆脱了西方焦点成像的局限，更注重心性和主观的表达，中国画的意象之胸中丘壑，具有当代艺术语言的精神属性。

形式美用之不尽，笔墨形式千变万化，好的造型里一定会有好的笔墨，好的笔墨里必然也会映射出好的造型，两者相辅相成，终身相守。

二、外师造化与中得心源

"外师造化，中得心源"是唐代张璪提出的以自然为师、向自然学习的美学观点。理解和精读传统画论，有助于我们深刻理解传统文化的深厚底蕴，梳理中国美术史那些艺术高峰的经典之作，借鉴和学习传统中的精华，寻求当代中国画艺术创作的民族根脉和渊源。

"外师造化，中得心源"指的是绘画要向自然讨教，以自然为师。从自然的学习中我们会得到取之不尽、用之不竭的艺术源泉。深入自然中去观察物象的形态之美，体会唐诗宋词诗情画意的意境之美，以特定的笔墨形式为载体将二者有序融合，是向自然学习，提升写生水平的好方法。这是那些靠临摹照片、闭门造车、脱离生活、背离自然的绘画所不及的，脱离生活的绘画也必然会导致艺术的没落和僵化。

面对气象万千的自然景象，每个人的艺术观不同，认识则不同。因而，在画面构图的选择上，笔墨的表现上，形式的运用上会各执己见，各择所长，各显其貌。这是艺术选择的自然属性。石涛"一画之法"也说到了不同物象应有不同表现方法和形式这一特点，但万变不离其宗，故笔墨当随个性。艺术不能千人一面，也不能固守一法应对万物。艺术应是内容与形式的统一、局部与整体的包容、主观与客观的融合、形神与意境的升华。

以笔墨直接表现物象的结构和气韵并不是一件容易的事。一要有写意的基本功，二要有构图能力，三要有驾驭画面整体感的协调性。万事开头难，锲而不舍，金石为开。什么样的构图能妥帖地展现特定场景的气象，什么样的笔墨语言能表达此情彼景的心中之象，什么样的艺术形式适合身临其境的感触与表现等，这些构成艺术表现性的多重因素需要提前考量，做到成竹在胸，意在笔先。当我们的感悟与自然景观赋予的情境一致时，表现这些景象就会有所选择，或呈浩渺苍茫之境，或现雄浑壮美之势，或藏温润幽深之情，或寓小情小景之雅。触景生情带来的是内心的涌动和笔墨的释放，艺术表现的源泉源源不断，情与景汇，意与境通，以形写神，情景交融之画意油然生成，故笔墨当随感受，笔墨当随意境。

三、感悟生活与由心入画

我们在现实生活中所见的景物并不一定是如意完整的构图，或缺乏点、线、面的对比关系，或缺少画面的节奏韵律。它需要画者用心感受客观的自然，以看不见的法理对其进行适当调整、嫁接和移植，方可有称心之构图、如意之画作。艺术作品的魅力是我们对真实的客观事物观察后所获得的一种主观感悟中的重构与再创，是艺术审美对生活和自然的归纳提炼与无限升华。罗丹说："生活不是缺少美，而是缺少发现美的眼睛。"是的，通常我们对经历过的事情会有切身的感触，对赋予感染力的情景与事物会有感动，对颂扬人性之美与生命之魂会有心灵的震撼。感触的激情与心灵的震撼撞碰出灵感的火花，汇集成美之画境，这是感动于生活和自然的艺术发现。慧于眼、应于手、得于心，蕴含着生动的气韵和生命的气息。

画格与品位是人品和学养的综合体现，是文史哲的思想，生命的历程，文化的积淀，美学的修养，艺术理想的长期积累和坚守，是恒定的心态和不灭的信念，是对艺术虔诚的人文情怀。艺术的感觉是通过不断学习和实践而获得的一种体验与感知。艺术的灵感是在不断的艺术实践中被激活的那一刻而获得的艺术冲动，如此的艺术冲动非常珍贵。多数的写意之佳作都诞生于此时的迸发。

"宿墨"山水艺术空间的极致再造者
——黄宾虹先生

姚鸣京

作为中国画的一个专业山水画家，虽然是美院的教授，在这里谈黄宾虹大师的学术成就、艺术造诣，那也觉得是在对中国美术史的学术上的一种浅薄和无知。谈黄大师的艺术，更是对中国山水画高峰的集大成者的一种冒犯。我们真的不配谈他老人家的笔墨。谈他的学识，谈他老人家的艺术成就之道，一谈就望尘莫及、隔岸观火，真是怎么谈都难以及意。中国古代的传承让他老人家玩得那么纯正、那么纯粹、那么炉火纯青，他不仅是一位传统的集大成者，更是对古人传承的一个总结者。他将他的作品概括地、全面地包揽了传统笔墨在他一个人身上，并画上一个大大的句号。

黄宾虹老先生的笔墨，华滋、浓郁、丰润、厚重、疏旷，灵动中透出天真烂漫的朴拙，稚嫩潇洒中露出如初生儿一般的童趣。其特征是讲究宿墨的拙巧的错移和互映，一遍又一遍地勾皴点染，似交非交、似虚非实，造成无穷无尽的生动而空疏、灵虚、灵移的画面。

李可染先生的画，黑入太阴龙虎死，拙巧互发的艺术追求，也是在积墨上得天独厚，但用的是御墨，根本不用宿墨，却画法殊异，造型上精巧布局，把素描入画，引中国画线造型，运用勾皴点染。起伏蜿蜒及伸展掩映上深得古法奥妙，胆壮心细，独得山水意境神化之气韵，以意境诗意入画，开时代风范。

而黄宾虹老人，讲究宿墨的运用，积墨中反复轻重后，巧拙互映，越积越黑，墨渍焦边死里求生。累叠时厚时薄间施以宿墨、颜色求交互反复的层层渲染中，积墨杂夹扑拙理，视而探透一派山水的天机，密撞叠擦中求死求生求活之隐，可见惨淡经营其辛苦至极。黄大师是前无古人，后无来者，灵秀而古人传承之画句号，独占而尽享中国画笔墨集大成就。

20世纪四五十年代，李可染大师到杭州开会，想趁开会之余拜多年相识相敬的黄宾虹大师为师，一共开了七天会，李可染他老人家当时还很年轻。黄先生一听李可染的来意，高兴得不得了。每晚当场送给李先生两幅自己的山水以资拜师纪念，七晚共14幅作品，李可染先生更是如获至宝，珍藏起来。

据说那时，杭州浙江美院没人敢收藏黄宾虹大师的作品，都认为他老人家的画太老，那么黑，没人敢收藏，送谁谁都不要，只有一个军代表不好意思收了。李可染先生慧眼独具，拜师之余珍藏老师的真迹，难能可贵。

黄宾虹大师更传统、更纯粹，潜移默化许多纯中国文化的符号，画法、笔法乃至构图章法、题跋、印章均开一代立异先河，把中国传统山水画走到绝顶，引领至最高深的传统境界。而李可染正相反，多谋西式方法，多参照西方素描，对中国山水的前途、发展方向提出了创新课题，延伸进出"忧患意识"，倡导了为祖国山河立传。如果黄宾虹先生是对传统的历代中国山水画的一个总结，那么李可染先生就是探索新的中国画的桥梁。敢把古人、把各个时期的笔墨用个人艺术风格的笔墨语言创作出带总结的形式语言，那只有黄宾虹先生，他老人家宿墨的巧用可以说登峰造极。在整个中国画演进的历史长河中，他老人家的笔墨更是登峰造极。

花鸟画教学中写生与创作的联系

于光华

中国画教学遵循"临摹、写生、创作"的基本程序,从教学规律上说,它可以看作学习与教学的三个阶段,但作为一个完整的系统,这三个阶段又是互为因果、不可分开的。临摹可以作为写生的基础,写生可以看成创作的成因,但创作也可能反过来促成临摹与写生的深化。所以在教学中,以某一阶段为主导动机,合理地融入其他两个阶段的创造性理解,是学以致用的有效体现。写生与创作之间也存在这样一些具体的课题。

一、花鸟写生的特点

在传统绘画中,写生是专对花鸟而言的,即花鸟画的目标是表现自然中动物、植物的生机与灵性,笔墨作为表现过程中的语言形式,虽然本身也具有生动韵致,但归根结底,还是以反映物性特征与自然生韵为上乘,是与物象生机融合为一体的即时性语言。也就是说,生机是活的,语言也应是活的,而不是僵化的不变的模型。这是区别于西式静物画与某些装饰形式的主要方面。

从体察物象生机、表现自然生韵的目标看,花鸟写生应注意如下两点。

首先,花鸟写生在观物方式上应将目力观察上升到以心体察的高度。清人邹小山说:"今以万物为师、以生机为运,见一花一萼,谛视而熟察之,以得其所以然,则韵致丰采,自然生动,而造物在我矣。"可见谛视而熟察,是窥见生机的门径,这就要求能观物入心、体察入微,而不是粗枝大叶的理解可以奏效的。

其次，花鸟写生应抓住大势。在强调观察入微时，不能陷入细节之中而不见全牛。其根本道理仍然在于对物象生机的撷取。因为花鸟对象虽姿态万千，但物物皆有一种生机，这种生机首先表现在体势上，即它的生长姿势，是挺直还是盘曲，是倒垂还是仰攀，是初生还是垂暮……所有这些都生动地反映了生命的过程和力量，因此抓住了生机的主体，其他细节随势安排，也就合情合理一气呵成了。

二、写生中的创作意识

花鸟写生的首要目的是表现物象的生机神韵，而实现这一目的的过程，自然包含了体察与表现两个内容。经过谛视而熟察，我们由目及心，领会物象的结构与机趣，而一旦落纸，还要将笔墨的生动性与个体的性情修养等内在因素，自然地融入其中，形成物象生机与笔墨神采的浑化无间，创造出生动的意象境界。所以主动的创作意识与写生是不矛盾的，更进一步说，写生中的创造性是必不可少的，是表现物象生机的手段，甚至成为物象生机的一个重要部分，就如顾恺之画裴楷像，在颊上加三根毛一样，是对象神采与作者风神在迁想中的妙合。

在美术学院花鸟画教学中，写生作为教学体系的重要一环，已经受到越来越广泛的重视，社会各阶层的创作者也已认识到写生对于创作的意义，因而投入大量的时间与精力从事写生实践。从现实情况看，当代花鸟画在写生方法、写生形式、写生题材等方面，都比以往有更大的拓展，产生了许多新颖的作品，这是花鸟画发展的积极的方向。但也必须看到，当代花鸟画写生也存在着许多值得探究的问题。一是对写生传统理解不深，对物象生机体察不够，走向拘于物象、过细描形的表面化倾向。二是套用经典的模式化倾向。在写生中参照临摹过程中积累的经典图式是完全合理的，但过分地依赖前人的图式，甚至不惜改变物象的真实感受，以屈就前人的图式，这是"伤物"做法，是不真实的，因而作品也很难打动观者。三是对创作的肤浅化理解。在写生中加强创作意识，克服物象的局限，创作出既见生机又合于画理的作品，做到这点已很不容易了。但还须更进一步，在画境的提升以及文化品位上有更高的追求，这也是使创作走向深层次的必然选择。但值得注意的是，有一种创作倾向阻断了画境的提升，这便是在写生中所形成的对创作的肤浅化处理。其一般表现是，习惯于对景创作，也可称作写生的创作化。当面对物象时，其激情得以调动，往往下笔有生动意趣，能抓住物象的大体形神，画面处理也能观照周全，基本可称完整的作品。但在细节上往往不能深入，许多结构性笔墨似是而非，如画花时，只见一团色彩便纵笔点涂，对结构观察不细、交代不清，长此以往，成为一种习气，误把浓淡跳动的笔墨技法认作物象生机，使写生停留在简单重复的层面上，不能再进一阶。这样的结果便造成一种弊病，可以称为"写生依赖症"，即在对景写生时，尚能画得生动完整，离开写生环境完全进入创作层面时，便无从下笔。这一弊端表面地看，原因好像是依赖对象的习惯思维所致，深层地看，其实还是观察不细、体察未曾入心造成的。

三、创作形式概观

在写生基础上进入创作，易得物象神态与笔墨表现的生动性，尤其是对景创作的现场感，也是感染观者的重要内容。当代信息与交通的便利条件，为我们外出写生提供了帮助，只要正确认识与真诚对待，从写生向创作的过渡是顺理成章的。

从表现形式与创作理念看，由写生进入创作有四种基本形式。

第一，以尊重物象的真实感受为主要特征的实境化创作。将实境上升为画境的创作，可以采取简洁的折枝形式，也可以采用复杂的全景构图，当以全景构图时，应区分表现的主体与副体，不可主次不分、面面俱到。另外，取实境创作时，要把握好实境与写实的区别，实境主要在于对物象真实的感受，在于物象真实的生长势态与生长环境，不可将实境片面地理解为写实，忽视了创作的主动性与趣味性。

实境创作要经过取舍剪裁，所以艺术处理的空间仍然很大。要用心体会黄宾虹说的"舍取不由人""舍取可由人"的道理，在实境的经营中，创作出独具眼力的作品。

第二，真实物象的意境创造。将写生中的真实物象置于意境空间之中，以实现情境的升华与再造，因此物象所处的环境不必实有，却是合理的，合乎自然的。这需要对物象的写生既能得其生动的韵致，也要知晓其生长环境的合理性，不能因为造境而悖于物理。显然，这仍然要有长期的写生积累作为基础，脱离观察和体悟的人为造境，难免会有悖理逆常的短处。

第三，借助山水的造境形式。花鸟画也可以借助山水的造境形式，这种形式和全景花鸟中对环境的交代不同,是将作为物象的花鸟置于山水之中刻画描绘,即以山水的形式展示花鸟的细节。这样的例子很多,如八大山人的《河上花图卷》、潘天寿的《小龙湫下一角》、郭味蕖的《大好春光》等。使用这种造境形式,视野开阔,意象繁复,易于深化题旨、扩展画境,是一个值得尝试的方向。

第四,注重画面构成与装饰的创作形式。当代文化的融合与多元条件,为传统的创作形式提供了许多借鉴,花鸟画的创作在吸收其他艺术形式以及外来文化养分方面也产生了许多有益的成果,加强视觉形式的构成意识以及适度的装饰化,为当代花鸟画带来了视觉上的新意,也是创作上值得关注的方向。

总之,花鸟画写生是体悟自然生机、创造画法画境的必由之路。从写生走向创作,既需要面对生活的激情,也需要丰厚的技法与修养积累。相信在越来越重视写生的今天,花鸟画也会有更光明、更宽阔的发展前景。

2019 年 10 月

心象的幻化

纪连彬

我从梦中醒来，又被梦境诱惑，于是重新去寻找。在日渐矫饰的城市里，欲望的膨胀、机械的胜利带来了精神的扭曲和异化。压抑、孤寂、冷漠是城市的影子，在轰隆隆的机器喧闹的噪声中，都市已经没有诗意，思想与心中的激情撞击混凝土冰冷的墙面，撞击反弹为怒吼冲上夜空的云端化为灿烂。都市物质制造幸福的假相，自然的歌声逐渐离我们远去。鸟儿习惯了囚笼，忘记了飞行，浓烟掩盖了彩虹，天雨变为洗涤城市的眼泪，冬雪已不凝结玉白，洗洗弄脏的云朵还一个晴朗的天空。逃避城市回归自然的绿色梦想正是都市群落的精神渴望和心灵慰藉。

人与自然的关系衍化的生命意蕴是我创作的主题，眼中世界与心中世界，现实与梦想使我选择了对自然艺术的再造，外部世界潜入自我的心象世界，在自然真实与内在真实，心灵与自然之间幻化的新自然与新空间中物我交融，自由地表述心灵的真实。

一个身影伫立在大地上，岁月的年轮剥落了躯体坚实的肌肉，对土地的依傍凝固了耕耘荒原的老犁，守望着希望。对土地之恋是人类原始而永恒不变的情感。我的心音在寻觅土地的回声，引导我回到土地与冰雪之间，当我行进在被夜拥抱的黑土地的旷野里，原野恢宏而悲怆的气氛使我战栗。我喜欢夜在黑色的空间里，生命没有了修饰和伪装，大地与夜空充满了生命的隐秘，千万精灵挣破冻土而出，我全身心的细胞感知向你悄然涌来，在虚空中歌唱。我"心的眼"睁得明亮，我身体的另一部分飘出潜入土地的柔软中，慢慢地无声地复归，我重新苏醒。夜云的舞蹈，大地吸吮阳光，燃烧的季节，米香草馨的陶醉，心在大自然中悸动。大空间的孤寂，生命更能体验自身，这是生命的幻象，正如冰雪覆盖下不是死亡而是沉睡，生命是个轮回，死亡与再生的永恒。土地是生命的摇篮也是归宿。所有被土地养育和滋润的生灵都抑制不住土地的召唤，她是母亲慈爱的象征，翻看北方黑与白的大地画卷，她是敦厚而盈满的灵性，展示万物雄浑的生命交响。

幻化是心灵的自由，幻化的现实与现实的幻化是我内心的感知。想象与意象的综合，是心灵的造境过程，是情感和生命意蕴的表述，是对现实的变化。异化，是量对质的转换。它是产生多变性、多视角冲破空间与物象的局限而达到的一种自由方式，是一种语言、媒体、样式，是理念与非理性的双重置用。它是一种自我表达，自然的声音与我的心灵同声共振，激发新的创造性的想象。它是空间与空间的从对抗到分离、融合到和谐，是物象从局限到心象的无限升华，是心象色彩、多维空间，"易貌分形"的变化组合。

水墨是幻化的艺术，在水与墨的交融中聚散分合、变化中产生形象，幻化的笔墨充满了偶然性的气韵，带来创造的快感。

幻化的自然正是我心象幻化的一部分，幻化是对新生命形象意蕴的阐释，它引导我们发现未知。

水墨画只是媒介而非规范的艺术，水墨的语言是充满悟性与灵性的，水墨的精神即人格的精神。

当下中国画坛令人眼花缭乱，人们陷入无奈的困惑。没有哪个朝代像 20 世纪末的中国画带有强烈的实验性。对祖先、时代、自我的认识，反思与发现，回顾与前瞻，探求新的领域，是每个国画家的使命。我们从学院的课堂上学会太多标准笔墨样式，或以矫情来迎合商品市场的趣味。从神圣的殿堂落入世俗消费文化中，变为旅游区工艺品店的"货物"，或居家墙上的摆设，这是它的悲剧。

新水墨画不单是材料与语言技法的变化，更重要的是水墨观念、艺术观念的改变。中国画的困境正是画家自身的困惑，对传统而言不是否定而是超越。新水墨画随时间的失衡也将变为传统的一部分，现代中国画或水墨画的继承性要以它全新的形象加以创造性阐释。时代的召唤，你的前行别无选择。

我的作品中表现大自然中的状态，人与自然的和谐，梦幻与现实的冲突，生命的祥和，崇高与力量。我以线来完成画面造型，线造型是中国画艺术的手段和特征。心象"用线条散步"，像一种情思慢慢地织满画面，用线捆扎物象营造意蕴，构成视觉的张力与精神，使画面呼吸。人物是一座山、一棵树、一朵云；人物与空间融为一体，从复杂到单纯，从无序到有序的组合构成。线的力度，笔与墨，光与色，虚与实，松与散，感觉的深化，内在的结构，组成整体的团体，不讲究线的科学性，而求线的表情的心象表现性的直白。正是中国古代壁画艺术、石刻艺术、民间艺术中的纯朴天然的线以生命朝气在启迪我。

人物具体形象的细致刻画已无意义，在我的画面上只是一个情感的心象符号，它是人物山水一体融合的形式。

画面的光感是韵律节奏，色彩是心象色彩非客观的运用，光感不是视觉直观而是内心之光的设计。

线的粗糙感与过于精致的画面相比，粗糙是一种生命质朴与活力的体现。

心象的幻化催动我去创造。

得意不能忘形

——谈写意人物画的创作与教学

王 珂

"论画以形似,见于儿童邻。"文豪东坡居士,也是一位绘画高手。此一绘画见解有其高深之处,文人画之所以受人们追捧,无疑是被其中之文气感染,文人绘画所呈现出来的那种超然的价值观念,让人能言却不可尽言。及至元代,云林所谓"仆之所谓画者,不过逸笔草草,不求形似,聊以自娱耳",更进一步发展了文人画尚意之趣。"可意会不可言传"之意便越发令人向往,但这文气的修成,并不是一朝一夕的事情,当过分沉浸于这种意趣的求索,不可否认的是能够助长画者在遣情逸志方面的精神诉求,从而更好地表达个人胸襟。然而长此以往,人物画中更为重要的造型因素便容易被忽视,对于严谨考究的造型要求无疑具有消解作用。相对于此,传统"以形写神"之绘画思想,则给了我们更为实际的绘画上的参考法则,这也是中国画最本初阶段的一种状态。但是,绘画的发展因人而异,就时代而不同,清代以来的"摹古"风气所带来的衰颓、萧瑟之势,加上时局的残破,革命之势从政治、经济逐渐波及文化,中国画亦不能幸免。"革王画的命"的呼吁影响了一大批有志之士改革中国画的创作道路,以徐悲鸿为代表的一派所倡导的以西方写实主义入改良中国画的思路,产生了广泛的影响,并逐渐形成体系。写实主义带来的最直接的影响就是对造型的考究和严谨的创作态度,以及在这种状态下形成的对现实社会生活的关注。

徐悲鸿在《中国画改良之方法》中讲道:"夫写人不准以法度,指少一节。臂腿如直筒,身不能转使,头不能仰面侧视,手不能向画面而伸。无论童子,一笑就老。无论少艾,攒眉即丑。半面可见眼角尖,跳舞强藏美人足。此尚不改正,不求进,尚成何学!"[1]他指出了近世人物画中存在的弊端,并极力倡导以西画透视之法入画,改良中国画。在这样的形式下,西方绘画教学体系被引入学院,培养了一大批有卓越成就和影响的画家。人物画的发展和演变产生了重要的转变。造型在绘画创作中所起的决定性作用显得尤为突出。画风粗犷、笔力遒劲的黄胄,极其重视造型在绘画中的基础性作用,他的足迹遍布全国各地,速写是他记录生活最重要的一种方式,通过速写来描绘人物瞬间的姿态,精确地把握人物动态,从而为自己的绘画创作奠定坚实的基础。和黄胄先生一样,"新浙派人物画"的奠基者方增先,同样注重造型。方先生的人物画,以"线性人体结构素描"为基础,很好地融合了西方结构素描和水墨画的表现技法,使得人物画在造型方面,既达到了写实的效果,又不失中国画的特性。写实主义的引入,在一定程度上给了中国画创作一个具体的方法,这一点与传统的应物象形有可通之处。对于中西方绘画在对"形"的方面认识的差别,刘国辉先生的水墨人物画可谓各取其精,追求在写实的基础上参ести个人意趣,使得其人物画形成了既具体又不失深刻的面貌。可以看到的是,在写实主义的影响下,创作者对现实生活的关注超出了以往的绘画,他们不断地描绘生活中的人们,认真体察人们的生活,从而为创作提取了大量的创作素材。在深入生活方面,黄土画派刘文西先生称得上是个典范了。他将自己的绘画创作与陕北地区紧紧地联系起来,走遍了陕北的每一个村庄,体察陕北民情,在这样的背景下,他所绘制的人物画已然成为陕北人的一种符号。刘文西坚持古今兼容、中西合璧的造型方法,关注生活并反映生活,不断追求艺术道路上的进取。他们的绘画,由于生存空间的差异和个人情感的不同,形成了不同的绘画风格和面貌,丰富着中国画的形态,可不能改变的是他们对造型的重视及深化。换言之,不管笔墨属性是怎样一种形态,其所依据的基本的因素全在于造型。

应该说人物画的表现形式,跟创作者个人的生活经历紧紧结合在一起。因此,人物画创作方法及表现形式的演变,离不开人的社会生活,不同的时代特征引发人们对人物画创作手法的不同思考。自西方现代主义绘画思想进入中国,并广泛

---

[1] 徐悲鸿:《中国画改良之方法》,《北京大学日刊》1918年5月23—25日。

传播，人物画创作产生了自 20 世纪中期以来形成的风格基础上的又一次转变，这其中比较成功的当属卢沉、周思聪夫妇。他们的作品《矿工图》组画，是周思聪在卢沉先生探索新表现手法影响下而产生的一件具有纪念碑意义的绘画作品，作者结合自己长期深入辽源煤矿的写生生活，将西方现代主义绘画中的抽象表现、构成方法，融入这组画作的创作过程中，成功展现出一种既表现生活，又打破原有人物画表现手法的有着深刻的现实意义的画作。卢沉是一位从"徐蒋体系"教学实践中走出来的大师，与其夫人周思聪可以称得上是画坛的杰出伉俪。卢沉曾在一次访谈中讲道："（我们受）蒋兆和先生的影响大一点，是因为他的画法比较贴近生活，能够比较深入地刻画形象。"除了蒋先生的影响，黄胄以速写入画的绘画方式，也为他们所喜爱和追随。"他（黄胄）的速写能力强，造型能力强，所以能直接拿毛笔作画，表达自己的感受"，卢沉这样回忆黄胄先生的绘画。另外，他们还从李可染、李苦禅、叶浅予等老前辈那里学到更多的绘画技能，丰富了个人的绘画修养。他们早期的作品，如卢沉的《机车工人》、周思聪的《清洁工人的怀念》《人民和总理》等都展现出他们扎实的写实主义的造型功底，可以说是造型功底的扎实才成就了其变法的成功。

　　随着时代的发展和变迁，人们也在不断地探索人物画的创作手法和表现形式。人物画发展到现阶段，更加自由的学术空间给我们提供了更多跟人物画创作相关的理论指导。可写意人物画的要素不外乎三点：造型、笔墨、画面结构。写意人物画的学习和创作过程，是将对形象的模仿转化为绘画形态的过程，这个转化过程，融入了画家的主观意愿，赋予了画作精神内涵，并最终用抽象的笔墨结构呈现出具象的人物形态，也就是笔墨暗合造型的一个过程。人物画的创作，初级阶段还是放在对描绘对象的形体特征，骨骼肌肉结构，五官面貌，身形特征的把握和研究上，也包括日常生活中对象的形象气质，衣着特征，表情动作等，进而不断地训练笔墨语言，结合画面结构的表达，从而使画面达到合理的统一。这样的绘画形态会引发我们诸多思考：对写意人物画来讲，这个形态仅仅是一个有意味的形式吗？这个形态于笔墨的关系是什么以及应该用怎么样的笔墨形式去表现？中国画讲究意象造型，所谓意象是"写心"的结果，不是被动地抄袭对象，也无所谓写实与否，根据内心表达的需要结合中国画材料的特性将自然形态转化为绘画形态，从人物画的角度来说，太过夸张便成为漫画，太过装饰便流于工艺美术，而相对的写实未必就不是意向的，不是说像照相写实主义一样把一个自然的人搬到画面上就可以了，这样近似于自然主义的方法在笔墨的表现上必然会受到限制，也是没有必要的，这就对写意人物画相对写实的造型有了一定的要求和限制，首先要做到对人物的深入观察，研究其个性特征，然后结合毛笔便于书写的特性，结合自己的感受用笔墨的结构去表达出来，而不能简单地流于描摹。在对造型的不断认识和深入研究的过程中，还要有所取舍，绘画是一个此消彼长的过程，这一点也充分体现在造型的理解和研究上，面对自然形态，要知道其什么地方需要取舍，什么地方需要强化，不能囫囵吞枣，照单全收。

  从人物画教学和创作的角度来讲，写生依然是深入理解研究造型，锻炼笔墨进行创作思考实践的有效手段。目前的学院教学体系当中，对于写生这一块没有足够的重视和重新审视，甚至有认为不用写生的论调，不论是重视还是取缔，归根结底，写生作为一种手段和方式其本身是没有问题的，问题是我们拿写生去做什么。写意人物画的创作和教学当中，写生有课堂写生和下乡写生之别，课堂写生主要用于研究人物造型、研究笔墨语言等，一方面在造型上通过写生能够得到科学有效的提高；另一方面也可以通过这种方式将造型规律、笔墨规律同具体的人物形象结合起来，有效互动，互增互长。而下乡写生则更多倾向于生活感受，搜集素材，艺术来源于生活，画家的想象纵然丰富，技术水平纵然高超，亦无法跳出"外师造化中得心源"之规律。基于此，写生依然是写意人物画创作的必要途径，这一点也贯串在写意人物画创作与教学的造型研究范畴。综观近代以来人物画的演变态势，前辈们从最初的尝试到最终形成了完整的美术教学体系，通过写生来练就绘画技能是一种最为行之有效的方式，也应该看到传统的应物象形，以形写神的人物画精髓依然在总纲上统领着人物画的创作之路。通过写生去研究造型是我们要达到的目的，画面当中的艺术形象如果没有典型的人物特征，不是一个有血有肉的具有生命力的情感对象的话，是不能打动人的。如前文所述，人物画作为区别于山水和花鸟的一个独立画种的意义就在于人物画是要表现人，而表现人就永远离不开对人物造型的深入研究，因此人物画的创作必须要依靠造型。而造型又离不开写生，写生是为了让我们更加直接地从生活中汲取情感，人物的精神状态跟他自身的生活紧密相关，脱离了生活的人物创作，必然是空洞无味的。

  造型是个人在写生过程中不断形成的对描绘对象的概括、提炼的一种能力，需要发挥一定的合理想象。从写生到造型，再从造型到人物画的创作，必然要经过一个曲折的过程，但不能因噎废食，望而却步，否则很难在人物画创作道路上取得长足的进步和更高的成就。试想一下，如果人物画当中剥离了造型的因素，会是一个什么样的状况？这不能不引起我们的深刻思考。

我想说的话

邢庆仁

在绘画上引我入门的人是父亲，领我出门的人是母亲。

从 1989 年我创作《玫瑰色回忆》到 2019 年，刚好是 30 年。当年我 29 岁，如今是 59 岁。那个时候好多事情都不明白，也弄不清楚。但有一点我从来都没有停歇过，那就是我一直在努力，我在找生活、找艺术，也在找我自己，一步一步地提炼直到今天的抽象。

在这 30 年里，我当然有过偷懒，也想舒舒心，轻松轻松，我看那些小孩子哭着哭着就笑了，看那些老人们笑着笑着就哭了，到底是为什么，这些烦恼和忧伤不正是我们人类所有的困顿吗？

我生长在故乡，听着土地的声音，故乡的日出、故乡的日落都是祖先的色彩，都是我身体的密码。我从 20 世纪 60 年代末到 70 年代末在故乡读完了 50 多幅世界名画的印刷品，每隔一段时间父亲就更换一次，将那些名画贴在土墙上，我躺在土炕上，看得多了，看得日子长了，那些画和我一样与故乡有了神交，我有时分不清是米勒画上的人物在地里捡拾麦穗，还是我的祖辈或者邻居，他们都是一样的色彩。村口的麦秸垛是莫奈的干草垛。凡·高的麦田每年也都要摇醉我的故乡。

这个阶段的经历让我倍感珍惜，它是我 18 岁以前自己解读世界名画的私人版本，尽管有这样或那样的不是，却是我贴着故乡的土地对图像的认识和理解。

有句话，一瓶子不响半瓶子晃荡，人都认为满瓶子好，我倒喜欢半瓶子晃荡着还有声音。学问是学不完的，不可求全责备。见过一种绿植叫孔雀竹芋，白天看上去舒展还很正常，一到晚上就神经了，叶子直直地硬着朝上翘。我一会儿看明白了，一会儿又犯糊涂了，想来想去还是不弄明白的好，它爱怎么长就怎么长吧。

一次，我过咸阳以西，采风交流，来的自然是画友，看的说的都是画，一位大胡子向我介绍他的画和作画过程。我说，画什么不重要，问题是怎么画，从现在的画上看，还是留一个人的好。他说，孩子和老人都是头一回出山，少画了哪一个都不行，万一丢了怎么办。我说，不会的，画在纸上怎么能丢呢。

合情又合理是生活，合情不合理是艺术。会画画的咋画都对，即便错了也对，不会画画的咋画都不对，即便对了也是错的。

杭州朋友来访，问及工笔画和写意，我说，萝卜和青菜各取所需，只要适合你的就是最好的。吃肉未必就会发胖，但写意画到了今天在某种程度上也着实有点不太严肃，工笔画也有华而不实的问题，虽忠实于面子却丢了里子。画画时我也曾遇到过画得太像而自觉无趣，要么把它涂抹掉，要么重新开始，直画到有点意思才肯放手。现场写生的好处是能发现人之外的东西，即便寥寥数笔，人的神气在，魂在，这是对着照片很难体会得到的。我很喜欢古代兵法讲的"出奇制胜"，艺术何尝不是呢。

画画是人内心的独白，只有画出自己才能点亮人性，要知道，浪漫是人内心的强大，我没有"浪"过，也没有"漫"过。

人在自己的每个年龄段都有各自的神态和瞬间，不用刻意改变它，尤其艺术更是如此，疯子有疯子的神态语言，一旦被改造就不成其为疯子，既失去了本色也丢掉了人物个性。好比喝酒，各自喝香为好，喝高了对人不好，对酒也不好。

20世纪80年代末，西安美术学院由原来的兴国寺老校区搬迁新址。回城后多年的一天，忽有人说老美院办公大楼前挖出一尊鲁迅像，我顿时惊艳了，马上约好友一同前往，到了校园停下车子，一眼就看到站在办公大楼西侧的鲁迅先生，先生还是那一袭长袍，昂首挺胸，手里捏着烟卷。我看看鲁迅，看看天空，围着雕像转来转去，像在转一座山。

看过鲁迅，我在曾经生活过的校园里寻找，边走边想。脚步越显沉重，不知能找到什么。半山上长满荒草，几孔窑洞已破败不堪，俄罗斯风格的旧建筑墙面被粉刷一新。有心无语，我倒真成了旁观者，多想蹲在汉字的结构里发呆，乱写乱画，谁都不要管我，我也不管谁，我也不管我。

人什么时候开始过日子不躲不藏，在真实中找到自己，才有意义，因为，"真"

是一切艺术的骨肉灵魂。

  表现乡土题材的作品可以土，土得可以掉渣，但气不能土。气土了，画就活不成了。

  我的画生发于故乡，故乡是我坚守的理由，虽然故乡老了，但根还在，我还有真爱渴望。我细心观察过，杨树生长的声音像受惊吓的风，朝着天空呐喊，这种声音只能在西北、在长安，别的地方兜不住，也吼不起。

  我在长安，我是邢庆仁。

2019 年 7 月 27 日

技进乎道，艺游于心

刘金贵

禅门有一宗著名公案，出自宋代青原惟信禅师，讲的是有关山水悟境的三个阶段：先是未悟时，"见山是山，见水是水"；随后经过修持参悟，开始"见山不是山，见水不是水"；最后彻悟了，即"得到了个休歇处"时，情景又复归原初，"见山还是山，见水还是水"。之所以会这样，是因为初始时，由于未脱俗见，物我不明，视虚为实，心为物蔽，经过参悟，明白了万象都归心影，诸般尽属虚无，唯心可凭，心外更无一物。有了这般见识，山水景象也随之生变；但这种境况终究还是物、我分割，较劲两端，仍属偏执，于是在了悟了本体心性后，便自行放下，消解对峙，于物我圆融无碍中进入真如境界，从而获得了身心的大放松、大自在。

艺术创作过程，似乎也存在着类似情景，或者说可以从这宗公案中得到某种启示。

在画画初期，从传移摹写入手，追求逼真肖似，注意力都集中在被表现的事物上，并以此为能事、为乐事。但随着写生日多，技法日熟，便开始不满足一味地描形摹状了，认识到创作应该有自己的感受，所画的东西不过是抒发个人情感的媒介，是可以而且应该加以取舍、提炼的。于是便由重"物"转向重"心"，出现在笔下的也就不再是自然物象的原来样子，而是画家的心象了。这相当于禅悟的"非山非水"阶段，即画家在努力整合主观与客观、理想与现实、情感与理智的关系，实现着内心与外物的契合与升华。在这个过程中，虽然未舍客观现象，但重心已转移到画家的主体意识方面，着力突出的是画家对客体的体悟，以及个人的聪明才智。这是一个艰苦的过程，要经过多方借鉴，反复探索，铁砚磨穿，废画三千后，方能做到心手相应，气力相合，熔众家于一炉，百炼钢成绕指柔。

达到了这个境界，是否就到头了呢？不是的。因为这个阶段，终究还是"技"的熟练过程，即主体与客体的"磨合"期，创作还是刻意为之，而不是自然出之，距离入道，也就是步入艺术"化境"还有差距。下一步要做的是知法变法，笔由心使，蝉蜕龙变，万象归一，如石涛讲的，于"墨海中立定精神，笔锋下决出生活，尺幅上换去毛骨，混沌里放出光明……运夫墨，非墨运也；操夫笔，非笔操也；脱夫胎，非胎脱也；自一以分万，自万以治一，化一而成氤氲，夫天下之能事毕矣"。这时，画家在创作时，头脑中思考的重点已不再是什么规范法则，也不是刻意要标举的个性风范，而是在观照自然中，天纵神思，任由心灵在时空中自由驰骋。那情景就像张璪画松石所进入的境界："非画也，真道也。当其有事，已知夫遗去机巧，意冥玄化，而物在灵府，不在耳目。故得于心，应于手，孤姿绝状，触毫而出，气交冲漠，与神为徒。"这样画出来的画，其特点是"拙规矩于方圆，鄙精研于彩绘，笔简形具，得之自然，莫可楷模，出于意表"。于是在神、妙、能三格之外，别辟路径，自备一格，即世人所称的"逸品"。

但这看似破坏规矩、率意为之的"逸品"画，可绝不同于某些只会一味逞强使气之徒的信手涂鸦之作。因为能达于逸品的，是有着坚实的艺术功底的，在它的构成中处处体现着传统绘画的精旨，诸如六法六要、三品九格、迁想妙得、传神阿堵、书法精髓、诗文妙义，以及在画面组织上的计白当黑，以简驭繁、虚实相生、疏密两当，等等。而这一切又都植根于画家的内养外受、励志修能，以及可钦可敬的操行人品。

好画是画家用"心"观察，用"心"体悟，用"心"画成的，所以欣赏这样的画时，也要用"心"去解读，去品味，而不是只用眼去看。现在有些人只看到了工笔画的精微，写意画的奔放，忽略了其创作性和文化内涵。不了解意识和学养决定着绘画的表现形式、技能和技法，也就不明白艺术创作在青年时比的是天资，中年以后比的则是修养品德和看待生活的态度。这也就是为什么传统文化一直强调"画如其人""文如其人""知其人，才能解其艺"的道理所在。

总之，绘画的至高境界是"万物入目皆从我，举世同怀尽归心"，那是一个情意相谐、天人一体的世界，无论画什么或是怎么画都可做到不被物役，不受法拘，信手写来，头头是道，既顺乎心意，又合于自然。这就是基于中国传统文化的人生理念而衍生出来的传统绘画特有的创作宗旨与审美追求。

艺术创作是灵魂的历练

——张江舟访谈

记者：张先生，习总书记在"两会"文艺组讨论会上讲话中说："一个民族不能没有灵魂"，是否可以说艺术创作更不能没有灵魂？

张江舟：当然。艺术创作不能没有灵魂。艺术创作有两类，一类是刺激感官，另一类是触及灵魂。只有触及灵魂的作品，才是具有深刻精神内涵和丰富人文情感的作品。艺术创作是灵魂的历练，艺术家要有丰富的人生经历，要有广博的人文修养，要有切肤的情感体验，要有悲悯的情怀，更要有高度的责任与担当。

记者：近一个时期以来，媒体上有关中国画的问题议论较多，多集中在对中国画制作风的诟病，我认为灵魂的缺失也许是更大的问题。您对当前中国画创作的现状满意吗？

张江舟：不满意。一个有着5000年文明的泱泱大国，中国画发展到今天，目前的现状很难令人满意。因循守旧、抱残守缺、精神贫弱、情感苍白、江湖鼎盛、学术暗淡是其整体印象，灵魂的缺失是其根本问题。中国是个有着辉煌的古代艺术传统的古老国度，我们的先人为人类留下了丰富的艺术遗产，周秦汉唐宋元明清一路走来，文物典籍汗牛充栋，名家大师高山林立。仅就中国画创作而言，我们有丰富的古代民间艺术传统、宗教美术传统、宫廷绘画传统和至今影响广泛的古代文人画传统。面对如此丰厚的艺术传统，今天的我们拿什么告慰先人，拿什么匹配这伟大的时代？作为一个艺术家，我为今天的创作现状汗颜。

记者：您认为上述当代中国画创作的现状是什么原因造成的呢？

张江舟：说来话长。20世纪以来，有关中国画的争论一直未曾停息。新文化运动中的"美术革命""85新潮"，对有关中国画命运的大讨论和之后有关形式美、有关笔墨的纷争、观念的混乱是原因其一，集中反映在对待西方和传统的态度问题，时至今日仍争论不休。对待传统的态度还好说。即使主张中西融合者，也会首先大谈传统，唯恐人们怀疑他的中国文化立场。问题出在如何对待西方。视西方为洪水猛兽，极尽诋毁之能事。无视人类文明的优秀成果，唯中国传统最优秀，凡西方就是落后的或腐朽的。这是一种什么心态？我认为除了大国的执拗，就是极度的不自信，唯恐西方进来，中国画将毁于一旦。我常讲，吃猪肉不会变成猪，放心地吃吧，这只会强壮我们的肌体。同理，借鉴西方，当然还有借鉴全人类不同民族的优秀成果，只会有利于中国画的发展。中国画界，排斥西方已成为主流话语，其结果是陈陈相因，还美其名曰弘扬传统文化。

前段时间有某当代艺术家的抄袭事件曝光，引来一片责骂。我暗地里想，中国画已抄袭上千年了，大家似乎已习惯了，还称其为中国画特有的演进方式。信吗？别人信，反正我不信。难道看不到当今的中国画，除了有些古人的皮壳之外，与中国文化的精神传统，与当代人的精神境遇、情感体验越来越远了吗？更不要奢谈什么灵魂了。

造成此种现状的原因还有市场的裹挟，物欲的无限膨胀。一味地迎合市场，只能使作品低俗化、媚俗化。这个话题说得太多了，我都懒得说了。

记者：文人画是至今影响中国画创作的重要古代传统，您认为文人画的价值体系是否还适用于今天？

张江舟：不能简单地说适用或不适用，文人画至今仍然是对当代中国画影响最大的传统遗产。首先，我认为文人画有着高贵的精神品质，因为文人画的历史是文人创造的，与艺人创造的艺术史不同，文人画代表着古代文人的审美情怀，先天有着高贵的精神品质。其次，文人画有着完备独立的语言体系，之所以是独立的，因为与所有其他的美术形态不同，不可简单做横向比较。文人画是诗书画印结合，文人画讲"以书入画"，讲"意境"，讲"书卷气"，讲"游于艺"，讲"物我两忘"，讲"神与物游"，等等，这些词汇在西方艺术词典中是没有的，这是一个独立性与自我封闭性同在的语言体系。因此，文人画的发展 1000 多年来一直在一种超稳定的结构之中渐进。100 年前，新文化运动中的"美术革命"打破了这种稳定结构，"徐蒋体系"写实性水墨人物画的建立是"美术革命"的直接成果。改革开放，再次把中国画的变革推向前台。今天的中国画，除去文人画形态之外，多了许多探索与创新性成果，无论是"实验水墨""现代水墨""抽象水墨""当代水墨"，还是"新水墨"，都已经与传统文人画有了很大的差异。这里有一个问题要谈一下。对待所有新形态的水墨画的评价，切不可简单套用文人画的标准，因为它已经不是文人画了。我们常常会听到对新形态水墨画创作的各种责难之声，包括对"徐蒋体系"的责难，其根本原因是立场问题。一屁股坐在文人画的板凳上，用文人画的标准审视一切，那你一定认为一切新形态的水墨画都是一无是处了。这就如同足球裁判看篮球，那一定都是手球犯规了。从"徐蒋体系"写实性水墨人物画，到各种新形态水墨画探索，已经实践着对"文人画"价值体系的拓展，但其精神形态和语言方式与"文人画"的文脉关系是清晰的，它是文人画价值体系在全球化语境中的语言扩充与延展。但无论如何，文人画与当代新形态的水墨画，其价值体系都已经有了许多不同。

绘画随感

张 望

一、绘画传达的是一种气息

当我们面对一幅优秀的绘画作品时，往往是被画中所释放出的某种气息感染，这种气息我们试图用语言来解释，但大多数情况下是说不清道不明的，无论我们怎样倾尽词汇去修饰可总显苍白无力，站在这样的作品前，我们只有感悟和心领神会，感画之气象、领画之信息，无论是达·芬奇画中的圣女，还是中国古代四王笔下的山水，你都会从中体味到独特的具有生命脉动的气息，正是这种超乎自然的感受，才使得绘画具有了非凡的品格，也许绘画的艺术价值正在于此，那么这种绘画气息来自哪里呢？我想有两种因素至关重要，即象征性和神秘感。

象征性来自对自然的概括和提炼，是人类共同心理的反映，在绘画中象征性包含两个层面。第一，我们对于某些形象具有某种先天的心理响应，丰润饱满的圆，挺拔崇高的垂直，静漪永恒的水平，动感危机的倾斜，等等，都会产生某种心理暗示。正是这暗示引导着观者的想象和理解，一幅作品的成功，首先就是所表现的内容是否与这种特定的视觉心理相呼应，这是作品产生象征意味的第一因素。它是一幅作品的整体之气象，最强之信息，可以说是象征性的第一个层面，绘画意图的灵魂。第二，是形象的符号化，符号是画家观照自然、物我交融的产物，它充溢着画家极强的个人审美趣味，是自然世界个性化的表现，符号是一个画家成熟与否的标志。符号既是一种形象也是一种绘画语言方式，凡·高运用律动明快的笔触，使他笔下的物象具有了生命的象征意义，白石老人的虾、鱼、虫、蟹也同样如此。但是不得不指出的是我们往往将绘画的语言符号简单地理解为一种浅显层面上的绘画形式，结果是相互的样式模仿和简单的程式相同，将符号当成绘画的唯一和目的，而忘却了符号的真正意义，即符号应来自自然且应该回应于自然，它是自然的写照，是生命的象征，我们在欣赏中国水墨的梅花时，那由红黑两色在白色宣纸上所构成的绘画样式以及它所呈现出具有东方人文情怀和哲学观念的象征意趣，都已超越了梅花本身的简单形象，红花、墨枝甚至空间都已变成水墨符号，而使得水墨画具有了超乎自然的艺术品格，因此，绘画符号必须是象征性的，反过来绘画的象征性又有赖于符号的表现。

绘画气息的另一个重要因素是神秘感，神秘感是一种超现实的感觉，绘画中影像和秩序具有一种似是而非、若有若无的特性，竹并非自然的竹，鸟也并非自然的鸟，即便是表现人物，也应是注入画家独特人格特征的新形象，绘画不能停留在一般风俗图解的层面上，而应是充满丰富想象和情感传达的表现，虚无缥缈，如梦似境，画家的创作过程就是一个再造自然的过程，它是通过绘画的假象来实现一个更加真实的信息传达，这真实来自画家真情实感的自然流露，来自画家独特的人格属性，也来自画家个性化的绘画表现，画家永远是梦境与现实之间的徘徊者。

二、绘画表现的是真诚

表现自我个性是现代艺术潮流，也是每个画家不懈的追求，然而身处纷繁的艺术现状之中，受其外来因素的种种影响，我们的个性又极容易遗失，许多人即使孜孜不倦，勤恳耕耘一生，也没有更多收获。细细想来，解决这个问题说难也难、说易也易，就看你是否有一个真实的自我意识，这里也有两个问题需要解决，一是辨认方向，二是真情流露。

画画有点像一个人走在森林里，周围的一切都是那么精彩和迷人，你会在不知不觉中被吸引而走入歧途，因此我们必须时常看一看指南针，它会提醒我们从迷失中找回属于自己的归宿。这指南针就是你的个性，它只属于你。我们常说绘画应该是个顺其自然的事情，这话没有错，但我们不能把顺其自然当成毫无目的的随波逐流，而应是体味和把握真我之自然，只有它才是我们走向个性彼岸的引路人。每个人由于先天和后天的因素表现出千姿百态的个性特征，我们应不断地静思和内省，以便辨认自己所走过的绘画之路是否偏离了应有的执着。选择—调整—选择是寻求绘画个性的规则，林中看似美丽的花朵，往往是你不能采摘的，因为在其体内也许生长着置你于死地的毒液，使你的生命终止。绘画之事大概亦如此。

  辨认方向是寻求真我的基本，而真正实现真我的表现，更需要真情地投入。艺术创作需要天性，这道理似乎大家都能理解，但实际做起来也并非易事。尤其是在现实这个物欲横流的社会中，名利和金钱的诱惑往往使得我们的艺术个性屈从了某些低俗的口味，呈现出一种虚假造作的不伦之态，画作成了重复的假话、套话，久而久之，思想和情感变得麻木冰冷，原本屈就的事，也变得习以为常，更有乐此不疲者，就真是一种悲哀了。艺术需要真情，真情需要真我，只有真我的表现才是画家的生命。

2003 年 2 月 20 日于泉城

一路欢愉

刘庆和

走着走着发觉不是熟悉的路了，与其折返不如继续前行。

隔岸

"隔岸"可谓躲藏在心中的一处无名地儿，一块与外界相对应的缓冲地带。把虚拟的公共空间拽回到私密领域，实则是为了强调领地意识，就像"笨笨"绕场一周，留下气味而已。记录一段时间里的所思所为，保留某种状态延至新的状态相互衔接，安全感就来自奋力拼搏的对岸，与己无关的距离才觉得心安。我在想，有必要走到"对岸"吗？留在此处换个角度窥测自己和周围，距离产生、假象丛生，现实生活里无力招架还手的时候，假象充当真相，时间久了就跟真的一样了。以于我有利的方式，保持内心免遭脆断，拿出来示人、宣读，大事小事充满了仪式感。想证明给谁看，这是一个被长久忽略的问题，提出来即连累许多现实，生活的琐碎铺撒了一地还是想要串起来，独立存在已不可能，所谓新常态到头来还是老常态，尤其是自己看来。不想走到对岸，是因为已经看到了对岸的自己，每次缺憾都化为对自己的一次宽谅。路还是要走的，走着走着发觉不是熟悉的路了，与其折返不如继续前行。

2007 年在中国美术馆的名为"隔岸"的展览，取名于一件作品的名称，从那以后，真觉得失去和获得都在距离和隔阂之中了。

浮现

继中国美术馆和今日美术馆两个个展之后,至今已有近 9 年时间了,这期间也参与或独立地做了些活动,有人问我为什么要做展览,我竟无言以对。如同早上醒来总要洗把脸一样,一天之间哪件事情会和洗脸有直接关联呢。展览活动就是在找碴儿说话,制造一个既暴露又掩饰自己缺陷的"场",场景和气氛组合的空间用来影响自己的心情和方向。在场,其实就是一个将规划变作偶发的过程,做给别人和做给自己则是两回事。

2010 年在苏州本色美术馆的个展"浮现",就是做了一个以给别人看为名的自我检阅的"现场"。为了追求这个现场的感觉,动用了我所能支配的声、光、电的技术,目的即用自己不熟悉的方式回应自认为过于熟悉的方式,来找回内心日渐失去的亢奋。只是这个场一经搭建起来,便立刻感觉到了与常态不够对等的气息笼罩。用以"证明"给别人的所有工作完成之后,人只好逃离,这个结果不是我在开始时预料的。我一贯的在工作中得到快乐的力量,在建立起来之后就消失了,原因总是有的。证明快乐的主体本身和快乐的长度,是在追求深刻当中还是仅仅因为浮光掠影。"浮现"展的主旨在于通过现场感官的刺激,宣示我的态度和本意,结果似是违背了初衷。展览的四个项目主题终究冲出了"纸"上的局限,转换成另外一种材质加以言说,在这些充满了质感和细节的运作中,情感的投入却因为材料本性和意义延伸显得异端或迟钝。所要做的,无疑是有意在与观者之间尽可能多地铺出路径,直观地看上去就是从平面走向立体。令人意外的是我无意地触摸到了现代人要活成现代人生的窘境,那就是在中国竞相上演的城市化进程,规模和指数在夜晚的霓虹灯下不断攀升的奢靡。我营造出来的是比城市化进程还急切、浮躁的虚伪假象,这个假象是对我自己加快步伐心态上的贬损和警醒。尴尬的是人们在努力摆脱困境的时候,我们已经走上了困境不断发生的路。好在这一番表白也没能让我在岔路上走下去,反倒掉头回到原点,这真是一次折返,退步是在进步的一瞬间转身了。我发现,回到简单的快乐之中已经不是件容易的事,能埋下头想想心事是这个时代的奢侈。"证明的意义有多大",这句话让我对自己的状态产生了厌倦,什么时候还可以面对自己的热情,是起点、终点或是路上。懒得做事悄悄地改变了我一直以来的积极姿态,慢下来,也许离自己想要的东西就更近了。

向阳花

向阳花是一种可高达 3 米的草本菊科向日葵属植物，其盘形花序可宽达 30 厘米，因其生长方向追随太阳而得名。由此，向阳花被描绘成了生性乐观、积极向上、追求光明的健康形象。向阳花不是普通的花，是生长于亢奋时代的国花，"葵花朵朵向太阳"寓意了领袖和人民之间的关怀与热爱，忠诚与希望。当光芒普照大地的时候，我们都是"向阳花"。

"向阳花"个展应该说是长久以来多类心态的聚拢。历经多年，个人的行为举止和集体规则之间像是和睦相处，理顺、生成在骨子里，顺生的本能朝着刺眼的阳光望去，让身体感受温暖。没有名头儿的纠结缠绕在日渐隆起的腹中，所要证明的原本是奋斗的姿态，结果还是享受和妥协。从没有想过会向身体妥协，与自己相关的情境碎片堆积在那，不是借以求证方向可否正确，只是要聚敛路途上的悬疑，证明的是我还具备提问功能。所以，用"心灵上的回访"这句话概括这个展览还是很准确的。

把"向阳花"作为主题，其实就是个有意推定，足见在阳光的照耀下我的内心仍然保有幸福和感激，现实在阴影里张望，说明消沉的情绪里还残存着"向阳"的念头。偶或散漫是因为惧怕与阳光下标榜的"正确"同道，劳累在形象树立之中。主题践行，把零散的小情绪归拢在识大体中，算是保持了正确的方向。成长的轨迹里勾画了那个时代的过去，昂起头迎接新的到来是惦记着还有明天，明天是尚未发生的，所以才充满了希望。

个性化不是怎样与众不同，故作吸引众人眼球的心态迟早会落寞的。个人感受的东西虽然无法一下子公示于众，但是可以内心独白，不强迫别人听的时候反倒让人驻足倾听。真正牢靠的，还是个体里慢慢滋长起来的气息弥漫起来，这也许正是"向阳花"展览的意义。

白话

2013 年在 798 艺术区蜂巢当代艺术中心举办的"向阳花"个展的准备工作已经就绪，一组"学工、学农、学军"的系列作品出现时，我好像一下子回到了几十年前的上学情境中。我这代人学的东西很多，就是没有好好上课学习，多年来拥堵在心中的断断续续的画面，集合一般地争着寻找出口。天津口音的说三道四，滑稽又絮叨，只有这个样子，才能道出故事，情节才直白可信。"白话"是一些跟记忆相关的故事，是打探自己内心的一个过程，这个过程始于和老爸的一次聊天，而后才逐渐形成了总体的取向。当时老爸在我面前用发颤的语调讲述的时候，我的眼前就已经出现了一帧帧的画面了，它们就被我钉在面前，伸出手就能够触及的鲜活的事实。

多少年来，那些隐约的成长的细节堆砌成一个个的章节，几次读来已经让我惊诧了。我所感叹的是多年来这些本就生长在身心的东西，怎么会在这短暂的一刻突然展开。我责问自己多年来的无动于衷，没有在更早的时候和老爸多聊聊，在他那平静又宽容的表述面前，时间宛如细细的水流缓缓地前行，柔软的细沙沉淀在小溪底下，时而清澈，时而混沌，原本定论的历史事实，让时间消磨得模棱两可，我怎么能不相信自己的老爸呢，可所有这些又怎能和我被教育之下的历史认知契合呢，我真想糊涂算了。释然，只有曾经背负过压力之后才可能感到轻松，而从这里走出来，也不是简单几句话就可以形容准确的。我几乎是用了差不多一年时间，才让自己从难过的状态中走出来。我没有想到会这么长时间坠入情境里直到开始有些胆怯。一天早上醒来，眯着泪眼给陈淑霞讲着这些片段，讲到70年前年轻的妈妈来到这个大家庭后的境遇，那些讲述的情节就和我亲身感受到的老宅子的背景叠加在一起，画面就那么在眼前晃悠着，我不是在表现这些情景，简直就是在临摹由这些形形色色所组成的图像。

"白话"这一系列作品，从开始酝酿到基本完成，虽然只是近一年的时间，可蔓延在展览之后的我的心绪却很久没能挥去。我发现，这些本来就生长在身体里的东西，和我一贯鄙视的情节描述的画面竟自然地走在了一起。过去了的过去就一步成了此时此刻，所谓当代性要具有的形式和符号，在这些史料面前显得不重要了。成为过去是因为前行了吗？甩到身后的东西以为离自己很远了，其实还附在身体之中，时光流逝还是没能把这些历史的片段带走。在集体这个社会大家庭里有我又似乎没有我，追求顺从光荣正确，自然就"工作学习顺利"，代价是消灭自我。成功即把自己落俗的身体奉迎上去，继续献给和谐的艺术事业。

限行

2015年的"艺术长沙"活动之前,我已感觉到会在"白话"的情境中显出挣脱的姿态。我一如既往的自恋情结在犯了"当代病"的艺术时代里,把"我"给寻丢了。当在"白话"里会见自己的时候,又主动掉入了"岁月"里,于是,一段时间我几乎是在坠入和逃离当中奔波。"限行"是长沙美仑美术馆个展的名字,以此命名展览,可说是对弥漫在胸中已久的郁闷的迁怒。每天睁开眼睛想的不是我要做什么,而是昨晚我怎么啦,追想昨晚把车停在哪里,昨天我的车是不是限行啊,等等。而不知不觉中我们每个人的生活都在被人为限定当中悄悄地适应了。甚至会想象着有朝一日取消了所有的限行,我该多么不自在,如同男人穿裤子没系腰带,女人没穿内衣一样,装束上少了点什么,生活里也是可有可无,可就是感到有那么点不自在。

把适应的过程视为享乐的过程,生活就会充满幸福和欢乐。当幸福比比皆是的时候,忘记了沉浸在幸福之中还会有怨言,这是不通情理的。限定让心里的尺码无法丈量了,心才大了。与限定较真的人没有大胸怀,只能蝇营狗苟地呼吸着阴霾。当限定变为约定的时候,我们才能真正地产生幸福和自豪感,这是最为健康的生活方式。限定仍然在这里发生着作用,可我是由此路过,快慢徐急自己掌握,假如有人倒着行走,相形之下我的原地踏步就成了前行。

轻拂——接过你的琴,我该如何弹唱

20世纪七八十年代的中央美术学院有很多的学术影响辐射着艺术领域。比如蒋兆和先生以及他的学生卢沉、周思聪、姚有多等人的水墨写生作品,至今仍然产生着深远的影响。记得第一次见到《流民图》时,一下子就被其画面中人物的塑造表现,笔墨的酣畅淋漓深深地打动。也许从那时起我已经不由自主地踏入体系了,只是对于体系的认知还是不自觉的。后来在美院民间美术系学习,回到"民间"算是阴差阳错地远离了体系,体系的概念也就逐渐淡忘。最近的几个场合时常听到有人谈到体系,也似乎感到体系为今天所用的急迫。我在想,这个搁置已久的话题于今天的我是怎样的呢,所接受的基础造型训练和后来的水墨实践与教学实践,这两者的学习方式和师承关系又是如何理在一起的呢。体系，这个让很多人能产生归属和优越感的集体意识，对于体系后辈的艺术创造能带来什么呢。绘画要如此沉重，深沉在经典面前的时候，如何得到全部，与自己该怎样关联，我想，这个问题也是急迫了。经典之所以成为经典是因为感染了众人，能够感染人的作品根本在于不愧于身处的时代，你直面生活的态度也就决定了作品生命力的长度。接过你的琴，我该如何弹唱，时代的声音只能出自真诚，而这份真诚只能来自你自己，这是无可争辩的。假如经典的血液无法流淌在我们的神经末梢，岂不是沦为"依附在皮上的毛"。其实，经典就"原封"地放在那儿，魅力已是永存的了。水墨艺术创作在前行，经典就是丰碑，谈什么呢，你会发现越深刻地解读经典就越离着经典的朴素无华相去甚远，这实在不够积极，而事实就是如此。我还是觉得，活出自己的姿态就是对经典的最高敬礼。

后记

以这种记录的方式叙说，除了时间已经固定在那儿以外，其他都是可以重复或省略的。也就是说我们要做的事情，对于自己有多少是值得称道或者一文不值，这一点实在不能以结果来佐证。或者以展览和作品成集的方式找出思维轨迹的节点，相形之下算是客观的了，可见，作品的产生都是一次历练、整合之后的前行。重要的是我已经养成了习惯看准了机会进步，进步已成了身体和生活所需，让每次展示活动都成了"超过了去年同期水平"的播报，可我不仅仅是个成年人甚至奔着老而去，那我进步的正常指数如何攀升呢，想想，又成了悬念。所谓牢牢把握的到底是什么，越来越变得模糊不够确切。以展览的名义展开桥段，主观上是想让自己知道或者预见下一步工作的方向，却往往事与愿违，其结果竟然是进一步加剧的得过且过和懒惰，只好等着下一次振奋的可能。心态纠合淤积最后得以铺展，而证明了的仍然是纠结和淤积，让人难以自拔。也许当前，最需要认识到的正是我的常态，努力争取的就是属于自己的矫情的幸福方式。也是，回头看，我就是这么过着的。

2017 年 3 月于北京 T3 国际艺术区

写生有感

刘罡

写生重在目识心记，取山川之气象，收纳丘壑之灵魂。山水画要描绘天地之间旷达的林泉景象，单凭一纸速写和写生小品不足以收罗万象而尽之，应取法于形之上，在领会自然的基础上操笔勾勒，形成笔墨状态之线面。在这一点上，黄宾虹、潘天寿、傅抱石、李可染、石鲁诸位大家给我们留下了艺术探索的宝贵经验。我认为写生是素材，是画家常用的案边资料。现在写生流行与创作相结合的方法，使得一些写生作品过分注重画面的深入与完整，更有甚者强调技法的纯熟，把写生变成"写熟"，表现出符号化、程式化、形式语言再现化的作画状态失去了自然中鲜活的生机、生发和生动。而本应从写生中寻找的神韵，则从画面上渐渐消失，取而代之的多是画面重复、相差不大的林泉丘壑。2014年我去英国、德国考察，参观过大英博物馆中一个由老建筑改造而成的现代化藏品库。在工程完工后的空间展陈装饰中，他们以速写的形式勾勒出整个工程的施工过程，在我看来，那些简单、随意的线条，却比施工图、照片等现代化的摄录像手段更加艺术化，更具人情味，更能打动人的心灵。在这一点上，东西方艺术家的心灵是贯通的。

在今年中国画学会主办的"一带一路当代名家写生作品展"上，龙瑞老师对我讲，"目识心记，取象通神，返虚入浑是山水画一种升华的境界，写生更要画出不同地域的感受与味道"，可谓一语道破了写生应解决的问题。"搜尽奇峰打草稿"，石涛这句名言也从未过时。如果到自然中去写生只解决纸面上的技法表现，其结果只是表面化的图式。更重要的是将自然与画家的人生感悟与生活经历相结合，通过自己的体验和自己的视角，找到生活中的艺术之美，才能避免千人一面而又相互影响的写生作品。石鲁先生曾经讲过:"苍山为岳也,非神勿画。宁要万一,不要一万。"今天读来亦是很有意义的。

　　任何艺术的表现形式都蕴含着深厚的文化精神。"一带一路"写生作品展中表现的景象横跨欧亚大陆,山川风貌变化明显,用中国画的技法来表现异域山川和城市风光,是"新时代"赋予画家们新的艺术实践。可以说此次参展的写生作品都很好地把握了这一点。如今国家强大了,在文化艺术上更加自信了,画家走出去的机会多了,眼界也开阔了,过去一些迷惑的问题也渐渐清晰了。相信随着交流活动的不断深入,历史会记住"新时代"我们所走过的道路,作品也一定会得到"一带一路"各国人民的关注和欣赏。

2017 年 5 月

笔墨与情感的对峙

——从山水画写生中"熟"与"生"谈起

何加林

山水画写生古来有之，至于源于何时，以何材料写生，则无从考据。"写生"一词，大概是近百年"西学东渐"的产物，一说是从日语中直借而来，但在古代与之相仿佛的大概有"粉本""草稿"之说。至于材料，或用柳条烧成炭，或用毛笔，在绢、纸、树皮、动物皮上作画，皆有可能，这些留待理论家去考证吧。

中国画的学习方法与西画不同，自古都是先学规矩再图拓展，就像古代小孩子成长一样，先立家法再行学习。西画初学素描、色彩皆从写生开始，面对真实静物或实景揣摩画去，而非先临习已有的素描和色彩作品。这样，从一开始就能发挥个人的想象和潜质，展现个人的天性，经过多年积累，由此产生的审美标准自然是风格加气质。中国画则是先临摹作品，再面对实景、实物去画，有些画家甚至一生都不画实景、实物（贡布里希说中国画没有写生皆源于此）。尤其是山水画，先从课徒稿学起，再从前人作品里学东西，然后才去画写生。课徒稿的树石诸法又有一定的程式和规定性，所临作品不易展现个人天性，初学易千篇一律，因此只有在临摹质量上下功夫，经年累月，由此产生的审美标准是笔墨加品格。正因为山水画的学习是临摹在先写生在后，在写生过程中就不像西画写生那么单纯了。山水画写生不仅担负着收集素材、表现客体的功能，还担负着印证古人、发现语言、表现笔墨、创造图式的功能。因此，山水画写生始终面临着程式化与去程式化之间的矛盾纠结。程式化即通过学习与积累，形成一套驾轻就熟的笔墨系统。然而这一系统一旦成熟，就容易被画者依赖而重复，失去早期对客观物象的那份真诚与探索，从而形成概念化（这种情况在西画写生中是不存在的）。要摆脱这种情况，去程式化，重新回到尊重客观物象，找到真情实感的原点，就必须舍弃许多原来的套路，在写生中表现出虔诚和单纯，有勇气和胆略面对失败，勇于探索。

笔墨是山水画重要的审美标准，既是表现力又是审美对象，这是由中国文化的特殊语境所决定的。什么是中国文化的特殊语境呢？中国文化有三个特点：一是喜欢用一个典故去表达一种思想，而这个典故能举一反三，比如庄子的《逍遥游》；二是喜欢用一种程式去表达一种审美，而这种程式能让人产生联想，比如京剧里的套路；三是喜欢用一种技艺去表达一种境界，而这种技艺能产生一定的功夫，比如中国的武术。而这一文化语境必须遵循一定的法则，符合普世意义，并能从中体味出弦外之响。如京剧《霸王别姬》，故事在具有隐喻和警示后人功能的同时，戏剧人物中一招一式都具有相当的观赏性和审美功能。而同样是虞姬，梅兰芳扮演的角色就活灵活现，体现出别人难以达到的功夫而成为经典。如果不按这些经典套路去演，而是在台上花枝招展、胡扭一通，怎么能使观众获得很高的艺术享受呢？但同样按照这些经典套路去演，而不根据自身特点去发挥，一味模仿，也会味同嚼蜡，毫无生命。山水画写生也是如此，其所面对的是活生生的大自然，由于笔墨的原因，往往会受制于已有的经验，而对眼前的生命客体视而不见，一味地去画自己习惯的东西，缺乏与真山水的情感交流，久而久之便会卡壳。而如果不注重笔墨的运用，只注意客观物象的描绘，表面上看是很接近生活了，但所作之画一定是只画所视所见，难达所思所想，最多是拿着毛笔画风景，不是好的山水画。明代董其昌说："以境之奇怪论，则画不如山水。以笔墨之精妙论，则山水决不如画。"他所说的"奇怪"二字，就是指真山水间的变化千奇百态，是山水画的母本，有着取之不尽的审美源泉。他所说的"精妙"二字，是画家运用笔墨的那种高深功夫，是画家对真山水的个性表达和二次创作。世界上没有不"奇怪"的真山水，只有不"精妙"的笔墨。千奇百态的真山水就在那里，如果你对它视而不见，一味地画自己的套路，你对真山水的认识就缺乏情感，你的笔墨自然也就不够"精妙"，自然也就无价值可言。

在写生当中，如何既体现出笔墨的审美价值，又体现出对真山水的情感表达，这是一个关于"熟"与"生"的学术命题，十分值得研究。

中国山水画自李可染开始，写生风气日盛，画家们从以往类似黄宾虹那样注重笔墨表现和经营心境的写生类型逐渐转入李可染那种注重中西融合和表现情境的写生类型上来。这种转变，在一定程度上改观了山水画的审美，并把山水画推向了一个与前人不同的更加注重现实生活的境地。从此，山水画写生逐渐成为山水画的一个专门学科而进入学院。近20年来，山水画写生潮逐渐升温，一方面是作为一种舆论工具，它很适合扮演"文艺为工农兵服务"而深入生活的角色；另一方面是年轻的画家通过大量的写生积累了丰富的创作素材并从中获得了意外的收获，由于这些画家的知识结构比前人更加多元，他们的写生既不是黄宾虹模式，也不是李可染模式，而是一种更注重形式语言和观念变化的写生模式。这种模式与每个人的知识和绘画背景有关，有传统型，也有中西合璧型。

　　首先说说传统型。现在的传统型已不是黄宾虹那个时代的传统，从学术层面上讲，黄宾虹的写生是一种晚清文人画的写生类型，他的成功有三个主要原因：一是他本人的学养过人，这包括读书、游历、书法功底等；二是他融入了印象主义的审美观，使他的作品超越了旧文人画的审美境界；三是当我们这个时代回观他们那个时代时，发现黄宾虹的画对我们最有启示价值。当时，像黄宾虹这类的画家很多，但他们都没有达到黄宾虹的高度，也就自然被历史湮没了。即便是黄宾虹，要不是隔了一段时空去回望，发现其有现实意义，也许也会被历史淡忘而与我们擦肩而过。现在的传统型画家，其传统文化并非像黄宾虹那个时代是"养"出来的，而大多是"补"出来的，他们对传统文化的学习比不上黄宾虹那个时代，无法获得黄宾虹那种超越笔墨的文化境界。但他们中大多数源于学院，单从绘画技术层面上讲要更丰富和全面，这使得他们在写生中既保留了对笔墨的观照又善于去描绘客观物象。黄宾虹的写生手法主要来自明清文人画的经典（虽然中间有宋元气象），主要还是以表达文人心性的笔墨品质为主旨。而现在传统型画家的写生手法，往往直接将宋、元、明、清的方法融入对客观物象的刻画中去，路子虽然宽了许多，却大多是些传统"皮相"。由于少了些文心经营，他们在山水写生中无法用内心去解读自然，而更多地去套用古人画法。这往往容易依赖于技法运用，一旦技法成熟，就容易卡壳，在写生中很难再见到"生"，显得缺少真诚的情感和鲜活的生命气象。

　　再说中西合璧型。这类画家与李可染当时所处的背景也不相同，李可染当时不希望陈旧的山水样式（即与黄宾虹同时期那类绘画样式）被边缘化，提出要"为祖国河山立传"的责任感，用西画中素描的明与暗和油画的光与影来合理改造山水画。这一步，虽然与当时的政治背景有关，却跨越了千年。现在这类后学的画家由于有更多的机会见识西方的各种画风和流派，他们在山水写生中已不满足于停留在光与影的问题上了，而是更多地将西画的画法巧妙地转借到山水画写生中来，加上中国画坛又经历过"85新潮"，他们又在艺术观念上迈进了一步，山水画写生越来越疏离传统，加上西画审美注重图式与视觉感受，其方法融入山水画必然会消解传统笔墨，从而剔去了能承载人文情怀的笔墨表现。这类写生越来越难见文心与修养，有时更接近风景画。由于这类写生更多的是关注对客体的情感揣摩，写生中常会被客体感动而时有"生"机出现，但又缺少了传统文化特种语境中沉淀的审美"熟"，显得缺少笔墨的韵味和文化的厚度。如此看来，这两种类型的山水画家在写生中所产生的"生"与"熟"皆与笔墨和情感的失衡有关。前者重笔墨则易被笔墨反制而失情感，后者重情感则又被情感反制而失笔墨。如何平衡好这种关系，使前者达到"熟"后"生"，使后者达到"生"后"熟"呢？我想，读书与审美、游历与实践是唯一的方案。

先说读书与审美。山水画家读书分三个境界，第一境界是对画论的研读。画论是古代文人画家对中国画理论与创作的精辟见解，读画论能帮助你理解画理与画法。比如明代画家唐志契在《绘事微言》中说："气韵生动与烟润不同，世人妄指烟润为生动，殊为可笑。盖气者有笔气，有墨气，有色气；而又有气势，有气度，有气机，此间即谓之韵，而生动处则又非韵之可代矣。生者生生不穷，深远难尽。动者动而不板，活泼迎人。要皆可默会而不可名言。"他说气韵生动并非表面作气氛渲染那么简单，提出要以笔墨层层生发写去，使画面鲜活意深，让我们明白作画的重点不是把画面画得如何漂亮，而是要用笔写出一气呵成方是要领。而要做到"生动"二字，山水写生又何其重要！这就是画理。又比如他在提到画水口一节时说："一幅山水画中，水口必不可少，须要峡中流出，有旋环直捷之势，点滴俱动，乃为活水。"这种细节须从写生中观察才能明白，这是画法。第二境界是对文学书籍的研读，这类书能让画家增加无尽想象和文心，何况意境本是诗歌的语言，后来成为山水画所追求的意趣，你不能想象一个读不懂古诗的人，能画出好的有意境的山水画。第三境界是对哲史类书籍的研读，而这类书能让画家端正价值观，找到追求艺术的正确方向。当今山水画家千千万，百分之九十的画家只懂画什么，有百分之八的画家知道怎么画，只有百分之二的画家才明白自己为什么画画，这是一种智慧，读哲史类的书无疑是开启画家智慧的金钥匙。读书之外还须审美，审美重要的一课即读画。读古人的画可以学方法、明画理、正笔墨、养气格、求品位、得境界。读今人乃至西方绘画可以拓眼界、广汲取、择定位、判优劣、辨流派、别风格。当今画坛有个人语言和风格者稀，众多画家或追摹古人，或追摹名家，或追摹时风，一眼望去皆同一色，原因就是审美单一，眼界狭窄。如某一区域画家看展，所喜作品皆同一味，对其他作品往往不屑一顾，这是一种生理状态。如好吃甜食者往往不喜咸，好吃辣味者往往不喜清淡。但审美不应停留在生理状态，而应在文化和精神层面上去观照，不喜欢的不等于不好，有时你多看几眼往往会给你带来诸多经验之外的艺术可能性。

再说说游历与实践。游历是画家必不可少的人生经历，遍游名山大川、造访各地高人，使画家既开眼界又长见识。自然山水千变万化，画家游来万千丘壑尽在胸中，作画时自然笔底块垒，纸上烟霞。各地名家山外有山，画家访来取长补短，作画时自然胸有成竹，厚积薄发。而实践又是画家将所学知识用于写生与创作的行为，只有通过实践才能不断消化所学，不断磨砺笔墨，即石涛所谓的将"一画"变成"浅近功夫"。这种实践包括画家平时的"日课"，即每天练练书法，画些画，尤其是写生实践，更能让画家面对生活获取灵感，并将案头笔墨与自然山水反复磨合，推敲出一套既不同于古人又不同于今人的笔墨新语言。总之，只有将读书与审美、游历与实践相结合，才能增加画家的见识和自我觉悟的能力，才能不惑于眼前的既有成绩，而在写生中纵情放怀地去发现新的境界，去挖掘新的个人潜质，去探索从未表现过的新的笔墨样态，使写生由"生"到"熟"，再从"熟"到"生"，如此往复地达到笔墨与情感的对立统一，彰显写生的真正价值。

在我参加的诸多写生活动中，许多画家在写生中提笔就是老方法，对所观景物视而不见，一味顾自画去，所画写生既无情趣也无新意，这使我噤若寒蝉，发誓绝不效仿。在我多年的写生教学中，我要求自己和学生要注意观察生活，从整体到细节，不要轻易下笔，要多思考各种方法的可能性，不要重复自己，更不要模仿他人，而是既尊重客观物象，又尊重自我内心。有人问我写生时的状态是什么，我说是主体与客体的"若即若离"。过于尊重客体，会被客观物象牵着鼻子走，会失去自我，所画写生依样葫芦，无笔墨审美可言，有时甚至会过于刻画、琐碎和呆板。过于自我，会被老套路牵着鼻子走，会失去情感，所画写生缺乏生活气息，笔墨也无新意，有时甚至会过于陈旧、乏味和习气。凡此种种，都因缺少读书与审美、游历与实践的功课，无法进入"若即若离"的最佳写生状态。在写生中，我可以画得没以前漂亮，甚至画得没以前好，但我也绝不重复以前的套路。每次写生，我都要求自己解决一些新的问题，宁可失败也要继续。近年来，我感觉自己在色彩上的表现还处于弱项，于是，我这些年把写生重点放在了色彩写生上，虽然我用水墨写生能画得更好，我还是义无反顾地用色彩去写生。通过色彩写生，我发现了以前从未发现的情感世界，挖掘了以前从未挖掘的艺术潜能，虽不理想却也颇有收获。"物色之动心亦摇焉"，面对真山水，我往往会很激动，想用自己的内心与之对话、交谈。明代唐志契云："凡学画山水者看真山水极长学问，便脱时人笔下套子，便无作家俗气。……故画山水而不亲临极高极深，徒摹仿旧人栈道瀑布，终是模糊丘壑，未可便得佳境。"正因如此，我的每次写生都明显与前次不同，有时甚至每天画得都不一样，这也许就是我对写生真正含义的理解。因为我每一次的写生都会被自己感动，每一次的写生都获得了笔墨的突破，每一次的写生都很快乐，每一次的写生都充满期待。

"笔墨"浅析

张谷旻

今人谈笔墨，认为用笔用墨为"笔墨"，谈论的多在这一层面。其实笔墨的要义和内涵很多，第一层面：直指笔与墨，为中国画的工具材料；第二层面：用笔与用墨，为中国画表现方法，包括技法、结体、结构、程式、法度等；第三层面：更多倾向于画家个人审美追求和艺术精神的形式表现，所谓"由技进道"，通过气韵、格调、意趣风格而显现。笔墨在当下虽然是个敏感的话题，但并不是所有的画家对它都给予了足够的重视，即使是对那些重视笔墨的画家，有时候还存在着理解与实践上的偏差。中国人对笔墨的认识经历了一个不断发展、不断丰富和逐渐重视的过程，更重要的是"笔墨"是一个从无到有的发展整体，并将继续发展、丰富和深化。笔墨作为中国传统绘画的有机构成部分，既是绘画造型的手段，又是精神表现的载体。它的历史可以上溯几千年，作为工具和作画方法，我们在出土的新石器彩陶文化的陶器上，可以清晰地看到用毛笔绘制在彩陶上的纹饰，而后出现的帛画和壁画，图中造型与线条也讲究起来，画面都赋予重彩，尽管已用墨色勾线，然而并不具有"墨"所具有的文化意义和审美意义。真正把用笔提升到重要地位，是在魏晋南北朝以后，魏晋时期品藻人物，大多以气、骨为依据，骨气是一个人品格、涵养甚至命运的凝聚。如《世说新语》中记载："旧目韩康伯，将肘无风骨。"说过去有人品评韩康伯肥得不显骨，一个人如果没有"风骨"则没有神气，这也是"魏晋风骨"的核心内容神之一。"神"是寄寓于"骨"法之中的，因此，顾恺之论画多着眼于"骨"，将它视为传神的重要手段。齐梁谢赫的"六法论"中把"骨法用笔"列为仅次于"气韵"的第二法，显示出骨法与传神之间密不可分的联系。在评价画家时,谢赫极重骨法,说张墨、荀勖"风范气韵,极妙参神,但取精灵,遗其骨法",因而"若拘以体物则未见精粹"。谢赫把顾恺之提出的与"神"相关却难以捉摸的"骨气"转换成了具体可见的"骨法用笔"。晚唐张彦远在《历代名画记》中对"骨法用笔"作了进一步的解释:"夫象物必在于形似,形似须全其骨气,骨气形似,皆本于立意而归乎用笔,故工画者多善书。"张彦远认为形似、骨气都是由主观之"意"决定的,而"意"又是通过笔表现的。并提出了"书画异名而同体"的观点。中唐以后,水墨画兴起,对墨的运用也重视起来。王维在《山水诀》(后人托王维之名撰)中认为:"夫画道之中,水墨最为上。肇自然之性,成造化之功。"晚唐五代时期的荆浩在《笔法记》中也有类似观点,并认为:"夫随类赋彩,自古有能,如水墨晕章,兴我唐代。"完成了从青绿重彩向水墨表现的审美转换。在该文中,荆浩把谢赫的"六法"中的"骨法用笔",延伸为"六要"中的论"笔"与"墨",认为:"笔者,虽依法则,运转不通,不质不形,如飞如动。墨者,高低晕淡,品物浅深,文彩自然,似非因笔。"他还认为:"吴道子画山水有笔而无墨,项容有墨无笔,吾当采二子所长,成一家之体。"在实践和理论上由笔向墨推进,并把笔墨有机地结合了起来。笔墨即为自己表现的"工具"与"方法",如学习不得法或掌握不好,也就有反为工具所使的可能。荆浩在其所作《山水诀》中说道:"使笔不可反为笔使,用墨不可反为墨用。"郭熙在《林泉高致》中进一步认为:"一种使笔,不可反为笔使;一种用墨,不可反为墨用。笔与墨,人之浅近事,二物且不知所以操纵,又焉得成绝妙也哉!"指出画家将笔作为工具,应把握它,驱遣它,应"使笔",而"不可反为笔使";用墨亦如此,而"不可为墨用"。宋人重意境创造,重气韵表现,如连"用笔"与"用墨"都掌握不好,如何传神,怎得气韵?而"用笔"与"用墨"作为"浅近"功夫,实是指笔墨的表现手段与方法。当今从事中国画而一生未入笔墨堂奥的大有人在,连"浅近"功夫都不能掌握,谈何创造。

  五代两宋时期,中国画笔墨表现更加丰富,笔墨的基础理论也基本形成,画家们在写景造境中所形成的笔墨成就,形成了中国画史的一个高峰,也为后世笔墨的发展做了重要的铺垫。如果说五代两宋的画家通过客观物象的观照来实现自己的理想心境的话,那么在元人的画中我们可以感受到画家们为了加强主观意念而把客观物象放到一个次要以至附属的地位。

元代的文人注重学问修养，人人集诗、书、画诸艺于一身，在绘画上注重表现主观的人生态度和生活情趣。这种重人格修养、重情感抒发、重自我表现的倾向，就是所谓"写意"的倾向，这也是文人画的特点。谈到文人画，就不能不提苏轼、米芾这样的一些文人。正是苏轼提出了"士人画"的概念。他说："观士人画如阅天下马，取其意气所到；乃若画工，往往只取鞭策、皮毛、槽枥、刍秣，无一点俊发，看数尺许便倦。汉杰真士人画也。"他认为士人画与画工画不同在于：前者注重"意气"，而后者只取"皮毛"。因而士人画不在于"形似"，而在于写其生气，传其神态。倪瓒在题画中称："仆之所谓画者，不过逸笔草草，不求形似，聊以自娱耳。"他认为作画不在形似，而在于抒发胸中逸气，用以自娱。吴镇也曾说："墨戏之作，盖士大夫词翰之余，适一时之兴趣。"由此可见，作画重点已不再是客观物象的忠实再现，而是通过或借助某些自然景物、形象，以笔墨情趣来传达画家的主观意念。在元代画家中，倪瓒的画是最具代表性的，他的画总是一组丛树，一个茅亭，远抹平坡，江水也不着一笔。然而他在这些极为常见的江南水景中，通过精练的笔墨，营造出静柔、萧疏、淡泊、自然的审美意境，给人以一种闲逸、冷寂的感受。元代的文人画家，在山水画审美意趣和形式上，做了深度探求，并从理论和实践中成熟和完善。董其昌认为文人画高出院体画的地方就在于对自然物象表现的超越性上，在于内心的表现。

由元代开始出现的重以书入画、重情感抒发、重自我表现的倾向，到了明清有了新的发展，这就是笔墨自身的审美价值在文人画中的确立。明清文人画家对笔墨的认识和理解更趋丰富和深入，尤其是董其昌，他认为笔墨具有独立价值，所谓"以境之奇怪论，则画不如山水，以笔墨之精妙论，则山水决不如画"。他已经自觉地意识到两个不同世界的存在，一个是自然造物的客观世界，另一个是艺术表现的主观世界，人可以用自己创造的艺术境界与自然造物相互区别又相互依存，而体现了人的主观表现的就是笔墨。清代石涛的"一画论"既包含中国画"形而上"的哲学思考，又包含"形而下"的技法意义。石涛的"一画者，众有之本，万象之根""夫一画含万物于中，画受墨，墨受笔，笔受腕，腕受心"等思想，带有更多的道家哲学意味，甚至可以理解为一种哲学方法论，是对绘画思想、审美精神的整体把握和宏观观察，因而具有"形而上"的意义。然石涛在《画语录·运腕章》中又认为："一画者，字画下手之浅近功夫也；变画者，用笔墨之浅近法度也。"这里的"一画"显然是指具体的用笔用墨表现。因此，在石涛的认识中，"一画"既是宏观的，又是具体的；既是"形而上"的，又是"形而下"的，是一个综合体。因此境界的高低、气韵的生动、情感的表达和笔墨紧紧相连在一起，透过笔墨显示出画家的审美、思想、气质、学养、性情等诸多可以品评的内容。

中国历代画论中论笔墨的很多，各有精义，应深入、整体地去认识和把握，而不应片面地把笔墨完全等同于笔墨程式和技法，不应将笔墨、形象、造境等各绘画要素割裂开来，或认为论笔墨就是明清文人画的笔墨，等等，实际上笔墨是丰富多彩的，是不断发展的。从现象上看，笔墨是中国画的形式手段，但从本体论立场上看，笔墨又是中国画发展、进化的标志，具有一种超越个人和时代的内驱力，使笔墨从纯粹的表现手段上升为自在的目的。正如有学者认为：笔墨当随时代，笔墨又不随时代，二者合之，为"笔墨"之真义。

传统的笔墨技法是前人静观自然、参悟造化后概括提炼出来的。技法往往有程式，有许多可以借鉴和学习的笔墨技法，但笔墨无定式。学习笔墨技法只是手段，它需要我们去变通、去发展，要在掌握好笔墨表现能力之后，从刻画对象的功能转向传达自己独特的内心感受。中国山水画在传统绘画中表现最为全面，虽然很多人认为不能发展了，但现代还是出现了很多位大家，用笔墨开创了自己的新境界。比如，黄宾虹既有宋画的严整，又有元代人的写意，从金石大篆入手，用笔更厚重、老辣，结体更趋奔放、自由，画面显得浑厚华滋，用墨以宿墨、新墨互用，硬是在前人的"禁区"里闯出一片天地来。又如，陆俨少对前人广收博取，出入于南北宗之间，主要得法于元人的笔墨与图式，并在现实生活和经历中获取了新的语境，尤其是云、水的表现，生动而富于变化，这也得益于他对笔的感悟力。

中国画是非常注重意境表现的，而意境表现并不是眼见的实录，而是"受之于眼，游之于心"的心灵感悟的化境，不同的意境创造取决于画家审美、气质、品格、学养、经历、性情与独特的笔墨表现语言。黄宾虹曾说："古画宝贵，流传至今，以董、巨、二米为正，纯全内美，是作者品节、学问、胸襟、境遇，包含甚广。"在表现意境时也显现着画家的精神气质、文化品格等，境界的高低全在于自己的见识学养。清人方薰说："意奇则奇，意高则高，意远则远，意深则深，意古则古，庸则庸，俗则俗矣。"我们也可以从历代大家的作品中去感受那些独特的意境表现，如荆关的沉雄和大气磅礴、董巨的秀润和浑厚华滋。云林的简逸，却没有出尘之致；石涛的旷达，又常能攫法外之奇。做一个中国画家，需要不断学习，不断悟识，在审美品格和学识修养上不断提高，对自然事物的认识和笔墨的表达才会不断提高。一个人一辈子都本能、任性、粗俗地去表达自我感受，那说明他这辈子的学识、修养没有提高，也不可能到达一个高的境界。凭借笔墨、点线表现出来的意境，无处不透露着画家的情感和个人追求，如黄宾虹、傅抱石、李可染、陆俨少的画，哪怕是一个小的局部，甚至是几条线，都能彰显出各自鲜明的风格。

师造化对画家来说是非常重要的，我们需要从自然物象中获取创作素材和灵感，通过主观感受去表现自然物象。其间每人的感受并不相同，表现在作品中也就有了差异性，画家通过笔墨来实现其艺术追求，表达其思想感情，显现其对自然客观的独到感受和认识。每个人面对自然都是有感悟力的，不仅仅是画家有，诗人有，一般的游客也有，但画家的才能就是把它通过笔墨语言表现出来。同样是画家，面对同样的景致，由于主观感受的不同，在意境营造、构图处理、语言形制等笔墨表现上都会不同。这里的笔墨已不仅仅是用笔和用墨了，而是追求清人布颜图所认为的"笔境兼夺"。中国画的其他要素或因素，如情感、气韵、境界等，都与笔墨融为一体，都不能离开笔墨而存在，笔墨是其他这些要素的落实。

现代人喜欢大谈"形而上"的道，因为是精神范畴的，显得很高尚和神秘，却羞于谈"形而下"的技，其实笔墨的表达能力，包括从具体的用笔、用墨、结体组合、虚实处理等，对画家也是很重要的。其实，道与技是密不可分、相互依存的，这就需要我们有感而发，从内而外，认真体悟，努力实践，不断提升。一幅作品的感人与否，取决于画家意境内涵的营造与外传，而这源于我们对所表现景物的本质精神的认识和感悟。在具体表现时，重要的是要摸索、寻找，形成与题材、意境表现相适应的笔墨形式语言。画家的意念、情感、学养、境界乃至技法表现，都是通过其特有的笔墨形式语言来实现的，历代大家皆如此。如何提高自身的笔墨形式语言能力，是我们经常要重视和实践的，否则的话，只能是望纸兴叹了。只有不断地修炼、积累、提高审美情趣和艺术修养，到生活中去体悟，并学习和借鉴历代大家的笔墨语言，才能使自己的笔墨语言得到丰富和提高。舍此，别无他法。

神与物游　心手相畅

——浅谈中国画的"笔墨造型及淡彩"

李　翔

　　笔墨是中国画最重要的特征，也是民族审美标准的实际体现，更是中国画美学中极富特色的本质，其承载的美学理念传承了上千年。造型的发展使中国画具有了时代意义。而色彩作为笔墨的辅助语言，在漫长的中国画发展历程中，还未得到应有的重视。在中西交汇、古今杂陈的当代背景下，重新审视"笔墨、造型与淡彩"的关系，具有积极的探索意义。

　　笔墨的学问很多，笔法、墨法及水的运用程度，还有书写性与塑造相结合，等等。笔墨就其大致功能来讲，笔指"勾、勒、皴、擦、点"等，墨为"烘、染、积、破、泼"等。笔墨通人性，它们通过相互转换、积渗，能将自然物象同自己的思维、意识状态紧密联系起来，达到一种理想化的认识。

　　笔墨在山水画技法中占有极其重要的位置，关系着一幅作品的成败，没有好的笔墨，构思再好也无济于事。行笔的穿插交错和疏密聚散，线条粗细和长短曲直，点的大小横竖，笔的力度强弱、刚柔、起伏、虚实、顿、戳、揉等以及用墨的浅、深、焦、浓等变化，都应以所表现的山石凸凹明暗、远近、质感和草丛杂树、石纹等不同对象的特点为依据，诸种笔墨形态及动作方式必须得当。在谢赫"六法"中，"骨法用笔"乃是"用笔"。由于表现的特点不同，效果也随之不同。落笔到宣纸上的自然浑化就是感到自然天成，要学会充分利用这种物理现象，化人工为自然，达到自然而然，看似不经意，实际用心。色染墨韵包含宇宙大道。

　　中国水墨画一开始就用墨去画，这墨本身就是中国艺术家的随心独造。唐代李思训、李昭道父子的青绿山水，与后来中国文人画的写意水墨都是画家随心赋彩的表现。如今，中国画经历几番变革、沉浮，当代画家在充分享受人类进步的高科技成果的时候，应将自然万物融会贯通，创作的多元化已经没有什么不能理解的了。但不管中国如何发展，毛笔、宣纸都应该是中国画材质上的底线，因为毛笔宣纸是最好发挥笔墨效果的土壤。所以，我们今天的创作，绝不是因循守旧，而是通过它能使我们了解传统，再度提升。笔墨有其自身独立的审美价值，有超越自然之功。而画家如何处理笔墨与自然，笔墨与生活，笔墨与文化，笔墨与心性之间的关系，也印证着画家对中国画的认识程度的高低。画家如果对自然缺乏激情，对生活缺少感悟，对文化缺少积累，就会思维僵化，灵感缺失，不断地重复自己或是沉溺于故纸堆中，做古人的翻版，"从画到画，从纸上到纸上"或者叫"纸抄纸"是不对的，应该是"从造化到造画"才对。艺术承担着以文化人、以文育人的职责，应该熏陶启迪人的心灵，传递向真向善向美的价值观。"美教化、厚人伦、移风俗"，引导人们积极向上，这是一种正能量。艺术创作的动力和源泉到底来自哪里？艺术作品究竟要为谁服务？这是古今艺术家长期探索的问题。艺术来源于生活，要真实而艺术地反映生活。作为一名美术家，我们应该更多地了解艺术发展的规律和科学，敬畏艺术，尊重艺术，追求卓越，打磨精品，创作出反映一个时代风貌和时代声音的优秀作品。同时，我们的美术作品一定要做到雅俗共赏，要接地气，让老百姓看得懂，只有看得懂才会产生共鸣。艺术强调个性，更强调它的教化功能，最大效益化。我常对学生说，我们提倡画主旋律的作品，提倡军事题材。但我们不提倡无病呻吟，没有感觉的作品。你自己没有感觉最好别画。你去体验生活，去查资料，首先，你被感动了，画出的作品才能感动观众。否则，你画的就是假画，或虚情假意的画。画山水画一样有这个问题，对有感动的景致要特别留心，然后在创作时才能融合很多自己的感受、思想与创造，赋予山川景物以生命，从而达到"神与物游，心手相畅"。

  笔墨问题，一直是近代中国画坛争论不休的问题。对人物画家来说，必须首先解决造型问题。唐代大家张彦远在其名作《历代名画记》中提出，"夫象物必在于形似，形似须全其骨气。骨气形似，皆本于立意而归乎用笔，故工画者多善书"。其中，"形似须全其骨气"，即指"线"在造型上的重要作用。那么，怎样才能使线达到这种变化丰富的"骨气"效果呢？当然是归于用笔了。我们通常所说的"笔法"，就是指线的表现力。现在中国画创作提倡以书入画，其实古人早就意识到这个问题了。传世最早的画作当属东晋顾恺之的《女史箴图》手卷，其数段之间都有书法相隔，这些字写得十分精到，结体紧密，笔法内敛，气韵通畅。宋徽宗的《芙蓉锦鸡图》，全图采用双钩法线条，不仅花卉枝叶和锦鸡造型准确，芙蓉为锦鸡所压的低垂摇曳之态活灵活现，加之色彩晕染得层次清晰，浓淡相宜，蕴含一种富贵、端庄、典雅的气质。再看作者以清瘦劲健的瘦金体题款"秋劲拒霜盛，峨冠锦羽鸡。已知全五德，安逸胜凫鹥"，书法和精美的图画更是互为辉映，相得益彰。赵孟頫、沈周、文徵明、唐寅、董其昌无一不是书法大家。又如晚清海派先驱赵之谦，不但是丹青高手，还是书法名家，而且篆刻方面也堪称一代宗师。这在很大程度上也说明书画在用笔上的相通之处。反过来，善于书法最终能以画名世的亦不在少数。元代画竹能手柯九思，其欧体字可以说形神兼备。又如折带皴的创立者倪云林、唐寅，无不是借书法的表现力而有所创造。近代的吴昌硕，就是以他的"金石篆法"入画的。以书入画，不见涂抹，笔笔写来，厚、重、留、圆、变，直抒胸臆，正所谓书画同源也。书画同源是当今中国画的一个大课题。之所以说它大，是因为我们作为艺术工作者，要对我们独特的历史传统、博大精深的中华民族优秀文化满怀信心，坚守传统优秀文化，取其精华，去其糟粕，古为今用，推陈出新，融通中外，真正做到"笔墨当随时代"。著名作家李存葆曾说，"江山如画"是中国文人的狂悖之语，"画如江山"，才是优秀画家倾毕生精力方能进入的境界。

现在很多水墨人物画的线条质量不过关，没有笔墨内涵，中国画的书写性完全丧失了，只是在宣纸上画素描。这样一来，自然就会引出一个要不要素描的问题。水墨人物画为什么会出现这种状况？我觉得不是素描的错，素描对近现代中国人物画的推进作用是有目共睹的，问题的关键是我们在中国画教学上出了问题：过于迷信素描和写生，对中国画自身的艺术规律没有搞清楚，忽视了书法的基本功训练。对线的解读可以追溯到书法的起源，就是没骨画也有线意识，线有力量力度之感，线有一波三折之美，现有虚实，浓淡，干湿，有平、圆、留、重、变等感觉。笔墨没有解决好，只能在宣纸上画素描。

素描作为一种科学的造型手段，对视觉艺术的发展起到了不可替代的作用，尤其是把西方的古典主义绘画推向一种高峰。而中国的意象造型同样是非常完美的。那么站在中国画的立场上来讲，笔墨已经形成了一个完备的体系，是一个自足的量,如果再加进一个分量特别重的素描,实现完美结合,则是一个巨大的工程,难度非常大。但正因为有难度,所以有很大的空间可做。真正做到笔墨和素描两方面完美结合,需要花大力气才能完成,这本身就是对中国画的一个推进。

部分画家的创作手法主要以具象为主,素描和笔墨之间的矛盾更突出一些,这么多年来我也是奔着素描和笔墨的结合这个目标去做的。我最深的体会是感觉到造型和笔墨在宣纸上较劲,有时候造型占主要的力量。我努力地使它们成为一体,不是谁为谁服务,真正好的水墨人物画,笔墨就是造型,造型就是笔墨。我自己感觉到比较满意的那些画都是在笔墨和造型之间比较和谐的作品,这个度非常难把握。

这些年,我在色彩上做了一些探索。中国画的色彩观并没有形成理论,没有上升到理论的高度,还是一种直观的、经验性的感受。色彩水平高下,一眼即知。无论写实性色彩、装饰性色彩还是写意性色彩,和谐、整体都是其基本要求。色彩写实能力和创造能力也是有标准的。色彩的科学理论很简单,但掌握起来还是很复杂的,运用自如就更难。

西方一直在研究色彩,文艺复兴解决了造型问题,但是还没有解决色彩问题,直到两三百年以后,印象派解决了色彩问题,因为那时候的科学足够发达了,首先解决了光的问题,分析了光是怎么形成的,包括分析色谱,印象派根据科学原理到室外写生,于是就解决了室外光色彩的问题,从此掀开了印象派光辉的一页。中国画用色,早在谢赫"六法"中,就有"随类赋彩"之说,张彦远《历代名画记》也有"画以墨为主,以色为辅。色之不可夺墨,犹宾不可溷主也",即便是青绿山水,也追求"青绿斑斓而愈见墨采之腾发"的艺术效果。因此,历代中国画家对笔墨的修炼,远远超过对色彩的研究,是不争的事实。

西画是以色造型的艺术形式,在其绘画传承中也形成了一套完整的理论体系,其色彩的亮度、明度、纯度、对比度等特征,使得西画色彩有了丰富的表现力,可供我们借鉴。当代的中国画创作就"色墨"关系而言,可发挥中国传统笔墨精神和西方绘画中色彩科研成果的双重优势,例如合理运用西画中诸如同类色、相邻色、冷暖色等施彩技巧,不必以中国画的色彩与着意于表现色光见长的西方绘画色彩相比对,也不必囿于"随类赋彩"的传统程式故步自封。取二者之精华并有机融合,非以色彩弱化笔墨,也非以笔墨改造色彩,而是保留传统"笔墨"基因,融色彩冷暖变化于笔墨的阴阳转化之中。以传统笔墨精神为根基,用色如同用墨一样,"以色当墨"或"色中和墨",皴擦点染,泼墨积墨充分发挥颜料和水溶于宣纸上的巧妙变化,既见色又现笔;以色造"形",而非仅仅造"型",以色块变化关系、笔墨转化关系和构成元素来布置画面,突出传统笔墨技巧融入色调意象表现。

淡彩即在色彩基础上作笔墨的再统一,以水、墨、色的相互渗化辅以点线面造型。"淡彩"是相对于重彩而言,不求浓烈而求色彩冷暖、笔墨内涵的微妙转化,充分发挥中国画特有的材料性能,让色、墨、水三者有机结合在一起,色破色、干破湿,冷破暖、暖化冷,浓破淡、淡化浓,随机生发,意态万千,求其干湿浓淡的变化自然天成。同时,"淡彩"也强调一种笔墨格调,"以色助墨光,以墨显色彩"。充分发挥植物色、水色与矿物色的特性,使之相融亲和,将光色水墨化,或将水墨光色化。在此中保持中国画的用墨本质——墨色的透明。最后,从"主调"的色彩向"复调"和多调色彩形式拓展,色块的大面积润染与浓淡结合表现物象,构建意境。通过光色的变幻和中国植物色彩的嵌入,使画面如云烟浮游,如诗般流淌,浅浅的绿色氤氲了山水草木的清新气息。而那种颜色处理不要那么醒目和耀眼,而是温润柔和地将山水表现得清淡而又朦胧。这种以淡彩为主的审美形式,既凸显了色彩的主要位置,又起到了以色当墨的作用。同时,凭借色彩的微妙变化,加强了画面的丰富性,使得画中山水,更具虚化,更显朦胧,似天地化合为一之感。这也符合中国传统文化中的外柔内刚,太极天道之理。

400年前的文艺复兴把造型解决了,靠的是科学、解剖、透视这些东西,而中国没有那么严格的推理和研究,所以就一直在以线造型的框架中徘徊。在造型方面,我们同样要吸收西方的造型理念,将西方造型和中国写意适度地结合起来。画尽管是平面化的,但是焦点透视和平面透视都巧妙融合在里面了。从视角到构成都发生了很大的变化,改变了古代山水的既有程式,营造出颇具个性的山水之貌。不仅丰富了当代山水的表现形式,而且打破了传统笔墨的局限性,为山水画的拓展提供了更为广阔的空间。

淡彩山水画,蕴含了画家对中国传统文化、笔墨和西方造型、色彩的全面理解。作为山水画家应该以科学的观察方法,构建山水的精气神,拓宽传统绘画的审美范畴。所谓的色彩、造型、构成、书法、笔墨,都是为内心感受而服务的。只有抓住这些基本的要素,才能实现传统笔墨的延续和创新。

中国的具象绘画不同于西方的写实,西方的写实绘画是对客观物象的描摹,而中国的具象绘画的精神是写意性的,所以我把它称为"写意性具象绘画"。写意性具象绘画除了包含对对象的"具象"塑造和细节刻画的特征以外,还要有书写性,要有笔墨趣味和笔墨含量,要把对象的精神气质写出来。创造一幅好的作品,不仅需要很强的造型能力和笔墨能力,还要有真切和敏锐的感受,没有感受,对象的精神气质抓不住,就没法写意,具象绘画的"写意"就是写精神气质,写自己对绘画的理解和感受。

中国画的"笔墨"、"造型"及"淡彩"是一个永远的课题,探索与创作无止境。跋涉途中会有诸多的"创新"之举出现,而这种所谓的"创新"不是玩花样,而是跟着心境自然演化出的"奇招"。这种"创新"是一种艺术语言的独特性、排他性,我们强调创意无极限。中国美术是个世界范围的大概念,中西融合也已不再是简单的拼凑和嫁接,只有顺应时代潮流,在多元的格局下,广泛吸纳各民族文化精髓,巧妙融合各种有益的艺术元素,走精微、深入的探索之路,才能诠释出当代中国画创作的新语境,从而使其发展更积极、更健康,呈现更广泛的艺术形式。

精神与自然的相互感发是山水画创作的基础

卢禹舜

从自然到艺术这个过程需要画家艰苦的实践，这种实践就是在画家头脑中进行的精神活动所产生的物质再现，也就是最终通过物质媒材如笔、墨、纸、砚、颜料等成像于绢素宣纸之上的作品。宗炳在《画山水序》中对此概括得更加准确："夫以应目会心为理者，类之成巧，则目亦同应，心亦俱会。"也就是面对自然万象，眼有所见，心有所悟，自然之变化规律运动法则应目会心，之后巧妙地描绘成图画。

清人郑板桥论述画竹的过程是非常经典的对创作过程的阐述。他说："江馆清秋，晨起看竹、烟光、日影、露气，皆浮动于疏枝密叶之间。胸中勃勃，遂有画意。其实胸中之竹，并不是眼中之竹也。因而磨墨、展纸、落笔，倏作变相，手中之竹，又不是胸中之竹也。"郑板桥的眼中之竹就是客观形象在眼中的客观反映。而由于烟光、日影、露气等在疏枝密叶之间的浮动（客观形象已经具有了一定的主观升华）以及画家心灵的作用，如加工、选择、取舍等形成"胸中之竹"即"胸中之象"。这胸中之象是对自然物象深入研究分析及四时变化之规律的把握，是主观内在精神与客观外在形质的对物通神，是人全部的感觉器官和心灵对客观万象的深刻体验，是应目会心，将客观物象统摄于主观观照之中。将客观的无形的本质精神附着于客观形象之上，并用直觉的观察自然和理性的观照内心的方法，将生动的自然物象和胸中之象烂熟于脑海之中，使自我与自然融化为一，在"自然物象"和"胸中之象"的基础之上方可挥就"手中之象"。

"手中之象"与"胸中之象"又有着很大的差异，"胸中之象"的由来是极其理性的，体现在创作上就是感受自然的自觉，如分析透彻，研究深入、思路明晰与精神自如。所以胸中之象的由来有着必然的规律与法则。这是由中国画观察认识自然的方法决定的。"手中之象"是在理性主导下非理性的实践成果，其成果有两种可能，一种是"胸中之象"圆满地呈现为"手中之象"；另一种由于中国画实践的偶然与不由自主和不可捉摸及不可抗拒等原因，呈现出真正的"手中之象"，与"胸中之象"拉开了距离，这个结果恰恰应了"艺术不存在必然的规律与法则"这句至理名言。法无定法、无法而法也是这个道理。唐人符载观张璪之画曰："物在灵府，不在耳目，故得于心，应于手，孤姿绝状，触毫而出，气交冲漠，与神为徒。"说的也是山水画的创作过程即造化被融化于内心，是源于自然而又不等同于自然，只有这个得于心的自然之"物象"才能应于手，触毫而发与神为徒。

从某种意义上说，"胸中之象"也可理解为人强制地给客观物象穿上了一层精神外衣。由眼睛的观察到得于心源是由外而内认识世界的方法，再由"胸中之象"通过物质媒材转化为"手中之象"，是由内自外的表现过程。由外而内、由内而外的和谐统一，体现了观物、成像、表现三者相互交错，互相渗透，体现了观察、感悟、表达的同时进行，同时深化，保持了创作全过程的应目的愉悦、会心的激动和实践中偶然带来的快感。这就是中国画创作的全部过程。但需要说明的是，这个过程是浑化为一的，绝不是简单的由外及里、由里到外和按"眼中之象""胸中之象""手中之象"的顺序排列，而是眼、胸、手这三者在各自作用上发挥到极致时达到的高度统一，也就是艺术创作的最高境界。

所以山水创作要从眼、胸、手三方面去考虑，也就是观察、体验、表现。具体说有这样几个环节：观察体验自然，挖掘感受内心，构思立意成像，笔墨语言表现。观察体验自然的一方面是进入创作状态的前提，从本质上讲，自然是山水画创作的客观存在，这个存在影响或决定着将自然（造化、客观物象、自然万象）转化为什么样的"胸中之象"和采用笔墨语言转换为什么样的"手中之象"，所以自然是根本。"心中之象"如果作为创作主题的话，那么这个主题是造化的提供和对创作者的一种物质暗示并使创作者接受这种暗示。离开造化，疏远自然，创作将失去本源而没有生命活力。自然在我们生活中，总是以它超脱、明洁、崇高、无限而感染着我们并使我们的心灵不停留在对事物的表面认识而入情入理。艺术创作的灵感来源于长期的对自然万象的体验和积累，这种积累会形成澎湃河流弥漫于创作者的物质与精神世界之中。观察体验自然的另一方面是挖掘感受内心，也就是赋予自然以精神内涵。这可分为两个层面：一是主观意图对自然的给予，可理解为创作中的有意识活动，如思想、情感、精神及对自然的理解、对人生的感悟，还有语言的选择、画面的处理等；二是主观中所蕴含的内在的客观或叫自身的客观插上翅膀的无限飞翔，这是一种无意识活动，所导致的是摆脱自然的自由想象，如固有的区别于他人的"精神气质、审美习惯、潜在意识、天生素质以及内心深处的物质积累（长期积累会形成一些固定的东西）"等。

　　总之，客观体验、主观给予和自身客观的无限飞翔，造就的是造化与精神的相互感发，再由精神想象升华的客观世界与主观精神的高度和谐统一。它既非纯粹的客观又非纯粹的主观，更不是二者的相加，而是创造的自然，是客观、主观的互融、互纳、相得益彰。在从物质到精神，再由精神到物质的这个过程中，人们并没有改变自然，自然的存在反而提升了人们的精神境界。精神的光辉没有被博大的自然淹没是因为人的内在之心灵外化成了自然，外在之自然内化成了精神而达到了内外相互通变、明心见性、洞照自然的"物即心、心即物"的境界。而有此基础才可进一步谈创作的构思、立意、成像等其他问题。

写意是什么

毕建勋

近些年来,"写意"似乎成了一个热词。在许多场合里,"写意"一词常常被当作中国画的核心特质,或名曰中国画的"写意精神";而在其他画种中,"写意"一词也往往被用于描述对于中国艺术精神的借鉴或回归。《美术研究》2017年第2期曾发表过彭锋的一篇文章《什么是写意?》。[1]这是一个重要议题,但是还没有说透,有必要继续说下去。应该说,"写意"一词在古代即被泛化使用,在今天的使用中也没有严格确切的内涵。一般来说,美术界使用"写意"一词,大略的含义应该是既不写实,也不抽象,有些类似表现主义,但要具有东方情调,最好带有笔触特征。而中国画界使用"写意"一词,则具有至高无上的含义,大约就是等于在说中国画的传统精髓与美学特征,其实当然不是。无论"写意"一词在美术界以外的内涵是什么,不可否认,中国画界使用"写意"一词,主要是来源于文人画的"写意"之说,而美术界使用"写意"一词,应该是对于中国画界"写意"一词的借用。在文人画中,"写意"最初只是一种特定的画法概念,大约在元代以后出现,所以"写意"无法概括中国画两千年的文化传统。下面并无意于讨论现在美术界对于"写意"一词的使用,只是想接着"什么是写意"这样一个话题,追溯"写意"的确切内涵,讲明白"写意"是什么。

写意是什么?我们先说"写"。"写"在中国绘画语境中的使用很宽泛。写意称作"写",写照称作"写",写生称作"写",写神也称作"写"。许慎的《说文解

---

[1] 彭锋:《什么是写?》,《美术研究》2017年第2期。

字》云："写，置物也。""写"的本义是"去此注彼"与"移动放置"的意思。《礼记·曲礼上》讲服侍国君吃饭，国君赐以剩余之食，"器之溉者不写，其余皆写"。意为国君所赐之食物，若是以不可洗涤的食器装盛，就要从国君的食器倒入自己的食器再食。因此，"写"有倾泻的意思，俗字即"泻"，如《周礼·地官·稻人》的"以浍写水"即是。由此可引申为倾吐、倾诉、抒发之意，如写心、写志、写情、写怀、写念、写思、写忧等。凡"倾吐"之意皆可以叫作"写"，比如《诗·小雅》"既见君子，我心写兮"①，意即书写心之所忧，而无留其恨。在这种意义上，作字作画也可以叫作"写"，写出胸中郁积，人就舒畅了。"写"的第二个意思是摹画、仿效与描绘，从"移置"之义而来，比如写物、写境、写状、写貌、写妙、写像、写生、写影、写真、写形等俱是。"写"的早期用法，是用以代替动词"画"的一个独特词汇。早期中国画的"以形写神""写貌"等词义，即将"绘"或"画"称为"写"。因为将对象描绘下来，也就意味着是将描绘对象移置画面之中。"写"的第三个意思是书写，即用笔作字。在汉以前只用"书"字，汉以后"书"与"写"并用，但"书"是用笔作字的正统用法，书家落款皆曰"某某书"，少见"某某写"者。"写"字作为"书"的用法，则主要是抄写、誊写的含义，因为抄写之义同于"移置"。

"写"与画法相关的含义，首先有仿效与描绘的意思，写形就是图写形貌，写神就是传神写照，临摹就是"传移模写"。同时，"写"用于绘画意义，更兼有"泻"的意义，是指以作画的方式遣兴抒怀。"写意"一词的"写"，在理论上应该是取写之"泻"意，比如"聊写胸中逸气耳"（倪瓒语），以笔墨倾吐、抒发内在情愫或郁积。但实际上，文人写意中的"写"，虽也兼具写心与抒发之意，但在画法特征上，更主要是"书写"的意思，并且书写的"写"比动词"画"的地位更高。书写可以与心相关，如相关时即真正的写意。书写也可以与心并不相关，比如说"抄写"意义的摹古方式。写意方法在抄写或摹古的时候，就是假的写意。"写"的字义从"描绘"与"泻"的含义，向"书写"乃至"抄写"含义的历史演变，就像是一部浓缩的中国绘画史。②

---

① 程俊英译注：《诗经译注·小雅·蓼萧（一）》，上海古籍出版社 1985 年版，第 318 页。
② 倪志云对于"写"的详尽训诂考证，参见倪志云《中国画论名篇通释》附录二，《画而称"写"的语义疏证》，上海人民美术出版社 2015 年版，第 356—386 页。

再说"意"。"意"可意会，难于言表。"意"既可以是一幅画所要表达的意思，也可以是画者心中之意，还可以是所画之物的"生意"或表现对象的大意，但实际上更多的是用笔的"笔意"。[1]"意"非实有之物，大略来说，画之"意"可以从物、我、天三个方面阐述。以状物而论，一种方式是"形貌彩章，历历具足，甚谨甚细，而外露巧密"[2]的密体工致画法，另一种则是取其"大意"[3]、画其"意思"（苏轼语），"笔不周而意周""运墨而五色具"（张彦远语）的疏体意似画法。这种画法不取工细，意似便已，"笔才一二，象已应焉"[4]，张彦远"谓之得意"[5]。这种状物方式的特点在于"直以写意取气韵"[6]，而不在乎形似与否。如徐渭《写竹赠李长公》诗即云："山人写竹略形似，只取叶底潇潇意。譬如影里看丛梢，那得分明成个字？"[7]徐渭在画竹的时候，对应写意笔法的点画符形方式已经出现。但值得特别注意的是，"意"与"形"是一对相当矛盾的对立范畴，写意画的以意写物，不可以形似求之。在这一点上，"意"与"神"不同。在早期中国画的形神关系中，神能够以形写神，能够神似形似；而在写意画的形意关系上，二者似乎难以兼容。形似便难能得意，得意往往不需形似。

"意"在早期中国画中，或与"气韵""骨气"等范畴相关，但作为绘画方法来讲，意的方式主要是不面面俱到、画其"大意"或者"意思"。其实，强调"意"的方法，应该能够发展成为一种独立的造型理论体系。这样的端倪在中国画史中早就存在，如张彦远即认为：六书"其三曰象形，则画之意也"（张彦远《历代名画记》卷一，叙画之源流）。画"意"的方法，不同于宗炳的"以形写形，以色貌色"（宗炳《画山水序》）的方法，可以说是一种以象写形的方法。以象写形，是在物形与画者之间以"象"嵌入，这样，画者在面对物形的时候，就可以与物相隔而不

---

[1] 参见（清）布颜图《画学心法问答》问用意法，见俞剑华编著《中国古代画论类编》修订本，人民美术出版社2005年版，第204—205页。
[2] （唐）张彦远著，俞剑华注释：《历代名画记》，江苏美术出版社2007年版，第48页。
[3] （宋）郭熙《林泉高致》："画见其大意，而不为刻画之迹。"见俞剑华编著《中国古代画论类编》修订本，人民美术出版社2005年版，第634—635页。另黎庶昌亦有此说。
[4] （唐）张彦远著，俞剑华注释：《历代名画记》，江苏美术出版社2007年版，第47页。
[5] （唐）张彦远著，俞剑华注释：《历代名画记》，江苏美术出版社2007年版，第48页。
[6] （明）王世贞：《艺苑卮言》，见俞剑华编著《中国古代画论类编》修订本，人民美术出版社2005年版，第117页。
[7] 周群、谢建华：《徐渭评传》，南京大学出版社2006年版，第180页。

必直触物形，于是物中便有我在。"象"依主客观关系而仿佛存在，是画者对于物形的主观化印象，而物形则是物本身之实在，可以触摸得到。"象"既不是纯粹的物形，也不是纯粹的画者之心，但是"象"既能够应物象形，也能够以象达意。因此，以象写形的画法就可以"意足不求颜色似"①，不求形似而求"意思"了。"以形写形，以色貌色"的方法所依据的是客观标准，而以象写形的方法则在很大程度上取决于画者所捕捉的那点"意思"，并且可以"笔不周而意周"，不必"历历具足"（张彦远语）。正如九方皋相马，"取其意气所到"（苏轼语）。如果太多关注皮毛颜色细节，把形坐实了，那点"意思"可能就没有了，象就会成为"死象"（《韩非子·解老》），这是在传统画论中没有全部说透的地方。

苏轼《书朱象先画后》曾载："文以达吾心，画以适吾意而已。"②以画表我意而论，画意大略同于写心。但在早期士人话语系统中，"意"的意味耐人寻味。如欧阳修曾说："萧条淡泊，此难画之意，画者得之，览者未必识也。故飞走迟速，意近之物易见，而闲和严静，趣远之心难形。"③"诗是无形画，画是有形诗"④，士夫作画与画工不同，画工作画是"作诗必此诗"（苏轼语），画形只此形，没有画外之意。士夫之画，是以画的方式表达临物时的那种个人心境。这种每个人都不同的生命感受与生命经验，这种"趣远之心"，无论萧条淡泊，还是闲和严静，其实就是所谓的诗意。诗意不在于物，不离于物，而在于人；画意不在于物，不离于形，而取决于诗心。因此欧阳修的《盘车诗》认为："古画画意不画形，梅诗咏物无隐情。忘形得意知者寡，不若见诗如见画。"⑤苏轼也认为："乃若画工，往往只取鞭策皮

---

① 语出自宋人陈与义诗："含章檐下春风面，造化功成秋兔毫。意足不求颜色似，前身相马九方皋。"（宋）陈与义：《和张规臣水墨梅五绝·其四》，转引自《陈与义集》（全二册），中华书局1982年版，第57页。
② （宋）苏轼：《书朱象先画后》，见俞剑华编著《中国古代画论类编》修订本，人民美术出版社2005年版，第49页。
③ （宋）欧阳修跋画，见俞剑华编著《中国古代画论类编》修订本，人民美术出版社2005年版，第42页。
④ 转引自（宋）郭熙《林泉高致》画意，见俞剑华编著《中国古代画论类编》修订本，人民美术出版社2005年版，第641页。
⑤ （宋）欧阳修：《盘车诗》，转引自（宋）沈括《梦溪笔谈》论画，见俞剑华编著《中国古代画论类编》修订本，人民美术出版社2005年版，第43页。

毛,槽枥刍秣,无一点俊发,看数尺许便倦。"①

在"意"的含义中,人们所忽略的往往是天"意"。在中国文化的原典中,以《周易》对中国画画理的形成影响最大。《周易》讲"意","意"在《周易》中是一个具有高度哲学内涵的概念。如《周易·系辞上》云:"书不尽言,言不尽意。"②文字不能完全表达语言,语言也不能完全表达"圣人之意"。这其中"圣人之意"很关键。什么是"圣人之意"?"圣人之意"不是指一般人的主观心意、情感、意念、意思、意图或意愿,"圣人之意"超越一般人的主观表现而与天地之意相通,是心与道合、人与天一的结果。这样的"意",其实就是"道"在人心的一种表述。所以,"意"在早期中国画的画理中占据根本性位置,是先在之物,并且"画尽意在"。如张彦远即主张:"夫象物必在于形似,形似须全其骨气,骨气形似皆本于立意而归乎用笔。"(张彦远《历代名画记》卷二,"论画六法")画得天意、"意存笔先",即"合造化之功""神假人笔"(张彦远语)。如沈括评王维画《袁安卧雪图》之雪中芭蕉,就是此理:"此乃得心应手,意到便成,故造理入神,迥得天意,此难可与俗人论也。"③是什么"得心应手"?是"天意"得于心而应于手。这样意义的"意",在后来的画论中也断续存在,如布颜图《画学心法问答》即认为:"意之为用大矣哉!非独绘事然也,普济万化一意耳。夫意先天地而有。在易为几,万变由是乎生。在画为神,万象由是乎出。"④

"圣人之意"怎么表达呢?《周易》的方法是"立象以尽意"。"象"的性质是依主客观关系而仿佛存在,"象"的作用主要是以象写形,画物之大意,象在先而对物有所取舍,用荆浩的话说即"删拨大要"。但在《周易》的思想中,意与象的关系有所不同,意在先,"象"的作用主要是"立象以尽意",所以"象"要观物而取象。如《周易·系辞上》即云:"圣人有以见天下之赜,而拟诸其形容,象其物宜,

---

① (宋)苏轼:《跋宋汉杰画山》,见俞剑华编著《中国古代画论类编》修订本,人民美术出版社 2005 年版,第 630 页。
② 《周易·系辞上》:"子曰:书不尽言,言不尽意。然则圣人之意其不可见乎。子曰:圣人立象以尽意,设卦以尽情伪,系辞焉以尽其言,变而通之以尽利,鼓之舞之以尽神。"陈鼓应、赵建伟注译:《周易今注今译》,商务印书馆 2005 年版,第 639 页。
③ (宋)沈括评王维《袁安卧雪图》,见俞剑华编著《中国古代画论类编》修订本,人民美术出版社 2005 年版,第 43 页。
④ (清)布颜图:《画学心法问答》问用意法,转引自俞剑华编著《中国古代画论类编》修订本,人民美术出版社 2005 年版,第 204—205 页。

是故谓之象。"① 早期中国画的理路与《周易》的"立象以尽意"是一致的。观象要"近取诸身，远取诸物"（《周易·系辞下》），用画论中的说法就是"外师造化，中得心源"（张璪语）。而立象则离不开"应物象形"（谢赫语），观物才能取象。并且这样意义的"意"与形似并不矛盾，因为"象也者像也"（《周易·系辞下》），所以，"象物必在于形似"，"骨气形似皆本于立意而归乎用笔"（张彦远语）。"象生意端"，才能"形造笔下"（刘道醇语）。所以，早期中国画的"意"不是文人写意意义上的"意"，"立象以尽意"也与画其大意、不求形似的写意画法在理法上不同。即便从书写的角度而论，"无以传其意，故有书；无以见其形，故有画"（张彦远《历代名画记》卷一，叙画之源流）。书之不足而有画，这才是"天地圣人之意也"（张彦远语）。其实"圣人之意"的"意"也就是"天"的意义上的"意"，才是真正具有价值的"意"，才是真正值得写之意。但是，后来文人写意的"意"，似乎并没有承续"圣人之意"的奥理与内涵。

完整意义上的"意"，应该包括上述三者，是物、我、天的三而合一。而在中国绘画的历史实践中，三者在不同时期各有偏重。值得特别注意的是，"意"在晚期文人写意画中变得不再重要，文人写意的重点并不再是"意"，而是书写意义的"写"。如王学浩在其《山南论画》中有一句转述王翚的话，即将文人"写意"解释得十分明白："有人问如何是士大夫画？曰：只一'写'字尽之。"② 所以，讨论文人画之写意，着眼于"意"的意义不大。

然后说写意。"写意"一词的出现在中国画中的历史中并不长，宋及宋以前的画论基本没有"写意"一词。潘运告编注的《中国历代画论选》中刘道醇《圣朝名画评》"花卉翎毛门"第四条徐熙，有"写意出古人之外"③一句，该"写意"一词出于断句错误，原句应断为"虽蔬菜茎苗，亦入图写。意出古人之外，自造于妙"，因此并不是"写意"的最早之说。④"写意"画法的最早出现，按照王世贞的意见，应该是在元代："松雪尚工人物、楼台、花树，描写精绝，至彦敬等直以写

---

① 陈鼓应、赵建伟注译：《周易今注今译》，商务印书馆2005年版，第607页。
② 俞剑华编著：《中国古代画论类编》修订本，人民美术出版社2005年版，第248页。
③ 潘运告编注：《中国历代画论选》（上），湖南美术出版社2007年版，第209页："熙善花竹林木、蝉蝶草虫之类。多游园圃，以求情状，虽蔬菜茎苗亦入图，写意出古人之外，自造于妙。"
④ 拙著《画道》也曾误引此文，在此订正。

意取气韵而已，今时人极重之，宋体为之一变。"①"宋体为之一变"，即变宋画之尚法而为元画之尚意。"写意"一词在绘画中开始使用也是在元代，如夏文彦《图绘宝鉴》卷三即云："（僧仲仁）以墨晕作梅，如花影然，别成一家，所谓写意者也。"②元人的写意，虽然已经有以书法笔法入画的明确表述，比如赵孟𬱃的"石如飞白木如籀，写竹还于八法通"（赵孟𬱃《秀石疏林图卷》），但更主要的还是"画意不画形""意足不求颜色似"的画法取向。比如汤垕即云"画之当以意写，不在形似耳"③，夏文彦云"大抵写意，不求形似"④，并不是严格意义上的文人写意格法。写意的观念在今天大有泛化之势，甚至被表述为中国画的核心理念或某种精神。写意在今天再次被提起并受到重视，可能是因为把写意理解为"主观表现"之意，觉得写意就是中国式的表现主义，这其实是对写意的一种误解，所以，有必要重新廓清关于写意的真正内涵。

大体来说，写意具有如下几个层面的含义。

第一，写意是泻心中块垒的意思。如传为王绂所撰的《书画传习录》中云："逮夫元人专为写意，泻胸中之邱壑，泼纸上之云山，相沿至今，名手不乏，方诸古昔，实大相径庭已。"⑤实际上，文人写意画中"泻"的含义并不典型。因为气需要养，除非是为了抒胸中气、散心中郁，抑或"涤烦襟、破孤闷、释躁心"⑥，否则也不能常用此方"泻"心。以心而论，写意本应是写心源之意，写心通天地之意，这才是写意所应有之真意。

第二，写意是状物之"生意"的意思。如方薰认为："世以画蔬果花草随手点簇者谓之写意，细笔钩染者谓之写生。以为意乃随意为之，生乃像生肖物。不知古

---

① （明）王世贞：《艺苑卮言》，见俞剑华编著《中国古代画论类编》修订本，人民美术出版社2005年版，第117页。
② （元）夏文彦：《图绘宝鉴》卷三，转引自于安澜编《画史丛书》第二册，上海人民美术出版社1963年版，第70页。
③ （元）汤垕撰，马采标点注译，邓以蛰校阅：《画鉴》，人民美术出版社1959年版，第70页。
④ （元）夏文彦：《图绘宝鉴》卷三，转引自于安澜编《画史丛书》第二册，上海人民美术出版社1963年版，第71页。
⑤ （明）王绂撰：《书画传习录》，转引自李来源、林木编《中国古代画论发展史实》，上海人民美术出版社1997年版，第193页。
⑥ （清）王昱：《东庄论画》，转引自李来源、林木编《中国古代画论发展史实》，上海人民美术出版社1997年版，第359页。

人写生即写物之生意，初非两称之也。工细、点簇，画法虽殊，物理一也。"①以物而论，方薰认为写生即写万物之"生意"，写生亦是写意，也是写意的另解。理论上讲，写意的真意，应该在于心与物通，在于人与天合，写物之生意与心之深意之交融，才是完整意义的写意。

第三，写意是指与工笔设色画法相对的画其大意的一种画法，主要表现为花鸟画。写意的笔态变化比工笔丰富自由，强调意趣，画法在有意无意之间而不刻意，可以意到笔不到，比如"点叐"或"点簇"画法即是。另外，"写意"本是吴地方言②，是舒畅愉快的意思，若写意是从文人画家聚集比较多的吴地开始说起，那么文人画家们所使用的"写意"一词，其基本含义也可能并不如前述之复杂。写意也称"意笔"，或曰"大笔""粗笔"，与工笔画的"细笔"相对。如郑绩在《梦幻居画学简明》中论逸笔时所云"工笔写人物写须眉写手足者用细笔也，意笔写树石写衣纹者用大笔也"③，即是此意。

第四，前述三点，与文人写意的特有内涵并不密切相关。文人画的写意，实际上主要是指文人画所专有的书写性画法，即以书写性笔法作画的方法。写意是文人画的核心特征，书写性则是写意的核心特征之一。写意画的产生，究其根本，在于书写性用笔的异源性质。甚至有人这样认为：如果工笔如楷书，兼工带写是行书，那么写意的画法也可以称为"草画"。比如唐寅即曾说："工画如楷书，写意如草圣。"④强调书法用笔，将写意类比于画法中的"草书"，这样的观点在明清画论中十分多见。

那么问题来了。书法用笔就是写意吗？早在张彦远的《历代名画记》中，就已提出"书画用笔同法"，但是陆探微从"一笔书"而来的"一笔画"、吴道子"授笔法于张旭"（张彦远《历代名画记·论顾陆张吴用笔》），我们不能说陆探微与吴道子就是写意。因为那毕竟还是绘画性笔法，只不过与书法笔法相通而已。那么文

---

① （清）方薰：《山静居论画》，见俞剑华编著《中国古代画论类编》修订本，人民美术出版社2005年版，第1190页。
② 写意是"吴方言，舒畅愉快的意思"。《辞海》（下），上海辞书出版社2010年版，第4375页。
③ （清）郑绩：《梦幻居画学简明》，见俞剑华编著《中国古代画论类编》修订本，人民美术出版社2005年版，第574页。
④ （明）唐寅论画，见俞剑华编著《中国古代画论类编》修订本，人民美术出版社2005年版，第106页。

人身份画家画的画是否就是写意？也不尽然。早期文人画的画分两种，一种是赵孟頫所推崇的"高尚士夫"画，如"唐之王维，宋之李成、郭熙、李伯时"等人，是不同于"闾阎鄙贱"的"衣冠贵胄、逸士高人"，是士人身份的画家以绘画之法所画的专业画。这种画能够"与物传神"而"尽其妙"，即便在行家画中也是上上品。但是这样的画不是写意，因为没有典型的书法用笔，也没有与书法用笔相匹配的造型方式。另一种是不太会画画的文人画的外行画，也就是所谓的"戾家画"。比如宋画中的许多墨戏之作，虽然身份是文人，但是他们的画是文人"墨戏"，也不是严格意义上的写意画。因为同样没有典型的书法用笔，也没有写意的造型格法。

文人身份的画家以绘画本法所画的专业画且不论，因为与写意无关。业余文人画的画要成为专业的文人画，必须具有专业门槛。而写意真正能够成为一种画体，仅有书写性笔法还是不够的，必须匹配与书写性笔法相对应的造型方法，这是关键。一般来说，繁复工细或形似的造型不太适合书法用笔，尤其是草书性用笔。能够适合书写动作性的造型，应该是接近张彦远"疏密二体"中的疏体类型。但是吴道子"笔才一二，像已应焉。离披点画，时见缺落"（张彦远《历代名画记》卷二，论顾陆张吴用笔），造型是典型的疏体，也有书法用笔，为什么也不是写意呢？

文人画虽首倡于苏东坡，但这个时期或以前的文人所画的戾家画，还只是遣兴性质的"墨戏"。至于画成什么样的风格，以什么作为用笔或造型的方法，并没有形成明确的绘画本体性要求。文人画之所以能够成为文人画体，其关键性的标志，在于文人画对于绘画本体开始有了限制与要求。能够与写意的书法用笔相匹配的造型方法，还不是"简率"的造型或"疏体"的造型所能承担的，而是类似象形文字造字性质的点画符形。这种性质的造型也可以叫作"造字法造型"，与绘画性造型在本质上不同。写意以书写性笔法和点画符形的造型方式为关键，才能超越无规则的墨戏行为，才能回避专业绘画所要求的绘画能力，才能创造出文人画所特有的、可以比肩于以应物象形为本体的原旨中国画的写意格法。

点画符形的造型方式或造字法造型的端倪，在早期中国画论中也多见。如"画是鸟书之流"（曹植《画赞序》）、"书画同体"、六书的象形就是"画之意"（张彦远语）等，但在理论上的真正趋于明朗，则要晚至董其昌，这其中的演绎过程，可谓非常有趣。明曹昭的《格古要论》曾记载赵孟頫与钱选的一段关于"士夫画"的对话①，这段对话在《格古要论》所存最早的明代景明刻本《夷门广牍》（六）中是这样写的："赵子昂问钱舜举曰：'如何是士夫画？'舜举答曰：'戾家画也。'子昂曰：'然余观唐之王维、宋之李成、郭熙、李伯时，皆高尚士夫，所画与物传神，尽其妙也。近世作士夫画者，缪甚矣。'"这段对话中的"戾家"，在托名为唐寅的伪书《唐六如画谱》中，则变成了"隶家"②，而在董其昌的《容台集》中，则变成"隶体"："赵文敏问画道于钱舜举，何以称士气？钱曰：'隶体耳。画史能辨之，即可无翼而飞。不尔，便落邪道，愈工愈远。然又有关捩，要得无求于世，不以赞毁挠怀。'"③

从钱选的"戾家画"之"戾"，到董其昌的"隶体"之"隶"，一字之误，却诱发了点画符形造型方式概念的生成。董其昌的"隶体"，已不再是"隶家"外行之义，那么他所谓的"隶体"是指什么呢？董其昌说："士人作画，当以草隶奇字之法为之。"④董其昌的"隶体"所指的正是"草隶奇字之法"，他本人也称为"隶法"。在此之后的画论也是同样的思路，如钱杜的《松壶画忆》即云："子昂尝谓钱舜举曰：'如何为士夫画？'舜举曰：'隶法耳。'隶者有异于描，故书画皆曰写，本无二也。"⑤草隶是由隶到草的一种过渡形式，与楷隶相比，是隶书带有草意的写法。所以，董其昌的"草隶奇字之法"，首先是高古纯朴、简率而带有草意的"写"法。比如董其昌在《小昆石壁图》自题中即云："前人自款时之写意，盖云如写字之意也。画不尽用写法，钱舜举为赵魏公道破，曰士夫画者隶体，正是写耳。"⑥文人画的核心特征就是写意，就是"隶体"，"隶体"或"隶法"就是"写"，"写"就是"写字之意"。"写"关联着"字"，"字"才是与书写性笔法相匹配造型方法。以书写性的笔法来完成的造字法造型，与工笔画以描法来完成的应物象形不同。书写是

---

① （明）曹昭著，杨春俏编著：《格古要论》卷上"古画论"，中华书局2012年版，第31页。"然。余观唐之王维"一句"然"后似不应用句号。
② 参见李来源、林木编《中国古代画论发展史实》，上海人民美术出版社1997年版，第155页。
③ （明）董其昌：《容台集》，转引自周积寅编著《中国画论辑要》，江苏美术出版社2005年版，第543页。
④ 转引自周积寅编著《中国画论辑要》，江苏美术出版社2005年版，第544页。
⑤ （清）钱杜：《松壶画忆》，载俞剑华编著《中国古代画论类编》修订本，人民美术出版社2005年版，第940页。
⑥ （明）董其昌绘：《董其昌书画集》（上卷），中国民族摄影艺术出版社2003年版，第23页。此图真伪待考，但其自题之文意，与董其昌一贯的艺术主张是相符的。

按照笔顺写就的点画，因此必须要把造型整理、提炼、分解为符号性的点画形式，否则就不能书写。在这一点上，陈继儒说得更明白："古人金、石、钟、鼎、篆、隶，往往如画。"[①]董其昌的"隶体"最为关键之点也在于此：所谓的"隶体""隶法"，所谓的"草隶奇字之法"，除了"写"之外的最重要含义，即变以往中国画的应物象形和与物象关联紧密的笔画方式，为点画符形的造字法造型方式，正如"草隶奇字"的结体构字之法。只有这样的像造字一样的造型方式，才可以被"书写"。文人写意画如果造型方式不是符号性的点画形式，就不能称之为"写"。所以以书法笔法作画，其实也不能算作什么高明的创意；反过来，如果没有书法用笔的功力，符号性的点画符形其实也就像是儿童的"简笔画"，同样没有什么神奇之处。只有二者合一，才能显现文人写意所特有的艺术魅力。书、写二字分开看，一个是书，另一个是写。书是如同"草隶奇字"的点画符号，写是书写性的笔法动作，二者合一，才为书写。书与写为一，写与字不二，才是写意格法最为关键之所在。书法用笔与点画符形的造型方式合一，才是严格意义上的写意。以这样的写意格法写就的画，无论是不是文人所画，都是写意画。从钱选、赵孟𫖯的"戾家画"，到董其昌的"隶体"，虽然对概念的原意进行了置换，无论是有意还是无意，意义却是重大的：唐宋时代的"水晕墨章"和"墨戏"，因此变成了"写字之意"的文人写意画。

　　书画同源在中国文化中具有深厚传统。张彦远的"书画同体"除了指书与画在用笔层面上的相通之外，更重要的是指绘画与文字在产生上的相同。中国文化中素有文字崇拜的情结，这种情结之重，堪比原始文化中的生殖崇拜。仓颉作书而天雨粟、鬼夜哭，可见造字这件事情的重要程度。在这样的文化背景中，产生一种与书写象形文字同样方法的书写性画法，一点也不奇怪。而实际上，画是象形文字的先声，文字被书写之后才有了书法。所以，以造字法造型的方式也不是绘画借鉴六书的结果，而是在中国绘画的象形方式中，即潜含着可以提炼为点画方式的机制与基础。值得注意的是：物象以笔画的方式提炼为符号性的点画符号，这其中有一个度。在这个抽象程度之内的笔画，象形是绘画。超过了这个度的符号性点画，象形就成为抽象文字；同时也值得注意的是：应物象形是有轮廓的造型方式，而"草隶

---

① 参见周积寅编著《中国画论辑要》，江苏美术出版社2005年版，第544页。

奇字之法"则是点画符形的结体方式。点画符形可以没有轮廓，与物象在形状上不必也难于重合。所以，写意画并不是不求形似，而是本就难于形似。所以，"观物取象""应物象形"的"象"，在文人写意中也不再重要。

　　写意对于文人业余画家涉足绘画的意义重大，当然对于其他外行也具有同样的意义。因为点画符形可以脱离所指代的物形而概念化地自在，并且在书写符号的时候，可以背写符号，正如背字。因此，这种点画符号的书写尽可以"一超直入如来地"，甚为简易，这是写意画法的长处。其实，董其昌的南北宗论即参照禅宗的南北宗论，主要的意图在于解决绘画"修行"的难易问题。画工院体画法的法度森严、门槛太高，外行戾家不易为之，所以对于文人从事绘画来说，并非一种简易法门。董其昌即曾以仇英为例，认为北宗画"殊不可习"："实父作画时，耳不闻鼓吹阗骈之声，如隔壁钗钏戒，顾其术亦近苦矣。行年五十，方知此一派画，殊不可习。譬之禅定，积劫方成菩萨，非如董、巨、米三家，可一超直入如来地也。"①与北派之苦修相比，"草隶奇字"的写意之法具有省力的特色，这样的点画符形书写，可以不用直接写生所画之物并亲自提炼点画符号，没有专业造型绘画能力的文人以及外行业余画家，也可以像背字一样把画谱中点画符号背记下来，在写意的时候组合成点画的"文章"即可。如此，个字法、介字法以及各种点法与皴法组成的画谱，其实就是文人写意的图形字典；而这种画法的短处也是显而易见的：毕竟能够提炼成点画符号的物象是有限的，大量生动的个性化的物象很难被提炼成概念化的点画符号。同时由于书法用笔的异源性质，造成了文人写意画法的一枝独秀，其他画法则被贬抑为"画师魔道"，也破坏了中国画生态的丰富性，破坏了六法与六要的完整性。总之，我们应该首先搞清楚写意是什么，然后再来谈中国画的写意性与写意精神。

2019 年 5 月 3 日于北京修改完稿
节录于《〈笔法记〉试论》第十八章，六要备赅

---

① 参见周积寅编著《中国画论辑要》，江苏美术出版社 2005 年版，第 300 页。

色彩随说

南海岩

人类开始科学地认识色彩变化归律相对素描造型要晚得多，早期的中国画家在视觉创作中强调造型的同时，对色彩科学的表现还停留在懵懂阶段，无论是用色彩表现客观事物的自然属性，还是主观色彩的装饰效果，都没有上升到科学的角度去认识和观察，存在一定的局限性。从 18 世纪以前的画家那里就能看到这种情况。到了 19 世纪尤其是西方艺术的涉入，随着科学认识领域的飞速发展，以及经过画家对色彩经验的不断积累，人们对色彩有了本质科学的识别，并形成了完善的、系统的色彩学体制，同时对色彩规律的认识和研究也成了一大课题。

极富感性的时代使得近代美术动荡变幻，共存互补的艺术多元化格局，兴起了魅人的当代绘画艺术。中国画家受西方绘画影响，对抽象表现性绘画的理解认为，只要有观念和激情就可挥洒而就，殊不知其背后蕴藏着艺术家对视觉系统的理解和严密把握。也就是说，绘画中语言特点的出现，蕴藏着艺术家审美判断及个人强烈感受事物的观念，这说明了艺术家对造型本质及绘画基础规律的深刻理解。色彩和素描同样是造型艺术的基础，素描是以单纯的黑、白、灰作为艺术手段去研究造型规律和空间规律的。色彩是对光和色的把握塑造形体空间，因此要想对色彩的认识和表达能够在作品中得到充分体会和发挥，素描是色彩的基础。素描学习的研究对象及方法，在色彩训练中应得到巩固和发展。在造型手段上色彩训练以丰富多样的颜色代替了单纯的黑、白素描手段，这需要在实践中慢慢体悟。如果想要较快提高色彩，就需要我们多关注经典，对大师们不同的作品进行揣摩和分析，获得一个感性直觉的认识，丰富我们的眼界，摆脱理念概念化的束缚。在学习中掌握不同类比的方法，以此深化对色调与调性规律的认识，有意识地借鉴传统技法和绘画风格手段，这样有利于掌握工具性能与纸面造型能力。色彩的学习研究是以理解色彩的基本知识和技能技法为核心的，从理论上认识光与色的科学规律，其中包括色相、明度、彩度、原色、间色、复色、光源色、固有色、条件色、色调的内涵、色彩的冷暖对比规律、补色对比规律，等等。有了我们对光和色的规律和色彩基本概念的认识，发挥色彩造型优势，运用色彩的对比以及调和原则，则是获得色彩绘画艺术的前提。

绘画中的造型因素训练，使我们有条件接近事物的本质，使事物有一个"能言"的外表，并通过这个外表显示事物的真实内涵，使我们对其有一个感性看法，这种看法，能使我们产生对色彩的探究和热爱。

从传统意义上讲，从欧洲色彩学的眼光来看，色彩可划分为红、黄、蓝三原色，其他都是从这三原色中调配出来的。通过光源的强弱转换，所生成的色相也随之不断变化，从而在我们的视线中出现不同时光的物像。然而如果上升为艺术，包含了中国的文化属性之后，它的色彩意义就在形的基础上升华了，这其中既包含中国儒、道、释的文化，也包含具有中国哲理依据的东方精神。中国的色彩审美不是产生于西方，而是产生于古老中国的本土文化，一开始便世代相沿不断。大千世界，色彩缤纷，为什么中国画家如此大刀阔斧地删繁就简，只择单一的色彩去表现万事万物呢？个中底蕴是很值得研究的！

儒家是把色彩看成"礼"的象征，他们不是从科学的角度来看色彩而是从社会理论观念来看色彩的。"非礼勿视"，这"勿视"的，不外是视觉感官可见的形与色。"礼"规定了严格而烦琐的约规，人的言行必须受制于这些约束，并通过恪守礼的规定去造成完美的人格。所以儒家把音乐、舞蹈、绘画、文学都当成完美人格的手段，当成"内养"修身的必修课。最能说明孔子色彩观的是《论语·八佾》中的一段文字。子夏问曰："'巧笑倩兮，美目盼兮，素以为绚兮'，何谓也？"子曰："绘事后素。"曰："礼后乎？"子曰："起予者，商也，始可与言诗已矣。"孔子告诉子夏的"绘事后素"是说绘画完成以后才可显现出素色的可贵，这是一种带有哲学色彩的审美观。

这里孔子对色彩的根本观念，可以说是"礼"的色彩观。同时也说明了色彩与素画的关系，即色彩画是在素地、包括简略的轮廓草图上进行的。"礼"的严格限制,一是为了维系等级社会的秩序,二是借以规范人的行为,去造成理想的人格,达到"从心所欲不逾矩"的境界。这一观念与艺术的需要相距很远,却开启了后代象征主义的色彩观,尽管孔子对色彩的认识不科学,但他并没有把色彩神秘化,说来说去仍在现实人生的圈子里。

中国的许多观念、制度,虽萌于夏、商、周,但到了秦、汉,才可以说是定制。秦汉时期,对于色都是从象征意义上去解释,因此,黑、白之类便赋予了超色感的象征意义。故《史记·秦始皇本纪》谓始是削平六国,一统天下为"别黑白而定一尊",这已经不是简单的色彩问题了,已把"黑"作为神权帝威的象征了。而汉代人则重黑白,把黑白抬到玄神的高度,虽不是从科学出发,却偶合了科学的精神,故为后世人所专用。自隋唐以后,水墨随而勃兴,可以说是前代色彩观的自然发展趋势。

在道家看来,道不仅是生出万物的本源,而且是包容万物的"总门"。《道德经》首章:"玄之又玄,众妙之门。"许慎《说文》训"玄"为"幽远"。王弼注《道德经》引文为:"玄者,冥也,默然无有也。"通常意义上讲,玄与黑意义相通,玄黑常常连缀使用。朱谦之《老子校释》云:"华夏先哲之论宇宙,一气而已,言其变化不测,则谓之'玄';变化不测之极,故能造成天地、化育万物,而为天地万物之所由出,鸢飞鱼跃、山峙川流,故曰'众妙之门'。"

"玄之又玄,众妙之门"者,道也。一切由"道"又包容一切,故四十二章又云:"道生一,一生二,二生三,三生万物。"六十二章又云:"道者,万物之奥。"河上公注云:"奥,藏也。道为万物之藏,无所不容。"

道家认为玄黑即"道"的象征,也可谓众色之主。它充满了神秘、无限、幽远、冥灵、深奥、缥缈,等等,它包罗了众多的色彩印象,而不仅仅是单一的色感。西方人看黑色是不会有如此神秘和复杂之感的。老庄哲学是朴素的辩证者,他所讲的"一"即"元气","二"是阴阳;阴阳即对立而又统一的两个侧面,日为阳、月为阴,天为阳、地为阴,男为阳、女为阴;强烈对比的黑白也归于此。《老子》在第十八章把雄与雌、黑与白、荣与辱对比论,它们既对立又统一,雄强与雌柔的高度和谐,便将呈现"婴儿"之状,何谓"婴儿"? 王弼注:为"不用智而合于自然之智",至高至极的大智大慧,必呈本初的稚态。黑与白本是对立的,但二者极度冲融混合,便能归于"无极"。荣与辱的化解,则能回到"朴",亦即木拙之状。

　　由此可以看到中国的水墨之所以选择了黑与白，确实蕴含了具有东方哲理的深奥精神。两极归一，以简概繁，大千世界，万千色彩，却只以黑白去表现，而且居然又兼备众彩，可谓精微博大。这种择色摆脱了自然色调，而植入玄邈的化境，它是哲理的选择却又合于科学色彩的精神，是绘画史上一个了不起的创造。

　　说来也是巧合，佛教经文极力把黑白二色赋予宗教的灵光，外来的宗教教理与本土哲理精神不期而合，《大日经》卷五："白者，即是菩提之心。"佛教的"白"象征"明心之净洁"，观音菩萨身着白衣，坐白莲之上，所以又名白衣大师。《俱舍论》卷十六将因果报应分为四种：恶所引起的果报叫作"黑"，或曰"黑黑业"；善所引起的果报叫"白"，或曰"白白业"；因、报、善、恶相混为"黑白夜"；摆脱了善恶黑白的名为"无漏业"，也叫作"不黑不白业"。本土的哲理对黑白所赋予的内涵与印度教有所不同，但同为东方两大古老民族且有很多渊源，并又都为这两色作了哲学的、伦理学的或神学的解释，因在诸色中，它们受到格外重视。所以，由黑白二色构织而成的水墨画，对比既明豁又能唤起"玄之又玄"的神异感。

　　佛教主张寂灭，这与道家所提倡的清静无为如出一辙。寂灭、清静亦即"无"，也是"白"。在佛道二家经典中，"无"不是什么，也没有意思，而是反极归玄之义，即一无所有乃无所不有，墨所到处不论是线条，还是晕化所产生的"面"，都是水墨画家内在精神的体现，然而，在墨色未到的"空白"处，在那"无"的地方，不更是意味深长吗？笔墨未到而情韵盎然，这岂不正是"无为"所达到的无所不包的奇妙效果吗？即所谓"无为而无不为"。不懂这个道理要创造和欣赏水墨画是难得其奥的。

　　佛家讲究"静"，在面壁坐禅中去净化心灵，以达到心不染尘的纯正境界；道家亦然，人要到了形若槁木，心若死灰，才算是真正"活"了，达到永生不灭的理想境地，其最大的功力便是从"无"中混孕万有，虽"静"却能制胜一切。凡此种种都是不着笔墨去创造"白"的哲理依据。

　　潘天寿先生说："水墨画，能浓淡得体、黑白相用、干湿相成，则白彩骈臻，虽无色，胜于有色矣。五色自在其中，胜于青黄朱紫矣。"（《潘天寿美术文集》）中国画以水墨为"格调"，这实属是东方深奥哲学的精神体现。

　　其实色彩的原理在概述中只有两种，那就是对比和渐变。对比一般容易掌握，渐变则是随阳光下的赤、橙、黄、绿、青、蓝、紫来转变。道理很简单，但用时则千变万化，如红到橙可以用几种色接替转变，但转变过程需要在大脑中提前有色彩的想象意识，而且眼光要准确分析出色彩的变化，不然色彩就很单调或不丰富。画在整体色调中，一般先按大体色调画，即环境色的转变。中国画的中间色调是墨，所以调和整体画面的还是墨色。在识别色彩中，单一色彩的变化是最难变的，光线的强弱以及周围环境色的不同，所生成的物像本体颜色也就不同，这其中有很多文化，是"只可意会不可言传"的东西。总之，以整体画面和谐为主，"色淡则生朦韵，色浓则出激荡"。想提高格调和雅趣，则多看古今中外大师的作品，"其道自会由心生"。

韵味是画面的气质和节奏，所以在上颜色时须把握好用笔用墨的节奏，让色彩回归自然。另外，每一个成功的艺术家都背负着一种浓厚的情感，无论何种情感都会伴其一生，而今时代，单一传统的色彩绘画已和时代的飞速发展相去甚远，所以当代中国画艺术应取决于画家本身，其中考虑的应是画家所描绘的事物是不是内心难以名状的产物，不能忘怀且很久想要释放表达的绘画语言，此时的创造者就会到处寻觅和探索技能的发挥，如何和内心想要描绘的东西相比，使之吻合。我最早对颜色的渴望是去了甘南以后，到了藏区一看，全是黑乎乎的，但在黑色昏暗中有一种非常跳跃的色彩，就是它点燃了我心中艺术堂奥的明灯，并开始了艰辛的探索。试用中国画的颜色但始终和内心想要表达的东西相距很远，于是就尝试着用广告和其他颜色，可惜还是有距离，最后就尝试着用水彩丙烯等颜料，慢慢地才有了一些感觉。这说明每一个画家都有想要表达的东西，但这一点的释放手法需要以适合自己应用为好。

艺术需要慢慢体会，色彩在当今时代有很多挑战性，况且中国画艺术的"出彩"也关系着色彩的运用，探索之路还很长，只有深入进去，才能使中国画家走得更远。

论传统的多样性

潘 缨

从学画开始，面对着众多不同的传统，有时会感到幸运，有时也会感到选择的艰难。但是，传统也正是因此而拥有其长久的魅力。

每当我们分别看待每一种艺术形式时，也许会觉得它们都是以一种独立的、自然随意的姿态产生和发展着。但是，一旦我们将它们置于历史的进程中，就会发现它们的传承和突破都是具有合理性和必然性的优化选择，还会发现它们不是孤立的，而是在与其他民族文化艺术的相互碰撞和交流中不断地完善、成熟的。正因为中国辉煌的文明史是中华民族文化与其他民族文化相互交流碰撞的历史，中国的艺术传统也呈现出宽广的包容性和惊人的丰富性。

正因为传统从来不是一成不变的、固定的模式，所以在漫长的过去和遥远的未来，回顾传统意味着会在熟知的东西之外发现新奇，发现曾经被错过、被忽略的东西。有时，甚至是在我们最为熟悉的那些传统模式之中，也还会发现许多有价值的东西值得从不同的角度、以不同的需要进行意义不同的挖掘和探索。正是这一点使传统千百年来传递着文化的生命力，使它能够像生活一样激发出人类一轮又一轮的创新灵感。一旦一种传统被神化为一种枷锁，束缚了人的想象力和创造力，它也就失去了这种活力。

中国的重彩画传统远比水墨画的传统历史悠久得多。早在水墨画出现之前，强调色彩的画种曾经在中国独领风骚了两千多年。

人类在其文明的早期，似乎都特别地偏爱色彩。从半坡时代的彩陶开始，人们已经使用了赭石、土红等我们现在仍然继续使用的天然颜料。中国最早的绘画作品——战国时期的帛画，在经历了两千多年的时间考验之后，至今画面依然鲜丽如初。在此以后，众多的宗教壁画、墓室壁画以及盛行于唐宋的精致的工笔画作品也都以充分运用色彩作为其主要的表现手段。这些作品或粗犷强烈，或细腻柔和，众多的艺术家以各自不同的独特性赋予其作品截然不同的品质。但是，它们都有一个共同的特点，那就是这些作品的色彩历久如新，能够在几百年、上千年之后，依然完好地将古代画家创造的宏篇巨制的恢宏和方寸之间的精致展现于今天，同时也将重彩这种绘画材料和技法所具有的丰富的表现力和广阔的表现空间展现于我们面前。

与此同时，在中国之外的广大地域，也都不约而同地在化学工业尚未发达之前，广泛地使用天然植物和矿物颜料。从法国和西班牙的洞窟原始壁画、古埃及的壁画到波斯的细密画，从波提切利的蛋彩画到凡·艾克的早期油画，甚至今天的许多西方画家也仍然把天然矿物颜料作为其艺术表现力的重要组成部分。至今为止，最优质的水彩、油画等传统绘画颜料也依然有许多种是采用天然矿物颜料制作的。

自古以来，随着古代民族的迁移、战争、朝代的更迭、佛教的传入，众多民族在中国大地上碰撞和融合，使源于不同文化的艺术表现形式不断地融入中国的艺术传统之中。中国人每次都能将来自不同文化的影响与自身的文化因素融会成某种新的民族形式。与此同时，中国的中原文化也不断地影响着其他民族的文化艺术的发展。随着艺术形式的传播和变异，材料和技法也在应用的过程中不断地完善和改进。因此，在貌似不同的各民族的文化艺术形式中，除了差异，往往还能看到更多的共性。中国作为一个多民族的大国，在汉族和众多的少数民族文化中至今依然呈现着自古延续下来的这种融合的痕迹，正是这一切使中国的传统文化和当代文化显得更为丰富多彩和充满活力。

当文人画以水墨为主要表现手段的绘画形式发展为新的艺术顶峰时，中国人对色彩的喜爱依然以多种形式长久地保留在民间，历代的许多水墨画家也曾不断地从中汲取营养，形成新的艺术风格，充实、延续着水墨画的活力。

中国当代的重彩画随着工笔画的复兴而渐渐苏醒，越来越多的画家在继承传统的色彩表现手段的同时，也不断地借鉴写意画和其他传统或现代画种的表现手法，对重彩画的技法材料进行了进一步的创新和突破，使它能够表现更为多样化的题材和内容。与此同时，由于现代绘画材料制造业的不断进步，更优质、更便捷的材料不断涌现，特别是天然矿物颜料的色彩种类不断增加，以及如同天然矿物颜料一样性质稳定的仿天然矿物颜料的出现，使现代重彩画日渐拥有了和油画、水彩、丙烯等其他画种同样丰富的色彩表现力和使用上的便捷性。这些有利条件使当代的重彩画家有可能创作出风格更为多样、材质更为优良、保存更为长久的作品。我们有理由期待中国当代的重彩画因当代意识的融入而展现出一片更为广阔的艺术天地。

早在1987年，日本画家加山又造来中国讲学时，曾经既惊讶于中国学生的才能，又惊讶于中国学生所使用的绘画材料之低劣，其实那也是当时的中国画家所普遍使用的中国画材料。

当今的中国重彩画作品中所呈现出的某些日本画的影响应该说具有某种必然性，同时也具有不可否认的积极意义。这一方面是由于日本的绘画传统来源于古代的中国。当中国的重彩画和工笔画的主流地位日益为水墨画所替代，中国画笔墨技法日趋丰富的同时，绘画材料却日趋单一，许多重彩画的材料技法不再流行于画坛，甚至渐渐失传。在日本绘画中却至今保留了许多中国汉唐的重彩画传统，现在这些绘画传统通过日本再次流回中国。另一方面，由于近年来中国的对外开放和更多的中国画家赴日本和其他国家学习绘画，从而引发了中国画家对绘画内容与形式的多样化探索和对技法材料的重视。日本画虽然在审美取向上渐渐本土化，但在材料和技法上却依然基本上延续着源于中国古代的传统，近代以来又不断地学习借鉴其他画种色彩方面的优势，发展出了不同于传统的新的日本画形式。其所形成的注重色彩表现的艺术风格，无疑带动了日本画材料对质量和品种的追求，由此使得今天的日本拥有了比中国更为优质和更为多样化的重彩画材料。

这一切对中国画家的启示是：中国画的未来发展也应该具有更多的可能性。

但是，即使再好的重彩画材料也会像任何一种绘画材料一样，既有它的优势，又有它的局限性，艺术中起更重要作用的因素永远是人。我对材料和技法的一贯想法是：应该最大限度地发挥每一种绘画材料的艺术表现力，并不断地探索其艺术表现手法上的其他可能性，而不是以新的模式和套路作茧自缚。因此，当我开始尝试重彩画时，为自己选择了由具象到抽象的多种题材和形式来做技法上的试验，其中有些也试图将我以往的工笔、写意、没骨等技法经验融会其中，但对我来说更重要的是把以往的技法材料没能充分表达的感受以不同的方式再做一次尝试。在这个过程中，首先是颜色的多样化选择和多层厚涂的技法使我重新燃起描绘西藏民俗的色彩和强烈的光影的热情，这种热情曾经被传统的工笔和水墨表现形式扑灭，令我在很长时间内一直痛感中国画比起油画在色彩的表现力上有所欠缺。其次，是矿物颜料的特殊质感所形成的视觉冲击力使我产生抽象的冲动。最后经过对绘画材料的多方面接触，触发了我对表现形式、画面效果以至题材内容的更多设想。

在目前中国画的教学中，由于学生主要以传统的宫廷绘画和文人画为主要内容的临摹课进入早期的专业学习，大部分学生都会产生对较单一的艺术形式和技法材料的依赖，限制了其今后的多样化选择和自由发展。如果我们能将中国绘画史上更为丰富的内容引入临摹课，如古代壁画（敦煌、龟兹、永乐宫、墓室壁画等）、唐卡艺术、年画、民间艺术等，就会使学生更加充分地了解传统艺术的多样性。同时我们也应更多地介绍历史上与我国艺术相互影响或息息相通的其他国家的优秀民族艺术，以及在传统艺术的基础上发展变化的、优秀的当代艺术家的作品，从而使学生看到，任何一种文化艺术的产生和发展都不是孤立的，而是以相互的碰撞和交流互为发展的动力。多样化的临摹，能够使学生以更直接的方式接触多种艺术形式和绘画手段，不光熟悉中国传统绘画的技法材料、形式语言、造型规律、审美特点，而且从各方面进行古今中外的纵横比较，了解文化艺术的起源和发展历程，打破狭隘的审美意识，建立起宏观的艺术思维去面对世界和自身的未来。

看到远古时期的岩画、马王堆、克孜尔、敦煌、永乐宫……它们永远会令我感动。在技法与材料的表现上，最令我感叹的不是它们的复杂，而是它们的单纯；不是它们的精巧，而是它们的质朴。用最直接的方式获得最有效的表达，也可以达到一种极致。

其实，不仅在当代艺术中充满着追求自由、崇尚自然、发挥个性、锐意创新的精神，自古以来的优秀作品也都是因此而充满活力。今天的人们正在以更加开放的心态对古老的传统进行着不断的再挖掘，随着时间的推移和不断的考古发现以及人们审美意识的发展变化，传统正在当代人的眼中不断地扩大着它的范围，并在新的时代展现出新的面貌。正是因为传统在今天拥有这样的特性，对传统的继承才对当代的艺术创作具有真正的意义。

2003 年 8 月 19 日

《午门誓师》创作谈

王颖生

北京市文史研究馆托我创作以"康熙帝午门誓师亲征噶尔丹"为主题的北京重大历史题材中国人物画长卷《午门誓师》之时,正值我为国家工程——中华文明五千年重大题材《中华史诗——中国京剧》创作疲惫不堪、心力交瘁之际,虽一再推辞,然而文史馆诸多师友盛情难却,最终我接受了这一几乎无法完成的任务。两张大画创作档期几近重叠,《午门誓师》的尺寸要求是高3米,长9米,这是让人物画家既兴奋又窒息的尺幅。在场地宽敞的情况下,长度不是问题,但自己身高臂展所无法企及的地方,就要爬架子左右腾挪、上下攀缘了。虽有巨幅壁画的绘制经验,但在不使用助手的情况下独自完成这件大幅人物画的创作,我自知绝非易事。清史专家团队告知,此画所选题材是由重要历史人物所主导的事件,在统一多民族国家历史发展过程中有过重要作用,其内容真实可查。在接近历史的基础上强调画家对这一事件的看法和表达,我倍感压力。接下来创作过程一路艰辛,甘苦自知。

我曾多次到故宫博物院,由里到外,几度徘徊。为画《中国京剧——徽班进京》寻找与故宫有渊源的蛛丝马迹,在养心殿门前聆听戏台上徽班的余音缭绕;为画《午门誓师》,聆听金戈铁马,刀剑铮鸣。我翻阅研读了大量清史资料,琢磨人物形象,寻找各种依据,臆想当年出征仪式的多种可能出场方式。构思与草图阶段算是顺利,我按照最初的设想,把人物一字排开,骏马红墙,文官武将,八旗子弟,豹尾悍勇,旌旗招展,把清初骑驾卤簿的宏大出征场面体现出来。

在距北京城30公里的怀柔杨宋镇翰高画室,面对长9米、高3米的巨大宣纸,我与康熙皇帝率领的大清诸勇开始对望。

| 《午门誓师》创作谈 |

"国之大事，在祀与戎。"古代中国将祭祀典礼与军事战争视作两项最重大的国事活动。"亲征"是古代帝王亲自统率军队，以上伐下之征战。亲征既是军事战争又含祭祀典礼，最能体现大一统中央集权政权的文化内涵。历史上诸多帝王亲征，在史籍中都留下了浓重的一笔，可谓"明君圣主"的标志之一。有清一朝，真正意义上的亲征只有康熙皇帝三征漠北。从历史上看，康熙皇帝三次对噶尔丹分裂势力进行的亲征，为我国多民族国家的统一做出了卓越贡献。

康熙帝15岁生擒鳌拜，19岁平三藩，28岁统一台湾，是一位有雄才大略、有思想、有见地的皇帝。康熙二十八年（1689）一开年，他就第二次南巡，临阅河工。抵达浙江绍兴祭大禹陵，亲制祭文，制颂刊石，书额曰"地平天成"，时年34岁的康熙帝应该说志得意满。面对悍然叛乱的噶尔丹部，胸怀大志的康熙认为："噶尔丹势炽，其志不在小。"为维护国家统一，康熙二十九年（1690）夏季，"六月，康熙集大臣于朝，下诏亲征"。这一仗，左翼出古北口，右翼出喜峰口，八月大战于乌兰布通，场面十分壮观。史书有载："贼骑数万阵山下，依林阻水，以万驼缚足卧地，背加箱垛，蒙以湿毯，环列为栅。士卒于垛隙，发矢铳，备钩距，谓之驼城。我师隔河而阵，以火器为前列，遥攻中坚，声震天地，自晡至暮，驼毙于炮，颓且仆，阵断为二。步骑争先陷阵，左翼兵又绕山横击，遂破其垒。" 6年之后（1696），噶尔丹又率骑兵三万进入巴彦乌兰。康熙再次组织三路大军，一路由东边阻击噶尔丹的前锋，一路从宁夏插过去断其退路，康熙亲自"统禁旅由独石口出中路。皆赴瀚海（大沙漠）而北，约期夹击"。康熙三十六年（1697）春天，康熙渡过黄河去宁夏巡视，同时派出两路大军再次进击噶尔丹。穷途末路的噶尔丹"欲北投鄂（俄）罗斯，而鄂（俄）罗斯拒不受"，噶尔丹进退无路，只好服毒自杀。清军取得重大胜利，从而结束了历时8年之久的御驾远征。

历史题材画创作，艰难的是谁都无法还原历史，只能通过描述某一个具体的历史事件和具体的历史人物，来反映该时期的历史状态。而画家想要达到这一目的，就必须宏观地、全面地看待历史，准确把握形成这段历史的各个部分之间相互牵制的关系。表现清军与噶尔丹叛军之间硝烟弥漫的战争场面，古已有之。把画面的瞬间定格在紫禁城午门前，康熙誓师出征，符合命题的要求。那是历史事件高潮前最有期待感和仪式感的场景，是决心、力量的集中展示，是我认为最能体现仪式感的特定瞬间。

人物是历史事件的主体，人物的刻画决定作品的格调。《午门誓师》涉及的主要历史人物近百人，不但要体现出高矮胖瘦、神态各异，更要注重刻画每个历史人物因其所处的时代、地位、文化水平的不同而造成的独特的个性特征。

我几乎翻遍了绘制康熙的传世画作，包括清宫朝服像和郎世宁等人的作品。早年的康熙强壮彪悍，到了晚年却突现消瘦，书卷气十足，如同求道修炼，时间弥久，表象饰物剥离，只剩下筋骨和气节。作为在位时间最长的中国帝王，康熙在年轻时候拼的是血气之勇，壮年和暮年依托的则是自己过人的智慧和见地。

多次遴选比对后，我选择了一幅康熙皇帝最"帅"的画像作为画面中帝王的参照图样——30多岁的中青年的康熙儒雅文气，眉宇坚定，舍我其谁，勇气、霸气俱存，最符合我的想象。

画在当下，让观者一起目睹发生在300多年前的康熙亲征，精神必须要回归到那个年代中去，感悟那个时代的特征。旗帜、徽号、服装衣甲等特殊符号则能使品鉴者对画面描述的历史时期一目了然。画面中清代的皇家礼仪"大驾卤簿"，有多少武士相随，服装特点、纛旗为何、马匹的装束和军旅行进的仪态等，都要经得起推敲。为画豹尾勇士铠甲，我反复请教清史专家。让我感动的是文史馆平晓东先生放弃节假日休息，多次陪我去故宫请教专家，还陪我去香山脚下的清代遗址求证、比对清代马镫的形状。我虽极尽所能做研究，仍因资料不足而留下诸多遗憾。

午门的东西北三面城台相连，环抱一个方形广场。北面门楼面阔九间，重檐黄瓦庑殿。威严的午门，宛如三峦环抱，五峰突起，气势雄伟。这样一个代表大清帝国国家形象的环境，不但能引起观众的心理共鸣，而且能有效交代康熙帝亲征誓师历史事件发生的地点、场合及其意义。但过多的背景易削弱画面的整体气氛，几经精简，只留下了城门与红墙。

我曾无数次遐想回到那个出征的时间点去，尽力去接近那个现场。康熙帝头顶金盔，披豹尾饰甲，宽大的披风下，是一身明黄鲜亮的龙袍，腰间扎着一条镶金饰红、宝石闪光的玉带，戎装佩刀，乘马出宫。高士奇和索额图两位随驾出征的上书房大臣，以及皇上的亲舅舅、上书房大臣佟国维的哥哥佟国纲，也都在康熙左右戎装佩剑。战将身后，分列八旗大纛及火器营大纛各八面。号角鸣响，震动在场人的内心，皇太子率领百官俯伏在两旁行三跪九叩的大礼，山呼万岁。三万铁甲军士也同时发出了山呼海啸似的喊声——"万胜，万胜"。龙旗飘荡，鼓乐高奏，铁流奔涌，那是席卷草原战无不胜的力量……

画面中的人物形象，我尽心揣摩。皇室宗亲满族、蒙古族的形象自然会有不少，汉人兵将也位列其中。每个人都是具体的，有几位中老年人物要符合将领和重臣的身份，还有几位彪悍的年轻一点的战将左右做一些穿插。画出他们之间的联系和故事。

我在美院学习工作20余年，中途曾去俄罗斯列宾美术学院访问学习一年，对大场面的主题性绘画充满敬意。在我的画中，尽可能地追求造型的准确严谨。严谨地刻画形象，以线造型并成为物象生成的基础，结构画面，把具象抽象化，墨随画形，使作品同时兼有具象和抽象、写实与写意两方面的特点。

自2009年起，我与导师孙景波先生接受国家课题"中国传统壁画教学、保护与修复"，在研究、创作大型古代壁画的过程中，我潜心体悟古代壁画人物的精神，从顾恺之、吴道子、李公麟等古代哲匠的作品中汲取营养，在敦煌、山西高平开化寺、岩山寺、永乐宫等壁画群里寻找文化信息，秉承《营造法式》制作工序，在人物塑造上着意追求古人遗风。

传统画壁发端远古，兴于秦汉，蕴于魏晋，成于唐宋，颓于元明，沉寂于清。自唐宋书写性绘画的兴起对壁画产生了巨大的影响，与院体绘画形成了并行不悖的两大传统。中国传统壁画自成体系，文化基因存储最丰富，一直代表国家意志，绘制于宫廷庙宇，表现朝纲礼乐，教化人伦。

在多年的绘画实践中，传统绘画的审美理念是我重要的参照，并在《午门誓师》作品中得到体现。其中对构图、色彩、线条及造型的把握，体现了我对传统重彩壁画的研究和对传统人物技法的领悟，也是我学习各种传统线描手法的具体显现。在色调上，我也把经过历史尘封和岁月包浆的浓墨重彩融入作品，力求所绘作品尽可能还原历史。

为增强主题创作的仪式感和分量感，这批有关北京历史的作品均为宏幅巨制，强烈的视觉效果把北京史诗般的辉煌体现在画卷中。

我们赶上了一个前所未有的时代，艺术与时代俱荣。艺术家大多从事的是极为个体的劳动，穷其一生，所为有限，当融入当代文化潮流，为自然写照，为大众讴歌，与时代同行。

进化与退化

林若熹

　　进化是现有事物的推进与增加，退化是现有事物的退缩与灭亡。意识好比手心，无意识好比手背，对意识的面对就是对无意识的背离，意识进化了，无意识就退化，科学发达，艺术就弱化，艺术深刻，科学就平庸。

　　达尔文进化论的自然选择，生存斗争的结果是最适者生存。马达加斯加南部黑暗洞穴的地下湖，湖里有一种鱼经过两千多年的进化（退化），为了适应黑暗洞穴的生存，眼睛及色彩已不复存在（纯白色），而适应暗水里的感官则特别发达。这个有趣的事例倒是说明了达尔文"最适者生存"的理论，问题是作为鱼的眼睛没有了。这也许是特例。可是达尔文在谈到人类进化时，论到"残迹器官"（没用器官的残余）。达尔文的没用器官指的是在高等没用，但在低等还是有用的，即高等用不着的器官。"智能和道德"官能是人类的特有，也是使某些器官用不着的关键所在。达尔文还认为人类因为有"智能和道德"官能，对付适应自然以及人类之间的变化，可以使一个不变身体，用"心理"官能使其保持和谐一致。至此，我们可得出结论：进化是有所指，在所指之外，其功能便不再有用，以至于萎缩或消失，即退化。

　　达尔文的进化论是自相矛盾的，其矛盾主要是该论除了科学所指外有他指。一方面看到人的"智能道德"的科学所指的关键，另一方面又认为在自然面前人力的渺小。"我们知道，利用人工选择人类能获得巨大效益，即通过累积'自然'赋予的微小变异使生物适合于人类的需要。但是，我们将要论及的自然选择，是永无止境的，其作用效果之大远远超出人力所及，两者相比，犹如人工艺术与大自然的杰作之比，其间存在着天壤之别。"[①] 然而我们只是跳出科学所指，也许达尔文的矛盾就不复存在了。

现实是人类沿着科学所指的方向前进，以至于我们完全依赖于科学。随着科学的高速发展，人类的智能（精神所指部分）也高度发达。人类身体的健康问题却越来越大，即某些功能退化越来越严重。人类艺术的科学化，已使传统意义的艺术不堪一击。人类的宗教也因科学的说辞，善恶概念绝对化。为善作恶而斗争不休。

人类选择了科学所指方向，科学带给了人类好的一面，也带来了不好的一面。当然任何选择都包含好坏两面，只有度的差别而已，例如重高就轻宽，反之亦然。无奈人类的天眼就像马达加斯加地下湖里的鱼的眼睛一样，完全退化了。

人类的选择便有选择的印记。上古时，选择自然神，其形象是"半神人"。现代人选择科学技术，其形象是"机器人"。

拿破仑说过这么一句话："世界上有两种强势的力量，一为剑，一为思想。长远看来，剑总是被思想打败。"剑是工具，工具是功利性的，是特指或所指，而思想是精神，精神是无限或无所不指。现代人对工具的依赖与崇拜便产生机器人的形象。上古的人对自然飞禽走兽神灵的依赖与崇拜便产生亦人亦兽的半神半人形象，现代机器人是人对机器工具功利的产物；半神半人是人对神力愿望的化身。

半神半人是人向往神的神秘与超能，结果神存在于人脑内；机器人是由人制造并控制，机器人终将超越机器外，有了自我的意识，我们称之为第三自然。

当巫术出现时，人与自然分离；当宗教产生时，人与神分离；当科学诞生时，人的精神与人的躯体分离；当机器人发明时，人工智能与人分离……这一切的矛盾与对立是哲学的意识。艺术用无意识调和表达这一切。

艺术的表达一开始就走了一条与文字、语言不同的道路：无限中表现一。因此创造是艺术的本质。科学用假定设计模式理解"道"，其假定设计的艺术性被科学制约着。艺术的语言很难被约定俗成的科学所指读懂，只能用寄生移情的方式表现"道"。其表现过程便已滑向理性把控的科学所指，并慢慢地把过程错觉为本质，把寄生形式误为艺术语言本身。文字、语言的意识可以是自然的、政治的、哲学的、具象的、抽象的、意象的，等等。这些都可以被艺术语言的无意识寄生。由于

---

① ［英］达尔文：《物种起源》，北京大学出版社2005年版，第45页。

科学所指越来越被人类接受并相融，使意识的大厦越盖越高，以至于人们把无意识的地基淡忘了。因此艺术的敏锐感觉及无穷创造力便退化，从而进化出理性的制作及意识的说辞。黑格尔从哲学角度预言说，由于精神的前行势必超然物质，理性内容的膨胀必将冲破感性形式，艺术的发展不可避免地走向衰落，并被哲学取代。我们完全可以从进化的程度看到退化的程度。艺术是这样，科学所指与天眼感知同样如此。

  人类中有特异功能的存在，这是已被证实了的，与其认为是特别个案，不如看作返祖现象。有人类学者发现：人类早期历史有一段是空白的。理由及迹象自有其说，这里无须复述。雅斯贝斯的《历史的起源与目标》提出人类少年时期有一段同步的经历，中国的老子、印度的佛陀、波斯的琐罗亚斯德，以及古希腊的先知都基本在同一时间轴上。若现代人的返祖现象成立的话，同一时间轴上的先哲就存在这些功能，即我们说的"天眼"。[1] 若人类文明空白是人类"天眼"的退化期，那么所有先哲的天眼事态，对于只有凡眼的人类就成了超人（神）的事态。假设把人类眼睛的色盲与不色盲的关系置换一下，色盲是绝大多数，不色盲是极少数，那么能看到色彩的不色盲，要把看到的色彩表达给色盲者，是近乎不可能的事。反之色盲者要感悟色彩也同样近于不可能。

  按照达尔文的进化论，天眼是非科学所指，是不可实证的，所以天眼的闭合是科学所指的必然。尽管老子努力用凡眼表达天眼事态，《道德经》经历了两千多年的不同解读，我们还是处于似是而非的状态中。在科学的领域里，爱因斯坦的广义相对论开始出现跟科学所指的常规不同。广义相对论开启了现代物理学。无论是测不准定律［波动力学，薛定谔（Erwin Schrödinger），1887—1961］，还是耗散结构［伊里亚·普里戈金（Ilya Prigogine），1917—2003］，都是对常规之外探究的认识。这时的物理学对《道德经》的"道"才有似曾相识的感觉，对佛教《心经》的"色""空"关系才恍然有所悟。

---

[1] ［德］卡尔·雅斯贝斯：《历史的起源与目标》，魏楚雄、俞新天译，华夏出版社1989年版，第8—9页。

写生，只为更好

王晓辉

写生对每一位艺术家而言，不该是一个复杂的问题。

每一个艺术家的成长过程都由若干个不同的艺术经历组成，不同经历的艺术家与不同阶段的艺术家个体对写生的价值判断都会有所不同。写生有时是一种需要，有时是用来自娱，有时又像是一种必要……但无论怎样，写生都应该以一种持续的方式进行。这样，它会随着艺术个体的成长而慢慢成熟并变得精彩起来。写生可以让我们与过去统一起来，让今天所做的更加有信心。

与传统古典写意人物画不同，现代水墨人物画是一个更加强调综合能力，体现当代探索并不断寻求发展的科目。仅凭单一的笔墨技艺、一般的造型能力是远远达不到当下笔墨的现实需求的。笔墨与造型不但是一个从低级到高级不断发生质变的过程，而且就中国画特有的笔墨及宣纸材质而言，这种笔墨语言与造型形式的融合远不像油彩那样来得更为直接，因此，这就需要我们通过长时间的写生创作训练来磨合，可以说，相比中国画的其他科目，笔墨与造型是人物画写生绕不过去的基础性课题。

写生对于人物画学习的重要性不仅在于它的实用性，更有其深层的学术含义。习惯性认为只有在绘画初级阶段才需要更多写生，或主题创作需要收集素材时才想到写生，概念化地把写生视为收集生活素材，提炼、概括、快速画形的技能训练的手段。也有另外一种认识，过分夸大艺术观念及个人某个时段内的艺术风格，忽视写生的当代意义，贬低写生在具象绘画中的价值，凡此都有些顾此失彼的味道。

在水墨进入当代语境之后，写生所面对的是艺术价值多样性和创作多元化，这就决定了写生的基础和媒介作用必须超越单一、空洞的传统思维，而是成为个人探索艺术观念和个性化艺术语言的过程，它不是毫无生机的例行训练，而是在一次次充满未知的艺术行为挑战中寻找自我的过程。

写生应该是一种不可复制的创作状态，它可以直接完成从生活到艺术、从自然物象到艺术传达的全过程，同时在造型和语言形式的作用下催生艺术家个体艺术观的未来雏形。

写生应该是面对艺术未知的创作过程。每一次的经历都是全新的，感受也都是别样的。这些并非因为出现在我们眼前的事与物都是陌生的缘故，而是缘于我们内心确实存有感悟与发现的专业要求。我们所关注的往往都是常人不以为然的东西，我们所捕捉的也常常是轻易就被人们忽略的事与物，这是一种专业高度层面的体验，也是专业人士的造型兴致所在。

写生应该是一种生存状态，日常生活中可写的范畴有大有小，可远可近，从画人物到画景物，从室内到户外，从都市到城镇乡村；曾经熟悉或不曾经验过的，我们都可借以时下的个人情怀去体悟，推敲、探究、尝试各种表达的可能性。水墨都做了什么？水墨还能怎么做？在生活中只要有话说，能学会以笔墨的方式去写生去表述，那么，面对繁杂物象笔墨就不再是一种累赘，思想也不再变得沉重。

写生应该也是一种态度。从事绘画不仅需要有不同于普通人的观察能力，更需要拥有一种普通人所拥有的朴素的情感特质，身边的就是最好的，面对着就要有话可说，笔墨不应做有条件的选择，生活中的白富美、高大上也不是造型的好去处。写生用来自娱，在一种忘我的状态下写生创作出来的作品会聚集许多美妙的错误、误会和幽默，这些交织在一起掩饰不住的恰恰是自己真实的存在。写生无须观念且不带杂念，舍得放弃完美，在遗憾中不断认识、发现自己的潜质比用心得到一幅好作品更珍贵，毕竟写生不是为完美而去刻意为之。每一幅写生没有最好只为更好，新意来自对陌生事物的倾心和专注，乐趣就在探索中。

写生不等同于速写概念，作品的呈现过程不需要过剩的激情。因此，写生的快感不应来自对技艺的迷恋，因为率意的表达只会丧失对造型的真诚态度，让表达变得更苍白。可以说，熟能生巧只是技艺层面的表述，它不表明艺术的造型的高度。写生是有"记忆功能"的，如果开始做了又总是半途而废，或是习惯性地走马观花，那么，你所热爱的艺术就是你一生绕不过去的坎儿，会早早地停滞在技艺、造型或艺术观念的某一个粗浅的认知层面，或徘徊在某一类的艺术风格的假象之中，让你的绘画不但显得早熟，问题也会越积越多。

简言之，写生要舍得时间、舍得完美、舍得放下、舍得身份……

2016 年于林澜园

2019·土语

方 土

速度
跟谁一起跑，决定着你的速度。调离岗位，等于换了另一跑道，与另一拨人竞跑。

比少
职务就像外衣，无论穿多穿少，到点了还得一件件脱下，终究拼的是自身体质。年轻时比多，年老时比少，就像寒冬里谁穿得少，就能验证谁的体质好。

高度
现代诗与格律诗，一个自由，另一个局限。说格律诗局限的人，事实上是知识储备不够。就艺术而言，有局限就有难度，有难度才有高度。

节点
人生有两个节点：一为叛逆期，启示青葱少年，可随性自我，放飞梦想；二为更年期，暗示天命之年，应顺适心性，知足常乐。

得失
人生一路走来，有得有失，有失才有得。好比电脑内存，若不定时清理，容量不足，自然就储存不了。许多功能若不淘汰，新的空间就腾不出来。

延寿
假如说，跟喜欢的人在一起会延寿，那么拥有喜欢的藏品，亦然。

对话
患者：做微创手术危险吗？
医生：安全保障跟坐飞机一样。

关切
粤港澳大湾区的提出，我关切的问题有二：一为繁体字会不会被同化，二为粤语会不会国语化。

扮老
年轻时崇拜老先生，竟恨不得快点变老，以为老是一种资本，是一种成就感。尤其是每逢画院外出雅集，样子老的总是占优势，围观喝彩者众多，就像老中医门口总是排长队。坦白交代，年纪轻轻的我之所以蓄须，不为扮酷，实只为扮老。

名气
画画这玩意儿，名气够用就行。凡得赞的，多为本事大于名；凡惹骂的，多是名气大于本事。

高峰
别说高峰，许多人连高原在哪儿都不知道。

造峰
时下，许多人远离高原，来到海边的小沙丘，以此为峰，占峰为王。只可惜，沙丘虽能撑起很多人的声名，却经不起岁月之惊涛拍岸，时过境迁，自此销声匿迹。

增高

如果站在高原上，哪怕只增高三尺，也能比他人高出许多。

养生

凡生活有规律的艺术家，不见得身体就好到哪里去，也不见得就长命。须知，创作情感是不定性的，有感而发的，多是随机应变，没有规律可循，因而只有艺术方式与生活方式达到高度统一，人才活得自在，我笃信这是艺术家最好的养生。

新意

奇了，一提笔画花鸟，就完全没了创新意识，而画人物、山水其他什么的，自然地想着如何出新招、如何搞点儿新意思。何以如此？百思不解。

拜年

逢年过节最怕习俗套路，若有人来礼节拜年，我立马惭愧自己没给该拜年的人拜年。

专职

经历过参展的屡战屡败或屡败屡战的画家，才堪称是体制内的专职画家。

专业

画得像的往往是业余画家，因为他要证明自己的造型是专业的。而专业画家，想的是如何抛弃造型的局限，找到真正属于自己的形。

帮忙

写生好坏，不全是能力问题，有时是毛笔帮忙，有时是纸墨帮忙，有时是时间不够帮上忙，不是见好即收，而是即收见好。

围观

画画时，倘若围观者是俗人，下意识就会画得像一点、鲜艳一点，不瞒您说，此情此景从没画过一幅好画。

速度
用跑100米的速度去跑3000米，第一圈自然获得美誉与鲜花。第二、第三圈呢？上气不接下气，最终被人抛到身后。画画也一样，还是悠着点好。所谓大器晚成，就好比长跑，到最后冲刺时还能加速，那才叫牛！

够了
活着，你在乎的人在乎你，就算没白活了。当画家的也一样，受到你在乎的人赏识，就够了。

行旅与卧游

张 捷

纵观中国文学艺术史，山水作为文人笔下主观审美对象的描绘，较之对于社会的人的形象的描写要来得晚。自魏晋玄学风气盛行以后，才出现独立的山水诗和山水画。但是，中国远古人类与自然发生关系已是源远流长。人们对于自然的美感，随着生产方式和意识形态的转变而发生着变化。渔猎社会人和动物接触最多，所以他们的装饰和艺术母题总是离不开动物的范围，而到了农业社会，花草树木才开始出现在装饰艺术品上。在社会不断前进和发展的不同时代，人类则从自然中领受了种种印象，都因为是观察自然而得出的不同的观点。我们的祖先以"赫赫我祖，来自昆仑"而自傲；孔子有"登泰山而小天下"的感叹；庄子与惠子同游濠梁引出"知鱼之乐"。"山川之美，古来共谈。"（南朝陶弘景《答谢中书书》）《诗经》、《楚辞》、汉赋等篇章里出现大量的对自然山水的描绘，使人们从山静水动的特性中悟出了智仁之乐的道德修养。无论是政权的更迭，还是社会的变迁，人们对寄情山水的向往始终没有改变。古代文人山水画家更是把"行旅"之中领略自然山水的美感和性情付之笔端，跃然纸上，成为山水画直抒胸臆的"卧游"。

寄乐山水、怡养性情是"行旅"的陶冶，而这种满怀山情水色的体验又是主观本体超越自然的可能得以实现，即从有限的事物中超拔出来，转换成对事物根本的无限联想。所以感性的现象认识就成了知性的本体精神，从此，自然山水的特性获得了人格的象征意义。庄子曰："秋水时至，百川灌河，泾流之大，两涘渚崖之间，不辨牛马。于是焉河伯欣然自喜，以天下之美为尽在己。"庄子认为河伯不是看到了"天下之美"，而是"尽在己"的精神上的拥有。秦汉以前的古籍，就有许多游历山水的记载,如汉代司马迁在其《史记·太史公自序》中提到:"二十而南游江、淮,上会稽,探禹穴,窥九疑,浮于沅、湘,北涉汶、泗,讲业齐、鲁之都,观孔子之遗风,乡射邹、峄;厄困鄱、薛、彭城,过梁、楚以归。于是迁仕为郎中,奉使西征巴、蜀以南,南略邛、笮、昆明,还报命。"此次游历足迹几遍全国。司马迁在领略了名山大川、古迹遗墟的同时,还了解了各地的风土人情和百姓的疾苦,史料的收集成了他创作《史记》的坚实基础。魏晋南北朝时期,社会动荡,政权剧变,佛老思想代替了儒家思想,文士们求仙访道于名山大川,更是盛极一时。致使大量的山水诗画相继出现,对于自然山水的熏陶,探求文艺的题材范围、表现形式、语言技巧等方面都得到了扩展,如谢灵运霸占山泽而接触自然,于"傍山带江"处扩建别墅,"尽幽居之美"。他在自己的庄园里,寻山涉岭、凿山浚湖、伐木开径,营造出与自然相和谐的幽美环境。同时,他还率众漫游,"江南倦历览,江北旷周旋",广泛的游历、体验和欣赏自然,使他精神上得以享乐,而其山水诗,亦宛如清丽的游记:"出谷日尚早,入舟阳已微。林壑敛暝色,云霞收夕霏。"东晋书法家王羲之,在山水诗文写作方面也极为世人所重,如代表作《兰亭序》就是一篇美不胜收的游记。《晋书》有这样的记载:"羲之既去官,与东土人士尽山水之游,弋钓为娱。又与道士许迈共修服食,采药石不远千里,遍游东中诸郡,穷诸名山,泛沧海。"魏晋南北朝时期的许多美学观点都与山水有关,如王弼的"得意忘象",又如顾恺之的"传神写照"中的"神"虽然指的是一个人的风神,顾恺之还认为应把具有一定个性和生活情调的人放在同他的生活情调相适应的环境中加以表现。《世说新语·巧艺》中有一则记载:

> 顾长康画谢幼舆在岩石里。人问其所以,顾曰:"谢云,一丘一壑,自谓过之。此子宜置丘壑中。"

谢鲲是陶情山水的隐士,顾恺之把他画在岩石里,就更能表现他的生活情调。这说明,顾恺之已经注意到环境描写对于表现人物个性的重要作用。他的"传神写照"的命题,也包含了这方面的意思。又诸如宗炳的"澄怀味象",谢赫的"气韵说",无不关乎"行旅"和"卧游"的联系,刘勰在《文心雕龙·知音》中说道:"夫志在山水,琴表其情,况形之笔端,理将焉匿?"认为琴声所传达的是"高山流水觅知音"的思想,从而得到审美的愉悦。

唐代孙过庭在其《书谱》里对书法艺术的意象之美有深刻的理解,他认为如"同自然之妙有":

> 观夫悬针垂露之异,奔雷坠石之奇,鸿飞兽骇之姿,鸾舞蛇惊之态,绝岸颓峰之势,临危据槁之形;或重若崩云,或轻如蝉翼;导之则泉注,顿之则山安;纤纤乎似初月之出天崖,落落乎犹众星之列河汉;同自然之妙有,非力运之能成。

他把书法艺术的意象比作奔雷、坠石、颓峰、据槁、崩云、泉注、山安以及初月出天崖、众星列河汉等自然形态,并非为了说明书法要似自然之物,而是指应该表现出自然物的本体和生命。按照老庄的哲学,造化自然的本体和生命是"道",是"气"。书法艺术的意象,如果表现了"道"和"气",就通向了"无限",那就是"妙",故称其为"同自然之妙有"。历代有关山水的诗词、文赋、游记更是浩如烟海,不胜枚举,北魏的郦道元的《水经注》、唐代玄奘的《大唐西域记》、明代徐霞客的《徐霞客游记》……文人墨客们通过自身的"行旅"从不同视角探求自然美的特性,并从中获取乐心、养性、怡情的乐趣和人生哲理。因此又有了足不出户便能游目皆景的享受,那就是中国明清古典园林,人们将自然搬进了家庭院落,实现了以小见大的审美理想。园林的意境和诗歌、绘画的意境不同,它借助于实物的构成,还原自然本色,强调观赏者心理空间的容量,借景生意,使"行旅"的无限空间加以浓缩,小小的庭院有着"境生于象外"的丰富美感,园林中的楼、台、亭、阁等建筑,为游览者提供"仰观""俯察""远望"的观景平台,叠石成山,移花植木,虚实相生;小桥回廊,凿池映景,藏露曲折。正如苏轼《涵虚亭》诗中所言:"惟有此亭无一物,坐观万景得天全",江山无限景,都聚一亭中。人类接触大自然的渴望借助园林得以满足,开门见山,景色环抱,并由此引以为快,这便是造园者的用意所在。

如果说"行旅"是为了观照自然的话,那么"卧游"便是对自然的心灵之旅。它可以通过山水画家的笔墨表达获得自我精神的升华,使世间造物有了灵性,由"景"入"境",触景生情。正如荆浩所言:"度物象而取其真",从"观物取象"到

"应物象形",这里的"象"和"形"已不再是自然之物的代称,而是包含人格生命意义的转换了的精神气质的再现,故"行旅"是以足代心,而"卧游"则是以心代足,足迹和心迹两者之间既有联系,而本质相异。人们常说"江山如画",可见"画"是可以美过"江山"的。所以,董其昌认为"以境之奇怪论,则画不如山水;以笔墨之精妙论,则山水决不如画","山水"之美美在自然,而"画"之美美在真我,沈括在《梦溪笔谈·书画》中说:"书画之妙,当以神会,难可以形器求也。"假如山水画家的"行旅"是穿越自然的一种真切体验的话,那么,山水画的创作过程就是一次"神游",它是以画家的人格精神来主宰的笔墨传达,是对"物象"的超越,是"心象"。因此,荆浩在《笔法记》中说:"山水之象,气势相生。""气"就是自然山水本体和生命,"气者,心随笔运,取象不惑"。否则,山水画的人文精神就会被"状物"的客观描摹迷惑,而不能得其"真"。欧阳文忠《盘车图》有诗云:"古画画意不画形,梅诗咏物无隐情。忘形得意知者寡,不若见诗如见画。"山水画的价值在于通过"行旅"的体验来表达万物之情性的"卧游",即在《历代名画记》上记载的张璪"外师造化,中得心源"的命题,必须先有"外师造化"的功夫,使万物形象进入灵府("物在灵府"),也就是南朝姚最《续画品》中说的"立万象于胸怀",所以"行万里路"是将自然山水转换成胸中丘壑的前提,而万象中的本体和生命的这个"道"的理想境界的建立,按老子的说法是需要"玄鉴"而悟得,即"遗去机巧,意冥玄化"的功夫。庄子所谓"心斋""坐忘",即将进入"灵府"之万物,经过陶铸,化作胸中意象。如白居易所言"自心术得",是由本我的心灵自觉的搜妙创真。顾恺之曾提出"迁想妙得",陆机、刘勰曾提到"神思",荆浩曾在"六要"中说"思者,删拨大要,凝想形物",都是指艺术想象活动,变直观之物为感观之物,"离形去智"而"妙悟自然"(张彦远《历代名画记》),所以,山水画家是在想象的自然中安顿自己的生命,故"卧游"的义理深远,而意趣无穷,画家通过笔墨的比兴而与自然相接触,这样"卧游"又成了"行旅"的另一种方式。山水画之所以有着不同的笔墨指向,是因为山水画家各自有着不同的"行旅"的态度,是主观愿望促使他们游走于理想的精神家园,故自信而坚决。

君子之所以爱夫山水者,其旨安在?丘园养素,所常处也。泉石啸傲,所常乐也。渔樵隐逸,所常适也。猿鹤飞鸣,所常观也。尘嚣缰锁,此人情所常厌也。烟霞仙圣，此人情所常愿而不得见也。直以太平盛日，君亲之心两隆，苟洁一身出处，节义斯系，岂仁人高蹈远引，为离世绝俗之行，而必与箕颍埒素、黄绮同芳哉。白驹之诗、紫芝之咏，皆不得已而长往者也。然则林泉之志，烟霞之侣，梦寐在焉，耳目断绝。今得妙手郁然出之，不下堂筵，坐穷泉壑，猿声鸟啼，依约在耳，山光水色，滉漾夺目，此岂不快人意、实获我心哉！此世之所以贵夫画山水之本意也。不此之主而轻心临之，岂不芜杂神观、溷浊清风也哉！

以上是郭熙在其《山水训》中的论述，他认为君子喜爱山水的原因是通过"离世绝俗"的"行旅"来满足"高蹈远引"的"林泉之志"，这也是山水画产生的原因，并认为画山水如同"卧游"，"铺舒为宏图而无余，消缩为小景而不少"，画家咫尺千里的表现是为传达自然山水的精神体格，"以林泉之心临之则价高，以骄侈之目临之则价低"。人们可以在"所常处""所常乐""所常适""所常观"的美妙山水之间得到"快人意""实获我心"的审美享受。它不仅是可行、可望、可游、可居的"行旅"式的现实理想的依托，更是"君子之所以渴慕林泉者"的本体生命意义上的心灵安顿，这也是"卧游"的本意所在。所以，山水画如果只是"行旅"的记录而"快人意"，不能够做到精神上的"卧游"而"实获我心"的话，就失去了艺术创作的真正意义，也难以实现寄乐林泉而"苟洁一身"的境界理想。"卧游"是一种心神俱往的无限空间，其意无穷，"行旅"只是饱游饫看的有限空间，其"意穷之"，于有限中延伸出无限，就是山水画人文精神的自觉。因为观物的目的在于超然于物，而不是为物所役。因此，"卧以游之"的心理需求又揭示了山水画创作的生命自由和人本价值的追求，是摆脱"尘嚣缰锁"而"畅神"的精神所在。

内美静中参
——黄宾虹美学思想解读

岳黔山

一、清初学术思想流变

梁启超在《清代学术概论》第二章开宗明义地指出："'清代思潮'果何物耶？简单言之：对于宋明理学之一大反动，而以'复古'为其职志者也。其动机及其内容，皆与欧洲之'文艺复兴'绝相类。"[1]

齐思和把清代学术进行三次转换：清初诸大儒，多明代遗老，痛空谈之亡国，恨书生之乏术，黜虚崇质，提倡实学。说经者则讲求典章名物，声音训诂，而厌薄玩弄性灵。讲学者亦以笃行实践为依归，不喜离事而言理。皆志在讲求天下之利病，隐求民族之复兴，此学风一变也。其代表人物为顾炎武先生。至乾、嘉之世，清室君有天下，已逾百年，威立而政举，汉人已安于其治；且文网严密，士大夫讳言本朝事。于是学者群趋于考据一途，为纯学术的研究；而声音训诂之学，遂突过前代，此学风之再变也。其代表人物为戴东原先生。自道、咸以来，变乱迭起，国渐贫弱。学者又好言经世，以图富强，压弃考证，以为无用，此学风之三变也。其代表人物为魏源先生。此三先生者，皆集前修之大成，开一时之风气，继往开来，守先而待后，系乎百年学术之升沉者也。[2]

齐思和对清代学术演进的研究非常透彻。清代学术就是在明末心学的衰颓情

---

[1] 梁启超：《清代学术概论》，上海古籍出版社1998年版，第3页。
[2] 齐思和：《魏源与晚清学风》，载《中国史探研》，中华书局1981年版，第315页。

况下产生的，明末心学的束书不观，空疏虚泛，碌碌无为是导致明代"亡天下"的根源所在。为了建立经世致用的学术，就必须继承汉唐精专的经学，汲取宋元学术的精华——以博物考古之功，讲理明义精之学。在清初大儒顾炎武、黄宗羲等人的引领下，力倡实事求是之学风，以矫正明末心学之流弊。这是梁启超所言"复古"之义。重视对经学及古代典章制度的研究，其博征实证的治学原则为乾嘉朴学所吸收。

朴学的兴盛直接带动考据学、金石学的发展。文人士大夫在考证典章、制度之余，更多的便是把兴趣放在了金石书法的转换研究上。统治者一方面文网严密，讳言本朝事，致使读书人不敢从事经世致用或涉及现实的学问；另一方面为推动和汉文化的合流，编纂《康熙字典》《四库全书》等。这些大型图书的编纂工作对中国传统文化典籍有了一次彻底的整理，同时也推动了清代的学术研究。

二、金石学研究的特点

在学术思想和社会环境的双重压力下，文人士大夫的兴趣在另外一方面得到了空前的释放，金石学研究与书法研究的结合在道咸时期达到鼎盛。

金石研究由清初的以汉代隶书复兴为主，向先秦钟鼎墓志、籀篆碑刻以及北朝隐没于深山荒冢的石窟造像、残碑断碣发展。汉代隶书的恢宏气势与多样风格是中国书法发展的高峰，它的成熟标志着隶书这种字体与书体的发展在东汉达到了一个高潮。但是它的严谨和规整、流美与优雅、奇崛与古奥甚至略带媚俗的感觉仍然是统治阶级意识形态的表现。清代的士大夫是看到了这一点的，所以他们要寻找更深入的、更雄健的、更野逸的、更有血性的因素来充实他们的灵魂，表达他们心中的"郁气"，这是清代士大夫自我意识的高度觉醒的体现。至此也可以返观黄宾虹自己的艺术实践，黄宾虹一生钟情于钟鼎墓志，大篆创作是他书法创作的标志，可否设想一下黄宾虹是否在洞悉这些变化的同时用自己的行为向道咸时期的这些精英致敬？历史与现实有时是如此相似，道咸时期的士大夫正处于清人的文网高压政策、鸦片战争、列强入侵的状况，与黄宾虹提出"道咸画学中兴"时身陷日寇铁蹄下的北京是如此相似。

金石碑学研究逐步向金石书法创作过渡。由于碑版的缺失和各种版本的一再翻印，文人士大夫不自觉地进行着各种尝试，重新挖掘和阐述书法艺术变化的各种可能性。

推动道咸时期金石学发展的另一个因素就是碑学理论的日益成熟，出现了阮元、包世臣、赵之谦等人的一批碑学著作，在道咸时期达到了鼎盛。阮元的《南北书派论》和《北碑南帖论》，在中国书法史上第一次把书法明确分为两个流派，对确立碑学的历史地位，建立碑学的书法史观做出了卓越的贡献。

三、黄宾虹的民学观及其文化的本位立场

中国是一个儒、道、释三种文化并存发展的国度，在黄宾虹看来，中国画受儒家的影响很大。这种人生观的形成很大程度上是黄宾虹身处社会进程的切身体验。黄宾虹作为曾经习儒应举、追随维新变法、参与反清运动，又加入"黄社"与信仰民主主义，都是以儒学贯穿始终的。在新文化思想活跃的上海，追求平等、和平、自由、博爱的理念自然而然地扎根在他的心里。黄宾虹的民学观是中西文化碰撞、新旧史学交替中的产物。他把民学引申到绘画：他倡导民学的道咸金石画家之画，就是因为金石家的画对宫廷画、江湖市井画而言是非功利的。在他看来道咸画学中兴是民学的，是重"内美的"。而这些美的表现形式就是来自金石笔法的苍厚、恣肆、血性、雄强和非功利性。他在《画学篇》中咏道：

> 道咸世险无康衢，内忧外患民嗟吁。
> 画学复兴思救国，特健药可百病苏。
> 艺舟双楫包慎伯，抈叔赵氏石查胡。
> 金石书法通绘事，四方响应登高呼。

这首诗非常明确地表明他是借道咸画学中兴表达自己"画学复兴思救国"的理想。

四、笔墨体现民族精神

黄宾虹书法、绘画立论的核心就是笔墨。他说："中国名画永远不灭之精神，本源于语言、文字。若国画废，必先废语言、文字而后可。"[①] 道咸画学中兴就是笔墨之复兴。所以笔墨对于黄宾虹重要的原因既是由中国绘画本体因素所决定的，也是黄宾虹在强烈民族文化自觉意识下的主动选择。他的笔墨观的形成有一个漫长的过程，这个过程是随着他对艺术本体认识的不断深入，随着他日益加深的文化自信，随着他所经历的社会变革而不断变化的。特别是北上故宫鉴定书画期间，以前未有机会识见的浩如烟海的唐、宋、元朝的各类精品，让他大开眼界，这种开阔的眼界让他能站在历史的高度，高屋建瓴地提出有价值的艺术见解。"道咸画学中兴"就是在他寓居北京后期提出来的。他就是在中国画的笔墨间，在一点、一线的痕迹中升华自己，把自己融入混沌模糊的笔墨中，这一点、一线、一勾、一勒在黄宾虹看来有劲，有味，有内美，能体现古穆深静、浑厚华滋的文化精神。

五、以山水作字、以字作画

黄宾虹1928年夏与陈柱尊论画：吾以山水作字，而以字作画。凡山，其力无不下压，而气则莫不上宣，故《说文》曰"山，宣也"。吾以此为写字之努，笔欲下而气转上，故能无垂不缩。凡水，虽黄河从天而下，其势亦莫不准乎平，故《说文》曰："水，准也。吾以此为字之勒，运笔欲圆，而出笔欲平，故逆入平出。凡山，一连三峰或五峰，其气莫不左右相顾，牝牡相得。凡山之石，其左者莫不皆左，右者莫不皆右。凡水，其波浪起伏无不齐，而风之所教，时或不齐，吾以此知字之布白，当有顾盼，当有趋向，当寓齐于不齐。"

这一段，黄宾虹是说他怎样"以山水作字"，即如何从自然中得到写字的启发和灵感的。接下来谈如何"以字作画"："凡画山，其转折处，欲其圆而气厚也，故吾以怀素草书如折钗股之法行之。凡画山，其向背处，欲其阴阳之明也，故吾以蔡中郎八分飞白之法行之。凡画山，有屋，有桥，欲其体正而意贞也，故吾以颜鲁公

---

① 黄宾虹：《黄宾虹文集·书画编》（下），载《改良国画问题之检讨》，上海书画出版社1999年版，第384页。

正书如锥画沙之法行之。凡画山，其远树欲其浑而沉也，故吾以颜鲁公正书如印印泥之法行之。凡画山，山上必有云，欲其流行自在而无滞相也，故吾以钟鼎大篆之法行之。凡画山，山下必水，欲其波之整而理也，故吾以斯翁小篆之法行之。凡画山，山中必有隐者，或相语，或独哦，欲其声之不可闻而闻也，故吾以六书会意之法行之。凡画山，山中必有屋，屋中必有人，屋中人欲其不可见而见也，故吾以六书象形之法行之。凡画山，不必真似山，凡画水，不必真似水，欲其察而可识，视而可见意也，故吾以六书指事之法行之。"

众所周知，几乎所有的绘画入门之书都告诉人们，画山水，就要到自然中观察山水，然后图形写貌，由写生而渐入创作或以古人佳作为蓝本，临摹熟悉后，依程式而作。而黄宾虹却告诉友人，向自然学习，借山川之鉴，乃为了悟书法。而真正进入画山水的阶段时，画法主要来自书法和学法的解悟。也就是说，书法悟自真山水、而画山水却悟向书法和字法。在黄宾虹眼里，看山看水无非看字，画山画水无非写字。他的公式是真山水—字—山水画。字法和书法是联系真山水和山水画的中介。黄宾虹的逻辑看似异乎常理，其实非常深刻。

与时代对话 与世界对话 表现时代精神

姚大伍

当代水墨的文化体系是在参与时代、参与世界对话的基础上而逐渐形成的,创建完善并形成新的高度已经成为今日艺术先进工作者的标志,当代水墨作品表现时代文化精神,推动美术作品表述精神品质,使作品有更高的形态精神价值,任何时代艺术作品的创作都有着时代文化精神品质,这种品质使作品成为活体承载时代文化精神内涵,也使艺术作品展现出参与时代文化发展现象,正是因此作品能够成为时代精神现象话题。当代水墨艺术的发展需要在不断与时代对话、与世界对话中前行,历史文化发展规律从来不会是孤立完成的,任何时期的时代文化发展无不与各种交流对话相关,参与世界文化发展的使命感能使其更加具有良好的民族文化发展责任,文化精神层面的对话本身就是推进触及实质性发展效率,也是升华发展文化最有效率的方法。当代中国水墨艺术体系本身具有深厚的传统文化精神基质,同时也有着时代文化品质,水墨作为中国绘画的特有形式,在当代社会文化发展进程中应当把握时代脉动,深刻表现现实生活,探寻时代精神轨迹,从而推动文化发展进程,这是今天的艺术工作者应该担当的责任,艺术工作者应该发挥艺术在人类文明发展中的作用,创造更加符合时代精神特征的艺术作品,这应该是当代水墨艺术家具有的文化情怀。

参与时代文化、表现时代精神是当代水墨艺术工作者应有的行为,作品的内容和形式应该参与时代对话中,把当代文化精神放置于今日社会进程中,在不断发展的文化之中演变而来并带着时代印记,我们应该认识到文化意识随着时代发展不断攀升,精神现象依附于社会文化发展,精神不等同于物质可以直接展现,但可以通过介质将其真实的面貌展现出来，精神随着知识的不断攀升而出现高度，而高度伴随个体思维模式，因而缺少广泛性，我们有必要清晰认识在表述精神形态时出现的个体性与社会性的区别样式。首先，个体性在于构建体现自我思维意识语境形态，而社会性则有着更加广泛的自觉性。艺术作品的内涵也依赖于精神来展现价值，艺术家常常将精神纳入作品，成为脊梁，于是作品随着时代精神现象成为时代象征存于世间，这应该是艺术作品不能忽略的时代文化精神现象的重要因素。其次，强调与时代对话，参与时代，把文化精神内涵融入作品，对艺术作品创作有着重要意义，如何正确把握时代精神高度成为艺术工作者的必修课程。

艺术作品的创作过程是独立完成的，以自我视角完成精神表述过程，是否能够正确把握高度成为整体修炼过程，我们常在作品中看到的狭义问题当然是缘于知识不足造成的片面现象，解放意识提高认知度成为攀登者的又一课题，那些不断出现违背发展规律及脱离时代的盲目现象，甚至某些背离时代的思维方式至今已经导致某些画种几乎全军覆没，这种深陷窘困，于古人诗句中寻找所谓"精神"的做法实在让人担忧，试问精神如何安放，作品如何言及时代？时代是历史瞬间，能够记录历史并给予标记，从知识和判断力出发，以时代文化的先进角度深入理解时代文化的现状，参与表现时代文化精神是艺术工作者的责任，也是艺术作品的创作态度，与时代对话是把握和推进时代文化发展的规律，艺术作品需要创新者注入时代思想体系以标注作品时代特征，艺术工作者既是时代文化创立的参与者又是体验者，还应该是具有哲学高度的思想者，他们应该站在时代文化发展前沿，引领语言变革，表现出时代文化精神的重要特征。从哲学角度看，任何时期的文化艺术的发展都存在着两条轴线，一条内向，另一条向外，当两条轴线相互挤压扩张，用自身存在的空间来判断是否正常也就证实了自身能力，这也说明了问题的关键在于自身导向，如果知识足够支撑判断力的先进性，那么所选择的方向也就少些曲折，纵观历史的任何一次文化发展都少不了文化间的交流升华，民族之间或国与国之间也或通商贸易之间，我们的文化自古以来一直是在融合发展中前行，今日交流对话无疑也促使着民族文化发展，这是正确的方式并且已经成为智慧者的样式，今天我们面对西方艺术家，不断展现出的对艺术生活的束手无策局面，应该在我们这代人手中结束。

水墨绘画材料本身具有广阔的发展空间，只是由于意识置后或观念束缚，放开思想换个角度尝试寻求突破是今天我们面临的基本要素，经过多年探索尝试，对材料的使用有了更多理解，材料本身是为表现服务，而表现又服从于意识，或者说对于材料的认识决定着表现的手段，最终服从于知识。当面对大厦或荷塘，无论你使用什么方法来展现自己眼前的对象，你所使用的笔墨语言都应该具有成熟的多种选择，我想能够真正熟悉水墨绘画法则运用方式的艺术家即可以找到多种表现方式和材料运用方法。从高铁、华为品牌到 5G 科技均在国际相互交流中升华，使得工业科技发展也必然带动着文化升级，是否从新的角度思考和看待问题当然决定着成败大局，观念的保守态度当然影响着民族文化的发展，艺术发展升华过程正如科技立项试验，今天很多发展过程中的实验艺术方式也只是宣扬着各自立场，这其实无须时人评判，对话使我们看到任何民族艺术都会在很多方面有着自身文化精神的绝对优势，只是由于画家群体本身的误会使其陷入无法自拔的循环，有大批的艺术工作者用自己的方式进行各种尝试，寻找使得民族精神发扬光大的方法，这样时代文化精神便能够得以完善。关怀时代文化参与其中当然是时代艺术作品的生命力量和重要元素，艺术家需要从某个角度阐述事物并将精神品质置于作品之中，进行全方位表述，化无形于有形，是在作品当中的阐述问题，作品成败是价值观与知识结构所产生的，同时也影响着我们对于世界的整体判断，往往事物的纯粹性会使我们进入一种类似真空的状态，导致判断的各种可能性出现，常见的误会出现因素也由此产生，误判将导致选择，就我个人而言，在创作中我怕作品中失去了必要的精神，几十年来一直寻找从未驻足片刻，因我看来理解和认知时代，合理表现出时代文化精神面貌是应该面对的事情，是对未来应尽的义务。艺术既不是置身于时代的玩物，也非取悦于他人的图样，艺术是艺术家对人生社会未来的思考，它有着心灵的特殊境界与追求，时代需要创造新的文化精神表现形式和作品形式，并呈现出新的时代文化精神样式。

2019 年 10 月

逼夺化工
——有感中国画的写生与写心

蔡 葵

形神兼备是中国画能入画品的必要条件，简言之即写照与传神。其中，写照即"师造化"，也就是写生。现今，年青一代会认为中国画中的写生如西洋绘画中的素描、色彩写生一样，这是一种误解，不仅如此，在言及中国画创作时，"写生"二字又被甩出其外，这更是一种悲剧。其实，南北朝的谢赫在《古画品录》中即指出"应物象形"的写生方法，包含在"六法"之中，至宋代，中国画"应物象形"的写生能力达到巅峰，无论是山水还是花鸟，均是中国画无法逾越的高峰，而人物画在唐代即达到了极致，明代胡应麟将"周昉写生"同比杜诗《赠特进汝阳王二十韵》，称杜甫此诗"格律精严，体骨匀称，无论其人履历咸若指掌，且形神意气踊跃毫楮，如周昉写生，太史叙传，逼夺化工"。其中即指明了如写照能力达到"逼夺化工"的程度后即可如周昉的作品一样，成为古今绝诣之作。在自身30余年的绘画实践中，更能深悟其中要义。中国画创作的关键，不管是山水、人物还是花鸟都离不开"师造化"的能力，即走进自然，用画笔捕获现实世界的形与态、描绘出其中的"意与境"的能力，如今，"外师造化，中得心源"还存在几多？所以写生不可缺，并为中国画重中之重。

古人在写生中或描摹山川、河流、树木、花卉、禽鸟等自然的客观形态，或是记录游观中的丘壑位置，但其并不是如照相机一般照搬物象的本来面目或记录其繁杂的现实存在，其以高度概括与提炼的形象，摄物言义、借笔生情，借以抒写胸中意气，传达画外之意。中国画中的"写生"从一开始就不是简单意义上的纪实或记录，在反映出其时的社会风尚与品质的同时，其中深藏的是画家独立与自主的人性，以及其独具一格的创作能力，感化甚至教化后来之观者。如宋画中的折枝花卉，画家在选择描绘花卉中的某一部分时，其思想是极其独立与自由的，在其精湛的绘画技巧与独特的审美情调中能让观者为之喟叹，感叹笔端技巧的同时或惊艳于画中的花容，赞叹造物之美，甚至能触摸到画家的心灵，体会画家所传递的画外之意，康熙皇帝赐予王原祁"画图留与人看"之句是解释其中深意的佳句。这是建立在宋代"状物写形"的超级能力之上的，我们可随时在存世的宋代花鸟画中看到宋人超写实的写生能力及其深厚的艺术感染力。

为此，中国画首先需要练的就是"咄咄逼人"的绘画技巧，如此，最重要的就是勤于写生。正如"优秀是一种习惯"一样，如果你日积月累，毕生坚持即可成就相当的写生能力。但是，在当下信息化的时代，根本不需要跋山涉水、舟车劳顿，更不需以苦行僧的方式探究自然界的深妙与精微，即可获取丰富的创作素材，读图时代在提供便利的同时很容易令你深陷"以图画图"的怪象中。如今，很多艺术家已不屑于写生，更不会如以前，只要一提外出写生就有一份莫名的激动，即便是组织写生，深入自然，也常常是走马观花，拍拍照片，回来拼接照片，搞几张没有任何感受、更不需要用心的作品，就可大功告成，这种常态式的怪象已经在一定程度上摧毁了不少本来很有才能的艺术家，更无法提升创作能力，当然也创作不出具有感染力的艺术作品，作品没有涉及抄袭就已经算相当成功了。其实，只要你真正投入自然中进行写生，你就会发现自己根本不缺乏感受能力，也不会缺少热情与纯真，在写生的同时完全可以沉浸在自然的美好之中，体会到无尽的画意，愧叹自己动笔描绘的能力，惭惶于自己以画者为居，虽无须全然追求里希特、培根等西方艺术家那种很严谨的写生精神，但本人觉得艺术始终是建立在深厚、真实的情感诉求当中的，写生正可以提供这种可能性。尤其是在人物写生过程中，你会在写生过程中因为与你所描绘人物长时间的对视，而观察或捕捉到他独特的表情与形象，用画笔记录的过程就已经真实地描绘出你的内心感受，此时，你笔中描绘的对象因你自主的内心观照而呈现出鲜活的人物形象，传递出人物的精神面貌，这就是以笔传情所得，即"用心写生"。

不仅如此，在"用心写生"的过程中常常会因为即时创作而呈现出独特、鲜活的艺术生命，相比画家在工作室后期加工的"逻辑性"，写生作品生动，更能接近气韵生动的艺术本质。如我院组织的陕北写生，当面对黄土高原时，现场的景致与色彩在即兴的写生作品中保留了最鲜活的第一印象，归后在整理写生素材进行创作时亦有深厚的记忆，调整写生时的不足。为此，在当代，更应强调写生的重要性，使之成为一种重要的艺术创作模式。如此，我们应构建立体、全方位的写生方式，强调"用心写生"，以创作为主导，重视在观看、观察描绘对象时所获取的心灵悸动，依实景、真人、画理不断推敲出讲究的构图、笔墨与色彩，全面学习与总结古人绘画的经验，着重学习宋时描代客观的艺术成就，摒弃清中期以后画坛多临摹前人作品、极少游历山川溪流、书斋式的笔墨习惯，总结20世纪中后期以李可染、傅抱石等为代表倡导去大自然中进行中国画改革探索的经验，以"最大的功力打进写生"，构造"写生创作"的艺术新方法。当然，这一过程需要日行千里路的积累，成就笔由心生、以笔传情的艺术成就，自然就可以"逼夺化工"，用富有感染力的艺术作品满足时代精神的需求。此时，"用心写生"已经入境，其画道亦随性而至，"写生即写心"！

但是，当前时代背景中的"写生即写心"应区别明末董其昌所推崇的"一超直入"的方法，"写心"需要反映时代特征，记录时代气象，放眼世界。如在写生方法中可充分结合中、西绘画艺术的方法；又如将中国画中的"散点透视"与西画中的"焦点透视"有机结合，或用点、线、面结合的方法进行构图；再如突破中国画色彩的局限，借用西画中色彩的表现方法，在写生或创作中强化色彩感，突出画面的艺术形象，增强感染力。如此等等。诚然，我们应恪守的是中国画的笔墨之道，这不仅是中国画与西画区别的关键之处，还是中国画无法逾越的最高成就，更是中国画画家艺术创作的准绳。

探讨当代中国水墨绘画的发展趋向

刘西洁

关于中国水墨画如何紧跟时代变迁,为艺术的推进提供新的可能性及积极创见,作为考量当代水墨画发展的核心标准,一直是水墨画坛长期关注的问题。其中就有不少专家学者以及艺术家就水墨画如何介入当代文化语境等热点进行了深入的探讨,值得一提的是,在讨论的过程中,如牵涉水墨画与中国画两者概念之间转化出的某种微妙关系的理解,以及以何种态度和方法去应对当代水墨画的生存体验问题,大家观点不一,这恰恰是我们不可回避的问题。而我们该如何去判别当下水墨画发展中所面临的诸多尚未明确的学术价值取向,为此我们进而提出:不用"中国画"的说法代之以"中国水墨绘画",其目的是试图从物质承载方式上还原中国绘画的当代视点,使之处于非"载道"的意义层面。

那么,我们如何从水墨绘画的物质承载方式还原中国当代绘画的当代视点,又使之处于非"载道"的意义层面呢?应从关联到其艺术价值以及从各个重要维度来展开全面的分析,所以,建立评价当代水墨绘画新的观察视点或者评论体系是一个值得思考的问题。笔者认为应该从以下关联艺术价值的几个重要维度来展开全面的分析,对当代水墨绘画的评价才能更有意义,也更有利于探讨其发展前景。

一、从中国社会文化变革的维度来梳理水墨绘画审美风格的流变

剥开纠缠"水墨绘画"这个词的抽象概念,简约地说,它就是一种绘画的媒质,它根据每个时代的价值观自觉地选择那些优秀的有价值的东西供人学习继承,

并随之发展。那么,作为水墨绘画的独特性毫无疑问在于它的媒质:一是宣纸,二是毛笔,三是水与墨,它们在运笔的过程中相辅相成。宣纸对水墨特别敏感,特别灵透。一笔下去浓淡燥润,层次分明。而毛笔的软性柔性和弹性合为一体,更加丰富了它在宣纸上变化的多样性和复杂性,以及掌握的难度。这两个方面决定了"中国水墨绘画"的物质基础。由此可见,如何探寻在宣纸上产生的水墨灵性,描绘出丰富多彩的样式,这将是进一步所要加强的中国水墨文化的核心正能量。

当前,由于在讨论当代水墨绘画发展问题的角度已呈现出多元化局面,那么评价的关键点该如何把握呢。首先就是要考察水墨绘画与中国社会文化功能的实现与否,进而可以观察到水墨绘画这门艺术的表现形式与中国文化精神内涵及其普世价值产生了哪些积极的意义。从某种意义上说,这种艺术特征必定随着社会的变迁也会变化积累成为中国的文化遗产,然而,笔墨当随时代,随之而来的是与新文化价值内涵相符合的新的水墨绘画形式表征。我们不能孤立地评价水墨绘画在时间上延伸变化所产生的文化价值,从水墨绘画的传统发展历程来看,它的源头还是以"模拟写照"为宗旨,自唐宋以降,文人画水墨文化逐渐演化为真宗,原应非他,而是因为毛笔和宣纸二者所构成的物质承载方式以及由此所挖掘出来的文化形式与此相应。所谓"工笔"之式微成为非主流,在某种意义上是对宣纸和毛笔的这种灵性缺乏"洞穿力"所致。如此一论,难免有点偏于"物质决定论"。

如果说每一次新的文化变革必然会对水墨绘画的触动而改变状态是值得肯定的,那么新的水墨绘画形式发挥了文化功能也是有价值的,当中还联系到另一层面,那就是在宣纸上点点染染所成的视觉文化样式,所应该呈现出的问题:1.水墨绘画为何如此难以转呈为当代文化样式;2.为何中国水墨问题自从西方视觉文化传来之时起就一直有其前景的忧虑。我们之所以一直强调对世界的发生与变化的认识,从而重视感受诸多机变之理,那么水墨绘画又为何对当代文化反应迟钝甚至出现忽视的状况。由此可见,这是值得我们进一步探讨的问题。

二、从比较东西艺术观念的维度来思考水墨绘画的发展方向

就以上的疑问,其实质上涉及的就是水墨绘画的艺术价值判断问题,比如西方的油画就不存在这样的情况:要么"传统"要么"现代"的两难矛盾。就油画的

媒质而言，亚麻布、油彩、排笔都是工具，不同的绘画样式如何运用这套工具？如何用这套工具画出不同的样式？比如传统的古典绘画是写实的直观的色彩关系和透视关系的表达，文学化场景的营造，而当代绘画更多牵涉的是各种各样观念性的表达。尤其是自20世纪80年代中期以来，在西方一切艺术流派都消失了。艺术史也不再受到某种内在必然性的驱动。人们感觉不到任何明确的叙事方向。人们也不再争论艺术创作的正确方式和发展方向。艺术已经进入了一种"后历史"状态。长期以来艺术一直以审美作为其主导价值，但今天的艺术（当代艺术）已经发生了根本性的价值理念转换。由追求美转向了追求真，即表达我们时代社会与文化的价值和意义。艺术家们也正是有意通过视觉的形象和符号来揭示文化意义，是用同一种材料所作的不同的语言系统[1]，相对而言，中国水墨绘画在这个方面的探索就不易做到这一点。再如，我们在毛笔运动过程中产生的笔力和笔法上的探索，以及水墨在宣纸上的深浅变化所形成"观念上"的五色，就不仅仅是一项技术和物质的事情，更是传统文化积淀的因子概念，而这一整套理论系统跟毛笔的特性、宣纸的性能以及特定对象的内在联系和文化积累密切相关。因此，我们再尝试把毛笔放在亚麻布上，那么所有的关于水墨文化的传统的效果和作用就会全部消失。如此，丰富多样的水墨文化遗产就会彻底封存起来。宣纸用油彩也反映不出它的独特性和敏感性，正是因为这种在材料特性基础上的文化积淀反映了中国人在这一因素方面所发展并创造出的深厚文化传统。

因此，第二个问题就显得尤为尖锐。比如山水花鸟画的创作都是以线条渲染及皴擦为主的创作技法和审美形式的积累为基础的，而这个基础上联系得最为密切的因素就是中国书法。书法书写的特征对中国主流的水墨文化——文人画有着核心的意义。诸如线条的质量，墨的渲染和皴擦的轻重缓急，都是用书法的线条质量和标准来评述和要求的。材料的改变和用笔方法的改变都会影响中国水墨文化的走向和传统财富的舍弃与否的问题。长期以来，近现代的中国绘画也融入了很多的西方绘画元素，但是又为何在运用西方的绘画表现方式上来改造中国水墨绘画教育体系而宣告失败？原因就是丧失了水墨画的文化积累和价值。其两者不同的生命观亦使他们的艺术呈现出不同的形态和式样。

---

[1] ［美］阿瑟·丹托：《哲学对艺术的剥夺》，载《艺术的终结》，江苏人民出版社2005年版，第12页。

三、从现代社会学的维度审视水墨绘画在当下的发展状态

人类社会进入 21 世纪，由于科技和经济的飞速发展，在全球化的过程中，不同的国家、不同的民族和不同的文化都将面临着许多人类共同关注的问题，同时激发出了各个不同文化认同的地域性和民族文化传统的传承和发展的问题。那么，中国水墨文化该如何发展，其前景如何？从国际文化交流与互补性的维度来审视，随着中国综合国力的日益提升，水墨绘画作为中国独特的文化艺术形式，也将会获得世人更多的关注。也正是在这一双重互动的作用下，世界当代艺术才表现出全球和地域同在性，这是全球化时代当代性与地域性的一种辩证的动态关系。然而，我们在进一步强调国际性的文化对话的同时，也往往把对话单方面误解成了理解并读懂西方人的话语内涵和话语形式，这根本不是对话而是移植别人的东西，交流与对话在于你得"有东西可说""可交流"，能与别人处于共同平台上去碰撞，这才是真正意义上的交流。

从最本质的意义上说，在视觉文化上我们能拿什么样的东西去和西方人的视觉文化对话和交流呢？毫无疑问是中国的水墨绘画，它作为中国人观察和表现世界的一种重要而独到的方式，作为中国人承载其观念意义的形式结构自律化发展的结果，作为中国人赖以休养生息的文化传统楔入现实情境的有机组成部分，不仅参与建构中华文明的灿烂光辉，为世界美术的多元格局提供了自立和自足的一极，而且以其不可替代的特殊文化品格，渗透于当今绝大多数中国人的血液中。因此，水墨绘画在如此语境下获得了参与交流的话语权，是由文化交流平台日益国际化和公共化所决定的。就是说，越是在公共的交流平台上，地域化的文化价值的开拓就越重要，但这不是说我们墨守成规即可。再回答：如此的话将彻底地走进死胡同。我们的绘画观是水墨绘画的前景不在于墨守前人的法式和律条，而是怎样把它作为"文化资本"和当代生命价值的开拓资源，与当代人的生存理念产生关系。唯其如此，才能建立水墨文化的当代社会基础。我们进而可以论断：无论什么艺术，若它不能与人的现实生活发生联系，不能成为人们社会生活的重要价值的一部分，那么它一定是不会有生命力的。即使有那么悠久历史传承的水墨艺术同样如此。

然而，在中国当代艺术蓬勃发展的 30 余年里，中国当代水墨一直处于尴尬境地。纵使被冠上新水墨、实验水墨的头衔，也不被以观念艺术占据统治地位的中国

当代艺术圈认可,更不被中国传统国画界接受。之中牵涉一些问题,那就是如何使水墨文化的图式转化和媒材多样性得到发挥并综合运用,然而,在水墨图式具体的转化过程中,时常遇到的情形是即便这种图式确乎代表着中国水墨的主体印象,但它在时代流变过程中也仍旧经历着不断调整和转化而实现内部更新。只不过在面对现代,面对中国整体社会和文化的重大结构性变化之时,关于更新的问题,愈加突出和明显。每个时代都有其核心问题和适合表达这些核心问题的既定方式,绘画语言亦然。当时代变迁,核心话题会随着时代精神和时代发展而改变,表述方式自然也需要跟着变化。[1]再而,在水墨绘画的媒质探索层面上,如何使一门古老的艺术焕发新的生命力呢?我们对水墨媒质的认识态度应是开放的,在材料、特质越来越现代化并日趋丰富的同时,人们的观念变迁、文化取向、生活态度与方式必将日趋现代意义上的多元化。然而,在这个发展的过程中出现一个值得我们深思的问题:宣纸与水墨这两种媒质在水墨绘画上的应用地位不易改变。也许只能不断转化它,把它作为要素,作为资源,作为一种价值基础,去兼容当代视觉文化发展的多种多样的表达形式和范围,在视觉承载的传播手段上强化水墨和宣纸的基础性和语言性及符号性的作用。尽管当前水墨绘画以其"媒介创造"的异军突起之势,宣告了智慧论对本体论、人本主义对形式主义、自我中心主义冲动对主体自律行为的挑战。[2]但是,水墨绘画的媒质转换,不仅要体现出画家在原创性基础上流露出的个人修养和文化担当,也要注重立足传统文化的基础,从传统文化体系中那些永恒的精神价值以当代的方式创造性地转化出来,并对当下现实社会发生作用,强调水墨绘画反映时代生活因素所应有的艺术表征。

我们再从水墨具体的表现形式描绘对象来论,现代社会的形态以及文化变革所呈现出日益开放与多元的艺术景观当中,当各种观念艺术日渐成为主流,架上绘画被日益边缘化的今天,我们依然一如既往以架上水墨绘画作为应对艺术与社会变革的思想利器,尽管仍然用的是传统的媒质,但它和传统水墨、现代水墨有着截然的区别。就在此时,水墨绘画必须强调它的公共性和观念性,那么,视觉图像和符号创作与当代人生活如何产生公共关系,尤其是由此所可能造成的对当代人文的直接切入问题尤其值得关注。当然,其中并不是仅仅指某一种特定图像,而是艺术家介

---

[1] 卢辅圣:《水墨画与后水墨》,《艺术·生活》2007 年第 3 期。
[2] 冀少峰:《从水墨到再水墨——2000—2012 年以来的中国当代水墨艺术》。

入当代的社会生活体验以及在艺术家头脑中反应的产物,并将水墨精神融入当代日常生活中,在这个过程中,抽象的、半抽象的或者符号性的也有"切入"的可能,由此可见,它不仅要关注社会中的某种前卫意识和观念流变,更要关注当代人的生存境遇,或者是这个时代留给水墨画家的诸多不确定的考问,它应有着当代艺术一贯的问题意识,彰显着一种追问精神,体现出一种深刻的人文关怀,直入当代水墨绘画的创作范畴,因而它不仅足够当代又充斥着本土文化情怀,同时也建立了当代水墨文化的社会基础。

中国水墨绘画在每个时代的发展都有其时代印记,尤其是当代水墨艺术正是在多元共生中一路走来,仍处于不断讨论中,特别是水墨在当下社会、政治、经济结构秩序、社会文化命题等关注点都在发生着激烈变化,这必然导致对水墨艺术的关注已经远远超越了以往没有经历过的挑战,更重要的是体现了在各地域之间的文明冲突的一种文化的自信与文化的自觉。那么,如果我们能够逐一地解决水墨画背后所彰显的文化立场、价值认同和批判精神等问题的话,那么,我们可以预见:一个超越、反思和不断创新的中国水墨绘画的发展时代也即将到来。

观花看草杂忆

莫晓松

草木不仅有生命，而且有灵性，神交自然，逸情草木，表达对草木花禽生命状态的关爱，由细微处臻于认识的澄明和通达，乃人生之大乐。

我从事花卉草木、鸟禽草虫工笔绘画之事近20载，亲近并细察周边的草木、花卉，渴望回归自然与花草为伴，返璞归真，追求心灵的宁静与和谐。

远离尘嚣，放弃浮华，寻找本源清净之地，这是我追求的心灵状态。

羡慕松下听琴、林间看泉的通脱潇洒，羡慕柳烟荷影、梅兰绰约的怡然高洁，然而，古人的生活情景已恍如昨日，内心的文人生态是否安在？

冬日浓阴，雾浊似浮粉尘，草木发暗或落叶，看起来就要进入休眠期。隔壁邻家花园，枯蒿和荻花集褐带灰，其下草根枯白，衰草里看不见一片冬性杂草的青绿，而在晨雾的浸染下，一派衰微里也有深沉的棕紫，只是历经风霜岁月的厚重之色。

对草木之爱，不仅是出于习惯的观察，更是本性使然，我钟情它们千姿百态无言生长的本质。在京郊南苑清荷书屋度过的幽静岁月里，花木成为一种情感寄寓，一种象征，一种境界，它是天地的恩赐，也是注定流逝的美好。

正月初六，早晨出来散步，野外有斑鸠在高树上交互啼鸣。欣然望去，城边的隙地上，融雪与积雪之间，野斑鸠与家鸽成双落下，寻觅奔逐。鸠、鸽同科，鸽大于鸠，鸠色灰褐而羽尾略长。我曾在家中玻璃房养过几只，但后被黄鼠狼叼去，令我心颤痛惜。

几日后再去野地，"咕咕……""咕咕……"斑鸠催春，高亢的叫声，带着颤动的滑音，声声相接之中，白雪消融，树芽萌动，麦苗返青，野草纷生。这时候，墙根的草开始萌芽，贴着墙角连接成一条条醒目的春色线。

阴湿的地面上，回黄转绿的草们暗绿、青绿、灰绿混合着，厚簇簇地已连成小片。此时，老树也在暗发生机，杨树和柳树不用说，老椿树珊瑚状的丛枝，似未发花时的枯枝牡丹；樱桃树的花蕾圆鼓鼓的，像火柴头和花椒籽，杏树的花蕾挣脱蜡质的芽皮，隐约已露出了嫩白的蕊。

走在野地，我常常感奋不已，经历了严寒霜雪后，万物依然欣欣然，并不为曾经的苦难颓废，就连曾经在寒风里折腰的芦苇，也摇曳在阳光之中，酝酿着新的一季葳蕤。

是啊，春天的树枝，尽管还有秋红般的颜色，但季节的轮换里有着不可遏制的生命律动。石榴树花开了，红桃和粉杏也开了，丁香吐叶时，连着花蕾也传递出来，柳絮一样翩然。小鸟呖呖鸣叫，从这一枝跳到那一枝，树枝轻微弹动，花瓣雪花一样纷纷扬扬。古寺遗址里，老杏树扎扎实实地结了一头花蕾，隔老远就可以闻到它散发的芬芳。

立春之新草，清明之绿草，小阳春之碧草，乃一岁青草最可记忆之三重境界。三阳开泰之际，绿芽如虫，森森蠕动情状，出人意料，花开之时，更能给人惊喜。

在"草虫"系列里，我努力表达这种场景：在疏落清寂的格调里，画清秋时节野草一丛，蜻蜓在飞，蚂蚱爬来，粉蝶翩翩起舞。草叶勾写疏朗，用笔自由，体现风卷叶转的生动形态，注重粗细变化，起落得秀，利爽得神，表现一种春寒肃静的感觉，渲染了画面情调。

画中蜻蜓的处理，认真研习了白石老人的画法，阔而透明的翅膀用细线勾染，力求韵味淳浓。头胸尾之处理，在细腻里尽显圆转之形，透视之妙。画中的蚱蜢，取仲秋时分枯色始从脚尖浸染竭黄的形态，让人想到秋后丝丝缕缕愁绪爬上心头的时刻。总之，要在画面形成一种紧松有度的美的形迹。

在我看来，白石老人笔下的草虫境界最高。老人画工笔草虫非常细致，细到纤毫毕现的程度。草虫的触须细而长，真有一触即动的感觉，这是细笔中形神兼备的表现，是经过详细的观察草虫动态之后才能描绘出来的。白石老人创造了比真虫更精练更生动的艺术形象，他在58岁时细笔写生蟋蟀、蝴蝶、蜜蜂等，60岁以后开始由细笔改工笔草虫。画工笔草虫先要选稿，从写生积累的草虫稿中找出最动人的姿态，取舍加工，创造出精练而生动的艺术形象。之后，把这形象的轮廓用透明薄纸勾描下来成定稿。画工笔草虫，先把拟好的草虫稿子用细骨针将外形压印在下面的纸上，然后把稿子放在一旁参考着，用极纤细的小笔，以写意笔法中锋画出。虽然是在生宣纸上，但能运笔熟练，笔笔自然。细看，草虫"粗中带细，细里有写"，有筋有骨、有皮有肉，没有数十年粗细写生功夫是画不出来的。

这只蜻蜓，细看翅膀，瘦硬轻挺，具有透明感，非常生动自然。在画法上，用笔有去有来，十分清晰。再看几条腿，用笔一提一顿、一转一弯，就把虫腿雄健有力，为支持整个身体重心的特点抓住，特别是关节交代清楚，笔断而意连，生动活泼。

我在京郊南苑的画室周边，常常有花草相伴，禽虫飞往不断，便注意观察记录写生。

蜻蜓：画室周边常见的一种是红蜻蜓，也就是白石笔下最是熟悉的那种蜻蜓。另一种是纯黑的蜻蜓，身上、翅膀都是深黑色，大家叫它鬼蜻蜓。因为色彩对比鲜明，时常出现在我的画中。

遥想儿时，家乡的蜻蜓有一种体态极大，头胸浓绿色，腹部有黑色的环纹，尾部两侧有革质的小圆片，叫作"绿豆钢"。这家伙厉害得很，飞时巨大的翅膀磨得嚓嚓地响。或捉之置于室内，它会对着窗玻璃猛撞。另几种常见的蜻蜓，有灰蓝色和绿色的，蜻蜓的眼睛很尖，但到黄昏时眼力有点不济，它们栖息着不动，从后面轻轻伸手，一捏就能捏住。

蝈蝈：有一种叫秋蛐子，较晚出，体小，通身碧绿如玻璃料，叫声清脆。有时跑到画室鸣叫，给宁静的氛围增添了不少乐趣。

蝉：听邻居讲，蝉大体有三类，我们院子里的是一种叫"海溜"的蝉，个大，色黑，叫声宏亮，是蝉里的楚霸王，生命力很强。我曾经捉了一只，养在室内的水竹和芭蕉中，活了好几天。还有一种叫"嘟溜"，鸣叫时发出的声音平缓。还有一种叫"叽溜"，最小，暗褐色，也是因其叫声而得名。

到了秋天，在往返画室的路上，时常能捡到僵死的蝉，摆到画室的案桌上，有好几只，僵硬的标本，已经没有了夏天时的灵动，不禁让人慨叹生命的无常和短暂。

蝉喜欢栖息在柳树上，古人常画"高柳鸣蝉"，是有道理的。螳螂也入我画，院子里的螳螂很好看，它的头转动自由，翅膀嫩绿，颜色和脉纹都很美。

还有纺织娘，我在甘肃陇南阳坝写生时住山上草屋，晚上灯光的诱惑，第二日清晨总能见到几只，捉来玩玩很有情趣。

明人在"花木类考"中这样描述：蛱蝶，一名蝴蝶，多从蠹蠋所化。形类蛾而翅大身长，思翅轻薄而有粉，须长而美，夹翅而飞。其色有白、黑、黄，又有翠绀者，赤黄、黑黄者，五色相间者。最喜嗅花之香，以须代鼻。其交亦以鼻，交后，则粉褪，不足观矣。然其出没于园林，翩跹于湖畔；暖烟则沉蕙茎，微雨则宿花房；两两三三，不召而自至；蘧蘧栩栩，不扑而自灭。诚微物之得趣者也。

蝴蝶是大自然中的天使，春天，它在花丛中翩翩起舞，轻盈优美，和美丽的鲜花相互映衬，使大自然更为明媚动人。

文章说蝴蝶"多从蠹蠋所化"，从科学的观点来讲是不对的，但从艺术的境界来说却有无尽的联想。古人有"化生"之说，认为某种生物能"变化"成为另一种生物。蝴蝶从何"化生"，说法也非常多，梁山伯与祝英台的化蝶无疑是最凄美的。

现在我们能够欣赏观摩的最早草虫绘画作品，是五代后蜀黄荃所作《写生珍禽图》。该图平面排列了不同种类动态的鸟，草虫，由于神情安详的动态，静心深入的画法，一种雍穆气息迥出其表。观察物象之精、处理有序之美、笔意精微之妙，是黄荃的特点。蝉和蜂的头部结构是那么清晰，胸背部透明翅膀的生长结构刻画也极准确精到，并且在极细小的透明薄翅脉络上，竟然还用淡淡的轻墨勾了硬挺的线条，增添了羽翅微微有力的质感。蜂足更是劲健双勾，关节转折处尤见用心。在形态处理上，除蜜蜂动态取侧面稍转的姿式，得黄荃性情中固有雍穆感外，勾线的墨色浓淡也起着很好的节奏作用。如头部淡线条中以较深的墨色画了眼睛、口，有画龙点睛之功，草虫淡中有深，深中有淡，增加了节奏中的变化而更加微妙生动。

古人的绝妙心思，由此可见。

荷塘之情

1. 我非常喜欢观荷，画荷，为此还曾养荷。

荷是"花生池泽中最美，凡物先华而后实。独此华实齐生，百节疏通，万窍玲珑，亭亭物表，出淤泥而不染，花中之君子也"。

荷花盛开时充满了内在的活力,花繁叶茂,"接天莲叶无穷碧,映日荷花别样红"。但花总是要凋落的,灿烂后要回归平淡,当荷以绝世秀色从盛夏而渐入秋天时,展现了生命的另一种壮丽。

我喜欢观察残荷,总会想到人生晚景,面对寒霜冷霭,表现一种从容和坦然。"晚荷人不折,留此作秋香。"而后,到了冬日,叶落了,只剩荷埂,交错多姿,就像点线造就的优美符号,有一种铅华尽洗的简洁,而隔着荷塘看冬日晴空或冬夜天幕,清幽中带着宁安,带着满足,别是一番韵味。

所以,多年来我特别喜欢荷,荷引发了我对绘画的一种深深感情,花开花落,生生不息。

2. 在一个炎热的黄昏,倦意中迷醉于一泓池水的漪涟,那波动的心事连着远处杂乱的脚步声一起变奏。

荷塘里到处是绿了的心思,叶子滴落着水珠,散着悠悠的香味,把我的心事带到荷的世界,沉沉地滑落在莲塘中。我为这眼前的世界所消融,并幻化于其间不能自已。

于是,我的画笔似乎被这荷塘制控并牵引,在无法走出的境界中,我整个人的身心被淹没在荷之深处,荷韵成就了我的心气,也成就了我的艺术,清雅幽香,我任凭心灵随着这朦胧的馨香起伏,让花魂香韵,在心中久久回荡。

3. 夜,拉长了黑的思绪,思绪,是上天给予的财富。梦里,常常与水有关,水养活了世上的植物,使之生机勃勃。早上,万物总会伸长颈部看看天上最亮的火球把睡意驱赶。

我有个习惯,喜欢早上作画。写生也罢,创作也罢,早课已成为我的生活方式。能把一夜的精气神注入画面,享受着一股朝气,也成就着一天的希望。我为我多年的习惯成就了希望而感自悦。

早起吧,生命在早上鲜活,绘画在早上新生。

4. 当雨季来临,夜风吹去了梦里的曲折,我来到晨莲刚刚睡醒的池塘。

太阳从荷塘边的树丛中斜射而来,照在池塘中最红最艳的那朵莲花上,周围是沉睡的暗影。我感受到宋人笔下荷花的精妙,"出水芙蓉"的艳丽。这一瞬间思想被一团浓重的色彩摄取,这种强烈的意识使我极度兴奋。此刻,我的心际已装满了莲的光辉,一种圣洁已进入我的心中,光芒四射。

也许，只有这时，我物交融，心化于其间：我为花，花为我，花为我生，我在花在。这种存在是一种自在，心自明，花自开，我梦游在这有限的自在自适之中去表现那从花瓣上传感的信息，微观于那蕊香的弥远，驱动着心，游走于一枝一叶的秩序井然之中，去获得一种超越尘俗的衷情。之后，在这自然的心动和冲动的表现之中，为我的心歌泣，鸣颂。这一次，我静静地看着阳光斜射在我身上，心中出现了一轮太阳，禁不住心生荡漾……

5. 雨中观荷，是一种心灵的顿悟。

看乱荷处，散散落落，零零星星，"花自飘零水自流"，雨敲叶败，生也灿烂，其衰也堪怜。昨夜西风吹来时，我自被牵挂，昨夜雨洗时，我自能自洁，无须天地垂怜，无关流水无情，我支撑着度过了夜雨侵蚀。风打池边，水花飞溅，我依然如故。风雨中我自容颜丰润，且婀娜且多姿。

雨荷，承受着来自上天的威力，弱小的生命依然坚忍如初。

荷塘寂静无声，雨停了，我的耳际似乎听到了荷花的言语，那"花间词"真是美妙，只有用心去画出那野逸的姿式，方可近于神采，且能慰藉我心。把荷语储存在方寸的画作之中，何尝不是一件幸事。

至此，我安然若素去体验宁静，去看一方零乱的池塘，如何在丽日下恢复和谐宁静。

6. 我常常沐手净心，为一朵荷花造像。

荷花，就像佛下莲座那样高雅而安详。以朱砂的沉稳，给庄严而祥和的瑞相再添光辉。

莲花出淤泥而不染，清净微妙，我力求表现出佛界对莲花的挚爱。表现"色即是空，空即是色"的世界。花自是花，佛即是花，佛花一体，体用相合，诸生于镜相中，镜中万相是"四物"所生，是"三业"相聚，化显成真而已。

于是我把佛国的清虚化为清透的心气，把用色的层次脱略到简而又简，使之还源于本真如常的姿态，于是眼前如佛，心花成佛，其觉慧就成为灵魂净化的源头。

我常常为一张将成的画作而双手合十，去朝拜来自内心的觉悟以及感动。

7. 枯荷在生命的历程中尽显神奇，时光的转换燃烧了它生命的最后能力，只有凝固才是一种新的姿态，新的象征。

外枯而中膏，淡而实浓，朴茂沉雄的生命，并不是从艳丽中求得，而是从瘦淡中获取。枯能生奇,奇为何在,灵气往来也。

它树立在那不被人知的地方,把曲折的躯体畸变成多角的形状,于是就有了雕塑一般的神采,凝固而沉静,坚质而粗砺。

大自然的精魂被风干了,风干成一句诗,一段话。我解读着这一切,尽我所能让它的真实变为现量,并留驻于纸上,去感动与我有着同样的感受的人。

8. 如果说莲花代表着传统意义上的圣洁高雅,那么它的原体就是女性的气息。

这种气息有着永恒的审美价值,其柔美的喻征将成为我们永远关注的对象。在艺术进程中,无论她是消逝于历史的遥远空间,还是存活在当今的时空之中,她都必然成为中国人喜爱的植物,一种可以抒情且能达意的瑞祥植物。

莲花,她是优雅、圣洁的象征,美妍而不失简约,高傲而不乏娴静,一股女性的素丽和柔美在开放中呈现清香。画者用心处,便是自得,而能使他人感动,亦为心灵的相互照应。

9. 当一棵不知名的嫩草伸长颈项好奇地看世界时,世界的顶端应是一朵朵莲花的洁白。

也许,小草解释不了荷花与白云的区别究竟在什么地方,于是,我就以小草的愚稚看待这如画的世界。在这里单纯和无知是一样的,所有的睿智不及这纯朴的天性。

有时,我就用这份单纯在作画,画我的认识以及那些莫名的感想。

我正是凭这份纯朴浑化的心,感受来自泥土的味道,以及来自头顶的莲香的沐浴,来一次心灵的净化,而后皈依。

辛夷、玉兰

《蜀本经》云:树高数仞,叶似柿叶而狭长。正月二月,花似着毛小桃,色白而带紫,花落而无子,夏杪复着如小笔。

《本草拾遗》云:今时所用者,是未发花时,如小桃子,有毛,未拆时取之。此花,江南地暖,正月开;北地寒,二月开,初发如笔,北人呼为木笔。其花最早,南人呼为迎春。

《本草衍义》继陈藏器之后说:辛夷先花后叶,花未开时,其花苞有毛,光长如笔，有红紫二本，入药当用紫色者。

当早春余寒犹烈，北京街头白玉兰花就热热闹闹地开起来了，满树琼瑶，随风飘香，使刚刚苏醒过来的春天充满了勃勃的生机。

尤其是天安门一带，在红色宫墙的映衬下，玉兰花迎风齐放，生机无限。它的别名，又称应春花、望春花，怪不得明代的画家、诗人沈周对它赞誉备至："翠条多力引风长，点破银花玉雪香。韵友自知人意好，隔帘轻解白霓裳。"

白玉兰是一种很受推崇的观赏植物，奇特之处在于先花后叶，"花落从蒂中抽叶，特异他花"。而花色晶洁如玉，清香袭人，《广群芳谱》载："玉兰花九瓣，色白微碧，香味似兰。"

惠兰

创作兰花系列的冲动，源于对传统经典的喜爱。

中国古典诗歌历来推重"冲淡"之美。兰的幽香，也是如此。它"瘟瘟无所"，淡而幽远。它不像有些花香那样，强烈地刺激着人的嗅觉，而是若有若无，似断似续，才有所觉，忽而又逝。这也就是"冲淡"的风格和美质。它恬适、静谧而幽远，这是一种只有在独处静默中才能体会到的情趣。《群芳谱》中说："兰幽香清远，馥郁袭衣……纯以情韵胜。"这情韵，也就是"冲淡"。

兰花写生、写其形观其色，"体兼彩而不极于色"，它不求姹紫嫣红的璀璨，只是在淡黄中略兼淡绿淳白之色。这是一种色彩，也是一种脱俗的、冲淡的风格和境界。

兰香是怡人的，也是圣洁的。当你嗅到清幽淡雅的兰香，不觉将鼻子凑近了它，这时，那诱人的清香却又似乎消失了。兰，不喜欢人们的亵玩亲近，它只在你无意之中，若有若无地、断断续续地忽而飘来一缕细细的清香，却使你感到它香得刻骨铭心，为之心神一清；然而它又悠然而逝，留给你无穷的回味和追忆。

兰，在元人的笔下，墨清笔逸，秀气动人。兰叶之长，根茎轻出如流风，兰叶之动，叶尖重按如浮云。花净白，灼日而忧伤，灵气飞动，色彩幽冷而明澈，风度雅静而渊深。我画兰花，特别是表现惠兰，在观察写生的基础上，把握兰的幽香品格，以幽淡的色彩，迷蒙的格调，让将落未落的花瓣传出幽幽的神韵，使人有暗香浮动的感觉。

历代画兰高手，只能做到"以意取似"，即根据画家自己的鉴赏情感把兰画好画真，至于兰的全部神韵，却又是淡到不着形迹，只能得之于心，纸上是永远画不出来的。

水仙

水仙是多年生草本植物，冬天把它的鳞茎养在盛着清水的盆里，不久就抽出碧绿的叶子，开出一朵朵白色的小花。水仙的香气十分淡雅却又沁人肺腑，国人爱用洁白精致的瓷盆养它，一几之上，置一盆水仙，看清波卵石之中吹香弄影，室内倍添恬静。古诗中常把水仙比作不染俗尘的仙子，冰肌玉骨，莹洁光润，真是再恰当不过。黄庭坚作诗咏叹"凌波仙子生尘袜，水上轻盈步微月"。

赵孟坚的《水仙图》是南宋画中气度非凡的作品。该卷水仙丛生，通观茂密秀实，疏密起落的结构，意态清逸，超凡绝世，是上乘之作。我所绘草木系列作品，有几幅是专来表现水仙的。主要处理办法是用高古游丝描的细线，如丝如淡的边缘勾勒，然后用水墨清淡晕染叶面，在手工古色麻纸的映衬下，如同烟灭在古远的清净世界，有离尘之感。通过平实的刻画，雅淡的视觉，犹如仙子踏波的无垠境地。

竹

画竹的人很多，要想画出新意，很难着笔。

后来，看到许友的一段文字"砌屋虽不大，不可不留隙地种竹。栽三四根，一二年后，子孙长养，其黄老者删去，饱受月声雨色，何异万壑千山"。这段文字给我以启发："月声雨色"，月何以有声，雨何以有色？然而把雨跟竹林联系起来，却真的可以构筑理想的境地。

当月色朦胧之夜，风动篁竹，发出一片低沉的萧萧之声，似流水，似音乐，又似人模糊的私语……这是月色和竹声交织而成的音乐画面，称之为"月声"，可谓深得其情致和神韵。

而当微雨初霁，那一枝枝被雨水洗得干干净净的竹子，显得格外青翠亮眼，连竹林中弥漫着的薄雾，也透着淡淡的绿色；竹枝竹叶上残留的几滴雨珠，就像缀在翡翠上一颗颗闪亮的珍珠。这"雨色"两字对于描绘竹子来说，色彩又是何等鲜明！

梨花

梨花腻白如玉，绰约有态。江南二月，每多风雨。此花经雨，转觉姿媚动人。月下亦佳，所谓"梨花院落溶溶月"也。（《北墅抱瓮录》）

唐代边塞诗人岑参曾以梨花比雪，他形容边地的雪景"忽如一夜春风来，千树万树梨花开"；而《广群芳谱》则以雪比梨花，说"二月间开白花，如雪六出"。所以梨花之美，正在其洁白如雪的素静，淡极而始见其艳。

古人赏花，善于发现花在怎样一个特殊的环境中最能展示出她的美质。江南早春，每多风雨，然而梨花经雨，却更显出她的清丽和柔媚。宋赵福元《梨花》诗云："玉作精神雪作肤，雨中娇韵越清癯。"《长恨歌》中也有"梨花一枝春带雨"一句，原是以带雨的梨花来形容流泪的美女（已成为仙女的杨贵妃），但反过来也把雨中梨花那种楚楚动人的美丽表现出来了。

雨中的梨花有如此的娇韵，而月下的梨花，她的柔媚的白色和皎洁的月光互相映照衬托，"梨花院落溶溶月"，这是梨花的精魂，她的魅力足以盖过动人春色中的万紫千红。

"独鸟""栖禽"一直是我花鸟创作的一个主题。画面上常有一禽，或引颈眺望，或低头思索，背景大多是一望无际的秋水，或夕阳西下时孤云舒卷，轻烟缥缈的景致。这清清的世界，是凄迷的，是宁静的。宁静驱除了尘世的喧嚣，将人带入幽远的遐思。

屈原在《楚辞》中描绘"帝子降兮北渚，目眇眇兮愁予。袅袅兮秋风，洞庭波兮木叶下。登白薠兮骋望，与佳期兮夕张。鸟何萃兮𬞟中，罾何为兮木上？沅有芷兮澧有兰，思公子兮未敢言……筑室兮水中，葺之兮荷盖。荪壁兮紫坛，播芳椒兮成堂。桂栋兮兰橑，辛夷楣兮药房。罔薜荔兮为帷，擗蕙櫋兮既张……"虽然场景不同，但瑟瑟的秋风又起，萧萧落叶飞下，渺渺的天际中充满了一样无言的寥廓。

清和

我有一方闲章"清和其心",是1994年在甘肃画院时请邵灵老先生为我篆刻的,我的斋号为"清和书屋",是我在上大学的时候读宗白华先生的《美学散步》时受启发而得。

我喜欢"清和"二字,"清"是一种追求、一种节气,"和"是一种氛围、一种境界。

在中国绘画史上,自元代开始画家就特别追求清逸之气。在元代隐逸画家看来,乾坤间唯有清气可尊,而人唯保有清气为最贵。赵子固要以水仙这一绰约仙子表现"冰肌玉骨照清波"的境界,赵子昂"日对山水娱清晖",以"清"为其最高的审美理想。钱舜举有感于"乾坤清气流不尽",故作画唯在集清延洁,妙语天人;李息斋之竹获"心中饱冰雪,笔下流清韵"之评,如其中一幅叫作《秋清野思》的图画就表现了他对清的渴望;赵子昂"日对山水娱清晖",更是以"清"为其最高的审美理想。比如他的现藏于故宫博物院的《重江叠嶂图》画法师李成、郭熙,潇洒清秀,不落凡尘,图作崇山峻岭,山石追求灵动空蒙,而不追求苍古奇崛,远山多以水墨渲染,石坡用清爽的线条勾出。树木劲挺,枝如蟹爪,有李成、郭熙之势,而潇洒清旷过之。

元代画家对"清"的推崇,既反映了他们的美学追求,也印证着他们的人格追求。

元代隐逸画家多画梅、竹、兰、蕙等,注重表现画家的审美趣致与内在品质。读其画,大有脱略凡尘,根除俗念之意,一股清气勃勃而生。正如同明王世贞评元画时所说的"以其清,得天地间一种清真气故也"。元代画家对"清"的推重,还体现在他们对墨笔画的酷爱上,元代画家普遍喜爱素净的美,他们对前代的富丽堂皇色彩的兴趣顿减,墨笔画成了他们喜爱的形式,他们认为"江山莫装点,水墨写清新"。水墨与追求"清"的审美趣味连在一起。

在"清"的逸气里,古代画家们更突出表现"和"的境界之美。

草春季节,鹅黄淡绿,轻柔的柳枝上,悠然地站着三只洁白的鸟,在它的上方,又有几只小鸟在嬉戏。线条飘逸,色彩淡雅,风格宁静。这是明吕纪《三思图》所谓描绘的境界,艺术家深刻的心灵体验,赋予此画独特的魅力。时至今日,人类何不需要这样精纯、和美的境界呢。中国艺术很早就以这种平远、宁静的境界为最高理想。不只是绘画，中唐以后随着审美风尚的变化，和谐作为音乐美学的核心思想也发生了变化。我们可以比较两部有较大影响的音乐美学著作，一是《乐记》，二是明徐上瀛的《溪山琴况》，差异是很明显的（参阅北京大学教授朱良志文稿）。

"和"的思想是儒家美学的重要体现，也可以说是《乐记》最有价值的美学内容。《乐记》说"大乐与天地同和"。这个"同和"，我理解有两层意思：一是乐与天地同，音乐作为一种艺术与天地万物具有同构性；二是强调音乐之创作必须契合到大化流衍的节奏，天地的节奏就是音乐的节奏，悉心体悟万物运转之节奏，春生夏长，就是仁的意思、和的意思、乐的意思，上下与天地同流，参天地之变化，化造化的精气元阳为音乐永不枯竭的艺术力量。

《溪山琴况》继承了文人意识的审美理想，虽然它以儒家音乐美学"清丽而静，和润而远"为其思想基础，但却把道禅哲学的余韵表现得愈加淋漓尽致。

音乐中变现的禅境亦为画境，它是宁静清幽的，是一个由深山、古诗、太虚、片云、野鹤、幽林、古潭、苍苔所组成的世界，凄冷的竹林、幽静的月夜、悠然的晨钟暮鼓，不正是历代文人雅士们心摹手追的生活场景吗？

其实，音乐也好，绘画也好，那种清和宁静、超凡出尘的风范一直是中国文人心之向往的境界。梅兰竹菊、远山闲云，古往今来的文人们前赴后继地描摹刻画，已成为中国文化的一种生态。

清和，寄托着我们的精神，寄托着我们的情感。

严谨治学　由技入道

刘泉义

"85新潮"以来的近30年里，中国绘画有了很大的变化，无论哪个绘画学科，从图式到技法都与之前有了大不同，涌现出一批绘画人才。记得改革开放之初，人们初次大批量接触西方现代艺术，异常兴奋，思想异常活跃，各种艺术尝试层出不穷，几乎每个人都成了艺术家。在这艺术大动荡时期，人们总是要找个攻击目标，那就是传统，传统的绘画理念与方式，似乎斩断传统这条根就是现代的、新的，所以产生了一批没有文脉的"新艺术"。一阵热闹之后，人们冷静了许多，觉着"无本之木"不能久远，又开始反观传统，认为传统里面还是有无穷尽的好内容有待我们去认真学习研究，所以展开了对中国传统文化的重新解读。绘画样式上也有了不同程度的回归。细想起来挺有意思，古人是否也存在过社会转型期的这种摩擦碰撞呢？我想是有的，这或许就是事物的发展规律吧！在忽左忽右中寻找着它的发展方向，不以任何人的意志为转移。不管怎样变幻，我想有个根本性问题不能变，那就是绘画技法的延续与发展。现在有些人认为再谈技术性问题品位就低了，所以只谈形而上、不谈形而下。试问改革开放后成功的这些艺术家们，哪个不是具有坚实的基本功和娴熟的绘画技巧呢？改革开放前他们有很多年的刻苦积累，思路一旦打开，有精湛的技术作依托就可自由挥洒。当代人耻于谈技术造成了不少青年人对技术的漠视，所以作品不耐看。就中国画而言，笔墨不只是技术层面的，它还具有深层的文化含义，可以看成独立的审美体，它承载着中国文化，是形象化了的文化，纵观中国绘画史，是绘画技巧不断演变发展的历史，技术的改变带动了绘画样式的转变。美术——是美和术（技术）的有机结合，没有术，美从何来？

我 1985 年考入天津美院，何家英老师给我们上的第一节课是素描头像，他严谨认真的治学精神给我留下了深刻的印象。记得刚开始时，何老师先让同学们按照自己的思路去画，他在后面悄悄地观察着每一个人，画到一半时，他让所有的同学都停止，针对问题开始讲素描的本质与意义，怎样观察、怎样画、以何种心态去画，等等。他要求造型要准确，在形的刻画上要一丝不苟，要尊重感觉，不要想当然。人像基本形起完之后不经他同意绝不允许上明暗关系，所以大家都在反复推敲、修改，自己感觉差不多了，经他一看说——不行！继续调整，直到过了他的法眼才可以画明暗关系。画调子阶段他要求必须整体画，每个局部都不能冒进，随时停下来画面的整体关系都要是协调的。谁局部画过了，擦了重画，没有商量。起初同学们都不适应，因为上大学前都画过不少年，有些是美术中专毕业的。但是经过了这么严格的把关，几周下来同学们在形的捕捉塑造、画面关系的处理等方面都有了明显的提升，同时改掉了之前不好的画画习惯，这才体会到何老师的良苦用心。写到这不由得想起有本书介绍过徐悲鸿先生在中央美院教学时，他总是把自己的课安排在低年级，由年轻教员上高年级的课，他的理由是：新同学的可塑性很强，培养他们良好的画画习惯、树立良好的艺术观，不然养成了不好的画画毛病，到了高年级再调整就费劲了，不如一开始就不让他们走弯路。所以现在回想起来何家英老师的第一课是多么的重要，不仅夯实了我们的基本功，而且一直影响着我们之后的绘画之路。

后来何老师给我们上工笔人物写生课时依然严格。在画之前先带我们到学院图书馆坐了一星期，挑选出一大堆画册（那时不像现在的图书资料丰富方便），有中国古代绘画、日本美人画、印象派时期的大师作品集，他为我们逐个分析讲解，古代人物画线条、渲染造境、日本美人画的构图、整体关系的处理，印象派时期色彩的运用，等等，先武装我们的头脑，增加我们的知识与认识，以便写生课良好顺利地进行。写生时同样步步把关，从铅笔稿阶段的线条的组织，到勾勒阶段的墨线的质量和染色阶段色彩的运用，渲染效果，等等，都须经过他的首肯。严谨的教学方法不仅锻造了学生的绘画能力，同时树立了良好的品行和端正的绘画态度。从何老师的教学思路，我们也不难看出何老师的艺术历程，在坚实的基本功的基础之上，立足传统，借鉴域外有益于自己的东西，深入生活，形成了鲜明的个人风格，很好地做到了"古为今用，洋为中用"，是当代融合中西的杰出典范。

苏东坡先生有云："有道不艺，则物虽形于心而不形于手。"纵然有好艺术思想，"而不形于手"将很难形成一个完美的画面，所以没有过硬的技术，就是有话也说不出来。就工笔画而言，线条是其立命之本，它的质量与品位决定着画的格调，所以线条质量是我们终其一生追求的目标。工笔画线条除了它的实用功能外，审美功能更为重要。从线条的形态到组织变化、疏密关系、虚实处理等，都要有审美意趣在里面，不是客观物象的直接再现，不是轮廓线的描摹，而是经过主观处理、提炼、取舍、归纳后的情景再现，是把人物结构、衣纹起伏变化的形态顺应到工笔画线条的审美程序里来，让物象的形来适应我的线形，主动营造线条之美，而不要被物钳制，去努力追摹物象的形态。线条勾勒要具有入木三分的骨力，要有厚度、有弹性、有生命力，要内敛含蓄、圆润流畅、自然而有张力，细而不弱，力能扛鼎。它的这些文化特性，需要学识滋养，又需要临池不缀地练习，用心体悟，由心到手，以手追心，方能达到审美要求的境界。"落落数笔勾勒，绝不施渲染，不但丘壑自显，而且或以古雅，或以风韵，或以雄杰，或以隽永，神情意态之间，断非寻常人所易得……今之传神家，全赖以脂赭之色，添而成之，纵得几分相肖，必至俗气薰人。"（清沈宗骞《芥舟学画编》）仔细玩味这番话，就像是说现在，原来古人也出现过同样的问题，忽视了线条的审美趋向，把精力放在了画面效果的制作上，舍本而逐末，"必至俗气薰人"。所以"骨法用笔，亘古不移"。

天津距北京虽说不远，但总有"春风不度"之感，这反而给了天津一片宁静，一个稳定安逸的氛围，给了天津的艺术人一个潜心研究的空间。天津的整体文化氛围虽说不浓，反而少了些许干扰，三五好友品茗谈艺倒也自在。每个人都在精心耕耘着自己的这一亩三分地，反复修炼着手上的技艺。天津不是封闭的城市，虽说是码头文化，但它容纳了洋文化，并延续保存了传统文化，所以既有对新鲜事物的接受能力，又有着本土文化的特殊性，温和而不过激。这里的艺术人有着对中国画笔墨的认识与重视，不同于其他城市的情怀，有着很好的传统笔墨的素养与能力，再加上个人的认识与感知，对近现代世界艺术的热望，作品具有可品读的空间，传统而不腐朽，现代而不造作。

有个性的画家才是好画家
——唐辉访谈

时间：2015 年 3 月 27 日
地点：北京宋庄雅风堂
人物：唐辉　杨公拓

杨公拓（以下简称"杨"）：您对中国画产生兴趣大约是什么时候？都遇到了哪些启蒙老师？

唐辉（以下简称"唐"）：我学画也不是太早，不像我的老师王明明，他是绘画神童，几岁时他父亲就带他遍访名家，在全国乃至世界儿童绘画大展的比赛上经常获奖。我父母都是搞戏剧的，他们最早想让我接他们的班，也搞戏剧。小时候我嗓音条件挺好的，在变声期的时候正赶上要考试了，本来练得很好，一到考试的时候唱不出来了，就没考上北京戏曲学校。

初二的时候，有一天在同学家看到了一本任率英的工笔画《天女散花》挂历，我写作业比较快，没事就拿着笔去勾，勾着勾着感觉还挺像，觉得画画挺有意思，就突然喜欢上画画了。学校的美术老师觉得我画得也很好，还有一个同学和我的美术课成绩比较突出，正好北京市西城区少年宫招收学员，有一个美术班，每年都招生，就推荐我们俩去考试，我就进入这个班了。这个班的美术老师正好是我小学的美术老师葛秋岱，也不知道他什么时候调到西城区少年宫来当美术老师的，偶然碰上我了，当时我还没考上，大家都画素描，我还不会画素描，葛老师就说，你怎么到这里来了，我说考美术班没考上，他说那你想画不想画，我说想画，他说那就来吧！正好他管这事，这就是一个机遇。

初二的下半年，我就正式到西城区的少年宫学画画了，开始画素描、速写、水粉。到了初三就觉得该考个院校了，当时有两个选择，一个是中央美院附中，另一个就是北京工艺美术学校。我研究比较了半天，觉得中央美院附中太难了，因为那都是全国招生，学生画得都很好，都是全国的尖子，后来还是选择了北京工艺美校。1981年我就考上了北京工艺美校，上了四年学。美校有四个专业，我选的是装潢，那时装潢很流行，当时觉得这个最好。一个班只有15个人，四个班总共才60人，现在很多当代艺术家都是我美校的同学。龙瑞、石虎先生也都是从工艺美校出来的。国画也是在工艺美校里启蒙的，我们主课是设计，有些副课是国画课。袖子是我们的国画老师，他的国画修养很高，一年能上几次课，有时还带我们去故宫看看画，他教得特别踏实，这时我就喜欢国画了。工艺美校大多是色彩、分割、造型、平面这些东西。上美校前，我也拜了两个老师，一个就是王明明，我经常骑自行车去他家找他，他不在家就和他父亲聊，老爷子书法写得好，我写点书法就说爷爷帮我看看字，老爷子就给我指点。我书法练得早，同时又认识北京画院的一个老师赵成民，他是中国国家画院的第一届研究生，和刘大为、史国良都是一届的同学，那届研究生是很厉害的，像油画家陈丹青、雕塑家张大生都是那一届的。赵成民一毕业就分到北京画院了，他的兴趣也很广泛，虽然是学雕塑出身的，但是对国画、书法都很喜欢，也画了很多，是很全面的艺术家。毕业后，我分到了工艺美术厂，就是龙瑞先生以前也待过的那个工厂，我在那里搞设计，我的同学纷纷考美院，我想也不能总在工厂，我也要考美院，考什么专业呢？琢磨半天还是考国画吧，我就一边上班一边补习文化课，坚持了三年。当时有一个规定，就是中专学校毕业的，必须要服役两年，因为这个学校属于工艺美术品总公司下属的，不让当年考，第二年我才开始考。1988年我就考上了中央美术学院国画系，老师就多了，教我们的有卢沉、姚有多先生，等等。我当时很用功，画了很多速写，几乎每天晚上都骑着自行车去北京站画，还拿给周思聪看过。但主要教我们的是卢沉先生，王镛先生教我们书法课，班主任是田黎明。我们那一届老师都非常棒，山水画是贾又福先生教，贾又福教我们的山水画是我的副课。虽然都是临摹课，但是留给我的印象特别深，虽然只教了我们一个月的课程，但对我却是很赞赏，那时我临摹龚半千的画，一幅画都临好几天，他看后说画得好。我的主课是人物，因我的专业就是人物画。

杨：您是中国画人物画系毕业的，为什么改画山水画？

唐：实际上一个画家不应该分山水、花鸟、人物什么的，什么都应该去画，看到什么东西有感触，把生活中的积累通过画笔画出来就行了。院校告诉你的只是一种学习方法，或者观察生活的一种方法，到最后自己要画什么，谁也没规定。不一定学山水的就得去画山水，学人物的就去画人物，学花鸟的就去画花鸟。纵向地看，历代的艺术大师都是各门皆能的，山水、花鸟、人物都可以，这就是大画家的标准。要是一个小画家就专攻一门了，艺术到达一定程度就通了，这样他就什么都可以画了。

我是 1992 年毕业之后到荣宝斋出版社做编辑工作的。画画的时间不多，但也没停，有时间就画点人物小品什么的，我还在大千画廊卖过那种一平尺的文人画人物，卖得很好，800 元钱一张，画廊卖完就找我，我那时工资才二三百元钱，卖完画五五开。渐渐地我就觉得画小品不行，还不深入，画大画需要采风写生也挺麻烦，后来我就选择画山水，山水画到一定程度，感觉还是比人物画要深，画人物画总会受到人物的造型、表情、动作的限制，山水画不受这些限制，山水画要表达内心的东西，而且表达的境界也不一样，山水画有一点特别好，可以画一半停下来，过几天有时间了接着画，黄宾虹就是这样，他有时一张画要画好几年，他有时画的都是半成品。山水就是画简也行画繁也行，画到什么程度，收笔不画了，也是一幅画，再往下画，它也可以不断地丰富，山水画有这个特点，我就觉得找到适合我的方法，不像职业画家一幅画必须马上完成，也许有事干不了，那就过几天接着画，中国画的成就历代山水体现得最为突出，人物画历代也有几个高峰，但终归在境界上，在精神层面上，还是山水画的境界要高出一筹。《清明上河图》高，但它毕竟只是展现了一个历史场景，在精神上没有山水画有高度，如果说讲文人精神的时候，应该说还是山水画更高。花鸟画不是不高，但是一花一叶的，格局没那么大，只是山水其中的一个小角，山水与宇宙之间是要贯通的。直接就奔着宇宙去了，花鸟画表达的感情稍微小一点，我觉得在这三个画种上，山水画表现中国画的境界是排第一位的，还有根据我个人的情况，山水画比较适合我创作的节奏。

杨：您画山水不是从对景写生入手，而是直接借鉴近现代画家的画法模式，一上手就在笔墨上着力。为什么要这样做？

唐：这与我的学习经历有关，我学山水画一上手就是临摹课，临历代画家的作品。但我觉得搞任何的画种从哪儿入手都可以，不一定是先学写生，然后再去研究笔墨。法无定法，学习方法也是多种多样的，怎样入手都没关系，缺什么补什么。我一开始从临摹开始，我对笔墨感悟就更多，对古代图式上东西感悟得多，写生可以去补，如果你先去写生了，你在这里缺技法，临摹跟不上还得回来补。我觉得都是没关系的，这些都因人而异，当时什么样的学习契机和条件，造成了这种方法上的不同，这都没关系，总之要是画好的话，这些方面缺一不可。我一开始就从历代经典作品切入，因我是编辑出身，见的作品多，历史上留下这么多东西，你看哪张画都是好东西，你就学不过来了，那就要有方法，首先我要学习我喜欢的风格，有些作品不见得是喜欢的，有的作品很好，不一定能喜欢，风格上的作品，表达情绪上的作品，不一定是能和你表达的契合，那就要找这个契合点，古代的近现代的都可以去找自己喜欢的。就像一个人交朋友一样，说两句话没对上茬，那就你走你的路，我走我的路。你喝你的酒，我喝我的酒。这和画画是一样的，画家也好作品也好，要当交朋友那样去看待。看一张画离你特别远，赶紧拿下去。看一张画，甚至做梦都是这个，这就是有契合。开始有一些临摹都是可以的，通过模仿找到自己，不要失掉自己，要都是模仿没有自己就变成商品画了，就是造假了。

杨：您的山水喜欢取近景、截景，平面布局，不追求画面的纵深感和大场面。好像受北派山水比较深。您怎样看北派山水？

唐：因为我们生活居住在北方嘛，绘画是性格的体现，南方画家注重的是笔墨那种细腻的味道，即所谓的韵味。北方画家气势这方面多一些，大度一些。南方与北方的画家风格还是有差别的。我个人比较喜欢厚重的，视觉上比较强的绘画风格。在画法上我也比较喜欢雄强的风格，就像一个练武术的人一样，你的强到最后就变成一种内涵，这是一个不断修炼的过程，性格和地域对画家的形成是很有帮助的。前一段有的理论家质疑说，把所有的外地画家都集中到北京来，画家失去了土壤失去了环境，还能不能接上"地气"，就像我们种植的蔬菜一样，南方和北方长的不一样，虽然种子是一样的，南方的气候土质和环境就是自由的东西，把它栽到北方的大棚里来了，模仿它的环境，长出来的东西还真不是一个味，吃着口感就是不一样。风格是画家必备的，风格化越明显，画家越接近成功。任何一件作品都需要有一个风格。有的人一辈子都没找到风格，它的个性不太明显，有的北方画家非要模仿南方画家的画，那能比人家画得好吗？生活环境不一样，就是采风到那里三四天的，也不是那种心态，画家要根据自己的生活环境来创作。

杨：美国有个艺术评论家说："全世界艺术有三大高峰：古希腊雕塑、贝多芬交响乐和中国北宋的山水画。"康有为也曾说："周游全球，敢说世界绘画的高峰在中国，在宋代。"您是怎样看待宋代山水画的？

唐：我认为说得都非常有道理，他们从历史的角度看待美术史的时候，都有一种共同的认识，宋代绘画确实是中国画的一个高峰，包括书法。如果说隋唐的书法是高峰的话，宋代也是一个高峰，而且在宋代还有发展，丰富了书法的多种表现形式和写法，包括宋徽宗的瘦金体，以前没有人写过，是他创造的。苏、黄、米、蔡四大家都是对唐代有发展的。现在看宋画还是那样激动人心，那些山水花鸟画是那样精致，那种高度概括化是一种成就。

从历史上看，一个时期有一个时期的风格。宋画只是中国绘画史上的一个部分。宋朝虽然在军事上弱，但那时经济高度发展，人民安居乐业。当时宋人的生活我们现在是不可想象的，那个幸福指数绝对比我们现在高，现在的人都在奔波，大家总为今后的生活在奔波，总是觉得不稳定。宋朝人是很稳定的，从穿衣打扮就能看出来，宽袍大袖，很雍容的。证明文化和经济背景有很大的关系，所以在这样一个历史条件下，产生了宋画这样一座历史高峰。现在看，宋画在山水画系统里也算最正的，注重境界上的东西，而且在技法上有些发明创造，主要的一些绘画手法都完成了，丰富了中国画的很多地方，以前没有的，像钉头鼠尾，大斧披、小斧披等画法都是在宋代发展到了极致，80%的画法都定型了，宋以后人们就是不断地去丰富它了。如果一个人学宋人的中国画，那技法大部分都能掌握住了。宋代实际上主要的特点还在于院体画，宋代的画院制影响到了我们现在画院的建制，像现在的国家画院北京画院都是从宋人那里来的，宋徽宗当时就把全国的画家集中在一起创作，当然那时全国画家主要还是南方画家居多，使院体画达到了高峰，中国画的形成既有形式又有内容，在宋朝建立了中国画的一种形制，把形制建立起来了，就是这种院体画，把程式化的东西基本固定了。

　　历史上每个朝代对国画的贡献也都不一样，宋代对国画技法的发展和院体画的发展都建立了很好的基础。宋代宣纸少，画的作品还是绢上多，对中国画笔墨的发挥还是元以后，元代画家在宣纸上的表达和变化就更多了。元以后就是文人画兴起了。元四家明四家，清四僧，实际上还有很多不知名的画家，画得也非常好，有的是佚名，我觉得这都跟那时的文化环境有关系，画得更细腻了。

　　杨：在绘画史上，您欣赏的画家有哪几位？

　　唐：我个人觉得五代的董源在历史上应该占很大的一笔，八大，石涛，我都很喜欢，元代的倪瓒也是我内心精神化的一种崇拜，他把这样一种方式，构图基本上不变，就是画无锡的那种小景，太湖，前面一个坡，一个草房子几棵树，远景空空荡荡的。能把一种构图画一辈子而且还百看不厌，证明这个人的精神境界都到了一个极致。还有明代的董其昌我也比较欣赏。

　　杨：您怎样看赵孟頫和董其昌这两位在朝代转折中的重要文人画家？

　　唐：我觉得一个画家，要想在历史上有影响，首先也要有理论上的建树，赵孟頫和董其昌都是这样的画家。赵孟頫也是很全面的一个画家，既能画人物又能画花鸟和山水。绘画技法上工笔、写意也是皆能，他开创了自己的一个风貌，都是划时代的一代宗师，影响都太大了。明代的董其昌也是承前启后的，他在明代确实是个高峰。尤其是董其昌的南北宗论，也影响美术史几百年，他们在他们的那个时代都是集大成的人物，综合修养极其丰厚，董其昌在山水造诣上达到了一个顶峰。我觉得历史上这样的画家永远都站得住。

　　杨：您认为中国画最妙的境界是什么？

　　唐：中国画在几个方面都能达到一个妙，一个是笔墨上的笔精墨妙，另一个就是境界上的妙，我觉得在境界上的妙是最主要的，境界的形成还是通过笔墨，笔墨本身就有一种精神上的维度，但它终归要为境界服务。吴冠中和张仃的笔墨之争，一个把笔墨否定了，另一个把功能性扩大了，我个人觉得都有偏差。笔精墨妙最后一定要反映在意境的高远上，中国画不是一个写实的艺术，中国画最能打动人的就是通过笔墨在画面上产生意象，通俗一点说就是齐白石的"似与不似之间"，这是中国画最妙的地方。西方很多抽象画完全脱离开具体形象了，中国人的欣赏习惯不是这样的，西方人的思维是科学的思维，中国人的思维是不要求太写实，太写实就觉得俗，高的都是"似与不似之间"。意趣好多都是审美的，意味、意象都讲一个"意"字，什么是中国画，写意画才是中国画，不能说写意画都是大笔的，有些半工写的也是写意画，方法都没关系，主要的是表达的是不是写意的，写意就体现了中国画的一个核心的东西，中国画就是高度概括的，是经过提炼、经过取舍的，它吸取的是表达这个实物的精华、文化的精华、生活本质的精华，内心最想表达的是一种思想，或者对事物的一种看法，或者一种审美的境界，这都是写意表达出来的，这就是中国画最精最妙的那个部分。

杨：您怎样看"清四王"的山水画？

唐：中国画发展到各个时期，一定会有一些代表人物，这个代表人物最能体现那个时期艺术上的追求，"四王"也是清代绕不过去的几个画家，他们也开创了一种画风，形成了一个团体，而且也影响了清代一二百年。搞西方绘画的画家，如果从"四王"去入手的话，肯定会产生一种反感，"四王"的创作模式和艺术表达方式比较注重传承，比较注重中国画的程式化，搞西画的人，因为文化背景不同，艺术观点肯定就对四王是有偏见的，我们懂中国画的人对四王还是很尊重的，因为中国文化传统是多少代人积累发展到今天的，为什么能有这样的积累，就是因为历代都懂传承，没有丢掉也不能丢掉，如果中国画就像狗熊掰棒子似的，说今天学这个我们就扔掉了，换一个朝代，我们把前面的全给否定了，再重新来，这个早不是中国画了，中国画在全世界的艺术门类当中，是传承得最好的也是最完整的艺术形式，全世界没有一个画种流传上千年到今天还能延续，还能把历朝历代的精神内涵在当代画家作品里面体现出来，还能有这样的历史韵味。徽班进京的京剧发展了200多年，这个到今天有这种衰亡之势，京剧变成保留的一个剧种了，再发展的可能就小了，受它这种形式方方面面的制约，只有中国画和中国书法几千年传承到今天是完完整整的，我们能看到一两千年前人的艺术，国外的艺术只有岩画能看到几千年上万年的原始人的艺术，中间很多都断层了，没东西了。

中国画与它的使用材料有关系，纸寿千年，宋人的作品还和新的一样，宋徽宗的《听琴图》保存完好无缺，一打开跟新的一样，好像是昨天画的。实际上已经一千多年了。这就是传承，清四王做到了在传统的基础上不断地发展。一个时代总有不同的画家，四王最大的贡献就是让中国的画家知道什么是传承，这就是中国画的意义。谁否定了四王，谁就否定了中国艺术的传承。这就是他们存在的意义。何况他们的艺术还很高，笔墨达到那样的境界，当代人也很难达到。在传统国画的传承和流转上四王起到了很好的作用，清朝是外族统治，辛亥皇帝对传统文化的重视，在这种条件下，四王把国画原原本本继承、发展起来，不断地去研究程式化，把程式化做到极致。什么是程式化？一个艺术形式发展到基本没有漏洞了，发展到最完美的时候就是程式化了，京剧就程式化，简约到极完整了，一个手势就表达了好多内容，在这个条件下是这个意思，在另一个条件下是另外一个意思，穆桂英挂帅哪有马和兵呀！摇点旗子就感觉是千军万马。这就是高度的艺术形式的程式化，这就是中国画需要解决的。有一次我采访吴冠中先生，他不是说"笔墨等于零"吗？我就问他，您说"笔墨等于零"，那您对京剧是怎么看的？他说，京剧好哇，程式化，好。那您说京剧的唱腔，包括舞台动作，是不是相当于中国画的笔墨，他说，是呀！我说那京剧离开了唱腔和其舞台动作，是不是等于零或等于什么呢？他想了半天，没言声。京剧的一个动作就是内容，其唱腔可以没有内容，和笔墨有一定的道理。这是一个层面上的，要是到达最完整的形式时，还是要有内容的。画表现的就是内容，京剧表现的就是故事。唱腔要符合人物的个性，符合剧情的需要，黄宾虹的五笔七墨就是要表现中国画的意境的，就是表现"意"的，要离开"意"就要差点味，所以对四王可以不喜欢他们，但不能骂他们。他们保护了中国画的完整性，清代也保护了中国画的完整性，没有断开。

杨：石涛说"笔墨当随时代"，您是怎样理解这句话的？傅抱石也说过，"时代变了，笔墨不能不变"。在世界渐渐形成"地球村"的新形势下，中国画家首先应考虑怎样在传统基础上适应新时期的发展特点？

唐：他们说的都对，我也同意他们的观点。首先我要佐证"笔墨当随时代"的时代性，要分析什么是一张好画，我总结了三要素：第一点，一定要用中国画这种形式继承传统，需要笔墨纸砚，绘画要有写意性，这是国画的核心。第二点，画家一定要有自己的个性，画家作为个体必须有艺术个性，就像有的人性格脾气暴躁，有的人朴实敦厚，有的人谨小慎微，有的人感觉细腻，有的人生动活泼。都有个性，个性要在画里体现出来。第三点，就是时代性。你再用传统的手法画，虽然你学的是宋元人的笔法，但你没有生活在宋代和元代，你生活在今天，今天的人对世界的看法、生活的节奏、人的审美都产生了变化。古人穿的是宽袍大袖，现在穿的是西服革履，现在信息量这么大，世界上出现的新的生活方式，我们马上就吸纳了，你怎么去表现，如果没有时代感，作品是不成功的。

清四王也是有时代感的，这个时代感体现了一个画家的综合修养，综合修养就是怎么去观察世界，怎么去观察身边的生活，怎么去对待身边的人与物，你的思想就是时代性。我们画的画当然就是当代的，但是不是很成熟，好作品三个方面旗鼓相当、齐头并进就是好作品，缺一点就差一点，时代性很强就是没有传承，这只能说是一张画，不能说是一张综合的好画，只能说是很好地表达了心情和感情的画，技法随便用，可是在国画这个领域不能说是最好的，它有一个界限。任何画种都不能模糊这个界限，都模糊了，是画就是好画，那就太宽泛了。到欧美的画家为什么又都回来了，还是没有人家搞得好哇，人家是西方的文化，你的这种文化在那里搞不出人家的东西，因为你身上流淌的是中华民族的血液，文化根深蒂固。石涛和傅抱石他们说的都是对的，傅抱石的画里传统也很深，他的个性给自己刻的章"往往醉后"，画画都是酒后或者一边喝着一边画，这就是它的个性。当代性不能单提当代性。这是我概括的三个因素，实际上还有很多因素。

杨：20世纪山水是以黄宾虹、傅抱石、李可染三人为主要代表的，您是怎样看这三个人的？

唐：确实这三人都是20世纪山水画的大家，就是近现代他们也是十大家之一。我觉得就是时代出英雄，他们也有一定的师承关系，黄宾虹是李可染的老师，李可染第一个拜的是齐白石，后来是黄宾虹。他的山水画受黄宾虹的影响也很深，画得那么黑，反光都受到一些影响。他们都是在一个时代背景下产生的风格，黄宾虹的整个绘画历程是在民国时期，民国又是中国文化保存得比较纯正的一个时期，外来文化与中国文化互相碰撞互相交融的一个时期。民国是中国历史发展非常特殊的时期，是一个很开放自由的时期，孙中山的三民主义提倡民主自由。在民国是可以自由办报的，大学的老师是有发言权的，所以越在民主的时期越能出现文化的大家，我们现在回过头来，感觉民国文化特别好，出了很多大家。我们现在为什么感觉当代出不了大家了，尤其是文化的大家很难出了？民国时期是不保守的，黄宾虹是有一个历史文化传承的背景的，他办报开班当老师，办报就要接触新鲜的东西，他对西方文化也不陌生，在这样的背景下，黄宾虹成为一个集大成的山水画家。他的绘画还有很多西方的东西，他也讲究光和色彩。我曾经专门去浙江博物馆借过黄宾虹的画，其中有几张画印象深刻，大块色彩，我都受到一些影响。傅抱石有留日的背景，使他对日本的浮世绘和西方的绘画很了解，他创造的"抱石皴"画法，比较洒脱，成为一个很有个性的山水画家。李可染一直很规矩地过来，他在重庆的时期，经历更学术一些，他在中西绘画的交叉点上，也找到了可以尽情发挥的他想达到的笔墨追求，也创造了自己的画风。这三位画家每个人的学习背景、文化背景还是有差别的，形成了三种风格，三种风格可以说包括了20世纪山水画整体发展的一个面貌，既继承了传统又有所创新，对中国传统山水画是一个发展。对黄宾虹的评价会越来越高，他整体的文化修养好，把宋、元、明、清都研究透了，作品既有程式化又有个性，而且很明显，他融合了很多画法，影响力会越来越高，会对后人有很多启示。

杨：黄宾虹曾说过，作画"当如作字法，笔笔宜分明，方不致为画匠也"。所以说，书法对于一个画家非常重要，我们常常看一幅画，会说"见笔"，大体也是指的这个意思吧？

唐：书画书画，不论是先有书还是先有画，绘画首先要有书写性，绘画讲究文，以文入画，诗中有画，画中有诗，它体现了一个文化的内涵。书法和中国画是分不开割裂不了的，如果说中国画没有书法的因素在里面，基本就不叫中国画了，凡是中国画一定要和书法联系在一起的。起码画完一张画得题字，题字就要书法，它是这张画的一部分，书法在绘画上的重要，一张画画完如果书法不行，把画题坏了，就不是一张好画。黄宾虹提出的这个问题，也是在一个历史条件下提出来的，好多画西画的人也参与到中国画中，中国画程式化除了在宋朝，最后是文人画程式化，这里面要有诗书画印四个要素，变成和书法紧密相连。

20世纪80年代中国画有很多创新派，觉得不需要题字。如果从传统的继承来讲，从中国画的正脉来说，书法一定占有很重要的位置，有些彩墨画、抽象画也许不题字，这些变异的中国画也可能丰富了画坛的风格，但它不是正脉。还是要强调正脉，不强调正脉任其发展是不对的，有些好的东西就是要保留住。所以，现在很多画家不仅对书法，对诗词这些方面也都越来越重视了。很多画家题诗和书法、刻印，都变成自己的了，这个趋势我觉得是很好的。

杨：大众在看画展时，往往是"看一幅画"，而画家和鉴赏家却是在读"笔墨"。您是如何"阅读"或理解笔墨的？好笔墨的条件是什么？

唐：好的笔墨，黄宾虹先生早总结过了，他把笔墨总结为五笔七墨。五笔就是平、圆、留、重、变。圆就代表厚，代表稳，留要留得住，重要厚重，变要有变化。好的线条都是这样的，相反的就不行，重变成轻，圆变成薄，变变成僵。七墨就是浓墨法、淡墨法、破墨法、泼墨法、积（有时用"渍"）墨法、焦墨法、宿墨法。七个墨法，这些都是从技术层面来总结的，笔墨问题总归也要回到表现内容是什么的问题，好的笔墨也一定是依附在画面的整体形势上的，笔墨再好，画的形象很丑，大家看着挺恶心，那也不是一张好画，像齐白石画的健康向上，把我们天真朴质的情感都画出来了，笔墨又好。吴昌硕把梅兰竹菊四君子画得那么文气。潘天寿画得山花烂漫，笔墨体现在构图内容的表达上，一张好画绝对离不开好的笔墨。

杨：现在的一些展览出现了许多设计，制作的国画作品，传统的写意作品越来越少，您对这些现象是怎么看的？

唐：现在的展览还有很多急功近利的因素，很多画家为了进入协会的组织，要通过这个途径。但这些组织不能无限地放大，总需要有个门槛，这就造成了大家争先恐后地为进入一些协会加入展览投稿当中，这就要评出一个标准。古人讲过"艺无高低"，艺，大家看法不一样，喜欢的不一样，但是必须要评出一个高低来，要从几千张中选出几张来，慢慢就变成了一个功利性比较强的行为了。功利性强，评委也有标准，艺术水平都差不多，这就看谁画得认真、画得细腻、画得大呀！最后潮流就往这里发展，画得细，画得大，画得满，画得多，评委一看，好。有的画了两三个月，不容易，别让人给拿下去，慢慢地同情票这个风气就长起来了，实际上不容易和好还有差别，当然，繁的东西也有好画，但不是都好，后来就产生了一些想入协会的画家揣摩评委的心理，模仿一些获奖人的作品，比如某些画家的风格变成一个获奖模式了，大家都去弄那个风格。很多都是一样的，画得都挺好，不知是谁画的，都署上这个画家名字，那就全是他的。写意画本身是非常难的，看似简单，它高度概括，要求笔墨的功力非常强，写意画的写和书写是一个道理的，很多画家很难达到那个境界，大家就争相去画一些工笔画，所以展览会上大家呼吁多一些写意画，写意画画不到位的很容易被甩出来。有的时候和评委的喜好也有关系，所有画家如果搞清这一点，还是自己该怎么画就怎么画，能坚持自己的理想，未来才会好。

杨：您编辑出版的《荣宝斋画谱·近现代部分》《荣宝斋画谱·古代部分》可谓对传统文化的传播和继承做出了很大贡献，能谈一下当年策划这套书的用意吗？

唐：我从美院一毕业，就分到了荣宝斋出版社做编辑，古代画谱是我们在近现代画谱的基础上又开发出来的。到1994年古代画谱的前40本都是我编的，这个选题是在我这产生的。《荣宝斋画谱》从20世纪70年代一直编到现在，对国画的传播和发展的确起了一个很好的助推作用。我们出版社还要搞一套《中国历代画谱全编》，中国历代画谱将近有200多种，从宋代一直到清末，这也是一个非常好的立项。这个对国画的继承和学习非常重要，中国画的发展需要我们这一代人通过各种方法和途径广泛传播。但对画家来讲，在学习这个基础上还是要观察生活，现实生活永远是我们追求的最内在的东西，技法是暂时的，它只是为大家服务的。好的笔墨一定依附在好的作品之上，好的作品一定是打动人心的，打动人心就是画面呈现的内涵，画家归根结底要热爱生活，这样才能有正确的艺术观，才能创作出更好的作品来。

精神的眼睛

崔 进

　　形式语言是一种内省式的体验方式，是一个触及精神视角的东西。它的推进程度，体现精神的疏离程度。我们往往陷于在语言层面上的危机意识，实质上是一种画家主体精神的危机。只有源于精神的探索，语言才能具有持续的内驱力。技术经验在与其所体现的生命情节相吻合时，即上升为一种艺术语言。语言的发展是以精神的探求为目标，同样，精神的探索又是以语言的推进为前提的。

　　风格上的形式趣味的差异，其根本点则是画家精神出发点上的差异。图示仅是画者的内心敏感的情绪在画面上"游荡"而残留下来的痕迹而已，它由画者的内心性格决定，作为一种生命符号和隐秘的心理意向而存在，创造精神图像是艺术的终极目的。

　　用精神的眼睛来感验现实社会的生存空间，体验生命存在深层里遭遇的真实，把留在记忆层面上的生活话语转换出来，通过对自我价值的认可来重新看待存在的能指倾向。

　　关注人与人、人与物之间神秘的离合关系，捕捉生命中偶然呈现的诗意瞬间，透过视觉的表层，以一种诗化的距离来叙述想象与现实相凝聚的意象世界，一个变异了的真实和现代文明中人的种种复杂心态。当观者站在图像的背后，心灵将与之交往，它使我们与这个不可理喻的世界保持距离，而重新唤起人们对自身生存问题的关注。对生存的自省与对现实的审度，使水墨画进入"人"的生存空间。精神层面上的展示是水墨画进入了当代的文化语境。

　　传统样式的规范性标准只不过是前人根据特定审美追求对水墨画媒材性能的一

种认识结果。在信息时代的今天，这种标准赖以生存的文化情境已经消失，已无法寻找到农业文明氛围中所形成的式样背景。传统笔墨在当下语境中的失语状态，内在精神的苍白便不可避免地显露出来，其语言已难以表现现代人的内心世界。所以，在文化变革的时期，我们在以敏锐的目光关注现实情境的同时，同样需以当下精神价值取向来思考传统的文化。以新的艺术观念重新认识传统。用个人方式抽离水墨语言固有的观念和式样。强调主体的认识，个人经验、直觉、潜意识及心理幻觉的表达，在全部艺术视觉历史的基础上，解散由媒材构成的稳定结构，强化笔墨自身的精神深度，强调心灵表达的直接性，发挥想象的自由，将传统语汇转化为在现代绘画中的作用，确立新的文化规范。突破和超越传统水墨语言所负载的价值取向，为水墨语言确立新的"能指"图像结构支配并体现图像生命的符号。这种变异更能使水墨画的格局拓展有着多种的可能性。

艺术史是一部表现人类精神演变的历史，同时又是一部关于视觉方式的历史。

对于现实，我们常常会显得无所适从，唯能聊以自慰的是，我们还有一双精神的眼睛。我们仍能以绘画的方式延续着对某种理想的坚持。

林泉境界与社会关怀
——2018年广州美术学院大学城美术馆"林泉境界与社会关怀"研讨会发言

方 向

刚才听了各位老师的发言,很受启发,我也谈谈我对这个问题的看法。

不同文化背景下的心灵境界会创造出不同形式与内容的艺术。相对而言,与西方文化偏向于对人的空间的关注不同,中国文化注重对自然空间的强调,主张对自然的回归,从自然中探求人与自然存在的逻辑,将生活中的各种困顿放在自然空间里加以思考,从自然中得到生命的感悟。

作为自然的一部分,林泉是山水之神,林泉可以陶冶性情,涵养心胸,让人的精神得以超脱于尘浊之外,沐浴于林泉中得以洗心养生,让人身心有了皈依,从而去认知事物的本源,宇宙的规律,其终极目标就是得"道",这是一个静心体悟、向着目标一步步精进的过程。

王昌龄在《诗格》中将境分为物境、情境和意境,将其应用在绘画上也有异曲同工之妙,可以理解为对自然体悟所经历的几个层次。

我们到山间游玩,感受林泉带给我们的愉悦,面对林泉这个物象的直觉反应,把自己的所见所感表现出来,这是一个释放自己的心性的过程,通过这个过程进而把心性和山水联系起来、互动起来,这是性情和当时状态的反映,这是物境。

感物,赋物以生命,林泉即我,我即林泉,借林泉抒怀,心和景合为一体。是人之情感构造的世界,此为情境。

意境是超然物外的,它是一种品格,这种品格不是因某种物象能产生的,而是将人格赋予林泉的品格，这一层次之境淡化了物质的所在，淡化了林泉的具体形象，流淌于空灵之中，化平常物为精神之象，化万物为境界物，这是艺术的最高境界。这里的"意境"并非日常泛指的意境，它泛指意境的审美特征之外，更着重的是人格的体现，是"取之象外"的境，更是一种境界、一种品格。林泉境界显然是指其第三层次之境，即由"格"来衡定的，"词以境界为最大，有境界则自成高格"。有"道"的境界才是大境界。

并非终日生活于林泉之中，抑或笔下画尽林泉就能达到林泉境界。林泉境界不是物理上的概念，它是心性的生发，可以在任何空间中生发出这种感受，林泉境界是在其精神层面上，随时随地都会引发你进入这种境界。

林泉境界不是指物，而是创作者再创造之世界，这是一个宁静悠远、超脱于尘浊之外的世界。画家精神自由参与其中，通过澄怀观道提升生命，让生命融入宇宙的生机活趣中，超越卑微，到达生命的圆融，人与自然互相交融，没有主客之分，没有征服和被征服，是大和谐的世界。

这乃山水画的精神所在，也是山水画学人一直以来孜孜以求的人生境界、艺术境界，这是一种生命的智慧。影响艺术创作正是这种生命的智慧，而非一般意义上的逻辑思维，正是这种精神追求使山水画得以延续至今经久不衰，山水中的一草一木反映的是宇宙的浩瀚和深邃，反映的是作者对生命的独特体验。

任何文艺形式的产生都与其时的大文化背景密切关联，魏晋社会动荡，玄学兴起，玄言诗发展为山水诗并大量出现，山水画论著的成熟都为山水画的兴起奠定了坚实的基础，历代的山水画，基本都沿着魏晋时期所形成的山水画理论、精神及其规定的路径发展。万变不离其宗，但凡中国人只要有条件都喜欢在院子里叠石理水，植盆景养金鱼，借此构筑一个属于自己的"自然世界"，一个可以安顿性灵的场所，这是国人生命精神的体现。林泉境界是中国画家与生俱来的因子，它根植于我们的血肉之中。前些年无意中看到一些中国艺术家的实验艺术作品，用火药在宣纸上燃烧出山水的轮廓，或是在一巨大的书架上用书脊排列出山水的造型（和结构），我觉得这些都很有林泉意境，只是已非架上绘画，也就不属山水画范畴之内。宋元山水画是山水画史上一座无法逾越的高峰，后代无法企及，之后的绘画能有所建树的大都是在理念上和传统一脉相承，在绘画语言上有所突破有所出新的画家和群体。山水画所强调的格调、意境构成山水画千年不变的精神，依托这条文脉历代大家创造出多种形式语言的佳作，构成了这条文脉链条中的一个个环节。

林泉境界和社会观照并没有矛盾。艺术作品一直以来都是代表当下社会形态的产物，没有可能超脱于时代之外。回望每个历史时期的绘画作品都是契合那个时代的精神面貌的，尊重传统并不等于囿于古人，每种艺术形态的出现都有因有果，每次文艺的辉煌必定是连绵山脉中的一座座高峰，交相辉映，没有独秀峰，在此之前的历史沉淀越深厚、理论基础越扎实，必定能支撑它走得更高。

一个优秀的艺术家必定是关注当下、独立思考的，艺术之道也就是在社会的变革中去丰富人生体验，不断精进。社会关怀离不开对传统的思考，当代山水画面临的是不断夯实传统文化底蕴又不断拓展其外延空间，让其精神更加健康饱满，形态更加包容多元。

进入新时代，山水画的呈现方法、欣赏者群体的变化、自然山水的形态变化、山水间的时空概念的变化等，都促进其语言形式的变化。美术馆、博物馆、现代印刷技术、音像传媒的出现，将小众范围的文化资源普及广泛的群众中，成为社会公共财富；山水画的展示也从私密空间向公共空间转换。我们知道传统的观画方式应如游园般，以渐进式、延伸式来展开进行，近距离去感受作品，品味笔墨的精妙和趣味，于精微处体现广大：山有脉，水有源，观者双目在画面上游走如有路径，信步盘桓，曲径通幽，山重水复柳暗花明，观后让人流连忘返。传统方式关注的是作品与作者本身的内部关系，现代展示注重的是作品与外部的关系，如展品与展示空间的互动、与观众的互动、社会的互动……如果说传统的赏画方式如闲步于山林中的蜿蜒小径，那么现代的传播方式则是宽广笔直的公路，林中漫步的速度行走于高速路显然是不合节拍的。同时，宋元之后山水画的反职业化之风造成对简逸风格的过分追求，使得在公共空间展示中绘画表现力显得不足，过分陶醉于笔墨间细微的变化，文人画笔墨的高妙在公共展示中缺乏施展的空间。中国画语言的变革在新文化运动以后尤为明显，其变革的速度也随着社会发展的加快而加快。

中国画强调生活和艺术一体化，作为画家个体，不管身处什么环境，仍然能自然生成，才是真正的自我完善。人类对自然环境的改造及破坏，造成人本身的生存环境发生了巨大的变化，画家应该从世界的变化中去完善自己的心性，更深入地洞察其中规律。一个艺术家的责任就是要直面自然，直面人生，我们生活在都市里，必须思考我们自身与社会、自然的关系，从生活中的细节去观照生命、观照自然，这是当代山水画绕不开的命题。有人说现代社会是功利的、喧嚣的、压抑的、无序的，那么它们和传统山水画追求的虚静渺远、生意自然的境界是否相违背？涉及具体创作上，如何将现实景观和传统文化精神相连接？类似这样的思考都是这个命题不得不直面和探寻的内容。

意象的塑造是在物我交融中进行的，物象的繁复和作者思绪杂乱势必会阻碍审美活动的深化，艺术家得到的世界应该是一个被净化的世界，因而在进入审美活动前，第一，需要去功利的物，将物象从实用功利中移出，超越世俗，用永恒的眼光去看待它，让物变为永恒的生命体，不为其外表所拘，地球上的任何"物"都是一种生命形态，我们日常看到的、使用的物件，都是从自然中转化而来，是从一种生命形态到另一种生命形态的流转，万物流转，天地无垠，新新不停，生生无尽，任何物象都是自然界中活脱脱的生命体。第二，审美主体在心理上和物象形成一定的距离，我们乘坐飞机冲上云霄的瞬间，我们和城市的距离就远了，因为你将外出，身边缠绕的情绪都可搁置一边，一切的喧嚣变成了寂静，这只是物理距离的远造成心的远，倘若你在城市生活中，心里有着空灵淡远、平和冲融的境界，能"以林泉之心临之"，以诗意的眼光观照万物，喧嚣的都市就是一个从从容容可以让你悠游自适的世界。同样的物象静和动基于每个人的判断，不同人的心理状态、认知角度决定了结果的不同。第三，在审美活动前，除了去"物"还要去"我"，实现自我超越，去除情绪、欲望等生理因素，去掉一些习气以及缠绕你让你踌躇不前的所谓经验和知识成见。在生命的观照中和自然的节奏相契合，达到万物同质的状态，让你的身心得以自由舒展，让自己内心的生命之光得以自然生发，一切将会水到渠成。

科技的发展、城市聚落的出现改变了我们的生活，改变了以往的时空观念，特大桥梁和穿山隧道的大量竣工，逢山穿洞、逢谷架桥，让我们出行、生活都在一个平面上，地球上每个角落都可四通八达，天堑变通途，我们外出写生，虽然免去跋涉攀爬之苦，但倘若想在自然界中体会古代山水画的意境也就难免会大打折扣。此外，这种交通的便捷，让你从北半球到南半球只需数小时，从冬天迅速穿越到夏季；同样，能让你从干旱的沙漠一下置身于湿热的雨林。这不仅时间缩短了，空间变小了，还颠覆了传统时间和空间的概念，也颠覆了对它们的感知方式。古人感受时空是渐进式的，而今天是跳跃式、片段式地交叉出现，时空感的不同造成思维方式、情感表达、观察方法的不同，在画面表现上也一定不同。互联网信息的便利拉近了世界的距离，淡化了学科间的界限，增进了社会资源的共享。这是一个信息爆炸的时代，每天都有大量的信息向你蜂拥而来。它们为新语言的开拓增加了丰富的素材，如果不与时俱进，现有的笔墨手法必将相形见绌，生活在这个年代的画家，只要不是抱着一种拒绝的态度，这些新的信息、新的图像就会慢慢渗透到你的笔端。

社会变革为山水画笔墨语言的新形态的建立提供了可能性，画家立足当下，寻找"当下状态"的笔法、墨法等表现方式，同时又要将自己置身于历史、传统文化中，这种语言才是有生命力的、鲜活感的。语言源于当下，作为传统画种典范的山水画笔墨语言，当然有它的规范和外延，它有很强的包容性，也有局限性，这种局限性正是其魅力所在，保证了画种的技术难度，保证了其高贵血统。书法用笔是中国画之根本，关于书法的书写美感，历代画论提及不少，大同小异，如黄宾虹概括书法用笔：平、圆、留、重、变。于画亦然。精神气息是不可少的，这包括作者的品格、修养、审美等个性因素和时代的精神面貌，如董其昌的醇和圆融、齐白石的朴实天真、黄宾虹的雄浑苍莽、潘天寿的气势雄阔……充分体现出作者的格调和时代感。绘画笔墨附存于具体的物象中，需要将物象繁复的外形加以提炼升华，才能让物象和笔墨交相契合，让形为神用。每位画家穷其一生的工作也就是不断构筑自我的笔墨语言的过程，它不是固化的，是当随时代的。

山水画的强大生命力得益于传统山水文化精神的坚实而丰厚的支撑，得益于其对外来养分的吸收、消化、融合，画家个体对时代、人生、自然的体验为传统精神注入新的活力。将这些个体串联起来形成了山水画的历史脉络，今后是否能出现与宋元时期相媲美的艺术高峰？不得而知。但可以肯定的是，随着社会发展，新意境、新视野、新的情感诉求、新的个性艺术语言会不断地涌现出来，依旧会在山水画的长河中熠熠生辉。

散谈山水画的写生

林海钟

山水画的写生有相当的难度，学生往往于真山水中不知所措，无从下手，或只能以眼见的写实描绘，最多是用西洋透视法以风景画观照，无法真正表达山水的真实境界。"不识庐山真面目，只缘身在此山中。"

东晋王羲之云"人在山阴道上行，千岩竞秀，万壑争流"，道出了古人观察山水的奥妙和真谛，让后来者心向往之。江南山阴的山水植被丰厚浓郁，树木高大茂密。人在其间，视线被遮，目不能远及。不如北方太行一带的山水，视野广阔开朗，可以目极千里。而王羲之却有"千岩竞秀，万壑争流"之句，不能不让读者感叹，去过山阴道的人知道，肉眼是无法看见千岩万壑的。很显然，这是王羲之的灵感，是他对山水的认识。只有对山水有深刻观照的人，才能写出如此有感染力的句子来，使我们后辈学者如临其境，仿佛置身于一千多年前的山阴道上，穿越古今，与王羲之携手同游。

对山水画的思考本身是一种提升，是一种象外的思考，而非肉眼所见的风景画。我们知道，眼见并非为实，物体也并非近大远小，透视其实是一种错觉，"丈山尺树，寸马分人"才是真正的比例。

那什么是山水呢？古人陶冶情性，感悟人生的道用之器，古圣贤人有仁智之乐，所指即寄情和畅游于山水之间。只有这样的高人逸士才能认识真山水。

山水的观法是山水画的基础，是学生体会真山水的钥匙，也是山水画写生的前提。

至于山水的观法，早在六朝已经成熟。宗炳《画山水序》是中国古代第一篇山水画理论文章。其中对山水画的观法是这样写的："夫昆仑之大，瞳子之小，迫目以寸，则其形莫睹，迥以数里，则可围于寸眸。诚由去之稍阔，则其见弥小。"

山水乃大物，必然大而远。人在其间，迫目以寸，则被高大的树木和巨石遮挡，加上近大远小的错觉，使我们的肉眼见不到山川的整体和正确的比例关系。所以苏东坡才有"不识庐山真面目，只缘身在此山中"的句子。同时，由于视觉造成的错误使我们无法看到正确的山水比例，所以必须"迥以数里"或"诚由去之稍阔"的"以大观小"的观法，才能把握山川的真实比例。

历代的高士和画家，他们对于山水的认识留下了很多经验，并广泛留在他们的著作和画迹当中，很值得我们后人借鉴与学习。北宋山水画家郭熙总结山有高远、深远、平远三远；山有可行、可望、可游、可居等山川的规律。五代画家荆浩在太行山写松数万本；范宽一辈子待在终南山，披图幽对，深得山水之妙。他们的作品深谙山水的真谛，其精神千年不灭。至今仍能够感受它的光芒，可谓不朽。

写生只是我们认识真山水的必要手段，不是我们的终极目的。了悟真山真水，把握美的规律，并能够在其间陶冶性情，让生命得到滋养，以提升我们的人生境界，才是目的。

可见，山水画的写生对画者的要求很高，首先要有大山水的观念。同时，对真山水要有相当的认知，更需要高尚的情操和开阔的胸怀。只有了悟真山水妙趣的人，笔下的山水才能生机无限，才能逍遥自在，达到"畅神"的境界。

外师造化，中得心源

总结前人经验，写生的要点无非两个：造化和心。造化，是山水的自然之体，即客观山石树木的有形特征。心，也就是审美的发现与提升。古人说的几个境界，比如师造化，师古人心，师己之心等都不出于此。

古人云：目有所极，故不能周。因为视觉的局限，无法得到真正的认识。变化和开放的思维，不拘一格，形成了中国山水画观法的特有观照。山乃大物，必须跋山涉水，俯仰高低，远近观察。树木也是一样，它们姿态各异，特征不同。松柏有龙蛇飞动之形，古柳有临风探水之姿，梧桐更有凌云高节之气。并且，各种树木在不同的地理环境中呈现出千姿百态来。

其实，发现好看的山石树木之形，也是很不容易的。前面所说的师造化应该是画山水的第一悟。直接向真山真水学习，游于山林之间，接受山川树木气息的浸染，是一个优秀的艺术家所具备的知见。但是，仍然因为眼界的局限，而未能有缘见到真正好的山川景象。我们留恋所见有限的山林，并在其中勤奋写生，青春流逝。此时此刻，我们也许有收获，然而因为有所收获，自我便开始膨胀，于是更增加了傲慢的心理。我们走了弯路，浪费了时间却完全不知道。

对于山峦奇峰的写生，我想到了石涛的名句"收尽奇峰打草稿"。面对古人的智慧，我们不得不低头，因为浪费的时间太可惜了。在体悟真山真水的时候，前人做出了榜样。要收尽天下的奇峰，谈何容易，必须要行万里路，访遍名山大川，才有资格说。我想石涛此言应该也是他的理想。十多年前的一堂课我仍然记忆犹新，当时对石涛的名句做了讨论。而于树木的写生，与石涛此句相当的经验，是对洪谷子荆浩的记载，传说他在太行山洪谷隐居，写松数万本。我想数万棵松树的写生，可以把太行的松树的姿态了然于胸了吧。

向古人学习，可以提高智慧，缩短了我们正确认识壮丽山川规律的距离。宋郭熙《林泉高致》云：山有可行，可望，可游，可居。可行可望不如可游可居。观山水千里，可游可居者十不到一。此正可谓山水的绝胜佳处，这是古人的经验所在，对于后辈学者，只要去应证即可，相当直接和简单，无须从头做起。学习前人留下的丰富经验，也就是师古人，透过古人的语言和画迹可感知和触摸他们的心。而在山川的写生当中是否能有会心之处？当你被山水之美感动并与之有了契合，这种契合就是会心处。也许在某座奇峰异石上与石涛和尚相遇了，或者在深壑岩崖中的某棵古松下遇到了洪谷子，此类种种的会心，种种的契合，真是妙不可言。此刻你已经深得古人之心。

体悟古代贤者之心，是写生和游历山川景象的核心，但仍然不是目的，即使到了随时都能契合的状态。而另一种境界的呈现才是我们的期待，即开始发现自我。此刻我们对山水有了判断，有所选择，由认知产生了知见，即石涛画语录中提到的蒙养状态下的受与识。此刻意识到自己的心是无所不包的，心像长了翅膀，可以遨游天下的名山，并能创造山川自然，所谓笔底云烟与造化同功。

中国山水画之"有体"与笔墨"本体"

石 峰

魏晋时期的山水诗为中国山水画的最终独立成科做了文学和精神层面的充分铺垫,到北宋时期,中国山水画无论是笔墨、意境,还是技巧、法度,都达到了高度完善的程度。尤其是郭熙《林泉高致》的问世,奠定了北宋山水画的主流审美,也对中国山水画之"规矩、法度"做了系统的梳理和阐释,开创了中国山水画创作的新格局。

在《林泉高致》中,郭熙首次提到了"有体"的概念,"画山水有体,铺舒为宏图而无余,消缩为小景而不少"。"体"与"用"是中国古代哲学的一对重要范畴,一般认为,"体"是最根本的、本质的,而"用"只是外在的。那么,从山水画创作的角度来看,所谓"体"则是规律,是法度,山脉之聚合,云水之迥绕,路径之走向,房舍之置陈等,都有其自身的规律。画山水需深入体察、深入研究,掌握其规律,"身融山川而取之";苏东坡《净因院画记》中所谓"常理",亦即此意。画家如何立意落笔,如何置陈布势,如何行云流水,如何点缀树石小景,需要统筹全局,从大处着眼小处着手,需要合乎画理,合乎法度。而随后:"看山水亦有体,以林泉之心临之则价高,以骄侈之目临之则价低。"画山水有体,看山水亦需有体,就需要画家身入林泉,坐究八荒,澄怀静观山川之奥妙,如此方能真正以"林泉之心"体味到山水丘壑之精神气格。

山水画在魏晋萌芽,从"人大于山,水不容泛"到丘壑万千的宋代山水,相对于人物画"一展即见"的叙事性,山水画的空间纵深与阅读纵深更宽也更广,这就需要系统而明晰的规范与法度,来构建山川丘壑的绵延往复和时空的雄阔旷远。唯其如此,"山水有体"才不因"宏图"抑或"小景"而有变。郭熙这种"有体"的认知,正是中国山水画最核心的精髓,所以说,无论空间如何变化,无论时代如何变化,都必须把握中国山水文化最核心的"文化属性",尊重绘画传统,把握客观规律,并内化山水文化的哲学内蕴,才能最终超越表相的图式与结构,进入"从心所欲而不逾矩"的山水创作之佳境。

郭熙在中国美学上有三大贡献,一是设定了山水画的"高远、深远、平远"三种基础的视角和结构;二是概括了山水画的"可望、可行、可游、可居"的四种意境;三是发展了"天人合一"的思想,并提出"身即山川而取之"的审美观念。实际上,在《林泉高致》中,在"画山水有体"主张的基础上,他从立意、构图、笔墨以及意境营造等方面,系统梳理了山水画的基本理论和架构,提出了中国山水画千百年来屡屡以继之的基本法度。

笔墨是建构中国画的根本,中国画中的外在形态与内在精神都是通过笔墨来实现的,可以说笔墨不仅是形而下的技术层面,更包含了形而上"道"的精神。郭熙在《林泉高致》中提出了明确的笔墨观,他认为山水画用笔需"近取诸书法",他认为善书者多善画,以"取诸书法"之用笔,则"转腕用笔之不滞"。用墨则可"用焦墨,用宿墨,用退墨,用埃墨"等不一而足,甚至"青黛杂墨水而用之"。郭熙在用笔、用墨上表现出灵活多变、不拘一格的态度,而笔墨则是架构中国绘画的语言体系的本体因素,无论是绘画的情感、思考还是观念,都由笔墨生发来具体实现。

笔墨在中国山水文化的审美中,一方面是建构情境、意境的基本语言;另一方面是笔墨本身拥有自己的独特审美与意味。其笔迹可以是万千条线皴中的一根,构成了莽莽苍苍的山林意境,也可以是婉转回环、平淡自然的独立线条,是艺术家心性独立而无羁的表达。后人论黄公望之《富春山居图》萧散简远而平淡自然,既言其意境,也是对其苍润洗练笔墨的高度赞赏。黄公望的笔墨,在笔墨的枯淡中有清润华滋之象,他认为,"作画用墨最难。但先用淡墨,积至可观处,然后用焦墨、浓墨分出畦径远近,故在生纸上,有许多滋润处"。黄宾虹则更看重笔墨的独立意义,他认为"中国画舍笔墨则无他",虽然有些绝对,但对笔墨之看重态度,可见一斑。中国画如果缺失了笔墨这一本体,那么绘画上的所谓民族性、时代性和个性就无从谈起了。

笔墨是呈现物象的载体，在笔与墨的交融中，水墨的氤氲滋养出满纸烟云，在笔笔生发中，呈现出万千丘壑的磅礴意象；笔墨亦可超越物象而存在，好的笔墨是表现的，是画家心性的抒发，也是画家修养与审美的表达；笔墨还是时代的，石涛认为"笔墨当随时代"，笔墨本身除了独立的审美意象，还承载了时代精神，不同的时代有不同的笔墨表达，也有不同的笔墨意境。因此，我们讨论笔墨在山水画中的本体因素，一方面要坚持笔墨的独立审美，另一方面也要坚持笔墨的时代精神。中国画是由有意味、有独立审美的笔墨构成的，缺失了笔墨的生动表现，艺术家是无法创作出有生命力、有时代精神的艺术精品的。

中国山水画与西方风景画同样都是反映人与自然的关系，两者的不同也充分体现了中西方世界观的差异，思维方式和观察方法的差异。所以我们是"师造化"而西方是"写生"。山水有"体"，中国的山水画家不仅要搜尽奇峰，还要观天之道；笔墨为山水画之"本体"，造型层面的笔墨只是表相，其精神内涵，同样传达了中国人的哲学思考与审美观念，同样是规律的体现，"道"的体现。因而，我们今天讨论中国山水画的"有体"与笔墨"本体"，就是要以"温故知新"的践行，努力回溯传统，激活传统中可服务于当下的有效资源，让中国画回归到按其内在法则与审美观念去发展的正确道路。事实上，当代山水画暴露出的一些问题，如过度的写实倾向、笔墨精神的缺失、写意精神的缺失、工艺化制作的盛行，等等，皆因其背离了中国画的发展规律与精神内核。在民族文化自信不断增强的今天，我们必须认真重读传统，披沙拣金，把有价值的成分吸收过来，滋养自己的创作，把传统出新的可能性推衍成现实，创作迥异于古人和西方风景画的，属于中国的同时又独具时代风貌的山水画。

中国艺术研究院
"'守正创新'——与时代同步学术论坛"

会议时间：2019 年 11 月 15 日

会议地点：北京市长白山国际酒店 4 层第七会议室

许俊：各位专家、各位朋友，大家好！今天我们在北京市长白山国际酒店举行"黄宾虹学术提名展·第二届——'守正创新'与时代同步学术论坛"。昨天下午我们举行了展览开幕式，来了很多的嘉宾，对我们举办的这次活动，特别是展出的这些作品，都给予了充分的肯定。今天首先感谢在这次活动中的各位提名委员和参加展览的所有作者。这次由中国艺术研究院主办、中国艺术研究院国画院承办的"黄宾虹学术提名展·第二届"学术活动，得到了中国艺术研究院院长韩子勇同志的高度重视，并提出了高要求。这次学术活动的意义和目的是展示新中国成立后成长起来的艺术家在改革开放 40 年来，以中国画的传承与创新产生了许多笔墨当随时代的好作品，形成了中国画审美体验与探索实践、研究创作与开拓创新的一批优秀的中国画学人。为传承黄宾虹学术精神，以中国画发展与时代同步伐、深化中国画的学术研究与创造，我们举办了这次学术活动。为本次展览专门成立了提名委员会，委员由来自全国的 18 位业内专家组成。各位专家的大力支持，体现了对中国艺术研究院构建的学术平台和黄宾虹学术提名展的充分认可与肯定。被提名的画家年龄在 50 岁至 70 岁，正好契合国庆 70 周年，遴选了 70 名画家参加。今天出席研讨会的嘉宾主要是评审委员会的专家和入选参展的艺术家，再次表示感谢！

研讨会是由中国艺术研究院国画院田黎明院长、国画院学术委员会赵建成主任共同主持，具体由我来主持研讨的议程。针对这次的展览活动，我们设立了几个问题：

第一，"守正创新"的理念与黄宾虹的学术精神是一致的，在当下中国画的发展中，能给我们什么启示？

第二，新中国成立70年来中国画的发展变迁，特别是改革开放以后出现的变化，我们看到了很多新气象、新面貌、新发展，当然也存在着许多可探讨的问题。

第三，要谈谈我们现在常说的一个话题了，就是中国画的创作如何能从高原迈向高峰？这是大家都在说的问题。我们在展厅里也看到了，所有参展的这些被提名艺术家的作品，应该是代表了中国画的一个现状。当然提名的这些画家也是有限的，毕竟我们是做了这么一个70人的展览，不可能把中国画所有的面貌全都展现在展厅里，只是管中窥豹，我们是想以此为切入点。

今天请在场的各位专家学者畅所欲言，谈谈自己的想法。虽然探讨的问题对中国画的发展来说很重要，但我们可以轻松一点，主要是围绕学术问题来探讨。发言时间每人控制在10分钟左右，研讨会现在开始。

邓福星：第二届黄宾虹学术提名展，从某种意义上说，也是对新中国70年特别是改革开放以来中国画创作的一个回顾展，展出的作品一定程度上反映了70年来中国画发展的概貌和演变的历程。这种发展、演变，也是"转型"的过程。我想简要地谈谈在这半个多世纪里，中国画"转型"的走向和脉络。

70年可以划分为三个大的阶段。从1949年到"文革"结束，是第一个阶段，改革开放的前20年是第二个阶段，21世纪以来是第三个阶段。

第一个阶段大约30年。新中国成立了，我们要巩固政权，要建设国家，当时叫作社会主义革命和社会主义建设。所以我们特别重视、强调、发挥艺术的宣教作用。对于文化程度不高的广大群众来说，一开始，必须以通俗的美术形式才能起到宣传教育作用，所以特别提倡、发展"年、连、宣、漫"。在前三年，国画以及油画是有点受冷落的。1953年开始转变，国家开始重视民族文化遗产，开始重视国画。1953年9月，举行了"全国国画展"，这也是新中国国画发展的起点。

就在这一年，民族美术研究所（现中国艺术研究院美术研究所）成立。当时由任中央美术学院教务长的王朝闻先生组建这个研究所。朝闻先生担任书记和副所长，特别聘请居住在杭州西湖栖霞岭下的年近90岁高龄的黄宾虹老人担任所长。

两年后，黄老去世，但历史定格，黄宾虹是美术研究所的第一任所长。今天看来，当时朝闻先生特别聘请黄老担任所长，是经过深思熟虑的。黄宾虹先生不仅是传统文人画的集大成者，而且对于中国画是有发展、有创新的。特别是他作为一个学者型的画家，主张"学术如树之根本，图画犹学术之花"，所以，在当时强调重视传统绘画的背景下，黄宾虹也就成为民族美术研究所首任所长的不二人选。他代表中国画乃至中国美术发展的取向，是一个符号、一个品牌。今天，我们还是要从黄宾虹先生说起，如果没有他，也就没有所谓第一届、第二届的"提名展"和今天的研讨了。

从1953年到1966年"文革"前的十多年，总体来看，中国画的发展是健康的，应该说是繁荣的。以20世纪二三十年代新兴美术为发端，以毛主席《在延安文艺座谈会上的讲话》作为根本指导思想，吸收苏联的革命现实主义，结合当时国情，形成了中国社会主义现实主义的文艺思想，这是当时美术创作可以说绝对的指导思想和美术主流。正是在这样特定的历史条件下，造就了新中国17年间中国画的全新面貌。有目共睹，人物画取得了最突出的成就，一批反映现实生活和革命历史题材，融合西方写实表现手法的主题性人物画，在这一时期产生了。其中的一部分作品已经成为人们所熟知的红色经典。同样，这个时期创作的山水画、花鸟画也都体现了鲜明的时代特点。

这个时期的中国画同其他文艺作品一样，由于强调宣教功能，就特别重视题材，重视作品的主题，把"画什么"看得比"怎样画"更重要。虽然提倡百花齐放，但从创作题材到表现形式，都比较单一。当时这些艺术自身潜在的问题，在政治运动频繁、形而上学和极"左"思潮流行等背景下愈加严重以致恶化。所以，到了"文革"时期，在特定的政治条件下，"四人帮"把艺术当作政治斗争的工具，艺术创作中潜在的问题发展到极端化，艺术呈现为畸形。"文革"时期的艺术创作题材极为狭窄，表现方法也非常单调，在很多方面违背艺术创作规律。中国画当然不能幸免，受到了严重的戕害。但客观地说，中国画的写实人物画，却得到了一个非常好的发展机会，一大批青年人物画家的写实能力得到了迅速的提高。

第二个阶段是从"文革"结束以后——准确地说，1978年中共十一届三中全会作为一个分界点——到20世纪末，大约20年。改革开放，使中国进入新的历史阶段。这一时期美术发生了大幅度转变。一开始是从清算"文革"美术以及"文革"这段历史展开的,包括在艺术观念、创作题材、表现形式以及艺术语言等方面,不断地突破原有的"禁区",开始多方面拓展和探索。大家知道,在一段时间里,油画打了先锋。这种清算、突破是对于"文革"美术倒行逆施的反拨和矫正,是需要的,也是必然的。接下来,几乎作为一种社会思潮,进一步展开对"文革"前17年以及中国历史包括传统文化的反思,这种反思是带有逆反心理的。在西方文化、艺术思潮的强烈冲击之下,这种逆反心理有时候也是很过头的,甚至怀疑,中国当下的种种问题,是不是由于我们背负了封建社会及其传统文化这个沉重的"包袱"造成的?于是,在20世纪80年代中期,以全盘西化而彻底背离传统文化的思潮就出现了。"更新观念""勇于创新"成为当时美术界最响亮的口号。这就是"85新潮"产生的时代背景。在这里我不对"85新潮"做更多描述和评价,要说的是,就在此时,认为中国画已是"穷途末日"的怀疑论提出,这一观点很快在国画界引起激烈的争论。其时,对于中国画发展前景感到困惑和迷茫的画家也是不在少数的。

"85新潮"两三年后便退落了,使大多数国画家意识到,那种所谓离经叛道的以"彻底决裂"为前提的"创新"是行不通的,同时,曾经达到辉煌的现实主义主题性人物画创作,此时也举步维艰,难以有所突破,那么,中国画该怎样向前迈进?在80年代后期,文化界、思想理论界的主流意识对中国传统文化开始了新的反思,发现原来其中还有很多很好的东西被忽视了,被误读了,今天需要重新发掘,重新认识,加以对接。这一思潮很快在国画界反映出来。1989年春,首届"新文人画"展开幕,这其实是一个信号,它标志着一种回归传统的绘画思潮兴起。我们不必拘泥于对"新文人画"的提法以及其中某些画家和作品的评价,从中国画发展总体趋势来看,这是一个转折的节点。"新文人画"思潮肩负着"回归传统"的使命应运而生,它也具有对"85新潮"反拨的性质,表明对中国画传统的推崇和呼唤。接着,在全国范围,传统中国画的展览频频举办。一度久违的山水、花鸟画创作开始复兴,描绘神话、历史故事以及古诗、词意的作品不断增加。国画家对笔墨及文学修养愈加重视。传统型绘画成为中国画创作的一个重要取向。

20世纪自80年代末,中国画的另外一支——工笔画(或称"工笔重彩")在融合他法的道路上悄然复苏,接着迅速发展起来。这是从晚唐衰落许多世纪以后的重新振兴。工笔画崛起的一个重要原因是它突破了勾线染色的陈法,博采众长,形成一个取材广泛表现力丰富的画种。它在中国古代绘画传统基础上，汲取民间绘画营养，借鉴东西方外来绘画充实自身，具有比写意画更强的包容性和吸纳性，所以发展迅速。在许多展览中，工笔画和接近工笔画的作品都占有很大的比重。随着题材和表现形式的开拓和丰富，当代工笔画得到了突破性的发展。

还要提到，在中国画的边缘地带，滋生出一个异样的分支——"实验水墨"。实验水墨使用和中国画同样的媒介，但是，意在消解中国画传统"笔墨"，以现代水墨取而代之。它或者竭力强化表现效果，或者努力经营画面构成，或者加入制作，更换媒材，呈左突右冲之势，作品成功率不高，作者群也不大，但却坚持不懈。进入21世纪后另有景象，更名为"新水墨"，同传统型的中国画彻底分道扬镳，这是后话。

进入90年代后，画家此前曾经历的困惑、躁动甚至偏激等基本消解和平复，画坛的混乱状态也趋于有序。如果说1989年第七届全国美展还处在转变之中，那么，1994年第八届全国美展则比较充分地展现出自改革开放以来包括中国画在内的中国美术所发生的重大变化。作品的表现题材，有社会性的、自然的，有当代的，还有古代的；在表现形式上，有写实的、抽象的、表现的、象征的以及超现实的，等等。作品的风格样式多种多样，几乎达到应有尽有，而且多数作品都体现出作者探索求新的意识。中国美术形成了真正多元化的繁荣的局面。在第二阶段里，中国画的转变突出地表现为三个方面：一是绘画本体的回归。画家改变了以前"内容重于形式""题材重于表现""宣教重于审美"的创作理念，普遍认识到绘画作品的成败并非主要取决于题材，"怎么画"比"画什么"更重要，而不是相反。二是向传统的回归，发自传统根基之上的创作成为中国画发展的主流。三是画家充分意识到艺术个性的重要并自觉地加以强化，从而真正形成多元化的创作格局。

21世纪初的近20年是第三个阶段。这个阶段同我们还没有拉开时空距离，还难以准确地把握中国画发展的脉络，这里只能做一些简单的描述。大家还记得，20世纪末有过一场关于笔墨的争论，也就是关于"笔墨等于零"和"守住中国画底线"的争论。21世纪初，中国艺术研究院举办了第一届"黄宾虹学术提名展"，在此前后"黄宾虹热"不断升温。实际上，"黄宾虹学术提名展"以及"黄宾虹热"，都是对关于笔墨争论的继续、推进和深化。第一届提名展的主题是"弘扬中国民族文化精神"，对画家来说，就是要加强对传统的重视和认识，把握传统绘画的本义、真谛而不可偏离和歪曲。21世纪以来，在画家耳畔一直回响着一个声音——"写意精神"。这是对中国画应该具有的文化内涵的呼唤，是要求画家应强化对主体精神的表现。多数国画家感到作为创作根基的传统文化修养不足不够，特别是当今作为创作主力的60后、70后以至更年轻的艺术家，感到传统文化底蕴的薄弱和缺失，产生对其需求和重视。倡导"写意精神"，重视承接传统文脉，已成众多国画家的共识。

进入21世纪以来，中国画坛形成了前所未有的庞大阵容，书画市场一再升温直至火爆，是最主要的促成动力。书画市场，一方面把绘画作品以商品形式在社会流通，等于把作品"推下海"，必须靠它自身的审美性能竞相生存；另一方面又不可避免地诱使一些创作者只看重经济效益，而放松或放弃艺术创作的严肃性。艺术市场的负面效应造成相应的乱象，表现为作品追求数量而缺少质量，抄袭模仿，千篇一律，画家闭门臆造，不仅缺乏生活体验，更少真情实感，甚至把创作沦为机械化生产、快餐式消费。2014年10月，习近平总书记对文艺问题发表了重要讲话，在提到文艺创作的问题时，切中中国画乱象的要害。习总书记明确提出，文艺创作要以人民为中心，中国精神是社会主义文艺的灵魂，并号召文艺工作者要创作更多无愧于时代的优秀作品。这对于中国画的创作和发展产生了重大而深远的影响。

21世纪还有一个不寻常的现象：写生潮兴起而且持续不衰。或者由院校组织，或者三五个人、一两个人，在工地、田野和青山绿水间奔走往返，成为美术界一道亮丽的风景。北宋皇家画院一些花鸟画家讲究写生，20世纪50年代部分山水画家奔赴大江南北写生，但都无法同今天的写生潮流相比。21世纪国画家写生，既得到上级的提倡和支持，有计划有组织地以团队出行，又有画家自发的积极性，普遍认为写生是画家必作的功课，必须坚持。至于美术院系的教学写生，早已经制度化、常态化了。写生，是画家借以深入社会和自然中，亲临现场，直面对象，直接感受并攫取形象的一个重要方式和过程。写生对于继承传统中因循守旧的保守主义，对于脱离现实"役于形式"的片面化、绝对化，对于某些有悖于艺术创作规律的偏颇、流弊能给予有效的反拨、矫正和弥补。此外，在当今多媒体与影像技术结合的图像时代，借信息化之便，图像非常容易复制、拼接、挪用和传递，大众媒体可以轻而易举地进行仿效和缺乏原创的复制。写生也成为画家对此采取的一种积极应对举措。21世纪写生潮流的出现不是偶然的，它是当下画家用以创建、开拓和推进美术发展做出的积极努力，是对创作中令人堪忧的偏颇、乱象进行的矫正和抵制。如果说呼唤并强化写意精神的核心是"守正"，那么，写生潮流则属于在创新方面一种具有实效的努力。

鉴于主题性人物画早在20世纪末受到冷遇，进入21世纪后更甚的状况，由国家投资，统一组织和实施，分别在2005年、2012年和2013年，先后启动了三项全国性重大历史题材美术创作工程。每个项目自始至终，都严格按程序进行，历经数年告竣。主题性创作还包括重大现实题材的创作，如"深入生活 扎根人民"代表画家的"向人民汇报"展、纪念建党100周年展、纪念改革开放40周年展，以及五年一届的全国美术大展等，都得到政府有关部门和美术专业机构、单位的重视，国内一线美术家认真创作而举办。在重大主题性作品中，体现了国画家以及其他画种、门类的美术家深入生活，扎根人民，反映时代精神，高扬主旋律的创作状态和精神风貌，这些作品是当代中国美术主流作品的代表。

第三个阶段，正当21世纪初的将近20年，与以前不同的是，都市化和全球化进程加速，商业经济迅猛发展，网络传媒异军突起，这些都直接或间接地介入美术的生态运转，对美术发生了深刻影响。"多元共生"是这一时期美术的显著特点。中国画在艺术市场双重"激励"下，在信息化和图像化包围中，坚持积极应对，但也处于措手不及的被动，致使在艺术为人民的滚滚主流中，挟有浮躁、迷茫，竟至乱象不绝。21世纪画家理性增强，对于不同的艺术观念更多理解和宽容，对各自的艺术追求进行更多理性思考。当今，在看似错综繁杂、纷乱无序、变幻不定的多元共生的画坛格局和态势之下，画家正沿着"守正创新"这个共同的基本方向砥砺前行。

以上，匆匆回顾了新中国成立70年来中国画走过的历程，粗略地勾画了一下其主要思潮衍变的大体脉络，没有引述画家和作品。当然，回顾是为了前瞻，总结是为了发展。因时间所限，言不尽意，不妥之处，请批评指正，谢谢！

孙克：首先感谢中国艺术研究院中国画院请我担任评委，有机会看到许多好作品，也促使我思考当前中国画发展状况的问题。

昨天参观了这次以黄宾虹冠名的画展，感觉眼前一亮，这的确是一个精品纷呈的画展。冯远在画展开幕式上讲，他说这个展览不比全国美展差，此话我颇有同感。在座的参展画家、参评的老先生们，提供的作品不仅具有代表性，而且有许多作品有新面目新探索。这次参展的画家都是在50—70岁，正是画家们精力饱满、创造力旺盛、艺术成熟的阶段。

我感到这是一个难得见到的高水平的画展，这样的作品给我们一种满足，一种审美愉悦，乃至意外的惊喜。参展画家风格各异，技法成熟，令人感到中国画家一旦摆脱"功利至上"的重压，创造力的翅膀将会令他们更高地翱翔。在画展上我看到王赞画黄宾虹的头像，六尺宣纸上水墨淋漓一张面孔，似乎前人无此大胆的表现。花鸟画家也在努力探索，江宏伟充满诗意美感的花鸟世界更加深邃，姚大伍水墨花鸟画努力试探传统技法审美程式如何与现代画风的有机穿插，令观众不得不产生既熟悉又突兀、既真正传统又难免荒诞的观感。总之，大家都拿出了不寻常的作品。

我们中国画学会搞过两次全国性的中国画学会大展，两次展览都是每人一张作品，每个人一张自感得意的代表作，看了以后大家都纷纷说很美、很动人，看着很开心，评价很高。拿出自己最好的作品贡献给观众，这是画家们的心愿。两次学会展成功的原因有两点，第一，展览经费由学会自筹，不向参展画家收费要画，展后退件。第二，参展画家只限学会成员，不评选，不评奖，不发奖品。避免市场操作。尽量排除与避免争名与牟利。中国画学会展规模很大，这次黄宾虹艺术提名展规模小一些，但二者有异曲同工之妙。

我是从20世纪80年代初开始从事中国画工作，就是编杂志。潘絜兹先生担任《中国画》杂志的主编，我做他的助手，潘先生是工笔画家，为工笔画事业奋斗一生，贡献极大。刚才邓福星先生说的是这个历程，先是我们的写意作品占主流，很少有工笔作品。"文革"以前或"文革"期间全国美展的水墨写意作品是主流。工笔画在过去，我记得在五六十年代的时候，全国性画展上，工笔画参展画家不多，能反映现代生活的著名画家的如陈白一、王玉珏、徐启雄等，不占主流。就是刘凌沧、黄均、陆鸿年、任率英、王叔晖等这几位前辈。大家都知道"徐蒋体系"的产生，"徐蒋体系"就是强调素描基本功，提高造型能力，对于当代中国人物画的发展功不可没。所以，人物画这方面真的不能否认过去的100年，那是有很大的进步的，有很大的发展的。但是其中有些问题也会出现，我只从80年代以后的工笔画谈起，这是我亲历的。因为潘先生带领我们大力提倡工笔重彩画，包括工笔画社团的所有活动我们都是积极参加、努力提倡的。当时的想法是，工笔画能够更好地反映生活，可以深入地刻画人物，可以发挥色彩优势，等等。在这个时期，出现了许多好的工笔画家，出现了不少好作品。如何家英、高云合作的全国美展获奖作品《魂系马嵬》，画的是杨贵妃魂断马嵬坡的故事，觉得历史题材能画得这么好十分难得，这件作品影响很大的！

刚才邓福星讲到20世纪80年代中期美术界"西化"思潮问题，我有同感。从"85新潮"一直到1989年在美术馆的现代艺术大展。那是改革开放初期"西化"思潮在美术界的第一波冲击。然后，跟着国画界又把黄秋园、陈子庄翻腾出来了，这也有它的反拨的意义和价值。所以历史现象和过程从来不是以个人意愿来决定的，记得1989年现代艺术大展在中国美术馆开幕，声势浩大，展标是道路交通禁止掉头的圆形标志，意思大约是：艺术就要这样走下去！30年过去，当年模仿西方现代艺术的展品，于今安在哉？这里有许多历史的原因、时代的过程。近年来对中国画的文化特性的深入认识，包括对黄宾虹的价值重新认识，跟整个时代对于中国文化的反思有关。我们把工笔画推出来，推到现在这个情况，后来又发现写意画不行了，写意的东西欠缺了，每次全国美展写意画选不出太好的作品来，偶尔有些画人物的还行。其他方面感觉中国画越来越缺少写意性了，所以要从宏观上来考虑这个现象、考虑这个问题，这是一方面，就是形式上的，艺术的表现方面的。但从内容上来看，我觉得现在看还有许多让我们值得思考的问题。今天说"守正创新"，这个题目出得很好，怎么守正？怎么创新？石鲁说"一手伸向传统，一手伸向生活"，这两句话很形象也很深刻，这个道理想来想去还是觉得它是对的，是打不倒的，是不能忽略掉的。没有生活，没有传统，中国画就没有发展前途。现在出现的问题也是在这个地方，有人临摹古画，似乎把手伸向了传统，但是在生活方面是不是都真正深入了？我们说新中国成立后17年的时候，很重要的一条就是大家都深入生活，寻求自己的题材，当然那时候整个水准还是差的，创作水平是低的，但是有不少好作品出现，包括油画、中国画在内。我觉得80年代以后也出现了很多深入生活、表现生活，同时艺术上也很成功的作品。不管是画历史题材还是什么题材，那时候的好作品都是有温度的，是很有激情的，艺术上是很讲究的。当下中国画创作存在一些问题，有人说写意画缺少好作品，有人讲工笔画分量过重，总之是精彩的、过目难忘的作品少了。这是值得我们大家深思的问题。在重大美展上何以出现这样的情况？工笔占得重不是工笔的问题，也不是写意和工笔矛盾的问题，而是出现目前这样精神内涵的空泛化最要值得警惕。思想上、题材上这些作品的空泛化，在艺术表现上又有不少人追求精致化。精致化的倾向应该是市场需求促成的，题材内容空泛无聊只求外在华丽精致，这是一种媚俗庸俗的恶趣味。此外，作品的制作化很值得注意，迎合评选对付评委，运用现代器材，动用一切手段，只求入选，中国画的写意精神就逐渐淡化了。

还有一个就是工匠化。艺术家也应该有大匠精神，齐白石有一方图章为"大匠之门"，我认为齐白石讲的"大匠"绝不是工匠，因为中国画成了工匠之作，那将是中国画的灾难！那是西方艺术曾经走过的道路，就是因为它曾经走了工匠之路，走了精致化、技术化、照相机化之路。当真的照相技术出现时，"手艺"的价值感就深感挫败了。有人曾经说中国画穷途末日了。在 80 年代，我们就唱反调，我写文章争辩说思想解放形势大好，中国画是方兴未艾的。现在看来也未尝没有"危机"，这个危机就是我说的精致化、制作化，空泛的内容再加上工匠的做法。有些人跟照相机比美去了，李可染先生说，别跟照相机比美，现在就是跟照相机比美，跟电脑比，你比得过电脑吗？现在电脑太神奇了！玩手艺恐怕赶不上这些东西，也许不久的将来机器人也来画画，比你的照相机还精致呢。但是怎么把中国画发展起来？我觉得这是值得我们真正思考的问题，越是研究黄宾虹，越得考虑这些问题。画坛这种粗俗化、媚俗化、低俗化的现象值得警惕。黄宾虹特别提倡市井与江湖二气是万万不可沾的，沾了以后终生受累。黄宾虹特别提倡，这是一个格调问题，归根结底是一个文化问题，没有文化这些问题都不能避免。

现在我就觉得纪念黄宾虹或者我们有个黄宾虹的提名展，这个题目出得好，这是个很好的创意。黄宾虹是 20 世纪传统中国画的杰出代表，更是 20 世纪在中西文化碰撞中出现的伟大画家和理论家，他在中国书画文化深刻认识基础上建立的笔墨理论，是以有着雄厚的传统文化尤其是有清一代考证文化体系为基础的。我们看到黄宾虹，感到黄宾虹在那样的年代就提倡对传统文化的重视，我非常佩服。60 年代的时候，我在图书馆突然发现了黄宾虹整理汇编的一套《美术丛书》，在二三十年代困难的时候，那种传统文化受压制的时候，他还下决心汇编了过百万字的丛书，线装本之外还出版了红色布面精装本 30 册，里面包罗万象，我当时觉得这个老头怎么这样？人家都在全盘西化，鼓吹汉字拉丁化，告诫青年不要看中国书，而他在编这个东西。现在看还是这位老人家厉害，他对中国画的传统，对中国文化的认识，对中国笔墨的热爱，不管谁怎么说，不论谁反对中国画，他还是坚持笔墨精神。现在回过头想想笔墨精神是必须要有的，写意精神离不开笔墨。没有这个笔墨，中国画就没有魅力，就没有存在的空间了。假设西洋画没有色彩，油画还存在吗？中国画如果没有笔墨，还存在得了吗？时过境迁，"笔墨等于零"的说法，不过是个噱头笑话而已。

但是中国画的内涵实际上还是一个文化问题，所以黄宾虹提倡内美，内美精神是什么精神？大家好好研究一下。所以，这个让我们有很多思考，不是现在埋头画画，得看看路，看看艺术怎么发展。今天有这个机会，我随便讲几句，谢谢大家！

霍春阳： 刚才听了两位老师的介绍，我有同感。邓先生很客观地把几十年来对于美术的发展做了很精细的分析。当然这一次我们艺术研究院提出来的第二届黄宾虹学术提名展非常好！我认为它是一种形象与画界思想的回归，这是一个趋势。因为黄宾虹是我们在画界权威性的大画家。提出了关于"守正创新"，我考虑更重要的意思就是什么叫守正？我们的前人怎么样守正？怎样走正路？孔子对"正"有一个论述："有忿懥之心不能得其正，有忧患之心不能得其正，有恐惧之心也不能得其正，有好乐之心也不得其正。"就是说不中不正，不正不大，不大则不久。所以中正是很难的，再就是对于正来讲，现在对今天我们的画家队伍素质的理解，我感觉守正得不够，理解得不够，尊重得不够。在这个基础上，中正之心，中正则博。对于中正的精神的养育是不够的。从这一点来讲，我找根源，为什么没有中正之心？这是邓先生对于新中国成立以后我们这几十年进行了一下分析。我也思考过这个问题，我们反思一下我们走过来的历程，为什么我们会出现这样和那样的问题？刚才摆出来很多的现象，究其原因在哪？这是近百年来我们的思想产生了变化，思想变化的根源主要在什么地方？起源在进化论。进化论的思想就是一种进步主义思潮，从严复的物竞天择思想，这种思想的思潮在中国是很盛行的，盛行将近100年。现在我们出现一系列的问题究其原因就在于此，我们的传统教育、素质教育、思想智慧的教育从什么时候开始撤销了？就是自己出现了一种去中国化的思潮，一直向西方靠拢。这种西学东渐产生的后果，在我们这基本上都被洗过脑，被西方思想洗过脑。我们看问题的方法和立场都西化了，我们民族最优秀的立场被丢掉了，这是最主要的原因。

1905年的时候就出现了废弃科举考试，一直到辛亥革命的时候把儒家的思想基本上清出了课本。一直到五四运动还要砸乱孔家店，反对我们祖先的思潮越烧越烈，一直到"文革"时期，仍然认为我们祖先的东西是腐朽的、没落的，是一种保守，这在我们成长的过程中都是亲自体验过，受过这种教育。可是后来，当然不讲个人的一些体会了，所以这样产生的后果，对我们现在来讲是越来越表面化了。原先文史哲不分的教材没有了，思考问题哲理性不够了，看问题不深入了，抓不住根本了。现在创新这一点我们可能做得很充分，但是我考虑是比较容易的，敝则新嘛，但是这很不容易，需要终生修炼、修身养性。过去修身、齐家、治国、平天下的思想，内圣外王的思想被否决了。现在我们美术队伍的整个综合素质表面化了。刚提到了关于生活问题，我们花费了那么多的时间去深入生活，可是收获怎么样？对待生活的这种能力、化育生活的能力、造化生活的能力、中得心源的功夫欠缺了，所以我们今天仍然存在着这样和那样的问题，浮躁、火气、俗气等一系列问题出现。其主要原因就是人的境界提高不上来，认识问题的能力表面化。如果我们不解决这个问题，我们的队伍、我们的素质、我们的高峰就出现不了，这是我对于现在我们队伍的一些看法。我讲到这儿！

朱道平：我有幸能入选参加第二届黄宾虹学术提名展感到十分荣幸，记得10多年前贵院举办的第一次黄宾虹学术展我也参加了，当时还是中青年画家，这次已是参展年龄中顶格的70岁年纪了，时间真快。看了这个展览，感到很精彩，参展的各位画家都拿出了自己的代表性作品，很值得好好学习也使人感受到中国画在当代的希望和前途。其实近来大家都十分关注中国画发展的大趋势，尤其是第十三届全国美展中国画展开幕后引起的多种议论，更使大家关心中国画艺术发展的方向和何去何从，感谢中国艺术研究院举办的这次学术研讨活动，使我们能够及时地在观看许多当代有代表性的中国画画家作品的同时，冷静地坐下来思考和探索一下中国画的立本之道及其现状乃至将来的发展趋势和方向。真的很及时。

这次画展名称是"黄宾虹学术提名展"，也就意味着这是向黄宾虹学术思想和创作道路学习和致敬的一个画展。黄宾虹是我国近代杰出的山水画家，也是中国艺术研究院首任院长，他的作品元气淋漓，浑厚华滋，尤其是晚年的作品笔墨高妙，黑、密、厚、重，别开生面。他游历山川，师法自然又能变化而生。他重视传统，又不拘古法，同时具备诗文、书法、篆刻等方面的学养，此外又得享大年，使他能为中国山水画的发展和向现代转型做出杰出的贡献。我记得最早接触黄宾虹艺术并留下极深印象的是在20世纪80年代初，当时在浙江博物院举办了一个大型的黄宾虹学术展，这个展览是"文革"后第一次把黄宾虹捐给浙江博物馆的万余件作品中的许多精品都拿出来了，还有许多他的未完成手稿和诗文等，确是洋洋大观，真有进了大观园让人目不暇接之感，也感慨于他对艺术的那种"三更灯火五更鸡"的勤学精神，理解和佩服他那种"淡淡浓浓画一生，池水尽黑兴正酣"的创作精神。我原是准备在那里看一天展后即去武夷山写生的，结果当时就不想走了，前后在博物馆学习了一个星期，那时博物馆还是挺宽容的，允许观摹者带着笔墨在画前临摹，所以在那里我临摹和研习了黄宾虹的不少作品，细细领会着他的笔法和运墨技巧，多有心得，我觉得在黄宾虹的笔墨中有一种不拘笔墨而直指人心的感受，在混混沌沌的笔墨中，他开启了中国山水画古代与现代相接续的笔墨样式，使我从中得到极大的启迪，我是深受江苏新金陵画派影响的画家，当时也正在思索着自己艺术未来的发展方向，黄宾虹的艺术无疑成了我寻求变革的一个极大的动因。

张志民：这次能够来参加中国艺术研究院的活动，我感到很高兴，尤其是以黄宾虹先生为由头来提出这个画展。这个画展作为一个品牌，作为中国艺术研究院的一个品牌，特别是黄宾虹先生在我们这代60岁左右的人当中，一说到黄宾虹，我们马上就感觉是个学术性的，是个正能量的，是个正宗的、正脉的中国画的活动。它并不像有些年轻人感觉全国如何如何、中华人民共和国如何如何，觉得它是大的。但是在我们心目中，"黄宾虹学术提名展"我们觉得这肯定是非常正的一个事。所以我们今天讨论的内容又加了"守正创新"，那就是继承正脉，继承我们中国的原汁原味的源远流长的中国画传统，并走向创新，这是很重要的。

我们中国人心目中正宗的传宗接代太重要了。像我们山东的孔孟，稍微在家族当中突然出现一个另类，一个转变，他就不正了，就会影响整个家族。孔家当年在明代出现了一个用人把衍圣公给杀掉了，杀掉以后就占有了他的妻子。尽管他也姓孔，但是一部分是假的，到后来又把用人杀掉了。这一部分人留下来的后代就不正了，光创新了不正了。所以说这个是很重要的！前段时间我看到消息说一个贪污犯，七个情人九个孩子，到最后亲子鉴定只有两个是他的，其他的都不是他的。那就是光有创新了，没有守正。这尽管是生活当中的现象，但是我认为比喻我们这个学术也是很便于理解的。

所以说对于黄宾虹先生，我也是像刚才几位先生说的，像朱老师说的对黄宾虹先生的那种理解。我的感觉是从不太理解不太认识黄宾虹，到逐渐地爱上他。越来越爱，越来越爱。我这代人，我的感觉，特别是上大学的时候是受学院派影响的，是苏联的不是中国传统教育的那一代人，而且我们山东艺术学院是综合性的，不像中央美院或浙江美院这样的大牌，我们那时候就叫美术系，美术系里面国、油、版、雕什么都学。所谓的国画，到后来上大学是国画专业，但是花鸟、山水、人物都学，没有很专的一个点。甚至当时学校让我重点画山水，我觉得心里接受不了。当时我们画素描、速写，老师让你重点画花鸟和山水，自己感觉老师认为我们的素描人物造型能力不行，美女人体画不好，认为是这样，非常简单。对于笔墨根本没有想得那么细，所以我觉得时代很重要！刚才大家都说到黄秋园，说到有些被埋没的大师，我认为都跟时代有关系。我认为如果黄宾虹先生再多活十年，就不是我们现在理解的黄宾虹了。再多活十年可能就跟着大家去画大跃进，画天堑变通途，画社会主义建设的故事。我认为黄宾虹正好是那个时代的节骨眼保留得非常珍贵的一位大师。刚才邓福星先生说了，集大成。他对于中国传统，不管是绘画方面还是文化方面，刚才孙克先生说了他的评论文章、毛笔字、印章几乎各方面都很厉害，我认为他确实是集大成，不光是山水画集大成，他是一个全方位的，很纯、很单纯，没有被改造。如果他当时多活几年，肯定要改造了，他肯定保持不了现在这个画风，肯定画里面再加上航空母舰等。他纯粹是玩笔墨，他在中国传统笔墨当中、语言当中纯粹都是玩笔墨的。我个人认为他的最大的贡献是他把中国画特别是中国山水画的语言丰富了，而且丰富了和西洋绘画的一些写生，和大自然的观察方法的一种东西吻合了，因为我们这代人受西洋的教育，过去我们画论当中"外师造化，中得心源"到这两步就结束了，我认为黄宾虹先生是目前中国画当中笔墨唯一的"外师造化，中得心源"，再加上第三句"回归自然"的一个人。所以，我一直觉得对"外师造化，中得心源"这两步耿耿于怀，缺一步"回归自然"，只有加上这一步才能像佛教禅宗当中的三个境界：第一个境界是看山是山，看水是水；第二个境界是看山不是山，看水不是水；第三个境界是看山还是山，看水还是水。我认为唯一的黄宾虹先生，他又回归自然了。

所以说，看黄宾虹先生的笔墨，我经常联想到法国的塞尚，我经常感觉塞尚对大自然的那种热爱和笔触，颜色的那种笔触、那种激情，用油画笔有时候画一根线就把石头、房子或一棵树的结构线"咔"地一笔就出来了。黄宾虹先生也是这种感觉，其他的人没有达到。大家可以考虑考虑，大多数是"外师造化，中得心源"，勾、皴、擦、染、点的山水画语言。通过看黄宾虹先生，我感觉到了他的思想境界。

再一个就是他的笔墨像揉面一样，已经不是勾、皴、擦、染、点按步骤来，也不是传统当中的程序化的、现成的成熟化的东西，也不是笔笔有法、笔笔生发，而是一种纯粹回归自然的感觉。我认为他最后的感觉与西方的一些大师反而吻合了，所以我们不要盲目地去排斥西方的东西。原来在中央美院国画系的一些讨论都说传统画素描画多了就不会用笔了，最终感觉就出现错误了，出现一种误导了，我说这是学生智商有问题。或者我们简单比喻，我们吃猪肉是为了长我们的肌肉，绝对不是为了长个猪尾巴和猪耳朵。我们学西方的东西为什么就不行？再一个我认为盲目地排除西方的东西其实就是心胸狭窄。为什么我们总强调时代？黄宾虹是那个时代塑造产生的，我相信现在也不可能，现在我们肯定考虑到另外的东西。黄宾虹先生最诱惑我的、最吸引我的，而且让我追随的就是他的回归自然这一块儿。对于中国传统的守正，再加上他通过对大自然融合的感受，笔墨就成熟了。就像妇女揉面一样，我们好多同志笔墨为什么老玩不好？就如水和面的关系，他的水质量很好，他的面粉质量也很好，这边倒水这边倒面，干了，又倒水，湿了，又倒面。他就不能把它拿起来揉这个面，揉出来才能蒸出好馒头来。黄宾虹先生这点做得非常好。

大家有时候还会忽视黄宾虹先生的一句话，我到现在都没有研究透，不知道为什么，那句话有好多理论家也没有解释透，就是"绝似"与"绝不似"和齐白石先生的"似与不似之间"正好不一致。"绝似"与"绝不似"存在这一关节，我分析这两句话很可能是文化和精神的东西，"绝不似"肯定是抽象了。"绝似"我估计是从大自然当中找到大自然的灵魂，那种"绝似"让你感觉到不是说表面的"绝似"，不是照相机的"绝似"，我估计是这样的，很难理解，但是我很喜欢这两句话。正因为发现他这两句话以后，我对于齐白石老先生这种"好色之徒"突然看不起了，什么似与不似？你画得不像就来个不似。真正好的艺术家，想干个什么事，能达到极致就达到极致，达不到极致就追求精神或者观念上的极致或者技法上的极致，这是有道理的。现在创新无非就是一个是技法，另一个是观念，画出你的新观念和别人不一样，像达利那样，用传统古典的油画画法，但是画的是一种新的境界、新的观念，这也是一个成功的大师。这很有道理，我认为研究黄宾虹应该从他的各个方面研究。守正和创新，"守正"就是中国传统文化中中国人的守正，包括做人以及中国整个传统文化，创新就是符合时代，太跨越时代咱也没有这个本事，咱也不那么高尚，盲目冒险去跨越。

我刚毕业的时候，有一个老先生跟我说你这个画法不行，你这个画法100年之后喝酒，你看我这个画法当场就喝上酒，我很羡慕，我说是，但是通过我的努力，没有等到100年我就喝上酒了，意思是通过画能喝上酒。所以说他老说你100年以后才能喝上酒，现在我们想没有必要等100年以后再喝上酒。我们要务实，实实在在的，而且我特别喜欢大自然和生活，我认为一个画家如果生活当中任何一个细节和你的画是打通的，肯定很美好。我经常想到我下乡的时候和农村大爷一块儿锄草，那个老农民玩锄头玩得特别好，他热爱锄头，跟锄头很有感情，锄头的把儿都凹进去了。他玩得特别熟练，一下就把苗旁边的草锄了下来，我也想那么一下，结果正好"啪"地一下把苗给弄下来了。他就有那种感情，画国画就得玩毛笔，我们玩毛笔如果玩到那个程度，玩到老农民玩锄头的程度，我相信就能够画好！但是我一直在琢磨陆俨少先生和我们山东几个老先生，如黑伯龙、魏启后等先生，我一直琢磨有些老先生为什么画得精神？笔尖用得好。提出来，"嚓"！用得好，就跟陆俨少先生笔尖、笔肚、笔根这三个部位，我现在发现有好几个老先生的几句话对我很有启发。一个是魏启后先生，有一次我上他家里玩，有一个人跟魏启后老先生谈书法用笔，他说："您们老讲中锋，书上也讲中锋，魏老，我怎么感觉您好多侧峰呢？"老先生就是有智慧，他不说这个事，他说你看摩托车比赛吗？摩托车选手跑直路的时候让他侧不就摔了，但是拐弯的时候你让他中锋他不就甩出去了吗？马上就给我印象：顺其自然。比赛就是这样，跑直路就是中锋，但是一拐弯的时候腿上一蹬、脚一蹬地就拐过去了，非常高。

再一个是陆俨少先生。1985年我们在浙美学习，我们那个班有一个年龄比较大的同学天天画画，非常认真。画起画来，我们出去玩他也不去，天天画，他是班长，到后来他画了一批画让陆老看看。晚上叫我们陪着去让陆老看，到了陆老家以后，陆老坐在沙发上，他把这个画放到地上不说话，陆老也不说话，光在那看。我们同学说："陆老给我提提意见，我最近画了这么一批画，很大，我下了很多功夫，帮我指导指导，不知道怎么提高了。"陆老就是不说话，但等一会儿陆老指了指我，让我从他茶几上拿一本他的速写本，黑色透明的。他也不动，让我给他拿过去，我就赶快拿过去给他，我想这上面肯定有"葵花宝典"或者一些什么秘籍。没有想到老先生拿过速写本，"啪"地砸到那个同学的画上去了，不说话，还是不说话。我一看又不说话，老先生又指指让我拾起来。我赶快捡起来，老先生把它打开，里面是白纸什么也没有，"啪"地又砸上去了，后来就不说话了。我们同学班长就着急了：老头对我这画有意见，砸两下不说话了，怎么也不交流。他说咱们走吧，陆老今天可能情绪不太好。一出门我们这个同学就说是不是咱们没有拿点礼品老先生不高兴？怎么不给提提意见？没有批评我？我们几个都清楚，旁观者清楚，我们说陆老给你点了，批评了你，给你提出来了，而且是用禅宗大师那种很高级的办法当头棒喝，或者禅宗的方法点的。他说怎么了？我说你还看不出来吗？先拽块黑又拽块白，你这画面上缺块黑缺块白。我就想到画面上太灰了，他画得太具体太满了，缺块黑缺块白。当时我就说陆老这些老先生都是高手，用禅宗那种办法点拨的。

　　刚才说的这两个事，还有我画画的时候会想起好多事，好多很有感触的事。包括"文化大革命"时期，我看到一个批判石鲁的小册子，那是批判的反面教材，反而一直在启发着我。当时批判石鲁，记者让石鲁讲讲《转战陕北》的创作是怎么构思的？石鲁说，我上厕所小便看到墙上的尿碱，哎呀，转战陕北！接着就说他是反革命了。但是正因为这个，"文化大革命"的时候我很小，我受了启发，画家应该在任何一个地方看出画面来，在大海里面、云彩里面、一些斑驳的乱七八糟当中、大理石纹理当中应该看出画面来。它和别的不一样，大家知道一个很典型的例子，幼儿园老师在黑板上点了些粉笔点，让小孩说，有的说苍蝇，有的说蜜蜂，有的小孩说轰炸机，但是只有一个小孩说粉笔点，最对的是粉笔点，但也是最没有想象力的，他用科学的办法说是粉笔点，但老师要的是想象力。

　　所以说有好多东西，我觉得这个很关键。我现在想不管我理解得对或者不对，我就是认为黄宾虹先生的最高境界就是又回归自然了，他的笔墨，至于说从有法到无法，还是说他怎么样怎么样，我都不太喜欢。我就是喜欢他回归自然了，刚才我说他在生活当中给我们画家力量。在大自然当中让我们发现美，再给我们力量，我觉得一个画家就是战无不胜了。至于成不成高峰无所谓，爬得越高摔得越狠，不要往上爬，我觉得在平坦的高原上特别显眼也挺好。所以说这是很关键的问题。我一直觉得对黄宾虹就是认这个死理。我们去塞尚故居的时候，看完故居回头一看家乡的山，我当时就感觉塞尚还坐在那个地方写生，因为他晚年画的那一批画就是家乡的山，我们印象当中很深。特别是画画的，再看到他家乡的山马上想到他晚年画的那批画，这个时候就想到塞尚先生戴着草帽还在那个地方写生，他还活着的那种感觉。所以我认为大自然的力量大概比什么都要大！

这次活动感谢中国艺术研究院，感谢中国艺术研究院国画院。要成为一个品牌一直做下去。刚才孙克老师说再有七八十年，你还在这里坐着讲话。我想七八十年后我们这些人都再来参与研讨会，还是黄宾虹的研究！好，谢谢！谢谢！

赵奇：昨天看过展览以后，我感觉这些作品画得都很认真。你喜欢也好，不喜欢也好，这个时期的绘画就是这么一个现状。所以，我觉得中国艺术研究院做的这个事情非常有意义，当然不在于场面如何，而在于后劲儿。

通过这个展览，我们看到了中国艺术研究院这几位的想法，他们有针对性，而且想得很远。我理解他们，我也支持他们把这个事情再继续做下去。要想解决问题，当然时间可能会很长。现在这个展览和这个讨论的主题他们说得很清楚："守正创新。"这里面包含着深刻的思想，其实也是文化上的一种策略。在我们整天听到"绘画已经死了"的时候，我们还在这里谈绘画，是吧？这个展览就说明绘画还存在着。这个事情本身是不是非常有意思？绘画不是像我们想的那么简单，不是就画画的那么一点事情。刚才几位老师讲了我们国家的美术发展情况，也讲了"文革"期间的一些作品的特殊性。我们想想在"文革"那样的政治气候下，现在回头一看仍然觉得有好作品，这是什么意思？这是不是说明绘画还有着很特别的东西，也就是我们常说的绘画的魅力吧？绘画的语言、绘画的技术等方面，有好多是认识不清的。因此才有了画家的投入，画家的忘我。对于绘画的理解，不管我们怎么说，似乎总有说不尽的东西。任何一个时代，不论是什么情况和气候，都是有精神生活的。因此我们得认真对待。

绘画对我们到底有什么作用？它就是宣传品吗？我想我们还得面对自己。画家不能总是强调社会怎么样，我们的生存环境怎么样。在现实之中，我们自己看到了什么，通过作品我们想让大家看到什么，这一点非常重要。这是把责任放到自己身上。比如现在，我们看到了格调不高，没有品位的、媚俗的作品太多了，还有画家的包装风气，等等。那么，我们自己如何呢？其实绘画本身就是直接的生活，绘画是为了思考而存在的。我们谈到创新就是遇到了不同于以往的现象，过去的语言有些不适应了。其实任何一个艺术家的出现，都是为社会带来了新的内容的。

前一段我看了一个材料，柴可夫斯基的作品在俄罗斯演出的时候，很多人是有看法的，认为他的作品不是俄罗斯的，太德国了。可是在今天，一提起柴可夫斯基的作品，我们就认为那是典型的俄罗斯风格。所以我们今天讨论的一些问题，刚才有人说到素描，我们总是说，学素描把中国画学坏了，我觉得这不是很讲理的。实际上，今天它就是学院教育，在这样的情况下，我们怎么谈师傅带徒弟的方式？没有学院教育我们怎么学绘画？老师面对学生上什么课？怎么上？换句话说，我们面对西方传统，西方传统有多大呢？有多少内容？我们对绘画不满意，我们没有画好，怎么非得怨学苏联呢？那个事情过去了多少时间？再说苏联就没有好画吗？那一次我去列宾美院看契斯恰科夫的绘画，契斯恰科夫影响了苏联的绘画，是这样吧？他的一幅很小的素描，当时我的感觉是：这画怎么像宋画？我感觉他的轮廓线像宋人处理山水。当然这是我个人的看法，一个画家的看法。总之，我们总是把没做好的事情推给别人，总是说我们学素描学坏了。素描无非是个概念，怎么画不会是只有统一的规矩。面对西方它也是个传统，那么多画家，那么多画，只是你倾向哪一种而已。包括我们说的画照片问题，全国美展出现的画照片的作品，我们看得很清楚，原因不在于画家使用了画照片，而是没有画好。那作品已经偏离了绘画的意义。因此大家不满意。我看没有必要把事情搞得太复杂。

我想绘画就是为了思考，它在我们生活当中存在着，并不仅仅是为了获取一些商业上的利益。因此，在绘画的创作上，它是一种平实的生活。所以也不要找一些特别庄严的词把自己打扮起来。现在流行画家说一些晦涩的词句，以示学问，其实画画就是画，是很直接的行动。我们看现在这些作品，有些画家并没有看清楚自己要画的是什么，绘画过程中的努力到底放在哪里。这样，别人看到的时候，就是技术了。我常常看到有人趴在画跟前，在琢磨：他这效果是怎么画的呢？面对一件作品，画家和欣赏者不应该是这样。尽管有些时候，画家可能也并不知道要明确地表达什么，像刚才志民兄说的农民锄草的事情，他的锄头一下就能把草锄掉。绘画中的每一笔，它可能不是这个情况。作品展示的不是画家熟练的能力。现在一说生活大家都是想到下乡，你想过吗？在云南的小屋里画一个人和在这个屋里画有什么差别呢？大家写生为什么跑那么远？写生到底是什么？这个不是能力的问题。在绘画当中，如果抛开所画的人物的具体内容，他的生活和经历，还有什么意义呢？这是我们对待绘画的一个基础态度。

现在各种各样的宣传我们看得多了，认真看画的人呢？有多少人会看呢？网上说的那些画家，你就感到没有一个人不是大师的，没有一个人不是把古今中外都学得透透的。既明白宋又明白元，儒释道什么全都懂，你信吗？这不是"守正"我反倒觉得这是走斜了。我们生活在今天，就是面对今天的情况。绘画就是实实在在的一种事情，它不需要装扮，它要解决的是对于自己的认识。你对于今天有话要说，你说出来了，这可能就是一个新的问题。

还有就是民国的问题，我们过于粉饰那个年代了。民国到底什么情况？这个问题不值得考虑吗？我想，我们说的那种理想，那种追求，能不能把它放得远一点？能不能再开阔一些？当然，这个东西也是个素质问题。如果把画家当成知识分子，把今天的绘画当成学术来谈，可能有点离谱。我们应该少谈那些"玄"的、"虚"的、"空"的，我们尽量对着画面，看看问题在哪里。不论怎样你得把画画好。

关于这个展览，我特别希望中国艺术研究院的这些朋友们继续做下去，这个工作很辛苦，好在还有这么多的年轻人。他们可以发挥一下，利用各种方式再做一做。文化上的事情在于建设，这也是慢功夫，需要我们说的坚持。坚持了，才会看到力量，才会看到效果。

吴宪生：非常高兴中国艺术研究院能够给我们讨论艺术的时间，让我们坐在一起讨论中国画创作或者学习的机会。中国艺术研究院办这个展览非常有意义，艺术研究院是研究艺术的地方，艺术研究院有条件也有责任担当起中国画创作的学术引领的任务。这对于中国最高的艺术研究机构是非常有意义的。美协有美协的工作，画院有画院的工作，但是我觉得在学术上，艺术研究院可能是最有担当精神的学术机构。这个展览还是在十几年前做过，这次是第二届，我觉得做得少了一点。或者三年或者五年能够做这么一次，这样才能够及时总结经验。这样一个平台，这样一个机会，对于我们绘画的实践者来说都是一个学习和交流的机会。昨天我们看到这个展览中的各种风格，各地的画家都把自己的作品拿出来了。我们从每一种风格、每一种画家的作品当中都可以吸收有益的营养，从而丰富自己的创作，我觉得非常有意义。这个主题是关于黄宾虹的学术展，我是人物画家，但是与黄宾虹还是有一些渊源的。记得我 1978 年毕业留校以后，我花了两个月的时间去临摹黄宾虹。那时黄宾虹的展览在浙江博物馆有常年的陈设，有几个展厅，黄宾虹作品的展览常年陈设在那里。我们直接去那里临摹，当然条件比较差，直接坐在地上。我那个时候也比较年轻，刚刚毕业，二十四五岁的样子。当时临摹的时候碰到黄宾虹的老学生上海的王康乐先生，他当时已经七十几岁了，也在那临摹。我们一老一少两个人在那前前后后待了有两个月，作品都不大，最大的就是六尺整张，还有一些册页。那个时候年轻，对于黄宾虹的画理解不是很深，但是就是直觉的喜欢。临过以后，在王老先生的指导下一边临一边请教他怎么用笔用墨。两个月下来，最大的体会就是张彦远说的"形似骨气皆归乎用笔"。黄宾虹的用笔是非常值得研究的，他的每一笔都是钢筋铁骨，打一个比方说，看了黄宾虹的画，好像手上抓了一把铁丝往地上一扔所产生的效果，笔笔厚，笔笔重，笔笔有精神。

　　后来又有一个机缘接触到黄宾虹，浙江美术出版社和山东美术出版社联合出版的《黄宾虹全集》。当时主编是王伯敏先生，他把国画系的老师集在一起，我当时比较年轻，也把我拉了进去作为编委编辑黄宾虹的全集。前前后后一共拍了一万多张片子，最后用了四千多张。在编辑过程中，要把黄宾虹画上面的题跋变成文字一点一点对上并写出来，所以我在看黄宾虹作品题跋的时候也学到很多。比如黄宾虹对于山水、自然的理解，他观察自然非常用心。我记得黄宾虹有一个写生稿是在四川青城山画的，他说我上青城山从哪里上去，上去后到了顶上是什么，下来再转过来是什么，那个稿子记得清清楚楚。

　　还有一点印象比较深，当时黄宾虹坐火车从杭州到上海的路上，他用小学生的练习本，用钢笔画的速写，沿途他看到的速写就画了几十张。说明黄宾虹一方面观察自然，另一方面他的创作素材都来自自然，从自然当中收集了创作素材。在编《黄宾虹全集》的过程当中当然还有很多有关绘画的理论他讲得也很仔细。但是对我影响最深的，就是 1947 年黄宾虹应邀从北京南下到杭州国立艺术院任教，杭州的美术界举行了一个欢迎会。在这个欢迎会上黄宾虹有一个讲话，这个讲话里面有一段，他前面讲了很多国学、民学之间的关系，最后一句话可以说影响了我的创作，前面他讲到了很多对于传统的理解、对于西方的理解，讲到最后落在一个点上，他说我认为将来是没有中西画之分的。这句话我当时不理解，后来又看黄宾虹的资料发现他不仅理论上是这样想的，其实他在自己的实践当中也有很多东西是逐渐这样实践的。刚才张老师说如果再给黄宾虹10年时间，黄宾虹可能是另外一种面貌。他不一定是画大跃进，更多的可能是在点彩上的运用。他和印象派里的谁最接近呢？毕沙罗。看毕沙罗的树和黄宾虹的树，有很多相似的笔法，其中有两幅黄宾虹的山水，感觉是毕沙罗画的风景画，而且是很写实的风景画。所以我觉得黄宾虹这样一位从传统当中走过来的大师，他在引领学术思想的境界上也是走在前面的，这是中国画的大师，是从传统走过来的大师。前几年在上课时，我在做一个课题叫《中国素描史》。我翻看有关中国素描的理论，看中央美院的《美术研究》，关于素描讨论的时候，董希文先生有一段话跟黄宾虹先生非常接近。他说："我们现在的绘画有些人说这个画不是油画，又不是中国画，叫不中不西。可不可以有一种画既不是油画又不是中国画，而是一种新的形式的绘画呢？"也讲得很有道理，董希文先生在20世纪50年代就提出了这样的一个问题。是不是有一种可能？比如我们的戏剧有京剧、豫剧、黄梅戏等，不一定只有京剧，不中不西能否成为新的绘画？一个是中国画大家，另一个是油画大家，两个人在这点上似乎是异曲同工，都提出这么一个见解，是不是值得我们去思考？

另外，我是人物画家。人物画跟山水花鸟画还是有区别的，不要一谈论中国画就把人物、山水、花鸟混为一谈。人物画有人物画的特殊性，如果说山水花鸟画特别强调笔墨的话，我觉得人物画笔墨不是第一位的，而造型是第一位的。它跟山水花鸟画从科目和要求上来说是有区别的。历史上辉煌的人物画代表作品，比如唐代的绘画、宋代的绘画，如果我们按照后来文人画的笔墨标准去要求的话那都是不高明的，但恰恰是不高明的画却都是我们人物画历史上的代表性作品，如《韩熙载夜宴图》《簪花仕女图》等，所以以笔墨来品评人物画是有问题的。在讨论中国画时，人物画跟山水画是不是可以有所侧重，注重各个画种的特点来讨论绘画？这是我的一点意见。

另外一点，我觉得传统人物画和现代人物画不是一回事。如果说我们把传统人物画从魏晋南北朝时期如顾恺之等这些专业画家登上历史舞台到清末任伯年为止，我们把它作为传统人物画的话，那么1906年两江师范开始了新的美术教育，我觉得这是现代人物画的起源，它跟传统人物画完全不一样了。为什么？因为学习方法不一样了，传统的方法是以临摹为主的，学习的办法是根据我们临摹得来的印象，先有一个程式然后再去作画；现代人物画是首先学素描，画眼睛所看到的，不再是概念的绘画。所以，1906年新式的美术教育引进中国之后，人物画的面貌彻底改变了。我武断一点，我把前面的一千多年叫"前中国画时期"，1906年以后可不可以称为"后中国画时期"？可以做个展览，把从顾恺之到任伯年的传统人物画做一个展览，任伯年之后这一百年我们再做一个展览。我想这两个展览对比起来肯定是非常有意思的。现代人物画面临的很多问题是传统人物画没有解决的问题、没有碰到的问题。比如说我们的战争题材、我们的工业题材、我们的城市题材……我们现在的人物古人都没有看到过。古人的十八描不知道西装怎么描、皮夹克怎么描、羽绒服怎么描，这都是需要现代画家来创造的。这就给我们人物画家的创作留下了新的空间，所以我觉得现代人物画有现代人物画自成体系的东西，这个自成体系有待于我们的理论家去总结，去发掘。刚才前面几位老师都说了，近一百年人物画发展的辉煌历史，谁也否定不了，出现了这么多作品，有这么多画家参与到人物画的创作当中去。当然，这里面有没有问题呢？肯定有问题，我们怎样在总结历史经验的同时找出问题去推动现代人物画的发展。

讲得大一点，就是我们艺术的终极目的。我们现在一拿起笔来画画就是说"我是一个艺术家"，我画画是干什么？我是为了画一张中国画而画画呢，还是干什么？过去古人讲诗言志，写诗本身不是目的，是为了表达志向、志气。欧阳修说"画存形"，画就是要存形的，通过形象来记录历史。我作为人物画家，首先想到的是我要表现人，怎样把人画出来，把我对人的理解、对人物的感觉、人物思想情绪的表达画出来。要动用一切手段，素描也好色彩也好，或者各种各样的手段也好，终极目的就是表现人。绘画的终极目的是什么？不是为画画而画画，而是要塑造形象。我觉得现在我们包括全国美展普遍存在的一个问题是什么？就是对于艺术形象本身的塑造刻画不讲究，缺少那种一看就能够抓住你，能够打动你，能够深深扎在你的印象当中的作品。作为人物画家，我愿意和大家一起共同努力，我们把人物画逐步地往更深层次、向高原和高峰推进！这是我的一点意见，我就说这些，谢谢！

刘西洁：很荣幸能参加中国艺术研究院举办的第二届黄宾虹学术提名展。我在这里算是晚辈后学，吴宪生老师是我的班主任，邓福星老师、孙克老师都是我们的前辈老先生，在座的前辈还有田老师、赵奇老师等。

我虽然看起来很年轻，也已经55岁了。我是土生土长的西安人，从西安考到中国美术学院，毕业以后一直在西安美术学院任教，从学院到学院，的确是学院派了。作为这个年龄段的人，从我个人的实际来谈谈对学院、对中国画的一点感受与思考。

30多年前我到中国美术学院学习，时代问题贯穿了我整个的学习过程，一直到现在依旧在讨论，这是最大的问题，我们今天仍要谈论这个时代。刚才吴老师讲到新民主主义革命以后的一系列变革，实际是缘起于思考中国发展问题而发生的，正如今天讨论的中国画及其现代化问题。因世界范围内海洋文化的崛起导致东方的国家对国土有浓重的情结，比如日本有日本画、韩国有韩国画、中国有中国画，但欧洲没有英国画、法国画。因何出现中国画的概念，是我从学习到现在一直探究的，这是探讨中国画最基本的问题。但百年后的今天，我们为什么继续在思考中国问题？因为从政治和经济的崛起看到了自身所存在的价值意义。我们一直在探寻自身的价值意义，尤其是从事中国绘画的人，这种追求成为我们骨血中的文化情结。"形而上之道"的文化价值和观念在教学中不常涉及，每个学院都有自己的教学体系和教学方法，从素描、写生、临摹等方面全方位推进，我们为社会培养着人才。但我们最终要思考的是我们输出给社会的艺术作品究竟什么样？我们的艺术作品应以什么样的样态与这个社会深层问题产生关联，以此对我们的艺术创作、我们的文化建设具有更大的意义和价值？这更加涉及中国文化的内在与本质。

第二个问题，中国的文化有几个阶段，但无论在怎样的社会背景下，中国绘画一直有着自身的一套运行轨迹。谢赫六法提出的魏晋时期是一次大的文化爆发期，从顾恺之到唐代的人物画，其后是宋代的院体画，再到后来王维所谓的文人画，直至明清以后，文人画的自觉使中国绘画走向了更加形而上的层面。然而伴随社会的发展，文人画也因面向整个大众社会变得庸俗化了。显然，今天进入更大的社会视阈去回顾文人画发展，这个变化从中国画自身发展的认知上来看是消极的，进而对于中国画在整个文化体系立场里都是存有影响的。黄宾虹在很早的论述里曾提到关于文人画与职业画家的关系，他对于文人画是有自己的一些观点的。比如他举过李公麟的例子，讲到中国绘画中价值意义最大的应该称为士夫画，夫即指代拥有深厚文化修养和承载又具有专业技术能力的人，士夫画正是这类人完整体系概念下的作品。我们今天展览的作品所展现出的是这些真正对中国绘画和文化有求索、有责任的、职业的、专业的画家所思考的问题。黄宾虹一生都在做这样的工作，他在绘画、在水墨概念、在自己作品中都倾注了自身所思，使中国画的艺术形态跟文化发生着关联，有了自己的精神轨迹，这是我自己学习黄宾虹所感受到的。

由此引出第三个问题，黄宾虹所倡导的这种精神，在东西方的文化发展当中也有价值意义。大家刚才举到了黄宾虹和印象派的这些画家的例子，让我想起曾经在上学的时候，高居翰做过一个比较黄宾虹作品和莫奈作品的讲座，即把莫奈的画转化成黑白作品与黄宾虹的进行比较，这是对于某一时期东西方艺术作品形态上的研究。印象派对于中国绘画的影响在虚谷的一些小画里已经初见端倪，甚至更早的时候，如石涛的一些绘画里，曾经也用洋纸（水彩纸）作画，出现了更像是水彩的笔触，当然这是另一回事，只是我们最后形成文化运动的时间晚于西方。但中国人一直想坚守的是什么呢？我认为是东方性。把东方和西方对接后令我思考这样一个问题，宣纸的材质是区别于其他绘画形式的，其独特性在于材料背后所带有的文化属性，宣纸上生发出的"水气"和"墨气"体现着东方心理，联结着东方文明千年来形成的生活方式和文化信仰。我们乃非宗教国家，也正因此，我们崇尚天人合一，魏晋的文化自觉，也早于西方的文艺复兴。但我们从魏晋时期到王维的水墨最为上，都在讲天人合一自然关系的自觉，我们一直找寻的是这样一种东方精神，这正是东方文明的真正意义所在。一直到今天出现如此多现实的物像，我们从内心仍在观照这历史的意涵。

回到中国画的概念，包括这几年所提出的水墨概念也是如此，中国画发展到今天，已经演变为一种水墨艺术，一种艺术现象，这种现象同西方的现当代艺术现象一样，是人类共同的艺术感受。我们不仅考虑水墨材料的文化指向，更是在现代人类的精神诉求与救赎的框架下，探讨人与自然的关系，构成了当今的水墨概念。怎么去认知和理解我们作品中呈现出的这样一种文化倾向？虽然我们也受到宗教以及西方一些文化的影响，但是却没有形成完全宗教化和完全西化的体系，我们还是在自身文化版图概念下自然的延伸。日本同样受我们这种文化的影响，而且辐射到周边国家以至亚洲与世界，所以东方文化的中心是中国，我们的艺术创作也被赋予了东方审美的意蕴。今天我们讲新时代，就应保持一种文化自觉，而在这种自觉下去

"守正",那么"正"到底在哪里?也是我们今天应该思考的问题。

通过这个活动,我会更多地在这方面做一些思考。中国的水和墨,西方的油和彩,将在人类的文化进程中、在新的文明形态下不断推演和发展,进入更为广阔的人类文明空间而殊途同归。展望未来应如我们所愿,东方的精神和文化形态将会一直绵延在我们庞大的文化体系内,这是我们的坚守与责任,积跬步至千里,中国绘画未来可期。

我就说这些,谢谢!

刘金贵:首先,谢谢中国艺术研究院能给我机会参加这个画展。感谢中国艺术研究院在这个时期举办"黄宾虹学术提名展"。我觉得"守正创新"特别重要,当下更重要。中国就要有中国特色、中国韵脉、中国的哲学、中国的道德、中国的精神。

传承精华,守正创新,重视优秀传统文化的学习。一方面,重视优秀的传统文化,遵循艺术的发展规律,传承精华,守正创新。懂得审美,知美丑,知高下,明是非。另一方面,创新是建立在大量研究、丰富积淀的基础上,不断向前推进和深化对传统的认知。通过绘画实践与理论研究相结合,创造出新的形式,赋予艺术新的生机。

在生活中去寻找,每个时代都有每个时代的风貌,反映人们共同的情感、共同的理想、共同的精神追求。这就要求我们深入生活,体悟生活的本质,感知生活的底蕴。我们要关注生活,培养自己在生活中发现美的能力,在作品中表现美的能力。笔墨当随时代,坚持与时代同步伐,浓墨重彩描绘新时代听从内心的召唤,听从时代的召唤。发自内心把对国家的热爱,对人民的歌颂,倾注到作品中,创作出爱国立德、涵育人心的经典绘画作品,创作出抵达观者内心深处的作品,使美德与美学相统一。好的作品如灯塔,照见内心,照见时代。以人民为中心,讲好中国故事;用精品奉献人民,用明德引领风尚。不断地深入、深悟生活。在平凡中见真情,在平凡中见伟大。

作为美术工作者,要扎扎实实通过手中的画笔塑造人民的形象,让优秀作品成为时代的印记,时代的标志。反复打磨每一件作品,潜心创作,力求精品,创作出启迪人心,引导审美追求的作品。

姚大伍： 昨天参加了这个展览的开幕式，我觉得非常有意思。让我看到了美术界新的希望，也让我看到了大家严谨治学的态度，或是对绘画创作态度的那种严谨，让我从画展当中学到了不少东西。对于黄宾虹，我们这一代人多是从师长那里听来的。从喜欢黄宾虹开始，我关注黄宾虹很久，无论从浙江的展览还是有机会看到原作我都会很认真地努力去理解黄宾虹的创作。因为我这一代人跟他有一种差异，主要是从文化或者理解事物上，每一次看到黄宾虹作品我都有着更深的一种理解或者启发。我觉得黄宾虹是在那个时代中的中国文化当中寻找他所需要的创作内涵，但比我们现在所说的回归传统要深入很多。至今仍然觉得他在这一方面是博大精深的，很多东西值得再去细细品味。

说到中国画，实际上传承是一个很大的项目工程，今天，就像研讨会的题目"守正创新"，其实存在着探讨在一个时代精神的问题。我是个花鸟画家，花鸟画在整个国画三大画种当中存在着最严重的问题，搞不好会集体社会化或者说全军覆没，即使大家努力付出最后仍然是全军覆没的结局。由此花鸟画存在的问题实际上很值得我们关注，花鸟画发展至今一是传统发展太强，二是无法借鉴西方绘画方式，由于在当今社会发展中没有任何可以借鉴或说是可以参照的参照物，所以它也就失去了一种方向性，以至于后来再次把历史中的文人画若干次提起。这些都有可能是导致花鸟画走向今天这个状态的一些因素。

新中国成立以来，我们看到若干代先生们的努力使中国画走到了今天，发展到了现在这个状态，这是很不容易的事情，在中国文化发展历史当中也是了不起的事情，艺术形式的发展依赖于社会现实活动。至今我们从品读前辈和先生的经典当中都能看到大家治学严谨的态度，我想今天每个专业画家都应发挥作用，并且起着自己对于历史的作用，专业画家并不只是在画画，还应该以一种文化状态来创作体现自己的研究心得，也正因如此，今天我们才能在展览当中读到更多的优秀作品。最后我想说：今天的花鸟画家们也应该有责任担起这样的担子，能够使花鸟画走出这种困境，或是能够尽力创作出与新时代有所结合的作品。

我个人这一段时间的创作主要围着这样一种思考方式来进行的，所以画了一大批作品，待有机会时向大家展示，目前我认为我的创作还在探索前行之中，今后会更加努力完成每一时期的作品范式，争取在近期的作品中能够找到与时代近一步契合的点，让花鸟画能够向前再走一步。

赵建成："黄宾虹学术提名展"之际，我们在这里举办了"守正创新——与时代同步学术论坛"研讨会，这个研讨会是在全球化价值观日渐趋同的大背景下召开的，研究当代中国画学术发展的有关问题，我想我们是否可以借黄宾虹先生这样的一面镜子来观照当代中国画的学术状况，从中国画的创作者、中国画的作品、当代中国画的学术现状进行研究。刚才，邓福星、霍春阳、赵奇、吴宪生、刘西洁等先生发表了很有见地的思考，发人深思，黄宾虹先生的艺术思想、治学理念、人格精神给予当代具有垂范的意义与价值，理应成为当代中国画学术发展的精神坐标。黄宾虹先生的绘画艺术，生前识者甚少，颇受冷寂，沉默了半个多世纪，是一种什么样的力量和精神支撑着先生竟一意孤行，独步画坛呢？我认为应是超越世俗功利的自我实现和生命意义的探求。纵观黄宾虹绘画的两个重要阶段："白宾虹"时期（学理之探求），"黑宾虹"时期（独上高楼，望尽天涯路的时代之创造），实现了对历史的超越，宾虹先生的绘画在求理、明理、论理、示理，以学者型的艺术大家的现实身份告诉我们中国画是怎样的一回事，中国画是怎样的境界，中国画家是怎样的人。黄宾虹先生对中国画理的参透彻悟，以乱线、碎线、散点、水与墨不断地撞击构建起幽深的意境，浑然天成中渗出一派生机，"黑宾虹"以奇异混沌的光彩，终结了文人画以淡为贵，求淡雅的审美意境，反其道而行之，开一代先河。

绘画艺术是文化的视觉性表达，一种艺术的发生、发展与其特定的文化背景是紧密相关的母子关系，从这个意义上讲，艺术应是时代的胎记和投影。一部美术史让我们循着艺术的足迹了解认识了那个时代，如 14—16 世纪的西方文艺复兴，其最重要的成就是艺术，也正是艺术开启了历史的大门，引领我们走进了一个全新的时代和思想。新思维、新思想的张力是通过艺术的记录和辐射影响着世界的进程，中国画的美学不同于西方，它是宁静的艺术，画中贵有静气是中国画重要的品质，画家在静观与内修中形成了自己的艺术审美观。"襟含气度，不在山川林木之内，其精神驾驭于山川林木之外，山川与予神遇而迹化"，以诗心朗照使中国画家创造出具有超现实意味的笔墨语言符号，结构出中国画家的精神世界。中国画家始终与自然保持着一种难以量化的心理距离，这个距离恰是中国画家"意"的安放之所，"能移其形似、而尚其骨气、以形似之外求画"。"似与不似之间"论是对其做了朴素而精准的表达，"似"乃物之象，"不似"乃意之象，"似与不似之间"即客观物象与画家主观精神的合一,中国的写意精神的伟大与独到正在于此。中国文人画以"士"的精神品格确定了文人画的贵族身份与精神高度,笔墨的精神性与文化品质使其超越了专业性技法的范畴与概念,冷逸超然的极致精神形成了"和者盖寡"遥不可及的"小众艺术",独领风骚千余年。雅与俗成为中国画格调重要而基本的原则,非功利性是中国文人画家人格独立的精神取向,由此我们可以评断"黑宾虹"的艺术现象对中国美术史的贡献是卓越的。

黄宾虹的绘画向我们寓示了一个重要的原则,中国画的语言形式是一个独立而完整的系统,这是当代中国画变革必须认清和把握的现实与原则,否则我们的语言变革与创造终将是局部的、碎片化的,对于中国画艺术是解构而不是建构。因为当代中国画处于新的时代语境和文化背景,如何创造中国画新的语言体系,必须坚持中国文化的身份和立场,这无疑是重大的时代命题。这是中国文化的"本我",而这一切关乎中国画的美学内涵与评判标准,使中国画的身份由"贵族性"向"平民性"转化,艺术的目的性与服务对象以及全球化对中国文化的影响,使中国画完成了由"小众化"向"大众化"的转变。"笔墨当随时代",中国画的变革必须是整体的、系统性的变革,站在中国文化的视角对中国画传统的审视与回归,找到中国艺术的根本,当代中国画才能具有无可替代的文化价值。黄宾虹的时代意义不只是其绘画本体的贡献,其中蕴含着中国画这一文化现象的深刻哲理。

田黎明: 刚才听了各位老师的发言,对我启发非常大。今天这个研讨会是非常深入的,大家都能够敞开内心的所感所想谈到很多,我非常有启发。邓老师从美术史的角度,虽然时间有限,但是在短短的时间内,把中国画的发展从1949年到今天发展的历程非常清晰地呈现了出来。孙先生在中国画的品与格上有着多少年的积累,然后对画家又提出了更高的要求。霍春阳老师谈到对传统文化的体验和深厚的理解,对今天的主题阐释得非常到位。还有很多实践类的画家,像志民老师谈到人和自然的关系,包括他解读老先生对于人和自然的理解,谈得非常透彻,他用很朴实的语言传达了很多绘画真谛的东西。吴老师、赵奇老师、西洁老师、金贵老师、大伍老师等谈得都非常好,我听了非常有启发。

这个展览我们艺术研究院策划了好几年,刚才有老师讲展览办得晚了一点,应该再早一点举办。实际上这个展览最先是在2004年举办的第一届黄宾虹学术提名展，这次是第二届。中国艺术研究院的特点是集教学、学术研究和创作三者为一体，它注重一种学理性的研究，所以这个展览是艺术研究院在学理的思路下，在艺术研究院学术平台上提出来的。我们国画院作为承办单位，在这个过程中确实学到了很多东西。昨天谭院长在开幕式上曾讲到，今天邓先生也又特别讲到了中央美院当时提出建立美术研究所，并聘请黄宾虹先生初任美研所所长，王朝闻先生出任副所长。邓先生讲得非常清楚，黄宾虹先生当时并没有到任，但是这个理念在当代影响非常大，也成为我们艺术研究院的学术传统，成为国画院的文脉，昨天的展览和今天的研讨会就是沿着这样一个文脉来展开的。这个展览昨天大家都给了很多好评。我觉得这个展览最大的特点，就是每个画家在几十年的探索当中，刚才孙先生讲到一个画家的成熟需要50年，我觉得从1949年开始，当然其实有很多好画家因为年龄的界限没有加入进来。实际上画家需要有年龄的积淀，这种积淀，我觉得在昨天的展览会上我们看到的就是"品"和"格"这两个关系在这个展览上被体现出来了，这特别重要！因为品和格牵涉中国文化的学养和修行的状态。刚才建成老师和很多老师讲到这个问题，品和格其实是对中国画家最高的要求，又是最平凡的一个要求。每个画家正是在自己日常生活当中慢慢去体悟，跟随着时代脉搏的发展，把自己体悟到的东西跟自己所领悟中国画的内核结合起来。关于中国画的品和格，实际上老子就曾说过，他强调的是在文化中谈到的含德之美，一种做人的含德之美。这里的含德之美实际上就是赤子之真，冯友兰先生所解释的就是每一个人做每一件事情要像赤子一样，像孩童一样纯真，要达到那样一种纯真的境界，而这种境界是中国画里面非常重要的一个课题。

在魏晋时期，由于礼教的束缚，魏晋一批文人对礼教进行反驳，从而产生了魏晋时期的文人气象。这种文人气象除了有一股清谈以外，更重要的是对于品和格的一种追求、对自然的向往、对心性的一种自由的发挥我觉得达到了极致。所以在魏晋文化上，包括王弼对"意"的理念的一种开拓，包括老子、庄子，对于中国画都产生了极大的影响。

我们有这么丰厚的博大精深的华夏文化支撑，刚才各位老师也都谈到了，中国画最后强调的还是要回到写意的精神。从古到今来看，写意的精神阐释的其实是朴素，写意的精神里面一定含着朴素的精神。而这种朴素的精神来自生活，是在生活当中被承及、被发现的。我记得宋代的《梅花喜神谱》，当然，古代的画谱很多，包括明代的《高松画谱》、清代的《芥子园画谱》，但宋代的《梅花喜神谱》在传统的绘画里面是格调最高的画谱，在这个画谱里把梅花的这种精神从现实生活当中抽离了出来，并与中国的文化结合，产生了新的高度。现在有的院校已经把这本《梅花喜神谱》作为范本，作为花鸟课或者美学的范本。《梅花喜神谱》引出的就是朴素的美，这个朴素的美是怎么被发现的？这是画家所要面对的。刚才有很多老师谈到的生活，生活中如何发现美？如何找到朴素的美？《梅花喜神谱》的作者是南宋时期的宋伯仁，他在洛阳亲自实地种植梅花，来观察梅花从开到落的整个过程。他其实是把人格和文化都注入梅花当中，从而产生了梅花画谱。这个画谱极简，比如说"遥山抹云"，一条线是梅花的枝干，梅花的侧面像一个云朵一样把梅花支在枝干上，在一个竖的构图上就只有一条线、一个团块、一个梅花的形，它叫"遥山抹云"，其实这就是一种意象的方式。图谱里面有40多幅画图，每一个画图都给予了一个意象的方式。中国画就是要去从生活里面发现美感，而生活里面的东西存在着一种朴素的感觉。

  黄宾虹先生的美学理念、人格情怀之所以伟大，当然大家都知道他"以美救国"的思想对后世影响非常大。他提出的"浑厚华滋"的美学思想，我所理解的"浑厚"两个字应该是文化的深厚。

  其实在黄宾虹先生"浑厚华滋"里面，浑厚是跟生活、文化、精神合为一体的，这是人生和人文的一种积淀。华滋应该强调的是艺术的审美、艺术的方法和艺术的个性，尤其是对于中国传统文化、绘画传统的这样一种传承，所延续下来的这样一种格式、一种美感，到了新时代，进入了新中国，提出浑厚华滋，实际上是对真善美载体的一种表达方式。所以作为我个人的解读，浑厚华滋最后呈现的仍然是朴素的大美，因为汉代有一句话叫作"天下之美莫大于朴素之美。"所以"朴素"这两个字，尤其是今天画家在深入生活当中应该把它作为一种美的方式、美的形式来探索。而它能够产生"意"的方式，"意"的方式又能够产生多种多样的审美的方式，而且能够产生更多的形式美感。所以我自己在生活当中就会去琢磨，也在体会这样一种感觉。比如说我读到一个公益者写的文章，一个大爷抚养了两个孤儿，孤儿长大成人以后都找到了自己的父母亲，没有再回到他的身边。公益者在采访他的时候就说道：你抚养的孩子都没有回来照顾你。公益者有责备孩子没有回来的意思。大爷担心公益者误解他，便笑着说："我相信这两个孩子一定会回来看望我。"

这里面就是一种朴素，呈现了一种朴素的大美。但是这里面有一个定力，这个定力是生活中人格的呈现。如何把这种定力转化为形式的方式来呈现？这就是我们画画的人，即刚才老师讲到的生活。我们要深入生活，不能流于表层，要去发现其中的美。但是这个美在其中哪个点被你感觉到的时候，这种志向，就像刚才吴老师讲的，中国传统讲求诗言志。这个"志"实际上就是在生活中能够跟你内心沟通的时候，志的这种美感被调动起来、被抒发出来。

我们有一个团队在青岛写生时看到一个船工在船底下修船，我拿速写本在画他，一般画画的人都希望这个人动作放在那不要动，他老重复一个动作。我画着画着发现这个动作真的是不断的重复。其实在船体下面的沙坑里仰着面修理是很吃力的。后来我便想到实际这是一种力量的引发，这种力量是源于生活中劳动者那种朴素的力量，那种默默的奉献也好或者默默的劳动也好，那种很感动你的情景。如何能够把这种力量转化为中国画笔墨的美感？

有一次我带学生下乡，一个学生生病住在老乡的家里，老乡就给学生专门做病号饭，还为学生们挑水，包括夏天洗澡的水都是老乡自己来挑，所以像这些最平凡的生活是很感人的，我们看到后都很感动。但是这种平凡的东西能不能转化为一种语言的美感？作为诗人能够找到，作为作家也能够去找，但是作为画家一定要从绘画笔墨的这种形式来找，因为中国画强调澄怀观道。其实这里面有一个"观"，这个"观"要有很深的文化体验和现实生活的结合才能达到一个点，找到这个点。所以我想"意"的内涵一定是从生活中被发现的，那么这种被发现的东西转化为形式的美感一定是朴素的美。

我们回到20世纪五六十年代看，刚才邓老师讲的一大批我们老一辈先生创作的五六十年代的作品，今天看到仍然真的很感染我们。那个时代的人们对于社会、对于劳动者、对于社会建设、对于时代奋发向上的一种他所塑造的这些形象，在今天看来已经成为经典，或者是叫"红色的经典"，这真的是传达了一个时代的朴素的大美。同时他们把自己的人格和自己的人生都投入当中，此时这里的小我已经变成了大我。这是一个比较复杂的转化关系。尤其是进入90年代，2000年以后这种个性被调动起来，就像文艺复兴时期一个学者讲到文艺复兴是什么？文艺复兴最后实际上提出的是看的问题，就是想看到的最后都能够看到。这个时候再去画，现实生活里的东西便开始由此介入，这是对于中世纪进行的一个反驳。所以在中国画的一种生活状态里面，我们如何能够把我们自己博大精深的文化，比如"君子以自强不息，君子以厚德载物"，这样的审美理念应该注入日常生活当中来被体验，被发现，它的意义才能够使中国画的笔墨有时代的生命感。在昨天的展览上，我看到了朴素的美散发在展览的气息当中。

每一位老师的作品，都有自己长时间的积淀，都有对于形式的研究，对于生活的一种思考，对于生存状态的一种思考，对于自我反省的一种思考，这个过程我在昨天的展览上感受到了。所以呈现的这种美仍然是一种朴素的美，所以中国画之所以生生不息，就是在于一代一代的学者从传承先贤博大精深的中华民族自强不息、温柔敦厚的这样一种文化和审美里，到老一辈先生人格风范和人格力量、学术执着和学术风范，以及学术上的至高成就对后来者都是极大的传承，并且这种传承是默默生发的。

吴作人先生在五六十年代提出"下笔就造型"，意思是讲要从书法用笔里面找到下笔的关系，来书写今天的现实生活。五六十年代是充满了理想、充满了奋斗、充满了激情的时代，所以我们看吴先生画的骆驼，路途中骆驼默默承受的奉献精神都是一笔一笔画出来的。虽然齐白石画的虾也是一笔一笔，但是吴先生把这种笔墨转向了现实生活，转向了时代和社会发展的文脉当中。齐白石先生在笔墨当中呈现的是他个人对于整个时代的一种理解，我们也可以说，他所呈现的那种美感是把文人画的美转向了时代的一种大美。所以这两位先生的作品虽然不同，但他们的异曲同工都是在中国传统文化当中找到了表达自己心声的一种方式。所以吴先生提出来的"下笔就造型"影响了整个中央美院的教学。五六十年代，蒋兆和先生在中国画的写生教学当中，指出"九朽一罢"，最后要一笔为定。画画就是要不厌其烦地去改，最后有一笔一定要肯定下来。我们在蒋兆和先生很多的写生当中能够看到这样的"一笔为定"。

在传统绘画里尤其是花鸟画里叫"一笔成形"，当然这个词是传统里很重要的审美理念，"一笔成形"在南宋时期发挥到了极致。霍先生还有邓先生画的梅花，都是在一笔成形的基础上继承发展过来的，都有这种感觉。所以一笔成形，一笔里面既要有笔有墨还要有物象的形，还要有格有文化的感知，这是非常难的。但是在五六十年代，我们的先生就把一笔成形转化为"下笔就造型""一笔为定"等方式。80年代卢沉先生提出"下笔就创造"的理念。卢沉先生讲中国画要在现代的基础上发展，当然这是对整个中国人物画提出来，同时这里面就有下笔就创造。其实这样的理念仍然是传承了老一辈先生比如从吴作人先生到蒋兆和先生的文脉。

所以在今天来看，我们很多后来的中国画学人都在这个基础上自觉地践行这样一个学术传统，在学术传统当中不断体验时代的文化、传统的文化，以及在自己心性当中不断地去除日常的冗杂，能够使自己的心性与传统文化、时代文脉紧紧相融，然后创作出这样的作品。所以我在展览上看到了这种感觉，当然有很多老师的作品由于年龄的限制没有进来，但是大家都在这样一个层面上思考，虽然有浮躁，包括西方的文化对我们今天有遮蔽，但是中华文化之所以生生不息，就是因为代代相传，追求真善美、强调仁义礼智信、天地君亲师、温良恭俭让等这样一种文化的文脉，包括今天社会主义核心价值观都是中国画的基础、中国画的基石。中国画就要按照这样的一个思路，才能真正把个性融入群体当中，把自我融汇到大的时代当中，能够产生中国画今天的意义。

崔进：前面各位老师关于中国画的问题讲得非常好，很多问题讲得非常透彻。我们现在谈到中国画的创新，因为今天的主题就是"守正创新"，"守正"跟"创新"从字面上看其实是相互对立，相互统一的关系。我们谈到中国绘画的精神，具体到创作的时候，比如谈到重视融合或者西画对于中国画的影响等，但是不管是东方艺术家还是西方艺术家，都有一个共同的追求，所要表达的其实就是精神的体现，比如从八大山人的绘画里能找到和莫迪里阿尼心灵相通的地方。我在南京的时候，有一次也是黄宾虹先生的一个展览，那次展览是当时从浙江借过来一些作品，晚期的画画得非常抽象。从画面中几乎看不到所描写的具体的物象，比如哪里是树哪里是房子，完全像波洛克的绘画一样，也很像莫奈晚期画的《睡莲》，因为莫奈画《睡莲》的时候眼睛已经看不清了，他只能凭作画的经验和想象用色彩来画睡莲。所以我当时看到黄宾虹先生这一批作品的时候，马上就联想到莫奈的《睡莲》这幅作品。所以说，在艺术上面其实不管你是东方还是西方，都有相通的地方，就是通过不同的表达方式，来寻求对于永恒的生命存在意义的追问。

我记得在深圳美术馆举办的"第四届水墨双年展"，里面有一个单元做得挺有意思，就是策展人提前把中国画的一些材料比如毛笔、宣纸、墨汁寄到世界上不同的艺术家手上。因为这些艺术家可能不是在中国文化背景里成长起来的，他们对于中国画的认知或者对于中国画材料的认知，可能跟中国艺术家表达的完全不一样。当时策展人的用意是假如我们把这种传统性的材料和东方文化语境排除在外的话，让不同的艺术家，比如国外的艺术家用中国画材料来创作作品的话，他们对于材料的表达是一种什么感觉？如果我们把一些很传统的东西抛开的话，实际上能够找到一些艺术相通的地方。

再后来我们谈到全国美展，从画家的聊天或者从网上看一些文章，感觉对于现在的全国美展大家都抱有一种比较失望的心态。其实客观地讲，无论从图式还是表现手法上，我们看现在的全国美展，可以说从技术层面是超越前面的。至于大家感到的失望，不是说对于绘画语言表达上的失望，也不是因为工笔画多了或者写意画少了，或者描摹的多了意象的少了。我觉得更多的是对于现在的好多作品来讲，我们找不到一种体现内心的东西，那种精神性不存在了。刚才大家也谈到"85新潮"，现在回过头再来看，可能从画面表达制作上跟现在相比的话，它有比较粗糙的地方或者比较幼稚的地方。但是我觉得"85新潮"给人印象最深刻的是它的精神视角，那种震撼在现在的作品里面很难发现。这可能是现在创作的时候要思考的一些问题。

谢谢大家！请大家多指教！

蔡葵：刚才这么多前辈和老师讲了黄宾虹的精神。我们今天坐在这儿举办这么一个研讨会，更重要的是现在这个时代我们谈所谓的叫"守正创新"，我觉得这也是一种融合，就是我们怎么来融合优秀的东西？西方的东西不能说都不好，东方的也不一定都好，怎么融合？融合就需要我们有一个好的心态、好的思想、思维模式来把它创新。刚才老师们都说了黄宾虹像塞尚、像莫奈、像毕沙罗，其实，黄宾虹可能也看过毕沙罗。但是黄宾虹很聪明，他感觉到中国绘画将来一定会走向无形的，估计这些东西才是中西文化所融合的方向。如果黄宾虹出国留学几年，或者如果他有苹果手机，也许他可能不这么画。赵奇老师说他如果再活10年也许还那么画，这也许是巧合。后来很多人说看他的点、色、墨如何如何，但是我记得一个很接近黄宾虹的人说他晚年白内障，正反面都看不清楚，比如他看到画的背面会觉得画得不够，然后便继续往上添、往上加，最后就出现了很偶然的效果。但是我们不能否认黄宾虹是大师，是大家，除了绘画，他的美术史论也做得特别好，而且研究得也特别深！以至于我们后人都以他的这些东西作为范本，来研究中国古代绘画。

今天我们坐在这儿来谈黄宾虹，主要是谈论黄宾虹的精神。中国艺术研究院一直以"守正创新"作为我们院的精神宗旨，并一直在秉承着，想力图坚守一种非常正统的、传统的中国文化的方式。但是现在遇到了一个变革和融合的时候，我们院里的每个人包括我们大院里的主流，所以我们可能还是要包容、开放。我就说这些，谢谢大家！

丁鼎：各位老师，上午好！首先，作为中国艺术研究院国画院的年轻人我非常荣幸能够参加此次"黄宾虹学术提名展"的研讨会，今天聆听到来自全国各地的前辈画家们对黄宾虹学术思想的理解，以及对于中国画正本清源的阐述，我学习到了很多，也深受启发！下面我谈一点自己的感受：黄宾虹是20世纪一位非常著名的大画家，他的笔墨根植于传统文化的沃土，但所表达的人文思想具有非常超前的意识。世人皆知黄宾虹在山水画中的成就，同样，黄宾虹在花鸟画中也有自己独特的见解和探索成果。他将山水画法融入花鸟画中，以点染之法着色，有积墨之美，平中见厚，厚而雅逸，拙朴古艳。枝干花叶的线条勾勒轻松自如，推崇金石趣味和书法笔法作画，墨色结合浑然天成。今天看来，黄宾虹不仅是历史上有成就的一位画家，他的艺术精神更值得推崇，他穷其一生埋头钻研，从"白宾虹"到"黑宾虹"，将传统的笔墨推到了极致。又将自己毕生所学所感的绘画技法及人生体悟结成语录，《黄宾虹画语录》大家都读过，我想此次"黄宾虹学术提名展"暨研讨会的举办，再次提醒我，还需要在不断地思考和实践后，反复体味黄宾虹之绘画感言，体味黄宾虹之探索精神。

回望历史，我想，能保留下来的优秀作品都具备两个特点：其一，继承传统，终有创新。画面中有传统的出处和影子，但是同时具有新的格调和品性。其二，深厚思想，时代精神。画面中表现的内涵和意义赋有历史时代的独特思想，蕴含着历史时代的伟大精神。因此，作为年青一代从事艺术创作的人，在当下一定要摒弃浮躁，踏实做人，多练真功，努力继承传统的同时，要学会将小我融入大的时代当中，在创作中，要开阔眼界，放平心态，勤于思考，不忘初心！在此，非常感谢中国艺术研究院国画院对我们年轻画家的培养，在画院前辈老师们的熏陶和引领下，我们能够感受到画院严谨的学术风气和良好的学术环境，这也时刻激励着我们年轻人在艺术道路上更好地前行。

谢谢！

卢虓： 感谢中国艺术研究院，感谢国画院给我这次机会。刚才崔进老师说他已经是晚辈，我觉得我现在只能算是在中国画学习中的探索阶段，刚刚起步的一个阶段。今天的学术研讨也是向各位先生、各位老师学习、听取各位老师宝贵意见的一个机会。

作为年轻的艺术工作者，首先我觉得要严守这次研讨会所提到的"守正创新"四个字，而且更重要的是要在"守正"上，严守发自内心的创作与表达，提醒自己要去掉一些浮躁的情绪，多多向各位老师们、前辈们学习。

其次是我们这次提到的"与时代同步"，在任何时期的每件艺术作品都是当下时代的现实和一种情绪的表现，也是一个时代的投射、一个时代的缩影。昨天学术提名展的开幕式上，我仔细拜读了展览的作品，感觉非常震憾！很感叹这些优秀的创作者记录下了一个时代的特色和一个时代的历史进程。如果没有这些前辈老师这样具有探索性的作品，可能属于一个时代的风貌就没有办法被完整地记录与体现。作为晚辈后生也要坚持写意精神，坚持创作，坚持初心，向各位老师学习！今天的研讨会受益匪浅！谢谢各位老师。

许俊： 我们今天的研讨会虽然时间有限，但与会的专家、画家都谈得非常好，许多问题谈得非常深入，特别是对当前中国画出现的问题、今后的发展方向，都谈得很有学术价值。我们将把今天研讨会的发言稿做一个汇总刊登在这次学术活动的论文集里。我们将各位的发言整理后，还会请各位专家审核一下，再刊登到论文集里。再一次感谢这么多来自外地的专家学者，还有到场的北京的专家、画家。大家都是在百忙之中专门赶来参加我们的研讨会，这体现了大家对中国画的关注、对中国艺术发展的关注，也是跟我们现代所提出的"不忘初心"完全吻合的。我们在把"不忘初心"与"守正创新"结合起来落到实处的时候，作为艺术的工作者、作为美术的创作者，特别是作为中国画的研究和实践者来说，我们有很多的工作要做。

今天的研讨会就到这里，谢谢大家！